R. S. Moule
The Fury of Kings
Die Erland-Saga 1

R. S. MOULE

THE
FURY
OF
KINGS

DIE ERLAND-SAGA 1

Aus dem Englischen
von Michaela Link

dtv

Deutsche Erstausgabe 2025
Copyright © R. S. Moule, 2023
Titel der englischen Originalausgabe:
›The Fury of Kings‹
(Storyfire Ltd trading as Bookouture, London 2023)
© 2025 der deutschsprachigen Ausgabe:
dtv Verlagsgesellschaft mbH & Co. KG
Tumblingerstraße 21, 80337 München
verlag@dtv.de
Lektorat: Michelle Stöger
Umschlaggestaltung: formlabor, Hamburg
Umschlagmotive: shutterstock.com/
sergey koshkin, Marzufello, Graphyworld
Satz: Fotosatz Amann, Memmingen
Gesetzt aus der Aldus nova Pro
Druck und Bindung: GGP Media GmbH, Pößneck
Printed in Germany · 978-3-423-26402-0

Für Eloise, die mich dazu gebracht hat,
dieses Buch zu Ende zu schreiben

DIE HERRSCHENDEN FAMILIEN VON ERLAND UND IHRE VERBÜNDETEN

OST-ERLAND

König **Hessian Sangreal**, residiert in Pfeiferswehr
Seine verstorbene Frau, **Elyana Sangreal** †
Sein Sohn, Prinz **Jarhik Sangreal**
Seine erste Tochter, Prinzessin **Tarvana Sangreal**,
   Ehefrau von Lord **Ulric Balyard**
Seine zweite Tochter, Prinzessin **Helana Sangreal**
Sein Halbbruder und Balhymeri, Lord **Andrik Fassbrecher**
Andriks Frau, Lady **Viratia Fassbrecher**
Andriks erster Sohn, **Errian Andrikson**
Andriks zweiter Sohn, **Orsian Andrikson**
Andriks Tochter, **Pherri Andrikduhter**, Lehrling des Magus
   Theodric
Theodric, Magus und Berater von Hessian
Naeem, Andriks stellvertretender Befehlshaber

WEST-ERLAND

Lord **Rymund Prindian**
Seine Mutter, **Breta Prindian**
Sein älterer Bruder, **Lord Ranulf Prindian** †, starb vor
siebzehn Jahren in den Kerkern von Pfeiferswehr
Sein Waffenmeister und Gefährte, **Adfric**
Strovac Sigac, Krieger der Wilden Brigade

DAS ULVATIANISCHE IMPERIUM

Kvarm Murino, Kaufmann
Sein versklavter Magus, **Hrogo**
Sein Bruder, Kzar **Bovarch Murino**, Herrscher des
Ulvatianischen Imperiums

WAISEN VON CLIFFARK

Tansa, eine Diebin
Ihr Bruder, **Tam**
Ihrer beider Freund, **Cag**

PROLOG

Die Morgenluft war so schneidend kalt, dass Gelik den Frost fast auf der Zunge schmecken konnte. Das war der einzige Teil seines Körpers, der sich nicht taub anfühlte. Seit drei Tagen stapfte er nun schon durch den knietiefen Schnee, und jeden Morgen wachte er mit einer frischen weißen Decke auf seinen Fellen auf. Er bezweifelte, dass seit Generationen ein Lutum je so hoch oben auf dem Berg gewesen war. Die meisten seiner Stammesangehörigen überschritten in ihrem Leben nur zweimal die Grenze zum Weiß: einmal, um ins Erwachsenenalter einzutreten, und ein zweites Mal, um zu sterben. So war es Brauch bei seinem Volk. Die jungen Männer stellten sich allein dem Berg, um sich zu beweisen, und kehrten erst wieder zurück, wenn alle Kraft sie verlassen hatte.

Die Tradition der Lutum verlangte es, dass ein Knabe am Ende seines fünfzehnten Lebensjahres dem Weiß trotzen, im Blut seines ersten erlegten Tieres baden und bei seiner Rückkehr als Mann dessen Fell tragen musste, vom Geist des

Tieres gestählt und mit geschärfter Wahrnehmung. Die meisten kamen mit dem Fell eines Kaninchens oder einer Ziege um die Schultern nach Hause. Wer mit dem Fell eines Hirsches zurückkehrte und dessen gehäuteten Kadaver hinter sich herschleifte, wurde bejubelt; wer die Überreste eines Nagetiers umklammerte, verspottet. Sechs Jahre lang hatte Gelik sich auf diese Reise vorbereitet und beschlossen, sich, wenn die Zeit gekommen war, mit nichts Geringerem zufriedenzugeben als mit einem Hirsch, einem Bären oder, sollten die Norhai ihm gewogen sein, einem Löwen. In seinen Adern floss das Blut von Königen, und wenn er eines Tages die streitlustigen Volksstämme anführen wollte, die unter der Herrschaft seines Vaters lebten, würde er sich als seiner Ahnen würdig erweisen müssen. Er hatte bemerkt, wie sein Onkel Carhag ihn beobachtete, die Jahre zählte und sich fragte, ob Gelik zu einem Krieger oder einem Schwächling heranwachsen würde. Carhag war der letzte Mann gewesen, der vor zehn Jahren bei seiner Rückkehr nach Rotfort einen Hirsch hinter sich hergezogen hatte, mit Fleisch und Knochen und allem Drum und Dran. Sie hatten sich einen Monat lang an Wildbret satt essen können.

Gelik lief unermüdlich weiter, immer höher hinauf, getrieben vom pfeifenden Wind, der den Berg hinunterfegte, ihm in den Augen brannte und die Sonne hinter einer wirbelnden Schneewand zu einem grauen Schattenkranz verblassen ließ. Die Flocken schmolzen auf seiner Haut, sickerten in seinen kastanienbraunen Bart und gefroren wieder.

Der Wind war so stark und das Schneetreiben so dicht, dass sie zusammen den Himmel auslöschten. Gelik hatte keine Ahnung, wie weit nach oben er es inzwischen geschafft hatte – war die Höhe überhaupt von Bedeutung, wenn es keinen Gipfel gab? –, und er wusste nicht einmal mehr, auf welcher Seite des Berges er sich befand. Anfangs war er geradewegs den

Osthang hinaufgestiegen, aber nachdem er sich tagelang auf seinen Speer gestützt durch den Schnee gekämpft und kaum einen Meter weit hatte sehen können, war es gut möglich, dass er auf der falschen Seite gelandet war. Der westliche Berghang war die Heimat der Adrari, eines rückschrittlichen Fischervolks, dessen Männer ihre Schwestern heirateten oder sie bei den Wassermännern aus Eryispol gegen Fische eintauschten, nicht dass Gelik wirklich an Wassermänner glaubte. Die Adrari waren die Erzfeinde der Lutum, und das schon seit Jahrhunderten, noch bevor die beiden Stämme vom Königreich Erland erobert und unterworfen worden waren. Gelik glaubte nicht, dass sie so hoch oben auf dem Berg lebten, aber wenn er einer Gruppe von Adrari begegnete, würde sein Speer ihm nur wenig Schutz bieten.

Am Abend hatte sich der Sturm gelegt, und der früh aufgehende Mond färbte den Schnee silbern. Die Wolken, die am Himmel dahinglitten, warfen schwarze und graue Schatten über das Land. Trotz der Windstille spürte Gelik die beißende Kälte mehr denn je. Wann hatte er zuletzt etwas gegessen? Die Muskeln in seinen Beinen zitterten vor Anstrengung. Jeder Atemzug in der eisigen Luft stach ihm in die Lunge. Nichts rührte sich in der weißen Einöde.

Vor lauter Erschöpfung stolperte Gelik, als er sich mit dem Fuß an einer versteckten Baumwurzel verfing. Sein Speer blieb im Boden stecken und wurde ihm aus der Hand gerissen, sodass er ungeschickt in den Schnee fiel.

Er rollte sich auf den Rücken und atmete tief durch. Die Kälte brannte wie ein Bett aus Nesseln. *Es gibt gute Gründe, warum niemand so hoch hinaufklettert,* dachte er verbittert.

Die Ausweglosigkeit seiner Lage traf ihn wie ein Donnerschlag. Diese eisige Kälte war im Grunde ein Todesurteil. *Ich werde auf diesem Berg sterben.* Er war zu weit hinaufgeklettert, verblendet von törichten Visionen von Grandiosität, die zu nichts geführt hatten. Wäre es wirklich so beschämend gewesen, einen Tag ins Weiß zu gehen und mit einem Kaninchenfell über den Schultern zurückzukehren? Mit geschlossenen Augen lag er im Schnee und ließ die Kälte in seine Knochen kriechen.

Er wusste nicht, wie lange er dort gelegen hatte, aber als er erwachte, stand der Mond hoch und hell am Himmel, und seine Glieder fühlten sich so schwer an wie Blei. Er öffnete die Augen und erschrak. Keine zwanzig Schritte den Hang hinauf stand ein riesiger Bär, der in die Luft schnupperte und ihn hungrig beäugte.

Die Angst trieb Gelik auf die Beine, er umklammerte seinen Speer und starrte das Tier mit aufgerissenen Augen an. Der schlammbraune Bär taxierte ihn gierig, bereit zum Sprung.

Der Berg hatte ihn erhört. Seit Menschengedenken war kein Lutum mehr mit einem Bärenfell über den Schultern heimgekehrt. Gelik packte seinen Speer mit beiden Händen und trat langsam einen Schritt auf das Tier zu.

Der Bär starrte ihn nur an. Dampf strömte aus seinen Nasenlöchern, und an seinen Hinterbeinen spannten sich dicke Muskeln an. Gelik fand sein Gleichgewicht, dann trat er langsam einige weitere Schritte vor. Er war jetzt nah genug, um seinen Speer zu werfen. Er hätte ihn dem Bären direkt ins Maul schleudern können, aber wenn er sein Ziel verfehlte, wäre er wehrlos. Der Zweifel nagte an ihm. Selbst mit einem Speer in der Schulter konnte der Bär ihm das Fleisch von den Rippen reißen und seine Knochen als Zahnstocher benutzen. Gelik trat noch einen Schritt vor.

Der Bär schnaubte, stieß sich plötzlich mit den Hinterbeinen ab und stürzte auf ihn zu. Seine gewaltigen Vordertatzen wirbelten den Schnee in einer Wolke weißen Grauens auf.

Geliks steife Glieder und eingefrorene Sinne ließen ihm keine Zeit zu reagieren. Der Bär krachte in ihn hinein, und beide stürzten den Berg hinunter. Durch die schiere Masse des Tieres und ihren gemeinsamen Schwung wurde Gelik an ihn gepresst. Mit einer Hand umklammerte er seinen Speer, seine einzige Hoffnung auf Überleben, während er sich mit der anderen verzweifelt am Fell des Bären festkrallte.

Es mochten Sekunden oder Stunden gewesen sein, aber schließlich landeten sie auf einem Plateau, wo ihr Aufprall von einer Schneeverwehung abgefedert wurde. Zu seiner Überraschung war Gelik irgendwie von dem Bären weggerollt. Er lag auf dem Rücken und hielt noch immer den Speer in der Hand. Er hätte zerquetscht werden können. Der Bär war nur wenige Schritte von ihm entfernt und sah sich schnaufend und verwirrt um.

Eine bessere Gelegenheit als diese würde Gelik nicht bekommen. Er zögerte nicht und sprang auf die Füße. Im Laufschritt rammte er dem Bären seinen Speer in die Brust.

Die Bestie brüllte vor Zorn und richtete sich auf den Hinterbeinen auf, und Gelik musste den Speer loslassen, um nicht in die Luft gehoben zu werden. Sie schlug ihm eine Tatze ins Gesicht, riss ihm mit den Klauen das Fleisch von den Knochen und hob ihn von den Füßen, sodass er über den Rand des Plateaus stürzte. Wieder fiel er, suchte Halt und fand keinen. Etwa dreißig Schritte weiter unten prallte er mit dem Rücken gegen einen Baum, und es verschlug ihm den Atem. Er schrie auf, als er spürte, wie irgendetwas in ihm brach. Dann saß er da, stöhnte unter den Schmerzen in seinem Rücken und seinen Rippen und versuchte, wieder Luft in die Lungen zu bekommen. Jeder Atemzug stach ihn wie ein Speer in die Brust. Wenigstens machte ihm die Kälte nicht länger zu schaffen. Er lachte bitter, und sein Gelächter wurde zu einem Schrei, als eine gebrochene Rippe an seiner Lunge kratzte.

Es vergingen mehrere Minuten, bis er wieder das Gefühl hatte, atmen zu können. Er presste sich eine Hand auf den

Oberkörper und versuchte mit schmerzverzerrtem Gesicht, auf die Beine zu kommen.

Gelik konnte sich glücklich schätzen, dass er dem Bären lebend entkommen war, aber das Tier würde mit Geliks Speer in seiner Brust nicht mehr lange durchhalten. Wenn es ihm gelang, den Pfad zurückzuverfolgen, den er beim Herunterrollen vom Plateau im Schnee genommen hatte, konnte er sich dem Bären von dort aus an die Fersen heften. Hoffnungsvoll schaute er den Hang hinauf.

»Kümmere dich nicht um den Bären. Schau hinter dich.«

Die Stimme hallte in Geliks Kopf wider, in einer misstönenden Melodie, die ihn dazu trieb, sich taumelnd aufzurappeln. Er wirbelte herum und hielt Ausschau nach der Quelle der Stimme. Doch da war niemand. Niemand außer einer weißen Hirschkuh, die ruhig an einem kleinen Teich hinter ihm trank.

»Ja, die Hirschkuh. Töte sie. Bade in ihrem Blut.«

Gelik betrachtete das Tier. Er traute der Stimme nicht. Vielleicht hatte die Kälte ihm den Verstand geraubt. Er schauderte. Das Fell der Hirschkuh schimmerte silbern im Mondlicht vor dem schwarzen Wasser.

Gelik hatte noch nie etwas so Schönes gesehen.

»Eine ansehnliche Beute, du könntest den Bären ohnehin nicht nach Hause schaffen. Töte die Hirschkuh, sonst wirst du auf diesem Berg sterben.«

Die Stimme hallte durch Geliks Schädel und bestätigte, was er bereits wusste. Er zog sein Messer und schlich sich langsam näher heran. Das Tier hatte aufgehört, aus dem Teich zu trinken, und sah ihn mit blauen, wachsamen Augen an. Alten Augen. Menschlichen Augen. Sie lockten ihn näher, lösten ihren Blick nicht von seinem, auch nicht, als Gelik die Klinge über den Hals des Tieres zog und sich das warme rote Blut über ihm ergoss.

KAPITEL 1

Der hellblaue Himmel war wolkenlos, so idyllisch, wie nur ein Sommerhimmel es sein konnte. Rund um die wohlbehüteten Sandsteinmauern der Veilchenburg leuchteten die violetten Blumen, nach denen die Burg benannt war, im Sonnenlicht. Hoch oben zog ein einsamer Habicht gemächlich seine Kreise, während im hohen Gras die Grillen zirpten.

So stellte sich Pherri einen vollkommenen Tag vor. Sie saß im Obstgarten im Schatten eines Apfelbaumes, den Rücken an seinen Stamm gelehnt. Da'ri, ihr Lehrer, hatte auf der anderen Seite des Baumes Platz genommen, und sie las ihm laut aus den Chroniken des Imperiums vor: »... *gestaltete den Regierungsrat des Imperiums in einen Senat mit zweihundertfünfzig Mitgliedern um, von denen nur die Hälfte Magier sein durften. An der Spitze des Senats sollte der Kzar stehen ...*«

»Wirst du dessen denn niemals müde?«, bemerkte Da'ri. Seine Stimme war warm, und es schwang wohlwollender Spott darin mit.

»Nicht, solange noch Atem in mir ist«, erwiderte Pherri, entrüstet über die Unterbrechung.

Da'ri gluckste. »Daran zweifle ich nicht, du würdest die ganze Nacht lesen, wenn deine Mutter dir eine Kerze erlauben würde.«

Dass sie keine Kerze haben durfte, war ein wunder Punkt für Pherri. Sie war jetzt elf Jahre alt und durchaus imstande, verantwortungsbewusst mit einer Kerze umzugehen, ohne ihr Schlafgemach in Brand zu setzen. Leider war ihre Mutter anderer Meinung, also verwahrte Pherri einen ganzen Vorrat davon unter einem Dielenbrett. In der vergangenen Nacht hatte sie eine gebraucht, als sie von einem schrecklichen Albtraum mit wilden Tieren, Blut und wirbelndem Schnee geweckt worden war. Danach hatte sie bis tief in die Nacht gelesen, bis die Erschöpfung sie einholte.

»Das Imperium erscheint mir ganz anders als Erland«, sagte Pherri. »Dort könnte ich Senatorin werden oder sogar der Kzar.« In Erland war es Frauen in der Regel nicht gestattet zu herrschen, es sei denn mit der ausdrücklichen Erlaubnis ihres Ehemannes. Pherris Vater war der zweitmächtigste Mann im Königreich, doch die Macht ihrer Mutter endete an den Grenzen ihrer Ländereien, wenn sie auch über die Veilchenburg wie über ihr eigenes Reich herrschte.

»Oder eine Sklavin. Oder einer der Magier, die nur wenige Jahrhunderte später aus Ulvatia vertrieben wurden.«

Pherri biss sich auf die Unterlippe. »Tut mir leid.« Sie hatte gesprochen, ohne nachzudenken. Da'ri stammte aus Thrumb, einem kleinen Land in den Hügeln westlich von Erland, wo die Menschen hoch oben in den Bäumen lebten und namenlose Waldgötter anbeteten. Sie war zwar ein Mädchen, aber es war töricht, sich über ihre hohe Stellung als Nichte des Königs zu beschweren, während der Sohn des Königs gerade in Da'ris Heimat einfiel. Prinz Jarhik mochte ihr Cousin sein, aber sie betrachtete ihn kaum als solchen.

»Seid Ihr jemals einem Magier begegnet?«, fragte sie, um das Thema zu wechseln.

Da'ri lachte. »Ich nehme an, ich bin weniger Magiern begegnet als du. Theodric, der Berater des Königs, ist ein Magier.«

»Ich habe ihn nie kennengelernt.« Pherri war es nicht gestattet, die Veilchenburg ohne eine Eskorte zu verlassen. Sie war noch nie weiter von zu Hause weg gewesen als in der Stadt Hochferren, die einen halben Tagesritt entfernt gerade noch auf dem Gebiet ihres Vaters lag.

»Bist du mit dem Lesen fertig?«, fragte Da'ri. »Dann könnten wir zu Mathematik oder Gartenbau übergehen.«

Pherri dachte einen Moment lang nach. Der Übungsplatz war nicht weit entfernt, und Orsian, ihr zweitältester Bruder, würde dort sein. Sie konnte das Klirren stumpfer Schwerter hören und die begeisterten Rufe der Krieger. Orsian war jetzt vierzehn und damit alt genug, dass man ihm Stahl anvertraute. »Können wir auf den Wehrmauern spazieren gehen?«, fragte sie hoffnungsvoll. »Der Tag erscheint mir zu schön, um ihn mit Lesen zu vergeuden.« Das Imperium konnte sie nicht mehr fesseln.

»Ist die Verlockung, deinen Bruder mit Stöcken auf andere Leute einschlagen zu sehen, so groß, dass du dafür sogar aufs Lesen verzichtest? Dein Bruder ist eigentlich zu klug für so etwas.«

»Gerade weil er so klug ist, ist er ein guter Schwertkämpfer«, sagte Pherri zu seiner Verteidigung. Ihr ältester Bruder Errian hatte sie immer ignoriert, aber Orsian liebte sie über alles, und er war auf seine spezielle, ruhige Art gewitzt. Ihre Mutter sagte immer, er sei der Einzige gewesen, der Pherri als Baby habe zum Lachen bringen können, und ihr erstes Wort sei sein Name gewesen. Schon immer hatten sie sich sehr nahegestanden. Pherri klemmte sich ihr Buch unter den Arm und erhob sich, Da'ri schloss sich ihr an.

Während sie über die Wehrmauern spazierten und das fruchtbare Ackerland bewunderten, das sich bis zum Horizont erstreckte, bemerkte sie die finsteren Blicke der Wachen ihres Vaters, die Da'ri galten. Der Einmarsch des schneidigen Prinzen Jarhik in Thrumb als Antwort auf den Überfall der westlichen Grenzgebiete Erlands war *das* Gesprächsthema im Königreich, und sie wusste, dass viele Menschen Da'ris Anwesenheit hier als Provokation auffassten. Da'ri versuchte nicht, sich zu verstecken. Er trug sein ergrautes Haar immer noch zu sechs Zöpfen geflochten, wie bei seinen Landsleuten üblich, und im Gegensatz zu den Männern aus Erland stutzte er seinen Bart, bis nur noch ein Schnurrbart übrig blieb. Als ihr Lehrer stand er unter dem Schutz ihres Vaters, und kein Mann legte sich mit Lord Andrik Fassbrecher an.

Sie blieben oberhalb des Übungsplatzes stehen, und Pherri entdeckte Orsian sofort, der mit einem größeren und wahrscheinlich älteren Gegner die Schwerter kreuzte. Pherri wusste, dass Orsian und sie nicht im Mindesten wie Geschwister aussahen. Er hatte einen dunklen Hautton, war untersetzt und hatte dunkles, wild gelocktes Haar wie das ihres Vaters, während sie klein und dünn war wie ein Stock, mit feinem Haar in der Farbe von Stroh.

Sein Gegner hatte eine größere Reichweite, aber Orsian bewegte sich wie ein Tänzer. Der andere Mann verteidigte sich tapfer, aber jeder Schritt und jeder Schlag von Orsian schien darauf ausgerichtet, ihn aus dem Gleichgewicht zu bringen. Pherri beobachtete das Geschehen so gebannt, dass sie fast zu atmen vergaß. Schließlich ging der größere Mann unter der Wucht von Orsians Hieben zu Boden und gab sich geschlagen. Sie hätte gern applaudiert, wusste aber, dass es ihren Bruder in Verlegenheit brächte.

Zu Pherris Verwunderung war ihr Vater nicht zugegen. Als der Balhymeri des Königs, sein engster militärischer Berater, waren seine Pflichten zahlreich, aber wenn er Berichte zu lesen gehabt hätte, hätte er sie mit in den Hof gebracht.

Naeem, der Stellvertreter ihres Vaters, nickte anerkennend.

»Nicht schlecht, Orsian.« Naeem hatte das wenig bemerkenswerte Aussehen eines Soldaten, abgesehen von einem Loch an der Stelle, wo seine Nase hätte sein sollen, das von seinem borstigen braunen Bart kaum verdeckt wurde. »Aber du.« Er drehte sich zu dem anderen Kämpfer um und stieß ein bellendes Lachen aus. »Bist du dir sicher, dass du mein Sohn bist? Ich fand ja immer, deine Mutter wirft dem Bäcker so seltsame Blicke zu.« Das trug ihm das laute Gelächter der versammelten Krieger ein, während Orsian seinen Gegner auf die Füße zog. Naeem zeigte auf einen anderen Mann, der dem Unterlegenen wie aus dem Gesicht geschnitten war. »Du bist der Nächste, Derik. Sieh zu, dass du die Familienehre wiederherstellst. Ich hätte seinen Vater einmal fast besiegt, weißt du.«

Orsian schaute zu den Befestigungsanlagen hoch, und sein Blick begegnete dem von Pherri. »Gebt Ihr mir ein paar Minuten, Naeem?«

Naeem ließ wieder einen schroffen Laut hören. »Spricht kaum ein Wort auf dem Übungsplatz, verlangt aber eine Pause, um mit seiner Schwester zu plaudern. Ihr seid mir ja schöne Krieger, Jungs.« Das trug ihm weiteres lautes Lachen von den Männern ein, und Orsian errötete. »Lasst Euch Zeit, junger Herr. Das Schwerttraining läuft nicht davon.«

Pherri ging Orsian auf halbem Weg die Treppe hinunter entgegen, während Da'ri auf der Wehrmauer blieb. Dass er den vielen bewaffneten Erländern lieber aus dem Weg ging, verwunderte sie nicht. Früher, als sie noch jünger gewesen waren, hätte Orsian sie vielleicht begrüßt, indem er sie hochhob und herumwirbelte, aber ihr einst verspielter Bruder war zu einem ernsten jungen Mann herangewachsen, zumindest in der Öffentlichkeit. Es machte ihr nichts aus; so wie

Erwartungen an sie gestellt wurden, wurden auch welche an Orsian gestellt. Mit seiner kleinen Schwester zu spielen war etwas, das sich für einen erländischen Krieger nicht gehörte. Seine angespannte Miene ließ ihn noch ernster erscheinen als sonst. Irgendetwas machte ihm zu schaffen, das konnte Pherri erkennen.

»Gut gekämpft«, sagte sie.

»Danke.« Orsian wischte sich den Schweiß von der Stirn. »Ich bin erst seit einigen Monaten imstande, Burik zu besiegen, und sein Bruder Derik schlägt mich meistens immer noch.«

Pherri hätte Zweifel daran kundtun können, ob es klug war, zur Übung mit Stahl gegen Männer aus dem eigenen Volk zu kämpfen, aber es schien Orsian zu gefallen. »Wo ist Vater?«

Orsian runzelte die Stirn, und Pherri ahnte, dass es die Abwesenheit ihres Vaters war, die ihn beunruhigte. »Er ist schon vor Sonnenaufgang fortgeritten. In der Nacht ist das Leuchtfeuer von Hochferren aufgelodert. Er hat mich geweckt, aber ich durfte ihn nicht begleiten.«

Pherri war weder aufgewacht noch hatte jemand daran gedacht, es ihr gegenüber zu erwähnen. Sie wusste, dass es sich nicht um eine bewusste Kränkung handelte – sie war erst elf Jahre alt und ein Mädchen –, aber trotzdem wurmte es sie. »Könnte es mit Neuigkeiten von Errian zusammenhängen?« Errian war unterwegs und kämpfte gegen den streitlustigen Stamm der Lutum auf der östlichen Seite des Eryispek-Berges. Er hätte eigentlich mit Prinz Jarhik nach Thrumb gehen sollen, aber dann hatten die Lutum angefangen, Schwierigkeiten zu machen. Es war seltsam, dachte Pherri, dass die Lutum zur selben Zeit zu einer Rebellion aufgerufen hatten, als die Thrumb mit ihren Überfällen auf Erland begonnen hatten. Sie würde Da'ri später danach fragen.

Orsian runzelte die Stirn, wie er es gewöhnlich tat, wenn

die Rede auf Errian kam. Pherris Brüder ähnelten einander in vielerlei Hinsicht: Sie lebten beide für das Schwert, waren beide stolz und hassten einander.»Falsche Richtung. Es ist wahrscheinlich irgendein Vorfall auf der anderen Seite des Flusses. Wir können das Leuchtfeuer vielleicht von den Wällen aus sehen, falls es immer noch brennt.«

Zusammen mit Orsian kehrte Pherri auf die Wehrmauer zurück. Hochferren war viele Meilen entfernt, aber die Veilchenburg war auf einem hohen Hügel erbaut worden und gewährte so einen weiten Blick über die Ländereien in ihrem Herrschaftsbereich. Der Standpunkt stellte eine natürliche Verteidigungsposition dar, sodass keine Außenmauer vonnöten war. Der Schatten des schneebedeckten Eryispek beherrschte den Horizont im Osten, aber sie schauten jetzt in die entgegengesetzte Richtung.

Von dort galoppierten drei Reiter auf sie zu. Noch waren sie zu weit entfernt, als dass man ihre Gesichter hätte ausmachen können, aber ihre braun-grüne Fahne war nicht zu übersehen.»Das ist Vater«, sagte Pherri und deutete mit dem Finger auf die Reiter.

»Er treibt sein Pferd hart an.« Orsian zog die Brauen zusammen.»Womöglich bringt er Neuigkeiten aus dem Westen.«

Pherri biss sich auf die Unterlippe und folgte den Reitern mit ihrem Blick. West-Erland und Ost-Erland waren schon seit mehr als anderthalb Jahrhunderten ein vereintes Land, wenn auch immer noch durch den gewaltigen, reißenden Bleichen Fluss geteilt.

»Wir sollten in den Hof gehen, um ihn zu empfangen«, sagte Orsian.»Komm mit.«

Sie waren nicht die Einzigen, die die Reiter bemerkt hatten. Als sie in den Burghof hinuntergingen, ächzte das große Horn über dem Tor wie ein sterbender Riese und scheuchte die in den Mauern nistenden Vögel in die Lüfte auf. Stallburschen kamen herbeigeeilt, und das Tor knarrte, als vier Wachen sich mühten, es zu öffnen.

Pherri spürte eine Hand in ihrem Haar, und als sie sich umdrehte, erblickte sie ihre Mutter, die ihr ein paar lose blonde Strähnen zurück in das Band schob. »Du könntest versuchen, etwas besser achtzugeben«, tadelte sie. »Außerdem hast du Grasflecken auf deinem Kleid.«

Pherri bemühte sich, zerknirscht auszusehen. Sie hätte es ihrer Mutter ja gern recht gemacht, aber die Kluft zwischen Pherris wahrem Wesen und dem Mädchen, das sie in den Augen ihrer Mutter sein sollte, war unüberwindlich. Ihre Mutter fühlte sich wohl in ihrer Rolle; sie war dazu geboren, Herrin einer Burg zu sein, ihren Hausstand zu leiten und im Namen ihres Ehegatten Recht zu sprechen, und nie war auch nur ein Haar oder ein Faden am falschen Platz. Alles, was Pherri wollte, war, mit ihren Büchern in Ruhe gelassen zu werden. Ihre Mutter sah in dem hellblauen Kleid mit goldbestickten Borten wie immer glänzend aus. Ihr dickes blondes Haar fiel ihr offen über die Schultern. »Tut mir leid, Mutter.«

Ihre Mutter lächelte und beugte sich hinunter, um ihr einen Kuss auf den Kopf zu drücken. »Ich weiß, dass es dir nicht wirklich leidtut, aber du wirst immer besser im Lügen.«

Sie hörten das Klappern von Pferdehufen, dann preschte ihr Vater mit seinem großen schwarzen Hengst Valour, der vor Anstrengung Schaum vor dem Maul hatte, durchs Tor. Die Diener wichen erschrocken zurück, als das Pferd zum Stehen kam und die Hufeisen Funken sprühten, während sie kreischend über den Stein schrappten.

Pherri lebte in Ehrfurcht vor ihrem Vater, obwohl sie gewöhnlich nur wenig mit ihm zu tun hatte. Er war oft irgendwo weit weg von der Veilchenburg, und wenn er zurückkehrte, fand er immer hundert Dinge, denen er sich widmen musste.

Manchmal erzählte er ihr abends Geschichten, aber meist galt seine Aufmerksamkeit Dingen, die den König betrafen, und den heftigen Streitereien ihrer Brüder. Seine aus Leder und Eisen gefertigte Rüstung saß an ihm, als wäre er darin auf die Welt gekommen. Sein Gesicht wirkte streng, die schwarzen Brauen verschatteten seine dunklen Augen. Er würdigte den Stallburschen, der vortrat und ihm die Zügel abnahm, keines Blickes und hielt sich gegen seine sonstige Gewohnheit nicht damit auf, ihm zu danken. Hinter ihm lief sein riesiger Wolfshund Numa.

»Orsian, Viratia, Naeem, folgt mir«, knurrte er und sah Pherri dabei nicht einmal an. Entschlossen schritt er auf den Bergfried zu, während die drei, die er zu sich befohlen hatte, ihm nacheilten.

Auch Pherri rannte auf ihren dünnen Beinen hinter ihnen her. Irgendetwas Wichtiges war hier im Gange, und sie hatte nicht die Absicht, es zu verpassen.

Sie gingen in die Gemächer ihrer Eltern, aber als Pherri versuchte, ihnen zu folgen, wurde ihr der Weg versperrt. Ihr schwarzbärtiger Vater schaute lächelnd auf sie herunter. »Und wo willst *du* bitte hin?« Er hob sie mit einem Arm hoch, als wöge sie kaum mehr als eine Puppe.

»Ich will die Neuigkeiten aus dem Westen hören.« Sie mussten es ihr einfach erlauben. Orsian war schließlich nicht so viel älter als sie, und Naeem gehörte nicht einmal zur Familie.

Ihr Vater lachte eine Spur zu laut, wie sie fand, als wollte er sein Unbehagen verbergen. »Ich fürchte, die Neuigkeiten sind nicht für die Ohren kleiner Mädchen bestimmt.« In diesem Moment kam Da'ri um die Ecke. »Und da ist ja auch dein Lehrer. Zurück zu deinem Unterricht, würde ich sagen.« Er küsste sie auf die Stirn und reichte sie an Da'ri weiter.

»Versucht, besser auf meine Tochter aufzupassen«, sagte ihr

Vater streng zu ihm. Er sah aus, als wollte er noch etwas hinzufügen, schien es sich dann aber anders zu überlegen. Stattdessen trat er in seine Gemächer und schlug die Tür hinter sich zu.

»Das war eigenartig.« Da'ri verzog kaum merklich das Gesicht und stellte Pherri wieder auf den Boden. »Dein Vater ist sonst immer von ausgesuchter Höflichkeit.«

»Er macht sich wegen irgendetwas Sorgen«, sagte Pherri. Rasch drückte sie ein Ohr an die Tür, aber die bestand aus dickem Eichenholz, sodass Pherri nur ihren eigenen Herzschlag hörte. Doch sie musste unbedingt erfahren, was da vor sich ging. Orsian würde es ihr später erzählen, aber was, wenn ihr Vater ihn zur Verschwiegenheit mahnte? Sie dachte kurz nach. Es gab ein Fenster hoch oben in diesem Raum, das auf das Dach eines Lagergebäudes hinausging. Noch bevor Da'ri sie aufhalten konnte, rannte sie los.

»Pherri!«, rief er ihr nach, aber sie lief bereits in Richtung des Nebengelasses.

Als sie nach draußen stürmte, verfehlte sie nur knapp zwei Diener, die mit Speisen beladene Platten trugen. Vor dem Nebengebäude standen mehrere Fässer übereinander, und Pherri kletterte behände an ihnen empor aufs Dach. Da'ri würde ihr folgen können, aber er würde sie nicht verraten, schon aus Sorge davor, ihren Vater zu verärgern. Zu ihrer Freude sah sie, dass das Fenster einen Spaltbreit offen stand, und drückte sich an die Mauer, um zu lauschen.

Unten im Raum nahm Orsian neben Naeem am Tisch Platz. Das Empfangszimmer seiner Eltern war einfach eingerichtet, mit Wandbehängen, die seine Mutter genäht hatte, und Möbeln aus Hartholz. Das einzige Zeichen ihres Wohlstands war das vergoldete Schwert mit den Rubinen am Griff, das über der Tür zu ihrem Schlafgemach hing. Er konnte sich nicht daran erinnern, dass er seinen Vater jemals mit diesem Schwert gesehen hätte. Der Griff, der aus der Scheide ragte, war aus schwarzem Leder, abgenutzt und ausgeblichen. Orsians eigenes Schwert hatte ebenfalls einst seinem Vater gehört. Lord Andrik Fassbrecher hielt nichts davon, guten Stahl zu verschwenden.

Sein Vater saß am Kopfende des Tisches und wartete, dass die Diener die Speisen auf den Tisch stellten und wieder gingen. Orsian brannte darauf, zu erfahren, welche Nachrichten seinen Vater vor dem Morgengrauen aus dem Haus getrieben und ihn in derart schlechte Laune versetzt hatten. Wenn es Krieg geben sollte, war er bereit. Er hatte sich oft genug auf dem Übungsplatz bewiesen, und niemand konnte an seinen Fähigkeiten an der Waffe zweifeln. Wenn er gut kämpfte, würde es ihm vielleicht sogar gestattet werden, dem Hymerikaikorps beizutreten, der Elitewache des Königs.

Er wusste, dass er jedes Quäntchen seines Könnens brauchen würde, wenn er sich in den kommenden Jahren ein eigenes Leben aufbauen wollte. Als ältester Sohn erbte sein Bruder Errian sämtliche Ländereien der Familie, von der Veilchenburg bis zum armseligsten Moor. Orsians einzige Hoffnung bestand darin, die Gunst König Hessians und die seines Erben Prinz Jarhik zu erlangen. Er konnte sich nicht darauf verlassen, dass Errian ihn gerecht behandeln würde, wenn ihre Eltern einmal nicht mehr da waren.

Orsian sah seinen Vater an und kam sich sofort töricht vor. Andrik Fassbrecher konnte noch Jahrzehnte zu leben haben. Selbst seine Feinde hätten eingeräumt, dass er der größte Krieger im gesamten Königreich war. Er sah aus, als wäre er aus Eichenholz geschnitzt. Sein schwarzer Bart war grau meliert, aber an seiner Willens- und Waffenstärke bestand kein

Zweifel. Im Alter von nur sechzehn Jahren hatte er eine Rebellion niedergeschlagen, und als sich West-Erland vor sechzehn Jahren erneut aufgelehnt hatte, war er auch dagegen erfolgreich vorgegangen. Kein Mann in Erland genoss so viel Respekt wie sein Vater, nicht einmal der König. Wenn es irgendjemanden gab, der ein hohes Alter erreichen würde, dann war er es.

»Lasst uns allein«, befahl sein Vater, nachdem die Diener endlich alle Speisen und Getränke gebracht hatten. Naeem übernahm sofort die Aufgabe, Bier auszuschenken, und die Diener verließen den Raum.

Sein Vater fackelte nicht lange. »Prinz Jarhik ist tot.«

Orsians Mutter schnappte nach Luft, und Naeem, der seinen Becher halb zum Mund geführt hatte, klappte der Unterkiefer herunter.

Orsian war genauso schockiert wie sie. Prinz Jarhik war erst achtzehn Jahre alt gewesen und ein fähiger Krieger. Orsian bemühte sich um eine steinerne, ungerührte Miene. Sein Vater würde wollen, dass er sich wie ein Mann verhielt, nicht wie ein gefühlsduseliges Kind.

»Wie ist er gestorben?«, fragte Naeem.

»Der Prinz hat eine Friedensgesandtschaft aus der Garnison in Thrumbalto empfangen. Er erwartete ihre Kapitulation, aber es war ein getarnter Meuchelmörder unter ihnen. Wie es scheint, trug unser Prinz eine Verletzung durch eine mit Gift bestrichene Waffe davon. Vor zehn Tagen ist er gestorben.«

Alle am Tisch verfielen in Schweigen. Orsian beobachtete seinen Vater genau. Er hatte Jarhik nicht gut gekannt – Errian hatte ihm nahegestanden –, aber der Prinz hatte nicht den Eindruck eines Mannes gemacht, der sich bei einer Friedensverhandlung überrumpeln ließ.

Doch was bedeutete das für die Thronfolge? König Hessian hatte zwei Töchter, aber die Krone Erlands konnte nur über die männliche Linie weitergegeben werden. Es war ein Gesetz, das auf den Stamm der Meridivale zurückging, die durch das südliche Ödland gezogen waren, bevor sie sich zu Königen über Erland hatten krönen lassen.

»Möge Eryi ihn von der Erde nach Eryispek über den Wolken bringen«, murmelte Naeem die traditionellen Worte. Die anderen stimmten ein, und dann tranken sie alle.

»Ist Prinzessin Tarvanas Sohn jetzt der Thronerbe?«, erkundigte sich Naeem hoffnungsvoll, obwohl Orsian sich sicher war, dass er ihre Gesetze genauso gut kannte wie er selbst.

»Nein.« Andriks Stimme war ernst. »Die Krone wird auf den Cousin des Königs, Lord Rymund Prindian, übergehen.«

Naeem stieß zischend den Atem aus. »Nein. Das können wir nicht zulassen.«

»So will es das Gesetz.« Andrik warf Naeem einen strengen Blick zu. »Ungeachtet der früheren Verbrechen seiner Familie ist Lord Rymund jetzt der Erbe. Wir haben einen Eid geschworen, der Krone zu dienen, Naeem, und nicht einem König unserer Wahl aus einer Laune heraus.«

»Und was wird Hessian tun?«, fragte Orsians Mutter Viratia, die zum ersten Mal das Wort ergriff. Es war typisch für seine Mutter, erst einmal nachzudenken und dann direkt zum Kern der Sache zu kommen. »Wird er wieder heiraten? Ein König braucht einen Erben.«

Hessians Frau war bei der Geburt von Prinzessin Helana gestorben, bevor Orsian zur Welt gekommen war. Der Gedanke an Helana ließ Orsians Herz ein wenig schneller schlagen. Die zweitälteste Tochter des Königs war schwer zu bändigen und wunderschön, und obwohl sie als Kinder zusammen gespielt hatten, war er in ihrer Nähe jetzt oft unsicher und wortkarg. Er befürchtete, dass man ihm seine Gedanken ansehen könnte, und so versteckte er sich für einen Moment hinter seinem Bierhumpen und tat, als nähme er einen tiefen Schluck.

»Das muss er tun«, sagte Andrik. »Er hat jetzt sechzehn Jahre lang getrauert. Elyana hätte nicht gewollt, dass er allein stirbt und zulässt, dass Erland an die Prindians geht. Und Hessian weiß, was von ihm erwartet wird. Er wird sich vermählen. Es beschämt mich, dass ich ihn in der Vergangenheit nie dazu gedrängt habe.

Aber wir müssen uns auch auf einen Krieg vorbereiten. Wir kämpfen bereits an zwei Fronten, und wer weiß, wie sich diese Entwicklung auf Prindians Ambitionen auswirken wird. Wenn seine Mutter davon hört, wird sie ihn dazu drängen, seinen Anspruch mit dem Schwert durchzusetzen. Sie könnten gemeinsame Sache mit Thrumb oder dem Imperium machen.«

Naeem schnaubte. »Er kann gemeinsame Sache machen mit wem zur Hölle er will. Wir werden ihn über den Bleichen Fluss zurückjagen, und das Imperium gleich mit, falls es beschließt aufzubegehren.«

Orsian war sich da nicht so sicher. Das Imperium lag weit jenseits der Berge, aber es war viel wohlhabender und bevölkerungsreicher als Erland. Es gab Geschichten darüber, wie Erland es einst besiegt hatte, aber Orsian glaubte nicht recht an sie, denn sie handelten meist von zwei Meter großen Königen, die eigenhändig fünftausend Männer getötet hatten.

»Aber das Hymerikaikorps muss gewappnet sein«, gab Naeem zu. »Reiten wir in die Hauptstadt?«

Andrik nickte. »Morgen früh. Sorg dafür, dass die Männer fertig zum Aufbruch sind, und berichte ihnen von Jarhiks Tod. Und wenn einer von ihnen verlangt, dass wir nach Thrumb reiten, kannst du ihm sagen, dass ich es verbiete. Die Thrumb können warten. Wir reiten bei Tagesanbruch los. Du auch, Orsian.«

Als Orsian zusammen mit Naeem den Raum verließ, klopfte ihm das Herz vor Stolz wie eine Marschtrommel. Sein Vater wollte ihn mit in den Krieg nehmen! Er fühlte sich bereit und musste gegen die Unruhe ankämpfen, die sich in seinem Magen eingenistet hatte. Dafür hatte Orsian trainiert, und für einen Moment vergaß er sogar, dass der Prinz tot war und er eigentlich trauern sollte.

»Düstere Nachrichten, Junge«, sagte Naeem, als sie gemeinsam auf die Soldatenunterkünfte zugingen, und holte Orsian damit in die Gegenwart zurück. »Ich habe immer gewusst, dass die Thrumb Barbaren sind. Einer von denen hat mir meine Nase genommen.« Er tippte sich zweimal auf die Narbe, dort, wo früher seine Nase gewesen war. »Ich habe dem Prinzen das Kämpfen beigebracht, und er war einer der Besten.« Er spuckte aus. »Die Thrumb wären im Kampf niemals an ihn herangekommen, diese feigen, treulosen Bastarde.«

Jarhiks Tod betrübte Orsian – er wäre eines Tages sein König geworden, und er verspürte ihm gegenüber eine natürliche Loyalität –, aber er konnte auch nicht vergessen, dass Jarhik und Errian unzertrennlich gewesen waren. Errian war dreist und eitel; wer ihn zu seinen Freunden zählte, war in Orsians Augen nur die Hälfte wert. »Denkt Ihr, es wird Krieg geben?«, fragte er. Mit Naeem konnte man besser reden als mit seinem Vater. Auf dem Übungsplatz war er ein strenger Lehrmeister und schwer zufriedenzustellen, aber privat lachte er gern und war ein begabter Geschichtenerzähler.

»Ja.« Naeem war direkt und offensichtlich nicht in der Stimmung für Geschichten. »West-Erland wird erneut aufbegehren, genau wie es das unter Ranulf Prindian getan hat. Die Norhai mögen mich niederstrecken, wenn ich mich irre.«

Orsian hatte von Ranulf gehört, Lord Rymunds älterem Bruder. Er hatte die Familie von Königin Elyana entführt und ermordet, um Hessian zum Kampf zu provozieren, und dadurch einen Krieg angezettelt, um West-Erland zurückzuerobern. Nach Andriks Sieg über ihn hatte der König Ranulf in ein Verlies im tiefsten Kerker von Pfeiferswehr geworfen. Der bloße Gedanke daran ließ Orsian schaudern. Es hieß, es gäbe Ebenen in den Kerkern, die so tief und vergessen waren, dass dort nur Geister patrouillierten. »Über Rymund Prindian habe ich bisher nur gehört, dass er faul und ohne Ehrgeiz sei.«

Naeem schnaubte. »Das Blut wird es zeigen. Ich weiß, dass er ein fauler Kerl sein soll, aber seine Mutter ist es nicht. Breta Prindian hat die Alte Linie nie vergessen, keinen Tag lang. Ihr war klar, dass Ranulf zu dumm war, um zu herrschen, deshalb hat sie ihn zu einem Aufstand angestiftet, den er nicht gewinnen konnte, damit der Titel des Lords an Rymund ging. Und in den letzten sechzehn Jahren wird sie ihm jeden Tag mit dem Mist über sein Geburtsrecht und das Königreich, das die Väter deines Vaters gestohlen hätten, die Sinne vernebelt haben. Es wird Krieg geben, wenn sie ihren Willen bekommt, denk an meine Worte.«

Pherri hatte jedes Wort ihrer Unterredung mitbekommen. Da'ri hatte ihr anschließend eine ziemliche Strafpredigt gehalten, aber er selbst hatte nur allzu gern zugehört, sobald er sich auf das Dach des Lagerraums gekämpft hatte. »Es wird Krieg geben«, hatte er ihr grimmig erklärt, als Pherri ihn gefragt hatte, was die Nachrichten bedeuteten. »Bürgerkrieg für Erland, Vernichtung für die Thrumb, und für mich …« Er schüttelte niedergeschlagen den Kopf. »Wer weiß? Auf der Veilchenburg bin ich vermutlich nicht mehr sicher, falls ich es überhaupt je war.«

Es war schon spät, und Pherri lag im Bett, aber sie konnte vor lauter Sorge um Da'ri nicht schlafen. Die Tatsache, dass er ein Thrumb war, hatte schon genug Feindseligkeit hervorgerufen, und jetzt würde der Tod des Prinzen die Lage noch zehnmal schlimmer machen. Sie hoffte, dass er heute Abend seine Türen verriegelte. Inzwischen würde sich die Nachricht bis zu den Soldaten und Wachen herumgesprochen haben, und nach einem durchzechten Abend in ihren Unterkünften konnten ihre Gedanken leicht in Richtung Rache wandern. Vielleicht würde ihr Vater Da'ri fortschicken, zu seinem eigenen Schutz. Aber wer sollte sie dann unterrichten? Sie hatte bereits jedes Buch in ihrer kleinen Bibliothek zweimal gelesen. Die Bibliothek von Pfeiferswehr beherbergte angeblich mehr als tausend Bücher, aber ihre Mutter würde ihr niemals erlauben, dorthin zu gehen. Und was war mit Orsian? Vielleicht konnten sie ihren Vater überreden, dass er hierblieb, um Pherri und ihre Mutter zu beschützen. Sie konnte sich nicht vorstellen, dass er in den Krieg zog, um andere Männer zu töten oder selbst getötet zu werden.

Da sie nicht schlafen konnte, las sie bei Laternenlicht unter ihrer Bettdecke. Das ging so lange, bis es an der Tür klopfte und sie vor Schreck beinahe die Laterne umgeworfen hätte.

»Ich bin's«, erklang Orsians gedämpfte Stimme. Pherri stellte ihre Laterne auf den Tisch und erhob sich, um die Tür zu entriegeln.

»Du hast es also schon gehört?«, fragte er, als er sich setzte und das Buch mit der Ahnenreihe des erländischen Adels auf ihrem Tisch entdeckte. Pherri hatte darin Rymund Prindians Abstammung zurückverfolgt, um herauszufinden, warum er der Thronerbe war. »Natürlich hast du zuerst in einem Buch nach Antworten gesucht.«

»Inzwischen weiß es jeder.« Sie würde Orsian nicht verraten, dass sie ihre Unterredung belauscht hatte. »Ich habe gehört, dass du fortgehst.«

Orsian nickte ernst. »Wenn die Prindians sich erheben, könnte es Krieg geben. Wir werden kämpfen müssen.«

Bei dem Gedanken, dass Orsian in den Krieg ziehen könnte,

krampfte sich Pherris Herz zusammen. Sie sprang auf und warf die Arme so heftig um ihren Bruder, dass er zusammenfuhr. »Bitte, geh nicht.« Tränen schossen ihr in die Augen. Orsian ging fort, und Da'ri würde vielleicht ebenfalls gehen müssen. Sie würde allein zurückbleiben, ohne einen Menschen, der sie vor der Enttäuschung ihrer Mutter beschützte. »Sag Vater, dass du hierbleiben und auf Mutter und mich aufpassen musst.«

Orsian lachte und umarmte sie, aber als er sich wieder von ihr löste, war sein Gesicht ernst. Er wirkte plötzlich älter als noch vor wenigen Stunden. »Ich muss das tun, für Vater. Für uns alle. Dafür wurde ich geboren. Glaubst du, wir wären noch sicher, wenn Rymund Prindian die Krone an sich reißen würde? Vater ist ein halber Sangreal; wir würden als Bedrohung angesehen werden.«

Pherri versuchte, ihre Tränen zu unterdrücken und den Knoten der Angst in ihren Eingeweiden zu verdrängen. Orsian wäre nie auf den Gedanken gekommen, die Rechtmäßigkeit des Krieges oder seinen Platz im Königreich Erland infrage zu stellen. Seine Gradlinigkeit war eines der Dinge, die sie an ihm liebte. »Wo wollt ihr denn hin?«

»Zuerst nach Merivale, um mit dem König zu sprechen. Vater wird versuchen, ihn dazu zu überreden, wieder zu heiraten. Das Schwierigste wird sein, eine Braut für ihn zu finden. Jedes adelige Mädchen in Erland hatte sein Herz an Prinz Jarhik gehängt.«

Pherri dachte einen Moment lang nach. Sie trat an den Tisch und schlug das Buch, in dem sie gelesen hatte, eine Seite weiter hinten auf. Dann überflog sie den Text und blätterte vor und zurück.

»Da«, sagte sie und zeigte triumphierend mit dem Finger auf die Seite. »Lady Ciera Binsendocht, sechzehn Jahre alt und verlobt mit Lord Rymund Prindian. Ihr Vater ist einer der reichsten Lords in Ost-Erland. *Sie* sollte der König heiraten.«

Orsian beugte sich über die Seite. »Du würdest also von Lord Binsendocht verlangen, dass er die Verlobung auflöst? Und sie stattdessen den König heiraten lassen?«

Pherri nickte. »Nimm den Prindians einen Verbündeten und gewinne einen für uns. Lord Binsendocht ist ein Vasall des Königs, er würde Ja sagen müssen.«

Ein Lächeln breitete sich auf Orsians Gesicht aus. »Bei Eryis Zähnen, Pherri, das ist genial!« Er hob sie hoch und wirbelte sie herum, bis Pherri schwindelig wurde und sie lachen musste. »Ich werde es Vater sagen. Mit einem solchen Verstand solltest du ein Lord sein.«

Pherri grinste. Sie war froh, dass sie Orsian helfen konnte. Und wenn der König eine vorteilhafte Ehe einging, würde der Krieg vielleicht abgewendet werden. Dann konnte Orsian nach Hause kommen und Da'ri bleiben, und niemand würde sterben müssen.

»Ich muss gehen«, sagte Orsian und umarmte seine Schwester noch einmal. »Ich bin hergekommen, um mich zu verabschieden. Wir reiten im Morgengrauen los.«

Stürmisch erwiderte Pherri seine Umarmung und küsste ihn auf die raue Wange, die mit schwarzen Stoppeln überzogen war. Sie konnte sich nicht daran erinnern, dass sie vorher schon da gewesen waren. »Pass auf dich auf, Orsian. Und komm nach Hause, so schnell du kannst.«

KAPITEL 2

Sie zogen los, als die Sonne aufging, und die Zwillingsbanner von Sangreal und Fassbrecher flatterten im Sommerwind, ihre Schatten lang und fahl im frühen Licht des Morgens.

Andrik gab ein zügiges Tempo vor und ritt zu schnell, als dass irgendjemand neben ihm hätte reiten und mit ihm sprechen können. Nur seine beiden Wolfshunde leisteten ihm Gesellschaft, drahtige, pechschwarze Kreaturen, die sich an Valours Fersen hefteten. Er musste nachdenken, und zwar allein, und es gab kaum einen besseren Ort dafür als auf dem Rücken eines Pferdes, wo nur das gleichmäßige Schlagen der Hufe seine Konzentration störte.

Dies war sein siebenundvierzigster Sommer, dreißig Jahre waren seit seinem ersten Krieg vergangen, mehr als ein halbes Leben hatte er im Dienste Erlands verbracht. In Wahrheit noch länger; er war jetzt seit über vierzig Jahren Hessians Gefolgsmann, seit sein Halbbruder ihn beim Spielen auf dem Fußboden im großen Saal von Pfeiferswehr gefunden hatte, einen unerwünschten königlichen Bastard, geboren von einer verstorbenen Fremden.

Vierzig Jahre Loyalität für das Geschenk eines Wolfshundwelpen und eines hölzernen Spielzeugpferdes. Hessian sagte immer, er hätte nie einen besseren Handel abgeschlossen, aber Andrik empfand ganz genauso. Eine prächtige Festung mit fruchtbarem Land, eine liebevolle, wunderschöne Ehefrau und drei Kinder. Nichts davon wäre möglich gewesen ohne die Gunst des Königs. Ohne Hessian wäre Andrik inzwischen wahrscheinlich längst tot, im Schlaf erstickt von einem der Diener von Hessians Mutter, oder verbannt aus der Festung und in einer Gasse von Merivale wegen eines Kantens Brot erdolcht.

Das hatte er auch zu Viratia gesagt, als sie ihn gedrängt hatte, nicht fortzugehen, sondern darauf zu warten, dass Hessian nach ihm schickte, ihn ausnahmsweise einmal seine eigenen Schlachten ausfechten zu lassen. »Ich werde es nie verstehen«, hatte sie ihm geantwortet, nachdem er ihre Bitte abgelehnt hatte. »Der Mann ist unvernünftig, Andrik. Was schuldest du ihm noch mehr als das, was du ihm schon hundertfach gegeben hast?«

»Alles«, war seine einfache Antwort gewesen. »Ich habe ihm als Knabe einen Eid geleistet, und mit der Zeit habe ich gelernt, ihn zu lieben wie einen Bruder. Er ist immer noch dieser Mann, Viratia, und er wird immer auf meine Loyalität zählen können.«

Es machte den Tod von Prinz Jarhik nur umso unerträglicher. Andrik hatte Hessian vor sechzehn Jahren geraten, sich erneut zu vermählen, aber der König wollte damals nichts davon hören. Der Verlust Elyanas hatte ihn sehr mitgenommen. Er hatte sich zurückgezogen und war zufrieden gewesen, andere das Königreich regieren zu lassen, während er in Verfolgungswahn und Verbitterung versank. So konnte es nicht weitergehen.

Die Wahrheit, die Andrik niemals über die Lippen bringen würde, war, dass Jarhik ein Narr gewesen war. Er hatte nie gelernt, vorsichtig zu sein, und jeder, der sich seinen Launen widersetzt hatte, war schnell aus dem Kreis der jungen Lords, die ihn umgaben, ausgestoßen worden. Aber Andrik machte sich auch selbst Vorwürfe. Er hätte anstelle des Prinzen nach Thrumb gehen sollen, aber Jarhik hatte verzweifelt auf sein erstes Kommando gedrängt, und Hessian hatte dem nachgegeben.

Doch jetzt war keine Zeit, darüber nachzugrübeln. Sie mussten handeln, und das konnte Andrik nicht allein tun. Er war ein Krieger, und mehr hatte er nie sein wollen. Er brauchte Hessians Listigkeit. Trotz seiner Schwäche war der Verstand des Königs immer noch scharf. Vielleicht würde der Tod seines Erben ihn aus seinem Dämmerschlaf aufrütteln. Wenn nicht, waren sie verloren.

Der Lärm von herannahendem Hufschlag riss ihn aus seinen Überlegungen, und als er sich umdrehte, sah er Orsian auf sich zupreschen. Er rief ihm etwas zu. Andrik verringerte sein Tempo ein wenig, um seinem Sohn die Möglichkeit zu geben, ihn einzuholen. Er hatte früher gehofft, dass seine Söhne heranwachsen würden, um für Jarhik zu kämpfen, so wie er es für Hessian getan hatte. Jetzt fragte Andrik sich, ob er in fünfzehn Jahren vielleicht immer noch Seite an Seite mit ihnen kämpfen würde, um die Krone für einen noch ungeborenen König zu sichern. Andrik würde dann um die sechzig sein, weit über das Alter hinaus, in dem die meisten Männer ihre Schwerter an den Nagel hängten.

Als er jetzt Orsian betrachtete, mit seinem gelockten Haar und dem dunklen Teint, war es, als sähe er das Gespenst des Knaben, der er selbst einmal gewesen war, auch wenn er sich genauso draufgängerisch und töricht aufgeführt hatte wie Jarhik. Das war nichts, das man Orsian je hätte vorwerfen können. Sein zweitgeborener Sohn war ernst und fleißig in allem. Das würde ihm gute Dienste leisten. Errians Temperament glich eher dem von Andrik in seinen früheren Jahren, obwohl sie einander äußerlich überhaupt nicht ähnlich waren: zu stolz und zu bereit, etwas als Kränkung aufzufassen, aber unnachgiebig in Worten und Taten. Seine Söhne hätten einander gut ergänzt, wenn sie nur vernünftig genug gewesen wären, miteinander auszukommen.

»Was gibt es, Orsian?«

»Hast du schon über die Braut des Königs nachgedacht?«, fragte er etwas atemlos, da er sein Pferd hart angetrieben hatte, um Andrik einzuholen.

Sein Sohn war direkt auf den Punkt gekommen, was Andrik zu schätzen wusste. »Ich gestehe, das habe ich noch nicht.«

»Lady Ciera Binsendocht aus Klippwehr. Sie ist Lord Prindian versprochen.«

Andrik erinnerte sich, dass diese Verlobung schon vor Jahren bekannt gegeben worden war. Der junge Prindian hätte sie inzwischen längst ehelichen sollen. Es sprach für seine Trägheit, dass er es nicht getan hatte.

»Lord Binsendocht herrscht über Klippwehr«, fuhr Orsian eifrig fort, als Andrik nicht antwortete. »Es hat einen florierenden Hafen, und Binsendocht ist ein wohlhabender Mann.«

»Und du schlägst vor, dass wir stattdessen für Hessian Anspruch auf sie erheben.« Das Mädchen war jung, zu jung vielleicht, aber das war an sich nicht ungewöhnlich. Und Andrik kannte Lord Binsendocht: Wenn er auch nur halb so furchtsam war wie in ihrer Jugend, würde er ihnen ihre Bitte nicht abschlagen. »Es ist ein guter Plan, aber er stammt nicht von dir.« Andrik lächelte. Orsian war klug, doch zu arglos, um selbst auf so eine Idee zu kommen.

Orsian verzog das Gesicht. »Es war Pherris Vorschlag«, gab er zu. »Sie hatte ein großes Buch über die Familien Erlands im Zimmer liegen.«

»Meine kluge Tochter.« Vielleicht hätte er Pherri doch in ihre Beratung am Tag zuvor einbeziehen sollen. Es war ein Einfall von der Art, wie Viratia ihn vielleicht gehabt hätte, obwohl es ihr widerstrebt hätte, eine derart junge Braut für Hessian vorzuschlagen. Es würde schwierig werden, eines Tages einen Gemahl für Pherri zu finden. Nicht viele Männer wünschten sich eine kluge, neugierige Ehefrau. »Danke, dass du mich darauf aufmerksam gemacht hast.«

Es war ein Dreitagesritt bis nach Merivale, und obwohl Andrik keine Verzögerung wünschte, gestattete er ihnen, jeden Abend anzuhalten und ein Lager aufzuschlagen. Es würde vielleicht bald eine Zeit kommen, in der er von seinen Männern verlangen müsste, die Nacht durchzureiten, und es war wichtig, dass sie sich dann einer solchen Forderung nicht widersetzten.

Außerdem wollte sich Andrik eigentlich nicht beeilen, damit Hessian die Nachricht einige Tage und nicht nur Stunden vor seiner Ankunft empfing. Wenn Hessian in seiner tiefsten Trauer einen Befehl gab, war es Andriks Ehrenpflicht, ihm zu gehorchen, ganz gleich, was er verlangte. Ein oder zwei Tage konnten einen gewaltigen Unterschied machen. Die Boten würden die Nacht durchreiten und an den Wegstationen frische Reittiere bekommen. Sie sollten Merivale inzwischen fast erreicht haben.

Am zweiten Tag war es ungewöhnlich warm, was sowohl die Reiter als auch die Pferde durstig und reizbar machte. Die Hitze hielt bis zum Abend an, und sie sparten sich die Mühe, ein Feuer zu entzünden, als sie haltmachten, um zu schlafen. Niemandem war es danach zumute, zu trinken oder Geschichten zu erzählen, und Naeems Versuche stießen auf taube Ohren.

Andrik blieb bis tief in die Nacht hinein wach, während der Boden unter ihm abkühlte. Der Nachthimmel war wolkenlos, und ein Teppich funkelnder Sterne entfaltete sich in alle Richtungen bis zum Horizont und darüber hinaus.

Zwischen den Überfällen der Thrumb und der Rebellion der Lutum hatte es sich bereits so angefühlt, als würde Erland auseinanderfallen. Und jetzt würden sie vielleicht auch noch gegen die Prindians kämpfen müssen. Sie waren die wahre Bedrohung, die noch jedem König der Sangreal-Dynastie seit dem Abkommen schlaflose Nächte bereitet hatte.

Seltsam und misslich genug, dass wir uns mit zwei Bedrohungen abgeben mussten, die ein halbes Land auseinanderliegen. Jetzt auch noch eine dritte. Und die Norhai haben sich das Schlimmste bis zum Schluss aufgehoben.

Sollte es zu einem Krieg kommen, war Einigkeit der Schlüssel. Jeder Lord schwor Hessian die Treue, und jeder, der seinen Eid hielt, wäre einer weniger für die Prindians.

Andrik konnte nicht einmal innerhalb seines eigenen Hauses Einigkeit herstellen. Er hatte Errian in den Kampf geschickt, zum einen, um sich für den Angriff der Lutum auf die Stadt Basseton zu rächen, zum anderen, um ihn und Orsian zu trennen. Seine Söhne waren zerstritten, seit sie das erste Mal ein Schwert in der Hand hielten. Für ihn und Hessian war es einfacher gewesen – ihr Altersunterschied betrug mehr als ein Jahrzehnt, und sie hatten beide erkannt, was der jeweils andere ihm zu bieten hatte. Errian und Orsian lagen altersmäßig zu nah beieinander, waren zu unterschiedlich und kämpften beide zu gern.

Er würde ihnen eine Brücke schlagen müssen. Noch war Zeit dafür. Errian hatte dem Prinzen nahegestanden, und es würde ihn zutiefst betrüben, wenn er von dessen Tod erfuhr. Wenn Orsian dann bei ihm war, würden die beiden vielleicht miteinander ins Reine kommen.

Am Abend des dritten Tages kam die Stadt Merivale in Sicht wie ein großer, dunkler Fleck über Land und Himmel.

Die hohen Türme von Pfeiferswehr ragten über ihr auf und streckten sich wie Finger in die Höhe. Auf einem sanften Hügel gelegen wies die Stadt drei Tore in ihren massiven Mauern auf und einen Wald im Norden. Der Festung am nächsten lagen Gebäude, die aus Stein gefertigt worden waren, aber es gab auch einige aus Holz, und die Häuser direkt an der Stadtmauer waren einfache Bauten aus Lehm und Stroh. Er hatte im Wind noch nichts davon bemerkt, aber Andrik wusste, wie schrecklich die Stadt in der Sommerhitze stinken würde. Alle Abwässer flossen den Hügel hinunter in den Wassergraben, und dessen Gestank würde bestialisch sein.

Andrik rief seinen Sohn, der einige Meter hinter ihm ritt. Orsian ließ sein Pferd antraben. »Ja, Vater?«

Andrik zeigte nach Nordosten, vorbei an Merivale, auf den Eryispek. Der Berg war unvorstellbar groß. Seine gewaltigen Ausmaße ließen Merivale im Vergleich geradezu winzig erscheinen. Er selbst glaubte nicht, dass der Berg endlos sein konnte, aber er würde diejenigen, die es taten, immer bewundern. »Du reitest zum Osthang des Eryispek, zu deinem Bruder. Ich brauche Nachricht von der Rebellion der Lutum.«

Orsian klappte die Kinnlade herunter. »Aber ...«

Andrik hob eine Hand, um ihn zum Schweigen zu bringen. »Du wirst nach Pfeiferswehr zurückkehren, sobald du mit Errian gesprochen hast.« Das hatte er in der Hoffnung beschlossen, dass die Brüder sich versöhnen würden. Außerdem ging es Hessian schon zu den besten Zeiten nicht besonders gut, und die Trauer würde ihn noch weiter schwächen. Es war besser, wenn Orsian nicht zu eng mit ihm zu tun hatte – es würde vielleicht seinen Kampfeswillen dämpfen, wenn er sah, für wen sie kämpften. »Du wirst ihm von Jarhiks Tod berichten, und ihr werdet zusammen trauern. Du musst deinen Bruder nicht lieben ... Bei Eryi, du musst ihn nicht einmal mögen, aber ihr werdet einander respektieren und Seite an Seite kämpfen, nicht gegeneinander. Habe ich mich klar ausgedrückt?«

Orsian überlegte kurz, bevor er antwortete, und verzog unzufrieden den Mund. »Ja.«

»Gut. Und du wirst jemanden brauchen, der dich begleitet, einen alten Hasen.«

»Einen alten Hasen wie unseren Vater, Mylord?«, rief einer von Naeems Söhnen grinsend. Burik, mutmaßte Andrik, aber er hatte Mühe, ihn von Derik zu unterscheiden. »Er ist nicht der Gewitzteste, aber ein solches Gesicht ist eine bessere Verteidigung als jeder Schild.« Die Zwillinge brüllten vor Lachen.

Naeem lachte mit ihnen, und dabei dehnte sich das Loch, das er anstelle einer Nase hatte, auf groteske Weise aus. »Jawohl, warum nicht? Es ist Jahre her, dass Ihr mich aus den Augen gelassen habt, Mylord. Ich dachte immer, meine Frau hätte Euch gebeten, mich im Blick zu behalten.«

Andrik brummte erheitert. »Du wirst es schon machen. Aber überlass Orsian das Reden, sonst erschreckst du die Leute nur.«

Orsian und Naeem trennten sich von der Gruppe, während Andrik seine Eskorte in Richtung Merivale führte. Die blutrote Flagge über Pfeiferswehr flatterte auf halbmast, und ein zarter Schleier aus purpurfarbenem Rauch hing über der Stadt, der aus dem Schornstein der Kirche Eryis quoll. Die Priester zündeten bunte Kerzen an, um das Ableben eines Angehörigen königlichen Geblütes zu würdigen. Die Nachricht vom Tod des Prinzen musste sie bereits erreicht haben.

Sie betraten die Stadt durch das ruhigere Widdertor statt durch das Königstor. Andrik hatte keine Geduld für eine Ehrenwache, die sie auf der Burgstraße begleiten würde, während die drängelnde Bevölkerung ihm zurief, er solle in den Kampf gegen die Thrumb ziehen. Der Krieg war von Anfang an ein törichtes Unterfangen gewesen, eine völlig unverhältnismäßige

Reaktion auf ein paar Banditen der Thrumb, die in den dunkelsten Winkeln von West-Erland ihr Unwesen trieben, und wenn Hessian versuchen sollte, ihn dorthin zu schicken, würde er ihm das sagen. Die wahre Bedrohung lag innerhalb der Grenzen von Erland.

Trotz ihres unangekündigten Erscheinens erwartete Theodric sie bereits, als sie den Burghof erreichten. Der Magier des Königs hatte die irritierende Eigenschaft, Dinge zu wissen, bevor sie geschahen.

»Er empfängt Euch in seinem Privatgemach im Turm«, sagte Theodric, als Andrik absaß. Andrik nickte ihm zu und ging direkt an ihm vorbei.

Er eilte in das oberste Stockwerk der Festung und machte sich von dort an den Aufstieg in den Turm des Königs. Seine schweren Stiefel hallten auf dem kalten, steinernen Boden wider. Als Kind hatte er diesen Teil der Burg gemieden, denn die Wachen hatten ihn mit dem stumpfen Ende ihres Speeres geschlagen, wenn sie ihn dort erwischten, wo er nichts zu suchen hatte. Seine Domäne waren die große Halle und der Küchentrakt gewesen, wo seine Jugend und seine Verzweiflung ihm häufig ein Stück Kuchen von einer mitfühlenden Dienerin eingetragen hatten.

Ich frage mich, ob sich noch irgendjemand daran erinnert, wie ich damals gelebt habe, abgesehen von Hessian.

Die beiden Wachen oben an der Treppe waren ihm bekannt. Sie hoben die Faust zum Gruß, als er die oberste Stufe erreichte, und traten beiseite, um ihn in die Privatgemächer einzulassen. Andrik blieb für einen Moment stehen, wechselte ein paar Worte mit den beiden Männern, lobte ihre Fähigkeiten und erkundigte sich nach ihren Familien. Sie würden vielleicht bald in den Krieg ziehen, und ein Krieger sollte wissen, für wen er kämpfte. Nachdem er ihnen zum Abschied auf die Schulter geklopft hatte, trat er ein.

König Hessian Sangreal stand am offenen Fenster und wandte sich von seiner Betrachtung des Eryispek ab. Er war nie ein gesunder Mann gewesen, aber jetzt hatte er mehr Ähnlichkeit mit einem Leichnam als mit einem König. Sein Gesicht war vor Trauer eingefallen, seine scharfen Züge waren von tiefen Schatten gezeichnet und seine trüben Augen blutunterlaufen und müde. Er gab trotzdem noch eine beeindruckende Figur ab mit seiner ungewöhnlichen Körpergröße, seinem langen grauen Haar und der tiefroten Zobelrobe mit schwarzem Besatz.

»Sag mir, Bruder ...« Hessians Stimme klang erschöpft. »Findest du Gefallen daran, deine Männer zu loben wie billige Huren, die auf ein Trinkgeld aus sind?«

»Ich finde Gefallen daran, wenn meine Männer zufrieden sind, mein König. Männer kämpfen besser für einen Befehlshaber, den sie mögen.«

Hessian schenkte ihm ein trauriges Lächeln und ließ sich in einen Stuhl am Tisch fallen, dessen Platte die Umrisse Erlands hatte, mit einer kegelförmigen Flasche an der Stelle des Eryispek. »In Wahrheit, Bruder, beneide ich dich um deinen unbefangenen Umgang mit den einfachen Soldaten.« Er schaute auf den Tisch hinunter. »Wenn auch nicht so sehr, wie ich dich um deine beiden Söhne beneide.«

Andrik setzte sich ihm gegenüber und schenkte ihnen Wein ein. »Ich würde nicht weniger um meinen Sohn trauern, nur weil ich einen weiteren habe, noch würde ich weniger um meine Tochter trauern, weil ich zwei Söhne habe. Für Eltern ist der Verlust eines Kindes die schlimmste Tragödie, die man sich vorstellen kann. Es tut mir leid, Hessian.«

Hessian wischte sich über seine blutunterlaufenen Augen. »Du hast natürlich nicht unrecht, aber ich habe nicht nur einen Sohn und Erben verloren. Ich habe eine Dynastie verloren, ein Königreich und mein Lebenswerk.«

»Es ist noch nicht zu spät, Hessian. Du musst dich wieder vermählen.« Andrik sprach entschlossen, in der Hoffnung, trotz der Verzweiflung seines Bruders zu ihm durchzudringen. Er hatte von einer Dynastie gesprochen und dabei etwas von seinem alten Feuer gezeigt.

»Ich habe noch zwei weitere Söhne gezeugt, weißt du.« Hessian nahm einen Schluck von seinem Wein. »Mit Bauernmädchen. Sie müssten jetzt das mittlere Lebensalter erreicht haben. Ich frage mich manchmal, was aus ihnen geworden ist.« Andrik zuckte zusammen, als Hessian plötzlich mit der flachen Hand auf den Tisch schlug. »Oh, was für ein Blatt Eryi mir zugeteilt hat!« Roter Wein sprühte aus seinem Mund. »Sechzehn Jahre lang habe ich mir die Liebe für eine tote Frau bewahrt, und obwohl es mir das Herz bricht, muss ich jetzt wieder heiraten und mit diesem gebrechlichen Körper einen Erben zeugen. Sag mir, Andrik, welche glückliche junge Maid hattest du für eine solche Enttäuschung im Sinn?«

»Bruder, ich glaube nicht, dass du eine Enttäuschung sein wirst. Ältere Männer und junge Frauen ergeben oft die besten Verbindungen; war dein Vater nicht Jahrzehnte älter als deine Mutter? Wir haben eine potenzielle Braut ermittelt. Es gibt jedoch eine andere Möglichkeit, die du vielleicht noch nicht berücksichtigt hast.« Andrik schluckte. Er hatte noch mit niemandem über diesen Plan gesprochen. Hessian hatte schon für Geringeres Männer in den Kerker geschickt. »Verheirate Helana mit Rymund Prindian. Ihr Sohn, dein Enkel, würde eines Tages herrschen.«

Hessian erstarrte, und obwohl die Brise vom offenen Fenster plötzlich nachgelassen hatte, schien die Temperatur im Raum zu sinken. Sein Blick richtete sich auf Andrik, und seine roten Augen durchbohrten ihn wie Pfeile.

»Niemals.« Hessian fuhr taumelnd auf, und seine Stuhlbeine kratzten laut über den Steinboden. »Du! Du willst, dass ich meine Tochter in dieses Vipernnest verheirate? Hast du den Verstand verloren, Bruder?«Außer sich umklammerte Hessian mit weißen Knöcheln die Tischkante, und der Wind toste erneut, als befände er sich im Einklang mit ihm, als er sein langes, graues Haar durcheinanderwirbelte.»Was für eine prächtige Belohnung dafür, dass sie die Familie meiner Gemahlin umgebracht haben: meine Tochter und obendrein die Krone von Erland! Vielleicht sollte ich ihm auch noch meine älteste Tochter als Bettgespielin überlassen!«

Hessians Wutanfälle waren gewöhnlich ebenso kurz wie heftig. Er ließ sich wieder auf seinen Stuhl sinken und nahm einen langen Zug aus seinem Becher.»Also nein … Wohl kaum.«

»Verzeih mir, Bruder.« Andrik sprach sehr vorsichtig und hielt den Blick gesenkt.»Ich hätte das niemals vorschlagen dürfen.« Er hatte das Risiko gekannt. Hessians Hass auf die Prindians war geradezu wahnhaft, seit sie sich nach Königin Elyanas Tod erhoben hatten. Doch Hass war gut, er würde bis zum Ende kämpfen, damit die Krone seiner eigenen Dynastie erhalten blieb.

»Oh, kleiner Bruder!« Hessian lachte leise.»Wenn das Volk es nur sehen könnte. Der tapfere Krieger Andrik Fassbrecher, vom schwachen König Hessian zum Schweigen gebracht.« Hessians Stimmung konnte genauso schnell in Heiterkeit umschlagen wie in Zorn.»Ich würde das gern von meinen Schreibern aufzeichnen lassen, aber ich fürchte, dass künftige Gelehrte es niemals glauben würden. Und wer ist die Frau, die du als meine Braut vorschlägst?«

»Lady Ciera Binsendocht«, sagte Andrik.»Lord Binsendochts sechzehnjährige Tochter.«

»Der Lord von Klippwehr. Seit du ihm den Piraten Portes Sturmrufer vom Hals geschafft hast, hat er seine Einkünfte verzehnfacht. Aber ist die Tochter nicht bereits einem anderen versprochen?«

»Rymund Prindian. Aber die beiden sind noch nicht vermählt.«

Hessian lächelte. »Also, ich schwäche den Prindian-Balg, während ich meine eigene Position stärke. Es ist ein Glück, dass er noch nicht daran gedacht hat, sie für sich zu beanspruchen, sonst hätten wir womöglich Feinde im Osten und im Westen. Eine geniale Wahl. Ist es dir selbst eingefallen?«

»Ja«, behauptete Andrik. Hessian sollte nicht wissen, dass er dies mit seiner Familie besprochen hatte.

»Nun, ich bin mir sicher, dass Lord Binsendocht die Vorteile eines Bündnisses mit seinem König erkennen kann, statt seine Tochter einem winselnden Welpen zu überlassen, der, wie meine Spione mir berichten, nie vor dem Mittag aufsteht. Also schön, das Binsendocht-Mädchen soll es sein.«

»Sehr wohl, Eure Majestät.« Andrik stieß einen erleichterten Seufzer aus. »Soll ich einen Gesandten schicken?«

»Oh nein, Bruder. Ich habe keinen Gesandten, der besser für diese Aufgabe geeignet wäre als du, der du damit zum Schauplatz eines weiteren legendären Sieges zurückkehrst.« Hessian stand auf und ging im Raum auf und ab, beflügelt von der Intrige, einem anderen Mann die zukünftige Braut zu stehlen. »Du wirst ihren Vater dazu überreden, die Verlobung zu lösen, und als Stellvertreter meinen Platz bei der Trauung einnehmen, und dann bringst du mir ohne Verzögerung das Mädchen her. Jeder Tag, den wir verlieren, ist ein Tag weniger, an dem ich einen Erben zeugen kann! Und zeugen werde ich einen Erben. Rymund Prindian wird niemals meine Krone tragen. Die Dynastie der Sangreals muss überdauern.«

Andrik schaute stirnrunzelnd zu ihm auf. »Aber was ist mit den Thrumb?« Er war sich sicher gewesen, dass Hessian ihm befehlen würde, unverzüglich mit dem Hymerikaikorps nach Westen zu marschieren.

»Strovac Sigac wird mit dreihundert Mann nach Thrumb

reiten. Die Hymerikai beabsichtige ich dicht bei mir zu halten, für Klippwehr wirst du nur eine kleine Eskorte benötigen.«

Andrik kannte Strovac Sigac nur zu gut. Er zollte seiner Waffenfertigkeit widerwillig Respekt, aber Strovac war ebenso skrupellos wie grausam. Wenn auch kein Lord, war er durch Hessians Gunst der Herr von Fenholt geworden, einer Festung tief in den öden östlichen Sumpfgebieten Erlands. Und er umgab sich mit Kriegern, die ein genauso schwarzes Herz hatten wie er selbst, der sogenannten Wilden Brigade. Dass Hessian sich eines solchen Mannes bediente, war ein dunkler Schandfleck auf seiner Königswürde. »Strovac ist ein gnadenloser Krieger, aber er hat nie die Disziplin eines Soldaten gelernt.«

Hessian schnaubte. »Du bist derjenige, der ihn nicht bei den Hymerikai haben wollte, wessen Schuld ist das also? Ich weiß über Sigac Bescheid, und die Entscheidung steht nicht zur Diskussion. Er hat weniger Ehre im Leib als ein läufiger Hund, aber er ist ein furchterregender Kämpfer, und besser ein zahmer Hund als ein wilder. Ich will, dass er die Thrumb mit Stumpf und Stiel ausrottet. Hier geht es nicht mehr darum, mit ihren Raubzügen fertigzuwerden, Bruder. Es ist ein Vernichtungskrieg. Aber du musst nach Klippwehr reiten. Brich auf, sobald du bereit bist.«

Andrik nickte. »Ja, Majestät, ich werde dich nicht enttäuschen. Heute Abend noch beginne ich mit meinen Vorbereitungen.« Er hatte gewusst, dass Hessian die Vernichtung der Thrumb befehlen würde, aber wenigstens würde es nicht seine Aufgabe sein. Und die Thrumb kannten ihr Land besser als jeder Krieger Erlands. Sie würden sich tief in die Wälder zurückziehen und niemals gefunden werden. Strovac Sigac konnte genauso wenig die Thrumb auslöschen, wie er über die Mauern von Pfeiferswehr springen konnte. Da er die Anweisung des Königs als Zeichen verstand, sich auf den Weg zu machen, erhob Andrik sich und ging entschlossen zur Tür.

47

»Andrik«, sagte Hessian hinter ihm, als er nach der Klinke griff. Er drehte sich um. Hessian blickte ihn mit sanften Augen an, als sähe er ihn zum ersten Mal. »Ich weiß, dass du mich nicht enttäuschen wirst. Du bist nie vom rechten Weg abgekommen, nicht wahr? Hast nie den Wunsch verspürt, dein Schicksal an einen anderen zu binden oder mich zu verraten und mir die Krone zu stehlen. Trotz all deiner Siege bist du mir treu geblieben. Du beschämst mich, Bruder. Als ich jünger war, sagten die Menschen, ich hätte eine süße Zunge, weil ich sie in einer Stunde überzeugen konnte, mir das zu geben, von dem sie geschworen hatten, dass ich es nie bekommen würde. Trotzdem glaube ich, der beste Handel, den ich je eingegangen bin, war, als ich vor vierzig Jahren die Loyalität eines kleinen Jungen für einen Hund und ein Holzspielzeug erkaufte.«

»Du hättest meine Loyalität in jedem Fall gehabt«, gab Andrik zurück. »Es ist die Loyalität, die jeder Untertan seinem Herrscher schuldet. Was du an jenem Tag erworben hast, war Bruderliebe.«

Auf Hessians Gesicht erschien ein Lächeln, das die Jahre von seinem kränklichen Antlitz abfallen ließ. »Dann geh, Bruder, und komm mit meiner Braut zurück. Das Schicksal des Königreiches und der Dynastie hängt von dir ab.«

Draußen verabschiedete Andrik sich von den beiden Wachen und begann seinen Abstieg. Ein unvorsichtiger Diener hatte die Reihe von Wandleuchten, die die Wendeltreppe säumte, zu weit herunterbrennen lassen, und als Andrik nach unten ging, konnte er kaum mehr erkennen als die Stufen direkt vor ihm, bis der warme, orangefarbene Schein des Feuers aus dem darunterliegenden Korridor langsam in Sicht kam.

Bei seinen Zusammenkünften mit Hessian fühlte er sich stets wie der Junge, der er einst gewesen war. Trotz all seiner Siege war er immer noch der kleine Bruder. Vielleicht hätte er mehr Verständnis für Orsian aufbringen sollen; Errian würde in ihm immer ein Kind sehen, keinen Verbündeten.

»Ihr solltet vorsichtig sein beim Treppensteigen in so einer Dunkelheit.«

Die Stimme war leise und kehlig und kam von einer Stelle hinter Andrik. Er wirbelte herum, um nach der Quelle zu suchen, und zuckte zusammen, als ein lauernder Schatten aus einer dunklen Nische auftauchte, groß und bedrohlich.

Nach einem Moment des Grauens trat die gewaltige Gestalt Strovac Sigacs ins Licht. Er schien Andrik noch mehr als sonst zu überragen und nahm mit seinem massigen Körper den ganzen Raum des Treppenhauses ein. Das Erste, was man stets an Strovac bemerkte, war seine Größe.

Auf seinem Gesicht lag ein breites, zufriedenes Grinsen, während er den Triumph auskostete, sein Gegenüber erschreckt zu haben. Vor über einem Jahrzehnt war Strovac nur einer von vielen Jünglingen gewesen, die man nach Pfeiferswehr geschickt hatte, damit Andrik Fassbrecher Soldaten aus ihnen machte. Er war stärker und geschickter gewesen, als seine Jahre hatten vermuten lassen, aber auch hinterhältig und grausam, und in Andriks Augen nicht würdig, dem Hymerikaikorps beizutreten. Aber Strovac war jetzt ein Mann und ein Krieger durch und durch. Und dann waren da noch seine Augen. Das Zweite, was einem auffiel, waren seine Augen: Klein und wachsam huschten sie in seinem ansonsten hübschen Gesicht umher wie Insekten. Es waren die Augen eines Assassinen, kalt, berechnend und verschlagen.

»Habe ich Euch erschreckt, Mylord?«, fragte Strovac feixend. »Das tut mir leid. Ich war auf dem Weg zum König. Man hat mir mitgeteilt, er brauche mich.«

Andriks Gesicht verriet nichts, aber sein Blick war hart wie Stein. »Man schickt Euch nach Thrumbalto, damit Ihr nach der

Ermordung des Prinzen – möge Eryi ihn zu sich holen – die Befehlsgewalt übernehmt.«

Strovacs spöttisches Lächeln konnte seine Überraschung nicht verbergen. »Aber ich hätte gedacht, das sei eine Aufgabe für Euch, den viel besungenen Helden Andrik Fassbrecher. Es sei denn, Ihr habt endlich beschlossen, Euer Schwert an den Nagel zu hängen? Wenn ja, wäre das eine Schande. Ich hatte gehofft, dass wir vielleicht die Klingen kreuzen, bevor Ihr Euch zur Ruhe setzt.«

»Viel Vergnügen mit Euren Scherzen, Strovac. Ich versichere Euch, dass die Thrumb sie genauso amüsant finden werden wie ich. Gefällt es Euch, wieder in der Hauptstadt zu sein? Sicher vermisst Ihr die Stadt, aber das Königreich verlässt sich darauf, dass Ihr die westlichen Sumpfgebiete bewacht. Die Kröten und Fischreiher jagen sich nicht von allein.«

Für einen kurzen Moment blitzte Zorn in Strovacs Augen auf. Der Mann war zumindest leicht zu reizen, denn er war sich nur allzu bewusst, welch relativ bescheidene Stellung er innehatte. »Das Königreich verlässt sich darauf, dass ich die Taten vollbringe, die Eure gerühmte Ehre beschmutzen würden. Also, so gern ich hier weiter auf der Treppe mit Euch plaudern würde, der König verlangt nach mir. Genießt Euren Ruhestand, alter Mann.«

Andrik sah ihm argwöhnisch nach. Strovac Sigac war kein Mann, dem man den Rücken zukehrte. Düstere Gerüchte rankten sich um ihn – von Dienern Fenholts, die auf mysteriöse Weise verschwunden waren, von seltsamen Schreien in der Nacht, die über die Auen hallten –, und Andrik glaubte diese Gerüchte. Die einzige Geschichte, die er nicht glaubte, war die, dass Strovac ein unehelicher Sohn Hessians war. Hessian hatte seit seiner Vermählung und selbst nach Elyanas Tod keine andere Frau in seinem Bett gehabt, dessen war

Andrik sich sicher. Er konnte nur vermuten, dass Strovac dieses Gerücht selbst in die Welt gesetzt hatte.

Es ist Torheit, sich auf diesen Mann zu verlassen. Ich wünschte, er wäre bei Thrumbalto gestorben und Prinz Jarhik noch am Leben.

KAPITEL 3

Rymund Prindian lehnte sich auf seinem Sessel zurück und bekämpfte seine Kopfschmerzen mit einem Rauchstäbchen und einer Karaffe Johannisbeerwein. Sein Empfangszimmer war üppig mit hellen Seidenstoffen und Kunstwerken aus der Zeit vor dem Abkommen geschmückt, aber heute gefielen ihm die Wandbehänge nicht. Er hätte immer noch im Bett gelegen, hätte ihm seine Mutter nicht durch einen Diener ausrichten lassen, dass er sie noch vor dem Mittag erwarten solle. Rymunds Kopf hämmerte, und sein Gewand war schweißdurchnässt. Wäre es nicht Hochsommer und die Sonne nicht so hell gewesen, hätte er die Brise auf seinem Balkon genossen, aber stattdessen hatte er die Vorhänge zugezogen. Das einzige Licht im Raum kam von seinem Rauchstäbchen und einem kleinen, leuchtend grünen Kristall aus dem Imperium, den er bei einer Schachpartie gegen einen Schiffskapitän gewonnen hatte.

Er hatte in der vergangenen Nacht im Neuen Viertel von

Irith gezecht. Das ehemalige Vagabundenquartier, das auf den Ruinen einer alten Burg errichtet worden war, erlebte dank einiger geschäftstüchtiger Tavernenbesitzer, die sich auf ungewöhnliche Spirituosen spezialisiert hatten, einen gewissen Aufschwung. Natürlich schadete es nicht, den Mann als Gast bei sich zu begrüßen, der an zweiter Stelle der Thronfolge Erlands stand; jeder Bürger in Irith wusste jetzt, dass Lord Prindian ein Gast der *Qualmenden Sau* war. Rymund konnte sich weder genau daran erinnern, was er in der letzten Nacht gespielt hatte, noch mit wem, aber am Morgen hatte sich ein ordentliches Sümmchen Gold in seinen Taschen befunden, und er war vernünftig genug gewesen, keine Frau mit in sein Bett zu nehmen.

Er träumte noch vor sich hin, als es an der Tür klopfte. Rymund setzte sich aufrecht hin, bedeckte sich eilig mit seinem Gewand und hätte dabei um ein Haar seinen Wein verschüttet.

Lady Breta Prindian spazierte herein, ohne eine Aufforderung abzuwarten, und hüllte den Raum in eine Wolke duftenden Parfüms. Sie war prachtvoll anzusehen in einem fließenden, mitternachtsblauen Kleid, ihr dickes kupferfarbenes Haar zu einem kunstvollen Knoten gebunden. Obwohl sie bereits auf die sechzig zuging, schien das die Tavernenmädchen nicht davon abzuhalten, Rymund von seiner wunderschönen Mutter mit ihrer schmalen Taille und dem makellosen, markanten Gesicht vorzuschwärmen, das von strahlend grünen Augen beherrscht wurde. Es war ein Thema, das Rymund nicht ausstehen konnte. Er ging in die Taverne, um seine Familie zu vergessen, nicht um an sie erinnert zu werden.

»Hast du in Erwägung gezogen, dich für mich anzukleiden? Wenigstens sind diesmal keine Tavernendirnen hier, obwohl es tatsächlich riecht wie in einem Wirtshaus.« Breta ging geschäftig im Raum umher und zündete Kerzen an, dann betrachtete sie die Weinkaraffe auf dem Tisch. »Was feiern wir? Dein Vater war ebenfalls ein Freund des Weines vor dem Mittagessen.«

Rymund verzog verärgert das Gesicht. »Ich fühle mich nicht gut. Gewöhnlich tue ich das nicht.« Als Rymund ein Kind gewesen war, hatte sein Vater in betrunkenem Zustand gewettet, er könne mit seinem Pferd von einem Balkon im ersten Stock der Festung auf das Stalldach springen. Nachdem er das arme Tier dazu bewegt hatte, die Treppe hinaufzugehen, war ihm der Sprung tatsächlich geglückt, aber das verängstigte Pferd hatte beim Aufsetzen so heftig gebockt, dass der alte Lord Prindian aus zehn Meter Höhe auf die Erde geschleudert wurde. Er war mit dem Schädel aufgeschlagen und gestorben.

»Mehr gibt es für dich nicht.« Sie griff nach der Karaffe und schenkte sich einen großzügigen Becher ein. »Wir haben viel zu besprechen, und ich will, dass du dich daran erinnerst, wenn wir fertig sind.«

»Es gilt also eine Regel für dich, aber für mich eine andere?«, fragte Rymund entrüstet. Der Wein war teuer gewesen.

»Ich kenne meine Grenzen«, antwortete seine Mutter und wedelte mit ihrer mit Ringen geschmückten Hand. »Und ich bin keine Närrin. Dein Vater war ein Narr, dein Bruder war ein Narr, und betrunken bist du ebenfalls ein Narr. Ich hatte gehofft, dich zu etwas mehr Ehrgeiz erzogen zu haben, denn als versoffener Adliger sein Geburtsrecht zu verspielen und seinen Samen an jede Frau zu verschwenden, die habgierig genug ist, eine Nacht mit dir zu verbringen. Aber es ist, wie es ist. Ich habe Neuigkeiten, und dafür brauchst du einen klaren Kopf.«

Rymund stand auf und achtete darauf, dass sein Gewand ihn bedeckte. Er entzündete ein neues Rauchstäbchen und ging zu seiner Kommode, um den Wasserkrug zu holen, der dort stand. »Tatsächlich habe ich gestern Nacht Geld gewonnen ...«

»Ich spreche nicht von Geld. Glaubst du wirklich, es kümmert mich, wie viel du in der Taverne gewinnst oder verlierst? Um die Geldtruhen dieser Familie zu leeren, bräuchtest du mehrere Leben. Es geht nicht um das Geld, das du verlierst, sondern um den Respekt vom einfachen Volk. Erwartest du, dass sie dir gehorchen, wenn dich die halbe Stadt schon ohnmächtig in einem Sessel oder in einer Gasse mit den Händen unter dem Rock einer Hure gesehen hat?«

Rymund zog tief den Rauch seines Rauchstäbchens ein und widerstand dem Drang, sich ein weiteres Glas Wein einzuschenken. Es war einfach ungerecht; sie schaffte es immer, sein Leben in den Dreck zu ziehen. »Ich bin großzügig mit meinen Münzen, und dafür lieben mich die Menschen. Was bekomme ich durch Respekt, das ich nicht mit Geld kaufen kann?«

Seine Mutter starrte ihn einen Moment lang ungläubig an. »Du bist wirklich und wahrhaftig ein hoffnungsloser Fall«, sagte sie kopfschüttelnd, »aber du bist mein einziger lebender Sohn, und so werde ich mich damit abfinden. Prinz Jarhik ist tot. Du bist der Erbe der Krone von Erland.«

Rymund fuhr zusammen und verschluckte sich an dem Rauch, den er eingeatmet hatte, sodass er gezwungen war, sich mit einer Hand an der Kommode abzustützen. Er war Jarhik einige Male begegnet. Der Prinz war ein guter Kumpan beim Glücksspiel gewesen. Rymund hatte ihn gemocht, und obwohl seine Mutter ihm von einem sehr frühen Alter an giftige Geschichten ins Ohr geträufelt hatte über gestohlene Kronen und Barbaren aus dem Süden, war er bereit gewesen, ihren jeweiligen Platz in der Thronfolge zu akzeptieren.

Und jetzt war Jarhik plötzlich tot. Rymund nahm an, dass seine Mutter von ihm erwartete, diesen Umstand zu bejubeln, aber sein spontanes Gefühl war Entsetzen. Wenn er erst König war, würde er nach Merivale ziehen müssen, und die Hauptstadt entsprach nicht seinem Geschmack. Das Essen und die Getränke dort waren widerwärtig, die Bürger hässlich, und in der Stadt stank es wie in einem Abort. Welchen Sinn hatte es, König zu sein, wenn man an einem solchen Ort leben musste? Er würde die Hauptstadt nach Irith verlegen müssen.

»Möge Eryi ihn von der Erde holen und nach Eryispek über den Wolken bringen.« Er kehrte zu seinem Platz zurück und griff nach der Karaffe, um sein Glas zu Jarhiks Ehren noch einmal mit Wein zu füllen, aber seine Mutter entzog ihm die Karaffe.

»Möge Eryi ihn holen«, antwortete sie mit einem gepressten Lächeln. Dann beugte sie sich vor und sah ihn verschlagen an. »Aber was denkst du wirklich?«

Rymund überlegte kurz und überbrückte die Pause mit einem Schluck Wasser. Seine Mutter hatte es für nötig befunden, in sein Zimmer zu platzen und ihm den Morgen zu verderben, also hielt er es für sein gutes Recht, sie ein wenig an der Nase herumzuführen. »Ich sollte sofort nach Merivale reiten«, sagte er mit bewusst ausdrucksloser Miene. »Wenn der König und das Volk mich als seinen Nachfolger akzeptieren sollen, muss ich das.« Er hatte keinerlei Absicht, so etwas zu tun, aber er wollte sehen, wie seine Mutter reagierte.

Sie setzte eine Gewittermiene auf. »Nein. Glaubst du, weil du eine gute Partie Schach spielst, macht dich das zu einem klugen Mann? Du bist wirklich ein verdammter Narr. Was, wenn Jarhik auf meinen Befehl hin ermordet wurde? Würdest du dann immer noch glauben, dass du gefahrlos nach Merivale reiten kannst?«

Rymund zuckte überrascht zusammen. »Mutter … Hast du ihn ermorden lassen?«

»Ich habe darüber nachgedacht.« Sie nippte gelassen an

ihrem Wein. »Aber wie sich herausstellte, brauchen Jünglinge mit Schwertern keine Hilfe, um sich umbringen zu lassen.«

»Das erleichtert mich.« Er nahm einen langen Zug von seinem Rauchstäbchen. »Wir sollten uns die Sangreals nicht zum Feind machen.« Er gab zu, wenig über Politik zu wissen, aber er wusste genug, um sich darüber im Klaren zu sein, dass Ost-Erland die besseren Krieger hatte.

»Wir sind ihre Feinde, ob es dir gefällt oder nicht. Du magst der rechtmäßige Erbe sein, aber du bist eine Bedrohung für Hessians Dynastie. Er hat zwei Neffen, zwei Töchter, zwei Enkel und zwei Bastarde, von denen ich weiß, und ich versichere dir, dass er jeden von denen lieber regieren lassen würde als dich. Hessian wird die Rückkehr der Alten Linie nicht riskieren, und seine Gefolgsleute werden das auch nicht tun.«

Rymund zuckte die Achseln. »Gesetz ist Gesetz. Ich bin der Erbe.«

»Nur, solange du lebst. Und Hessian wird nicht zulassen, dass du lange am Leben bleibst. Aber er ist ein kranker Mann. Wenn uns das Schicksal gewogen ist, könntest du innerhalb von zwei Jahren gekrönt werden, aber das wird nicht geschehen, wenn wir dasitzen und Däumchen drehen bei der Frage, welches Vorgehen rechtmäßig ist. Ich versichere dir, Hessian wird das auch nicht tun.«

Rymund seufzte. Nach seinem Dafürhalten sollten sie auf keinen Fall etwas tun, was Hessians Aufmerksamkeit auf sie lenkte. »Na schön. Du hast offensichtlich bereits darüber nachgedacht. Was rätst du mir?« Er hatte sich ein weiteres Glas Wein verdient, aber als er die Hand nach der Karaffe ausstreckte, zog seine Mutter sie wieder aus seiner Reichweite.

Sie stand auf und trug den Wein zu Rymunds Kommode, weit weg von ihm. »Endlich stellst du die richtige Frage. Reite nach Weißwasser und nimm ein Schiff nach Klippwehr. Es wird Zeit, dass du deine Braut heimführst.«

Rymund starrte sie verwirrt an. Braut? Er musste sich das Lachen verkneifen, als es ihm endlich einfiel. »Das Binsendocht-Mädchen! Mir war nicht klar, dass ich noch verlobt bin.«

»Nun, du bist nicht verheiratet, also bist du natürlich … Bei Eryis Knochen, du bist doch nicht etwa verheiratet, oder? Ich habe angenommen, dass du es lediglich mit den Frauen treibst, aber ein Narr wie du … Mich würde gar nichts überraschen.«

Rymund verdrehte die Augen. »Nein, Mutter, ich bin unvermählt und werde es auch bleiben. Eine Heirat kann warten.« Er war noch keine zweiundzwanzig, zu jung für die Forderungen, die die Ehe an einen stellte.

»Ich entscheide, was warten kann und was nicht.« Seine Mutter sah ihn eindringlich an, die Hände in die Hüften gestemmt. »Hessian mag trauern, aber er wartet nicht. Schon jetzt wird er eine Heirat planen, um seine Position zu festigen und einen Erben zu zeugen. Du wirst Unterstützung in Ost-Erland benötigen, und Lord Binsendocht ist der reichste Mann dort. Heirate das Mädchen.«

»Ich werde mich vermählen, wenn ich so weit bin. Was soll ich deiner Meinung nach sonst noch tun? Außer heiraten.«

»Bereite dich auf einen Krieg vor. Du wirst unsere Familie nicht wieder auf den Thron bringen, wenn du deinen Anspruch darauf nicht durchsetzt. Und ich werde nicht zusehen, wie du trinkst, herumhurst und dein Leben vergeudest, während dieser Anspruch schon im Ansatz verkümmert.«

Rymund schluckte nervös. »Wir würden nie und nimmer gewinnen. Sie haben die Männer, und sie haben Fassbrecher.«

Rymund hatte Lord Andrik seit dem Tag, an dem er den Aufstand seines Bruders niedergeschlagen hatte, nicht mehr gesehen. Er war damals noch ein Kind und furchtbar verängstigt gewesen, aber er hatte auf dem höchsten Balkon gestanden, um die Kämpfe zu beobachten. Als das Tor der Letzten Bastion nachgab, war Fassbrecher der Erste, der hindurchschritt. Rymund hatte gesehen, wie er ein halbes Dutzend Männer niedermetzelte, bevor er auch nur hatte blinzeln können, denn jeder Hieb seines Schwertes war auf Fleisch getroffen. Die Angst begleitete Rymund bis zum heutigen Tag.

»Du fürchtest ihn. Gut, das zeigt, dass du doch ein wenig Verstand hast. Es ist allerdings nicht nur sein Schwert, das du fürchten solltest. Du kennst die Geschichten. Der Mann weiß mehr über den Krieg, als du jemals zu lernen hoffen könntest. Und er wird geliebt! Die stolzen Männer von Ost-Erland lieben ihren Bastard, den Sohn einer ausländischen Hure. Er ist auf jeden Fall der gefährlichere der beiden Brüder. Hessian weckt Furcht, aber Andrik weckt Ergebenheit.«

Während seine Mutter redete, stand Rymund auf und ging zu der Kommode, wo er endlich ihren grabschenden Fingern zuvorkam und die Karaffe ergriff. Triumphierend schenkte er sich ein Glas ein und genoss den süßen Duft des Weines. »Wir können nicht darauf hoffen, Fassbrecher auf dem Schlachtfeld zu besiegen«, sagte er. »Er hat zu viele Männer hinter sich und verfügt über zu viel Wissen.«

Seine Mutter nickte. »Das siehst du richtig. Und dann weißt du auch, dass es am Ende doch so kommen muss. Ob du der Erbe bist oder nicht, es gibt viele Menschen in Ost-Erland, die dich nicht auf den Thron lassen werden, es sei denn, du forderst ihn für dich. Wir können nicht ein halbes Land ermorden.«

Rymund zündete sein Rauchstäbchen erneut an einer Kerze an und nahm einen tiefen Zug. Konnte er wirklich so unbeliebt sein, dass Männer die Thronfolge ignorieren und ihn übergehen würden? Es war wahrscheinlich. Er wusste, dass sein Bruder Ranulf noch im Tode verhasst war. Und obwohl sie offiziell seit fast zwei Jahrhunderten ein geeintes Volk waren, gab es auf der anderen Seite des Bleichen Flusses Menschen, die sich gegen die Vorstellung sträuben würden, von einem West-Erländer regiert zu werden.

Aber die Krone zurückzuerobern und die Alte Linie wiederherzustellen war der Traum seiner Mutter, nicht seiner. Ein blutiger Erbfolgekrieg und sich anschließend ein Leben lang mit den Problemen eines Reiches auseinandersetzen zu müssen war im Vergleich zu seinem jetzigen Leben nicht besonders verlockend, vorausgesetzt, er würde überhaupt siegen. Noch schlimmer wäre es, durch Andrik Fassbrechers Schwert getötet zu werden.

»Wenn Hessian morgen sterben würde, glaubst du, sie würden dann jemand anderen krönen?«, fragte er.

»Ja, aber nicht, bevor sie dich umgebracht hätten. Lord Andrik würde es nicht tun – dafür ist ihm seine Ehre zu teuer –, aber er würde auch kein einziges Schwert schicken, um dich zu schützen.«

Rymund legte die Stirn in Falten und nahm einen großen Schluck aus seinem Glas. Ganz gleich, ob Hessian noch ein Jahr lebte oder zwanzig, Rymund würde auf dem Schlachtfeld siegen müssen, um sich die Krone zu sichern. Aber dafür müsste er erst Lord Andrik aus dem Weg räumen, und da standen die Sterne besser, mit seinem Pferd über die Mauern von Irith zu springen. Er wollte keinen Krieg. Er wollte nicht einmal unbedingt König werden. Er würde einen Weg finden müssen, es seiner Mutter auszureden.

»Danke, dass du mich auf diese Situation aufmerksam gemacht hast, Mutter.« Er küsste sie pflichtschuldig auf die Wange. »Ich werde über deine Worte nachdenken, aber vorerst werde ich abwarten und schauen, wie Hessians Würfel fallen.« Er konnte das Ganze einige Monate hinauszögern, indem er »wartete«, und bis dahin würde sich das Problem vielleicht von selbst geregelt haben.

»Damit lasse ich mich nicht abwimmeln.« Sie starrte ihn mit einem scharfen Blick an. »Zumindest könntest du deine Männer zu den Waffen rufen und deine Lords dasselbe tun lassen. Du musst sie ja noch nicht unter dein Banner rufen, aber wir dürfen Hessian nicht in dem Glauben lassen, dass er sich West-Erland einfach unter den Nagel reißen kann. Schreib an deine Lords in der Nähe des Flusses, dass sie Männer ausschicken, um das östliche Ufer zu bewachen.«

Rymund seufzte und verfluchte seine Mutter dafür, dass sie seine List so leicht durchschaut hatte. »Na schön.« Das waren Schritte, die ihn zu keinem bestimmten Vorgehen verpflichteten. Und so konnte er herausfinden, wo die Loyalität seiner Lords lag.

»Es gibt noch etwas, das du selbst tun solltest. Setz deinen Unterricht bei Adfric fort und lerne, ein Schwert zu führen wie ein Mann. Ohne das kannst du deinen Anspruch nicht durchsetzen und dich nicht vor denen schützen, die dich aus dem Weg räumen wollen.«

Rymund verzog das Gesicht. Es war Jahre her, seit er das letzte Mal ein Schwert in der Hand gehabt hatte. Den Unterricht in Kriegsführung bei seinem humorlosen Waffenmeister Adfric hatte er aufgegeben, sobald er volljährig geworden war. Er erschrak, als ihm klar wurde, dass seine Mutter ihm eine Falle gestellt hatte. Er konnte nicht gut von anderen Männern erwarten, dass sie sich auf einen Krieg vorbereiteten, wenn er es selbst nicht auch tat. »Meinetwegen.« Er ließ sich wieder auf seinen Stuhl fallen. »Wenn es dir Freude macht.«

Seine Mutter lächelte triumphierend. »Das wird es, und du solltest besser schnell lernen. Deine liebe alte Mutter wird nicht ewig hier sein, um dich zu beschützen.«

KAPITEL 4

Es war eine laue Sommernacht, auch wenn der vom Eryispek herüberwehende Wind noch immer auf der Haut pikste. Sie schlugen ihr Lager unter dem sternlosen Himmel auf, an dem die Wolken über ihnen hingen wie eine Decke. Irgendwo schrie eine Eule, und ein einsamer Wolf heulte, der sich aus Angst vor dem Geruch der Menschen nicht an ihr Feuer wagte.

Orsian starrte schweigend in die knisternden Flammen und schäumte vor Wut. Errian war monatelang fort gewesen, und das hatte Orsians Leben deutlich angenehmer gemacht. Er war sich sicher gewesen, dass er mit seinem Vater zum König reisen würde, aber stattdessen hatte man ihn weggeschickt, um seinen älteren Bruder zu holen. Hielt sein Vater ihn immer noch für zu jung, um mit Hessian zu sprechen? Er hatte nicht einmal eine Nacht in Pfeiferswehr verbringen können, wo er vielleicht auf seine Cousine Helana getroffen wäre.

Naeem hatte ihn jahrelang trainiert, und zu Orsians Ärger durchschaute er den Grund für seine finstere Stimmung sofort.

»Euer Vater tut nur, was er für das Beste hält, Junge«, sagte er und schnitzte dabei mit seinem Messer an einem Stück Holz herum. »Offensichtlich vertraut er Euch. Errian hätte er niemals mit vierzehn allein davonreiten lassen.«

Daran hatte Orsian nicht gedacht, und er kam sich ein bisschen dumm vor. Dies war keine Bestrafung; sein Vater setzte sein Vertrauen in ihn. Er sollte dankbar sein und sich geehrt fühlen. Ihr Vater hatte Errians ungestüme Art für gewöhnlich streng unter Kontrolle gehalten und hätte ihm in seinem Alter nie zugetraut, allein loszuziehen. Orsian wusste, dass er der klügere Bruder von ihnen beiden war. Errian bewegte noch immer beim Lesen die Lippen. Er mochte größer und stärker sein, aber Orsian hoffte, dass sich das bald ändern würde. Er war seit dem letzten Winter etliche Fingerbreit gewachsen.

»Das Beste, was Ihr tun könnt«, sagte Naeem und deutete mit dem Messer in Orsians Richtung, um seine Worte zu unterstreichen, »ist, Euch dieses Vertrauens als würdig zu erweisen. Das bedeutet, dass Ihr nicht mit Errian streitet. Wir haben schon Feinde genug, ohne dass Ihr Euch bekämpft. Vor allem jetzt, da der Prinz tot ist.«

»Ich werde mich nicht mit ihm streiten, wenn er es auch nicht tut«, sagte Orsian abwehrend. Doch es war wahrscheinlich hoffnungslos, ganz gleich, was ihr Vater wünschte. Der Stolz seines Bruders war jetzt bestimmt noch zehnmal schlimmer, seit er sich dem Hymerikaikorps angeschlossen und in der Schlacht gekämpft hatte. Orsian würde für Errian nie mehr als ein Ärgernis sein, und für ihn würde Errian immer der Tyrann bleiben, der ihm sein Essen gestohlen und ihn mit einem hölzernen Schwert gepiesackt hatte, wenn niemand hinschaute. Aber um ihrem Vater zu beweisen, dass er gut daran tat, ihm zu vertrauen, würde Orsian das wohl beiseiteschieben müssen.

Naeem grunzte. »Das muss genügen.« Er legte sich auf den

Boden und bedeckte sich mit seinem Umhang. »Und jetzt lasst uns schlafen. Wir haben noch einen harten Ritt von einer Woche vor uns, bis wir den Osthang erreichen, und ich will früh aufbrechen.«

Am nächsten Tag kamen sie gut voran. Es war warm in der Sonne, und sie machten regelmäßig Halt, um ihre Pferde im hohen Gras weiden zu lassen. Im Norden ragte der Eryispek wie ein riesiger eisiger Wächter über ihnen auf und verdeckte den Himmel. Orsian wusste, dass die Landschaft sich verändern würde, während sie ihn umrundeten, denn die schroffen Felsen und der Schnee würden dann dem trockenen roten Lehm auf der Ostseite weichen. Der Nebel, der den oberen Teil des Berges einhüllte, war für diese Jahreszeit ungewöhnlich dicht, und wie schon am Abend zuvor bescherte ihm der Wind, der von oben herunterwehte, eine Gänsehaut.

Orsian fragte sich, was sie erwartete. Vielleicht hatte Errian einen großen Sieg gegen die Stammesangehörigen der Lutum errungen. Es würde ihn unerträglicher machen denn je. Oder was war, wenn er tot war? Ein Krieg war nie ohne Risiko. Er wünschte seinem Bruder nicht den Tod, ganz gleich, wie sehr er ihn verabscheute.

»Denkt nicht zu viel nach«, sagte Naeem und musterte Orsian in seinem abwesenden Schweigen. »Es ist ein langer Weg, und zum Grübeln wird später noch genug Zeit sein. Was Ihr braucht, Junge, ist eine Frau, eine Schafhirtin mit starken Schenkeln, die einen Mann aus Euch macht und Euch davon abhält, immer so verdammt ernst zu sein.« Er lachte und zeigte nach Süden, zu einer Schafherde.

Orsian wandte sich ab, um die Röte zu verbergen, die ihm in die Wangen stieg. »Wie sind die Lutum denn so?«

Naeem spuckte aus. »Bösartige Bastarde. Wilde, die den Felsen anbeten. Wenn sie nicht gerade gegen die Adrari kämpfen, bekriegen sie sich untereinander. Aber sie werden weder

Eurem Bruder noch unseren Jungs ernsthafte Schwierigkeiten bereiten.« Er tätschelte sein in der Scheide steckendes Schwert, als wollte er sich selbst beruhigen. »Sie haben noch nicht einmal Stahl.«

»Was denkt Ihr, warum sie so plötzlich aufbegehren? Sie haben sich in den letzten hundert Jahren kaum gerührt.« Es war wirklich seltsam, vor allem, dass es zur selben Zeit geschah wie die Ereignisse in Thrumb.

Naeem zuckte die Achseln. »Langeweile? Ein uralter Groll? Vielleicht hat der Berg es ihnen befohlen. Wisst Ihr, zu ihm beten sie, zum Eryispek, obwohl sie ihn nicht so nennen wollen. Für sie ist er nur der Berg.«

Ja, das hatte Orsian gewusst. Die Lutum verehrten den Berg als die Säule, die den Himmel stützte, als irdischen Stellvertreter der Norhai, durch den die alten Götter ihren Willen kundtaten. Sie galten allgemein als ein wenig rückständig, aber für Orsian war das nicht sinnloser als die Anbetung des Gottes Eryi, der auf dem Gipfel über den Wolken Hof hielt. Sein Vater war nie besonders gläubig gewesen und hatte ihm daher keine der Religionen aufgezwungen. Viele Menschen in Erland beteten sowohl zu Eryi als auch zu den Norhai, nur um auf der sicheren Seite zu sein.

Orsian fragte sich, was wohl gerade in Merivale geschah. Angenommen, der König schickte seinen Vater sofort nach Westen, um gegen die Thrumb zu kämpfen? Dann würden er und Naeem bei ihrer Rückkehr vielleicht Wochen hinter ihm liegen. Sein Vater schien allerdings erpicht darauf, eine Braut für den König zu finden. Vielleicht würde Hessian erst dann an den Thrumb Rache üben, wenn er vermählt war. Oder würden die Prindians ihnen den Krieg erklären und Erland spalten? Bei dem Gedanken machte Orsians Herz einen Satz. Er wollte für Erland kämpfen, damit sein Vater und der König stolz auf ihn waren.

»Glaubt Ihr wirklich, dass die Prindians jetzt, da der Prinz tot ist, einen Krieg riskieren werden?«

Naeem zuckte die Achseln. »Ich bin mir weniger sicher, als ich es früher einmal war. Das hängt von Lord Prindian und dem Einfluss seiner Mutter ab. Möglicherweise stehen die Chancen auch ohne einen Krieg gut für ihn. Der König wird heiraten, aber wer kann schon wissen, ob die Braut sich als fruchtbar erweisen oder ob sie einen Sohn gebären wird? Die Frauen sagen ja, gewisse Speisen und Gerüche könnten das befördern, aber meine Frau und ich hatten fünf Jungen, bevor wir eine Tochter bekamen, und danach gebar sie drei Mädchen hintereinander, also wer weiß? Für solche wie mich ist das alles zu kompliziert.«

Stunden später und einige Meilen von der Stelle entfernt, an der das Grasland langsam nach oben anstieg, fanden sie die Bergstraße, die sie um den Fuß des Eryispek herum zum Osthang führen würde. Die Straße war eine erbärmliche und unfertige Angelegenheit, breit und schlammig, von kläglichen Reihen struppiger Hecken gesäumt.

Sie trafen nur auf wenige Menschen, und die wichen an den Straßenrand aus, um sie vorbeizulassen. Orsian und Naeem trugen kein Banner bei sich, und Reisende waren immer auf der Hut vor Räubern. Orsian winkte einigen von ihnen versuchsweise zu, aber kaum einer winkte zurück.

Am späten Nachmittag entdeckten sie eine Staubwolke am Horizont, und das Donnern von Pferdehufen ließ den Boden unter ihnen erbeben. Orsian spähte blinzelnd in die Ferne, konnte aber keine Reiter erkennen. *Es müssen Hunderte sein.* In seinem Magen schwoll ein Gefühl der Aufregung an. Die Prindians würden von Westen kommen, wer also rückte mit einer solchen Streitmacht aus dem Osten an?

Seine Stimmung verschlechterte sich noch, als eine Reiterschar in Sicht kam und Orsian die Zwillingsstandarten erkannte, die sie trugen: das tiefe Rot von Sangreal und das Grün und Braun seines Vaters. Das hieß, es handelte sich um Errian, und nach ihrer Anzahl zu urteilen hatte er einen großen Sieg errungen, und das schneller, als irgendjemand vorhergesehen hatte. Orsian war in dem Glauben gewesen, dass ihm noch Wochen blieben, um sich für die Begegnung mit seinem Bruder zu wappnen, und nun drohte sie ihm schon einen knappen Tagesritt von Merivale entfernt.

Als die Horde näher kam, blieb Orsian der Mund vor Staunen offen stehen. Er hatte noch nie zuvor so viele Soldaten zusammen reiten sehen. Jeder Mann war zu Pferd, Hunderte von Hufen hämmerten im Stakkato auf den Boden, und der Trupp zog sich über die Straße wie ein großer vielbeiniger Käfer.

An der Spitze des Zuges ritt Errian, aufrecht in seinem Sattel sitzend. Er hatte die berühmte Körpergröße der Sangreals geerbt und trug sein dunkelblondes Haar der Mode entsprechend lang. In den Monaten seiner Abwesenheit hatte er sich auf seinem stolzen Kinn einen kastanienbraunen Bart wachsen lassen. Seine Schultern waren breit, wenn auch sein schlanker Körper nicht die kräftige Statur seines Vaters aufwies. Er hatte eine Adlernase, dünne, blasse Lippen und strahlend blaue Augen. Orsian und sein Bruder hätten kaum unterschiedlicher aussehen können. Niemand hätte sie für Brüder gehalten, und vielleicht war das ein Teil des Problems. Orsian bemerkte, dass Errians einst tadellose Reitkleidung nach seiner Zeit im Krieg fleckig und abgetragen war, und er verspürte einen Stich der Eifersucht.

»Seid gegrüßt, Lord Errian!«, rief Naeem ihm zu. Er hob eine Hand zum Gruß, woraufhin zwei Bogenschützen Pfeile einspannten und auf sie zielten. Orsian runzelte die Stirn. Die Männer seines Bruders waren aus irgendeinem Grund nervös. »Euer Vater hat uns hergeschickt, damit wir mit Euch sprechen«, rief Naeem, der die Bogenschützen bewusst ignorierte.

»Wir sind stundenlang geritten, die Sonne steht hoch am Himmel, und ich habe Durst. Wollen wir ein schattiges Plätzchen suchen und uns bei einem Becher Bier ausruhen?«

Errian gab seinen Männern ein Zeichen, ihre Waffen zu senken. Er hob eine Faust, und hinter ihm brachten Hunderte von Reitern ihre Pferde zum Stehen. »Wohl kaum, Naeem. Ich bin seit über einem Monat unter dieser von den Norhai verfluchten Sonne gefangen. In Merivale steht ein Badezuber mit meinem Namen darauf, und zweifellos gibt es da auch ein paar hübsche Mädchen, die darauf brennen, mich zu waschen.« Sein Scherz wurde von den Männern hinter ihm mit schallendem, anbiederndem Gelächter quittiert. »Warum seid Ihr hier?«

Es war genau die Art von arroganter Antwort, die Orsian von seinem Bruder erwartet hatte. »Wir bringen Neuigkeiten«, sagte er, ohne die schroffen Umgangsformen seines Bruders zu beachten.

Errian schaute sich in gespielter Verwirrung um und suchte die Stelle über Orsians Kopf ab, als wüsste er nicht, woher die Stimme gekommen war. »Kleiner Bruder!«, rief er, als sein Blick endlich auf Orsian fiel. In seinem Lächeln funkelte Bosheit. »Verzeih mir. Ich habe dich nicht gesehen.«

»Du kehrst früher zurück als erwartet«, fuhr Orsian fort, als hätte er den lahmen Scherz seines Bruders nicht gehört. »Können wir davon ausgehen, dass du einen großen Sieg über die Lutum errungen hast?« An Errians Stolz zu appellieren war in der Regel der schnellste Weg, um ihn zu einem gesitteten Umgangston zu bewegen.

Errians Heiterkeit wich einer finsteren Miene. »Vergiss die Lutum, ich werde Vater von ihnen berichten, wenn ich zurück bin. Was hast du für Neuigkeiten?«

Orsian biss die Zähne zusammen, um der Versuchung zu widerstehen, weiter nachzuhaken. Wenn Errian einen großen

Sieg errungen hätte, würde er das bei der erstbesten Gelegenheit herausposaunen, warum also kehrte er mit seiner ganzen Streitmacht zurück, wenn das nicht der Fall war? »Lass uns ein kurzes Stück zusammen reiten, dann erzähle ich es dir.« Er wollte die Nachricht vom Tod Jarhiks nicht mit Hunderten von Männern teilen. Er hatte gedacht, er würde dieses Gespräch mit Errian in der Abgeschiedenheit eines Kommandozelts führen, nicht auf dem Heimweg in Gegenwart seines gesamten Heeres.

Errian sah ihn für einen Moment an und blinzelte langsam, dann lachte er. »So wichtig kann es nicht sein, wenn Vater dich geschickt hat. Lass mich raten: Er ist zur Besinnung gekommen und hat den Versuch aufgegeben, dich zum Krieger ausbilden zu lassen, und jetzt reist du nach Osten, um Kaufmann zu werden.«

Errians Seitenhieb wurde von seinen Männern mit weiterem Gelächter beantwortet, und Orsian schoss das Blut in die Ohren. Er schämte sich vor den vielen Kriegern, die für Erland gekämpft hatten, während er sich hinter den dicken Mauern der Veilchenburg im Schwertkampf geübt hatte. »Es ist wichtig, Errian.« Er versuchte, die Demütigung zu vermeiden, seinen Bruder anzuflehen. »Es ist besser, wenn wir es unter vier Augen besprechen.«

»Orsian hat recht, Errian«, schaltete Naeem sich ein. »Euer Vater hat uns hergeschickt, damit wir mit Euch sprechen.«

Errian sah aus, als wäre er drauf und dran einzulenken. Er blinzelte die beiden misstrauisch an, und Orsian wusste, dass er abwog, ob seine Neugier größer war als der Wunsch, seinen jüngeren Bruder bloßzustellen. »Ich weiß, was deine Neuigkeiten sind«, sagte er mit einem breiten Grinsen. Orsian wurde das Herz schwer. »Du bist ein Findelkind! Ich wusste doch, dass so ein stämmiger, dunkelhäutiger Bursche nicht mein leiblicher Bruder sein kann.«

Errians Scherz entlockte seinen Männern erneut Gelächter. Orsian kämpfte seinen Zorn nieder. Er ähnelte ihrem Vater durchaus, aber die Bewohner Erlands waren in der Regel blond, und Errian sah aus wie der Inbegriff eines Kriegers aus Erland, wie einer der alten Könige, deren Porträts in den Glasmalereien von Pfeiferswehr festgehalten worden waren. Das Gelächter so vieler Soldaten schmerzte schlimmer als jede Verletzung, die er sich je auf dem Übungshof zugezogen hatte.

»So geht das nicht, Errian«, sagte Naeem scharf. »Wir sind hier …«

»Prinz Jarhik ist tot«, sagte Orsian über Naeems Stimme hinweg. Er hatte versucht, seinem Bruder die Nachricht schonend beizubringen und der Anordnung seines Vaters nachzukommen, und Errian hatte ihm seine Beleidigungen ins Gesicht geschleudert. »Ein Meuchelmörder der Thrumb hat ihn getötet.«

Errians Züge erschlafften, und jede Spur seiner vorherigen Erheiterung verschwand. Er suchte in Orsians Gesicht nach Hinweisen auf einen Streich. »Ein schlechter Scherz, Orsian«, sagte er schließlich wenig überzeugend. »Ist Jarhik also nach Merivale zurückgekehrt?«

»Es ist wahr, Mylord«, unterbrach Naeem ihn. »Ich habe es von den Lippen Eures Vaters selbst gehört.«

Errian öffnete und schloss mit einfältiger Miene den Mund. Sein Pferd schnaubte nervös, als er die Zügel fester packte. Orsian fühlte sich plötzlich an den achtjährigen Errian erinnert, dessen Spielzeugschwert Orsian ins Feuer geworfen hatte, um sich für eine besonders heftige Tracht Prügel zu rächen. Der Schmerz spiegelte sich in seinen verzerrten Zügen und seinen Augen.

»Es tut mir leid, Bruder.«

»Warum? Du kanntest ihn nicht.« Errian schluckte, und

Orsian glaubte Tränen in seinen Augen zu sehen. »Wie ist er gestorben?«

»Gift«, antwortete Naeem.

Errian wurde still. Er biss die Zähne zusammen, und seine Knöchel wurden weiß. Sein Pferd schnaubte und warf unruhig den Kopf hin und her. Für einen Moment dachte Orsian, dass Errian sie vielleicht angreifen würde. Als er endlich sprach, galten seine Worte dem Mann, der an seiner Seite ritt. »Keddik«, begann er mit brechender Stimme, »gib die Nachricht weiter. Wir reiten nach Thrumbalto, um Prinz Jarhik zu rächen.«

Orsian öffnete den Mund, um zu sprechen, aber Naeem kam ihm zuvor. »Lord Errian, handelt nicht überstürzt. Euer Vater wünscht ...«

»Sollen die Norhai meinen Vater holen und Euch gleich mit.« Errians Augen sprühten Funken. »Ich werde jeder lebenden Seele in Thrumbalto den Kopf abschlagen. Ich werde es bis auf die Grundfesten niederbrennen und Salz auf ihr Land streuen.« Sein Blick huschte zu Orsian. »Jarhik war mein Bruder. Nicht du. Und jetzt mach die Straße frei, oder ich töte dich auf der Stelle.«

Naeem und Orsian wechselten einen Blick. Orsian war mit Errian aufgewachsen, und Naeem hatte ihn im Umgang mit Waffen ausgebildet. Sie wussten beide, dass er es ernst meinte. Widerwillig lenkten sie ihre Pferde von der Straße und beobachteten mit finsterer Miene, wie Errian eine Hand hob, um seinen Männern ein Zeichen zu geben. Er führte sie nach Westen, und sie wirbelten in ihrer Hast Staub und Erde auf.

Naeem machte ein grimmiges Gesicht. »Ihr habt es versucht – aber nicht annähernd genug.«

»Ich habe mein Bestes getan!« Sobald Orsian es ausgesprochen hatte, wusste er, dass es eine Lüge war. Er hätte Errians Seitenhiebe ignorieren können, er hätte sich mehr darum bemühen können, sich mit seinem Bruder zu versöhnen. Aber warum musste Errian es ihm auch so schwer machen? Er schüttelte den Kopf. Sein Vater würde keine Ausreden hören wollen.

Naeem zerrte an den Zügeln, um sein Pferd zu wenden. »Kommt. Wir müssen zurück nach Merivale. Wenn wir die Nacht durchreiten, kann Euer Vater Errian vielleicht noch davon abhalten, eine Dummheit zu begehen.«

KAPITEL 5

Das Dickicht, wild und unberührt von den Sensen der Menschen, wurde immer dichter und dunkler. Die Sonne hatte sich gerade erst über den Horizont geschlichen und den Wald in ein trostloses Halbdunkel gehüllt.

Helana kauerte in den Brombeersträuchern, und die Dornen stachen ihr in die ungeschützte Haut. Creya und sie waren schon vor dem Morgengrauen mit Speeren und Bögen losgezogen, aber als die Bäume immer enger zusammengerückt waren, hatten sie diese Waffen zurücklassen müssen. Nur ihre langen Jagdmesser waren noch an ihre Waden gebunden.

Die Jägerin befand sich zehn Schritte weiter links von Helana, kaum sichtbar durch den Ginster, getarnt und so stumm wie ein zugefrorener Teich. Um sie herum waren die Geräusche des Waldes zu hören: raschelnde Blätter, zwitschernde Singvögel und das leise Plätschern eines Baches.

Aber heute Morgen gab es nur ein Wesen, für das Helana und Creya Augen hatten.

Sie konnten es vor ihnen im Unterholz sehen, wo das Dickicht sich zu einer schlammigen Lichtung öffnete. Es war ein großes Wildschwein mit rostbraunem Fell und Hauern so lang wie der Unterarm eines Mannes, das sich zufrieden im Schlamm suhlte. Zweifellos ein Keiler.

Helana knirschte mit den Zähnen und berührte das Messer an ihrem Knöchel. Das Tier war wahrscheinlich doppelt so schwer wie sie, und diese Hauer waren spitz genug, um ihr die Eingeweide zu zerfetzen. Was hätte sie nicht darum gegeben, jetzt ihren Speer in der Hand zu haben.

Sie sah Creya an, die ihren Blick erwiderte. Die Jägerin hielt die Hand hoch und signalisierte Helana, dass sie warten solle.

Creya hatte über die Hälfte ihres Lebens in den Wäldern nördlich von Merivale verbracht, und Helana vertraute ihr wie niemandem sonst, aber mit oder ohne Speer, sie war nicht in der Stimmung zu warten. Sie war gekommen, um etwas zu töten, nicht um in Deckung zu gehen, während sich ihre Beute direkt vor ihr befand. Das Wildschwein war so nah, dass sie seinen Atem hören konnte, schwer und heiß wie der Blasebalg eines Schmieds und so versunken in sein Schlammbad, dass Helana glaubte, sie könne ihm die Kehle aufschlitzen, bevor es sie überhaupt bemerkte.

Helana hob zur Antwort ihre eigene Hand und spreizte die Finger. *Fünf Sekunden.* Creyas Augen weiteten sich, und sie schüttelte heftig den Kopf, aber Helana ignorierte sie. Sie zählte bis fünf, zog ihr Messer und kroch durch die Büsche auf die Lichtung.

Lautlos näherte sie sich dem sich suhlenden Wildschwein. Doch dann bemerkte es sie früher als erwartet und sah sie mit glänzenden gelben Augen an. Das Tier blinzelte zu ihr hoch und kam langsam auf die Beine, und von seinen Hauern und seiner Schnauze troff nasser Schlamm. Es knurrte, tief, kehlig und bedrohlich.

Helana blieb wie angewurzelt stehen, immer noch etwa zehn Schritte entfernt. Die Klinge in ihrer Hand fühlte sich angesichts einer Bestie, die zweimal so viele Waffen besaß, kaum nützlicher an als ein Essbesteck. Wieder knurrte das Tier und stampfte mit einer Vorderklaue in den Schlamm. Helana holte tief Luft und stellte sich breitbeiniger hin, zwang sich, nicht wegzulaufen. Wenn sie in den Wald zurückrannte, würde das Wildschwein ihr folgen, und in dem dichten Gestrüpp war es im Vorteil. Vielleicht konnte sie ihm Angst einjagen? Sie ließ das Messer zwischen ihren Händen hin- und herwandern.

Falls das Wildschwein tatsächlich Angst hatte, ließ es sich das nicht anmerken. Es stampfte erneut mit den Klauen auf und grunzte. Helana spürte einen einzigen Moment des Grauens, und dann senkte das Wildschwein den Kopf und stürmte auf sie zu.

Ein anderer wäre vielleicht weggelaufen, aber nicht Helana. Sie war nicht Creya, aber sie war eine Prinzessin von Erland, und sie hatte schon weitaus schlimmere Bestien und Männer niedergestarrt. Sie brüllte herausfordernd und stellte sich auf die Zehenspitzen, bereit, aus dem Weg zu springen und dem Tier ihre Klinge über den Rüssel zu ziehen.

Das Wildschwein war nur noch fünf Schritte von ihr entfernt, als Creya aus dem Gebüsch sprang. Blitzschnell schwang sie sich auf den Rücken des Tieres und zog ihm ihr Messer über die Kehle, sodass dunkelrotes Blut hervorspritzte wie ein warmer Regen.

Das Wildschwein quiekte schrill, und Helana war vergessen. Es wand sich und versuchte seine Angreiferin abzuschütteln. Creya krallte die Finger in sein Fell und klemmte es zwischen ihren kräftigen Schenkeln ein, dann zog sie seinen riesigen Kopf zurück, während das Blut und der Kampfgeist aus dem Tier flossen.

Helana trat mit aufgerissenen Augen zurück, ihr Messer nutzlos an ihrer Seite. Das Wildschwein erlahmte und taumelte unter Creyas Gewicht, bis seine Beine wegen des Blutverlustes einknickten und es in den Schlamm fiel.

Creya stand auf, und von ihrem schönen, wettergegerbten Gesicht tropfte das Blut des Tieres. Auch das Haar klebte ihr blutig am Kopf. »Bei den Norhai, Mädchen, was zur Hölle hast du dir dabei gedacht?« Sie holte einen Weinschlauch hervor und nahm einen langen Schluck. »Du hättest getötet werden können!«

»Es war alles in Ordnung! Ich wollte es gerade selbst erlegen, aber dann hast du dich eingemischt.«

»Von wegen, in Ordnung. Es hätte dich von deiner Scham bis zum Kinn aufgeschlitzt und ausgeweidet! Du kannst doch nicht so ein Risiko eingehen!«

»Du tust es doch auch!«

»Das tue ich nicht, verdammt.« Creya ließ sich auf den Kadaver des Wildschweins sinken. Irgendwie sah es im Tod noch größer aus, wie ein Ungeheuer aus den Tiefen des Meeres. Sie warf Helana den Weinschlauch zu. »Setz dich hin, damit ich dir etwas über die Realitäten des Lebens erklären kann.«

Helana trank einen großen Schluck, bis der süße Wein ihr vom Kinn tropfte. Sie fühlte sich ein wenig zittrig, aber das würde sie Creya nicht zeigen. Die Jägerin wies Dutzende von Narben auf, und Helana nahm an, dass sie sie bekommen hatte, indem sie mehr als nur ein paar Risiken eingegangen war. Sie setzte sich neben Creya und gab ihr den Weinschlauch zurück.

»Ich gehe solche Risiken nicht ein«, sagte Creya, »weil ich es mir nicht leisten kann, Fehler zu machen. Im schlimmsten Fall sterbe ich; im besten werde ich verletzt. Aber ganz gleich, was geschieht, meine Familie ist auf mich angewiesen; wenn ich nicht jagen kann, kommt kein Essen auf den Tisch. Du denkst nicht ans Sterben – die Jungen glauben immer, sie würden ewig leben –, und wenn du verletzt wirst, kannst du dich einfach in deiner glanzvollen Burg ein paar Monate lang ausruhen, während geschäftige Diener dafür sorgen, dass du es bequem hast. Risiken sind ein Luxus, Prinzessin, und nur wenige Menschen können sich diesen Luxus leisten. Deine Risiken sind außerdem nicht nur deine eigenen – sie sind auch meine. Glaubst du, dein Vater würde mich am Leben lassen, wenn dieses Wildschwein dir auch nur einen Fingernagel abgebrochen hätte?« Sie nahm einen weiteren Schluck aus dem Weinschlauch und reichte ihn erneut Helana.

Helana schnaubte.»Das wäre ihm völlig einerlei. Und nenn mich nicht Prinzessin.« Sie ging auf die Jagd, um ihren Stand zu vergessen, aber Creyas Vortrag hatte sie nur an ihre außerordentlich privilegierte Stellung erinnert. Sie würde es ihr gegenüber nicht zugeben, aber die unabweisliche Wahrheit darin schmerzte ein wenig.

Creya zuckte die Achseln.»Das bist du aber, Prinzessin.« Sie deutete auf das Horn an Helanas Gürtel.»Wenn du hineinbläst, kommen die Jungs gerannt. Allein können wir das Tier nicht wegschaffen.«

Helana musste sich auf die Zunge beißen, um sich eine übellaunige Antwort zu verkneifen. Mit Creya zu streiten war so, als stritte man mit einer Mauer, und zwar mit einer besonders unnachgiebigen. Sie war in letzter Zeit besser darin geworden, ihre Zunge im Zaum zu halten, besser darin geworden, sich ihren Zorn für die aufzusparen, die ihn wirklich verdienten. Sie blies lange in ihr Horn, sodass die Vögel aufschreckten und in die Luft stoben.

»Es wird also Krieg geben, heißt es«, sagte Creya, während sie ihr Messer abwischte.»Glaubst du's auch?«

Helana seufzte. Das war die Sorge, die sie in der Nacht

zuvor wach gehalten hatte: der Krieg, von dem sich alle sicher waren, dass er kommen würde. Es gab Gerüchte, dass die Lords von West-Erland bereits ihre Truppen sammelten und Männer ausschickten, um am Bleichen Fluss zu patrouillieren. Und das alles, weil ihr Bruder Jarhik tot war. Sie hatte Jarhik geliebt, und noch Tage, nachdem sie von seinem Tod erfahren hatte, war es, als wäre ein Loch in sie gerissen worden. Sie war auf die Jagd gegangen, um auch das zu vergessen. Warum musste Creya es erwähnen? Es waren vielleicht die ersten Worte, die Helana je von ihr gehört hatte, die nichts mit dem Jagen zu tun hatten.

Ein lautes Rascheln war zu hören, dann trat Creyas Mann Yarl aus dem Gebüsch, gefolgt von ihren drei Söhnen. Helana lächelte den Ältesten von ihnen, Yarl den Jüngeren, an, und er errötete wie ein junges Mädchen. Vor Monaten hatte sie ihn in Yarls und Creyas Hütte geküsst, als sie einmal allein gewesen waren, und er war stammelnd vor ihr zurückgewichen, obwohl er schon achtzehn war, zwei Jahre älter als sie. Er hätte eigentlich wissen sollen, was er tat. Ein Jammer, dachte Helana. Er hatte breite Schultern und kräftige Hände vom Zerteilen von Fleisch. Nun, sein Pech, auch wenn es sie etwas gekränkt hatte, vom Sohn eines Jägers abgewiesen zu werden. Wahrscheinlich hatte er Angst gehabt, dass ihr Vater ihm die Eier abschneiden würde oder dass er Theodric, dem Magier, befehlen würde, ihn in eine Kröte zu verwandeln. Sie fühlte sich an Creyas Worte erinnert – für ihn war es ein Risiko, Helana zu küssen, für sie selbst dagegen nicht.

»Ihr habt euch ja reichlich Zeit gelassen.« Creya richtete sich auf und zeigte auf den Kadaver des Wildschweins. »Bringt diesen Braten in die Hütte. Da wir schon den schweren Teil der Aufgabe erledigt haben, warten wir dort auf euch.«

Helana war ein wenig enttäuscht. Auf die Jagd zu gehen, ohne irgendetwas mit einem Speer oder einem Pfeil zu treffen, war so, als würde einem eine Mahlzeit ohne Wein serviert. Aber sie folgte Creya von der Lichtung, und dann bahnten sie sich einen Weg durch das Unterholz zurück in die Richtung, aus der sie gekommen waren.

»Wenn es Krieg gibt, werden meine Söhne dann kämpfen müssen?«

»Wahrscheinlich«, sagte Helana. Der König hatte das Hymerikaikorps, seine besten Krieger, und eine eigene Truppe bezahlter Soldaten, aber jeder fähige junge Mann in Erland übte sich einen Tag in der Woche mit Schwert und Bogen, und man würde von jedem von ihnen erwarten, dass er sich meldete, falls Ost-Erland in den Krieg gegen den Westen zog. »Warum?«

Creya seufzte leise und legte die Stirn in Falten. »Es wäre eine Schande, Prinzessin. Eine verdammte Schande.«

»Bitte, nenn mich einfach Helana, ich hasse es, wenn du so tust, als wären wir keine Freundinnen.« Creya hatte ihr das Jagen beigebracht – hatte sie gelehrt, Bogen, Speer und Messer zu beherrschen –, und sie hatte nie um irgendeine Gegenleistung gebeten. Sie war eine aufrichtigere Freundin als Helanas sämtliche Altersgenossen, trotz ihres Standes- und Altersunterschieds.

Creya nickte. »Ich liebe meine Söhne, Helana. Ich will, dass sie hier bei mir sind, nicht tot auf irgendeinem von Eryi verlassenen Schlachtfeld in West-Erland liegen.«

Helana nickte traurig. Frauen wie Creya sollten ihre Liebsten nicht so verlieren, wie sie ihren Bruder verloren hatte. Helana hatte seit dem Tag ihrer Geburt den grausamen Stachel des Todes gespürt. Ihre Mutter war in den Wehen gestorben, um sie auf die Welt zu bringen, ebenso wie Hunderte von Menschen während der kurzlebigen Rebellion gestorben waren, die daraufhin ausgebrochen war. Wie viele Söhne und Brüder würden noch sterben, wenn die verfeindeten Teile

Erlands erneut Krieg gegeneinander führten? Wie viele Familien würden noch trauern?

Aber es gab nichts, was sie tun konnte. Sie war die Tochter des Königs und trotzdem machtlos, einen Krieg zu verhindern, der ihr Land zerreißen würde. Ihr Vater hätte mit den Prindians verhandeln können, aber stattdessen versteckte er sich in seinem Turmzimmer und schmiedete Intrigen mit ihrem Onkel.

»Ich kann sie nicht beschützen«, erwiderte sie.

»Aber es muss doch irgendetwas geben? Du könntest mit dem König sprechen?« Creya klang verzweifelt, ganz anders als die Frau, die soeben ein Wildschwein niedergerungen hatte.

Helana musste ein bitteres Lachen unterdrücken bei der Vorstellung, sie könnte irgendeinen Einfluss auf ihren sturen, distanzierten Vater haben. Dass Creya ihn überhaupt erwähnt hatte, zeigte, wie beunruhigt sie war. Helana fand das beunruhigend. Die Jägerin war eigentlich unerschütterlich und mit nichts aus dem Gleichgewicht zu bringen.

Helana ergriff die Hand ihrer Freundin. Es war zu schwierig, ihr ihren Mangel an Einfluss auf Hessian zu erklären. »Ich werde sehen, ob ich irgendetwas tun kann.«

Creya nickte. »Danke, Prinzessin. Und es tut mir leid um deinen Bruder. Er war ein guter Jäger.«

Auf ihrem Weg nach Pfeiferswehr schüttelte Helana den Kopf über die Torheit dieser Idee. Nichts würde den glühenden Hass ihres Vaters auf die Prindians besänftigen, schon gar nicht seine ihm entfremdete Tochter. Doch für Creya und für all die anderen Frauen wie sie, die ihre Söhne liebten, konnte sie es zumindest versuchen. Vielleicht würde Jarhiks Tod ja die Kluft zwischen ihr und ihrem Vater verringern. Ihr Bruder hatte sie beide geliebt.

Sie kehrte in ihre Gemächer zurück und legte ihre Sachen

ab. Normalerweise hätte sie jetzt Reitkleidung angezogen, stattdessen entschied sie sich für ein fließendes schwarzes Trauergewand, das einst ihrer Mutter gehört hatte. Sie hatte von ihrem Vater die ungewöhnliche Größe der Sangreals geerbt, aber das Kleid passte ihr trotzdem gut.

Eins der wenigen Dinge, die sie über Lord Prindian wusste, war, dass er noch ledig war. Er war jung, aber doch in einem Alter, in dem die meisten Lords schon verheiratet waren. Helana konnte sein Zögern verstehen. Sie selbst hatte bisher jeden Freier abgewiesen, der an ihre Tür gekommen war, und wenn sie erst einmal mit ihrer scharfen Zunge Bekanntschaft gemacht hatten, kehrten nur wenige zurück, um es erneut zu versuchen. Einer der Vorteile eines durch Abwesenheit glänzenden Vaters war ihre für eine Edelfrau relativ große Freiheit, und die würde sie für keinen Mann aufgeben.

Sie trat vom Schlafzimmer in ihr Empfangszimmer. Die Einrichtung war einfach: Die Holzstühle an ihrem Esstisch waren ungepolstert, und abgesehen von einem Schaffell vor dem Feuer war der Steinfußboden unbedeckt. Ein kleines Porträt ihrer Mutter hing über dem Kamin. Es war das einzige Bild, das Helana von ihr besaß. Sie hatte langes, glattes dunkles Haar, genau wie Helana, große dunkle Augen und ausgeprägte Wangenknochen. Manche sagten, Helana sehe genauso aus wie sie, aber sie selbst konnte das kaum erkennen. Ihre Mutter war wunderschön gewesen, und nach einer schlaflosen Nacht und einem stundenlangen Marsch durchs Unterholz fühlte Helana sich noch weniger schön als sonst.

Sie wollte gerade die Glocke läuten, um sich ihr Frühstück bringen zu lassen, als an ihrer Tür ein höfliches zweifaches Klopfen erklang. Helana runzelte die Stirn. Zu so früher Stunde suchte sie gewöhnlich niemand auf.

Misstrauisch öffnete sie die Tür und sah sich Theodrics unscheinbarem Gesicht gegenüber. Helana unterdrückte einen

Seufzer. Der enge Vertraute ihres Vaters war der letzte Mensch, mit dem sie sprechen wollte. Theodric war ein Magier, einer der wenigen, die die Säuberungen des Imperiums überlebt hatten, und er besaß die unheimliche Gabe, genau dort aufzutauchen, wo er erwünscht oder gerade eben nicht erwünscht war. Helana hatte ein halbes Dutzend Geschichten über seine Herkunft gehört, wahrscheinlich alle von Theodric selbst in die Welt gesetzt: »*Theodric wurde in einer Scheune in der Nähe von Pfeiferswehr geboren*«; »*Theodric kam zu früh zur Welt, nachdem ein Blitz in ein Sklavenschiff eingeschlagen war*«; »*Theodric ist in Schande nach Erland gereist, nachdem er seinesgleichen an das Imperium verraten hat*« –, aber das waren Geschichten, die man außerhalb der Festung niemals hörte. Die meisten Bewohner Erlands hatten zu große Angst, auch nur seinen Namen auszusprechen, um ihn nicht versehentlich herbeizurufen. »Gehorche deinem Vater, sonst holt dich der Magier des Königs«, drohten die Bauern ihren Kindern. Doch in Fleisch und Blut war er einfach ein relativ kleiner Mann mit mehr Haaren in den Ohren als auf dem Kopf, gekleidet in mitternachtsblaue Gewänder, die ihm zu groß waren.

»Prinzessin«, begrüßte er sie, beide Hände in den Falten seines Gewandes verborgen. »Ich hatte heute Morgen den plötzlichen Drang, Euch aufzusuchen, und zu meiner Freude seid Ihr bereits wach.« Er lächelte, und die Krähenfüße um seine Augen herum wurden deutlicher. Sie schätzte ihn auf etwa sechzig oder siebzig Jahre, aber es hieß, Magier könnten Hunderte von Jahren leben und ihr Alter mit einem Zauber verbergen. »Die Nachricht vom Tod Eures Bruders betrübt mich sehr. Er wäre eines Tages ein großer König geworden.«

Helana schaute zu ihm hinunter. »Ich wollte gerade frühstücken. Kann das nicht warten?« Theodric war der Handlanger ihres Vaters. War er gekommen, um ihm später Bericht über sie zu erstatten?

»Ich hatte gehofft, wir könnten vielleicht zusammen frühstücken, und wie es scheint, bin ich genau zum richtigen Zeitpunkt erschienen. Keine Sorge, ich habe mir meine eigenen Speisen mitgebracht.« Er deutete auf die drei Diener hinter ihm, die Platten beladen mit Brot, Käse, gebratenem Speck und vielem mehr trugen. Trotz seiner schlanken Statur aß Theodric wie ein Pferd.

Helana seufzte. Jetzt konnte sie es ihm wohl kaum abschlagen.»Wenn es sein muss.« Sie hielt ihm die Tür auf.

Zusammen setzten sie sich an den Tisch. Theodric verzehrte sein gewaltiges Frühstück in derselben Zeit, die Helana für ihr eigenes kärgliches Mahl brauchte, dann läutete er sofort nach den Dienern, damit sie ihm mehr brachten. Endlich hatte er seinen Hunger gestillt und lehnte sich zufrieden auf seinem Stuhl zurück, sein Gewand voller Krümel. Er sah sie an und ergriff das Wort.»Was wisst Ihr über Rymund Prindian?«

Helana lachte spöttisch.»Ihr platzt mit genug Essen für ein kleines Heer in mein Zimmer und fragt mich ausgerechnet nach Rymund Prindian?«

Theodric tupfte sich mit einer Serviette das Kinn ab.»Unser neuer Thronerbe«, fuhr er fort, als hätte er sie nicht gehört. »Es heißt, er fühle sich in einer Taverne eher zu Hause als im Umgang mit Regierungsgeschäften. Wenn er jemals den Thron besteigen sollte, wäre das äußerst schlecht für Erland. Euer Vater mag nicht mehr die Naturgewalt sein, die er einst war, aber zumindest liegt ihm sein Volk am Herzen.«

Helana sah ihn ungläubig an. Hatte Theodric die Armut in der Stadt nicht bemerkt? Ihr Vater scherte sich einen feuchten Kehricht um sein Volk.»Was wollt Ihr, Theodric?« Langsam verlor sie die Geduld.»Wenn Ihr vorhattet, meinen Tisch mit Krümeln zu bedecken und undurchsichtige Fragen zu stellen, wart Ihr zweifellos erfolgreich.«

Theodric seufzte.»Na schön. Ich hatte gehofft, dass wir uns

dem Thema behutsamer nähern könnten, aber ich weiß, dass Ihr Direktheit schätzt. Ich möchte, dass Ihr Rymund Prindian heiratet.«

Helana blinzelte ihn an, dann warf sie den Kopf in den Nacken und lachte, sowohl um ihren Schock zu überspielen als auch, weil sie wirklich erheitert war. »Da könnt Ihr lange warten. Ich habe nicht die Absicht, überhaupt irgendjemanden zu heiraten.«

»Die Entscheidung liegt wohl eher bei Eurem Vater.«

»Mein Vater hat nie auch nur das geringste Interesse an meinen Heiratsaussichten gezeigt, nicht dass ich mich darüber beschweren würde.«

»Das war vor Jarhiks Tod.« Theodric nippte an seinem Glas mit dünnem Bier. »Euer Vater braucht Verbündete, und Ihr seid die begehrenswerteste Jungfrau im Königreich. Früher oder später wird er sich dessen gewahr werden, und er wird Euch mit einem Mann seiner Wahl vermählen, vielleicht sogar mit jemandem außerhalb von Erland.

Der Krieg wird kommen, Prinzessin. Wenn man so lange lebt wie ich, erkennt man die Zeichen. Der Krieg liegt Erland im Blut. Ich biete Euch die Möglichkeit, Eure Pflicht zu tun. Bei einer Heirat mit Lord Prindian gehen die beiden Familien ein Bündnis ein. Wenn Euer Vater keinen Erben zeugen kann, würde sein Segen für diese Verbindung sicherstellen, dass sein Enkel nach Lord Prindian die Krone übernimmt. Ihr könntet mit einer List die Krise um die Thronfolge beenden.«

»Habt Ihr überhaupt schon mit ihm darüber gesprochen?« Ihr Vater hasste die Prindians mit einer Leidenschaft, die an Wahnsinn grenzte. »Es überrascht mich, dass Ihr noch unter den Lebenden weilt.«

Theodric gluckste. »Natürlich nicht. Er wäre entsetzt über den Vorschlag.«

»Etwas, das wir gemeinsam haben.«

»Ich hatte gehofft, dass wir ihn mit vereinten Kräften davon überzeugen könnten.«

Über diese Bemerkung konnte Helana nur lachen. »Ihr wisst, welchen Einfluss ich auf meinen Vater habe. Schon wenn ich vorschlage, es wäre Zeit fürs Abendessen, würde er lieber verhungern. Und dasselbe gilt für den Fall, dass ich Rymund Prindian heiraten wollte, was ich nicht will.«

»Nicht einmal um des Friedens willen? Jarhik wird nicht der letzte Mann in Erland sein, der stirbt, wenn wir gegen die Prindians kämpfen. Denkt an die Menschenleben, die Ihr retten würdet. Und wenn er wirklich König wird, dann braucht Prindian eine starke Gemahlin. Ihr könntet über Erland herrschen.«

Ein Bild von Creya und ihren Söhnen tauchte vor Helanas geistigem Auge auf. Aber bei Eryi, nein. Als Helana ihr versichert hatte, sie würde tun, was sie konnte, hatte sie nicht an eine Heirat gedacht, und schon gar nicht an eine Vermählung mit Rymund Prindian. Wenn doch nur ihre Schwester Tarvana noch unverheiratet gewesen wäre. »Die Antwort lautet Nein, Theodric. Haltet mich aus Euren Ränken heraus.«

Der Magier machte ein langes Gesicht. »Na schön.« Er erhob sich von seinem Stuhl und hielt sich eine Hand vor den Mund, um ein leises Aufstoßen zu verbergen. »Wie dem auch sei, danke für das Frühstück.«

Er machte Anstalten zu gehen, aber an der Tür drehte er sich doch noch einmal zu Helana um. »Ich gehe davon aus, dass Ihr versteht, was das bedeutet? Wenn Euer Vater einen Bräutigam für Euch vorschlägt, was er tun wird, dann werde ich mich nicht für Euch einsetzen. Ihr werdet vermählt werden, Helana, ob es Euch gefällt oder nicht, und wahrscheinlich mit jemandem, der weitaus schlimmer ist als Rymund Prindian.«

Helana widerstand dem Drang, einen Teller nach ihm zu werfen. »Geht einfach, Theodric.«

Er verließ den Raum, und Helana sackte auf ihrem Stuhl zusammen. Sie war plötzlich sehr müde. Ihre schlaflose Nacht holte sie langsam ein. Hatte sie das Richtige getan? Oder war sie sehr selbstsüchtig, dass sie Theodric nicht helfen wollte, einen Krieg abzuwenden?

Es klopfte noch einmal an ihrer Tür, eine Spur zaghafter diesmal.

»Geht endlich weg, Theodric.«

Es klopfte erneut. Helana stand auf und marschierte zur Tür. Sie war jetzt zornig und bereit, dem Magier das Donnerwetter entgegenzuschleudern, das sie ihm schon zuvor hätte angedeihen lassen sollen. Sie riss die Tür auf und erschrak, als sie ihren Cousin Orsian erblickte, der mit erhobener Hand an der Tür stand und gerade erneut anklopfen wollte.

»Orsian! Was schleichst du kurz nach Sonnenaufgang vor meiner Tür herum?«

Röte schoss Orsian in die Wangen. Er öffnete den Mund zu einer Antwort, schloss ihn dann aber wieder. Er schien nicht genau zu wissen, was er sagen wollte.

»Hat dir eine Nymphe die Zunge gestohlen? Was gibt es, Orsian? Lass mich nicht den ganzen Tag hier stehen.« Als Kinder hatten sie zusammen gespielt, aber seit Orsian in die seltsamen Jahre zwischen Knaben- und Mannesalter gekommen war, waren Momente wie diese nur allzu häufig geworden. Sie wusste, dass er eine Schwäche für sie hatte, was schon ohne seine kindliche, gedrungene Statur peinlich gewesen wäre. Bis vor einem Jahr war sie noch eine Handbreit größer gewesen als er.

Doch das hatte sich inzwischen geändert. Helana musterte ihn noch einmal.

Orsian war jetzt vierzehn und endlich in seinen Körper hineingewachsen. Er war immer noch stämmig, aber aus seinen früheren Pausbacken war eine markante Kieferpartie geworden, sein Oberkörper war jetzt mit Muskeln bepackt, und er war genauso groß wie sie. Auf seinem Gesicht zeichnete sich ein Bart ab, und jetzt war es an Helana zu erröten, als ihr bewusst wurde, dass sie ihn anstarrte. Ihr Cousin war fürs Reiten gekleidet und trug ein Schwert an seiner Hüfte, das in ihrer Erinnerung noch nicht da gewesen war, als sie ihn das letzte Mal gesehen hatte.

Endlich schien Orsian zur Besinnung zu kommen. »Ich reite nach Klippwehr, zusammen mit meinem Vater«, sagte er mit einem Grinsen. »Ich dachte, ich komme kurz vorbei und verabschiede mich.« Sein Lächeln erstarb, als er Helanas schwarzes Kleid bemerkte. »Es tut mir leid, Helana. Ich habe Prinz Jarhik nicht gut gekannt, aber die Männer meines Vaters haben immer nur Gutes über ihn erzählt. Sie alle trauern um ihn, genau wie ich.«

Das war vielleicht die erste aufrichtige Beileidsbekundung, die Helana hörte. Selbst Theodrics Worte hatten wie Floskeln gewirkt, aber Orsians Ernsthaftigkeit hatte etwas Tröstliches an sich. Aus einer Laune heraus beugte sie sich vor und küsste ihn auf die Wange. Wo früher nur ein Flaum gewesen war, befanden sich jetzt ansprechende schwarze Stoppeln. »Danke. Ich bete, dass mein Bruder jetzt bei Eryi ist.« Sein Gesicht wurde nach ihrem Kuss feuerrot. »Wie lange wirst du fort sein?«

»Einige Wochen, denke ich. Es ist ein harter Ritt, und Lord Binsendocht könnte sich als zäher Verhandlungspartner erweisen.«

Helana bezweifelte, dass Lord Binsendocht mutig genug war, um ihrem Vater irgendetwas abzuschlagen, und sei es seine Tochter. »Ich werde dich in den Hof begleiten und mich dort von dir verabschieden«, beschloss sie. Hauptsache, es lenkte sie von Theodric ab.

Während sie in Richtung Innenhof gingen, unterhielten sie sich leise. Untergehakt steckten sie verschwörerisch die Köpfe zusammen, so wie sie es als Kinder getan hatten, und alle Unsicherheit zwischen ihnen schien vergessen zu sein. »Du bist gewachsen, seit ich dich das letzte Mal gesehen habe«, sagte Helana. »Bald wirst du so groß sein wie Errian.« Orsian machte ein finsteres Gesicht. »Ich bin nicht wie mein Bruder. Ich komme nach meinem Vater.« Er sprach etwas zu heftig und erinnerte Helana kurz an ein schmollendes Kind. Er ächzte. »Tut mir leid, ich habe ihn vor einigen Tagen gesehen, und wir haben uns gestritten.«

Helana tätschelte ihm tröstend den Arm. Die Kluft zwischen ihr und ihrer Schwester war tief – Tarvana war fünf Jahre älter als sie, hatte zwei Kinder und war mit dem abscheulichen Lord Balyard verheiratet, und sie scheute sich nie, Helana dafür zu tadeln, dass sie jeden Verehrer abwies. Aber Helana wusste, dass die Differenzen zwischen Schwestern nicht so tief gingen wie die Rivalität zwischen Brüdern, die im Schatten eines angesehenen Vaters aufwuchsen.

Auf dem Burghof herrschte reges Treiben. Stallburschen liefen hin und her, während Lord Andriks Männer ihre Habseligkeiten in Satteltaschen packten und ihre bereits aufgesessenen Kameraden ihnen grobe Beleidigungen wegen ihrer vermeintlichen Langsamkeit zuriefen. Es schien, als wären sie fast bereit zum Aufbruch.

Helana sah sich suchend um und entdeckte schließlich ihren Onkel, der einige Schritte von der hoch aufragenden Gestalt Strovac Sigacs entfernt stand. Die beiden Männer starrten einander an, in einer Körperhaltung, die auf eine Meinungsverschiedenheit schließen ließ. Sie sprachen miteinander, aber der Lärm auf dem Hof war zu groß, um sie zu verstehen.

Orsian, der sie jetzt ebenfalls erblickte, runzelte die Stirn. »Ich sollte nach meinem Vater sehen.« Er eilte auf die beiden zu, und Helana folgte ihm.

Strovac Sigac grinste breit. »Während ich also in den Krieg reite, werdet Ihr ausgesandt, die neue königliche Zuchtstute herbeizuschaffen. Traut der König Euch keine Männerarbeit mehr zu, oder seid Ihr ein Feigling geworden?« Er war größer als Lord Andrik und alle anderen Männer auf dem Hof. Nun senkte er die Stimme, aber Helana bekam trotzdem jedes Wort mit. »Vielleicht hat er Zweifel an Eurer Loyalität. Eure Mutter war eine Thrumb, nicht wahr?«

Helana starrte ihn an. Er mochte ein Riese sein, aber der Mann war nicht ganz richtig im Kopf, so mit ihrem Onkel zu reden. Andrik sprach nie über seine Mutter.

Andrik sah ihn gleichmütig an. »Für Euren Hang zur Grausamkeit müssen wohl härtere Prüfungen her als die Bediensteten von Fenholt. Oder hat der König vielleicht genug von den absurden Geschichten, die Ihr über Eure Herkunft verbreitet? Denkt Ihr wirklich, dass irgendjemand glaubt, Hessian könnte Euer Vater sein?«

Es war ein Gerücht, das auch Helana bereits zu Ohren gekommen war, wenn auch nur im Flüsterton. Strovacs Reaktion ließ nicht auf sich warten. Aber sein Schwert war erst halb aus der Scheide gezogen, als Andriks Messer schon an seinem Hals lag. Helana schnappte nach Luft. Selbst wenn sie auf derselben Seite standen, konnten Männer nie einem Streit widerstehen, aber das hier ging zu weit. Zorn stieg in ihr auf; ein Kampf auf dem Hof war ein schlechter Tribut an das Andenken ihres Bruders.

»Wag es nur, Junge.« Andrik hielt die Hand mit dem Messer ruhig an Strovacs Kehle. »Nichts würde mir ein größeres Vergnügen bereiten.«

Strovacs Augen blitzten vor Zorn. Plötzlich sah Helana einen von Strovacs Männern mit gezogenem Schwert von hinten auf Andrik zueilen. Orsian rief eine Warnung, und Andrik wirbelte herum und schlitzte dem Mann mit seinem

Messer den Hals auf. Der Angreifer fiel zu Boden, Blut spritzte, und Strovac Sigac sprang mit einem Satz von Andrik weg und zückte sein Schwert.

»Halt!« Helena warf sich zwischen die beiden, ihr Gesicht glühte vor Wut. »Als von königlichem Geblüt befehle ich Euch beiden, damit aufzuhören!«

Andrik blieb nur wenige Meter vor Helena stehen und ließ sich auf ein Knie sinken. »Vergib mir, Prinzessin.« Sein Blick blieb starr auf Strovac Sigac gerichtet.

Strovac kniete nicht nieder. Seine Klinge immer noch drohend in der rechten Hand, lächelte er und vollführte eine kunstvolle Verbeugung. »Vergebt auch mir, Prinzessin.«

Helena marschierte auf ihn zu, und obwohl der Krieger sie um fast eine Elle überragte, war sie zornig genug, um den nackten Stahl in seiner Hand zu ignorieren. »Ehrt Ihr so das Andenken meines Bruders?«, fragte sie scharf und mit anschwellender Stimme. Die Worte sprudelten nur so aus ihr heraus: all ihre aufgestaute Trauer um Jarhik, ihre Frustration darüber, dass sie das Wildschwein nicht selbst erlegt hatte, und ihr Zorn auf Theodric und ihren Vater. »Indem Ihr versucht, seine Angehörigen im Haus meines Vaters zu töten?« Sie drehte sich zu Andrik um. »Und du, Onkel! Hast du vergessen, wem du dienst?«

Andrik richtete sich auf. »Das vergesse ich niemals, Prinzessin.« Er sah den anderen Mann voller Verachtung an. »Wenn Strovac Sigac nur deine Haltung hätte.«

Ein Stallbursche, der ein Pferd neben sich herführte, kam nervös auf sie zu, und Andrik steckte sein Messer in die Scheide und schwang sich in den Sattel. Er wendete sein Pferd und ritt in Richtung Tor, während Orsian hastig aufsaß und mit zwei Dutzend anderen Männern seinem Ross die Sporen gab, um ihm hinterherzujagen. Orsian drehte sich sehnsüchtig zu Helena um und hob zum Abschied entschuldigend die Hand.

Sie schaute ihm nach. Wenn sogar Männer, die angeblich auf derselben Seite standen, auf dem Boden von Pfeiferswehr die Klingen kreuzen ließen, dann gab es keine Hoffnung auf Frieden. Sie schritt zurück ins Haus und wischte sich die Tränen von der Wange.

KAPITEL 6

Pherri saß im Empfangszimmer ihrer Eltern auf einem Stuhl, der immer noch eine Spur zu hoch für sie war, und ließ die Beine baumeln, während ihre Mutter sich mit ihrem Tee beschäftigte, den sie lieber selbst zubereitete, als eine Dienerin zu bemühen. Um sich abzulenken, studierte Pherri das kunstvolle Schwert an der Wand, ein Geschenk von König Hessian. In jüngeren Jahren hatte Pherri das Schwert faszinierend gefunden, obwohl sie es nie gewagt hätte, ihren Vater danach zu fragen. Stattdessen hatte sie Da'ri darüber ausgehorcht, der ihr auf die Frage nach dessen Wert geantwortet hatte: »Wertvoll genug, um ein kleines Land für ein Jahr mit Nahrung zu versorgen oder um deinen Vater aus einer Gefangenschaft freizukaufen.«

Pherri hatte Da'ri in diesem Punkt korrigiert. Ihr Vater war der größte Kämpfer der Welt – niemand konnte ihn jemals gefangen nehmen. Und wenn doch, würde er sich einfach wieder freikämpfen. Bei einem ihrer Brüder würde das vielleicht funktionieren, aber sie waren nicht so viel wert, also würde man vielleicht ein kleineres Schwert schmieden müssen. Da'ri hatte lange und heftig über diese Bemerkung gelacht, ebenso wie ihre Eltern, als er ihnen die Geschichte erzählt hatte.

Normalerweise hätte sie jetzt Unterricht bei ihm gehabt, aber ihre Mutter hatte sie zu sich gerufen und Da'ri weggeschickt. Seit der Nachricht über die Ermordung des Prinzen durch die Thrumb wirkte er beunruhigt. Die finsteren Blicke der Wachen und Diener, hatte er gesagt, ließen ihn um sein Leben bangen. Trotz ihrer eigenen Besorgnis hatte Pherri ihm versichert, dass ihm kein Leid geschehen würde. Es waren die Männer ihres Vaters, und ihr Vater hegte keinen Groll gegen Da'ri.

»Warum bin ich hier?«, fragte Pherri, als ihre Mutter endlich den Tee serviert hatte. Sie brannte darauf, zu ihren Studien zurückzukehren, und ihre Mutter schien sie nur gerufen zu haben, um schweigend dazusitzen und Tee zu trinken.

»Es wird Zeit, mit dir über deine Zukunft zu sprechen«, sagte ihre Mutter schließlich, nachdem sie einen vorsichtigen Schluck von ihrem heißen Getränk genommen hatte. »Da'ri ist ein guter Mann, und wir haben dein Interesse an Sachgebieten geduldet, die man Mädchen gewöhnlich nicht beibringt. Aber du kannst nicht ewig ein Kind bleiben. Wir nähern uns einer Zeit, da du auch Dinge wie Nähen und Haushaltsführung lernen musst. Ich würde dir keinen Gefallen tun, wenn ich dergleichen vernachlässigte.«

»Ich will nichts davon lernen. Da'ri unterrichtet mich in Gartenbau und Navigation.« Beide Gebiete faszinierten sie, vor allem die Methoden, mit denen Seeleute anhand der Sterne ihren Weg fanden.

Ihre Mutter schürzte die Lippen, und Pherri begriff, dass sie das Falsche gesagt hatte. »Ich selbst habe keine Geduld für Handarbeiten, wie diese wenig gelungenen Wandteppiche demonstrieren.« Ihre Mutter zeigte auf ein einfaches Exemplar, das hinter ihr hing. »Doch eines Tages wirst du vielleicht einen eigenen Haushalt führen müssen, und obwohl ich mich bei der Instandsetzung der Kleidung deines Vaters und deiner Brüder auf die Dienerschaft verlasse, sind Nähen und Stopfen wichtige Fertigkeiten für jede Frau. Ich möchte dich auf das Leben vorbereiten, das du führen wirst, nicht auf das einer Gärtnerin oder Schmugglerin. Dergleichen Fähigkeiten wären mir bei der Führung dieses Haushalts nicht von Nutzen.«

»Aber mich interessiert das alles nicht«, wandte Pherri mit einer geringschätzigen Handbewegung ein, wodurch sie beinahe ihren Tee umgestoßen hätte. »Wenn du willst, dass ich andere Dinge lerne, könntest du dann nicht jemanden herholen, der Da'ri unterstützt? Vielleicht jemanden aus dem Imperium?« Da'ri verfügte über weitreichende Kenntnisse, was das Imperium betraf, aber er war selbst noch nie dort gewesen. »Ich würde gern mehr über ein anderes Volk lernen, ein anderes als unser eigenes oder das der Thrumb.«

Ihre Mutter schürzte erneut die Lippen und legte die Stirn in Falten, als würde sie sich eine Bemerkung verkneifen. Pherri konnte erkennen, dass ihre Mutter verstimmt war, verstand aber den Grund dafür nicht. Warum konnte sie nicht einfach offen mit ihr reden?

Doch als sie sprach, war der Ton ihrer Mutter sanft. »Pherri, mich würde nichts glücklicher machen, als wenn du deine Tage mit Lesen und Lernen verbringen könntest.« Sie hielt für einen Moment inne, als suchte sie nach den Worten, um Pherri ihren Standpunkt begreiflich zu machen. »Aber das ist nicht das Leben, das dir zugedacht ist. Du hast Pflichten deiner Familie gegenüber, mir und deinem Vater gegenüber. Eines Tages wirst du heiraten, und dein Leben wird meinem nicht unähnlich sein. Als deine Mutter ist das das Leben, auf das ich dich vorbereiten muss.«

»Cousine Helana ist auch nicht verheiratet. Sie geht jagen – auch mit Falken –, und sie geht ins Bett, wann sie will.«

»Helana ist nicht meine Tochter, und sie hatte zu unser aller Kummer nicht das Glück, mit einer Mutter aufzuwachsen. Wenn du Helana das nächste Mal siehst, sag mir, ob du sie für glücklich hältst.«

Pherri nippte nachdenklich an ihrem Tee.»Vielleicht würde Cousine Helana wissen, wie man glücklich ist, wenn sie ihre Mutter gehabt hätte, um es ihr beizubringen. Vielleicht sind Mütter dazu da, ihren Kindern beizubringen, glücklich zu sein, nicht, so zu leben, wie sie es sollten.«

»Vielleicht ist das das Gleiche.«

Pherri öffnete den Mund, um zu widersprechen, aber ihre Mutter brachte sie mit einem Finger auf ihren Lippen zum Schweigen. Seufzend streckte sie die Hand aus, um Pherri über das strohblonde Haar zu streicheln.»Meine kluge Tochter«, murmelte sie.»Ich kann dich noch ein Weilchen länger ein Kind sein lassen, aber es wird Krieg geben, und Krieg sorgt gewöhnlich dafür, dass Kinder erwachsen werden.«

Pherri grübelte noch immer über diese Bemerkung nach, als die Tür zum Empfangszimmer aufgestoßen wurde. Pherri und Viratia sahen auf, und dort in der Tür stand Errian.

Er hatte sich einen Bart wachsen lassen, bemerkte Pherri. Errian war fast ein Jahrzehnt älter als sie, und sie hatten einander nie nahegestanden. Er sah sie immer an, als würde er einen Wandteppich betrachten; etwas, das einfach *da* war, aber keinen wirklichen Zweck erfüllte.

»Errian!« Viratia erhob sich, um ihn zu umarmen, und Errian beugte sich vor und küsste sie auf die Wange.»Es ist so schön, dich wohlauf zu sehen. Wir haben schreckliche Dinge vom Eryispek gehört.«

»Zerbrich dir darüber nicht den Kopf«, entgegnete er grimmig. Er hatte dunkle Ringe unter den Augen und Falten im

Gesicht, die ihn müde aussehen ließen. »Jarhik ist tot. Die Thrumb haben ihn getötet.«

»Ich weiß.« Ihre Mutter umarmte ihn noch einmal. »Ich bin so froh, dass du in Sicherheit bist. Komm und setz dich.«

Pherri war sich sicher, dass man sie jetzt, da Errian anwesend war, nicht weiter hier sitzen lassen würde. Sie durfte nicht wissen, was auf dem Eryispek geschehen war.

»Ich kann nicht lange bleiben«, sagte er. »Wir sind nur hergekommen, um unseren Proviant aufzufüllen, bevor wir nach Westen reiten.«

Viratia sah ihn aufmerksam an. »Nach Westen? Du willst doch nicht etwa ...«

»Vater hat es befohlen. Er schickt mich nach Thrumb, wo ich die ganze Zeit schon hätte sein sollen.«

Pherri wusste, dass Errian log, fast bevor die Worte über seine Lippen gekommen waren, aber ihre Mutter schien es nicht bemerkt zu haben. »Wirst du wenigstens eine Nacht bleiben?«, fragte sie. »Wir reiten morgen nach Hochferren, zum Markt. Du und deine Männer, ihr könnt dort Proviant besorgen.«

Errian dachte darüber nach. »Meine Männer sind müde«, antwortete er langsam. »Es wird ihnen vielleicht guttun, die Nacht hier zu verbringen.«

Viratia strahlte. »Wunderbar. Dann komm und trink einen Tee mit mir.« Sie bedeutete ihm, sich zu setzen. »Pherri, geh ein Weilchen spielen. Wir werden unser Gespräch ein andermal fortsetzen.«

»Aber ...«

»Sofort.«

Wie hatte ihre Mutter Errians offensichtliche Lüge nur so leicht glauben können? Pherri war es noch nie gelungen, ihr etwas vorzumachen. Widerstrebend verließ sie den Raum, teils froh darüber, nicht länger die Ansichten ihrer Mutter über ihre Ausbildung hören zu müssen, teils verärgert, weil Errian sie verscheucht hatte. Ihr Bruder hatte sich nicht einmal die Mühe gemacht, sie zur Kenntnis zu nehmen.

Sie überlegte, nach Da'ri zu suchen, aber ihre Neugier hinsichtlich Errians Abenteuer auf dem Eryispek und des Rebellen Gelik Weißhirsch war stärker. Der Berg lag nicht weit entfernt, doch die Stämme lebten dort völlig isoliert und waren Außenstehenden gegenüber feindselig. Pherri eilte zurück zu dem offenen Fenster über dem Lagerhaus, an dem sie schon öfter gelauscht hatte, und erschreckte mehrere Diener, als sie vorbeirannte.

Sie drückte sich erneut an die Mauer.

»Es ist mir egal«, hörte sie Errian gerade sagen. »Sie müssen sterben. Für Jarhik.«

Seine Stimme klang seltsam. Pherri riskierte einen Blick und musste zu ihrem Entsetzen feststellen, dass ihrem Bruder die Tränen über die Wangen strömten. Errian weinte nie, er wütete nur und stritt mit Orsian. Es war so ungewöhnlich, als würde man einen Hund auf den Vorderbeinen laufen sehen.

Ihre Mutter hielt seine Hand und versuchte ihn zu trösten. »Wir alle trauern um den Prinzen. Aber vielleicht solltest du noch ein paar Tage hierbleiben und abwarten? Dein Vater würde nicht wollen, dass du etwas Unüberlegtes tust.«

»Es kann nicht warten.« Pherri begriff, dass er von der Rache für den Prinzen sprach. Die Geduld ihrer Mutter ihm gegenüber verblüffte sie, als wäre Errian immer noch ein Kind und würde um Vergebung bitten, weil er etwas von Orsians Sachen zerstört hatte. »Jarhik war mein Cousin, mein Bruder, und er ist Hunderte von Meilen entfernt gestorben, umgeben von seinen Feinden. Ich hätte dort bei ihm sein sollen! Selbst wenn sie seinen Leichnam jetzt in Merivale verbrennen, wie soll seine Seele jemals den Weg nach Eryispek über den Wolken finden?«

»Rache wird Jarhik nicht zurückbringen. Ist ein Tod in unserer Familie durch ihre Hand nicht genug? Wenn dein Vater dir befohlen hat zu reiten, werde ich das akzeptieren müssen, aber ich verbiete dir, irgendwelche törichten Risiken einzugehen. Was ist nun mit dem Eryispek und den Lutum? Seid ihr nach Basseton geritten?«

»Ja. Die ganze Stadt wurde in Schutt und Asche gelegt.« Sein Gesicht nahm einen verschlossenen Ausdruck an, als erinnerte er sich an etwas Beunruhigendes. »Ich werde dir die Einzelheiten ersparen.«

»Und die Lutum?«

»Fort«, sagte Errian nur. »Wir sind den ganzen Weg nach Rotfort geritten und haben keine Spur von ihnen gesehen. Es war, als hätten sie sich in Luft aufgelöst. Weiter sind wir nicht geritten; wir waren nicht dazu ausgerüstet, ihnen in den Schnee zu folgen, falls sie tatsächlich den Eryispek hinaufgestiegen sind.«

Das klang nicht richtig in Pherris Ohren; sie hätte schwören können, irgendwo gelesen zu haben, dass die Lutum kaum jemals die höheren Lagen des Eryispek aufsuchten, außer für Zeremonien und Rituale. Sie hörte jedoch keine Lüge aus Errians Bericht heraus, also schien er selbst tatsächlich daran zu glauben. Aber warum sollten sie Basseton angegriffen haben, nur um anschließend auf den Eryispek zu fliehen?

»Basseton wird wiederaufgebaut und mit einer ordentlichen Garnison neu besiedelt werden müssen«, sagte ihre Mutter, »aber ich bin mir sicher, dass dein Vater das veranlassen wird. Gab es Überlebende?«

»Wir sind auf eine Frau gestoßen, die sich in den Ruinen des Bergfrieds verkrochen hatte. Sie ist alt und hässlich und ein wenig seltsam, aber ich hatte gehofft, dass du sie gebrauchen könntest. Delara ist ihr Name. Sie sagt, sie sei eine hochrangige Dienerin des Lords dort gewesen.« Seine Stimme wurde zu einem Knurren, und Pherri musste die Ohren spitzen, um seine nächsten Worte zu verstehen. »Sie jagt meinen Männern eine Heidenangst ein, murmelt ständig vor sich hin. Sie halten sie für eine Hexe.«

Viratia lachte schallend. »Wie kommt es, dass Männer, wenn sie eine hässliche alte Frau sehen, immer sofort Stein und Bein schwören, es handle sich um eine Hexe? Wo sind all die jungen und schönen Hexen? Die arme Frau, natürlich kann sie hierbleiben. Unser Verwalter Tammas ist nicht mehr der Jüngste, und da dein Vater den größten Teil seiner Männer mitgenommen hat, könnten wir ihre Hilfe gebrauchen. Sie gibt vielleicht auch eine gute Lehrerin für Pherri ab.«

Pherri hätte fast lauthals protestiert, doch dann fiel ihr ein, dass sie sich am Fenster versteckt hatte. Ihre Mutter sprach, als beabsichtigte sie, Da'ri auf der Stelle zu ersetzen! Ohne sich darum zu kümmern, ob man sie hörte, verließ Pherri behände ihr Versteck und rannte den ganzen Weg zu Da'ris Zimmer, so schnell ihre kleinen Beine sie trugen. Sie klopfte einmal an und drückte dann die Tür auf, ohne auf eine Antwort zu warten.

Pherri sah sich im Raum um. Er war fast kahl. All seine Dekorationen und Kuriositäten waren verschwunden. Pherri hätte fast angefangen zu weinen, als Da'ri hinter seinem Bett hervorkam.

»Pherri! Was machst du hier?«

Tränen traten ihr in die Augen. Orsian war fort, und jetzt würde auch Da'ri gehen. Alles veränderte sich. »Wo sind all Eure Sachen? Geht Ihr fort?«

Seine düstere Miene bestätigte ihre schlimmsten Befürchtungen. Deshalb hatte ihre Mutter sie für den Tag zu sich gebeten, damit Da'ri packen konnte. Er setzte sich auf sein Bett, und man sah ihm sein Alter deutlich an. Er bedeutete ihr, sich zu ihm zu setzen, und Pherri schlang ihm die Arme um den Hals.

»Ihr dürft nicht gehen. Ich werde meine Mutter dazu bringen, Euch zu befehlen hierzubleiben.«

»Ich muss gehen, Pherri. Jeder Tag, an dem ich hierbleibe, bringt mich und dich in größere Gefahr. Die Diener sehen mich an, als wollten sie mich im Schlaf erdolchen, und obwohl die Männer deines Vaters schwören mussten, mich zu beschützen, sprechen die Blicke, die sie mir zuwerfen, eine andere Sprache. Ich habe mit deiner Mutter darüber geredet, und wir waren uns einig, dass es das Beste wäre, wenn ich abreise.«

»Aber warum?« Pherris Lippen zitterten. »Ihr habt den Prinzen nicht getötet.«

»Für sie ist es so, als hätte ich es getan. Ich bin schuldig allein aufgrund meiner Herkunft. Ich habe die Unverfrorenheit, unter ihnen zu leben und zu arbeiten, obwohl ich in Thrumbalto sein und darauf warten sollte, besiegt und abgeschlachtet zu werden. Ich kann hier sterben, oder ich kann dort sterben, unter meinen Landsleuten. Und ich bin bereit, nach Hause zurückzukehren, Pherri. Ich weiß nicht, was mein Volk dazu getrieben hat, Erland nach all dieser Zeit Schwierigkeiten zu bereiten, aber ich weiß, dass es zu lange her ist, seit ich auf einer Baumwipfelbrücke saß und süßen Apfelwein trank, während meine Füße über den Rand baumelten. Oder seit ich den Sonnenuntergang über dem Wald von der Spitze des Irminbaumes aus beobachtet habe. Es gibt ein Wort in unserer Sprache, für das es keine direkte Übersetzung gibt: *ealagny* – eine so tiefe Sehnsucht, dass der Schmerz in deinem Herzen dich nachts aufweckt. Ich hätte nie gedacht, ihn selbst einmal zu erfahren, und doch …« Da'ri wischte mit dem Daumen eine Träne von Pherris Wange. »Wenn dies das Ende für mein Volk bedeutet, möchte ich es mit eigenen Augen mitansehen.«

Pherri schwieg einen Moment lang. Seit Orsians Abreise

war Da'ri ihr einziger Freund, ihre Mutter nicht mitgerechnet. Ohne ihn würde es niemanden mehr geben, der ihr etwas beibringen konnte, und sie war erst elf Jahre alt und hatte noch unendlich viel zu lernen. Es gab so viele Dinge, die sie ihn über die Thrumb hätte fragen sollen. »Man wird Euch töten. Bleibt hier und lebt.«

Da'ri lachte. »Ich werde im nächsten Sommer fünfundsechzig. Ein gutes Alter. Ich kann nicht wissen, wie viele Jahre mir noch bleiben, aber ich würde sie mit Schuldgefühlen zubringen, wenn ich hierbliebe, geschützt von deinem Vater, während meine Brüder sterben.« Er erhob sich unbeholfen und verzog das Gesicht bei dem Schmerz in seinen alten Knien. »Pherri, dich zu unterrichten war eines der größten Privilegien meines Lebens. Ich glaube nicht, dass deine Eltern wirklich wussten, was für ein besonderer Mensch du bist, als sie mich hierher eingeladen haben. Du bist zweifellos das begabteste Kind, dem ich je begegnet bin. Erland ist ein Land, das von Blutgier angetrieben und von Rache gespalten wird. Ich bete, dass mit der Zeit sanftere, weisere Seelen obsiegen werden. Seelen wie deine. Stell dich ganz in den Dienst Erlands. Es ist das größte Geschenk, das du deinem Land machen kannst. Vielleicht ein größeres, als es verdient.«

Neue Tränen stiegen Pherri in die Augen. Niemand sonst, den sie kannte, sprach so wie Da'ri. »Werdet Ihr zumindest morgen noch mit nach Hochferren kommen? Ihr könnt dort Proviant für Eure Reise kaufen.«

Da'ri lächelte. »Das kann ich wohl tun.« Er schaute auf Pherris Kleid, das jetzt von einer Schmutzschicht bedeckt war, nachdem sie draußen vor dem Fenster ihrer Mutter herumgekrochen war. »Hast du deinem Bruder nachspioniert? Ich habe gehört, dass er zurückgekehrt ist.«

Pherri schluckte, denn sie wusste, dass sie gleich bestätigen würde, was Da'ri befürchtete. »Er hat vor, morgen nach Thrumb zu reiten, um Prinz Jarhik zu rächen.«

Da'ri schloss die Augen, und ein kurzes, trauriges Lächeln blitzte auf seinem Gesicht auf. »Umso dringender ist es, dass ich gehe. Und was wurde aus dem Feldzug deines Bruders gegen die Lutum?«

»Er hat gesagt, sie seien schon fort gewesen«, berichtete Pherri ihm. »Hinauf in den Schnee des Eryispek. Seltsam, nicht wahr? Ihr habt mir erzählt, sie würden sich immer in den unteren Regionen aufhalten.«

Zu Pherris Überraschung schien das Da'ri mehr zu beunruhigen als die Nachricht, dass Errian nach Westen reiten wolle. Sein Gesicht wurde aschfahl, seine Augenbrauen zogen sich nachdenklich zusammen, und Pherri bemerkte, dass eine seiner Hände leicht zitterte. »Überaus seltsam.« Er wandte sich plötzlich von ihr ab und eilte zu seinem Schreibtisch. »Ich muss einen Brief verfassen. Wir sehen uns morgen. Und ab jetzt wird nicht mehr spioniert.«

»Aber ...«

»Bitte, Pherri!« Er hatte sich bereits über ein leeres Pergament gebeugt.

Erschrocken und ein wenig eingeschüchtert ob seines Tons zog sie sich rasch zurück und verließ sein Zimmer so leise wie möglich. Sie schloss die Tür hinter sich mit der Sorgfalt eines Diebes, der den Schauplatz eines Verbrechens verließ.

Er hatte ihr gegenüber noch nie zuvor seine Stimme erhoben, und das verwirrte Pherri mehr als alles andere. Was war nur mit den Lutum los, und was hatte Da'ri so erschreckt?

Am nächsten Tag schien fast der halbe Hausstand nach Hochferren zu reisen. In der Flussstadt fand der Sommermarkt statt, und niemand wollte ihn verpassen. In der Nacht war es Pherri schwergefallen einzuschlafen, denn dieselben dunklen Träume hatten sie wieder heimgesucht, aber sie war früh und ungeduldig aufgestanden. Die Träume wurden jetzt klarer. Sie erinnerte sich an einen großen Bären, der laut brüllte und einen Speer in der Brust stecken hatte, und an eine Hirschkuh mit stechenden blauen Augen, die direkt durch sie hindurchzublicken schienen. Außerdem war da ein verängstigter Junge gewesen, auf dessen Schultern ein Schatten saß. Sie schauderte kurz bei der undeutlichen Erinnerung an diese Bilder.

Ihre Mutter ritt an der Spitze der Gruppe, aber Pherri blieb weiter hinten bei Da'ri. Er hatte einen Hut mit breiter Krempe aufgesetzt, um sich vor der Sonne zu schützen und um die verräterischen Zöpfe zu verstecken, die ihn als Thrumb auswiesen. Er ließ sich nichts von der Verstimmung vom Vortag anmerken und lachte und scherzte gutmütig mit Pherri, während sie in Richtung Hochferren ritten.

Am Tor von Hochferren hatte sich eine Menschentraube gebildet, aber als man Viratia erkannte, verneigten sich die Torwächter und ließen sie sofort passieren. Pherris Eltern unterhielten in der Stadt ein Haus mit ein paar Dienern, und dorthin ritten sie nun und banden ihre Pferde an.

»Ich muss noch einige Besorgungen machen«, sagte ihre Mutter zu Pherri, während sie einem Stallburschen ihre Zügel reichte. »Kannst du mit Da'ri den Markt ein paar Stunden lang allein erkunden? Wachen werden euch begleiten.«

Pherri nickte eifrig. Es war ihr noch nie erlaubt worden, den Markt ohne jemanden aus ihrer Familie zu besuchen. Die Wachen würden sicheren Abstand halten, und sie würde ihre letzten Stunden mit Da'ri genießen können. Nachdem sie eine Nacht darüber geschlafen hatte, glaubte Pherri, die Gründe für seine Abreise zu verstehen, obwohl es sie immer noch all ihre

Willenskraft kostete, ihn nicht anzuflehen, doch bei ihr zu bleiben.

In Hochferren herrschte ein lärmendes und buntes Treiben. An den dicht gedrängten Ständen wurden alle Waren verkauft, die Pherri sich nur vorstellen konnte: Wollmäntel, die in sämtlichen Farben des Regenbogens eingefärbt waren; fette Ferkel, die quiekend durch einen Pferch rannten; hölzerne Schachfiguren, deren Gesichtszüge so fein geschnitzt waren, dass sie einen mit ihren Miniaturaugen direkt anzusehen schienen; winzige Schalen mit süß duftenden Gewürzen; schwelendes Fleisch, dessen Rauch Pherri die Tränen in die Augen trieb. Da'ri kaufte ihnen beiden ein Stück Pastete, so saftig und schmackhaft, dass Pherri nicht warten konnte, bis sie abgekühlt war, und sich nicht darum scherte, als sie sich den Mund verbrannte.

Auch in den Gasthäusern herrschte Hochbetrieb, wie Pherri feststellte, und Männer und Frauen quollen bis auf die Straße hinaus, weil drinnen nicht genug Platz war. Sie war zu jung, um in ein Gasthaus zu gehen, aber sie glaubte zu sehen, wie Errian mit einigen seiner Männer in eines der Lokale einkehrte. Sie runzelte die Stirn, hatte sie doch gedacht, dass er so schnell wie möglich weiterziehen wollte. Aber offensichtlich war die Aussicht auf einen Tag auf dem Markt eine zu große Versuchung für ihn.

Draußen vor einem der Wirtshäuser fiel ihr eine lärmende Menschenmenge auf. Die Männer und Frauen standen im Kreis um etwas herum, das Pherri nicht erkennen konnte. Sie lief hinüber, zu begeistert von der Atmosphäre des Marktes, um Da'ris Rufe zu beachten, dass sie warten solle.

Als sie zwischen den Männern und Frauen vor ihr hindurchspähte, erhaschte Pherri einen Blick auf zwei zornige Wolken aus Federn, die wild krächzend aufeinander zuflogen. Die Menge johlte. Pherri wurde ein wenig übel.

Sie spürte Da'ris Hand auf ihrer Schulter. »Hahnenkämpfe«, erklärte er voller Abscheu. »Komm mit, bevor deine Mutter dich sieht, und lauf nicht einfach so davon.«

Sie wandten sich ab, aber hinter ihnen hatten sich Männer und Frauen versammelt, die den Kampf verfolgen wollten. Als sie versuchten, sich an ihnen vorbeizuschieben, stieß Da'ri einem der Männer gegen die Schulter, sodass er rückwärtsstolperte.

»Pass doch auf, verdammt!«, sagte der Mann, der schwankte und sich kaum auf den Beinen halten konnte. Seine Augen waren blutunterlaufen, und er verströmte einen säuerlichen Geruch.

»Es tut mir leid, mein Freund«, sagte Da'ri und trat zur Seite, um an ihm vorbeizugehen.

Der Mann versperrte ihm den Weg. »Das wird dir noch leidtun«, sagte er mit einem Schluckauf. Er zeigte auf seine mit Schlamm verschmutzte Kniebundhose. »Die hier wirst du bezahlen müssen.«

Als Pherri einen Blick auf die Hose warf, drängte sich ihr die Vermutung auf, dass sie sich bereits vorher in diesem Zustand befunden hatte. Ihr wurde klar, dass der Mann betrunken war. Einer seiner Kameraden hielt eine offene Schnapsflasche in der Hand. Pherri schaute sich ängstlich nach den beiden Wachen um, die ihnen hätten folgen sollen, aber in dem Gedränge konnte sie sie nicht entdecken. Die Menge überragte sie, eine Wand aus Bäuchen und Oberkörpern, die ihnen den Fluchtweg versperrte.

»Hier.« Da'ri griff nach seinem Geldbeutel. Pherri wusste, dass er alles tun würde, um einer Auseinandersetzung aus dem Weg zu gehen, aber als er sich vorbeugte, schnippte der Mann ihm den Hut vom Kopf, sodass seine sechs Zöpfe zum Vorschein kamen.

Einer der Kumpane des Mannes keuchte. »Das ist einer

von diesen Thrumb! Einer von denen, die den Prinzen getötet haben!«

Da'ri hob beschwichtigend die Hände. »Ich will keinen Streit.« Noch mehr Leute hatten sich zu ihnen umgedreht, und Pherri wurde klar, dass sie von allen Seiten eingepfercht waren. Mindestens ein Dutzend Männer warfen Da'ri mordlustige Blicke zu. Er trat einen Schritt zurück und rempelte gegen einen Mann hinter sich, der ihn wieder nach vorn stieß.

»Lasst ihn in Ruhe!«, sagte Pherri, die trotz ihres Entsetzens ihre Stimme wiederfand. »Ich bin Lord Andriks Tochter, und ich befehle Euch, uns in Ruhe zu lassen!«

Der erste Mann schaute blinzelnd auf sie herunter, dann sah er wieder Da'ri an. Pherris Worte schienen kaum zu ihm durchzudringen. »Was machst du hier mit einem Mädchen, Thrumb?«

Aus der Menge kamen zustimmende Rufe. »Geh nach Hause, Thrumb!«

»Mordender, barbarischer Bastard!«

»Sie opfern sie ihren Göttern und trinken ihr Blut«, sagte der Mann, der Da'ri von hinten den Stoß versetzt hatte. »Lass sie in Ruhe, Thrumb.« Er versetzte Da'ri erneut einen kräftigen Stoß. Da'ri prallte gegen den nächsten Mann, der ihm einen brutalen Schlag in den Magen verpasste. Stöhnend krümmte er sich und sackte auf die Knie. Ein weiterer Mann versetzte ihm einen Tritt in die Rippen. Er fiel mit einem Schmerzensschrei zu Boden und atmete schwer. Alle Farbe wich aus seinem Gesicht.

Pherri schrie auf. Wo waren die Wachen? Sie sah sich verzweifelt um, aber das Gedränge war jetzt so dicht, dass sie kaum zwischen den Männern und Frauen hindurchschauen konnte. Die meisten Menschen hatten sich mittlerweile von dem Hahnenkampf abgewandt und beäugten stattdessen voller

Interesse Da'ri. Keiner von ihnen machte Anstalten, ihm aufzuhelfen.

Zu Pherris Erleichterung erblickte sie Errian, der mehrere Fingerbreit größer war als der Großteil der Menge. »Errian«, rief sie und winkte ihm zu. »Hilf uns!«

Errian musterte sie gleichgültig. Er sagte etwas zu einem Gefährten, dann benutzte er seine Körpermasse, um sich durch die Menge zu ihr hindurchzudrängen. Mehrere Männer funkelten ihn an, aber angesichts seiner Größe und des Schwertes an seiner Hüfte machten sie ihm den Weg frei.

Die Menge wollte Blut sehen, ein weiterer Mann stürzte sich mit einem Messer auf Da'ri, aber Errian stieß ihn zurück. Der Mann ging erneut auf ihn los, und Errian versetzte ihm einen heftigen Schlag auf den Mund, sodass Blut und Zähne überall herumspritzten.

Da'ri, der auf dem Boden lag, stöhnte und rollte sich auf den Rücken. Errian schaute auf ihn hinab, blinzelte, zog sein Schwert und hob eine Hand, um Schweigen zu gebieten. Pherri war noch nie so erleichtert gewesen, ihn zu sehen. Er verhielt sich genau so, wie ihr Vater es getan hätte.

»Männer von Erland.« Er hob Pherri mit einer Hand hoch und warf sie sich über die Schulter. »Ich kannte Prinz Jarhik so gut wie kein anderer Mensch auf der Welt. Die Trauer, die ich seinetwegen empfinde, ist wie eine Wunde, die niemals heilen wird. Ich, Errian Andrikson, reite jetzt los, um ihn zu rächen, und ich schwöre, dass ich keinen einzigen Thrumb am Leben lassen werde.«

In der Menge brandete Jubel auf. Pherri gefror vor Entsetzen das Blut in den Adern. Hilflos wand sie sich in Errians festem Griff.

Ihr Bruder schaute erneut auf Da'ri herab, sein schönes Gesicht verzerrt vor Hass. Da'ri krümmte sich auf dem Boden und hielt sich keuchend die Rippen. »Dieser Thrumb stand bis heute Morgen im Dienst meiner Familie. Jetzt ist er nur noch ein Thrumb, und seine Anwesenheit in Erland ist ein Schandfleck für unser Land. Macht mit ihm, was ihr wollt.«

Die Menge schob sich näher heran. Einige der Männer hielten Messer und zerbrochene Flaschen in Händen. Pherri schrie erneut, aber Errian presste ihr eine Hand auf den Mund. Er trug sie davon und ignorierte die furchtbaren Schreie, als die Menschen von Hochferren Da'ri in Stücke rissen.

KAPITEL 7

Orsian hatte prophezeit, dass sie ihr Ziel binnen vierzehn Tagen erreichen würden, aber heftiger Regen und schneidender Wind drosselten ihr Tempo auf dem Weg über Ost-Erlands Moore und Sümpfe. Erst Wochen nach ihrem Aufbruch kamen sie an Lord Binsendochts Landsitz mit Blick auf die Hafenstadt Klippwehr an.

Ein paar Stunden nachdem sie aus den trostlosen Sümpfen der Tiefebene aufgestiegen waren, erklommen sie am späten Abend den letzten Hügel vor dem Meer. In dem Küstental unter ihnen kam die Stadt in Sicht und dehnte sich auf dem friedlichen Wasser vor ihnen aus wie ein Muttermal. Obwohl er müde war und nur der Traum von einem Federbett und einem gut geschürten Feuer ihn antrieb weiterzureiten, musste Orsian bei diesem Anblick gebannt innehalten. In der Bucht brannten die Lampen von mindestens hundert Schiffen, deren Spiegelungen im schwarzen Wasser tanzten. In der Stadt selbst flackerten tausend weitere Lichter in der Dämmerung.

Ein schwacher, aber stetiger Seewind wehte den Hügel hinauf, und Orsian nahm darin den Geruch von Salz und das Aroma von Bier wahr, ebenso wie die eingebildeten Rufe und das Stimmengewirr der Seeleute, die aus einer einzigen Nacht Landgang alles Leben herausquetschten, das sie ergattern konnten. Merivale war im Vergleich dazu kaum ein Dorf.

»Du kannst Klippwehr ein andermal erkunden«, knurrte sein Vater, als hätte er seine Gedanken gelesen. »Vielleicht morgen, sofern ich dich nicht brauche.«

Orsian verzog das Gesicht. Er hatte ihm von seiner Begegnung mit Errian erzählt, und obwohl Naeem eingeräumt hatte, dass es nicht allein Orsians Schuld gewesen sei, hatte sein Vater kein Geheimnis aus seiner Enttäuschung gemacht. Er hatte zwei Männer zurück nach Westen geschickt, um Errian abzufangen, bevor er überstürzt handelte, aber sie hatten noch keine Nachrichten erhalten. Dass Orsian nun in der Nähe seines Vaters bleiben musste, anstatt sich im Ort umsehen zu dürfen, war offensichtlich seine Strafe.

Andrik deutete auf die Klippe, die über der Stadt lag, und auf eine gewaltige Festung am Ende eines steil abfallenden Dammweges. »Mal sehen, was für einen Empfang Lord Binsendocht für uns vorbereitet hat. Die Nachricht von unserer Ankunft sollte ihn inzwischen erreicht haben.«

Sie ritten weiter auf das einsame Licht des Turmes von Klippwehr zu.

Das Theater von Klippwehr war ein hohes Gebäude mit einem Flachdach, in dem ein einziges großes Fenster das Tageslicht hereinließ. Innen gab es zwei umlaufende Galerien, die auf den Lichthof vor der Bühne blickten. Das Stück dieses Monats wurde gerade zum letzten Mal aufgeführt: *Die Torheiten des*

Kzaren, eine Posse über den Versuch irgendeines längst ver-storbenen Herrschers des Imperiums, die Vorherrschaft der Magier wiederherzustellen. Der Zuschauerraum war fast voll: O-beinige Seeleute und Lehrjungen mit stolz geschwellter Brust, Waschfrauen, die den Nachmittag frei hatten, und laut lachende Straßenhändlerinnen, die den Fischgeruch nicht aus ihren Kleidern bekamen. Es war gerade Pause, und ein miss-tönendes Geplapper hallte von allen Wänden wider und ver-stärkte noch die erwartungsvolle Stimmung, während die Kellner mit ihren schäumenden Bierkrügen wie Fliegen von Gast zu Gast schwirrten.

In der Menge schlich Tansa leichtfüßig wie eine Katze um-her, hielt sich in den Schatten und schaute mit neugierigen Blicken zu den beiden Galerien auf. Auf der anderen Seite des Lichthofs tat ihr Bruder Tam das Gleiche, während ihr Ge-fährte Cag an einer Säule lehnte, einen Kopf größer als alle anderen.

»Was denkt ihr?«, fragte Tansa die beiden, als sie und Tam ihre Runde beendet hatten und sich hinter Cags Säule versam-melten, wo sie nicht gesehen wurden, aber nah genug waren, dass er sie hören konnte.

Tam schenkte ihnen ein breites Lächeln voller Zahnlücken. »Nur zwei in der oberen Galerie«, berichtete er eifrig, »eine Frau und ein Mädchen, das ihre Tochter sein könnte.«

Das war eine enttäuschende Ausbeute, überlegte Tansa und schaute erneut zu der unteren Galerie empor. Am Tag zuvor hatte dort eine ganze Schar kostbar gewandeter Kaufleute mit massenhaft goldenen Ringen an den Fingern gesessen. Im Vergleich dazu würde die Ausbeute bei den Soldaten dort jetzt dürftig sein. Was die obere Galerie betraf, so sah die Frau aus, als trüge sie überhaupt keinen Schmuck. »Ich sehe nicht mal eine Handtasche«, sagte sie. »Wir sollten lieber diese Soldaten in der unteren Galerie ausrauben.«

Tam schüttelte energisch den Kopf. »Hast du nicht das rote Zeichen auf ihrer Rüstung gesehen? Das ist das Hymerikaikorps. Die sind schlimmer als die imperiale Wache.«

»Ich weiß, dass sie Hymerikai sind«, antwortete Tansa und versuchte, sich ihren Ärger nicht anmerken zu lassen. Die Krieger des Königs sah man in Klippwehr nur selten, aber sie erkannte sie trotzdem mühelos. Es war nicht Tams Art, die Stimme der Vernunft zu spielen; normalerweise war sie es, die ihn davon abhielt, Risiken einzugehen. »Ich weiß, dass nicht einmal du verrückt genug bist, die imperialen Wachen auszurauben, aber die Hymerikai kennen sich in der Stadt nicht aus, und die schweren Kettenrüstungen machen sie langsamer. Ich kann ihre Geldbörsen sehen, die sie dumm an den Gürteln hängen haben. Sie müssen schwer sein, wenn sie vorhaben, weiter so zu trinken, wie sie es jetzt tun.«

Cag meldete sich von der anderen Seite der Säule zu Wort, wie immer eine Spur zu laut. »Stellt euch nur vor, wie berühmt wir sein werden, wenn wir die Soldaten des Königs ausrauben. Wir würden im Armenloch nie wieder Durst haben müssen!«

»Aber sie könnten Schwerter haben«, gab Tam zweifelnd zu bedenken.

»Im Theater sind Waffen verboten. Das weißt du doch.« Tansa berührte das schmale Messer, das sie unter ihrem Hemd versteckt hatte, um zu prüfen, ob es noch da war.

»Trotzdem, ich weiß nicht. Es kommt mir riskant vor.«

»Was ist denn nur los mit dir?«, fragte Tansa und ließ sich jetzt ihre Frustration ein wenig anmerken. »Ich habe mal gesehen, wie du versucht hast, den Vogt selbst zu bestehlen, als er die Hälfte seiner Männer um sich hatte, und jetzt machst du dir in die Hose wegen ein paar Leuten aus dem Landesinneren mit roter Farbe auf ihrer Rüstung.« Tansa schaute noch einmal zu dem Mädchen im oberen Rang hinauf und erkannte ihren

Fehler. Ihr Gesicht verzog sich zu einem wissenden Lächeln. »Oh, jetzt verstehe ich. Hübsches Ding, hmm? Du willst nur einen genaueren Blick auf sie werfen.«

Mit seinen sechzehn Jahren war Tam ein Jahr jünger als Tansa, und es gab niemanden, mit dem sie lieber auf Diebestour gegangen wäre. Er hatte die schnellsten Hände, die sie je gesehen hatte, und war sehr clever, wenn er nicht gerade von hübschen, reichen Fremden abgelenkt wurde. Sie hatten ihr ganzes Leben in Klippwehr verbracht und sich mit wenig mehr als ihrem Verstand über Wasser gehalten, immer auf der Suche nach einem Opfer mit schwerem Geldbeutel in der Tasche oder vielleicht mit einer Kiste voller Wertsachen in seinem Quartier.

Cag war vor zwei Jahren zu ihnen gestoßen. Der jüngere Knabe war auf einem Wanderzirkusschiff angereist, als ungewöhnlich großer Zwölfjähriger, der mit bloßen Händen gegen ein Bärenjunges gekämpft hatte und die Schnitte und blauen Flecken aufwies, die das beweisen konnten. Tam hatte ihn befreit, und seither waren die beiden unzertrennlich. Als der Zirkus früher im Sommer nach Klippwehr zurückgekehrt war, hatte der Zirkusdirektor keine Mühe gehabt, Cag aufzuspüren, der jetzt weit über einen Meter achtzig groß war. Sein Versuch, ihn wieder einzufangen, hatte ihm einen gebrochenen Arm und einige fehlende Zähne beschert. Durch die enge Freundschaft zwischen ihrem Bruder und Cag fühlte sich Tansa manchmal wie das fünfte Rad am Wagen, aber sie machte sich keine Illusionen über ihre Rolle in dem Trio: Ohne sie, die ihre Opfer auswählte und die Lücken in Tams Plänen aufdeckte, wären die beiden anderen schon vor langer Zeit in der Schlinge des Henkers gelandet.

»Na und? Was ist schon dabei, wenn sie hübsch ist?«, fragte Tam. »Sie sitzt nicht im oberen Rang, weil sie hübsch ist, sie sitzt dort, weil sie reich ist.«

»Wir haben nie darüber gesprochen, die Zuschauer ganz oben auszurauben! Du willst den Plan nur wegen eines hübschen Gesichtes im letzten Moment über den Haufen werfen. Das ist so verflucht typisch für dich.«

»Können wir sie nicht einfach beide ausrauben?«, fragte Cag. »Du kannst das Mädchen übernehmen, Tam, und Tansa kann sich um die Soldaten kümmern.«

»Ja!«, rief Tam und griff um die Säule herum, um seinem Freund auf die Schulter zu klopfen. »Das ist genial! Genau das ist die Art von Denkweise, die uns zu den besten Dieben in der Stadt macht.«

Tansa verdrehte die Augen. »Wenn wir die besten Diebe in der Stadt sind, warum schlafen wir dann auf einem Dach und gehen hungrig ins Bett? Ein guter Dieb würde nicht sein ganzes Geld für Tavernenmädchen verschwenden.« Sie fuhr sich mit der Hand durch ihr kurzes braunes Haar. »Na schön. Aber glaubt ja nicht, dass ich euch aus dem Kerker befreie, wenn sie euch schnappen.« Sie schaute zur Bühne auf. »Wir müssen loslegen. Sie fangen bald mit dem dritten Akt an.«

Tansa scheuchte Tam davon, und er machte sich auf den Weg zur Dienstbotentreppe im hinteren Teil des Saales, die ihn zum oberen Rang führen würde, dann tätschelte sie Cag die Schulter und ging bis ganz nach hinten in den Hof, wo weniger Menschen standen, zu einer weiteren Säule im Schatten der unteren Galerie.

Es hatte mehrere Besuche des Theaters gebraucht, bis sie sich über den zeitlichen Ablauf im Klaren waren. Aber wenn die Vorstellung ihren Höhepunkt erreichte, wo der Kzar und seine Gefolgsleute in die Nacht hinausgingen, um ihren Putschversuch zu unternehmen, und feststellten, dass sie von ihren Feinden aus dem Senat erwartetet wurden, wurde das ganze Theater von einem riesigen Tuch, das über das eine große Fenster gezogen wurde, in Dunkelheit gehüllt. Sobald

Cag den Jungen auf dem Dach, dessen Aufgabe es war, das Tuch wieder zurückzuziehen, überwältigt hatte, während die Zuschauer sich ganz auf die schattenhaften Ereignisse auf der Bühne konzentrierten, hatten Tam und Tansa reichlich Gelegenheit, einige der wohlhabenderen Männer und Frauen aus dem Publikum um ihre Geldtaschen zu erleichtern, ohne dabei gesehen zu werden.

Zumindest in Tansas Kopf war das ganz einfach. Dass mehrere Soldaten zugegen waren, machte das Ganze etwas komplizierter – und eigentlich war sie zu alt, um Geldtaschen zu stehlen –, aber zumindest konnte sie sich darauf verlassen, dass die Bürger von Klippwehr ihr helfen würden zu fliehen. Die Stadt hasste die Hymerikai, seit Tansa ein Baby war, seit sie den Aufstand von Portes Sturmrufer niedergeschlagen hatten.

Tansa schaute zu der hölzernen Säule auf, die den unteren Galerierang stützte. Sie war gerade und glatt und kaum dicker als der Oberkörper eines Mannes. Oben klaffte ein kleiner Spalt zwischen der Wand und der Galerie, gerade breit genug, dass sie sich hindurchzwängen konnte. Die meisten Leute wären nie auf den Gedanken gekommen, dort hinaufzuklettern und durch die Lücke zu schlüpfen, aber Tansa war spindeldürr und kletterte schon von klein auf über die Dächer von Klippwehr. Sie war nicht so gut im Klettern wie Tam – manchmal hätte sie schwören können, ihr Bruder sei halb Spinne –, aber gut genug.

Als der Kzar seinen Gefolgsleuten eine mitreißende Rede hielt, kletterte Tansa hinauf. Sie setzte eine Hand über die andere, umklammerte die Säule auf beiden Seiten und hangelte sich auf ihren Fußballen nach oben. Die Säule knarrte leicht, aber niemand drehte sich um; das Publikum war vertieft in Kzar Mizstels letzte Ansprache vor seinem Untergang, vorgetragen von einem stämmigen, altgedienten Schauspieler mit dröhnender Stimme und einem schwarzen Schnurrbart, der so lang und geölt war, dass er glänzte wie polierter Stahl.

»Meine lieben Freunde, hat es in der Geschichte unseres göttlichen Reiches jemals eine edlere Versammlung von Menschen gegeben? Lasst uns zum Anbruch unseres Jahrtausends heute Nacht beweisen, dass wir die Erben unserer einstigen Brüder sind, jener tapferen Seher, die ...«

Tansa verdrehte die Augen. Dieselben Zeilen, auf dieselbe Art und Weise vorgetragen, jede Silbe mit derselben Betonung wie am Tag zuvor. Sie hätte selbst Schauspielerin sein können, dachte sie, aber irgendwie kam ihr das eigene Gewerbe ehrlicher vor, als jeden Tag dieselbe müde Geschichte zu erzählen und Leuten Geld für das Privileg abzuknöpfen, sie sich anhören zu können. Obwohl man dem Mann zugutehalten musste, dass das ganze Publikum mit angehaltenem Atem zusah, und wenn er seine langen, dramatischen Pausen machte, hätte man eine Stecknadel fallen hören können.

Tansa zwängte sich zwischen der Steinmauer und der hölzernen Empore hindurch, hangelte sich über das Geländer und landete auf leisen Sohlen und in der Hocke hinter der Menge. Hier oben herrschte nicht so viel Betrieb, und inmitten der farbenfrohen Bürger Klippwehrs konnte sie deutlich einen Pfad zu den sechs Soldaten in Kettenpanzer und Leder erkennen, die mit Bierhumpen in Händen am Geländer lehnten und deren Münzbeutel am Gürtel sie verführerisch anlockten.

»Und so sage ich: Zu den Waffen, zu den Waffen! Lasst Mut euren Schild sein und Magie euer Schwert! Heute der Senat und morgen das Imperium!«

Das war das Stichwort für den Jungen draußen, das Tuch über das Fenster zu ziehen, und als die Dunkelheit sich über das Theater senkte, sah das gesamte Publikum überrascht auf, bevor der Schrei eines Mimen ihre Blicke wieder auf die Bühne lenkte, als Mizstels Männer ihre Versammlung auflösten und direkt in den wartenden Mob hineinliefen.

Tansa war bereits in Bewegung. Als der Vorhang fiel und die Messer der Senatoren im Zwielicht einer hinter dem Bühnenvorhang versteckten Kerze silbern aufblitzten, zog Tansa ihre eigene schlanke Klinge über die Schnur der Geldbörse eines Soldaten und ließ das befriedigende Gewicht des Beutels in ihre Hand fallen. Die Schauspieler schrien vor Entsetzen, während die Menge johlte und brüllte, um zu sehen, wie der habgierige Mizstel seine wohlverdiente Strafe bekam.

Die Krieger bemerkten überhaupt nicht, dass sie da war. Ihre andere Hand war bereits in Bewegung und durchschnitt die nächsten Schnüre, noch während sie die erste Börse tief in ihren Wams gleiten ließ und sie nur gerade lange genug festhielt, um das Klimpern der Münzen zu dämpfen.

Sie war bei der vierten der sechs Börsen, als das große Tuch vom Fenster gerissen wurde und Mizstels Leichnam und das verzückte Publikum in warmes Tageslicht getaucht wurden. Gleichzeitig wurden die Soldaten auf ein mageres Mädchen in fadenscheinigen Kleidern aufmerksam, das sie um ihre Münzen erleichterte.

Mit einem Schrei, der ebenso überrascht wie zornig war, wollte der vierte Krieger sie packen, bekam aber nur Luft zu fassen. Tansa ließ die Börse des Mannes fallen, und als sie klirrend auf dem Boden landete, rollten die Münzen über die ganze Galerie und regneten in den Lichthof hinunter. Sie wich zwei weiteren Männern aus, schwang sich auf das Geländer und machte einen Hechtsprung zur oberen Galerie – die Fingerspitzen eines Kriegers streiften noch den Saum ihrer Hose.

Tansa erwischte das obere Geländer, zog sich hoch und pries im Stillen Eryi dafür, dass sie mit schnellen Füßen und einem noch schnelleren Verstand gesegnet war. Unter ihr hörte sie die Schreie der Soldaten und die entrüsteten Ausrufe der Bewohner von Klippwehr, als die Männer sie aus dem Weg stießen, um sich zu der Treppe zu drängeln, die zum oberen Rang führte.

Verdammt sollst du sein, Cag. Was war da bloß schiefgegangen? Sie sah sich um und entdeckte Tam, der aus irgendeinem Grund die ältere Frau auf einen Stuhl hievte, während das hübsche Mädchen mit großen Augen zuschaute. Sie hatte die beiden aus der Ferne für Mutter und Tochter gehalten, aber nach der Qualität ihrer Kleider zu urteilen war die Frau die Zofe des Mädchens, eine breitschultrige, hausbackene Frau, die ihr Bruder nur mit Mühe halten konnte.

»Was hast du mit ihr gemacht?«, fragte Tansa und eilte auf die kleine Gruppe zu. Sie hörte schwere Stiefel auf der Treppe.

»Sie ist ohnmächtig geworden!«, rief Tam und ließ sie langsam sinken.

»Kann man die Tür abschließen? Da muss doch ein Schlüssel sein!« Die Männer, die sie bestohlen hatte, würden jeden Moment durch diese Tür stürmen und sie und Tam windelweich prügeln.

»Aus dem Weg.« Das Mädchen schob sie beiseite und ergriff von einem hohen Regalbrett neben der Tür einen langen Messingschlüssel, den sie ins Schloss stieß. Es klickte, und kaum einen Moment später bebte die Tür in den Angeln, als der erste von Tansas Verfolgern mit der Schulter gegen das schwere Holz knallte. Irgendwie hielt sie dem Ansturm stand.

»Was in Eryis Namen habt ihr getan?«, fragte das Mädchen und drehte sich zornig zu ihnen um. »Nennt mir einen vernünftigen Grund, warum ich diese Tür nicht aufschließen und euch ihnen ausliefern sollte.« Ihr herzförmiges Gesicht war blass wie Porzellan, und ihre vollen Lippen waren in nobler Entrüstung geschürzt. Ihr kastanienbraunes Haar fiel in unordentlichen Locken über ihre schmalen Schultern. »Starrt mich nicht so an, sagt etwas!« Hinter ihr war das Hämmern schwerer Fäuste auf der Tür zu hören, dazu zornige Forderungen nach Einlass.

Tansa konnte verstehen, warum Tam unbedingt in den oberen Rang kommen wollte; das Mädchen war unbeschreiblich hübsch, ein wahr gewordener Traum. Tam gaffte sie nur hoffnungslos an, bevor es ihm endlich gelang, seinen Mund zu bewegen. »Ähm«, begann er und fuhr sich mit einer Hand durchs Haar. »Nun, meine Schwester hat sie irgendwie ausgeraubt. Und ich habe irgendwie versucht, Euch auszurauben.« Er lächelte verlegen.

Sie starrte sie ungläubig an. »Ihr habt die Krieger des Königs bestohlen? Habt ihr den Verstand verloren?«

Die hämmernden Fäuste an der Tür waren wie Donnergrollen. Der hölzerne Rahmen um das Schloss herum splitterte bereits. »Zugegeben, nicht unsere beste Idee«, sagte Tansa.

»Das ist noch milde ausgedrückt. Ihr wisst, dass sie Hymerikai sind? Der Bruder des Königs ist in Klippwehr, um meinen Vater zu treffen.«

Jetzt war es an Tansa, die Augen aufzureißen. »Ihr seid Lady Ciera Binsendocht.« Natürlich. Tansa verfluchte sich dafür, dass sie es nicht früher begriffen hatte; wenn sie gewusst hätte, dass Lord Binsendochts Tochter hier oben war, hätte sie *sie* ausgeraubt, statt die Hymerikai zu bestehlen. Ihr cremefarbenes Gewand war an den Manschetten mit Spitze gesäumt und mit winzigen, funkelnden weißen Edelsteinen verziert, von denen jeder einzelne wahrscheinlich mehr wert war, als ein Soldat des Königs in einem Jahr verdiente. An ihren Ohren und um ihren Hals baumelten leuchtend blaue Steine, und dazu trug sie goldene Armreifen. Tam verneigte sich unbeholfen, und Tansa folgte seinem Beispiel, da sie nicht wusste, was sie sonst tun sollte; sie war noch nie einer Edelfrau begegnet.

Ciera funkelte sie finster an und verschränkte die Arme vor

der Brust. »Ihr könnt euch die Formalitäten sparen. Ich gebe dieser Tür noch höchstens eine Minute. Ihr wollt leben, vermute ich?«

Sie hatte recht. Splitter explodierten von der Tür, als ein schwerer Stiefel hindurchkrachte. Tansa riskierte einen Blick über den Balkon auf das Chaos darunter. Laute Rufe erschollen, als die Zuschauer sie entdeckten – die Aufführung war längst vergessen. Selbst wenn sie auf dem gleichen Weg hätten zurückklettern können, über den Tansa hergekommen war, würden sie niemals vor so vielen Leuten fliehen können. Sie fluchte.

»Gibt es einen anderen Weg nach draußen?«, fragte Tam.

Das Mädchen hielt kurz inne, als überlegte sie, was sie mit ihnen anstellen sollte. Tansa war das Herz in die Hose gerutscht. Wenn die Soldaten durch die Tür brachen, würde Lord Binsendochts Tochter eine gute Geisel abgeben? Wahrscheinlich, aber das würde sie ihre einzige Verbündete kosten, und die war möglicherweise energisch genug, um sich gegen sie zu wehren, wenn ihr der Sinn danach stand. Und so wie Tam das Mädchen ansah, würde er wahrscheinlich persönlich gegen die Hymerikai kämpfen, bevor er Tansa erlaubte, sie zu bedrohen.

»Hier entlang.« Ciera fasste Tam an der Hand und führte ihn hastig um die kreisförmige Galerie herum und weg von der Tür zu einem hölzernen Fensterladen mit beweglichen Latten, die sich nach außen öffnen ließen. Tansa folgte ihnen. »Könnt ihr klettern?«, fragte sie und drückte den Fensterladen auf, gerade weit genug, dass sie sich hindurchzwängen konnten.

»Du zuerst«, sagte Tam und trat aus dem Weg, um Tansa Platz zu machen.

Hinter ihnen ertönte ein Krachen wie von einem Schiffsmast, der in zwei Teile gerissen wurde. Das Türschloss hatte letztlich doch noch nachgegeben, und der ersten Krieger stürmte mit einem Aufschrei hindurch. Tansa schwang sich durch den Fensterladen, und das Blut, das in ihren Ohren hämmerte, übertönte den Zorn des Mannes.

Sie hörte, dass Tam zögerte. »Mein Name ist übrigens Tam«, sagte er zu Ciera.

»Nicht der richtige Zeitpunkt, Tam, bei den Norhai!«, rief Tansa. Sie hangelte sich an der Außenwand hoch, suchte mit den Fingern nach verborgenen Lücken, während ihre Füße auf den Mauersteinen Halt fanden, die aus dem Mörtel ragten. Sie betete, dass ihr Bruder ihr folgte. Aus dem Innern des Gebäudes hörte sie Ciera Binsendochts empörte Rufe: »Dieb! Dieb!«

Das Mädchen hätte auf der Bühne stehen können, überlegte Tansa verbittert. Die Hymerikai würden wahrscheinlich nicht dahinterkommen, dass sie ihnen geholfen hatte.

Selbst etliche Stockwerke weiter oben konnte Tansa immer noch die Verwirrung auf dem Boden hören, als die Zuschauer aus dem Theater auf die Straße rannten. Sie konnte nicht umhin, einen Moment des Stolzes darüber zu empfinden, dass sie in ihrer Voraussicht darauf bestanden hatte, einen Treffpunkt zu vereinbaren, falls ihr Plan schiefging, obwohl sie nicht erwartet hatte, über die Fassade des Theaters bis dorthin klettern zu müssen. Sie schob sich weiter nach oben und nach rechts auf die Stelle zu, auf die sie sich geeinigt hatten: ein Flachdach, das an die Mauer des Theaters angrenzte, mit einer verborgenen Treppe, die über einen normalerweise menschenleeren Innenhof zu erreichen war.

Zum Glück wartete Cag bereits auf dem Dach auf sie.

»Du lebst!« Der Junge umarmte Tansa so stürmisch, dass er sie um ein Haar umgeworfen hätte und sie Mühe hatte, sich aus seinem Klammergriff zu lösen. »Ich konnte nicht rauf, weil sie Wachen auf der Treppe zum Dach postiert hatten, vier Männer, bewaffnet mit Speeren!«

Tansa schaute hinter sich und war erleichtert zu sehen, dass Tam ihr gefolgt war.

Aus Gründen, die sie nicht nachvollziehen konnte, strahlte ihr Bruder. Ihr Gesicht war dagegen so angespannt, dass sie bezweifelte, noch lächeln zu können. »Sieh dir an, was ich von ihrem Handgelenk geklaut habe!«, erklärte er und ließ einen goldenen Armreif von den Fingern baumeln. »Und sie hat mich geküsst! Deswegen hätten sie mich fast erwischt, aber das war es mir wert!«

»Du kannst doch nicht herumlaufen und einfach irgendwelche Mädchen küssen, Tam.« Tansa war sich nicht sicher, ob sie ihn umarmen oder ihm eine Kopfnuss verpassen sollte. Sie waren dem Tod haarscharf entronnen, und er dachte nur an Mädchen. »Wenn das jemand mit mir machen würde, würde ich ihm ein Messer in den Bauch rammen.«

»Aber sie hat meinen Kuss erwidert, ich schwöre es!«

Tansa nahm sich vor, ihren Bruder später zu erinnern, welche Konsequenzen das Stehlen von Küssen adeliger Mädchen haben konnte – sie würden viel schwerwiegender ausfallen als die für das Entwenden von Armreifen. Zornige Rufe drangen von unten herauf. Die Krieger des Königs hatten es bis hinunter auf die Straße geschafft und zeigten nach oben, während sie mit wilden Gesten zwei blau gewandete Wachposten alarmierten. »Kommt!« Ohne eine Antwort abzuwarten, rannte Tansa los und schwang sich mit einem wagemutigen Schrei auf das nächste Gebäude. Tam und Cag folgten ihr. Zusammen machten sie sich auf den Weg durch das Labyrinth der Dächer von Klippwehr und ließen die Rufe ihrer Möchtegernverfolger hinter sich zurück.

KAPITEL 8

Ciera war überrascht, als am Morgen statt einer der Zofen ihre Mutter hereinkam, um ihr beim Anziehen zu helfen. Die Leute sagten, sie sehen einander ähnlich, aber das Interesse ihrer Mutter an ihr war immer eher flüchtig gewesen. Es hatte Jahre gedauert, bis Ciera den Grund dafür erkannte: Ihre Mutter war nicht in der Lage gewesen, ihrem Vater einen männlichen Erben zu schenken, und anstatt ihr einziges Kind zu lieben, nahm sie ihr das übel.

»Weil dein Vater dich zu sprechen wünscht«, antwortete sie schroff, als Ciera fragte, warum sie ihr aufwartete. Sie hatte ihr auch ein neues Kleid mitgebracht, das um die Taille enger war, als Ciera es gewohnt war. »Und du sollst das hier anziehen. Es wird Zeit, dass du anfängst, dich wie eine Frau zu kleiden.«

Es sah ihrer Mutter nicht ähnlich, sich dafür zu interessieren, aber Ciera konnte ihr kaum widersprechen. Nur weil ihr Vater darauf bestand, zog sie sich immer noch wie ein Mädchen an und nicht wie eine heiratsfähige Frau. Sie war erleichtert – nach den Ereignissen im Theater hatte sie schon fast erwartet, dass ihr Vater sie nie wieder aus ihrem Zimmer lassen würde. Glücklicherweise wusste er nichts von dem Kuss, den der junge Gauner ihr gestohlen, noch von dem goldenen Armreif, den er irgendwie von ihrem Handgelenk geklaut hatte.

Sie mochten Diebe gewesen sein, aber Tam und seine Schwester verkörperten Tugenden, die Ciera mit Klippwehr und seinen Bewohnern verband. Einfallsreichtum, Wagemut und eine leidenschaftliche Unabhängigkeit, die bedeutete, dass sie nicht das geringste Problem darin sahen, Soldaten des Königs zu bestehlen. In zwanzig Jahren mochten sie fette, erfolgreiche Kaufleute sein, sofern der Henker sie nicht vorher erwischte.

Sie berührte mit einem Finger ihre Lippen, wo Tam sie geküsst hatte, und lächelte bei der Erinnerung an sein breites, ehrliches Gesicht und die Lücke zwischen seinen Schneidezähnen. Eine unerhörte Röte erblühte auf ihrer Haut. *Irgendein gewöhnlicher Junge küsst dich, und schon lächelst du einfältig wie ein Kind vor dich hin,* tadelte sie sich im Geiste. *Und er hat dir deinen Armreif gestohlen.*

Als Ciera zum Privatgemach ihres Vaters ging, fragte sie sich einen Moment lang entsetzt, ob ihr geheimnisvoller Verlobter, Lord Prindian, zu guter Letzt doch noch aufgetaucht war, um Anspruch auf sie zu erheben. Sie war ihm nie persönlich begegnet und dachte nur selten an ihr langes Verlöbnis, aber das hätte das plötzliche Interesse ihrer Mutter an ihrer Gewandung erklärt. Es war besser, als den Rest ihres Lebens im Turm von Klippwehr eingesperrt zu sein, aber der bloße Gedanke daran, einen Fremden zu heiraten, erfüllte sie mit Furcht. Warum aber war der Bruder des Königs hier?

Das neue Kleid schnürte ihr den Unterleib unangenehm ein, aber sie tat ihr Bestes zu lächeln, als ihre Mutter sie zum Arbeitszimmer ihres Vaters führte. Er saß wie immer an seinem Tisch und beugte sich über ein Rechnungsbuch. Sein Schädel war kahl, abgesehen von ein paar dünnen Strähnen um die Ohren herum. Sein Gehstock lehnte am Tisch. Lord Binsendocht war noch keine fünfzig, aber die Jahre waren nicht freundlich zu ihm gewesen.

Er strahlte, als er Ciera sah, und wirkte gleich um Jahre jünger. »Meine Tochter.« Er erhob sich unbeholfen und küsste sie auf die Stirn. »Du siehst wunderschön aus.«

Ciera umarmte ihn. Er war immer mit seiner Arbeit beschäftigt gewesen und hatte es gern anderen überlassen, sich um seine Tochter zu kümmern, aber sie wusste, dass er sie auf seine Art lieb hatte. Als er seinerzeit die Lordswürde geerbt hatte, hätte er Klippwehr um ein Haar durch eine Rebellion wegen seiner neu eingeführten Steuern verloren. Seitdem hatte er sich wie besessen um sein Herrschaftsgebiet gekümmert und war fest entschlossen, so etwas nie wieder geschehen zu lassen. Inzwischen war Klippwehr einer der wohlhabendsten Orte in Erland.

Die Augen ihres Vaters waren blutunterlaufen, die Tränensäcke darunter schwer. Das war nicht ungewöhnlich. Er blieb oft die ganze Nacht auf und las, aber heute sah er blasser aus als sonst, und eine seiner Hände zitterte leicht. Er ließ sich wieder auf seinen Stuhl fallen. »Du solltest dich setzen.« Er deutete auf einen der anderen Stühle, und Ciera nahm Platz.

»Du weißt, dass Prinz Jarhik tot ist?«, fragte er.

»Selbstverständlich.« Ganz Erland wusste inzwischen davon. »Aber warum ist der Bruder des Königs hier?«

»Lord Andrik.« Ihr Vater stieß einen müden Seufzer aus. »Ich bin die ganze Nacht mit ihm auf gewesen. Es hat viele Stunden gedauert, aber ich denke, wir sind zu einer Übereinkunft gelangt. Es tut mir leid, Ciera.«

»Hör auf, sie zu verhätscheln, Per. Dafür ist sie zu alt.« Die Verachtung in der Stimme ihrer Mutter verletzte Ciera bis ins

Mark. Ihre Mutter starrte sie an. »Du wirst König Hessian heiraten.«

Ihre Worte trafen Ciera wie ein Schwall eisigen Wassers. König Hessian war ein alter Mann! Älter als ihr Vater! Sie versuchte zu atmen, aber ihre Kehle schien sich auf die Breite eines Grashalms zusammengeschnürt zu haben. Das konnte doch nicht wahr sein. Es hieß, Hessian sei ein halber Leichnam, ein herzloser Einsiedler, der von seinem sicheren Turmzimmer aus Grausamkeiten verübte.

»Nein«, sagte sie entsetzt. »Nein!«

Ihr Vater sah sie mit seinen müden Augen an. »Ich werde dich nicht zwingen, gegen deinen Willen zu heiraten. Es ist deine Entscheidung. Wenn ich ihn abweisen muss, werde ich das tun.«

»Das wirst du nicht«, schaltete ihre Mutter sich ein. »Du weißt, was mit Menschen geschieht, die sich den Sangreals widersetzen. Ganz Erland hat das vor dreihundert Jahren gelernt, und als die Prindians eine kleine Ermahnung brauchten, erhielten sie die auch – mehr als einmal. Wenn wir uns weigern, werden sie Klippwehr ins Visier nehmen, sobald sie mit den Prindians fertig sind, und dann werden alle unsere Köpfe innerhalb von einem Jahr auf Spießen stecken. Lord Andrik grollt uns ohnehin schon nach der Sache im Theater, wo seine Männer bestohlen wurden, und genau diese Männer beharren darauf, dass Ciera eine Mitschuld trägt. Ganz zu schweigen von der Freiheit, die du den Imperialen in der Stadt gewährt hast. Hessian hätte das niemals zugelassen. Wenn er davon hört, was mit Sicherheit passieren wird …«

»Ich weiß, Irena, ich weiß.« Ihr Vater bedeckte das Gesicht mit beiden Händen.

Ciera fand ihre Stimme wieder. »Ich werde es nicht tun«, sagte sie und erstickte fast an ihren Worten. Sie stellte sich vor, das Bett des Königs zu teilen, stellte sich seine alten, runzeligen Hände vor, wie sie des Nachts über sie hinwegkrochen. Wie sie seine Babys gebar. Wenn sie heute Morgen etwas gegessen hätte, wäre ihr sicher schlecht geworden. »Ihr könnt mich nicht dazu zwingen.«

Das Gesicht ihrer Mutter verhärtete sich. »Wir können es und wir werden es. Wir haben dir gerade mitgeteilt, dass wir den Antrag nicht ablehnen können. Du wirst Hessian heiraten.«

Ciera lief zu ihrem Vater und begrub das Gesicht an seiner Schulter. Die Tränen kamen wie ein Regenguss. Er würde sie doch bestimmt nicht zwingen?

»Das reicht, Ciera.« Ihr Vater stand auf und legte seiner Tochter einen Arm um die Schulter, umklammerte aber mit der anderen Hand den Tisch, als müsste er seine Willenskraft stählen. »Ich hatte gehofft, Lord Andrik hinhalten zu können, aber der Vorfall im Theater hat unsere Position geschwächt. Und wenn der König ihm befohlen hat, diesen Turm bis auf seine Grundfesten niederzureißen, dann wird er das tun. Und Hessian würde es befehlen. Deine Mutter hat recht. Es muss sein. Es *wird* geschehen.«

Ciera hob ihr tränennasses Gesicht, um ihn anzusehen. »Und wann soll diese Hochzeit stattfinden? Habt ihr vor, mich in Eisen nach Merivale zu schleppen?«

Er blinzelte sie an. »Morgen«, sagte er und musste den Blick abwenden. »Ich habe um mehr Zeit gebeten, aber Lord Andrik hat darauf bestanden. Er wird als Stellvertreter für den König agieren. Am Tag danach wird er dich nach Merivale begleiten.«

Morgen. Und dann würde sie Klippwehr verlassen, vielleicht für immer. Ciera löste sich vom Arm ihres Vaters, riss die Tür auf und floh, ohne auf die wütenden Rufe ihrer Mutter zu achten. Sie rannte durch die Festung und nahm die schockierten Diener kaum wahr, die ihr aus dem Weg sprangen.

Sie lief nach draußen und wusste kaum, wohin sie ging. Ihr Pfad führte sie zur Nordmauer, direkt an den Rand der Klippe. Sie lehnte sich keuchend an einen Baum und ließ sich zu Boden sinken. Das Gras würde ihr Kleid ruinieren, aber das kümmerte sie nicht.

Was hätte ich sonst tun sollen? Ciera schlug sich die Hände vors Gesicht. Sie war nicht bereit gewesen zuzusehen, wie zwei ihrer Untertanen wegen ein paar Münzen in Stücke gerissen wurden. Mit Freuden hätte sie den bestohlenen Männern den Schaden mit ihren eigenen Juwelen ersetzt, wenn sie die Möglichkeit dazu gehabt hätte.

Und was hatte sie jetzt für eine Wahl? Sie hatte immer gewusst, dass ihr Vater einen Gemahl für sie auswählen würde, aber es war viel leichter zu akzeptieren gewesen, als es der junge, gut aussehende Lord Prindian gewesen war.

Ciera wischte sich die Tränen von den Wangen. Sie wünschte, sie hätte länger mit Tam sprechen können, ohne dass blutrünstige Krieger ihm auf den Fersen waren. Dem Zustand seiner Kleidung nach zu urteilen, die geflickt und etwas zu klein war, hatte er womöglich nicht einmal ein Zuhause und musste draußen schlafen und stehlen, um seine Familie zu ernähren. Sie hätte ihm den Armreif vielleicht freiwillig gegeben, wenn er sie darum gebeten hätte. Welches Recht hatte sie, unglücklich zu sein, wenn sie ihr Leben mit seinem verglich? Und welches Recht hatte sie, ihrem Vater den Gehorsam zu verweigern? Sie würde Königin werden und die Mutter des künftigen Königs, falls Eryi ihr gewogen war. Und es war gut möglich, dass sie Hessian um ein halbes Jahrhundert überlebte. Ihr Leben war nicht zu Ende. Sie würde das hier überstehen. Wenn sie sich weigerte, würde man sie zwingen, sonst würden die Sangreals ihr Zuhause bis auf die Grundfesten niederreißen. Das konnte sie ihrem Vater nicht antun. Ciera wischte sich die letzten Tränen weg, strich ihr

Kleid glatt und stand auf. Sie machte sich auf den Rückweg in die Festung.

Als sie das Arbeitszimmer erreichte, war ihre Mutter bereits gegangen. Ihr Vater umarmte sie innig. »Männer, die Hessian Sangreal etwas verwehren, werden selten alt. Aber ich schwöre, dass ich dich nicht ohne deine Zustimmung mit dem König vermählen werde. Manche Leute sagen, ein alter Mann und eine junge Frau seien eine gute Verbindung, aber sie sagen auch, dass der junge Lord Prindian ein hübscher und freundlicher Bursche ist und die Schönheit seiner Mutter geerbt hat. Du brauchst nur ein Wort zu sagen, dann erkläre ich ihnen, dass du Lord Prindian versprochen bist. Wenn es sein muss, werde ich Krieg gegen sie führen.«

Er zitterte. Ciera küsste ihn, und ihr wurde bewusst, wie gebrechlich ihr Vater war, mit seinem Stock und seinen O-Beinen und den weißen Haarsträhnen. Sie schwor sich, ihm vor seinem Tod einen Enkelsohn zu schenken und ihm zu ermöglichen, das Vermächtnis zu hinterlassen, das er verdiente.

»Ich werde dich nicht dazu zwingen, der Krone zu trotzen. Es ist eine gute Partie für unsere Familie.«

Ihr Vater schenkte ihr ein trauriges Lächeln. »Es gibt noch andere Gründe für diese Verbindung, Ciera. Gute Gründe, die über das Überleben unserer Familie hinausgehen und um die deine Mutter sich zu Recht sorgt.« Er ließ sich schwer auf seinen Stuhl sacken und klopfte auf das dicke Rechnungsbuch vor ihm. »Weißt du, wie Klippwehrs Steuereinkommen pro Kopf im Vergleich zu dem von Merivale aussieht?«

Ciera schloss konzentriert die Augen. Ihr Vater begnügte sich nicht damit, seine eigenen Einnahmen zu zählen, sondern schätzte auch gern die Einkünfte anderer Orte und sorgte dafür, dass Ciera die Zahlen ebenfalls wusste. »Pro Kopf ungefähr das Doppelte. Wir haben weniger Einwohner, aber unsere Gesamteinnahmen sind ähnlich.« Sie hatte Tam für arm gehalten, aber zweifellos gab es viele Menschen in Merivale, die noch schlimmer dran waren als er.

Ihr Vater nickte. »So ungefähr.«

Er umklammerte seinen Gehstock und winkte Ciera mit der anderen Hand, ihm zu folgen, dann humpelte Lord Binsendocht zum Fenster. Von dort aus hatte man einen Blick auf Klippwehr und die ganze Bucht. Das friedliche Wasser funkelte in der Morgensonne, und die ganze Stadt schien zu leuchten, so hell, als wäre sie mit der Sonne neu entstanden.

»Mein Lebenswerk«, sagte Lord Binsendocht fast zärtlich. »Als ich ein Junge war, konnte man im Morgengrauen an einem Ende der Stadt losgehen, und bis man das andere Ende erreichte, war einem alles gestohlen worden, was man bei sich trug. In den Schatztruhen meines Vaters befanden sich nur noch Ratten und Spinnweben. Als ich mein Erbe antrat, schwor ich, dass Klippwehr mit mir aufsteigen würde.

Ich war nicht darauf vorbereitet, wie heftig die Piraten mich bekämpfen würden. Es brauchte Lord Andrik und tausend Männer aus Merivale, um die Sturmrufer-Rebellion niederzuschlagen. Danach nannte er mich einen Narren und sagte, dass ich meine Reformen nur mit der Spitze einer Klinge durchsetzen könne, dass ich zu schwach sei und dass es besser wäre, wenn ich mich mit meinem und Klippwehrs Los zufriedengeben würde.

Und jetzt sieh dich um!« Ihr Vater lachte glücklich und deutete mit einer schwungvollen Drehbewegung auf die Stadt, von Westen nach Osten. »Eine florierende Kaufmannsgilde und eine imperiale Enklave, die einen Wohlstand mit sich bringt, wie ich ihn noch nie gesehen habe. Tausende Schiffe, die jedes Jahr herkommen, um mit uns Handel zu treiben.« Er deutete nach Nordosten, wo Ciera ein hohes gelbes Backsteingebäude sehen konnte, das gerade erbaut wurde. »Ich hoffe, dass daraus nach seiner Fertigstellung eine Schule für alle

Kinder von Klippwehr wird, die sie besuchen wollen, und vielleicht eines Tages ein Ort großer Gelehrsamkeit, an dem sich die klügsten Köpfe aus der ganzen Welt versammeln könnten. Es hat natürlich Vorteile, dass wir an der Küste liegen, aber ich habe auch das Beste daraus gemacht.« Ciera hörte den Stolz in der Stimme ihres Vaters. Andere Fürsten würden seine Leistung kaum respektieren, aber in ihren Augen war sie unermesslich wertvoll. »Ich habe Steuern festgesetzt, die den Handel fördern, deshalb profitieren meine Staatskasse und die Bevölkerung gemeinsam.

In Merivale liegen die Dinge anders.« Sein Lächeln erstarb. »Hessian saugt den Reichtum aus seinem Volk wie ein unersättlicher Säugling die Milch aus der Mutterbrust. Den Reichen geht es nach wie vor gut, aber die Armen können kaum überleben, und deswegen leiden Merivale und das ganze Königreich.

Dreihundert Jahre lang sind die Sangreals nun schon Könige, und was haben sie Erland mit ihrer Krone eingebracht? Nur Krieg und Ruin. Erland wäre besser dran gewesen, wenn sie weiter durch das südliche Ödland gewandert wären. Ihre Art, die Dinge zu handhaben, funktioniert nicht länger. Eine arme Krone ist eine schwache Krone, und wenn sie sich nicht ändern, ist Erland dem Untergang geweiht. Innerhalb von einer Generation werden wir nur ein weiteres Gebiet des Imperiums sein.

Du hast meine Visionen gesehen, Ciera, hast erlebt, wie Klippwehr unter meiner Herrschaft aufgeblüht ist. Ich wünsche mir das Gleiche für ganz Erland. Als Königin wirst du Hessians Gehör haben. Du kannst ändern, was ich nicht ändern kann.«

Ciera dachte darüber nach, während ihr Vater zu seinem Platz zurückkehrte und sich schwer atmend auf den Stuhl fallen ließ. Sie konnte es schaffen; sie wusste, dass sie es konnte. Sie war stolz auf alles, was ihr Vater erreicht hatte, und stolz darauf, aus Klippwehr zu stammen, wo jemandes Verdienste in Gold gemessen wurden und nicht anhand der Stärke seines Schwertarms. Wenn es hier möglich war, warum dann nicht auch in Merivale?

»Das werde ich tun«, sagte sie. *Ich werde Hessian dazu bringen, mich zu lieben, und mit der Zeit wird ganz Erland blühen und gedeihen.*

KAPITEL 9

Als Rymund zu Iriths Neuem Viertel hinunterritt, fühlte er sich, als würde eine große Last von seinen Schultern genommen. Er beabsichtigte, sich heute Abend zu amüsieren, und bei Eryi, er hatte es sich verdient. In den Wochen seit Prinz Jarhiks Tod hatte er kaum einen Moment für sich allein gehabt. Einen Teil des Tages verbrachte er mit Adfric, seinem humorlosen Waffenmeister, um sich im Schwertkampf zu üben oder über Landkarten und Rechnungsbüchern zu brüten. Jeden Abend fiel er ohne einen Tropfen Wein todmüde ins Bett, und sein ohnehin schlanker Körper wurde zunehmend gestählt und drahtig.

Als seine Freunde Dominac und Wilhelm auf Burg Irith eingetroffen waren und eine Audienz bei ihm verlangt hatten, nachdem sie ihn wochenlang nicht zu Gesicht bekommen hatten, war er daher zu dem Schluss gelangt, sich einen Moment der Freiheit zu gestatten. Er hatte sie in der großen Halle empfangen, wo sie Wein direkt aus der Flasche getrunken hatten.

Dom hatte ein kicherndes Dienstmädchen auf dem Schoß gehabt, seine Hand halb unter ihrem Rock.

»Hör auf, meine Bediensteten zu belästigen, du ungehobelter Bauer«, hatte Rymund ihn begrüßt.

»Nur, wenn Ihr rauskommt, um mit uns zu spielen, Eure Majestät«, hatte Will geantwortet und ihn mit einer tiefen Verbeugung verspottet. »Oder ist Erlands neuer Thronerbe zu hochwohlgeboren für Leute wie uns?«

In Wahrheit traf das durchaus zu, aber Rymund mochte ihre Gesellschaft einfach. Sollte seine Mutter sich doch um die Vorzüge ihrer Geburt sorgen. Selbst wenn man ihre Ansichten berücksichtigte, war Dom praktisch ein Verwandter: der legitime Sohn einer unehelichen Tochter von Rymunds Großvater. Dom scherzte oft über die familiäre Ähnlichkeit, aber Dom war Besatzungsmitglied auf der Handelsgaleere seines Vaters, der *Acht Winde*. Deshalb hatte er schwielige Hände und eine von den Monaten auf See braun gebrannte Haut, ein bemerkenswerter Kontrast zu Rymunds Blässe.

Will war von noch niederer Geburt als Dominac. Vor zwanzig Jahren hatte Wills Vater eine Taverne mit Namen *Die Errötende Braut* besessen, wo man angeblich für drei Silberstücke finden konnte, was immer man suchte. Es war eine der wenigen Tavernen in Irith gewesen, in der die ganze Nacht Glücksspiele erlaubt waren, und Rymunds Vater war Stammgast gewesen. Eines Nachts, so ging die Geschichte, hatte er mit Wills Vater gewettet, dass er auf einem umgestürzten Bierfass balancieren könne, während er von einem Dienstmädchen befriedigt werde, ohne dabei einen Tropfen von seinem Getränk zu verschütten. Das endete natürlich in einer Katastrophe, und der Lord hatte schallend gelacht, bevor er dem Gastwirt das Geld aushändigte, das für ihn eine Kleinigkeit, für den Wirt aber der Gewinn mehrerer Jahre gewesen war. Wills Vater besaß danach eine Kette von Gasthäusern, eine Brauerei und Anteile an mehreren Schiffen, die nicht alle nach den Gesetzen Erlands betrieben wurden.

Die drei Freunde gingen direkt in die *Qualmende Sau*, das Gasthaus ihrer Wahl, wo Wilhelm auf ein Trinkspiel pochte, bei dem Rymund jedem ein Getränk spendieren musste, der sich vor ihm verbeugte und ihn »Eure Majestät« nannte, woraufhin Rymund ebenfalls ein Glas trinken musste.

Viele Stunden und viele Gläser später lümmelte Rymund sich mit zwei Mädchen auf seinem Schoß in einen Sessel, während Dom ihm von seinem Sessel aus ein unmelodisches Ständchen brachte:

»*Gar furchterregend der kühne König Rymund anzuschau'n war,*
in der Hochzeitsnacht zitterte seine königliche Braut fürwahr.
Sie rief: ›Ein so mächtiges Schwert hab noch nie ich erspäht,
ich fürchte, es passt nicht in meine Lokalität.‹«

Will lachte schallend am Tresen, wo er weitere Gäste dazu überredete, sich vor Rymund zu verbeugen, um sich ein Getränk zu verdienen. Rymund grinste, während die beiden Mädchen auf seinem Schoß kicherten. »Vielen Dank, Dom, für diesen mitreißenden Gesang, aber jetzt muss dieser kühne König gehen und sein mächtiges Schwert entleeren.«

Während Rymund hinaus in die Gasse wankte, um sich zu erleichtern, brüllte Will vom Tresen aus seinen Gefährten zu: »Macht Platz für den König! Verbeugt euch, ihr nichtsnutzigen Bastarde!«, woraufhin auch er sich so tief verbeugte, dass ihm die Füße wegrutschten und er einen ungeschickten Satz tun musste, um sich mit einer Hand abzufangen, ohne auch nur einen Tropfen von seinem Bier zu verschütten. Er drehte sich zu seinen Gefährten um, lachte schallend und konnte sein Glück kaum fassen.

Immer noch lachend stützte Rymund sich mit einer Hand

an einer Mauer in der Gasse ab und erleichterte sich. Es tat gut, wieder mit seinen Freunden zu zechen. Keine Krone war es wert, das aufzugeben. Hatten sie in Merivale überhaupt anständige Gasthäuser? Wenn er König wurde, würde er Will und Dom in den Adelsstand erheben müssen.

Er hatte seine Hose gerade wieder verschnürt, als er eine kalte Klinge an seiner Kehle spürte und eine leise, sanfte Stimme an seinem Ohr hörte, die ihn schneller nüchtern werden ließ als ein Bad in einem eisigen Fluss.

»Ganz ruhig, Bürschchen. Keinen Mucks. Nicke nur, wenn du keine Dummheiten machen wirst.«

Rymund ließ es darauf ankommen. Als der Mann zu Ende gesprochen hatte, wollte er ihm kräftig gegen das Schienbein treten. Aber Rymunds Fuß fand nur Luft, und sein Gesicht krachte gegen Stein, als der Mann ihn mit Gewalt gegen die Mauer presste.

»Ich habe gesagt, keine Dummheiten, ja?«, flüsterte der andere, seine Stimme genauso scharf wie seine Klinge. »Glaubst du, ich hätte gewartet, bis du mit dem Pissen fertig bist, wenn ich gedacht hätte, ein Bengel wie du könnte mir gefährlich werden? Also, ich bin höflich gewesen, nun sei einfach dankbar, dass du nicht mit deinem Schwanz in der Hand dastehst, ja? Ich frage noch mal, und du nickst, wenn du nicht wieder versuchst, etwas Törichtes zu tun.«

Rymund nickte. Der Mann verstand sein Handwerk. Er spürte Furcht in seinem Magen.

»Braver Junge.«

Der Mann hielt ihm die Spitze seines Messers unten an die Wirbelsäule. Rymund hörte, wie ein Seil strammgezogen wurde, und plötzlich waren seine Hände fest hinter seinem Rücken gefesselt.

Jetzt führte der Mann ihn ans andere Ende der Gasse, zu einer stillen Straße, wo ein Pferd wartete. Er hatte Rymund nicht einmal einen flüchtigen Blick auf sein Gesicht ermöglicht, und bevor Rymund wusste, wie ihm geschah, war er auch schon bäuchlings über den Rücken des Pferdes geworfen und mit einem Seil unter dessen Bauch daran festgebunden worden.

»Wohin bringst du mich?« Es war schwer, die Worte herauszubekommen mit seinen hinter dem Rücken gefesselten Armen und seinem ganzen Gewicht auf dem Bauch.

»Pst, Junge.« Der Mann stopfte ihm ein Stück Stoff in den Mund. Dann wurde eine schwere Wolldecke über ihn geworfen, und Rymund spürte, wie das Pferd sich auf den Pflastersteinen in Bewegung setzte.

Die ganze Sache hatte kaum eine Minute gedauert. Wie viel Zeit würde vergehen, bis jemand im Gasthaus auf die Idee kam, nach ihm zu sehen? Bis dahin konnte er längst fort sein. Zumindest war sein Leben vermutlich nicht in Gefahr, sonst hätte der Mann ihn einfach in der Gasse getötet. Dann erinnerte Rymund sich daran, welches Ende sein Bruder genommen hatte, gefangen in den Tiefen von Hessians Kerker, nur mit Ratten und seiner eigenen Angst als Gesellschaft. Eiskalter Schweiß kribbelte auf Rymunds Haut.

Sein Entführer schien das Pferd durch Iriths stillere Gassen zu führen, abseits der Hauptstraßen, aber Rymund verlor schon bald die Orientierung, bis er spürte, wie die schlammigen Wege des Neuen Viertels von Kopfsteinpflaster abgelöst wurden. Er vermutete, dass sie sich einem der Ausgänge aus der Stadt näherten, höchstwahrscheinlich dem ruhigeren Osttor. Er versuchte zu schreien, aber seine Stimme wurde von dem Lumpen in seinem Mund gedämpft und mühelos von den Hufen des Pferdes auf den Pflastersteinen übertönt. Münzen klirrten, als der Mann einem der Wachposten einen Beutel mit Silber zuwarf.

Schon bald befanden sie sich außerhalb der Stadtmauern,

und Rymund hörte das leise Schnauben eines zweiten Pferdes. Für einen Moment war er erleichtert, als der Mann ihm die Decke abnahm, seine Fesseln durchschnitt und ihm auf den Boden half, bis er ihm ein Messer an seine Wange presste. »Steig auf«, knurrte der Mann. Widerstrebend zog Rymund sich in den Sattel, und einen Moment später fesselte der Mann ihm erneut die Hände und band sie an den Sattelknauf, dann zog er ein Seil unter dem Pferd hindurch und band Rymunds Füße zusammen. Als Nächstes warf er Rymund eine Haube über den Kopf, sodass er blind war, dann stieg er auf sein eigenes Pferd und zog Rymund auf seinem Ross im Galopp mit sich.

Bei Eryis Blut, wohin bringt er mich? Er spürte, wie das Pferd in die fruchtbaren Ebenen raste, die sich von hier aus bis zum Bleichen Fluss und weiter zum Eryispek ausdehnten. Die Antwort konnte nur lauten, dass er zu König Hessian gebracht wurde. Wenn der Mann es Rymund nicht erlaubt hätte, sich zu erleichtern, bevor er ihm aufgelauert hatte, hätte er sich vor Entsetzen vielleicht in die Hose gemacht. Es hieß, sein Bruder habe den Verstand verloren, bevor er zu guter Letzt in seiner Kerkerzelle verhungert war.

Rymund ließ sich in die Mähne des Pferdes sinken und hätte einschlafen mögen. Die Nacht war dunkel, und kein Fetzen Sternenlicht durchdrang die grobe Haube über seinem Kopf. In seinem betrunkenen Zustand war der stetige Rhythmus der Pferdehufe beinahe ein Schlaflied.

Ein paar Stunden später, als sein Körper von der ständigen Bewegung des Pferdes schmerzte und sein Mund wegen des beginnenden Katers trocken war, spürte Rymund, dass sie ihr Tempo beschleunigten. Aus dem Hufschlag wurde ein Donnern, sodass er trotz des Seiles, mit dem er festgebunden war, auf dem Rücken des Pferdes auf und ab hüpfte. Die Haube über seinem Gesicht flatterte, und Rymund stellte fest, dass er sie, wenn er den Kopf nach hinten warf, leicht verschieben und einen Blick auf den dunklen Boden erhaschen konnte, über den sein Pferd galoppierte.

Es brauchte einige Versuche, aber irgendwann bekam er es richtig hin. Die Haube flog von seinem Kopf, und er spürte die kühle Luft auf seinem Gesicht, während sie durch die Nacht jagten. Als er sich umschaute, erkannte er im Mondlicht sechs schattenhafte Reiter ein paar hundert Schritte weiter hinten. Sein Herz tat einen Satz. Irgendjemand hatte Alarm geschlagen. Es ließ sich schwer erkennen, aber er glaubte, dass die Verfolger zu ihnen aufschlossen.

Der Mann schien Rymunds Gedanken zu erraten und rief von seinem Pferd zu ihm herüber. »Mach dir keine Hoffnungen, Junge. Das da mögen die besten Pferde aus deinem Stall sein, aber mein Tier ist das beste, auf dem ich je gesessen habe, und deins könnte seine Schwester sein. Vor uns liegt ein Wald, in dem wir sie abschütteln können.«

Ein Pfeil pfiff ungefähr anderthalb Schritte links von ihnen vorbei.

»Elende Bastarde!« Der Mann grub seinem Pferd die Fersen in die Flanken und trieb es in Richtung Wald. Weitere Pfeile flogen vorbei, nur wenige Schritte von ihnen entfernt, aber Rymund glaubte, bei dieser Entfernung und im Dunkeln hätten sie keine Chance, irgendetwas zu treffen, oder schlimmer noch, sie konnten Rymund selbst treffen.

Sie tauchten in den Wald ein. Der Mann verlangsamte ihr Tempo, während sie sich zwischen den Bäumen hindurchschlängelten, und Rymund hielt die ganze Zeit hinter sich Ausschau nach seinen Rettern, in der Hoffnung, dass einer von ihnen durch die Bäume brechen und ihn befreien würde.

Zu Rymunds Enttäuschung schien der Mann die Lage richtig eingeschätzt zu haben. Als sie einige Meilen später aus dem Wald kamen, dämmerte der Morgen herauf, und von den Verfolgern war nichts mehr zu sehen oder zu hören.

Gerade als Rymund die Hoffnung aufgeben wollte, pfiff ein Pfeil von links an ihnen vorbei und flog nur einen Meter über den Kopf seines Entführers. Rymund versuchte, sich umzudrehen. Der Bogen surrte ein zweites Mal, und diesmal wurde das Pfeifen abgeschnitten, als die Pfeilspitze Fleisch durchbohrte und der Mann aufschrie.

Er trieb die Pferde weiter, aber Rymund spürte, dass sie langsamer wurden. Er blickte den Mann an, der sich die Seite hielt, aus der ein Pfeil knapp unter der Achselhöhle herausragte. Hufschläge kamen näher.

Ihre Pferde wurden langsamer und blieben schließlich stehen, während der Mann vergeblich versuchte, die Blutung zu stillen. Zu Rymunds Erleichterung tauchten vor ihnen zwei Reiter in den grünen Umhängen der Prindians auf.

»Da hast du dir aber eine üble Wunde eingefangen«, bemerkte der Erste. Es war Adfric, der ergraute Waffenmeister, der Rymund während der letzten Wochen mit dem Schwert auf Trab gehalten hatte. »Mit dem Pfeil, der aus dir herausragt, wirst du meinen Herrn wohl kaum weiter begleiten.«

»Zur Hölle mit dir«, zischte der Mann. Adfric reagierte mit einem gewaltigen Schlag mit dem Handrücken, der Rymunds Entführer vom Pferd stieß. Der Mann schrie, als er mit seiner verletzten Seite auf dem Boden aufprallte.

»Du kannst dich bei dem jungen Derri hier für den Pfeil bedanken, auch wenn er ein Dutzend Versuche brauchte, bevor einer in deine Nähe kam.«

»Niemand sonst in einem Umkreis von fünfzig Meilen hätte diesen Schuss zustande gebracht«, bemerkte der jüngere Mann, der vielleicht achtzehn oder neunzehn Jahre alt war, während er geistesabwesend seinen Bogen befingerte.

»Das behauptest du. Löse Lord Prindians Fesseln, während ich mich um unseren Freund hier kümmere.«

Rymund war von Dankbarkeit überwältigt und beschloss,

seine Wachen nie wieder für selbstverständlich zu nehmen. Seine Fesseln wurden mit einem Messer durchtrennt und der Knebel aus seinem Mund entfernt, dann half Derri ihm vom Pferd. Er verzog das Gesicht, als er sich seine vom Seil wund gescheuerten Handgelenke rieb, dann streckte er seinen schmerzenden Rücken und war froh, noch am Leben zu sein.

Auf wackligen Beinen stolperte Rymund zu seinem Entführer, der auf dem Boden lag. Zuvor hatte er keine Gelegenheit gehabt, sich den Mann genauer anzusehen. Er war mittleren Alters, mittlerer Größe und mittleren Aussehens, völlig unauffällig, abgesehen von einigen hässlichen Narben auf seinen Wangen, die schnell an Farbe verloren, während immer mehr Blut aus seiner Wunde unter dem Arm sickerte.

»Wer hat dich geschickt?«, verlangte Rymund zu erfahren. Er widerstand dem Drang, den Mann zu schlagen.

»Verpiss dich«, stöhnte der Fremde, was ihm einen brutalen Tritt von Adfric eintrug. Der Mann rollte sich heulend auf die andere Seite.

»Lass uns mit etwas Einfacherem anfangen, ja?« Adfric zückte ein unheildrohendes Messer. »Wie heißt du?«

Der Mann öffnete den Mund, um etwas zu erwidern, und da kniete Adfric schon nieder und stach mit der Spitze des Messers dort zu, wo der Pfeil im Fleisch des Mannes steckte. Adfric drehte die Klinge, und die Antwort des Mannes verwandelte sich in ein Heulen des Schmerzes.

»Sollte das ein weiteres ›Verpiss dich‹ sein, oder hattest du vor, meine Frage zu beantworten?«

»Jori, mein Name ist Jori!«

»Schon besser. Und wer hat dich geschickt?«

»Seinen Namen habe ich nicht mitbekommen«, stieß der Mann hervor. »Ich habe ihn gestern Abend erst kennengelernt. Er hat mir nur diese Pferde und einen Beutel mit Gold gegeben und mir gesagt, was ich machen soll.«

»Lass uns einfach so tun, als würde ich dir glauben. Wohin wolltest du Lord Prindian bringen?«

Blut breitete sich auf dem Boden aus und erblühte auf der Tunika des Mannes. Seine Stimme wurde schwächer. »Die Mühle …«, keuchte er. »Gleich am anderen Ufer des Bleichen Flusses. Er hat gesagt, jemand würde dort auf mich warten.«

»Wie hat der Mann ausgesehen, der dich angeheuert hat?«, fragte Adfric weiter.

Jori antwortete nicht. Seine Augen waren glasig und starrten gen Himmel. Er war tot.

Adfric runzelte die Stirn. »Ich dachte, der hätte mindestens noch ein paar Stunden durchgehalten. So viel Blut hat er doch gar nicht verloren.« Er schlug dem Toten ins Gesicht, sodass der Kopf zur Seite fiel.

Derri starrte mit großen Augen nach unten. »Es heißt, der Zauberer des Königs könne Menschen mit seinem Geist töten, und das aus einer Entfernung von Hunderten von Meilen.«

»Sei nicht albern, Derri. Du hast einfach irgendwas Wichtiges mit diesem Pfeil erwischt. Sturer Mistkerl.« Adfric versetzte dem Leichnam einen kräftigen Tritt, sodass er sich krümmte wie eine Stoffpuppe.

Rymund hatte einen trockenen Mund, seine Rippen taten weh, und er spürte, dass sich schreckliche Kopfschmerzen einstellten. Trotzdem war ihm schwindelig vor Erleichterung. Schwindelig und ein wenig übel. Das Pferd, das ihn getragen hatte, war herübergetrottet, um zu seinen Füßen zu grasen. Er lehnte sich an die Stute und versuchte, sich nicht zu übergeben. »Habt Ihr Wein dabei?«

Adfric reichte ihm einen dreckigen, halb vollen Schlauch. »Ich hätte gedacht, Ihr hättet gestern Nacht genug getrunken, Mylord.«

Rymund trank hemmungslos davon und ignorierte den

säuerlichen Beigeschmack des billigen Weines. Er schmeckte himmlisch. »Wie habt Ihr mich gefunden?«

»Wahrscheinlich bin ich nicht der Richtige, um diese Frage zu beantworten, Mylord. Ihr könnt sie Eurer Frau Mutter stellen.« Adfric zeigte hinter Rymund, und als dieser sich umdrehte, sah er eine Gruppe von Reitern im Galopp näher kommen, an der Spitze die unverkennbare Gestalt seiner Mutter. Rymund rutschte das Herz in die Hose, und er nahm noch einen Schluck Wein. Sie war die letzte Person, die er sehen wollte.

Sie schlossen zu ihnen auf, und seine Mutter saß ab. »Ich will mit meinem Sohn sprechen. Lasst uns allein.«

»Ich bitte um Vergebung, Mylady, aber der Mann hatte vielleicht Komplizen«, wandte einer ihrer Wachmänner ein.

»Dann dürft Ihr uns im Auge behalten. Adfric, Ihr könnt bleiben.« Die anderen entfernten sich, bis sie einen respektvollen Abstand zu der kleinen Gruppe hatten und Rymund mit Adfric und seiner Mutter allein zurückblieb.

»Wie hast du mich gefunden?«, fragte Rymund. »Haben Dom und Will dich geweckt?«

Seine Mutter lachte kehlig, und Adfric reagierte mit einem schiefen Grinsen. »Diese beiden Saufköpfe? Die hingen ohnmächtig in ihren Stühlen. Zurzeit genießen sie einen Aufenthalt bei uns in den Zellen.« Sie hielt vielsagend inne. »Ich wusste es, Rymund. Ich kenne Hessians Denkweise. Sein Magier hat überall Spione. Ich habe meine eigenen, und als du nicht in die Taverne zurückgekehrt bist, wurden Maßnahmen ergriffen. Nur weil diese Torwächter solch nutzlose Narren sind, war er überhaupt in der Lage, die Stadt zu verlassen. Jemand wird sich um diese Männer noch kümmern.«

»Du hast mich verfolgen lassen?« Müde und mit Schmerzen am ganzen Körper gelang es Rymund nicht, seine Verärgerung zu verbergen.

»Natürlich, und ich hoffe, dass du mir dafür dankbar bist, denn du bist eindeutig zu dumm, um eine Eskorte mitzunehmen oder die Beweggründe deiner beiden sogenannten Freunde zu hinterfragen.«

»Dom und Will hätten so etwas nie getan! Sie haben nichts mit dieser Sache zu schaffen.«

»Und ob sie das haben. Deine Beziehung zu ihnen ist eine Ablenkung. Du solltest dir solche Männer zunutze machen und nicht mit ihnen herumtollen, als wären sie dir ebenbürtig. Zukünftige Könige betrinken sich nicht in Tavernen mit Matrosen und Gastwirten.«

»Lady Breta hat recht, Mylord«, sagte Adfric und wischte sein Messer am Gras ab. »Ich kann Euch im Schwertkampf und in der Kriegsführung unterweisen, aber das nützt nichts, wenn Ihr alles daransetzt, Euch selbst in Gefahr zu bringen.«

Rymund sah ihren Standpunkt ein, wollte es aber nicht zugeben. Obwohl seine Muskeln protestierten, schwang er sich auf das Pferd und gab sein Bestes, um erhaben zu wirken. »Wir werden diese Angelegenheit zu Hause besprechen«, entschied er mit so viel Würde, wie er aufbringen konnte.

Als sie zurückkehrten, ließ Rymund Dom und Will sofort unverletzt aus den Zellen befreien, gewährte ihnen aber keine Audienz. Als er sich am nächsten Tag wieder besser fühlte, ließ er Adfric und seine Mutter rufen und empfing sie in seinem selten genutzten Arbeitszimmer, auf dessen Tisch eine Karte von Erland lag.

»Während ich mit dem Schwert herumgespielt habe«, begann er, sobald die beiden saßen, »was keineswegs umsonst war, ist Hessian gegen uns vorgegangen und hat versucht, mich entführen zu lassen. Ich würde euren Rat begrüßen.«

Adfric und Breta tauschten einen Blick. Sie hatten offensichtlich bereits über die Angelegenheit gesprochen. »Es steckt mehr dahinter, als du weißt«, sagte Rymunds Mutter. »Ciera

Binsendocht hat Hessian geheiratet, oder vielmehr hat Lord Andrik sie als dessen Stellvertreter im Turm von Klippwehr geheiratet. Ihr hinterhältiger Vater hat uns verraten.« Rymund versuchte sich an einem bekümmerten Gesichtsausdruck. In gewisser Weise war er erleichtert. Er hatte das Mädchen nie kennengelernt, und sein Eheversprechen an sie hatte er alles andere als begeistert gegeben.

»Tu nicht so, als würde dich das interessieren«, tadelte seine Mutter ihn. »Das Ganze wird Ost-Erland unter Hessian einen, und schon bald wird er mit ihr ein Kind zeugen. Das alles hätte vermieden werden können, wenn du das Mädchen einfach geheiratet hättest, aber wie immer wusstest du es ja besser.«

Rymund öffnete den Mund zu einer Erwiderung, aber seine Mutter ließ ihn nicht zu Wort kommen.

»Du wirst morgen losreiten, um Männer für den Krieg zu mobilisieren. Adfric wird dich begleiten. Ich habe ihm gesagt, wo ihr hinreitet. Ich selbst werde mich nach Merivale begeben.«

»Hast du den Verstand verloren?«, fragte Rymund. »Der Mann hat versucht, mich entführen zu lassen. Er wird dich in eine Zelle sperren oder schlimmer noch, dir den Kopf abschlagen.«

»Du solltest beten, dass er das tut. Nichts würde die Menschen so sehr gegen ihn aufbringen wie der Mord an einer alten, aber immer noch schönen Frau, die mit ihm verwandt ist.« Sie lächelte, als erinnerte sie sich an etwas. »Ich bin seit einer Ewigkeit nicht mehr in Merivale gewesen. Doch mit einem Male verspüre ich den Drang, meine Bekanntschaft mit der Stadt zu erneuern.«

KAPITEL 10

Pherri hatte nie viel geschlafen, aber seit dem Mord an Da'ri schlief sie noch weniger. Wenn sie es versuchte, konnte sie nur mit zusammengekniffenen Augen daliegen, während zügellose Wut in ihr tobte.

Ihre Mutter hatte sie gefunden, als sie weinend über Da'ris geschundenem Leichnam gehockt hatte. Da war Errian schon längst fort gewesen, fort aus Hochferren und von jeder Gerichtsbarkeit. Die Haupttäter des Mordes waren gefasst worden und warteten nun im Gefängnis von Hochferren auf ihren Prozess. Pherri scherte sich nicht um die Männer. Die einzige Person, die sie für Da'ris Tod verantwortlich machte, war Errian, der die Thrumb noch mehr hasste, als er seine eigene Schwester liebte. Niemand war ihm nachgeritten, trotz ihrer flehentlichen Bitten. Und dass ihre Mutter ihr schließlich zugehört hatte, als sie ihr erklärt hatte, Errian habe gelogen, als er sagte, er habe den Befehl, nach Thrumb zu gehen, war kein Trost für ihr gebrochenes Herz. Alle außer Pherri schienen der

Meinung zu sein, dass ein toter Thrumb es nicht wert war, den Sohn eines Lords zu belästigen. Diese Ungerechtigkeit war wie ein Stachel in ihrer Brust.

In der Nacht war es ungewöhnlich kalt, vor allem für den Spätsommer, und mit ihren zitternden Händen konnte Pherri ihre Laterne nicht anzünden. Enttäuscht darüber, dass sie das Buch über die Legenden der Thrumb, das Da'ri ihr geschenkt hatte, nicht zu Ende lesen konnte, rollte Pherri sich unter der Decke zusammen, schlang die Arme um die Knie und versuchte, nicht mehr zu zittern und nicht an Da'ris verstümmelte Leiche zu denken.

In der Nacht träumte sie etwas Neues, einen lebendigeren Traum als jene, die sie zuvor beunruhigt hatten. Ein riesiges Heer zerlumpter Bettler, ausgestattet mit uralten Waffen, von denen Blut tropfte, schleppte sich durch eine schneebedeckte Einöde, die von einem eisigen Wind heimgesucht und mit Hagel bombardiert wurde.

Pherri blinzelte, und plötzlich war sie eine von ihnen.

Schützend hob sie die Hände gegen den eisigen Schnee vors Gesicht, aber statt Händen hatte sie gewaltige Bärentatzen, so groß wie Essteller und mit gebogenen schwarzen Krallen, die im Mondlicht schimmerten. So groß sie auch waren, sie konnten nichts gegen den Wind ausrichten, der ihr durchs Fell fuhr und ihr mit einem Eisregen die Sicht nahm.

Sie senkte den Kopf vor dem Sturm und sah, dass dort, wo ihre Füße hätten sein sollen, die Beine und Hufe eines Rehs waren. Entsetzt versuchte sie zu schreien, aber sie hörte nur den Klagelaut eines gequälten Tieres.

Als sie wieder aufschaute, hatte es aufgehört zu schneien, und der Boden war so weich und unberührt wie eine Wolkendecke. Die zerlumpte Bettlerschar war verschwunden, und sie stand einer weißen Hirschkuh gegenüber, einem Phantom neben einem zugefrorenen See, das mit eisblauen Augen durch sie hindurchsah und nach dem Mädchen suchte, das in dem Reh kauerte. Sie blinzelte, und die Augen der Hirschkuh weiteten sich wie blasse, unheimliche Monde.

Sie drehte sich um und wollte wegrennen, aber ihre Hufe rutschten im Schnee aus, und plötzlich stürzte sie endlos in die süße Umarmung der Kälte, Dunkelheit und Sterne ringsum und das grenzenlose Nichts unter ihr. Beim Fallen hörte sie die Stimme der Hirschkuh, eine sonore Melodie, die ihr in den Ohren klingelte. »*Ich sehe dich.*«

Unsichtbare Hände griffen nach ihr, und Pherri schrie.

Sie wachte auf, in ihrem Bett, schwer atmend und schweißgebadet.

Es dauerte sehr lange, bis sie wieder einschlief.

Pherri gähnte und rieb sich ihre müden Augen. Nach den Vorkommnissen in Hochferren hatte sie geweint, bis keine Tränen mehr kamen, aber jetzt kehrte auf der Veilchenburg wieder Normalität ein, als hätte niemals ein Mann namens Da'ri hier gelebt. Sie hatte ihren Unterricht mit der neuen Dienerin Delara wieder aufgenommen.

Pherri hatte es vor der Aussicht gegraut, von dieser Frau zu lernen. Die Diener der Veilchenburg dachten alle das Gleiche: Sie verzogen das Gesicht über Pherris Wunsch nach einem Hauslehrer und tadelten sie für die kleinsten Unachtsamkeiten, wenn sie im Flur rannte oder ihre Kleidung beschmutzte. Natürlich war Delara keine Hexe, wie Errian behauptet hatte – Hexen waren keine Dienerinnen, und Errian war nicht zu trauen. Die Lektionen würden aus endlosen Stunden bestehen, in denen sie nähen und Bücher auf dem Kopf balancieren würde.

Doch alles hatte sich geändert, als Pherri Delara kennengelernt hatte. Ihr Gesicht war von Alter und Wetter verwittert, sie trug ihr Haar in einem langen weißen Pferdeschwanz und hatte eine so stolze und aufrechte Haltung wie die Wasserspeierfiguren an den Außenmauern der Festung. Mit ihren knorrigen Fingern umklammerte sie einen hölzernen Stab, aber sie trug ungewöhnlich schäbige Kleidung für die Dienerin eines Lords. Sie sah ganz anders aus als die übrigen Diener der Veilchenburg. Pherris Mutter hatte ihr Äußeres auf die verhältnismäßig bäuerliche Lebensweise in Basseton zurückgeführt, einem Ort, der am Fuß des Eryispek lag.

Aber auch die Unterrichtsstunden waren nicht so, wie Pherri es erwartet hatte. Ja, es gab Handarbeiten und Bücher, aber Delara schien dessen genauso schnell überdrüssig zu werden wie Pherri. Meistens brachte sie ihr etwas über die Geschichte Erlands bei und zeigte sich bestürzt über Pherris Wissenslücken, die sie offenbar als gravierend ansah. Die Geschichte der Sangreals hatte mit der Besiedlung von Ost-Erland vor dreihundert Jahren begonnen, aber die Geschichten, die Delara ihr erzählte, reichten noch Jahrhunderte weiter zurück. Sie handelten von vertriebenen Stämmen, die aus dem Gedächtnis verschwunden waren, und gingen sogar noch weiter zurück — bis zu den Vorfahren der Prindians und ihrem Volk, das vom Meer kam und Erland gegründet hatte, als die Sangreals noch Nomaden in der weiten Wildnis jenseits der Kummerlande gewesen waren. Pherri bezweifelte, dass ihre Eltern einverstanden gewesen wären, dass sie solche Dinge lernte, aber sie war nicht so dumm, ihrer Mutter davon zu berichten.

Doch heute konnte Pherri sich nicht konzentrieren. Sie berührte in einer Tasche ihres Kleides das Einzige, das ihr von Da'ri geblieben war, ein seltsamer Brief, den sie an seinem Leichnam gefunden hatte. Es hatte sie viele mühsame Stunden gekostet, die Bedeutung des Briefes zu entziffern — er war in der

Sprache der Thrumb geschrieben und zudem verschlüsselt –, aber Da'ri hatte ihr die Grundlagen des Chiffrierens beigebracht, und mit den Notizen zum Übersetzen zwischen Thrumb und Erländisch aus Da'ris Zimmer hatte Pherri den Brief gestern Abend endlich entschlüsselt: es ging um *Ealagny* – die tiefe Sehnsucht nach der Heimat, von der er gesprochen hatte. Hatte er gewollt, dass sie den Brief fand? Sie hatte ihn seither so viele Male gelesen, dass es sich so anfühlte, als hätte sich Da'ris seltsames, nie abgeschicktes Sendschreiben in die Innenseiten ihrer Augenlider eingebrannt.

Lieber Cousin,
ich habe nicht länger vor, nach Thrumb zurückzukehren.
Die Lutum haben ihr Land verlassen. Stürme toben in den
höheren Lagen, und von den Winden, die in die Ebenen
hinunterrollen, wird mir kalt bis in die alten Knochen. Die
Berichte, die mich aus unserer Heimat erreichen, sind nicht
weniger seltsam – ich weiß, dass nicht ihr es wart, die die
Raubzüge begonnen oder den Prinzen getötet haben.

Sie erwachen und haben vielleicht einen Weg gefunden, die
Ereignisse außerhalb ihrer Gefängnisse zu beeinflussen. Solche
Seltsamkeiten kommen nicht von ungefähr.

Ich werde zum Westhang reiten, zu unseren alten Brüdern.
Wenn sie sich erinnern, so wie wir es tun, ist vielleicht doch
noch nicht alles verloren.

Pass auf dich auf, Cousin. Mögen die Bäume dir immer den
Weg weisen und die Sonne dir stets den Rücken wärmen.

Immer der Deine,
Da'ri

Pherri verstand davon nur wenig. Da'ris Cousin war vermutlich ein anderer Thrumb, und Da'ri war offensichtlich von den seltsamen Neuigkeiten über die Lutum dazu getrieben worden, den Brief zu schreiben, aber die letzten paar Zeilen warfen endlose Fragen auf. Was hatte Jarhiks Tod mit den Lutum zu tun? Wer erwachte? Und warum waren sie eingesperrt? Wer waren die alten Brüder der Thrumb?

»Pherri!«

Pherri fuhr hoch in dem Bewusstsein, dass ihr die Lider bei ihren Tagträumereien halb zugefallen waren und sie kein Wort von dem gehört hatte, was Delara in den letzten Minuten gesagt hatte. »Ich bin nicht eingeschlafen. Habe mir nur die Augen gerieben.«

Delara sah sie durchdringend an. »Warum bist du müde, Pherri? Ein Mädchen in deinem Alter braucht Schlaf. Soll ich dein Zimmer nach Kerzen absuchen?«

Sie konnte nicht zulassen, dass man ihr ihre Kerzen wegnahm. Nur nachts konnte sie gefahrlos Da'ris geheimen Brief lesen. »Ich bin nicht müde, ich schwöre es. Ich habe nur über Erland nachgedacht und über das, was du mir beibringst.«

Delara zog skeptisch eine Braue hoch. »Hast du eine Frage?«

»Ja, ich habe tatsächlich eine.« Pherri witterte eine Chance. »Du hast mir alles Mögliche über sämtliche Stämme erzählt, denen man ihr Land genommen hat, aber du hast mir nichts über den Eryispek beigebracht oder über die Stämme, die noch immer auf dem Berg leben: die Lutum, die Adrari. Ich habe mich gerade gefragt, was auf dem Eryispek los war, während all das geschehen ist. Hat es dort je ein Gefängnis gegeben?«

Delara hatte geduldig und mit ausdrucksloser Miene zugehört, bis Pherri ihre Fragen gestellt hatte. Die finstere Gewittermiene, die folgte, verriet Pherri, dass sie einen Fehler begangen hatte. »Wo hast du das gelernt?«, fragte Delara scharf. Sie humpelte zu Pherri hinüber, und ihr knorriger Stab klapperte schnell über den Boden. »Hat dein alter Lehrer dir das erzählt?«

»N-nein!«, sagte Pherri und rückte mit ihrem Stuhl vor Delara zurück. Sie durfte kein Wort über den Brief verlieren. »Es ist in einem Traum vorgekommen, den ich hatte. Da waren Schnee und Blut und eine Hirschkuh, die mich angesehen hat. Und eine Stimme ...«

»Träume haben nichts zu bedeuten«, unterbrach Delara sie. »Sie sind nur das Gefasel des unbewussten Geistes. Was immer du geträumt haben magst, ich versichere dir, dort oben ist nichts.«

»Was ist mit Eryi?«

Delaras Stab zuckte in ihrer Hand. Einen Moment lang dachte Pherri, sie würde sie damit schlagen. Stattdessen ging Delara zum Fenster und zeigte mit einer ruckartigen Bewegung auf den Eryispek. Er war auch heute in dichte Wolken gehüllt, wie das schon seit vielen Wochen der Fall war, aber Pherri konnte die Umrisse des Berges erkennen. »Siehst du da oben irgendeinen verfluchten Menschen? Es gibt keinen Gott in Männergestalt! Das ist falsch, ein rückständiger, abergläubischer Unsinn, und trotzdem haben die Adrari euch alle irgendwie überredet, an ihn zu glauben.«

»Du glaubst nicht an Eryi?« Pherri war sich auch nicht sicher, ob sie es tat – so wie sie es verstand, hatte der alte Meridival-Stamm bei seiner Ankunft in Erland Eryi als seinen Gott im Gegenzug für die Unterwerfung der Adrari angenommen –, aber darüber wurde nicht gesprochen. Ihr schienen beide Ideen gleichermaßen absurd: die Anbetung des Mannes, der auf dem Gipfel des Eryispek lebte, aber auch die Anbetung des Berges selbst als dem Boten der Norhai.

»Wir werden nicht mehr darüber sprechen.« Delara klatschte laut mit einer Hand auf das Fenstersims. »Ich werde dir ein Gebräu zubereiten, das dir einen traumlosen Schlaf beschert, und wenn du dann noch einmal in meinem Unterricht döst, versichere ich dir, dass ich dein Zimmer nach Kerzen durchsuchen lassen werde.« Sie drehte sich um und seufzte tief. »Für den Rest des heutigen Tages will ich, dass du dich im Nähen übst.«

Obwohl Pherri schwer ums Herz wurde, wollte sie nicht widersprechen. Sie hatte Da'ris Brief beschützt, und das war das Wichtigste, ganz gleich, wie seltsam Delara sich benahm. Folgsam holte sie aus ihrem Schreibtisch ihre Handarbeitsutensilien hervor und dachte nur daran, wann sie endlich in ihr Zimmer zurückkehren und erneut den entschlüsselten Brief studieren konnte.

Als Delara am späten Abend an Pherris Tür klopfte, musste sie hastig ihre Laterne auspusten und sie zusammen mit Da'ris Brief unter ihrem Kissen verstecken. Sie wedelte noch die Rauchschwaden weg, die in der Luft hingen, erhob sich und öffnete die Tür.

Die alte Frau schnupperte, als sie eintrat. »Ich weiß, dass du mit Kerzen gelesen hast. Ich rieche es. Aber das hier wird dir helfen zu schlafen, und zwar ohne irgendwelche beunruhigenden Träume.«

Sie hielt ihr ein kleines Fläschchen hin. Die Flüssigkeit darin hatte die Farbe von Pilzen, und als Delara den Stöpsel herauszog, musste Pherri beinahe würgen bei dem widerwärtigen Geruch nach feuchter Erde und verfaultem Holz. »Was ist da drin?«, fragte sie und versuchte, nicht zu atmen. Sie wollte keinen weiteren Albtraum haben. Die Stimme, die zu ihr gesprochen hatte, machte ihr Angst vor ihren Träumen, und wenn Delara nicht eingegriffen hätte, hätte sie vielleicht noch bis spät in die Nacht gelesen, bis sie dem Schlaf nicht länger hätte davonlaufen können. Doch wenn sie versuchte, den Inhalt der Flasche zu trinken, war das vielleicht ein schlimmeres Schicksal.

»Nicht mehr als das, was du brauchst. Kräuter für den Schlaf und die Ruhe und etwas, das dir außerdem helfen wird zu wachsen. Du bist bedauernswert klein für dein Alter.«

Pherri sträubte sich. Was ging Delara ihre Körpergröße an? Und warum musste sie etwas deswegen trinken? »Weiß meine Mutter, dass du hier bist?«

»Deine Mutter hat mich beauftragt, dich auszubilden. Das hier gehört dazu.« Delara drückte Pherris Kopf nach hinten. Ihre Hand fühlte sich an wie verschrumpeltes Pergament und war seltsam warm. »Ich will dir helfen, Pherri.«

Ein Gefühl von Ruhe überkam Pherri. Delara wollte ihr nur helfen, und der seltsame Traum hatte sie den ganzen Tag verfolgt. Sie nahm das Fläschchen vorsichtig aus Delaras Hand und leerte es in einem Zug, wobei sie sich die Nase zuhielt und den Brechreiz verdrängen musste. Die Flüssigkeit glitt wie warmer, süßer Wein ihre Kehle hinunter.

Die Wirkung setzte fast sofort ein. Pherri spürte, wie der Trank sie von innen wärmte. Ihre Augenlider waren schwer wie Ambosse, und Delaras Gesicht verschwamm vor ihr. Sie schwankte. Die Flüssigkeit war nichts, wovor sie sich hätte fürchten müssen. Sie fühlte sich zufrieden und sorglos und war bereit, für immer zu schlafen.

Pherri taumelte, und Delara war an ihrer Seite, um sie zu stützen und sie nach hinten auf das Bett sinken zu lassen. Sie legte sie auf die Matratze und deckte sie behutsam zu. »Schlaf gut, meine Liebe.«

Als Delara die Tür hinter sich schloss, war Pherri bereits tief eingeschlafen. Und sie träumte nicht.

KAPITEL 11

Entgegen Theodrics Vorhersage rief Hessian Helana in den Wochen nach ihrem Gespräch über ihre Heiratsaussichten nicht zu sich. Er tauchte kaum aus seinem Turm auf, und Helana sah ihren Vater nur an dem Tag, an dem Jarhiks Leichnam verbrannt wurde. Dabei sprach er kein Wort mit ihr. Helana nahm ihr gewohntes Alltagsleben wieder auf. Sie ging der Falknerei nach, jagte und stahl sich in die Kaserne, um mit den Wachmännern Karten zu spielen, alles, um sich davon abzulenken, dass Jarhik tot war und das Land kurz vor einem Krieg stand.

Als eines Morgens ein Diener an ihrer Tür erschien und sie zu Hessian rief, war sie überrascht. Vorsorglich schlüpfte sie in dasselbe schwarze Trauerkleid ihrer Mutter, das sie seit Jarhiks Tod trug. Helana hoffte, es würde ihren Vater daran erinnern, dass er nicht der Einzige war, der trauerte.

Sie stieg die lange Treppe zu Hessians Gemächern hinauf. Was wollte er? Nichts Gutes, vermutete sie. Sicherlich nicht in

Erinnerungen an Jarhik schwelgen. Sie hatte vor langer Zeit gelernt, nichts von ihrem Vater zu erwarten.

Was, wenn sich Theodrics Prophezeiung bewahrheitet hatte und er irgendeinem Lord ihre Hand versprochen hatte? Furcht breitete sich in ihren Eingeweiden aus. Sie würde das nicht kampflos hinnehmen, so viel stand fest. Sie konnte mit Creya im Wald leben – dort würde ihr Vater sie nie finden – oder Zuflucht bei den Bräuten Eryis suchen.

Hessian hatte seit Jarhiks Tod die Wachen an seiner Tür verdoppelt, deshalb begegneten ihr oben an der Treppe vier Männer statt der gewohnten zwei. Sie nickte ihnen steif zu, und einer klopfte für sie an, bevor er ihr die Tür öffnete.

Ihr Vater stand im Raum und unterhielt sich in verschwörerischem Ton mit Theodric. Der lächelte freundlich, aber Hessian sah sie an, als wäre sie eine Fremde. Ein Schatten des Erkennens glitt über sein Gesicht, und seine Stirn legte sich angriffslustig in Falten. Er blickte sie hasserfüllt an.

»Woher hast du dieses Kleid?«

Er sieht nicht gut aus, dachte Helana. Seine Augen waren blutunterlaufen, und seine Haut hing ihm schlaff von den Knochen. »Es hat meiner Mutter gehört.«

»Ich weiß, wem es gehört!« Hessians Stimme war scharf wie ein Peitschenknall. »Du wirst es nicht mehr tragen. Ich verbiete es. Geh dich umziehen.«

Helana starrte ihn an. Sie hätte wissen müssen, dass er nicht begeistert darüber sein würde, wenn sie die alten Kleider ihrer Mutter trug. Er mochte es nicht einmal, wenn andere Leute über sie sprachen, als wollte er das Andenken an sie ganz für sich allein behalten. Hätte er von dem Porträt in Helanas Zimmer gewusst, hätte er es sicher beschlagnahmt.

Aber sie würde sich nicht bloß wegen ihrer Kleidung zum Gehen zwingen lassen. Ihr Vater hatte sie herzitiert . Wenn er wollte, dass sie sich umzog, konnte er ja den Wachen befehlen, sie in ihr Zimmer zurückzuschleppen. Sie schenkte ihm ein süßes Lächeln. »Ich kann es gleich hier ausziehen, Vater. Sicher wäre eine deiner Wachen bereit, mir einen Ersatz aus meinen Gemächern zu holen.«

Hessian sah sie finster an und verkniff sich eine weitere bösartige Bemerkung. »Wenn du mich lieber beschämen als mir gehorchen willst, bin ich wohl gezwungen, dich zu empfangen. Du warst ein halsstarriges Kind, und daran hat sich nichts geändert. Ich hätte es dir mit der Peitsche austreiben lassen sollen.«

»Vielen Dank, Vater, das weiß ich zu schätzen.« Sie ließ ein zufriedenes Grinsen aufblitzen, trat an den Wachen vorbei und schloss die Tür hinter sich.

Hessian ließ sich auf seinem Stuhl nieder und sah sie immer noch bösartig an. »Dein Verhalten beweist nur, was ich Theodric gerade gesagt habe. Du bist ein ungehorsames Balg, das eine strenge Hand braucht, aber nicht ich werde sie führen. Es wird höchste Zeit, dass du verheiratet wirst.«

Helana sah ihn fest an und ließ sich nicht beirren. »Ich werde heiraten, wen ich will und wann ich will.« Sie sprach laut, aber innerlich zitterte sie. Sie wusste, dass die Leute sie für stur hielten, aber Hessians Wille war wie Eisen. Sie sah Theodric um Unterstützung bittend an, aber der Magier stand ein Stück abseits von ihnen und schwieg.

Hessian lachte sie aus. »Du wirst heiraten, wen *ich* will, und wenn ich dich in Ketten vor einen Priester schleppen lassen muss. Es wird Krieg geben, falls du dich dazu herabgelassen hast, das zu bemerken, während du mit irgendwelchen Bauern im Wald herumgerannt bist und mit meinen Wachen um Geld gespielt hast. Ich brauche Verbündete, und was nützt du mir, wenn ich dich nicht dafür einsetze, die zu gewinnen? Willst du eine seltsame alte Jungfer werden, die in meinem Haus lebt und mich für ihren Unterhalt aufkommen lässt? Das werde ich nicht dulden. Das wird das Reich nicht dulden. Bei Eryi, du wirst deine Pflicht tun.«

Es hatte keinen Sinn zu streiten, während er in dieser Stimmung war. Helana würde ihn ablenken müssen. Sie holte tief Luft. »Also schön.«

Hessian sah sie überrascht an. »Was soll das heißen, ›also schön‹?«

»Ich meine, dass ich heiraten werde. Theodric hatte tatsächlich schon einen potenziellen Ehemann erwähnt.« Sie hielt inne, während ihr Vater sie weiter mit seinem Blick fixierte, und schenkte sich langsam einen Becher Wein aus dem Krug neben ihm ein. Theodric sah sie erschrocken an. Sie nahm einen tiefen Schluck und stürzte sich in ihren Vortrag. »Ich sollte Rymund Prindian heiraten. Wenn du keinen eigenen Erben haben kannst, wird eins deiner Enkelkinder die Krone übernehmen.«

Der König saß ganz still da. Seine wässrigen Augen glänzten rot und glühten wie geschmolzenes Eisen. Dann flog sein Blick zu Theodric. »Du feiger Zauberer. Andrik hat dich dazu angestiftet, nicht wahr?«

»Eure Majestät«, entgegnete Theodric und hob beschwichtigend die Hände. »Wenn wir Frieden wollen …«

»Frieden!« Hessian sprang taumelnd auf und wedelte mit seinem Becher wie mit einer Waffe, sodass Wein über den Rand schwappte. »Es wird keinen Frieden geben!« Plötzlich drehte er sich um und zeigte mit einem verrunzelten Finger auf Helana. »Ihr steckt alle unter einer Decke, nicht wahr? Ihr habt euch alle gegen mich verschworen! Du willst mich töten und meine Krone stehlen!« Speicheltropfen flogen aus seinem Mund.

Helana konnte nicht anders, sie wich voller Angst zurück. »Ich …«

»Verschwinde!« Er griff nach einem Bierhumpen, der auf

dem Tisch gestanden hatte, und warf ihn nach ihr. Sie konnte gerade noch ausweichen, aber der Inhalt traf sie trotzdem. Der Zinnkrug klirrte gegen die Wand hinter ihr. »Du wirst mir meine Krone nicht wegnehmen! Keiner von euch wird sie mir wegnehmen! Verschwinde! Los!«

Helana machte auf dem Absatz kehrt und floh, während ihr kaltes Bier vom Gesicht tropfte und ihr in den Augen brannte. Sie eilte die Treppe hinunter und versuchte, die Tränen zu unterdrücken, bis sie wieder in ihren Gemächern war.

Sie kamen dann doch, als sie auf halbem Weg den Turm hinuntergerannt war, so heftig, dass ihr der Bauch wehtat. Sie lehnte sich an die Wand und versuchte, sich mit dem kalten Stein im Rücken zu beruhigen. Wochenlang hatte sie ihre Trauer um Jarhik in dem Glauben unterdrückt, stark zu sein, aber jetzt brach sie über sie herein, ausgelöst durch den Zorn ihres Vaters. Jarhik war der Einzige in der Familie gewesen, dem sie etwas bedeutet hatte. Welchen Sinn hatte das alles ohne ihn? *Lass es vor die Hunde gehen*, beschloss sie. *Alles. Lass es meinem Vater um die Ohren fliegen.*

Sie bemerkte Theodric erst, als er direkt neben ihr war und ihr ein Taschentuch reichte. Helana klammerte sich erschrocken an die Wand, als würde seine bloße Anwesenheit genügen, um sie die Treppe hinunterstürzen zu lassen. »Danke.« Sie schniefte, sobald sie sich gefangen hatte, nahm das Taschentuch von ihm entgegen und wischte sich die Wangen trocken. »Entschuldigung, ich glaube, ich habe Euch damit ans Messer geliefert.«

»Er beruhigt sich immer genauso schnell, wie er in Rage gerät«, antwortete Theodric ernst. »Es ist zum Teil meine Schuld. Ich hatte ihm gerade eine enttäuschende Nachricht überbracht.«

»Warum hasst er mich? Ich habe meine Mutter nie gekannt, und er lässt mich schon mein ganzes Leben lang für ihren Tod büßen. Mein Bruder ist tot, und er findet noch immer kein nettes Wort für mich.«

»Ich denke, er liebt Euch auch. Ihr seid die Tochter Eurer Mutter.« In Theodrics Augen stand Mitleid, und für einen Moment verabscheute sie ihn dafür. »Aber ja, er hasst Euch. Nicht nur dafür, wie sie starb, sondern weil Ihr ihn an sie erinnert. Euch in diesem Kleid zu sehen ... Ich nehme an, es war, als würde er ihren Geist sehen. Ich möchte Euch bitten, Euch vorläufig von Eurem Vater fernzuhalten. Ihr bringt das Schlimmste in ihm zum Vorschein.«

Helana kämpfte gegen ihre Tränen an. »Bin ich erbärmlich, dass ich selbst für dieses kleine bisschen Aufmerksamkeit dankbar bin?«

Theodric schenkte ihr ein bekümmertes Lächeln. »Das kann ich nicht sagen, aber Ihr müsst Euch für den Moment wahrscheinlich keine Sorgen machen, dass er Euch mit irgendjemandem verheiraten wird. Und das Taschentuch könnt Ihr behalten.« Er tätschelte Helanas Schulter und stieg wieder die Treppe hinauf.

Helana trocknete sich das Gesicht und kehrte in ihre Räume zurück, ohne auf die neugierigen Blicke der Dienstboten zu achten. Die Wachen würden fast jedes Wort mitbekommen haben, und bis zum Abend würde sich die Geschichte in der ganzen Burg verbreitet haben. Sie hasste sie, hasste sie alle.

Sie ging zu ihrem Bett und wollte sich darauffallen lassen. Dabei hätte sie fast den Brief auf ihrem Kissen übersehen. Es war ein dickes, gelbliches Blatt Papier, das in der Mitte geknickt war.

Stirnrunzelnd glättete Helana das Blatt.

Gasthaus zum Hexenschlund. Nach Sonnenuntergang. Kommt allein. Erzählt es niemandem.

Sie starrte auf das Papier. Es war in einer schwungvollen, eleganten Handschrift verfasst, wie eine Einladung zum Abendessen von irgendeiner Dame. Aber das *Gasthaus zum Hexenschlund* war eine üble Taverne in einer der dunkelsten Gassen von Merivale. Nicht einmal die Wachen gingen dort trinken. Und wie hatte jemand es bis ganz hinauf zu ihren Gemächern geschafft, um die Nachricht zu überbringen, ohne dass ihn jemand zur Rede gestellt hatte?

Falls jemand ihr Böses wollte, hätte er ihr längst etwas tun können. Man hätte das Essen auf ihrem kleinen Tisch vergiften oder auf ihre Rückkehr warten und ihr die Kehle durchschneiden können. Sie wirbelte herum und stellte sich einen ungesehenen Angreifer vor, der sich hinter ihrer Tür versteckte.

Aber da war niemand.

Sie wusste, dass sie jemandem davon erzählen sollte, aber wem? Vielleicht Theodric, wenn der Gedanke daran, noch einmal mit ihm zu sprechen, sie nicht mit unvorstellbarem Zorn erfüllt hätte.

Verdammt sollten sie alle sein. Sie würde hingehen. Helana war eine Sangreal, und sie jagte und richtete Falken ab so gut wie jeder Mann. Und sie war kein Feigling.

Das Bier war trüb und wahrscheinlich schal, aber Helana nahm mutig einen Schluck. Von dem Geruch tränten ihr die Augen, aber das Bier selbst schmeckte süß auf ihrer Zunge, mit einem angenehm bitteren Nachgeschmack. Sie war schon öfter in Tavernen gewesen, aber noch nie allein und schon gar nicht in einer, deren Boden mit Sägemehl bedeckt war.

Jarhik hätte es hier gefallen, dachte sie. *Er hätte es aufregend gefunden, hier unerkannt herumzusitzen.* Die Luft war erfüllt von den leisen Gesprächen der Männer und dem billigen Qualm selbst gemachter Rauchstäbchen, während der Mann hinterm Tresen mit einem Lumpen von fragwürdiger Sauberkeit Bierhumpen polierte und seine Kunden gleichzeitig argwöhnisch im Auge behielt.

Helana hielt den Kopf gesenkt und die Kapuze hochgezogen. Sie glaubte nicht, dass man sie erkennen würde – wer würde schon erwarten, hier die Tochter des Königs zu sehen? –, aber dass sie die einzige Frau war und allein an einem Tisch saß, war Grund genug, keine Aufmerksamkeit auf sich zu lenken.

Von ihrem Tisch in der Ecke aus konnte sie die anderen Gäste diskret beobachten und nach Hinweisen auf ihren möglichen Gesprächspartner Ausschau halten. An der Tür saßen zwei Männer, die in die dicken Bärenfelle der Adrari gehüllt waren. Die Adrari kamen selten nach Merivale herunter, und die meisten Erländer aus dem Flachland konnten ein ganzes Leben zubringen, ohne auch nur einen Einzigen von ihnen zu Gesicht zu bekommen. Die anderen Gäste hielten Abstand. Vorurteile gegen die Wilden von der Klippe gab es reichlich, vor allem unter den Gästen, die das *Gasthaus zum Hexenschlund* besuchten: Fischficker, die ihre Schwestern heirateten, würden sie vielleicht sagen.

An einem kleinen Tisch in der Nähe des Tresens saß ein alter Mann in Magierrobe mit Kapuze, der vor sich hin murmelte und eindringlich auf eine Münze starrte, die in der Mitte des Tisches auf ihrem dünnen Rand balancierte. Einige Zecher beobachteten den Mann nervös, aber Helana hatte den Verdacht, dass die meisten Magier Opportunisten und Scharlatane waren. Der Mann, der dort saß, schien zu dieser Sorte zu gehören – seine Münze machte nicht den Eindruck, als würde sie viel hergeben.

An der Tür herrschte plötzlich Aufruhr, und Helana schaute schnell herüber. Eine Gruppe junger Männer, die fürs Schweineballspiel gekleidet waren, kam hereingeschlendert. Sie grölten und schlugen einander auf den Rücken. Früher war Schweineball zwischen rivalisierenden Dörfern über viele Meilen im Gelände gespielt worden und meist in einer Schlägerei ausgeartet, wenn der Ball geplatzt war, soweit Helana wusste. Heutzutage ging das Spiel zivilisierter zu und wurde zwischen den städtischen Gilden veranstaltet, war deswegen aber nicht weniger brutal.

Die Ankunft der Gruppe hatte Helana von den Ereignissen um ihren Tisch herum abgelenkt, und sie zuckte zusammen, als ein Mann vor ihr auftauchte.

»Kann ich dir einen ausgeben, Teuerste?« Er schürzte die Lippen und entblößte eine Reihe gelber Zähne, und seine Stimme war schwer vom Alkohol. »Der Rest von diesem Abschaum erkennt eine Frau vielleicht nicht mal dann, wenn sie ihm in den Schwanz beißt, aber der alte Garto hier tut es, und er weiß, was eine Frau wie du will.«

Helana schluckte ihren Abscheu herunter und versuchte, höflich zu antworten. »Ich habe schon was, aber danke für das Angebot, Herr.«

Zu Helanas Entsetzen wertete er ihre Antwort als Einladung, ihr gegenüber Platz zu nehmen. »Das Nächste geht auf mich. Trink aus.«

Helana suchte hastig nach einer Lüge. »Wenn ich das geleert habe, gehe ich. Mein Mann wartet daheim auf mich.«

»Red keinen Scheiß, du hast keinen Mann.« Der Kerl beugte sich über den Tisch zu ihr vor und verzog verärgert die Lippen. Heißer, übel riechender Atem schlug ihr entgegen. Helana starrte ihn an und bereute plötzlich ihre Entscheidung, die Anweisungen im Brief befolgt zu haben.

»Lass sie in Ruhe, du alter Lüstling.« Ein jüngerer Mann packte Garto am Kragen und zerrte ihn weg, dann versetzte er ihm einen Schlag, der ihn zurück zu Helana schleuderte. Garto fing sich am Tisch ab, schnappte sich Helanas halb vollen

Humpen und schwang ihn nach dem anderen Mann. Er traf ihn an der Schulter und verschüttete einen Schwall Bier auf den Nachbartisch. Die drei Männer, die dort saßen, sprangen zornig auf und gingen auf die beiden Raufbolde los. Andere erhoben sich ebenfalls, und plötzlich schienen alle im Gasthaus die Fäuste zu schwingen und was immer sie sonst zu fassen bekamen, um einander damit zu attackieren, ganz gleich, ob Freund oder Feind.

Helana riss die Augen auf. Das Ganze war binnen Sekunden passiert, und sie hatte sich nicht einmal bewegt. War der Brief, der sie hierhergelockt hatte, ein Scherz gewesen?

Wie aus dem Nichts tauchte ein Mann mittleren Alters mit kahl geschorenem Kopf neben ihr auf. Er packte grob ihren Arm. In dem ganzen Chaos hörte sie seine Stimme kaum. »Folgt mir.«

Das brauchte er Helana nicht zweimal zu sagen. Während um sie herum die Rauferei tobte, führte der Mann sie schnell zu einer Tür auf der anderen Seite des Raumes und eine schmale Treppe hinauf in einen kurzen Flur mit zwei Türen auf beiden Seiten, vermutlich Schlafkammern für Reisende. Er klopfte leise an die Tür zu dem ersten Zimmer auf der linken Seite, zog Helana hinter sich her und schloss die Tür schnell hinter ihnen.

Der Raum war hell erleuchtet, und Helanas Augen brauchten einige Sekunden, um sich nach der schummrigen Beleuchtung der Gaststube daran zu gewöhnen. Sie sah bunt zusammengewürfelte Möbel und dreckige Fenster, erhellt von einem Dutzend Kerzen, die die Unzulänglichkeiten des Raumes zum Vorschein brachten.

Aber es war die Person, die auf einem der beiden Stühle dort saß, die dem Zimmer wahren Glanz verlieh: eine wunderschöne Frau in einem engen Kleid aus hellblauer Seide und weißer Spitze, mit kupferfarbenem Haar, das offen bis zu ihrer schmalen Taille herabfiel. Helana hätte sie auf höchstens vierzig geschätzt, aber etwas in ihrem verschlagenen Blick erinnerte sie an jemanden, der deutlich älter war.

Die Frau stand auf, rauschte auf Helana zu und stellte sich auf die Zehenspitzen, um sie auf beide Wangen zu küssen. »Prinzessin Helana, wie wunderschön, Euch zu sehen! Es tut mir leid, zu welchen Mitteln ich unten gegriffen habe, aber man kann nicht vorsichtig genug sein.« Ihre Stimme hob und senkte sich wie Musik. Sie kehrte zu ihrem Stuhl zurück und bedeutete Helana, auf dem anderen Platz zu nehmen.

Helana war nicht so naiv, dass sie auf eine solche Vorstellung hereinfiel. Das hätte Jarhiks Fehler gewesen sein können. »Habt Ihr mir den Brief zugespielt? Wer seid Ihr?«

Die Frau lächelte. »Wenn Ihr Euch hinsetzt, werdet Ihr alles erfahren.«

Helana rührte sich nicht. »Wenn Eure Antwort mich zufriedenstellt, werde ich mich hinsetzen.«

Daraufhin lachte die Frau, ein kultiviertes Gelächter, das melodisch verklang. »Bei Eryis Blut, es besteht kein Zweifel daran, wer Euer Vater ist. Wenn man dem Mann ein prächtiges Pferd zum Geschenk machte, würde er vor sich hin brummen und die Zähne des Tieres zählen, und wie ich sehe, ist der Apfel nicht weit vom Stamm gefallen. Nachdem ich das klargestellt habe, möchte ich hinzufügen, dass Ihr äußerlich Eurer Mutter gleicht, was uns beiden sehr zugutekommt.«

Helanas Augen wurden schmal. Sie kannte diese Frau vom Hörensagen. Streitlustig schob sie ihr Kinn vor. »Ich kenne Euch. Ihr seid Lady Breta Prindian, die Cousine meines Vaters.« Helana wünschte plötzlich, sie hätte dem Mann, der sie hierhergeführt hatte, nicht den Rücken zugekehrt. Den Prindians war nicht zu trauen.

Breta Prindian strahlte und nickte bestätigend. »Die bin ich in der Tat, und ich hoffe, Ihr versteht jetzt, warum ich dieses

Treffen heimlich einfädeln musste. Ich bin am Hof Eures Vaters nicht willkommen, und es würde mir nicht passen, wenn er wüsste, dass ich mit Euch gesprochen habe. Ich kann nur hoffen, dass der Aufruhr unten genügt hat, um mögliche Spione abzulenken.« Sie warf dem Mann an der Tür einen Blick zu. »Marius?«

Helana nutzte die Gelegenheit, um sich umzudrehen und ihn anzusehen. Sie war mit seinem Aussehen vertraut; die kurzen Bartstoppeln, das kräftige Kinn und die breite Brust verrieten, dass er Soldat war, ganz zu schweigen von dem Schwert und dem Dolch an seinem Gürtel. Er stand immer noch neben der Tür, die Arme vor der Brust verschränkt. »Ich habe niemanden gesehen, Mylady.«

»Das war auch nicht zu erwarten, wenn Hessians Magier es sich in den Kopf gesetzt hat, die Prinzessin beobachten zu lassen.«

Die abfällige Art, wie sie über ihren Vater sprach, ohne seinen Titel zu nennen, erinnerte Helana sofort daran, mit wem sie hier sprach. Dies war die Mutter von Ranulf Prindian, der die Familie von Helanas Mutter niedergemetzelt hatte. Sie würde Erland wahrscheinlich auseinanderreißen, um ihre Familie wieder auf den Königsthron zu befördern. Vielleicht hatte sie sogar Jarhik töten lassen und plante jetzt das Gleiche mit Helana. »Warum seid Ihr hier? Wenn Ihr von mir verlangt, meinen Vater zu verraten, werde ich es nicht tun, ganz gleich, was Ihr gehört habt. Oder beabsichtigt Ihr, mich zu töten?«

»Bei Eryi, nein.« Breta Prindian sah aufrichtig entsetzt über diese Idee aus. »Ich nehme an, Ihr denkt, ich hätte auch Euren Bruder getötet?«

»Ein entsprechendes Gerücht ist im Umlauf«, entgegnete Helana.

»Mit Gerüchten kenne ich mich aus. Würde ich hier sitzen

und mit Euch sprechen, wenn ich es getan hätte? Ich würde so viel Abstand wie möglich zwischen uns beiden wahren. Aber ich sollte nicht überrascht sein, denn ich weiß, dass immer noch über meine Rolle bei der unüberlegten Rebellion meines ältesten Sohnes getuschelt wird. So sind die Menschen. Sie lieben es, von ihren Anführern das Schlechteste zu denken, vor allem, wenn es sich bei diesem Anführer um eine Frau handelt. Ihr habt vermutlich das Gerücht gehört, ich sei verantwortlich für Ranulfs Rebellion, aber Ihr habt nie gehört, dass Ranulf selbst dafür verantwortlich war? Menschen hassen eine Frau, die es wagt, mit Macht zu spielen. Sie sagen, ich sei eine Ausgeburt des Teufels, eine Furie, eine Hexe, und die Leute fragen sich nie, ob Ranulf vielleicht einfach nur ein machthungriger Narr war. Hätte er auf mich gehört, wäre er noch am Leben, und es würde keinen dieser Konflikte zwischen unseren Familien geben. Ich bitte Euch, Eure Meinung von mir nicht von solchem Gerede beeinflussen zu lassen.«

Helana dachte darüber nach, wie ihr Vater sie selbst behandelte, und an die grausamen Ausdrücke, mit denen verschmähte Verehrer von ihr sprachen. In Lady Prindians Worten lag eine gewisse Wahrheit. In einigen Jahrzehnten würden dieselben Verehrer Helana vielleicht auch als Hexe bezeichnen.

»Hier ist mein Messer.« Breta wirbelte eine kleine Klinge über den Tisch in Helanas Richtung. »Wenn Ihr glaubt, ich hätte Euren Bruder getötet, dann macht dem Ganzen ein Ende. Wenn Ihr das denkt, dann verdient Ihr Eure Rache.«

»Ich werde mir mein Urteil vorbehalten.« Helana schnippte das Messer zurück über den Tisch. »Warum habt Ihr mich dazu überlistet hierherzukommen?«

»Ich möchte Frieden mit Eurem Vater schließen, aber ich brauche Eure Hilfe.«

KAPITEL 12

Der Sturm rauschte mit heftigen Böen von der Bucht herein, pfeifend und brüllend peitschte er einen kalten Regen aus schweren schwarzen Wolken übers Wasser. Unheil verkündender Donner grollte, und purpurne Blitze zuckten über den Himmel.

Tansa versteckte sich mit Tam und Cag im Schatten eines Glockenturmes, der die imperiale Enklave überblickte. Das Geld aus dem Diebstahl im Theater hatte sie zwei Wochen lang ernährt, aber jetzt war es aufgebraucht, und nach der anfänglichen Erleichterung, entkommen zu sein, hatte Tansa Tam klargemacht, dass sie ihm die Schuld an der geringen Beute gab.

»*Du* warst es, der sich für den oberen Rang entschieden hat«, hatte sie mehrfach gesagt. »Ich war beim Vierten von sechs, als der Vorhang aufgezogen wurde. Wenn du bei mir gewesen wärst, hätten wir doppelt so viel bekommen.«

»Das wird schon, Schwesterchen!«, hatte er ihr versichert

und bereits mit Cag Witze über ihre knappe Flucht gerissen, als wäre es ein großes Abenteuer gewesen, das sie nicht um ein Haar alle ins Gefängnis gebracht hätte. »Wir werden vorsichtiger sein, und ich habe schon einen neuen Plan im Kopf, der nicht schiefgehen kann. Im Gegensatz dazu wirkt das Theater so, als hätten wir bloß die Taschen eines Betrunkenen geleert.«

Tams Vorsicht hatte eine Woche angehalten, bis er eines Abends nicht zu ihrem Dach zurückgekehrt war. Tansa hatte ihn aus einem Gasthaus schleppen müssen, wo er betrunken einem der Tavernenmädchen die ausgeschmückte Geschichte über ihren Theaterraub und seinen gestohlenen Kuss erzählte. Außerdem hatte er den Rest ihrer Einnahmen dafür ausgegeben, der halben Taverne Getränke zu spendieren. Sobald er wieder nüchtern gewesen war, hatte Tansa ihm zornig mitgeteilt, dass sie von jetzt an die Oberhand über ihr Geld übernehmen würde.

Sie hatte trotzdem den letzten Rest ihrer Mahlzeit mit ihm geteilt. Er mochte einer der größten Narren in Klippwehr sein, aber er war ihr Bruder.

Dann hatte sie herausgefunden, dass Tam den Armreif des Binsendocht-Mädchens behalten hatte. Er hatte behauptet, er sei verloren gegangen, bis Tansa ihn in einer verborgenen Tasche seines Wamses gefunden hatte. Danach hatte Cag dazwischengehen müssen, um sie daran zu hindern, ihren Zorn an Tams Gesicht auszulassen.

»Wir sitzen hier und verhungern!«, hatte sie ihn angebrüllt. »Und du läufst mit einem goldenen Andenken herum! Weißt du, wie viele Münzen das einbringen würde?«

»Wenn es sein muss, können wir ihn verkaufen«, hatte Tam wohlgelaunt erwidert. »Aber warte noch; wenn sich mein neuer Plan nicht auszahlt, verspreche ich dir, dass wir ihn verkaufen.«

Zumindest war es eine Erleichterung gewesen zu erfahren, dass Ciera Binsendocht König Hessian geheiratet hatte und auf dem Weg nach Merivale war. Doch ihr Bruder hatte auf die Nachricht verstimmt reagiert. Tansa konnte nur vermuten, dass er davon fantasiert hatte, sich in den Turm von Klippwehr zu schleichen, um in einem Anfall von Ritterlichkeit das Schmuckstück zurückzugeben. Tansa war nach wie vor höchst skeptisch, was seine Behauptung anging, dass Ciera den Kuss erwidert hätte. Sie hatte ihm nachdrücklich erklärt, dass sie ihm die Eier abschneiden würde, wenn sie ihn je dabei erwischte, wie er sich einem Mädchen aufdrängte. Das hatte ihm wenigstens das Grinsen ausgetrieben.

Ihr Hunger und Tams neuester genialer Plan hatten sie nun zur imperialen Enklave von Klippwehr geführt, einer riesigen Anlage in Hafennähe, die von hohen schwarzen Zäunen aus schmiedeeisernen Stäben mit goldglänzenden Spitzen umgeben war und in der regelmäßig Wachen patrouillierten. Im Innern waren üppige Gärten angelegt, die mit nichts in Klippwehr vergleichbar waren. Es gab zahlreiche Büsche, rote, gelbe und violette Blumen, seltsame Vögel, die ihre Schwanzfedern zu riesigen Fächern spreizten, und ein Heckenlabyrinth, das so hoch war, dass selbst Cag sich darin hätte verirren können. In der Mitte des Geländes stand eine kolossale dreistöckige Villa, die ganz in Weiß erbaut war und deren elegante Türme von einem roten Ziegeldach aufragten. Selbst im strömenden Regen war es ein wunderschöner Anblick. Gerüchten zufolge hatte der Oberverwalter des Imperiums die Baumaterialien extra aus Ulvatia herbeigeschafft.

»Was macht der Oberverwalter noch mal?«, fragte Cag.

Tam zuckte die Achseln. »Handel treiben oder so was. Die Kaufleute beschweren sich immer, dass er sie unterbieten oder ihre Lieferanten zu üppig bezahlen kann, weil Lord Binsendocht ihm besondere Steuersätze gewährt. Ich habe gehört, er sei der reichste Mann der Welt.«

Tansa schnaubte. »Das ist kein Grund, ihn auszurauben. Wenn wir erwischt werden, machen die sich nicht mal mehr die Mühe mit dem Gefängnis. Da drin gelten die Gesetze von Klippwehr nicht.«

»Genau darum geht es ja«, versetzte Tam grinsend. »Man müsste verrückt sein, um ihn auszurauben, deshalb wird er nicht damit rechnen.«

Tansa fluchte leise und betrachtete den gewaltigen Wohlstand unter ihnen. Das Dach, auf dem sie sich befanden, war etwas höher als der obere Rand des Zaunes, und dazwischen verlief eine breite Straße. Die Beute eines Diebstahls von einem solchen Ort würde sie vielleicht ein Jahr lang über Wasser halten, vorausgesetzt, sie hütete das Geld vor Tams Zugriff. »Und du denkst, wir könnten über diesen Zaun klettern, ohne gesehen zu werden? Bei dem Regen, der alles glitschig macht? Der Zaun muss mindestens vier Meter hoch sein. Nicht einmal du kannst da hochklettern.«

»Der Regen wird helfen. Hast du in der letzten halben Stunde irgendwelche Wachen vorbeigehen sehen? Die werden sich alle irgendwo untergestellt haben.«

»Sie könnten trotzdem die Gärten im Auge behalten. Und wie sieht der Plan aus, wenn wir erst mal drinnen sind? In der Villa gibt es bestimmt ebenfalls Wachen.«

»Dort.« Tam zeigte auf den nächstgelegenen der vier Türme. »Das Fenster da steht einen Spalt offen. Einsteigen, sich das Erstbeste schnappen, das glänzt, dann wieder raus. Ganz einfach.« Er ließ natürlich die Kleinigkeit unerwähnt, dass sie die Mauern hinaufklettern mussten.

»Was soll ich tun?«, fragte Cag, der sich zu Tansas Verdruss offenbar schon damit abgefunden hatte, dass Tams Plan beschlossene Sache war.

»Du wirst uns mit Schwung hochschubsen, damit wir über den Zaun kommen.«

»Und wie sollen wir wieder rauskommen, wenn wir Cag brauchen, damit er uns rüberhievt?«, fragte Tansa. Sie hasste es, wie selbstbewusst ihr Bruder klang. Das Theater hätte ihn Vorsicht lehren sollen.

Er grinste sie auf seine typische nervtötende Art an. »Wir werden das Grundstück nicht über den Zaun verlassen. Am Eingang sind nur zwei Wachen postiert; Cag wird nach uns Ausschau halten, wenn wir aus dem Fenster klettern, und sie dann ablenken, damit wir freie Bahn nach draußen haben.«

Tansa knirschte mit den Zähnen. Ihr knurrte der Magen nach ihrem mageren Frühstück aus altem Brot und Regenwasser. Zumindest schlug Tam nicht vor, allein reinzugehen. Sie konnte ihn zwingen abzuhauen, wenn klar wurde, dass sein Plan nicht funktionierte. »Na schön. Aber wenn ich dir sage, dass wir verschwinden, dann verschwinden wir. Ohne Widerrede.«

Er hob zwei Finger an die Stirn zu einem gespielten Salut. »Brav wie ein Lamm. Versprochen.«

Sie machten sich auf den Weg hinunter zur Straße und suchten unter den Dachtraufen kurz Zuflucht vor dem Regen. Es goss jetzt heftiger, und weit draußen auf See sah Tansa einen gezackten Blitz über den Himmel huschen, dessen Donnergrollen Sekunden später gegen Klippwehrs Ufer krachte. Das Nebelmeer war berüchtigt für seine Stürme. Man erzählte sich, dass der Piratenkönig Kapitän Portes Sturmrufer vor einer Generation vom Blitz getroffen worden war. Anschließend sei sein ganzer Körper mit dunkelroten und violetten Flecken übersät gewesen, und manche behaupteten, dass er die Macht besaß, Sturmböen mit dunklem Regen und weißen Blitzen auf seine Feinde herabzuschicken.

Tam sah sie hoffnungsvoll an, und Tansa nickte zustimmend. Die drei huschten zum Zaun hinüber, ihre Füße klatschten auf die Pflastersteine, und das Wasser spritzte auf. Am Zaun angelangt lehnte Cag sich mit dem Rücken dagegen und wuchtete zuerst Tam und dann Tansa mühelos hoch. Sie zog sich nach Tam über den Zaun, während ihr Bruder schon ins Gras sprang, ohne auf sie zu warten. Tansa war vorsichtiger und schob sich zwischen den Zacken hindurch und auf der anderen Seite hinunter, dann ließ sie sich die letzten zwei Meter bis zum Boden fallen. »Wir sehen dich dann am Eingang«, sagte Tansa zu Cag. »Versuche, niemanden umzubringen.« Es würde Cag ähnlichsehen, jemandem eins über den Schädel zu ziehen und versehentlich von Diebstahl zu Mord überzugehen.

Er zog sich zurück, und Tansa und Tam huschten gebückt durch den Garten auf die Villa zu. Sie sahen keine Wachen, warfen sich aber unter die erste hohe Hecke, die sie erreichten, und schauten sich um.

»Wäre es nicht besser gewesen«, bemerkte Tansa, »das bei Nacht zu tun?«

»Ich habe gehört, die Wachen des Oberverwalters könnten bei Nacht genauso gut sehen wie bei Tag«, flüsterte Tam. Die schwarz gekleideten imperialen Wachen des Oberverwalters waren in Klippwehr wohlbekannt mit ihren fremdartigen, gebogenen Schwertern, ihren dunklen Kettenrüstungen und grimmigen Mienen. Selbst die Wachleute der Stadt zögerten, sie zu behelligen. »Und auf diese Weise wissen wir immerhin, dass der Oberverwalter auf dem Markt ist.«

Tansa runzelte die Stirn. »Was hat das denn damit zu tun? Du glaubst doch wohl nicht, dass wir ihm begegnen werden? Dieses Gelände ist riesig.«

Tam antwortete nicht, sondern warf einen flüchtigen, schuldbewussten Blick auf das einen Spaltbreit geöffnete Fenster, auf das er vom Dach aus gezeigt hatte. Das war alles, was Tansa brauchte, um zu verstehen, was er ihr verheimlicht hatte, und bevor Tam protestieren konnte, packte sie ihn am Kragen.

»Bei Eryis Eiern«, zischte sie. »Das ist seine Amtsstube, nicht wahr? Du von den Norhai verfluchter …«

»Ich habe dir gesagt, dass wir den Oberverwalter bestehlen würden«, protestierte er, außerstande, sich ein Grinsen zu verkneifen. »Was hast du denn gedacht, was ich meine?«

»Ich dachte, du meinst …« Sie hatte gedacht, dass er etwas stehlen wollte, das niemand vermissen würde, nicht etwas direkt aus der Amtsstube des zweitmächtigsten Mannes in Klippwehr, vielleicht sogar des mächtigsten Mannes, je nachdem, welche Meinung man von Lord Binsendocht hatte. Sie lockerte ihren Griff um Tams Hemd. »Das nächste Mal erzählst du mir die ganze Geschichte«, hauchte sie. »Lass uns einfach da reingehen, uns irgendetwas schnappen und wieder verschwinden.«

Ihre Kleider waren durchnässt, als sie die Mauer der Villa erreichten, aber sie sahen immer noch keine Wachen. Tansa schaute zurück zu Cag, der sie von der anderen Straßenseite aus beobachtete und dessen große Gestalt sogar durch den starken Regen hindurch zu erkennen war, dann wurde sie plötzlich auf den Boden und unter eine niedrige Hecke gezerrt.

»Was machst …«

Tam schlug ihr die Hand auf den Mund. Er bedeutete ihr zu schweigen und zeigte nach rechts, wo zwei dunkle Wachposten, ein Mann und eine Frau, gerade um eine Hecke bogen und am Zaun entlanggingen. Wären sie nur ein paar Sekunden später gekommen oder die Wachen früher, hätte man sie und Tam mit Sicherheit gesehen.

Die Hecke und der strömende Regen boten ihnen eine gute Deckung, trotzdem spürte Tansa ihren Herzschlag in der Brust, als sie die beiden Wachen dabei beobachteten, wie sie den Zaun entlanggingen und schließlich hinter den hohen Hecken an der nächsten Ecke verschwanden.

Als sie außer Sicht waren, grinste Tam sie an. »Mit all diesen Hecken, hinter denen man sich verstecken kann, bettelt er förmlich darum, dass ihn jemand ausraubt.«

»Danke, dass sie dir aufgefallen sind.«

Das Erdgeschoss der Villa war knapp drei Meter hoch und endete unter einem Vorsprung, der nur ein paar Handspannen breit war und um das darüberliegende Geschoss herumführte. Tansa schaute zu der steilen weißen Mauer auf, die glitschig vom Regen war, und wünschte sich im Stillen, Cag wäre da, um zu helfen.

Tam war nur gut einen Meter fünfundsechzig groß, aber er schaffte es innerhalb von Sekunden nach oben. Er sprang an der Mauer hoch, stieß sich mit einem Fuß ab und erwischte mit einer Hand den oberen Rand. Die andere folgte, und dann hievte er sich auf den Vorsprung hoch, setzte sich und schaute mit über der Kante baumelnden Beinen zu Tansa hinunter.

Tansa war genauso groß, wusste aber, dass sie es mit der mühelosen, geschmeidigen Anmut und der außergewöhnlichen Kraft ihres Bruders nicht aufnehmen konnte. Erst beim dritten Versuch schaffte sie es zu ihm hoch, obwohl es seiner starken Hand bedurfte, und dann schoben sie sich, so schnell sie es wagten, auf der schmalen Ziegelsteinkante entlang zum Turm des Oberverwalters.

Sie schaute zu dem Fenster hinauf, drei oder vier Meter über ihnen. Dort gab es keinen hilfreichen Vorsprung. Doch zu ihrer Überraschung zauberte Tam ein dickes Seil hervor. »Gib mir einfach einen Schubs nach oben«, sagte er, »und dann werfe ich das Seil zu dir runter.«

Tansa befolgte seinen Vorschlag, obwohl Tam die Hilfe kaum brauchte, und als sie das Seil fest mit der Hand umklammert hielt, kletterte sie zügig zu dem Fenster hinauf. Tam hatte es bereits aufgeschoben, und gemeinsam stiegen sie ein und landeten sanft auf dem weichen Teppich.

»Ein wenig anders als von außen«, bemerkte Tansa, während sie den Raum in Augenschein nahm. Da die einzige Lichtquelle der graue Schein war, der durchs Fenster fiel, lag der Raum in tiefer Dunkelheit. Schwarzer Teppich, ein großer brauner Schreibtisch, ein schwarzer Stuhl und ein hohes braunes Bücherregal, das voll mit Büchern und anderen Gegenständen war, die sie nicht identifizieren konnte. Sie ging auf eine Tonbüste zu, die auf einem Regal platziert war und einen gerissen aussehenden alten Mann zeigte, mit Hakennase und furchteinflößenden buschigen Brauen. Es konnte sich nur um ein Abbild des Oberverwalters selbst handeln.

»Hässlicher Grobian«, murmelte sie und schaute für einen Moment in die kalten Augen der Büste, bevor sie sich wieder umdrehte, um den Rest des Raumes zu inspizieren. Auf dem Schreibtisch lag ein juwelenbesetzter seidener Geldbeutel neben einem geschlossenen Hauptbuch. Tansa hob den Beutel hoch, prüfte das solide Gewicht in ihrer Hand und knöpfte sie auf, um den Inhalt zu untersuchen. Ihre Augen leuchteten beim Anblick des Inhaltes, einer Kaskade aus Silber und Gold, die sich fast in die Hände ergoss. Schnell klappte sie den Beutel wieder zu. »Tam, schnapp dir irgendwas, und dann lass uns verschwinden.«

Ihr Bruder antwortete nicht. Tansa hob den Blick und sah Tam mit nach hinten gelegtem Kopf zum obersten Regalbrett über ihnen starren. Sie folgte seinem Blick und entdeckte ein kleines Kästchen aus marmoriertem, lackiertem Holz, das mit schimmernden Goldrändern verziert war. Er glotzte das Kästchen dümmlich an, mit offenem Mund und leicht glasigen Augen.

»Komm schon, schnapp dir einfach irgendwas.«

»Ich will das Kästchen.«

»Es gibt hier unzählige Dinge, die du nehmen kannst«, zischte Tansa mit einem erzwungenen Flüstern, denn plötzlich hatte sie Angst davor, man könnte sie hören. »Such dir einfach irgendwas aus.« Sie zeigte auf einen juwelenbesetzten Dolch mit goldenem Griff, der aufrecht in einem Ständer auf einem der unteren Regale ausgestellt war. »Das Ding da sieht teuer aus.«

»Ich komme an das Kästchen heran«, beharrte er und starrte immer noch nach oben. »Hilf mir mal.«

»Wir haben keine Zeit.« Tansa packte ihn an der Schulter und schüttelte ihn. »Warum bist du so fixiert auf das Ding?«

»Wenn es so hoch oben steht, muss es wertvoll sein.«

»Oder es wurde da einfach vergessen.« Irgendwo unter ihnen hörte Tansa das Knarren eines Dielenbrettes. »Wir müssen hier weg!«

Tam schüttelte den Kopf. »Ich brauche nur fünf Sekunden.« Er stellte einen Fuß auf das zweite Regalbrett und kletterte auf das Kästchen zu.

Er hätte es geschafft, daran zweifelte Tansa nicht, aber trotz seiner Höhe war das Regal nicht an der Wand befestigt. Als er zwei Drittel des Weges nach oben hinter sich gebracht hatte, tat Tam einen weiteren Schritt, und die Regale knarrten. »Tam!« Er beachtete sie nicht, sondern tat den nächsten Schritt, und mit einem Ächzen kippte das ganze Ding nach vorn.

Tansa warf sich auf den Boden. Mit einem mächtigen Krachen, von dem das ganze Gebäude bebte, schlug das Bücherregal auf dem Schreibtisch auf, Holz zersplitterte, und Gegenstände flogen durch die Luft. Die Büste, die Tansa bewundert hatte, zerschellte, während Bücher und alle möglichen anderen Dinge aus ihren Regalen auf den Boden krachten. Einige davon landeten auf Tansa.

Sie öffnete die Augen. Eine dicke Staubwolke schwebte in

der Luft, und eine Spur der Verwüstung war über den Teppich verteilt. Der Raum bebte noch immer vom Aufprall des Regals. Als das Echo des Unglückes langsam verklungen war, hörte sie in dem Stockwerk unter ihnen verwirrte Rufe, dann eilige Schritte und schließlich ein schweres Trampeln auf der Treppe.

»Scheiße.« Sie hielt Ausschau nach Tam, der aus dem Weg gesprungen und bereits wieder auf den Beinen war, das vergoldete Kästchen in der Hand.

»Ich hab's!«, verkündete er.

Tansa hatte keine Zeit, ihn zu beschimpfen. »Lauf!« Sie duckten sich unter dem zerstörten Bücherregal hindurch und rannten zum Fenster, und als sie sich hinausschob, hörte sie das Klicken eines Schlosses hinter sich und erhaschte noch einen Blick auf einen schwarz gekleideten Wachposten, der in der Tür stand.

Tam machte sich nicht die Mühe zu warten. Er sprang aus dem Fenster, und mit einem Schrei, der eine Mischung aus Angst und Aufregung war, folgte Tansa ihm.

Der Boden kam ihr entgegen, und sie landete unsanft. Schmerz schoss ihr die Schienbeine und Knie hinauf. Ein wütender Schrei in einer fremden Sprache drang aus dem Fenster. Tansa legte die Hände um den Mund und brüllte Cag quer über das Gelände etwas zu und rannte zum Tor, ohne abzuwarten, ob Tam ihr folgte.

Als Tansa um die Ecke der Villa flog, lief sie fast direkt in die langen Arme einer schlaksigen Wachfrau, schlüpfte aber unter ihnen hindurch und rannte weiter. Von dem Regen war nur noch ein schwaches Nieseln übrig, und ringsum hörte sie die Schreie der alarmierten Wachen. Irgendwo blies jemand ein Horn. Hinter ihr jubilierte Tam laut, als er derselben Wachfrau auswich.

Das Tor war immer noch gute zweihundert Schritte entfernt, und hinter hohen Hecken tauchten Wachen auf, die von der Villa kamen und sich von beiden Seiten näherten. Tansas Lungen brannten, als sie ihre Beine mit purer Willenskraft zwang, noch schneller zu laufen.

Aber sie erkannte bereits, dass es nicht genügen würde. Vor ihnen waren sechs Wachen, die näher kamen und ihnen den Weg zum Tor direkt abschnitten. Sie riskierte einen Blick hinter sich und sah zwei weitere Wachen hinter ihnen herlaufen.

»Das wird nicht funktionieren!«, brüllte Tam neben ihr. »Lauf weiter!«

»Was?«, rief Tansa, als Tam sich von ihr entfernte.

Er rannte nach links in Richtung Zaun und hielt das Kästchen hoch über seinen Kopf, während er aus Leibeskräften brüllte: »Ich hab das Kästchen! Ich hab das Kästchen! Kommt nur, ihr bleifüßigen imperialen Bastarde!«

Einen Moment lang erwog Tansa, hinter ihm herzulaufen, aber dann sah sie, dass vier der Wachen jetzt losrannten, um Tam zu fangen, und sie fuchtelten mit ihren Schwertern herum und riefen unverständliche Worte. Damit waren ihr nur noch zwei Wachen im Weg, die beide etwa zwei Handbreit größer als sie und zahlreiche Kilos schwerer waren und ihre Arme weit ausbreiteten, als wollten sie eine entlaufene Sau einfangen.

Tansa rannte weiter, zückte zwanzig Meter von ihnen entfernt ein Messer und warf es. Ihr Wurf war schwach, denn sie traf nur die Schläfe des einen Wächters mit dem Griff, aber es genügte, um ihn kurz zu verwirren, und so flog sie unter seinen ausgestreckten Armen hindurch und knapp an den grapschenden Fingern des anderen vorbei.

Die beiden Torwachen waren auf sie vorbereitet, aber als Tansa unmittelbar vor ihnen war, rammte Cag einen von ihnen von der Seite, sodass der Mann mitsamt seinem Schwert auf das Steinpflaster krachte. Der zweite drehte sich gerade um, als Cag ihm einen brutalen Schlag gegen den Kiefer versetzte, der ihn ins Trudeln brachte. Ohne innezuhalten, drehte sich Cag um, hob den Riegel des hohen Doppeltors an und stieß es auf.

»Lauf! Such nach Tam!«, rief sie ihm zu. Er rannte zurück in die Richtung, aus der er gekommen war, während Tansa durch die Tore und in die andere Richtung flitzte. Als sie um die Ecke bog, wäre sie fast auf der regennassen Straße ausgerutscht.

In ihrer Faust klirrten die Münzen in dem Geldbeutel heftig herum, und Tansa johlte vor Freude, während sie weiterrannte. Ihre Lungen brannten, und die Aufregung durchströmte sie wie Feuer. Hinter ihr hörte sie das Dröhnen von Schritten und wagte es, sich umzudrehen, um nachzuschauen. Zwei Wachen folgten ihr mit gezückten Schwertern, und zwei weitere waren ihr dicht auf den Fersen. Tansa flog nach links in eine schmale Gasse, wäre beinahe erneut auf den Pflastersteinen ausgerutscht und sprang über ein umgekipptes Fass, das ihr im Weg lag. Es waren noch weitere Fässer in der Gasse, und Tansa warf sie hinter sich um, damit ihre Verfolger aufgehalten wurden.

Tansa erreichte die nächste Straße und wirbelte nach rechts herum. Als sie sich umsah, folgte ihr niemand, aber der Jubelschrei blieb ihr im Hals stecken, als das erste Paar Wachen um die Ecke bog und ihr den Fluchtweg versperrte. Sie machte auf dem Absatz kehrt und wollte zurück in die andere Richtung rennen, doch genau in dem Moment tauchte das zweite Paar Wachen aus der Gasse auf und entdeckte sie.

Fluchend rannte Tansa in die nächste Gasse, in der viele leere Wäscheleinen hingen. Sie musste sich unter ihnen hindurchducken, um weiterzukommen, während die Wachen dicht hinter ihr die Leinen wahllos mit ihren Schwertern durchhieben. Als sie in eine andere Straße einbog, spürte Tansa, wie ein Wachmann nach ihrer Schulter griff, sie aber knapp verfehlte.

Rechts von ihr befand sich ein Gasthaus mit einer Holztreppe, die außen ins Obergeschoss hinaufführte. Tansa nahm jeweils drei Stufen auf einmal, sprang mit Schwung aufs Geländer und katapultierte sich auf das Giebeldach der Taverne, wo sie sich mit beiden Armen festhielt und ein Bein hinaufschwang, um sich hochziehen zu können.

Als sie nach unten blickte, sah sie zwei Wachen, die die Treppe hinauftrabten und offenbar nicht mehr über ihre Flucht besorgt waren.

»Du sitzt in der Falle, Junge!«, rief einer von ihnen auf Erländisch, aber mit Akzent. Er war außer Atem und tupfte sich mit einem Tuch die Stirn ab. »Wirf uns herunter, was du gestohlen hast, dann lassen wir dich vielleicht laufen.«

Der andere, jüngere Wachmann lachte und zeigte zwei goldene Zähne zwischen den weißen. »Das ist ein Mädchen, du Narr.« Er fügte etwas in einer anderen Sprache hinzu, und der erste Wachposten stimmte in sein Gelächter ein.

Tansa drehte sich um, kroch das Dach hinauf und verschwand auf der anderen Seite.

Zu ihrem Entsetzen stellte sie fest, dass das nächste Dach gut drei Meter entfernt war, außerdem war es ein halbes Stockwerk höher gebaut. Zu weit, um zu springen. Ohne einen Weg hinunter saß sie tatsächlich in der Falle. Sie kroch zum Rand des Daches und schaute nach unten. Im ersten Stock stand ein Fenster offen, zu dem sie sich hinunterlassen konnte, aber wenn sie ausrutschte, würde sie auf die Straße stürzen. Mit einem stillen Gebet zu Eryi und den Norhai ließ sich Tansa von der Dachkante herab. Sie streckte sich so weit sie konnte, bis ihre Zehen die Fensterbank berührten, dann ließ sie los.

An einem trockenen Tag hätten ihre alten Schuhe vielleicht genug Halt gefunden, aber jetzt rutschte sie bei der Landung ab und stürzte rückwärts mit dem Kopf voran in Richtung Boden.

Tansa schrie vor Entsetzen, aber der Laut blieb ihr in der Kehle stecken, als jemand nach ihrem Fuß griff und ihr Hinterkopf schmerzhaft außen gegen die Tavernenmauer knallte. Sie schaute hoch. Eine Frau beugte sich aus dem Fenster und hielt mit beiden Händen ihren Knöchel fest.

»Hand!«, rief die Frau.

Tansa spannte die Bauchmuskeln an und hielt ihr die Hand hin. Die Frau löste eine ihrer Hände von Tansas Knöchel, und Tansa war sich sicher, dass sie fallen würde, aber die Fremde packte zuerst eins von Tansas Handgelenken, dann das andere. Mit vereinten Kräften zogen sie Tansa nach oben und durch das Fenster, und Tansa kippte auf sie drauf.

»Es ist lange her, dass ein junger Mann auf mir gelegen hat«, sagte die Frau unter ihr. »Jetzt stehst du doppelt in meiner Schuld.«

Tansa stand schnell auf und überprüfte, ob der Geldbeutel noch in ihrer Tasche war. Er war es. Sie hörte Aufruhr aus dem Erdgeschoss und die Rufe der Gäste, als die Wachen sich ihren Weg hinein bahnten. »Versteck mich«, flüsterte sie.

Die Frau lag immer noch auf dem Boden. »Du bist ein Mädchen! Du solltest dir die Haare wachsen lassen. Ich werde dich verstecken, wenn du mit mir teilst, was du gestohlen hast.«

Tansa war nicht in der Position zu verhandeln. Die Frau stand auf und zeigte auf das Bett, und Tansa verschwand mit einem Hechtsprung darunter, während die Wachen die Treppe heraufpolterten.

Zu ihrem Entsetzen hörte sie, wie die Frau die Tür öffnete.

»Sie ist dort entlanggelaufen! Da durch!« Sie hörte, wie die Wachen an der Tür vorbei und wieder ins Freie hinausrannten. Wenn Tansa sich nicht irrte, hatte die Frau sie gerade zu dem Treppenabsatz zurückgeschickt, von dem aus sie aufs Dach geklettert war.

»Dann komm mal wieder raus«, forderte die Frau sie auf, als

sie sich sicher sein konnten, dass die Wachen nicht zurückkommen würden. »Lass uns ausrechnen, was du mir schuldest. Ich denke, ich sollte drei Viertel nehmen, denn ich habe deine diebische Haut schon zweimal gerettet.« Tansa setzte sich zu ihr an den Frisiertisch und kippte die Börse aus. Ein Schwall von silbernen und goldenen Münzen ergoss sich über den Tisch, Hunderte von Münzen. Erländische Gold- und Silbermünzen, æchenianische Zweischillingstücke, imperiale Schautaler und ein halbes Hundert andere, deren Namen Tansa nicht kannte, mit fremdartiger Schrift darauf und Löchern in der Mitte.

Die Frau stieß einen Pfiff aus. »Wen hast du ausgeraubt? Lord Binsendocht? Hier drin ist mehr Geld, als diese Taverne in einem ganzen Jahr abwirft.«

»Wie konnten all diese Münzen da reinpassen?«, fragte Tansa sich laut.

»Das ist kein gewöhnlicher Geldbeutel.« Die Frau hob ihn auf und untersuchte ihn. Sie zündete sich ein Rauchstäbchen an und bot auch Tansa eins an, die es dankbar entgegennahm. »Vielleicht war es das einmal. Du hast entweder einen Magier ausgeraubt oder einen Mann, der so reich ist, dass er Diener hat, die ihm den Hintern abwischen.« Sie schaufelte die Münzen zurück in die Börse, die aber keine Anzeichen zeigte, sich zu füllen. »Du solltest die Börse wegwerfen, in die Bucht. Oder lass sie einfach irgendwo fallen und schau nicht zurück.«

Tansa riss ihr die Börse weg und verspürte ein Kribbeln, wo sie sie berührte. »Bist du verrückt? Hier drin ist genug, dass man jahrelang davon leben kann. Willst du immer noch deine Hälfte?«

»Gib mir die einheimischen Münzen. Die kann ich hier verwenden, ohne allzu große Aufmerksamkeit zu erregen. Das fremdländische Gold kannst du behalten. Ich würde es vorsichtig ausgeben, nicht in Klippwehr.«

Tansa leerte die Börse noch einmal und trennte die erländischen Münzen vom Rest. Sie verglich die Größen der beiden Haufen, nickte vor sich hin und schaufelte ihren Anteil vom Tisch zurück in den Beutel. »Ich werde die Börse behalten.« Die Frau lachte. »Behalte sie. Aber Magie bringt den Leuten nichts als Ärger.«

Tansa brach bei Einbruch der Nacht auf. Die Frau hatte ihr ein kleines Eckzimmer in dem Gasthaus besorgt, das, wie sie erfuhr, *Sirenensturm* hieß, und Tansa hatte stundenlang vom Rand des Fensters aus beobachtet, wie die imperialen Wächter durch die Straßen zogen und mit jeder Stunde zahlreicher wurden. Gelegentlich tauchte ein Stadtwächter in blauer Uniform auf, sprach mit den anderen Wachen und wurde dann wieder weggeschickt. Die schwarz gewandeten imperialen Wachen waren alle schlank und langbeinig und patrouillierten mit aufmerksamen, erfahrenen Blicken. Tansa war überrascht, dass sie ihnen so lange hatte entkommen können, und hoffte, dass Tam und Cag ähnliches Glück gehabt hatten.

Als sie sich sicher war, dass es dunkel genug war, trat sie durch die obere Tür hinaus, sprang vom Geländer und landete lautlos auf den Pflastersteinen.

Tansa ging um das Gasthaus herum und fand die Stelle, von der ihr die Frau erzählt hatte, wo ein Stapel Kisten an der Wand aufgeschichtet war. Sie erklomm sie mühelos und hockte sich auf das schmale Mauerwerk, und jetzt war das Nachbargebäude in Sprungweite.

Sie landete unsanft, wobei ein loser Ziegel zu Boden flog und die Stille der Nacht zerriss. Aus dem Innern des Hauses hörte Tansa einen Ruf, aber sie wartete nicht ab, sondern lief schnell über die Häuserreihe. Auf jedem fünften Dach hielt sie an und lauschte auf den Schrei, der die Soldaten auf den Schatten aufmerksam machen würde, der über ihnen vorbeihuschte. Es passierte nicht.

Als sie das Armenloch erreichte, ein Labyrinth aus Gassen und Kriechgängen, das als das gefährlichste Gebiet der Stadt galt, stieg Tansa zur Straße hinunter. Wenn sie verfolgt wurde, würde man sie niemals innerhalb des Armenlochs aufspüren können. Sie hatte ihre Hand immer am Geldbeutel. Bereit, beim ersten Kratzen eines gezückten Dolches loszurennen. Knapp zehn Schritte unter ihr war das Loch, nach dem das Viertel benannt war: ein uralter Brunnen, von dem die Einheimischen gern sagten, er habe keinen Boden. Die Einheimischen sagten auch gern, dass man in dem Viertel alles finden könne, alles außer einer Leiche. Die Wachleute wagten es nicht, durch diese Gassen zu gehen. So gefährlich die imperialen Wachen auch aussahen, hätte sie nicht darauf gewettet, dass einer von ihnen eine Patrouille in diesem Viertel überleben würde. Allein der Anblick ihrer Rüstung würde für einen der Halsabschneider des Bezirkes ausreichen, um sie auf einen langen Spaziergang in den Untergrund zu schicken.

Tansa sah niemanden, wusste aber, dass sie selbst gesehen wurde.

Sie kam auf der anderen Seite über eine steinerne Treppe wieder heraus, auf der Marktstraße, die zwischen dem Stadtmarkt und dem Hafenmarkt verlief. Die kühle Nachtluft füllte ihre Lungen, und Tansa bemerkte, dass sie den Atem angehalten hatte. Es war kein Mensch zu sehen.

Als sie zu ihrem Treffpunkt zurückkehrte, auf dem Flachdach eines ruhigen, einstöckigen Gasthauses, das zwischen hohen Dächern zu beiden Seiten kauerte, stellte sie zu ihrer Erleichterung fest, dass Cag und Tam bereits auf sie warteten. Cag trottete übers Dach und umarmte Tansa so fest, dass sie fast platt gedrückt wurde. Tam blieb etwas zurückhaltend und umklammerte immer noch sein von den Norhai verfluchtes Kästchen.

»Bei Eryis Pisse, was hast du dir dabei gedacht?«, fragte sie scharf und schritt über das Dach auf ihren Bruder zu. »Deinetwegen wären wir heute fast beide gestorben!«

Er lächelte. »Aber es geht uns gut! Hast du den Beutel noch?«

Tansa stürzte sich mit beiden Fäusten auf Tam. »Es geht mir nicht gut, verdammt noch mal!« Er hob schützend die Arme, bevor er sich aufs Dach fallen ließ, um ihr zu entkommen, aber Tansa setzte sich einfach auf ihn und bombardierte seinen Kopf und seine Schultern mit wilden Schlägen, während Tam hilflos mit den Armen ruderte und versuchte, sie abzuwehren. Schließlich zog Cag sie weg.

»Du Idiot! Du verdammter Vollidiot! Wir wollten entkommen, ohne dass uns jemand sieht, und dann musstest du dir unbedingt dieses blöde Kästchen schnappen!«

»Es tut mir leid!«, beteuerte er. »Aber ich habe uns gerettet, nicht wahr? Wenn ich nicht zum Zaun gerannt wäre, wären wir niemals rausgekommen.«

Tansa runzelte finster die Stirn. Ihr elender Bruder hatte recht. Wäre es nur ihr überlassen gewesen, hätten die Wachen sie wahrscheinlich beide gefangen genommen. »Ich hoffe, es war die Sache wert? Schickes Kästchen mit vielen Münzen drin?«

Tam wirkte verlegen. »Es ist leer. Aber ich bin mir sicher, dass es wertvoll ist. Sieh es dir nur an!«

»Ich zeige dir mal wertvoll.« Tansa zog den Geldbeutel aus ihrer Tasche und kippte den Inhalt auf ein Häufchen zu ihren Füßen.

Als Cag und Tam den Haufen Münzen gesehen hatten und nachdem Tansa zweimal demonstriert hatte, dass sie tatsächlich alle in den Beutel passten, waren ihre Augen so groß wie Wagenräder.

Cag fand als Erster seine Stimme wieder. »Was machen wir damit?«

»Hier in der Stadt können wir es nicht ausgeben, wir müssen es eintauschen«, sagte Tansa schnell und dachte an die Worte der Frau. »Wighard unten im Armenloch verleiht Geld. Ich schätze, er würde es uns gegen reguläres Gold eintauschen.«

»Dieser alte Betrüger?«, zischte Tam. »Der würde uns zwei Silberstücke geben und uns bei der erstbesten Gelegenheit an die Wachen verraten.«

»Wir müssen raus aus Klippwehr, bevor die Imperialen uns finden. Der einzige andere Ort, an dem wir diese Münzen eintauschen können, ist Merivale.«

Am nächsten Morgen verließ Tansa das Dach und nahm einige der bekannteren imperialen Münzen mit. Ihr Ziel war es, sie gegen genügend erländische Münzen einzutauschen, um für sie alle eine Passage nach Merivale zu sichern. Sie bestand darauf, allein zu gehen; eine einzelne Person würde nicht so viel Aufmerksamkeit erregen wie drei.

Wighards Räumlichkeiten befanden sich in einer Sackgasse in den Katakomben des Armenlochs und wurden von zwei unheimlich aussehenden Wachen in zusammengewürfelten Rüstungen bewacht, die Tansa anzüglich beäugten, als sie eintrat. Sie streckte ihnen die Zunge heraus und verpasste einem von ihnen eine kräftige Ohrfeige, als er ihr ins Haar fassen wollte.

Der Raum war nicht weniger düster als die übrigen Katakomben. Das Einzige, was man als Einrichtung hätte bezeichnen können, war die Truhe aus dunklem Holz und mit goldenen

Beschlägen in der Ecke. Es hieß, dass Wighard auch hier schlief, unfähig, die Truhe zu bewegen, und nicht bereit, sie aus den Augen zu lassen.

»Ich hab dich in letzter Zeit nicht oft zu Gesicht bekommen«, bemerkte Wighard, während er so tat, als würde er eine der Münzen genauer untersuchen. »Aber jemand, den ich kenne, schwört, er hätte dich gestern spätnachts durchs Armenloch laufen sehen, als der Rest von uns sich vor diesen schwarzen Bastarden versteckt hat.«

Tansa schüttelte den Kopf. »Das war ich nicht.«

»Nun, ich werde dich nicht als Lügnerin bezeichnen«, entgegnete er und machte mit einem breiten Lächeln ein großes Gewese um seine Barmherzigkeit. »Und falls jemand fragt, werde ich wahrscheinlich nichts sagen, genau wie du. Aber ich kann nicht für alle Leute hier sprechen. Viele würden alles Mögliche sagen, wenn sie das richtige Angebot bekommen.«

Wighard gab ihr ein Fünftel von dem, was die Münzen wert waren, doch Tansa nahm das Geld freudig in Empfang. Später am Tag stiegen sie, Tam und Cag mit einem Dutzend anderer Leute auf einen Pferdewagen, der zu einer Karawane in Richtung Merivale gehörte.

KAPITEL 13

In der großen Halle von Pfeiferswehr erklangen die wilden Melodien einer achtköpfigen Musikantentruppe. Die Trommelschläge hallten von den dicken Mauern wider, während ein einzelner Fiedler über den Lärm hinweg zu einem fröhlichen Tanz aufspielte. Er hatte Mühe, sich Gehör zu verschaffen inmitten des brüllenden Gelächters der Gäste und des Klirrens der Becher, mit denen die Männer und Frauen im Saal auf ihre neue Königin anstießen.

Ciera saß rechts neben dem ausladenden Stuhl des Königs. Hessian war noch nicht aufgetaucht und hatte es Theodric überlassen, Ciera seine Entschuldigung auszurichten. Es erschien ihr seltsam, dass ein Mann sein eigenes Hochzeitsfest versäumte, aber das passte zu dem, was man ihr über ihn erzählt hatte. Stattdessen leistete ihr seine Tochter, Prinzessin Tarvana, Gesellschaft.

»… und sobald du dich hier eingelebt hast, musst du unbedingt Lord Balyard und mich in Prosburg besuchen. Die

Gärten sind zauberhaft im Sommer, und wenn du erst einige Monate im Lärm der Stadt gelebt hast, wirst du dankbar für die Ruhe dort sein«, sagte Tarvana lächelnd.

»Die Burg meines Vaters liegt weit über Klippwehr selbst«, antwortete Ciera. Tarvanas Freundlichkeit schien aufrichtig zu sein, aber es fiel ihr schwer zu glauben, dass jemand, der nur fünf Jahre älter war als sie, so wenig zu sagen hatte. Sie hatte Lord Balyard, Tarvanas Gemahl, nur flüchtig kennengelernt und mochte ihn auf Anhieb nicht: Ein verschwitzter, rotgesichtiger Mann mit einem über den Gürtel hängenden Bauch, der Ciera mit einem kalten Blick gemustert und ihr nur ein Minimum an Höflichkeit entgegengebracht hatte. »Bisher war der Lärm von Merivale eine willkommene Abwechslung, aber ich würde euch sehr gern eines Tages dort besuchen.«

Als Ciera einige Tage zuvor in Merivale angekommen war, hatten so viele Menschen die Straßen gesäumt, dass es schien, als hätte sich die ganze Stadt versammelt, um sie willkommen zu heißen. Kinder, die auf den Schultern ihrer Eltern hockten, hatten ihr Kusshände zugeworfen, und auf den vollen Balkons der Tavernen hatten Reiche wie Arme auf sie angestoßen. Sosehr sie sich auch vor ihrer Ehe fürchtete, wie konnte sie die Stadt nach diesem Empfang nicht lieben? Nach der klösterlichen Abgeschiedenheit ihres Lebens im Turm von Klippwehr war jeder Bürger, der ihr zuwinkte, ein Wunder. Sie waren eindeutig ärmer als die Bewohner von Klippwehr – viele waren in Gewändern aus brauner, selbstgesponnener Wolle gekleidet gewesen, und ein kräftiger Wind hätte einige der Hütten, die sie gesehen hatte, umpusten können –, aber das würde sie ändern. Am Tor hatte sie die Wachen eine Abgabe für den Zutritt pro Wagenrad, Fuß oder Huf verlangen hören. Mit einer so unberechenbaren Form der Besteuerung war es kein Wunder, dass die Stadt nicht florierte.

Mit den Menschen im Saal vor ihr verhielt es sich etwas

anders. Obwohl jeder zweite Mann schlichtes Leder trug, als wäre er gerade vom Pferd gestiegen, waren die Gewänder der Frauen bunt gemischt wie ein Regenbogen, und selbst die einfachsten Dienerinnen trugen Wollkleider, die in den blutroten Wappenfarben der Sangreals eingefärbt waren. Der Prunk und der Lärm des Festes waren fast überwältigend.

»Meine Tochter Caleste ist Anfang des Jahres zur Welt gekommen«, fuhr Tarvana fort. »Falls du bald ebenfalls ein Kind erwartest, werden sie fast im selben Alter sein. Es wäre wunderschön, wenn Caleste einen Freund oder eine Freundin in der Familie hätte.«

Ciera suchte nach Worten, die das Gespräch von Spekulationen darüber, dass sie die Kinder des Königs gebären würde, ablenken könnten, aber Tarvanas Aufmerksamkeit wurde plötzlich auf irgendetwas hinter Ciera gelenkt. Ciera folgte ihrem Blick, und als sie sich umdrehte, sah sie einen alten Mann in kostbaren, dunkelroten Gewändern den Saal betreten, in eine lebhafte Unterhaltung mit Lord Andrik und Theodric verstrickt. Er überragte beide Männer, war aber neben Lord Andriks muskelbepacktem Leib spindeldürr und hatte trübe Augen und eingefallene Wangen.

Ciera hätte das Schweigen nicht gebraucht, das sich über die Halle senkte, um zu wissen, dass dieser Mann ihr Gemahl war. Sie war vorgewarnt worden, was sie zu erwarten hatte, aber sie war trotzdem enttäuscht von seiner offensichtlichen Gebrechlichkeit und darüber, wie *alt* er war. Er mochte einmal ein attraktiver Mann gewesen sein, aber diese Tage waren längst vorüber. Er sah sie an und brachte seine Begleiter mit einer Geste zum Schweigen. Dann kam er näher und beugte seinen geraden Rücken, um ihr seine Lippen sacht auf die Hand zu drücken.

»Meine Königin.« Seine Stimme war fast ein Flüstern. »Du bist über alle Maßen lieblich.« Er setzte sich neben sie und winkte in den Raum, damit die Festlichkeiten wieder aufgenommen wurden.

Cieras Mund wurde trocken, und ihr Herz dröhnte wie ein Schmiedehammer. Worüber würden sie reden? Man hatte sie in höflichen Umgangsformen unterwiesen, aber keine Lektion hatte sie darauf vorbereitet, Konversation mit einem König zu treiben, von Ehefrau zu Ehemann. Würde er ungehalten sein, wenn sie nichts zu sagen wusste?

Aber zu ihrer Erleichterung erwies sich König Hessian als durch und durch charmant und stellte behutsame Fragen, was man tun könne, damit sie es in Merivale behaglich habe, und ob sie irgendetwas aus Klippwehr herbringen lassen sollten. Ciera schämte sich für ihre Dummheit. Dass ihr Mann alt war und von den Leuten gefürchtet wurde, machte ihn nicht weniger königlich. Sie beide verzehrten gemeinsam gebratenes Huhn und Kartoffeln mit schwarzem Pfeffer, während die Lords und Ladys sich einzeln und zu zweit ihrem Tisch näherten und König Hessian und Königin Ciera die Treue schworen. Wenn die Gratulanten gingen, raunte Hessian Ciera manchmal gemeine Witze über sie zu, zum Beispiel darüber, wessen Sohn ein Einfaltspinsel sei und wem sein Stallbursche Hörner aufsetze, und sie stimmte nervös in sein Gelächter ein. *Ich werde ihn dazu bringen, mich zu lieben*, rief sie sich ins Gedächtnis.

Sobald dieser Gang verzehrt war, erhob sich der König und verabschiedete sich. »Entschuldige mich bitte, meine Liebe. Es gibt Angelegenheiten, die meine Aufmerksamkeit erfordern.« Er gab Lord Andrik und Theodric ein Zeichen, und die drei Männer verließen den Saal.

Ciera fand das sehr merkwürdig. Was konnte so dringend sein, dass der König sich während seiner eigenen Hochzeit darum kümmern musste?

Orsian genoss das Fest in vollen Zügen. Weit weg von seinem Vater konnte er sich entspannen und eine Hochzeit so feiern, wie es sich gehörte. Er hatte keine Zeit verschwendet und sich Naeems Zwillingen, Burik und Derik, bei einem Trinkspiel angeschlossen. Abwechselnd mussten sie ihre linke Hand mit gespreizten Fingern auf den Tisch legen, während der Mann rechts daneben schnell ein stumpfes Messer zwischen die Finger stach. Jede Runde dauerte an, bis jemand sein Ziel verfehlte und den Finger des anderen erwischte, an welchem Punkt sie beide ihren Bierhumpen zur Hälfte leeren mussten, während der Dritte vor Lachen johlte. Die Zwillinge waren alte Hasen bei dem Spiel, und Orsian war auf dem besten Weg, sich ordentlich zu betrinken.

Enttäuschend war, dass Errian nicht zurückgekehrt war. Man hatte ihn zuletzt eilig nach Thrumb reiten sehen und seit Wochen nichts mehr von ihm gehört. Sein Vater war fuchsteufelswild gewesen, weil er ihn in Merivale nicht angetroffen hatte, und doppelt verärgert, als ihn die Nachricht aus der Veilchenburg erreichte, dass Errian seine Mutter belogen und behauptet hatte, er habe den Befehl, in aller Eile nach Westen zu reiten. Andrik hatte ein Dutzend Männer mit der Anweisung losgeschickt, Errian in Ketten zurückzubringen, wenn er nicht freiwillig mitkam. Doch Orsian vermutete, dass Errian bereits in Thrumb war und große Siege errang. Er hätte derjenige sein sollen. Mit einem Seufzer griff er nach einem frischen Bierhumpen und nahm einen tiefen Schluck.

Noch enttäuschter war er über Helanas Abwesenheit. Sie lebte in Pfeiferswehr; wo sonst konnte sie am Tag des Hochzeitsfestes ihres Vaters sein? Beim letzten Mal war es gut gelaufen zwischen ihnen, ganz ohne seine gewohnte sprachliche Unbeholfenheit, und er hatte gehofft, sie noch einmal antreffen zu können.

Gefangen in seinem Tagtraum erwischte Orsians Messer

plötzlich Buriks Knöchel, und zum ersten Mal an diesem Abend floss Blut, was ihm ein gequältes Stöhnen eintrug, während Derik vor Lachen grölte und ihnen beiden bedeutete, dass sie ihre Humpen leeren sollten.

Während Orsian und Burik tranken, schnappte sich Derik bereits einen weiteren riesigen Krug von einem vorbeigehenden Dienstmädchen, und kaum hatte Orsian seinen Humpen abgesetzt, füllte Derik ihn wieder auf. »Mehr Bier für den jungen Lord!«, rief Derik lachend und mit hochroten Wangen.

Burik stieß ein lautes Rülpsen aus. »Der junge Lord hat mich gerade mit einem stumpfen Messer schlimmer verletzt, als ihm das je mit einem Schwert gelungen wäre.«

Orsian lachte mit, vergaß seinen Trübsinn und hob seinen Humpen, um ihn gegen die der beiden anderen zu schmettern, woraufhin schäumendes Bier über ihre Hände und Ärmel schwappte. »Ich schwöre, dass ich den Bogen fast raushabe. Noch eine Runde!«

»Wo ist meine Tochter?«, brüllte Hessian und schlug mit der Faust auf den Tisch in dem kleinen Küchenanbau, den sie für ihre improvisierte Ratssitzung gefunden hatten.

Theodric wirkte ernstlich besorgt, was die Situation nur noch beunruhigender machte, dachte Andrik. Der Magier konnte Geheimnisse in einem Jauchetrog wittern, behauptete aber, keine Ahnung zu haben, wo Helana war.

»Du erzählst mir, dass Breta Prindian vor vierzehn Tagen beim Überqueren des Bleichen Flusses gesehen wurde«, fuhr der König fort, »dass aber niemand sie seither gesehen hat. Und jetzt ist meine Tochter verschwunden. Diese beiden Ereignisse zusammen sind kein Zufall!«

Theodric neigte den Kopf und faltete die Hände in seinen Roben. »Vielleicht haben sie nichts miteinander zu tun, Eure Majestät.«

Hessian schüttelte den Kopf und drohte Theodric mit dem Zeigefinger. »Nein, Theodric, du kennst Breta Prindian nicht so gut wie ich. Wenn sie den Fluss überquert hat, dann aus einem bestimmten Grund, wahrscheinlich um meine Tochter zu entführen.«

»Das ist keine Aufgabe, die sie selbst übernehmen würde, ebenso wenig wie du versuchen würdest, Rymund Prindian selbst gefangen zu nehmen«, wandte Andrik ein.

»Ich hätte es nicht schlechter anstellen können, was das angeht.« Hessian funkelte Theodric an. »Findet meine Tochter, und sobald ihr sie habt, findet Breta Prindian. Wenn sie auch nur an einem meiner Flüsse ihren Durst gestillt hat, will ich, dass ihr sie wegen Diebstahls verhaftet.«

»Überlass das Theodric und mir«, riet ihm Andrik. »Es ist nicht so dringend, dass du dein eigenes Hochzeitsfest versäumen solltest.« Es war wichtig, dass die anwesenden Lords einen gesunden und glücklich verheirateten Hessian sahen.

Hessian brummte eine widerwillige Zustimmung. »Haltet nur Lord Balyard von mir fern. Ich bete, dass meine Enkelkinder nicht so fett und nutzlos werden wie ihr Erzeuger.«

Andrik fand das ein wenig unfreundlich. Balyard war jünger als er und ließ sich schon lange gehen, doch in seinen kalten Augen schimmerte eine berechnende Intelligenz.

Ein Klopfen an der Tür unterbrach sie. »Herein«, rief Hessian. Ein nervöser Haushofmeister streckte den Kopf durch die Tür.

»Vergebt mir, Eure Majestät. Im Saal ist Aufruhr ausgebrochen.«

Das Messerspiel hatte Narben und blutende Stellen an Orsians Knöcheln hinterlassen, und er entschuldigte sich bei den Zwillingen, um sich für einen Moment zu erholen. Er trat durch eine Nebentür, um sich im Hof zu erleichtern, aber als er pinkelte, drehte sich ihm der Magen um. Er krümmte sich und erbrach einen Schwall Bier, der gegen die Mauer spritzte. Er wischte sich den Mund mit dem Handrücken ab und zog eine Grimasse. Wenigstens hatte es niemand gesehen. An einem Pferdetrog in der Nähe schöpfte er mit den Händen Wasser und trank gierig, dann wusch er sich das Gesicht. Als er sich wieder nüchtern genug fühlte und sich sicher war, dass ihm der Gestank nicht anhaftete, kehrte er in den Saal zurück, in der Hoffnung, dass seine längere Abwesenheit nicht aufgefallen war.

Zu seinem Glück hatten sich alle Köpfe dem Haupteingang zugewandt. Orsian stellte sich auf die Zehenspitzen und sah Helana hereinkommen, Arm in Arm mit einer älteren Frau. Sie unterhielten sich leise und mit zusammengesteckten Köpfen, als wären sie bei einem Spaziergang durch die Gärten falsch abgebogen, und kümmerten sich nicht darum, dass sie versehentlich mehrere Hundert Hochzeitsgäste gestört hatten.

Die Atmosphäre im Raum verstärkte noch das Gefühl, dass hier irgendein Irrtum vorlag. Die ausgelassenen Gespräche waren verstummt, und Orsian nahm die gemurmelten Bemerkungen und feindseligen Blicke wahr, die den beiden Frauen folgten. Helana flüsterte der älteren Frau etwas zu, woraufhin diese den Kopf zurückwarf und lachte. Dabei stellte sie ihr prachtvolles, offenes kupferfarbenes Haar zur Schau und einen schlanken Hals, der über einem unglaublich scharfkantigen Schlüsselbein saß.

Sie traten an Ciera heran, fielen gemeinsam auf die Knie und küssten ihr nacheinander den Handrücken.

»Meine Königin, ich bin Prinzessin Helana.« Helanas Stimme drang voll und melodisch durch das Gemurmel und erreichte sogar die hinteren Reihen des Saales. »Meine Gefährtin ist Lady Breta Prindian, Mutter von Lord Rymund Prindian und Cousine des Königs.«

Breta Prindian. Die Mutter des Rivalen des Königs um die Krone. Die Hexe, die ihren ersten Sohn dazu überlistet hatte, einen aussichtslosen Krieg anzuzetteln, und die zugelassen hatte, dass er in einem Kerker von der Aussicht auf seinen einsamen Tod langsam in den Wahnsinn getrieben worden war. Gehasst von König Hessian mit einer Leidenschaft, die selbst knapp an Wahnsinn grenzte. Orsian war fasziniert.

Er ging näher heran, um einen genaueren Blick zu erhaschen, als gerade sein Vater in die Halle zurückkehrte, dicht gefolgt von Hessian und Theodric. Sie erstarrten, als sie sie sahen.

»Lord Andrik!« Breta fegte zu ihm hinüber, stellte sich auf die Zehenspitzen und drückte ihm einen Kuss auf die Wange. Sie sah wunderbar aus in einem eleganten Kleid in dem Grün der Prindians, das ihre schmale Taille und langen Beine betonte. »Es ist viel zu lange her. Wann sind wir uns zuletzt begegnet? Die Jahre waren freundlich zu Euch, Ihr müsst mir Euer Geheimnis verraten.«

»Als Ihr ihn das letzte Mal gesehen habt, brach er gerade durch das Tor der Letzten Bastion, während Eure Sippe vor seinem Schwert floh.« Hessian ragte über ihr auf wie ein Ungeheuer, mit gebleckten Zähnen und bebenden Nasenflügeln. »Ihr seid mutig hierherzukommen, Lady Prindian. Wie habt Ihr es an meinen Wachen vorbei geschafft?«

»Sie ist eingeladen worden.« Helana trat vor und stellte sich neben Breta. »Von mir.« Sie starrte ihren Vater an, den Rücken durchgedrückt und das Kinn trotzig erhoben.

Hessians Augen loderten, aber bevor er etwas erwidern konnte, ließ Breta sich vor ihm auf die Knie fallen.

»Eure Majestät. Nehmt meine aufrichtige Entschuldigung für mein Täuschungsmanöver an. Ich wollte nur meine Cousins sehen und den Schwur meiner Familie bekräftigen, der Euch und allen Eures Geblütes gilt. Die Familie Prindian verdankt ihr Überleben dem Geschlecht der Sangreals. Das Leben meiner Vorfahren wurde erkauft mit dem Blut der Meridivale. Wir geloben Euch unsere Gefolgschaft, König Hessian. Wir geloben, Euch zweimal jährlich ein Zehntel unserer Erträge zu zahlen und dass wir uns bemühen, Eure Gesetze durchzusetzen, soweit sie mit unseren übereinstimmen, und dass wir auf Euren Befehl hin zur Verteidigung Eures Reiches reiten werden. Alles, was wir als Gegenleistung erbitten, ist, dass unser Volk vor allen Feinden verteidigt wird, sowohl vor heimischen als auch vor fremdländischen.«

Lady Breta war es offensichtlich nicht fremd, Menschen zum Zuhören zu bewegen. Es gab niemanden im Saal, der nicht jedes Wort des traditionellen Schwures mitbekommen hatte. Hessian schaute jedoch unversöhnlich auf sie hinab, als wäre kein Wort davon an seine Ohren gedrungen. Im Raum war es still, als stünden die Menschen unter einem Bann, und für einen Moment dachte Orsian, das Schweigen würde sich vielleicht bis in alle Ewigkeit hinziehen.

Nach endlos langer Zeit berührte Lord Andrik seinen Bruder am Ellenbogen, und der Blick, den die beiden tauschten, schien den Bann, der über dem Saal gelegen hatte, zu brechen. Hessian nickte kaum merklich. »Ich akzeptiere Euren Schwur, Mylady.« Breta küsste seine ausgestreckte Hand und erhob sich.

Von ihrem Platz aus verfolgte Ciera mit großen Augen das Geschehen. Das Gesicht ihres Gemahls war hart und verzerrt, sein Blick starr auf Breta Prindian gerichtet, als wollte er ihr die Haut von den Knochen ziehen. Er nahm wortlos neben

Ciera Platz, und sein Zorn schlug ihr in Wellen entgegen. Sie saß starr da und versuchte, ihn nicht anzuschauen. Dies war der Mann, über dessen Temperament sie schon viele Geschichten gehört hatte.

Lord Andrik flüsterte dem Haushofmeister etwas zu, und Lady Prindian wurde so weit wie möglich von Hessian weggeführt. Dass die Mutter des Thronerben ganz am Ende der hohen Tafel versteckt sitzen sollte, war eine unverhohlene Schmähung, aber niemand, der sie beobachtete, hätte das bemerkt. Sie plauderte freundlich mit ihren Tischnachbarn und machte den Dienerinnen Komplimente, und als die Musikanten wieder anspielten, tanzte sie mit Tarrik, Tarvanas Sohn. Er führte sie unbeholfen und mit ungezügelter Begeisterung, während sie mit mädchenhafter Anmut und geröteten Wangen über die Tanzfläche schwebte und lachte, weil Tarrik mit seinen Gliedmaßen übermütig über das Parkett schlenkerte. Ihr Entzücken stand in deutlichem Kontrast zu der grauen Blässe auf dem Gesicht von Cieras frischgebackenem Gemahl, einem Gespenst auf seinem eigenen Fest.

Lady Prindian war bezaubernd und schön, eine Königin in allem außer ihrem Namen. Ciera konnte nicht umhin, ihre unaufdringliche Eleganz zu bewundern. Und sie war mutig; Ciera glaubte nicht, dass sie es jemals fertigbringen würde, Lord Andrik und dem König so die Stirn zu bieten.

Lady Prindian blieb noch für die letzten beiden Gänge, kam aber erst auf Ciera zu, als Hessian sich vom Tisch entfernte, um sich mit Theodric zu unterhalten. »Meine Königin.« Sie machte einen Knicks und bauschte dabei den Rock ihres Kleides auf, dann schnappte sie sich zwei Gläser Wein vom Tablett eines vorbeigehenden Dieners. »Würdet Ihr mir das Vergnügen Eurer Gesellschaft gewähren? Es gibt da etwas, das ich Euch gern zeigen möchte.« Sie hielt ihr ein Glas hin. »Schließlich sind wir jetzt Cousinen.«

Ciera zögerte, nahm den Wein aber entgegen und ließ sich von Lady Prindian an der Hand zu dem riesigen Buntglasfenster hinter der hohen Tafel führen. Es erstreckte sich über die gesamte Seite des Saales, zwanzig Schritte breit und mindestens genauso hoch, unterteilt in acht kleinere Scheiben.

Das Fensterglas, zu dem Breta Prindian sie führte, lag halb verborgen in einer Nische. »Diese Scheibe«, begann Breta und wies nach oben, »zeigt das Abkommen, als mein Urahn König Halord IX. seine Krone an Pedrian von den Meridivalen übergab.« Auf dem Glas war ein blonder Mann in grüner Kleidung zu sehen, der auf dem Boden kniete und einer dunkelhaarigen Gestalt in Rot mit einer eigenen Krone auf dem Kopf eine weitere Krone hinhielt. »Der ließ sie anschließend zu einem Bronzedolch einschmelzen und hackte König Halord damit den Kopf ab. Pedrian sagte, Erland brauche weder zwei Kronen noch zwei Könige.«

»Aber zum König habt Ihr gesagt, das Leben Eurer Urahnen sei erkauft worden mit den Leben der Meridivale«, erwiderte Ciera verwirrt. Ihr Vater hatte ihr erzählt, wie Erland von den Sangreals des Meridival-Stammes zerrissen und wieder zusammengefügt worden war. Vor dreihundert Jahren hatten sie die Prindians aus Ost-Erland vertrieben, auf die andere Seite des Bleichen Flusses. Gut ein Jahrhundert später war das Imperium in West-Erland einmarschiert, und die Männer aus Ost-Erland hatten es zurückgetrieben und auch auf den Westen Anspruch erhoben. Sie nippte an ihrem Wein und zuckte leicht zusammen bei seiner klebrigen Süße.

»In gewisser Weise, aber das haben die Sangreals nicht aus Liebe zu uns getan. Sie haben ihre Schwerter erst erhoben, als das Imperium den Fluss erreichte, und seitdem werden wir von Euch unterdrückt.« Breta zeigte zu der Fensterscheibe über ihnen, die einen weiteren Mann in Rot auf einem Pferd zeigte, mit dem Eryispek im Hintergrund. »König Darien. Er hat fünfzig Jahre nach Pedrian regiert. Als Halords Enkelsohn die Unabhängigkeit West-Erlands erklärte, betete Darien zwanzig Tage und Nächte lang auf dem Eryispek und befahl, dass seine Armeen kein Schwert erheben sollten, bis Eryi geantwortet hatte, selbst als die Männer des Westens schon den Bleichen Fluss überquerten. Als Darien vom Eryispek herunterkam, sammelte er seine Armeen und hetzte die West-Erländer den ganzen Weg zurück nach Irith. Und als die Rebellen sich hinter den Mauern versteckten, setzte er die ganze Stadt in Brand. Er tötete die gesamte Familie Prindian, außer einen Knaben aus der niederen Linie der Familie, einen Säugling, der noch die Brust bekam, meinen Ururgroßvater. Der Name von Halords Enkel wurde aus sämtlichen Dokumenten herausgebrannt. Mein Volk nennt ihn Halord X. oder Halord den Verbrannten. Das Volk Eures Gemahls nennt König Darien ›den Göttlichen‹, denn als Antwort auf seine Gebete segnete Eryi ihn mit unnatürlicher Stärke, Manneskraft und Lebenszeit. Er wurde einhundertzehn Jahre alt und zeugte dreißig Kinder. Ich glaube, er ist der jüngste gemeinsame Vorfahr von Hessian und mir.«

»Warum erzählt Ihr mir das?«, fragte Ciera und versuchte, die Bilder von kopflosen Königen und verkohlten Leichen loszuwerden. Lady Prindians Konversation machte sie ganz schwindelig. Sie nahm noch einen Schluck Wein, um sich zu sammeln.

»Um Euch zu verdeutlichen, aus welchem Geschlecht Euer Gemahl stammt und was für ein Mann er ist.«

»Ihr meint, um mich gegen ihn aufzuhetzen.« Ciera riss den Blick vom Fenster los, aber vor ihr verschwamm alles. Sie konnte nicht leugnen, dass sie ihren Mann fürchtete, aber trotz aller Freundlichkeit und Anmut, die Breta Prindian auf dem Fest gezeigt hatte, traute sie ihr nicht über den Weg. Ciera trat einen Schritt zurück, und ihre Beine gaben beinahe unter ihr nach. Der Boden schwankte, und der Lärm der Gäste pulsierte in ihrem Schädel. Irgendetwas stimmte nicht.

Lady Prindian war plötzlich neben ihr. »Fühlt Ihr Euch nicht wohl, Kind?« Sie führte sie zu einer Nebentür, aber Ciera konnte ihre Augen nicht darauf fokussieren, noch konnte sie ihre Beine dazu bringen, richtig zu funktionieren. »Du da, der Königin geht es nicht gut. Hilf ihr.«

Starke Hände packten Ciera und hoben sie hoch. Ihre Lider sanken herab, schwer wie Blei, und ihre Sicht trübte sich. *Der Wein …* Sie kämpfte gegen eine warme Woge an, die ihre Glieder durchströmte, und glitt in die Dunkelheit ab, während sie aus der Halle getragen wurde.

Andrik beobachtete Hessian genau. Die Stimmung seines Bruders war immer wechselhaft, und der heutige Tag war keine Ausnahme. Er hatte seine junge Frau umgarnt, wie er es vielleicht vor dreißig Jahren getan hätte, als sein Haar noch golden und sein Körper eher geschmeidig als ausgezehrt gewesen war, aber dann war er im Rat mit Andrik und Theodric wütend und von Paranoia zerfressen gewesen.

Aber wie die Dinge lagen, hatte es sich doch um keine Paranoia gehandelt, denn Breta Prindian war aufgetaucht, und das hatte Hessians Stimmung noch mehr getrübt. Er sprach jetzt nicht mehr mit seiner Gemahlin, sondern hatte nur noch Augen für Lady Prindian.

Andrik schüttelte den Kopf. Das Mädchen würde es schwer genug haben, Königin und mit einem viel älteren Mann verheiratet zu sein, ohne dass Hessian in einer seiner schwarzen Stimmungen gefangen war. Nach den Wochen, die Andrik fort gewesen war, um Hessians Braut zu holen, hätte der König sich zumindest Mühe geben können, aber so agierte

Hessian nicht; hätte er es getan, wäre er nicht Hessian gewesen.

Wie auf den König hatte Andrik auch ein wachsames Auge auf die Gäste. Lady Prindian hatte ein halbes Dutzend ihrer eigenen Wachen mitgebracht, und einige der Hochzeitsgäste würden mit ein paar Gläsern Wein oder Bier im Bauch nicht widerstehen können, die West-Erländer zu einem Kampf zu provozieren.

Als es dann geschah, war Andrik überrascht, dass es Prindians Männer waren, die den Streit anzettelten. Einer taumelte und knallte einem Mann ungeschickt seinen Krug ins Gesicht, sodass er mit Bier überschüttet wurde.

Statt sich zu entschuldigen, brüllten der Mann und seine beiden Gefährten vor Lachen. »Ihr solltet vorsichtiger sein«, sagte einer von ihnen. »Ihr schuldet meinem Freund hier ein Bier.«

Ihr rotgesichtiges Opfer tupfte sich sein tropfnasses Gesicht ab, und Andrik brauchte einen Moment, um zu begreifen, dass es Lord Balyard war. »Vorsichtiger, ja?« Er holte mit seinem eigenen Humpen aus, zielte auf den Kopf des anderen Mannes und verfehlte ihn nur knapp. Zwei weitere Gäste tauchten auf, und plötzlich standen sich alle sechs angriffslustig gegenüber.

Andrik sah nicht, wer zuerst zuschlug, aber er war in Sekundenschnelle zur Stelle, um die beiden Gruppen auseinanderzutreiben, wobei er fast selbst einen Schlag ins Gesicht kassierte. Nach einigem Gerangel gelang es ihm schließlich, die Streithähne voneinander zu trennen. »Das reicht!« Er zog zwei Wachen heran, die eine Barriere bildeten. »Diese Männer sind unsere Gäste.«

Mit einem Taschentuch wischte Lord Balyard sich das Bier von seinem erhitzten Gesicht. Er hatte bei der Rangelei genauso ausgeteilt, wie er eingesteckt hatte; was auch immer er sonst für Fehler haben mochte, der Mann war kein Feigling.

Balyard warf den West-Erländern einen vernichtenden Blick zu. »Ich dachte, es wäre Eure Aufgabe, uns vor solchen Leuten zu beschützen, Fassbrecher, nicht andersherum«, bemerkte er verächtlich, bevor er sich mit seinen Gefolgsleuten widerstrebend an einen Tisch zurückzog, um den West-Erländern mordlustige Blicke zuzuwerfen.

»Und Ihr drei solltet besser aufpassen«, warnte Andrik die West-Erländer. Sie schritten wortlos zum Eingang, und einer von ihnen hielt sich seine blutige Nase.

Andrik sah ihnen nach. Er hatte erwartet, dass Lady Prindians Wachen sich von ihrer besten Seite zeigen würden. Er würde sie ihr melden und sie bitten müssen, sie zu maßregeln.

»Lords!« Ein alarmierender Schrei kam aus der Nähe der hohen Tafel. Andrik drehte sich um und griff sofort nach seinem Schwert. Zu seiner Erleichterung sah er, dass Hessian in Sicherheit war und nur genauso verstört wirkte wie er selbst.

In einer Tür stützte sich ein blasser Wachposten in schweißnassen Ledersachen schwer atmend auf sein Schwert. Die Anwesenden keuchten. Dickes, dunkles Blut tropfte auf den Boden, und der Ärmel des Mannes war davon durchnässt.

»Mein König …« Seine Stimme war schwach. »Sie haben die Königin mitgenommen … Prindian …«

Für einen Moment herrschte Verwirrung. Hessian sah unwillkürlich zu Andrik hinüber.

»Versperrt die Türen!«, rief Theodric und eilte zum Haupteingang, während Hessian den gleichen Ruf ausstieß und sich nach Breta Prindians grünem Kleid umsah.

Andrik rannte bereits auf den Ausgang zu, stieß jeden beiseite, der sich ihm in den Weg stellte, und schnappte sich zwei schockierte Mitglieder des Hymerikaikorps, die noch Krüge mit Bier in der Hand hielten.

»Ihr nach«, knurrte er und stieß die beiden in Richtung Tür. Zu dritt rannten sie in den Innenhof.

Aber dort war keine Spur mehr von ihnen zu sehen.

»Pferde!«, verlangte Andrik von niemand Bestimmtem. »Drei Pferde, sonst drehe ich euch den Hals um!« Er packte eine vorbeigehende Dienerin, die ein Tablett mit Bechern trug, am Kragen, und das Mädchen kreischte und ließ alles fallen. »Wo ist sie hin?«

Die junge Dienerin sah ihn mit großen Augen an. »Wer?«

»Breta Prindian, grünes Kleid!«

Das Mädchen zeigte auf das westliche Fallgitter des Innenhofes. Andrik schwang sich auf ein fügsames Pony, das ein Stallbursche gerade für jemand anderen herbeiführte. Das Tier wieherte entrüstet, aber Andrik schlug ihm auf die Flanke und ritt aus der Festung und über den Graben, wirbelte Schlamm auf und überließ es den anderen, sich eigene Reittiere zu suchen.

Die Straßen waren hier breit und alles andere als überfüllt. Andrik fluchte. Hätte Breta Prindian eine andere Richtung eingeschlagen, hätte sie vielleicht in einer schmalen Gasse hinter einem Karren festgesteckt, und er hätte sie im Nu eingeholt. Im Schlamm waren frische Hufabdrücke zu sehen, aber Andrik ignorierte sie und nahm den schnellsten Weg zum Widdertor. Entweder er holte sie ein oder er würde sie am Tor abpassen. Er ließ eine Reihe von Schimpfwörtern auf die aufgeschreckten Bürger los, die ihm den Weg versperrten, und trieb das Pony weiter.

Hinter ihm läutete eine Glocke, die den Wachen befahl, die Tore zu schließen. Aber als Andrik ankam, stand das Widdertor offen, und zwei Wachen lagen links und rechts daneben tot auf dem Boden. Sie hatten beide ihre Schwerter halb aus den Scheiden gezogen.

Andrik schnitt eine Grimasse. Breta Prindian hatte das hier lückenlos durchgeplant. Er jagte sein Pferd weiter über die Brücke.

Draußen vor der Stadt suchte er das Land ab. Dort war ein Dutzend Reiter, mehrere größere Gestalten, die eine kleinere mit einer unverkennbaren kupferroten Mähne flankierten. Als er die Augen zusammenkniff, glaubte Andrik erkennen zu können, dass ein Pferd an einem Seil geführt wurde, während sein Reiter vornübergebeugt am Sattel festgebunden war und die Arme lose um den Hals des Pferdes geschlungen hatte. *Ciera.*

Andrik schätzte den Abstand auf mindestens eine Viertelmeile. Er konnte ihnen nicht viel näher gekommen sein; vielleicht hatten sie ihren Vorsprung sogar noch vergrößert.

Verärgert starrte er auf sein fügsames Pony. *Verdammter, nutzloser Klepper.* Er konnte sie nicht einholen, aber er konnte versuchen, sie nicht aus den Augen zu verlieren. Hoffentlich war jemand so geistesgegenwärtig, eine größere Truppe mit richtigen Pferden loszuschicken. Er ritt weiter.

Die Sache war schlau eingefädelt worden, das musste er zugeben. Der Streit hatte ihn und den ganzen Saal abgelenkt, während Breta Prindian die Königin entführt hatte. Aber warum war Ciera mit ihr gegangen? Und wie sah Prindians Plan aus? Wollte sie Hessians Königin gefangen nehmen und ihn auf diese Weise daran hindern, einen Erben zu zeugen? Es war praktisch eine Kriegserklärung.

Nach kaum einer Viertelstunde der Verfolgung hatte Breta Prindian ihre Führung nur vergrößert, und die Menschen vor ihm waren inzwischen nur noch kleine Punkte am Horizont. Das erbärmliche Pony war erschöpft, es ließ den Kopf hängen, und sein Atem ging flach und angestrengt. Fluchend brachte Andrik das Tier zum Stehen und saß ab. Ohne Verstärkung und ein neues Pferd hatte er keine Chance, sie einzuholen. Er blickte zurück und hoffte, irgendwelche Anzeichen von Verfolgern zu sehen.

Es dauerte fast eine weitere halbe Stunde, bis er sie sah: Die beiden Hymerikai, die ihm aus dem Saal gefolgt waren, ritten in scharfem Galopp auf ordentlichen erländischen Vollblütern heran, Pferden, die einen ganzen Tag und eine Nacht laufen und einem Feind bei der Ankunft das Gesicht abbeißen konnten.

»Ihr habt euch ganz schön Zeit gelassen, Jungs«, begrüßte er sie, verärgert darüber, dass sie ihn nicht früher eingeholt hatten. Wenigstens waren es gute Krieger: ein gewiefter Veteran namens Jakob Bornweg und ein junger Mann namens Drayen.

»Irgendjemand hatte die Stalltür verrammelt und alle Sattelgurte durchgeschnitten, Mylord!«, antwortete Jakob. »Es war ein verdammter Albtraum, das zu bewältigen. Wir sind so schnell hergekommen, wie wir konnten.«

»Bei Eryis Eiern.« Andrik ballte frustriert die Faust. Breta Prindian hatte an alles gedacht. »Einer von euch muss mir sein Pferd geben, das hier hätte ebenso gut drei Beine haben können.«

»Nicht nötig, Mylord, Euer Sohn ist uns gefolgt.« Jakob zeigte zurück in Richtung Merivale. »Er bringt Euer Pferd und Eure beiden Wolfshunde mit.«

Wenige Minuten später stieß Orsian zu ihnen. Er ritt sein eigenes Pferd, an dem Andriks gewaltiges schwarzes Ross Valour festgebunden war, das grimmig an dem Seil zog und die Zähne fletschte. Andriks Hündin Numa folgte ihnen mit Gyrwulf, dem größten Tier ihres letzten Wurfes. »Tut mir leid«, sagte Orsian. »Valour mag es nicht, geführt zu werden.«

»Gut gemacht, Orsian.« Andrik war dankbar für die schnelle Auffassungsgabe seines Sohnes; auf dem Fest hatte der Junge noch unfähig dazu gewirkt, als er ihn zuletzt gesehen hatte. Er stieg auf sein Pferd. »Nimm das Pony und reite zurück. Gib ihnen Bescheid, in welche Richtung sie reiten müssen.«

»Sie wissen, dass sie nach Westen zum Fluss reiten müssen«, erwiderte Orsian und schob das Kinn vor. »Ich komme mit.« Sein Schwert baumelte in der Scheide an seiner Seite, und er hatte sich einen Bogen mitsamt Köcher über den Rücken geschnallt.

Andrik sah ihn fest an und dachte an sich selbst in diesem Alter, hitzköpfig und erfüllt von dem brennenden Wunsch nach einem Kampf. Orsian war ausgeglichener, als er es gewesen war, und wenn dies der erste kriegerische Akt der Prindians war, dann sollte er ihn nicht mehr zurückhalten. Ob Orsian bereit war oder nicht – und er hatte den Verdacht, dass er es war –, in diesem Herbst würde in Erland Blut vergossen werden.

»Wie du willst. Wir reiten schnell, die ganze Nacht durch, wenn es sein muss. Und wenn sie den Bleichen Fluss überqueren, dringen wir nach West-Erland ein, mit Verstärkung oder ohne.« Andrik schlug dem Pony auf den Hintern, und es schoss in Richtung Merivale davon, viel schneller, als es mit ihm auf dem Rücken gewesen war. »Numa! Fährte aufnehmen!«

Die beiden Wolfshunde schnupperten an den frischen Hufabdrücken im Gras zu Andriks Füßen, bellten einander etwas zu und rannten los.

KAPITEL 14

Sie ritten durch den gelben Dunst des Herbstes, die Sonne stand immer tiefer am Himmel, blendete sie und warf lange Schatten hinter ihnen. Im Galopp ging es an wilden Ziegen und friedlichen Schafen vorbei, die von den beiden Hunden in den Abend gescheucht wurden, was ihnen die Flüche der weißbärtigen Hirten eintrug.

Als die Sonne am Horizont versank, ritten sie im kalten, grauen Mondlicht weiter den Hunden nach, die ihren Weg erschnüffelten. Orsians Kleidung war schweißnass, und er fröstelte, als der Wind über seine klamme Haut strich. Sie waren gut vorangekommen, und die Spuren waren frisch, aber seit vielen Stunden war ihre Beute nicht mehr zu sehen. An jedem Hügelkamm war er sich sicher, dass sie sie endlich erblicken würden, aber Breta Prindian entzog sich ihnen noch immer.

»Sie reiten, als würden sie von Dämonen getrieben«, murrte er.

»Nicht von Dämonen, Mylord«, sagte Jakob Bornweg. »Von Eurem Vater.«

Schließlich ließ sein Vater sie anhalten. »Das ist genug für heute. Die Pferde müssen sich ausruhen, und wenn wir im Dunkeln ihre Spur verlieren, ist es vorbei. Wir reiten bei Sonnenaufgang weiter.«

»Sie könnten direkt vor uns sein, Mylord«, gab Jakob zu bedenken und bückte sich, um ihre Hufspuren zu untersuchen. »Was ist, wenn sie die Nacht durchreiten? Dann holen wir sie nie ein.«

»Sie werden sich ebenfalls ausruhen müssen. Und falls sie ein frisches Reittier für Königin Ciera haben, werden wir sie vielleicht sowieso nie einholen, ob wir uns ausruhen oder nicht.«

Orsian war bereit weiterzureiten. Sein Vater sagte, dass sie ein Dutzend Männer verfolgten, und sie waren nur zu viert – was würde ihnen also in die Hände spielen, als sie bei Nacht anzugreifen? Doch er behielt den Gedanken für sich. Ungehorsam konnte dazu führen, dass sein Vater ihn wieder nach Hause schickte.

Sie legten sich um eine hastig errichtete Feuerstelle herum auf den Boden. Es dauerte lange, bis Orsian einschlief, denn er dachte unentwegt an den Kampf, der am nächsten Tag bestimmt stattfinden würde. Er hatte einige Männer sagen hören, dass sich ihre Eingeweide in der Nacht vor der Schlacht in Wasser verwandelten, aber nicht bei Orsian. Er war dafür geboren worden, und er war bereit.

Sie standen früh auf, hatten am nächsten Tag aber nicht mehr Glück. Die Fährten, denen sie folgten, waren eindeutig, doch ihre Beute blieb verschwunden.

»Es ist unmöglich zu wissen, ob wir aufholen oder nicht«, sagte Andrik sichtlich frustriert. »Wir reiten die Nacht durch, so langsam wie nötig, damit die Pferde es schaffen. Wenn sie den Fluss überqueren ...«

Orsian wusste, was sein Vater meinte: Wenn ihre Feinde den Fluss mit Königin Ciera überquerten, würde es fast unmöglich sein, sie zu retten. Sie würden in ein vermutlich feindseliges West-Erland einreiten, nur sie vier gegen ein halbes Land. Sein Vater würde aber auf keinen Fall aufgeben, egal, was sich ihnen in den Weg stellte.

Orsian schlief im Sattel und vertraute darauf, dass sein Pferd den beiden Hunden folgen würde. Falls sie müde waren, ließen sie es sich nicht anmerken. Abwechselnd verschwanden sie, um zu jagen, und kehrten mit Tierblut an den Schnauzen zurück, während der jeweils andere weiter der Spur folgte.

Als der dritte Tag anbrach, hörten sie das erste Wispern des Bleichen Flusses. Das Gelände vor ihnen wurde steiler, und Andrik stieß einen scharfen Pfiff aus, woraufhin die Hunde hechelnd und unruhig knurrend anhielten. Sie saßen lautlos ab, und Orsian versorgte die Hunde und die Pferde mit Wasser aus seinem Schlauch und mit ein paar Äpfeln.

Andrik winkte sie zu sich und zeigte über den Kamm. »Horcht.«

Orsian spitzte die Ohren und vernahm zwischen Vogelgezwitscher und dem Rauschen des Flusses die Gespräche der Männer im Wind. »Sie haben die Furt verfehlt«, berichtete er. »Sie sind zu weit nach Norden abgekommen.«

Sein Vater nickte. »Wir sind außerdem weit südlich von der Halord-Brücke. Sie sind meilenweit von der Stelle entfernt, an der sie sein müssten. Streck den Kopf über den Hügel. Halte deinen Bogen bereit.«

Orsian spannte einen Pfeil ein und schlich sich den Hügel hinauf, wobei er sich auf dem letzten Stück auf die Ellenbogen stützte, bereit, mit gezücktem Bogen aufzuspringen, falls man ihn sah. Er streckte den Kopf über den Kamm. Der Fluss war vielleicht achtzig Schritte entfernt, und die starke Strömung toste mit weißen Schaumkronen dahin. Der Lärm musste der

Grund sein, warum ihre Gegner sie nicht hatten kommen hören. Eine Gruppe von Menschen stand am Ufer, zwei waren im Wasser und kämpften gegen die Strömung, um ein Seil auf die andere Seite zu ziehen.

Orsian lockerte seinen Griff um den Bogen. Sie waren Narren, dass sie versuchten, hier den Fluss zu überqueren. An anderen Stellen war der Bleiche Fluss zwar mehrere Hundert Schritte breit, aber die Strömung war so schwach, dass die Fährleute ihre Kundschaft von einem Ufer zum anderen befördern konnten. Hier befanden sie sich an einer Biegung des Flusses, an der er vielleicht nur dreißig Schritte breit war, aber durch die reißende Strömung würde das Überqueren selbst mit dem Seil zur Strapaze werden. Das Wasser floss zwar langsamer als sonst wegen des trockenen Sommers, aber die Strömung war immer noch stark genug, um einen in die Tiefe zu ziehen und nach Norden mitzureißen, bis zum Meer oder bis man ertrank.

Am diesseitigen Ufer erkannte Orsian Breta Prindians schlanke Silhouette. Der Soldat neben ihr hatte ein Bündel über den Hintern seines Pferdes geschnallt. *Ciera.* Sie war mit einem Seil unter dem Bauch des Tieres hindurch gesichert, obwohl er keine Spuren eines Kampfes sah. Die meisten der Soldaten waren von ihren Reittieren abgestiegen und ließen sie grasen, solange sie darauf warteten, dass ihre Kameraden das Seil am anderen Ufer befestigten.

Orsian zählte schnell nach. Es war ein Dutzend Soldaten, bewaffnet und gepanzert. Er huschte zurück, den Hügel hinunter.

»Zwölf, wie du gesagt hast«, informierte er seinen Vater.

Drayen sah Andrik scharf an. »Können wir gegen zwölf kämpfen, Mylord?«

»Es macht keinen Unterschied, ob es zwölf Männer sind oder zwölf Magier«, knurrte Andrik. »Wir haben dem König einen Eid geleistet, und das bedeutet, dass wir die Königin retten, selbst wenn wir dabei sterben.«

Er musterte die drei, und Orsian konnte sehen, dass er ihre Chancen abwog. Sein Puls beschleunigte sich, und seine Schwerthand juckte. Er war noch nie zuvor einem Kampf so nah gewesen. Eine kleine Blase der Furcht erhob sich in seinem Magen. Das war gut, hatte er gehört. Manchmal hielt Furcht einen am Leben.

»Wir werden mit dem zurechtkommen, was wir haben«, entschied sein Vater mit schroffer Stimme und berührte seinen Schwertgriff, weil das Glück brachte.»Wir machen einen Bogen und kommen von Süden. Orsian, du bleibst auf dem Kamm. Sobald wir in ihrer Nähe sind, fängst du an zu schießen. Drayen, du bleibst rechts von mir und kümmerst dich um jeden, der versucht, den Hügel zu erklimmen. Orsian, wie viele Pfeile hast du?«

»Aber ich will kämpfen!«, protestierte Orsian entsetzt. Er war nicht diesen ganzen weiten Weg geritten, um aus sicherer Entfernung Pfeile abzuschießen; er musste mit irgendjemandem die Schwerter kreuzen und sich beweisen.

Das Gesicht seines Vaters war wie Stein.»Ich frage noch einmal, und wenn du mir nicht antwortest, kannst du umdrehen und nach Merivale zurückreiten. Wie viele Pfeile hast du?«

Gehorsam zählte Orsian rasch seine Pfeile im Köcher. »Zwölf«, murmelte er und versuchte, nicht patzig zu klingen.

»Sorg dafür, dass sie treffen. Wenn es schiefgeht, lauf zu deinem Pferd und reite nach Osten. Wie ich Naeem kenne, wird nur wenige Stunden hinter uns eine weitere Einheit sein.«

Jakob sah Orsian skeptisch an.»Ich hoffe, Ihr könnt mit dem Bogen richtig schießen, junger Lord. Wenn einer dieser Pfeile mich trifft, werdet Ihr es bereuen.«

Er lächelte, aber Orsian war nicht in der Stimmung für Scherze. »Ich kann schießen«, verteidigte er sich. Seine Treffsicherheit mochte noch nicht im Kampf getestet worden sein, aber er konnte auf hundert Schritte Entfernung ins Schwarze einer Zielscheibe treffen. Das hier konnte doch nicht so anders sein, oder?

Die drei Männer ritten nach Süden, mit den beiden Wolfshunden dicht hinter Valour, und Orsian blieb allein zurück.

Er seufzte und lockerte sein Schwert in der Scheide. Er wollte bereit sein, selbst wenn er den Befehl hatte zurückzubleiben. Drayen war nur wenige Jahre älter als er und hatte wahrscheinlich auch noch kein Schwert gegen einen echten Feind geschwungen, daher bestand die Hoffnung, dass man ihn doch noch brauchen würde. Wahrscheinlich war das der Grund, warum sein Vater Drayen befohlen hatte, am dichtesten bei Orsian zu bleiben, damit er den Vorteil hatte, von dessen Pfeilen gedeckt zu werden. Er kehrte an seinen Platz auf dem Hügel zurück und wartete.

Als er die drei von Süden heranreiten sah, hatten es die beiden Männer im Wasser bis zum anderen Ufer geschafft und befestigten das Seil gerade an einem Baumstumpf. Ein Späher stieß einen Warnruf aus, und schon trieb Breta Prindian ihr Pferd ins aufspritzende Wasser, umklammerte das Seil und gab ihrem scheuenden Reittier die Sporen, um es in die tosende Strömung zu drängen. Hinter ihr versuchte einer der Soldaten, das Pferd mit Ciera ins Wasser zu treiben, aber das Tier weigerte sich, sich zu bewegen.

Zwei Soldaten hatten es gewagt, zu ihren Pferden zu rennen, und wollten ihre Angreifer in die Zange nehmen. Orsian stand auf und zog die Sehne zurück. Er verfolgte den Pfad des ersten Pferdes mit seinem Bogen.

Eryi, führe meinen Arm.

Er zielte direkt vor den Reiter, und der Bogen summte an

seiner Schulter. Der Pfeil pfiff durch die Luft, traf sein Ziel und bohrte sich tief in den Hals des Mannes. Er schrie, und das erschrockene Pferd bäumte sich auf und warf ihn ab. Der Mann landete mit einem dumpfen Aufprall auf dem Boden und erhob sich nicht wieder.

Der zweite Reiter ließ sein Pferd herumwirbeln und hielt Ausschau nach dem Bogenschützen, und als er Orsian entdeckte, hatte Drayen ihn bereits erreicht. Er krachte in das Pferd des Feindes und ließ mit einem wilden Brüllen sein Schwert dort herabsausen, wo das Schlüsselbein des Mannes auf seine Kehle traf, die nicht mit einer Rüstung geschützt war. Blut spritzte, und ein gequälter Schrei erklang. Ein zweiter Stoß in den entblößten Hals des Mannes schickte ihn zu Boden, eine Blutlache bildete sich um ihm herum und vermischte sich mit der feuchten Erde am Flussufer.

Im Angesicht der berittenen Widersacher und zweier schnappender Wolfshunde erkämpften sich die verbliebenen Soldaten einen geordneten Rückzug zum Wasser, wo das Seil festgebunden war und wo sie ihrer Herrin die Flucht sichern wollten. Zu Orsians Entsetzen sprang einer von ihnen auf das Pferd, das Ciera trug, und trieb es in den Fluss. Fluchend schoss Orsian auf ihn und verfehlte ihn. Er verließ seine Deckung und rannte auf das Wasser zu.

Sein Vater schien den Mann, der mit Ciera floh, nicht bemerkt zu haben. Er wendete Valour, rief Jakob und Drayen Befehle zu und zerrte sein Streitross in einem engen Kreis herum. Mit einem laut gebrüllten »Hessian!« trieb er seinen Hengst vorwärts, sein Schwert hoch erhoben und golden glänzend im Licht der Morgendämmerung.

Selbst dann, gefangen zwischen dem tosenden Fluss und dem brüllenden Krieger, hielten Prindians Soldaten ihre Stellung, die Waffen erhoben, um dem Ansturm ihrer Feinde zu begegnen. Die wilden Hufe und die massige Brust von

Andriks Ross krachten in sie hinein und über sie hinweg wie eine lebendige Lawine, und diejenigen, die tapfer ihre Waffen gegen diesen Schrecken schwangen, wurden von singendem Stahl getroffen, als Andriks Klinge auf sie niederfuhr.

Orsian rannte weiter in Richtung Fluss und beobachtete, wie Valour einen Mann mit einem Hufschlag gegen den Kopf schlug, und als ein anderer mit einem Stich gegen den Hals des Pferdes nach vorn sprang, traf ihn Andriks Klinge. Noch ehe die Hufe wieder den Boden berührt hatten, schlitzte sein Vater dem Mann mit einem präzisen Hieb nach unten die Kehle auf. Jakob trieb einen anderen Mann zurück ins Wasser, woraufhin sich die Wellen rosa färbten, während ein anderer zum Himmel schrie, weil ein Wolfshund sich in seinen Hals verbissen hatte. Dunkle Blutstropfen spritzten.

Warum hatte keiner von ihnen den Mann bemerkt, der entkommen war? Orsian hob seinen Bogen und zielte. Der Mann ritt tief über das Pferd gebeugt und wurde zum Teil von Cieras reglosem Körper verdeckt, sodass er fast nichts hatte, was er anvisieren konnte. Orsian setzte zu einem hohen Schuss an, mit dem er den Kopf des Mannes treffen wollte.

Der Pfeil flog im hohem Bogen durch die Luft, grub sich aber zu Orsians Entsetzen tief in den Kopf des Pferdes. Das Tier schrie und trat mit den Hufen um sich, und auch seine Wunde färbte den Fluss blutrot.

Der Pfeil war tief eingedrungen, direkt hinter den Augen. Orsian sah hilflos zu, wie die Bewegungen des Pferdes schwächer wurden. Es ging langsam unter, während der Mann sich an das Seil klammerte und Ciera immer noch auf dem Hinterteil des Pferdes festgebunden war. Sie versank im Wasser.

Ohne nachzudenken, riss sich Orsian die Kleidung bis auf die Leibwäsche herunter und klemmte sich das Messer zwischen die Zähne. Um ihn herum wurde immer noch gekämpft, aber er sprang direkt in den Fluss.

Vor Kälte keuchte er, als wäre er mit Nadeln gestochen worden. Er war ein guter Schwimmer, aber das Wasser war schnell, und er musste gegen die Strömung ankämpfen, um eine gerade Linie zu halten. In der Nähe der Stelle, an der Ciera untergegangen war, holte er tief Luft und tauchte.

Er hielt die Augen geöffnet, doch das Wasser war trüb vom Schlick und machte ihn praktisch blind. Er schwamm zum Flussbett hinunter und tastete mit Händen und Füßen in alle Richtungen, während er verzweifelt betete, dass er sie finden würde.

Orsian blieb unter Wasser, bis seine Lungen brannten. Von Ciera keine Spur. Sein Körper schrie nach Luft, und er tat einen letzten Schwimmzug, bereit, sich vom Boden in Richtung Oberfläche abzustoßen.

Sein Fuß traf etwas Festes und Fleischiges. Er streckte eine Hand aus. Es war der Leichnam des Pferdes. Orsians Lungen rebellierten vor Protest, als er sich durch das Wasser zwang und nach Ciera tastete.

Er fand sie und auch das Seil, mit dem sie am Pferd festgebunden war. Schwarze Punkte trübten seine Sicht, aber er schnitt das Seil rasch mit dem Messer durch. Sie kam frei, und Orsian drückte sie fest an sich und stieß sich vom Grund des Flusses ab.

Er tauchte im Sonnenlicht auf und schnappte keuchend nach Luft. Noch nie hatte sie so gut geschmeckt.

»Orsian!«

Der Ruf kam vom Ufer. Ein Seilende landete einige Schritte von ihm entfernt. Orsian schaute hinüber und sah seinen Vater am anderen Ende des Seiles stehen. Er griff danach, und während er Cieras Gesicht über der Wasseroberfläche hielt, ließ er sich durch den Fluss ziehen.

Er legte sie ans Ufer und brach auf allen vieren zusammen, zitternd vor Kälte, während er Wasser erbrach. Ciera war totenbleich, und ihr nasses, haselnussbraunes Haar klebte ihr wie Seetang an der Haut. Er hielt ein Ohr an ihren Mund, aber sie atmete nicht.

Schnell drehte er sie auf den Rücken. So etwas hatte er schon einmal gesehen, als in Hochferren ein Mädchen in einen Teich gefallen war. Er legte ihren Kopf nach hinten, hielt ihr die Nase zu, presste dann seinen Mund auf ihren und atmete zweimal schnell aus, dann drückte er ihr mehrmals fest und schnell auf den Brustkorb.

Bei jedem Stoß durchlief Ciera ein Ruck, aber sie zeigte kein Lebenszeichen, auch nicht bei Orsians zweitem oder drittem Versuch. Verzweifelt schlug er mit einer Faust auf ihren Torso und legte all seine Kraft hinein.

Sie hustete, und ein Schwall Wasser sprudelte aus ihrem Mund. Sie hustete weiter und atmete schließlich mit tiefen, verzweifelten Zügen. Ihre Haut war bläulich verfärbt, und sie zitterte.

Andrik eilte herbei, hob sie mühelos vom Boden hoch und hüllte sie in einen Umhang. »Bei Eryis Eiern, Orsian, sie lebt!« Er schlug ihm so fest auf die Schulter, dass sie taub wurde.

Orsian versuchte trotz seiner klappernden Zähne zu sprechen, aber das Ergebnis war unverständlich. Er sah sich am Flussufer um. Es war mit Leichen übersät, aber er stellte erleichtert fest, dass Jakob und Drayen lebten. Ein kahlköpfiger Gefangener kniete zu Andriks Füßen, und Andriks Schwert berührte seinen Nacken.

»Drayen!«, rief sein Vater. »Mach ein Feuer für die Königin.«

»Gut gekämpft, Lord Bastard!« Breta Prindians Stimme erreichte sie von jenseits des Flusses. Sie war am anderen Ufer angekommen und wrang entspannt Wasser aus ihrem Haar, als hätte sie damit gerechnet, heute nur mit einem Pferd und einem Seil einen tiefen Fluss überqueren zu müssen.

Orsian schaute zu ihr hinüber. »S-Soll ich ihr einen P-Pfeil ins Auge schießen?«, brachte er heraus.

»Nein«, antwortete Andrik. »Wir töten keine unbewaffneten Frauen. Nicht einmal sie.«

»Ehrenhaft wie eh und je, Lord Bastard!«, rief sie übers Wasser. »Marius, töte den Sohn des Bastards!«

Es war eine sinnlose Drohung. Der Mann zu Andriks Füßen war entwaffnet worden, und aus einer Wunde an seiner Hand tropfte langsam Blut auf den Boden. »Ich habe mich ergeben, Mylord«, sagte er und sah zu Orsians Vater auf, mit einem harten Blick, der von Stolz und Unterwerfung zugleich zeugte. »Ich werde Euch keinen Ärger machen.«

Sie ritten einen Tag und eine Nacht lang nach Hause, alle zu erschöpft, um zu sprechen. Nach seiner ehrenhaften Kapitulation wurde dem Gefangenen Marius sein eigenes Pferd zugestanden, das an Jakobs Reittier festgebunden war.

Orsian hatte sich am Feuer aufgewärmt und es geschafft, seine trockenen Kleider wieder anzuziehen. Aber die Erinnerungen an die Ereignisse am Fluss wärmten ihn viel mehr als das Feuer. Er hatte einen Mann getötet und der Königin das Leben gerettet! Sein Vater konnte jetzt nicht mehr an ihm zweifeln; niemand konnte das.

Und doch … Als er den Leichnam des Mannes gesehen hatte, hatte er befürchtet, sich vielleicht übergeben zu müssen. Es war einfach gewesen, aus der Ferne zu töten, aber weniger einfach, in die kalten, toten Augen seines Opfers zu starren. Würde er die Nerven behalten, wenn er es mit der Spitze eines Schwertes tun musste? Ciera saß hinter Andrik, mit einem Seil an ihm festgebunden, und verlor immer wieder das Bewusstsein. Was auch immer Breta Prindian ihr gegeben hatte, es war stark gewesen. Wenigstens hatte sie aufgehört zu zittern. Trotz ihrer Tortur war man sich einig, dass sie überleben würde.

Sie waren auf halbem Weg nach Hause, als sie Naeem trafen, der zweihundert Hymerikai anführte. Die Gruppe war als Kriegstruppe gedacht gewesen, drehte jedoch um und eskortierte sie nach Hause. Andrik schickte Männer auf frischen Reittieren voraus, um Hessian die Nachricht zu überbringen.

Als sie am Abend endlich in Pfeiferswehr ankamen, erwartete sie Theodric im Innenhof, flankiert von zwei Wachen, die Fackeln hielten.

»Ist die Königin wohlauf?«, fragte er sofort und rang die Hände.

»Müde und von irgendeiner Droge betäubt«, berichtete Andrik, »aber lebendig.«

»Der König wird dankbar sein«, sagte der Magier, dem die Erleichterung ins Gesicht geschrieben stand. Andrik hob Ciera vom Pferd und übergab sie zwei wartenden Dienerinnen.

»Was ist mit Helana?«, fragte Orsian. Sie hatte Breta Prindian zum Hochzeitsfest gebracht. Würde Hessian sie bestrafen?

»Sie steht unter Hausarrest und darf ihre Gemächer nicht verlassen.«

Doch als Theodric Andrik und Orsian zu Hessians Privatgemach führte, saß auch Helana dort am Fenster, die Beine übereinandergeschlagen und das Haar in salopper Trotzhaltung offen. Orsian konnte kaum den Blick von ihr losreißen. Er war so gebannt, dass er einen Moment brauchte, um zu begreifen, dass sein Vater ihm endlich eine Audienz beim König gestattete.

»Meine Tochter soll in ihren Gemächern eingesperrt werden, aber zuerst muss sie von den Konsequenzen ihrer Torheit erfahren«, verkündete Hessian und funkelte sie an. »Bist du jetzt glücklich, liebe Tochter? Wenn du nicht von diesem Blut wärst, würde ich dich wegen Hochverrats hinrichten lassen.«

Helana lachte. »Ist es jetzt Hochverrat, jemanden zu einer Hochzeit einzuladen?«

»Es war ein Fehler, Helana«, sagte Andrik. »Deinetwegen hätten wir fast alles verloren. Wäre Orsian nicht gewesen, wäre die Königin im Bleichen Fluss ertrunken. Was ist nur in dich gefahren?«

Helana reckte das Kinn vor und wandte den Blick ab.

Hessian ging zu ihr hinüber und schlug ihr brutal ins Gesicht. Damit hatte Helana nicht gerechnet; der Schlag warf sie zu Boden. Ungläubig sah sie zu ihm auf. Aus ihrem Mund rann Blut.

»Bleib da«, knurrte er. »Wenn du aufstehst, werde ich dich noch einmal schlagen.«

Zorn und Trotz blitzten in Helanas Gesicht auf. Orsian wollte ihr etwas zurufen und sie aufhalten, aber sie erhob sich und starrte Hessian an.

Er schlug sie erneut, wild und mit voller Wucht. Helana stürzte schwer zu Boden und stieß einen Schmerzensschrei aus, als ihr Kopf auf die Steine knallte. Orsian riss die Augen auf. Er wollte zu ihr laufen, aber vor Angst blieb er wie angewurzelt stehen. Sie rappelte sich mühsam wieder hoch und presste sich eine Hand aufs Gesicht.

»Nur zu«, sagte sie lachend und warf Hessian einen kalten, stechenden Blick zu. »Schlag mich noch einmal. Zeig allen, was für ein gütiger Vater du bist.«

Hessian ging auf sie zu, aber Andrik legte ihm eine Hand auf die Schulter. »Das reicht, Hessian.«

Hessian wirbelte herum, als wollte er seinen Zorn an ihm auslassen, aber stattdessen fand sein Blick Orsian. »Neffe! Wie ich höre, hast du meine Gemahlin gerettet. Wie kann ich dir jemals danken?« Er umarmte ihn so fest, dass Orsian die Knochen des Königs spüren konnte. Er roch nach Krankheit und Wein. Hinter ihm sah Orsian, wie Theodric Helana ein Tuch reichte, damit sie sich das Gesicht abwischen konnte.

»Es war meine Pflicht, Eure Majestät«, brachte Orsian leicht stockend heraus. »Eure Zufriedenheit ist Dank genug.«

»Unfug. Du kannst dir ein beliebiges Pferd aus meinen Ställen aussuchen.« Er lachte, klatschte in die Hände und wirbelte auf der Stelle herum, die Arme triumphierend erhoben. »Wein! Wein für meine Familie! Die Prindians haben sich positioniert, und niemand kann mich treulos nennen, wenn ich mich ebenfalls positioniere. Rymunds aufgespießten Kopf und einen Sohn an der Brust meiner Gemahlin, bevor das Jahr vorüber ist. Soll das ganze Königreich wissen, dass sie Verräter sind!«

Orsian starrte ihn an. Das war sein König? Das war der Mann, dem sein Vater unverbrüchliche Treue geschworen hatte, launisch wie eine Katze und rachsüchtig wie ein Dämon? Er war angewidert.

Hessian servierte den Wein persönlich und reichte auch Helana ein Glas. Sein Wutanfall war anscheinend vergessen. »Auf die Familie!«, rief er und bekam einige gemurmelte Worte zur Antwort. Er nahm einen tiefen Schluck von seinem Wein und sah Andrik durchdringend an. »Du hast einen Gefangenen?«

Andrik nickte. »Einen Soldaten der Prindians. Er hat gesagt, sein Name sei Marius.«

»Ich kenne ihn«, rief Helana. Sie war an ihr Fenster zurückgekehrt und machte keinen Versuch, den flammenden Handabdruck auf ihrer Wange zu verstecken. »Er war bei Bre… Lady Prindian. Als ich mich mit ihr im Gasthaus getroffen habe.«

Hessian funkelte sie wutentbrannt an. »Schweig!«

»Wir werden ihn befragen«, sagte Andrik. »Vielleicht weiß er etwas über die Pläne der Prindians.«

»Sperr ihn zuerst in den Kerker«, befahl Hessian. »Ein paar Tage dort unten sollten seine Zunge lösen.« Er richtete seinen Blick auf Theodric. »Ich wollte dich schon länger etwas fragen, Theodric. Wie kommt es, dass meine eigene Tochter sich mit meinem Feind verschwören konnte, der daraufhin meine Männer getötet und meine Gemahlin entführt hat, und du nichts davon verhindern konntest?«

Helana gab einen entrüsteten Laut von sich und öffnete den Mund, um etwas zu sagen, aber Orsian warf ihr einen warnenden Blick zu, sodass sie still blieb.

Theodric war erbleicht. »Ich habe sie beobachtet, wie Ihr es mir aufgetragen habt.«

Diesmal konnte Helana nicht länger schweigen. Sie fixierte Theodric mit einem scharfen Blick, genau wie ihr Vater es getan hatte. »Ich wusste es.«

»Zu Eurer eigenen Sicherheit«, sagte Theodric hastig. Er war beunruhigt, dachte Orsian. Bisher hatte der Magier immer so gelassen gewirkt, als trüge er irgendeine unheimliche Maske. »Könnt Ihr mir nach dem, was Jarhik zugestoßen ist, einen Vorwurf daraus machen, wenn Ihr dann noch an einen solchen Ort geht? Aber als Ihr in dem Gasthaus wart, habe ich Eure Spur verloren.« Er schloss konzentriert die Augen und kniff sie so fest zusammen, dass Orsian hätte schwören können, schwache Ausläufer von Theodrics Magie zu spüren, die ihn umgaben.

Er musste es sich eingebildet haben, denn kurz darauf öffnete Theodric die Augen wieder. Er schwankte leicht, und Orsian eilte zu ihm, um ihn zu stützen. Er zog einen Stuhl heran, und Theodric ließ sich darauffallen.

»Ich verstehe es nicht«, keuchte er schwach. »Fort. Ich kann gar nichts mehr spüren.«

Hessian trat vor und legte Theodric eine Hand auf die Schulter. »Das war auch nicht das erste Mal, nicht wahr, mein Freund?« Seine Stimme war überraschend sanft. »Vor einem Jahr hättest du die Gefahr, die Jarhik drohte, sogar von hier aus gespürt. Und hier, bei der Hochzeit, da hast du die Ränke der Prindians nicht wahrgenommen. Du hast etwas verloren. Wie konnte ich das übersehen?«

Orsian wusste nichts über Theodrics magische Kräfte, aber der Magier schien den Tränen nah zu sein. Er begrub den Kopf in den Händen. »Nach Jarhiks Tod dachte ich, es müsse einen Magier aus Thrumb geben, über den nichts bekannt ist. Und dann, als ich auch in anderer Hinsicht auf Grenzen stieß, war ich mir nicht mehr sicher. Es gibt so vieles, das ich einfach nicht erklären kann: die Thrumb, die Lutum, dass der Eryispek den ganzen Sommer hindurch in Nebel gehüllt war. Es gibt Geschichten von Magiern, deren Gabe durch außergewöhnliche Unfälle ausgelöscht wurde. Ich dachte, meine Kräfte würden vielleicht einfach schwinden.« Wieder schloss er die Augen, und Orsian glaubte erneut, seine Kraft zu spüren, die um sich griff. »Irgendetwas stimmt nicht mit meiner Magie. Irgendetwas stimmt ganz und gar nicht.«

KAPITEL 15

Das Gasthaus war eine namenlose Hütte. Es war viele Meilen vom nächsten Gasthaus entfernt, sodass es für die wenigen Menschen, die ihren Lebensunterhalt aus dem kargen Boden nahe der westlichen Grenze Erlands schöpften, nur »das Gasthaus« hieß. Die südöstliche Mauer war an den Stellen, wo das Holz verrottet war, nackt und setzte die fünf Gäste und den Wirt der steifen Brise aus, die über Erlands Ebenen fegte.

Rymund und Adfric kauerten über einem Fass in der Ecke, balancierten auf wackligen Hockern und tranken wässriges Bier. Rymund behielt die Kapuze seines Umhanges auf. Selbst in diesem trostlosen Hinterland konnte es Leute geben, die ihn erkannten.

Als Rymunds Mutter ihm aufgetragen hatte, Männer um sich zu scharen, hatte er gedacht, sie spreche von Bauern seiner Ländereien. Er hatte nicht mit einem langen, anstrengenden Ritt zum äußersten Rand von West-Erland gerechnet, nur

weil es Gerüchte über irgendeinen Streit am Hof von Pfeiferswehr gab.

Adfric hatte seinen Umhang zurückgeschlagen, sodass jeder
im Gasthaus seine Schwertscheide sehen konnte. »Mylord, das
hier gefällt mir nicht«, murmelte er. Er ließ die Tür gegenüber
der Theke nicht aus den Augen. »Ihr habt die Geschichten über
ihn gehört. Dieser Strovac Sigac könnte eine Handvoll Männer
hierherbringen und uns beide töten lassen.«

Rymund fuhr sich frustriert mit der Hand übers Gesicht.
»Es war der Plan meiner Mutter, nicht meiner«, sagte er nicht
zum ersten Mal. Trotz des Drängens seiner Mutter hatte sein
sonst so wortkarger Waffenmeister Rymund jeden Tag seit ihrem Aufbruch aus Irith von der Reise abgeraten. Rymund war
sich sicher, dass seine Weigerung, es sich anders zu überlegen,
Adfric dazu veranlasst hatte, ihn bei ihrem frühmorgendlichen
Schwerttraining mit noch größerer Heftigkeit zu bestrafen.
Rymund hatte die entsprechenden blauen Flecken, die das bewiesen. »Ihr habt Euch meiner Mutter nicht widersetzt. Was
hätte ich Eurer Meinung nach denn tun sollen?«

»Sucht Euch woanders Verbündete. Männer wie Sigac werden Euch nicht die Krone gewinnen. Es heißt, er sei kalt-
blütig, ein Sadist und ohne jegliche Ehre, und die Männer, die
ihm folgen, sind genauso gottlos wie er. Wenn er den Sangreals gegenüber loyal ist, wird er Euch töten, und wenn er es
nicht ist, werdet Ihr nur einen Mann hinzugewonnen haben,
der Euch gegenüber wahrscheinlich genauso wenig loyal sein
wird.«

»Adfric, dieser Logik nach sollte ich niemanden zu meiner
Sache bekehren wollen. Ich würde nur wahre Gläubige anheuern, und dann stünden Ihr, meine Mutter und ich allein gegen
Hessians Horden. Kein Mann hat je nur mit den Schwertern
rechtschaffener Männer eine Krone gewonnen. Selbst ein ehr-
loser Mann kann an eine Vereinbarung gebunden werden, die

für beide Seiten von Vorteil ist. Es heißt, seine Wilde Brigade stehe an Tüchtigkeit nur dem Hymerikaikorps nach.«

»Und sie steht niemandem in Sachen Brutalität nach, aber Ihr solltet in der Lage sein, den Männern, mit denen Ihr in den Krieg zieht, vorbehaltlos zu vertrauen. Ihr habt zu viel Zeit mit diesen Kaufleuten verbracht, Mylord, wenn Ihr mir verzeiht, dass ich das sage.«

Adfric war auch dagegen gewesen, dass Rymund mit seinen Freunden Dom und Will sprach, bevor sie aufbrachen. Seine Mutter mochte sich diesen Plan ausgedacht haben, aber Rymund konnte genauso gut seine eigenen Pläne aushecken. Dom war hochmütig, wie man es vom Sohn eines Kapitäns erwarten würde, und seine Gefangenschaft und Rymunds Weigerung, ihn nach seiner Freilassung zu sehen, hatten ihn zu Sturheit angestachelt. Glücklicherweise war Will versöhnlicher, und nicht einmal Adfrics stählerne Blicke hatten ihn daran gehindert, Rymund »Eure Majestät« zu nennen und über seine Gefangenschaft zu lachen, als wäre sie ein einziges großes Abenteuer gewesen.

Zu guter Letzt hatten sie Dom überreden können. Rymund hatte ihm vier Beutel mit Gold und Anweisungen dagelassen: »Reise zuerst zu den südlichen Ufern von Cylirien«, hatte er ihm aufgetragen, »wo das Imperium nur dem Namen nach herrscht. Sollte das scheitern, musst du nach Ffrisea gehen, wo die Barbaren nackt mit Knüppeln kämpfen. Bring mir jeden willigen Mann, der eine Waffe schwingen kann.« Die Luft war zum Schneiden dick gewesen von Adfrics Missbilligung.

Die Tür des Gasthauses wurde geöffnet, und Rymund spürte, wie Adfric alle Muskeln anspannte wie ein Hund, der in seiner Hütte einen Wolf witterte. Ein Mann duckte sich durch die Tür, und Rymund erkannte Strovac Sigac aufgrund seines Rufes. Einen Meter fünfundneunzig groß, mit blondem Haar, das ihm offen bis zur wuchtigen Kinnlade ging. Ein in

Leder und Metall gekleideter Berg von einem Mann. Er hätte das Kriegerideal Erlands sein können, wären da nicht seine Augen gewesen. Sie huschten von einer Ecke zur anderen, klein und rattenartig, im Schatten seiner Brauen. Sie verliehen ihm ein durchtriebenes, boshaftes Aussehen: das Gesicht eines schäbigen Strauchdiebes, nicht das eines Kriegers. Er war allein gekommen.

Alle Gesichter im Gasthaus blickten zur Tür, aber angesichts der Größe des Mannes und des Schwertes an seiner Hüfte starrten sie gleich wieder auf ihre Getränke. Einzig Rymund und Adfric hielten seinem Blick stand. Der blonde Riese runzelte die Stirn, kam aber zu ihnen herüber, klatschte einige Bronzestücke auf die Theke und schnappte sich den frischen Humpen, den der Wirt für einen anderen Gast eingeschenkt hatte.

»Ich habe Eurem Mann gesagt, Ihr sollt *allein* kommen«, knurrte er Rymund an.

»Lord Prindian braucht nicht Eure Erlaubnis, um seine Meinung zu ändern«, konterte Adfric.

»Und ich brauche seine Erlaubnis nicht, um Euch den verdammten Kopf abzureißen.«

Adfric war sofort auf den Beinen, und obwohl er Sigac kaum bis zum Kinn reichte, trat der größere Mann einen halben Schritt zurück. Beide zogen ihre Schwerter ein Stückchen heraus, sodass der dunkle Stahl in den Scheiden sichtbar wurde.

»Setzt Euch«, zischte Rymund. So hatte er sich seinen ersten Versuch, ein Bündnis zu schließen, nicht vorgestellt.

Adfric steckte seine Klinge weg und setzte sich wieder auf seinen Platz, aber er ließ Sigac nicht aus den Augen. Der massige Krieger blieb stehen und funkelte Rymund an. Nach einem Moment gesellte er sich zu ihnen um das Fass.

»Ich hoffe, dass keiner dieser Bauern ein Spion des königlichen Magiers ist«, bemerkte Rymund, »sonst haben wir uns gerade zu erkennen gegeben und ihm eine schöne Geschichte geliefert.«

Sigac tippte mit einem Finger auf seinen Schwertgriff. »Mit süßem Stahl kauft man sich Schweigen. Sobald wir hier fertig sind, schlachte ich sie alle ab.«

Rymund hielt Adfric mit einer Hand an der Schulter zurück. So langsam glaubte er, dass sein Waffenmeister mit seiner Einschätzung dieses Treffens richtiglag. »Danke, dass Ihr allein gekommen seid. Es tut mir leid, dass ich selbst nicht Wort gehalten habe.«

Sigac zuckte die Achseln. »Lords halten selten Wort. Warum habt Ihr mich hierhergebeten?«

Rymund unterzog den Mann einer Musterung. Dass er diesen weiten Weg auf sich genommen hatte, legte die Vermutung nahe, dass er den Grund dafür kannte. Trotzdem nahm Rymund die Hand von Adfrics Schulter, blickte auf sein Schwert hinunter, in der Hoffnung, dass es lose in der Scheide steckte. »Ihr seid mit der Wilden Brigade von Merivale nach Westen geritten. Ich hätte gern ein Bündnis mit Euch und der Brigade. Das gilt auch für die anderen, die Ihr befehligt, wenn sie uns folgen wollen.«

Strovac musterte ihn aufmerksam. »Ich kann einen Preis für mein eigenes Schwert festlegen, aber für die anderen kann ich nicht sprechen.«

Adfric lachte leise. »Deshalb ist er allein gekommen. Er vertraut seinen eigenen Männern nicht. Kein Wunder: Ein wahrer Krieger erkennt einen Feigling.«

Sigacs Augen blitzten auf. »Nennt mich noch einmal einen Feigling, alter Mann, und ich werde die Wände mit Euren Eingeweiden beschmieren.« Er sah wieder Rymund an. »Ich will eine Lordswürde.«

Rymund musste über seine Dreistigkeit lachen. »Ihr könntet der beste Assassine im ganzen Königreich sein, aber keines Mannes Schwert ist eine Lordswürde wert.«

»Mit Ausnahme von Lord Andrik«, erwiderte Strovac verdrossen. »Gebt mir eine Lordswürde und Ländereien und freie Hand, mir Andriks Kopf zu holen, dann gehöre ich Euch.« *Meine Mutter würde ihn mögen, aber der Mann ist wahnsinnig.* »Und wie viele Männer bringt Ihr mit als Gegenleistung für diese Lordswürde, die ich für Euch aus dem Nichts heraufbeschwören soll? Nur Euch selbst?«

Der massige Mann dachte einen Moment lang nach, und seine glänzenden Pupillen waren voller Kalkül. »Versprecht mir die Lordswürde, und ich bringe Euch jeden der dreihundert Männer in meiner Wilden Brigade, der bereit ist, Euch zu dienen. Die Übrigen schicke ich in die Wolken, damit sie Eryi treffen.«

Wahnsinnig und fünfmal so gefährlich. Der Mann sprach von Mord wie andere Männer von Mahlzeiten. »Wenn ich jedem Mann, der mir dreihundert Krieger bringen kann, eine Lordswürde samt Herrschaftsbereichen zugestehen würde, hätte ich mein halbes Königreich verschenkt, bevor ich es überhaupt erobert habe.« Rymund hoffte, dass das der Wahrheit entsprach. Wenn nicht, war seine Sache zum Scheitern verurteilt. »Mit ein paar Hundert Männern könnt Ihr Euch keine Lordswürde erkaufen.«

Der Mann nahm einen langen Zug von seinem Bier und ließ es im Mund kreisen. »Ich kann Euch dreihundert versprechen. Vielleicht mehr.« Seine Knopfaugen glitzerten. »Außerdem eine Gefälligkeit, etwas, das Ihr gebrauchen könnt.«

»Ich müsste schon sehr verzweifelt sein, wenn ich diesen Handel abschließen würde, ohne zu wissen, was das für eine Gefälligkeit sein soll.« Doch Rymund war fasziniert. Worum mochte es sich da handeln?

»Ihr seid verzweifelt, und ich schätze, die Gefälligkeit allein könnte bereits eine Lordswürde wert sein.«

»Warum stellt Ihr Euch gegen Hessian?«, verlangte Adfric zu erfahren. »Er hat Euch eine Festung gegeben, und wenn die Geschichten wahr sind, könnt Ihr über Eure Angelegenheiten selbst bestimmen, einschließlich Eurer Kriegertruppe.«

Strovac musterte Adfric eingehend, und zum ersten Mal entdeckte Rymund etwas anderes als kaum unterdrückten Zorn in seinem fast schwermütigen Blick. »Ihr habt das Gerücht gehört.«

Rymund brauchte einen Moment, um zu begreifen, wovon Strovac sprach. »Dass Ihr sein Sohn seid?«, fragte er und unterdrückte ein Lachen. »Die Geschichte habe ich gehört. Aber ich habe auch gehört, dass Ihr derjenige gewesen seid, der das Gerücht in die Welt gesetzt hat, obwohl ich mir nicht vorstellen kann, warum. Ist es nicht besser, das, was man hat, durch die Stärke seines Schwertes gewonnen zu haben?«

Strovacs Augen blitzten. »Es ist wahr, verdammt noch mal. Ich habe meine Mutter fast entzweigerissen, als sie mich geboren hat. Mein Stiefvater wusste sofort, dass ich nicht sein Kind war. Der Dreckskerl hat es mich nie vergessen lassen, bis ich groß genug war, um mich zu wehren. Ich hätte ihn getötet, wenn meine Mutter mich nicht angefleht hätte, es nicht zu tun. Da war ich elf.

Hessian weiß ebenfalls, dass ich sein Sohn bin, obwohl er es niemals zugeben würde. Also schenkt er mir irgendeine verfallene Burg in den Sümpfen und macht Gebrauch von meinem Schwert, wann immer es ihm passt. Und erwartet Dankbarkeit von mir. Nun, ich habe die Schnauze gestrichen voll von ihm und seinem Bastard von Bruder. Er nimmt sich alles, und ich bekomme nur eine feuchte, zugige Festung und seine Respektlosigkeit.«

Rymund bemühte sich um einen nichtssagenden Gesichtsausdruck. Er bezweifelte nicht, dass Strovac an seine Geschichte glaubte, und da war tatsächlich eine vage Ähnlichkeit zu

Hessian, doch er konnte seine Skepsis nicht leugnen. Sicher gab es Frauen, mit denen er geschlafen hatte, die ihren Söhnen – ob zu Recht oder zu Unrecht – erzählten, dass Rymund Prindian ihr Vater sei. Trotzdem nickte er. »Helft mir, die Krone zu gewinnen, dann bekommt Ihr Eure Rache und Eure Lordswürde.«

Damit war der Handel noch nicht abgeschlossen. Es dauerte noch eine Stunde, bis beide Männer mit den Bedingungen zufrieden waren. Strovac Sigac würde dreihundert Krieger für Rymunds Sache mobilisieren und ihm dazu die angebliche Gefälligkeit zukommen lassen, und er würde jeden Erländer töten, der gegen die Thrumb kämpfte und sich ihnen nicht anschließen wollte. Als Gegenleistung würde Lord Rymund Strovac zum Lord ernennen, sobald er König war, und Strovac in einiger Entfernung, aber nicht zu weit entfernt von einer größeren Siedlung eine Festung, Land und Diener überschreiben und seine Aktivitäten nur begrenzt überwachen lassen.

»Und Fassbrechers Kopf gehört immer noch mir«, forderte Strovac, als sie einander die Hand reichten. »Und seine Frau. Ich will seine Ehefrau.«

Rymund schüttelte den Kopf. Schon jetzt bereute er ihren Handel beinahe. »Die Frau eines anderen Mannes kann ich Euch nicht geben, das ist nicht die Abmachung, die wir getroffen haben. Helft mir, die Krone zu gewinnen, dann mache ich Euch zum Lord. Nicht mehr und nicht weniger.«

Strovac brummte etwas Unverständliches, und der Blick seiner kleinen Augen huschte im Raum umher, zu den drei anderen Gästen und dem Wirt. Sie alle hielten den Kopf gesenkt. »Dann fange ich am besten mal damit an, Euren königlichen Arsch zu schützen.« Er zückte sein Schwert.

Er begann mit dem Mann, der ihm am nächsten saß, einem Bauern in geflickter Kleidung, der sich der Theke zuwandte. Strovacs Schwert war im Rücken des Mannes und wieder heraus, bevor Rymund blinzeln konnte.

Der Wirt war der Nächste. Er schaute überrascht auf, als das Schwert auf ihn herabsauste. Er duckte sich noch, aber die Spitze der Klinge erwischte ihn direkt unterhalb der Augen, sodass der scharfe Stahl seinen Kopf in zwei Hälften spaltete.

Der dritte Mann versuchte aufzustehen, als Strovac über ihn herfiel. Er machte sich nicht die Mühe mit der Klinge, sondern schlug ihm nur mit dem Griff auf den Kopf. Rymund hörte Knochen brechen, und der Mann sackte zu Boden. Blut sickerte aus dem Loch in seinem Schädel.

Der vierte Mann am Ende der Theke hatte sich einen Schürhaken geschnappt und parierte ein paar Hiebe, als Strovac auf ihn eindrosch. Der Mann wich zum Feuer zurück, um sich vor dem Schwert zu schützen, das Strovac so mühelos wie einen Hammer schwang. Der Mann war groß und kräftig, aber in fortgeschrittenem Alter und Strovacs Brutalität nicht gewachsen. Es endete, als ein Schwertstreich von schräg oben den Oberkörper des Mannes von der Schulter bis zur Brustwarze spaltete. Ihm blieb ein kurzer Moment, um zu keuchen, bevor Strovac die Klinge drehte und die Augen seines Opfers erloschen.

»Auf der Lichtung in der Mitte des Gwendolinwaldes«, sagte Strovac, zog sein Schwert heraus und ließ den Leichnam des Mannes fallen. »In der Nacht vor dem Neumond. Da werdet Ihr Eure Männer bekommen.« Strovac Sigac wischte seine Klinge an der Tunika des Toten ab, öffnete die Tür des Gasthauses und verschwand hinaus in die Nacht.

Rymund konnte ihm nur nachstarren. Er hatte sich noch nicht einmal von seinem Platz erhoben. *Bei Eryi.* Strovac hatte nur Sekunden gebraucht, um das Gasthaus in ein Massengrab zu verwandeln.

Adfric hatte zumindest sein Schwert gezückt, auch wenn Rymund nicht wusste, wozu. »Dieser Mann wird Euch entweder Eure Krone erkämpfen«, sagte er, »oder uns alle umbringen.«

233

KAPITEL 16

Hrogo ließ sich von den beiden stämmigen, schwarz gekleideten Wachmännern mitziehen und schlurfte mit seinen angeketteten Füßen gerade schnell genug, um nicht zu stürzen. Sein verkrümmter Rücken bog sich unter der Last des Metalls, das er trug. Kvarm, sein Herr, verfügte über Hunderte dieser Wachen, die alle mit einem geschärften Säbel bewaffnet waren und tödlich damit umgehen konnten. Auch ohne seine Ketten hätte Hrogo nirgendwo hinlaufen können, aber es gefiel dem Oberverwalter, ihn lahmzulegen. Hrogo hatte seit Jahrzehnten keinen Fluchtversuch mehr unternommen, nicht seit Kvarm seinen Rücken und seine Beine so schlimm verstümmelt hatte, dass er kaum noch gehen konnte. Jetzt sollten die schweren Ketten eher verhindern, dass ihn jemand entführte, als dass sie irgendetwas unterbanden, was Hrogo hätte tun können.

Sein Herz schlug ein wenig schneller, als sie sich Kvarms Amtsstube näherten. Seit dem Einbruch war die Stimmung seines Herrn noch düsterer als gewöhnlich, und Hrogo musste sehr vorsichtig sein, um sich nicht seinen Zorn zuzuziehen. Die Wachen, die zu der Zeit Dienst getan hatten, waren so brutal ausgepeitscht worden, dass zwei von ihnen den Tod gefunden hatten.

Die Tür zu Kvarms Turm wurde geöffnet, und die Wachen warfen Hrogo auf den Boden, als würden sie eine Leiche ins Meer schleudern. Hrogos Ketten hinderten ihn daran, seinen Sturz abzufangen, und obwohl der Teppich weich und dick war, landete er schmerzhaft auf Brust und Gesicht, und alle Luft wich aus seinen Lungen. Er zwang sich, nicht vor Schmerz zu schreien, und stemmte sich unbeholfen mit seinen gefesselten Händen auf die Knie hoch.

Sein Herr musterte ihn über seinen riesigen, prunkvollen Schreibtisch hinweg, der endlich wieder benutzt werden konnte, nachdem mehrere kräftige Diener das Bücherregal aufgerichtet hatten. Die Amtsstube war zwar gereinigt worden, aber einige der Schäden, die durch den Einbruch entstanden waren, konnten nicht behoben werden; vom Schreibtisch fehlten große Stücke, wo das Bücherregal aufgeschlagen war, und die durch den Sturz beschädigten Gegenstände waren zur Reparatur entfernt worden, sodass die Regale halb leer waren.

Kvarm Murino war in seinem siebten Jahrzehnt, aber im Gegensatz zu seinem düsteren Arbeitszimmer trug er die leuchtenden, modischen Farben eines jüngeren Mannes, ein Hinweis auf seine Zugehörigkeit zu den reformorientierten Fraktionen im Senat des Imperiums. Mit seinem markanten Kinn und dem schlanken Körperbau eines um Jahrzehnte jüngeren Mannes wirkte die Kleidung nicht unpassend. Hrogo wusste jedoch, dass Kvarm weder die Reformer noch sein Aussehen etwas bedeuteten. Er wollte sich nur von Bovarch distanzieren, seinem verhassten älteren Bruder, einem korpulenten

Bären von einem Mann, der stark an Traditionen festhielt und zu Kvarms Unglück auch noch der aktuelle Kzar des Ulvatischen Imperiums war.

Dass Bovarch der gewählte Kzar war, hinderte Kvarm daran, einen Sitz im Senat einzunehmen, und beschränkte seinen Einfluss auf das, was er durch Handel erreichen konnte. Kvarm hatte die Enklave angeblich zum Wohle des Imperiums geschaffen, aber sie diente ihm vor allem dazu, Reichtum und Einfluss fernab der Intervention seines Bruders zu vermehren. Jede sechste Münze, die in Klippwehr ausgegeben wurde, landete nun in Kvarms Tasche.

»Hrogo!«, rief Kvarm in gespielter Nachahmung des brüderlichen Tons, den er anderen bedeutenden Männern gegenüber anschlug. Er wirkte fröhlich, aber das konnte sich im Handumdrehen ändern. »Du siehst gut aus, mein Freund. Hat sich dein Rücken vielleicht ein klein wenig entzerrt?«

Hrogo nickte stumm und nahm das Kompliment an, und Kvarm lachte. Der Blick seiner dunklen Augen huschte zu den Wachen, die Hrogo auf den Boden geworfen hatten. »Ihr zwei. Wenn ihr mein Eigentum noch einmal so schlecht behandelt, lasse ich euch auspeitschen. Lasst uns allein.«

Die Wachen verneigten sich respektvoll und verließen ohne ein Wort den Raum.

So verkrüppelt er auch war, Hrogo war der einzige Magier, der Kvarm noch geblieben war – vielleicht sogar der einzige im ganzen Imperium –, und damit unendlich wertvoll. Er war der fünfte Hrogo, der den Murinos diente, und stammte vom allerersten Hrogo ab, der nach der Vierten Säuberung heimlich versklavt worden war. Als Kind war er einer von Dutzenden Brüdern und Schwestern gewesen, die alle noch bedauernswerter waren als er und nicht einmal einen Namen hatten, da ihre Magie und ihr Verstand durch Generationen von Inzucht beeinträchtigt waren. Von den Versuchen der Murinos, weitere Magier zu züchten, war Hrogo der einzige Erfolg gewesen.

Das war alles, was ihn am Leben erhielt, was immer das wert war. Er würde der letzte Hrogo sein. Seit Jahren zwang Kvarm ihn, mit einer endlosen Reihe von Sklavinnen zu kopulieren, in der Hoffnung, dass eine davon ein Kind mit der Gabe gebären würde. Kein einziger Schoß hatte empfangen. Die Erkenntnis, dass Hrogo wahrscheinlich unfruchtbar war, hatte Kvarm derart erzürnt, dass er ihm die Hälfte seiner Knochen brach und sie ihm so ungünstig wieder zusammenwachsen ließ, dass er seitdem einen schiefen Rücken und einen unsicheren, hinkenden Gang hatte.

Es war nur eine Kleinigkeit zu wissen, dass man der Letzte war, aber es freute Hrogo. Gelegenheiten, seinem Herrn einen Strich durch die Rechnung zu machen, waren selten. Kein Nachfahre von ihm würde das Elend eines Lebens als Sklave der Murinos erdulden müssen.

»Ich bin von Schwachköpfen umgeben«, knurrte Kvarm, während sich die Schritte der Wachen die Treppe hinunter entfernten. »Nach drei Jahren in dieser verfluchten Stadt vergessen meine Wachen langsam, wie imperiale Disziplin aussieht. Jetzt setz dich schon; es beleidigt meine Augen, deinen verrenkten Körper zu sehen, wenn du versuchst zu stehen.« Hrogo gehorchte, und Kvarm beugte sich mit dunklen, durchdringenden Augen über den Schreibtisch zu ihm vor. »Hast du es schon gefunden?«

Hrogo wusste, dass er nicht laut auszusprechen wagte, was gestohlen worden war. Es war einer der wertvollsten magischen Gegenstände aus der Sammlung der Murinos gewesen. Dass er den größten Teil des Reichtums seiner Familie, einschließlich Hrogo, geerbt hatte, war der einzige Vorteil, den Kvarm davon hatte, dass Bovarch dieses Vermögen mit seiner Ernennung zum Kzaren hatte abtreten müssen. Wenn Bovarch von dem Diebstahl erfuhr, würde das Kvarm in große Verlegenheit bringen. Schlimmer noch, es gab Feinde in Ulvatia, die nicht zögern würden, das Wissen um einen verlorenen magischen Gegenstand auszunutzen, um etwas gegen Kvarm oder sogar Bovarch zu unternehmen, vor allem, wenn besagter Gegenstand in die falschen Hände geriet.

Hrogos Existenz war ein streng gehütetes Geheimnis. Verbotene Bücher waren eine Sache, aber dass die Familie des Kzaren einen versklavten Magier besaß, war eine gänzlich andere. Wenn die Bürger von Ulvatia davon erfuhren, konnten die Murinos den gesamten Senat zu Fall bringen. Hrogos wahre Natur war nur Bovarch, Kvarm und einem mächtigen inneren Zirkel bekannt. Soweit die Wachen wussten, war er nur ein Krüppel, der zur grausamen Belustigung seines Herrn gehalten wurde.

Hrogo leckte sich die Lippen und dachte über seine Antwort nach. Er hatte die ganze Zeit gewusst, wo der Gegenstand war, aber es war eine der wenigen Freuden in seinem erbärmlichen Dasein, Kvarm ein Schnippchen zu schlagen. Er hatte die Spur quer durch und dann aus Klippwehr hinaus verfolgt, und gleichzeitig hatte er Unwissenheit vorgeschützt und beobachtet, wie die Wut seines Herrn immer höher und höher kochte. Die Kunst bestand darin, ihn nie an den Punkt kommen zu lassen, an dem seine Wut die Einschätzung von Hrogos Wert überstieg. Das war der Punkt, an dem er anfangen würde, Knochen zu brechen.

Kvarm schlug mit beiden Fäusten auf den Tisch und erschreckte Hrogo auf seinem Stuhl. »Antworte mir, Idiot!«

Hrogo schluckte. Es war Zeit, sich nützlich zu machen. »Es ist schwierig, Herr. Der Berg wirft einen großen Schatten, und ich spüre nur eine ganz schwache Spur des Gegenstands. Ich habe den Verdacht, dass er sich auf der anderen Seite des Eryispek befindet. Höchstwahrscheinlich ist er in der Hauptstadt, in Merivale.«

Kvarm hielt inne und gab ein leises Grunzen von sich, dann lehnte er sich auf seinem Stuhl zurück und legte die Fingerspitzen zusammen. Hrogo nahm an, dass er mit der Antwort zufrieden war oder zumindest nicht zornig genug, um sein Eigentum zu verletzen. »Dann müssen wir nach Merivale reisen, obwohl es mir zutiefst widerstrebt. Ich hasse dieses Land. Der einzige auch nur ansatzweise zivilisierte Teil davon ist Klippwehr. Wie diese Barbaren das Imperium besiegt haben, werde ich nie begreifen. Wenn mein Bruder nicht so feige wäre, würde er die Berge überqueren und sie vernichten.«

Hrogo erwiderte nichts. Es war das Beste, keine Aufmerksamkeit auf sich zu lenken, wenn Kvarm an seinen Bruder dachte.

»Angenommen, du hast recht«, fuhr Kvarm fort, »wirst du den Gegenstand dann aufspüren können, wenn wir Merivale erreichen?«

Wäre er ehrlich gewesen, hätte Hrogo Kvarm mitteilen können, dass der Gegenstand just in diesem Moment durch ein Tor in die Stadt Merivale gebracht wurde. Er hätte ihm erzählen können, dass drei Personen dabei waren, dieselben drei, die ihn ausgeraubt hatten und die fast noch Kinder waren. Stattdessen sagte er: »Vielleicht, Herr. Ich werde dem Gegenstand dort näher sein, aber ich werde auch dem Berg näher sein. Ich weiß nicht, wie sich das auf mich auswirken wird.«

Kvarm wedelte mit einer Hand. »Na schön. Ich habe zweihundert Männer, die danach suchen werden, und nicht alle können so unfähig sein wie die, die diese verdammten Diebe haben entkommen lassen. Sobald wir in Merivale sind, werden wir sie finden, und dann werden sie erfahren, was es bedeutet, Kvarm Murino in die Quere zu kommen. Doch der Gegenstand hat oberste Priorität. Er muss um jeden Preis zurückgeholt werden. Die Zukunft des Imperiums hängt von ihm ab.«

Die drei, die ihn gestohlen haben, tun mir wirklich leid, dachte Hrogo. Wenn sie irgendetwas über ihr Opfer gewusst hätten, dann hätten sie ihre Beute zurückgelassen und wären bis ans Ende der Welt geflohen.

Er hatte jedoch nicht die Absicht, Kvarm mehr zu helfen, als sein Überleben es erforderte. Er würde den treuen Sklaven spielen, aber tief in Hrogos Herz lauerte ein Geheimnis, so schrecklich, dass es ihm manchmal Angst machte, daran zu denken.

Hrogo hatte schon vor langer Zeit den Gedanken an eine Flucht aufgegeben oder an einen anderen Ausweg aus Kvarms Folter als den Tod. Er hatte auch schon in Betracht gezogen, aus dem Leben zu scheiden, aber ein Gedanke hatte ihn immer davon abgehalten.

Er wollte lang genug leben, um Kvarm Murino tot zu sehen.

Es gab Möglichkeiten, einen Menschen mit Magie zu töten, aber Hrogo hatte nicht genug Vertrauen in seine Fähigkeiten, um es zu versuchen. Ein einziger gescheiterter Versuch würde seinen langsamen und schmerzhaften Tod bedeuten. Die sauberste Möglichkeit würde darin bestehen, dass Kvarm starb, ohne dass irgendjemand seinen Tod mit Hrogo in Verbindung bringen konnte.

Und wo konnte sich so etwas besser ereignen als in Merivale? Die Hauptstadt lag tief in Erland und war angeblich ein dreckiger, barbarischer Ort, der nichts für das Imperium übrighatte. In Merivale konnte ein Mann wie Kvarm Murino ziemlich leicht zu Tode kommen.

KAPITEL 17

»*Das* ist die Hauptstadt?«

Sie waren gerade von dem Wagen geklettert, nachdem sie einen Monat lang nichts anderes hatten anschauen können als einander, andere Reisende und dunkle, vom Regen getränkte Sümpfe. Tansa war keineswegs beeindruckt von Merivale und brannte darauf, ihre Unzufriedenheit kundzutun.

»Man kann es kaum eine Stadt nennen! Und warum ist sie so schlammig? Und warum sehen alle Leute gleich aus? Und warum ist es so kalt und stinkt?« Sie konnte den Gestank von Exkrementen und verfaultem Fleisch praktisch schmecken. Der Schlamm drohte ihr bei jedem Schritt den Schuh zu stehlen, und neun von zehn Menschen, denen sie begegneten, hatten das gleiche blonde Haar wie alle Erländer, im Grunde überhaupt das gleiche Aussehen. Die Einheimischen bewegten sich schnell und trugen seltsame Bündel bei sich. Sie warfen jedem, der ihren Weg zu kreuzen drohte, lauernde Blicke zu. In Klippwehr schritt jeder wie ein König daher und trug seinen Reichtum zur Schau. Menschen liefen nur dann so herum wie hier, wenn sie etwas zu verbergen hatten. Zu Hause wäre ihre sichtliche Nervosität eine offene Einladung für einen Raubüberfall gewesen.

»So kann es nicht immer sein«, meinte Tam. »Irgendetwas muss hier passiert sein.«

»Aber was, wenn doch? Was, wenn es nicht besser wird?« Tansa wünschte langsam, sie hätte den Geldbeutel nie gestohlen.

»Wir gehen zurück, in einem Jahr oder so«, sagte Tam. »Oder in sechs Monaten, wann immer es sicher ist«, fügte er hastig hinzu, als er den Ausdruck auf Tansas Gesicht sah. »Oder wenn du es eilig hast, kannst du wieder in den Wagen steigen und jetzt gleich nach Hause fahren.«

Tansa war froh darüber, dem Wagen entkommen zu sein, wo immer sie auch waren. Sie konnten ihre Münzen eintauschen, einige Monate hier untertauchen und abwarten, bis in Klippwehr Gras über die Sache gewachsen war. Die imperialen Wachen würden nicht ewig nach ihnen suchen.

Sie hatten vorgehabt, jemanden zu finden, der ihre fremdländischen Münzen gegen einheimische eintauschte, sobald sie die Stadt erreicht hatten, aber sie hatten sich nicht überlegt, wie sie das anstellen sollten. Nichts lud mehr zu einem Überfall ein, als Menschen zu fragen, wo man Geld tauschen konnte.

»Es tut mir leid, Euch noch einmal zu belästigen, mein Herr«, sagte Tansa an den Kutscher ihres Wagens gewandt und ließ ihr entwaffnendstes Lächeln aufblitzen. »Ich soll meinen Onkel aufsuchen, wenn ich ankomme. Er ist Wächter bei einem Geldverleiher irgendwo in der Stadt, aber ich weiß leider nicht, wo. Würdet Ihr so freundlich sein, mir den Weg zu den Geldverleihern der Stadt zu weisen?«

Der Fahrer sah sie finster an. »Bevor ich dir den Weg zeige, will ich deinen Anteil an der Einreisegebühr. Sechs Beine und deinen Anteil an den Rädern.« Er nannte eine so hohe Summe, dass Tansa ihn bitten musste, die Worte zu wiederholen, bevor sie ihm widerstrebend die Münzen überließ. Sie konnte sich nicht vorstellen, warum jemand freiwillig so viel bezahlen würde, um Merivale zu betreten.

»Es gibt nur einen einzigen Geldverleiher in Merivale«, erzählte der Fahrer ihr, sobald die Münzen in seiner Tasche verstaut waren, »und ihm gehört die Hälfte meines Geschäftes. Wenn dein Onkel wirklich für Hyland arbeitet, kannst du ihm von mir ausrichten, dass er ein geldgieriger Halunke ist.« Er fuhr davon, ohne ihr den Weg zu beschreiben.

Zum Glück hatte eine der Frauen im Wagen ihr Gespräch mitbekommen und wies ihnen bereitwillig den Weg nach Westen. »Wenn ihr vor dem Heiligtum der Bräute Eryis steht, müsst ihr ein paar Straßen nach links gehen und bei dem Mann, der Bratäpfel verkauft, rechts abbiegen«, erklärte sie.

Die drei trotteten in die Richtung, die ihnen die Frau genannt hatte, setzten vorsichtig einen Schritt vor den anderen und atmeten durch den Mund. Tansa nahm an, dass sie sich irgendwann an den Geruch gewöhnen würden.

Das Heiligtum der Bräute Eryis in Merivale war wenigstens aus Stein und nicht aus Stöcken erbaut. Auf die Kinder, die im Schatten des Tempels der Elemente in Klippwehr aufgewachsen waren, wirkte es aber immer noch unscheinbar im Gegensatz zu dem Tempel, der mit weißen Marmorkacheln verkleidet war, die einen blendeten, wenn sich die Sonne auf dem Wasser spiegelte.

»Warum ist alles so beschissen hier, obwohl der König in der Stadt lebt?«, fragte Tam.

Sie setzten den Weg fort, den die Frau ihnen gewiesen hatte, und bogen bei dem Bratäpfelverkäufer nach rechts ab. Das Geschäft des Geldverleihers war leicht zu finden; es war das einzige Gebäude, vor dessen Tür zwei Wachen postiert waren.

Ein Mann mittleren Alters musterte der Reihe nach eine Probe von jeder ihrer Währungen und nahm sich dafür mehrere Minuten Zeit. »Nun, ihr habt hier eine recht hübsche Sammlung«, sagte er und hielt ein æchenianisches Zweischillingstück ans Licht. »Da fragt man sich doch, woher ihr die habt.«

»Geerbt«, sagte Tansa schnell. »Unsere Eltern sind gestorben, und wir haben die unter ihren Dielenbrettern gefunden.« Sie spürte, wie Tam neben ihr bei dieser offensichtlichen Lüge zusammenzuckte.

»Geerbt, ja?« Der Mann beugte sich vor, und ein schwaches Lächeln schimmerte in seinen Augen auf. »Nun, das erleichtert mich, denn ich bekomme hierzulande nicht viel fremdes Gold zu Gesicht; es gibt hier nicht viele Möglichkeiten, es sich mit ehrlicher Arbeit zu verdienen. Wenn die Münzen gestohlen wären, müsste ich natürlich die Behörden benachrichtigen. Ihr wärt sicher nicht so dumm, damit hierherzukommen und zu versuchen, mich ehrlichen alten Mann in so etwas hineinzuziehen, hmm?« Er zwinkerte ihnen zu. »Ich gebe euch ein erländisches Goldstück für jeweils sechs von gleichem Gewicht.«

»Das ist weniger als das, was wir woanders …«, begann Tam entrüstet, bevor Tansa ihm schnell eine Hand auf den Mund schlug.

Der Mann kratzte sich am Kopf. »Keine Ahnung, was dein Freund sagen wollte, aber so wie er aussieht, würde ich behaupten, dass es etwas Dummes war. Mein Angebot ist gerade auf eins zu sieben gesunken.« Tansa nahm das zweite Angebot schnell an.

»Dreckskerl«, zischte Tam, als sie den Laden verließen, um viele erländische Münzen reicher, aber auch um viele Unzen Gold ärmer. »Hat uns ausgenommen und dann ausgespuckt.«

»Trotzdem ist es immer noch mehr erländisches Gold, als ich je im Leben gesehen habe«, meinte Cag grinsend und hob sowohl Tam als auch Tansa hoch, um sie herumzuwirbeln, was ihnen neugierige Blicke von Passanten eintrug. »Lasst uns in ein Gasthaus gehen oder zu einem Schweineballspiel! Der Kutscher hat mir erzählt, dass alle Gilden gegeneinander spielen, und die Hälfte der Partien endet damit, dass beide Mannschaften ins Gefängnis geworfen werden!«

Tam grinste über den Enthusiasmus seines Freundes. »Das werden wir tun, Cag, versprochen. Lasst uns jedoch zuerst schauen, wo der König wohnt.«

Cag runzelte die Stirn. »Das kann ich von hier aus sehen«, sagte er und zeigte nach Norden zu dem dunklen, steinernen Ungetüm, das mit Abstand das größte Gebäude in Sichtweite war, auch wenn es vom Eryispek in der Ferne dahinter übertrumpft wurde. »Wir können den Palast sehen, seit wir hier angekommen sind.«

»Das ist so, als würdest du sagen, dass du den Eryispek von hier aus sehen kannst und es daher auch keinen Grund gäbe, zu dem Berg zu gehen«, entgegnete Tam. »Ich will es mir genauer anschauen.«

»Wir *können* den Eryispek von hier aus sehen«, beharrte Cag. »Allerdings nicht sehr viel davon. Auf den Gemälden, die ich in Klippwehr gesehen habe, war es dort nie so neblig.«

Tansa lachte und begriff, warum ihr Bruder so versessen darauf war, nach Pfeiferswehr zu gehen. »Lass meinen Bruder in Ruhe, Cag. Er will versuchen, seine geliebte Königin Ciera zu sehen.« Sie blickte Tam an, und ihre Augen funkelten vor schwesterlicher Bosheit. »Wir können hingehen, aber wenn du auch nur den Anschein erweckst, dass du dich einschleichen, die Mauer erklimmen oder dich als ihre Zofe verkleiden willst, lasse ich dich zu deiner eigenen Sicherheit ins Gefängnis werfen.« Auf der Reise hierher hatte sie sich geschworen, dass sie von Tams verrückten Plänen genug hatte. Sie musste ihn beschützen, nicht nur vor den Gefahren, die Merivale möglicherweise bereithielt, sondern auch vor seinen eigenen leichtsinnigen Spinnereien.

Der Ausdruck auf seinem Gesicht verriet ihr, dass Tam das nicht fair fand. Er hatte Ciera auf der Reise kein einziges Mal erwähnt, aber Tansa hatte gelernt zu erkennen, wann er an sie dachte, wenn seine Augen sich ein wenig trübten und er ins Leere zu starren schien. Sie hatte gehofft, dass er sie inzwischen vergessen hatte.

Sie kauften sich eine Runde Bratäpfel, bevor sie über denselben Weg zurückgingen, den sie gekommen waren, dann kehrten sie noch einmal zu dem Stand zurück, um sich eine zweite Portion zu holen, und sobald ihre Mägen vor lauter Äpfeln, statt vor Hunger stöhnten, schlängelten sie sich in Richtung Pfeiferswehr durch. Merivale war ein Labyrinth, und mehr als einmal bogen sie versehentlich in eine Gasse ein, um dann feststellen zu müssen, dass es am anderen Ende keinen Ausgang gab. Sie teilten die Münzen untereinander auf, um das Risiko bei einem plötzlichen Überfall in den fremden Straßen zu minimieren.

Die Armut, die sie vorfanden, machte ihnen dieses Risiko erst richtig bewusst. In Klippwehr hatten sie als Straßenkinder, die im Freien schliefen, zu den Ärmsten der Armen gehört. Hier waren sie durch ihre feinere Kleidung als möglicherweise wohlhabende Außenseiter zu erkennen, und Tansa sorgte dafür, dass die Münzen, die sie an verschiedenen Stellen ihres Körpers versteckt hatte, nicht klimperten. Einige der Häuser, die sie sahen, waren kaum mehr als Hütten, aus Stroh und getrocknetem Lehm gebaut. Andere bestanden aus Holz, und nur vielleicht ein Fünftel der Gebäude war zumindest zum Teil aus Stein errichtet.

»Ich schätze, wir könnten die ganze Stadt kaufen und hätten

immer noch Geld genug fürs Frühstück«, flüsterte Tam ihr zu, dann wiederholte er den Scherz für Cag, der laut lachte und neugierige Blicke auf sie lenkte.

Als sie den Hügel in Richtung Burg hinaufstiegen, wurden die Kleider prächtiger und die Häuser weniger baufällig, und schließlich war jedes Haus, das sie sahen, aus Stein gebaut und mindestens zwei Stockwerke hoch. Die größten Häuser befanden sich hinter von Wachen bemannten Toren. Es gab ganze Straßen, die ihnen versperrt blieben und die fast verlassen waren, bis auf eine Gestalt hier und da, die in elegante Seide gewandet war und eine bewaffnete Eskorte im Schlepptau hatte. Sie sahen einander für einen Moment an, bevor einer der Torwächter ihnen zurief, dass sie weitergehen sollten.

Doch es leuchtete ein, dachte Tansa. Wenn man wohlhabend war, würde man oben auf dem Hügel wohnen wollen, im Schutz der Burg und mit weniger Wasser und Unrat, die auf einen herunterströmten. Das machte jedoch die Armut, die sie gesehen hatte, nicht weniger ungerecht. »Wie können die nur so leben?«, fragte Tansa, »in dem Wissen, dass weniger als eine Meile entfernt Menschen in Schlamm und auf Stroh schlafen? Ich dachte ja schon, Klippwehr wäre schlimm, aber wir sind nie verhungert oder in schmutzigen Lumpen herumgelaufen. Der König sollte etwas tun.«

»So anders ist Klippwehr nun auch wieder nicht«, wandte Tam ein. »Es gibt auch da arme Menschen, man sieht sie nur nicht, weil sie sich alle unter der Erde im Armenloch verstecken.«

»Denkst du, wir könnten uns jetzt ein Haus kaufen?«, fragte Cag. »Mir gefällt unser Dach, aber es wäre nett, in einem Gebäude zu leben.«

»Ich glaube nicht«, bemerkte Tam. »Ich schlafe gern unter den Sternen.«

Tansa verdrehte die Augen. »Aber du ziehst es vor, im Bett einer Hure zu schlafen. Mit dem Geld, das wir haben, könnten wir uns vielleicht zwei kleine Zimmer leisten, aber danach müssten wir immer noch irgendwie unseren Lebensunterhalt verdienen. Und es ist viel schwerer, Dieb zu sein, wenn die Menschen wissen, wo man zu finden ist.«

Sie näherten sich jetzt der Burg und blickten auf die riesige, fast dreißig Meter hohe Ringmauer aus grauem Stein und schwarzem Mörtel, die nur von einem Torhaus unterbrochen wurde. Zwei Soldaten standen Wache und behielten die Ansammlung von Bettlern mit angeschwollenen Bäuchen im Auge, die mit ihren Bettelschalen vor der Mauer lagen.

Tam bückte sich, um durch das Fallgitter einen Blick auf den tiefen Graben zu werfen, der die Ringmauer von der inneren Mauer trennte, bis ihm ein Wachposten das stumpfe Ende seines Speeres in den Bauch rammte. Tam war überrascht worden, wich einen Schritt zurück und hielt sich mit verzerrtem Gesicht den Bauch.

»Er hat doch nur geschaut«, protestierte Tansa.

»Das habt ihr davon, wenn ihr schaut.« Der Wachposten drehte seinen Speer um. »Wenn einer von euch noch mal schaut, kriegt ihr das andere Ende dieses Dings zu spüren. Der König hat Anweisung gegeben, jeden zu töten, der versucht hineinzugelangen oder der verdächtig aussieht. Zu eurem Glück bin ich barmherzig, sonst würdet ihr mit meinem Speer im Leib verbluten.«

Ihr Gespräch wurde unterbrochen, als hinter dem Tor laut in ein Horn geblasen wurde, sodass der Wächter auf seinen Posten zurücklaufen musste. »Hebt das Tor an! Macht Platz!«, kam der Ruf von der anderen Seite der Mauer.

Tansa hörte Tam nach Luft schnappen und duckte sich tief genug, um eine Reihe von Pferdebeinen zu erkennen. Die Mechanik knarrte, und das Fallgitter hob sich langsam.

Ein Trupp Reiter kam hindurch, angeführt von einem mächtigen schwarzen Schlachtross, das einen ebenso imposanten Mann in Kettenpanzer und Leder trug. Doch Tansas Blick wurde von der kleineren Gestalt hinter ihm angezogen. Es war Ciera Binsendocht. Ihr kastanienbraunes Haar ergoss sich kunstvoll über ihre Schultern. Im Vorbeigehen blickte sie von ihrem Pferd herunter, und Tansa hätte schwören können, dass Ciera und Tam sich kurz in die Augen sahen. Eine Sekunde später war sie fort, als sie und ihr Gefolge in einer Staubwolke verschwanden.

»So, jetzt hast du die Burg gesehen und deine vornehme Liebste ebenfalls«, sagte Tansa. »Lass uns …« Sie drehte sich zu ihrem Bruder um, aber Tam war fort. Hektisch wirbelte sie herum und sah, wie er den Reitern nacheilte. »Tam!«, rief sie. Er winkte ihr über seine Schulter zu und rannte los.

Ciera versuchte sich umzuschauen, aber Lord Andrik gab ein scharfes Tempo vor, als er sie immer weiter von Pfeiferswehr wegführte, sodass Tam schnell aus ihrem Sichtfeld verschwand. Was hatte er in Merivale zu suchen? Sie war überzeugt, dass er es gewesen war. Es hatte kaum einen Tag gegeben, an dem sie nicht an ihn gedacht hatte, und jedes Mal tadelte sie sich dafür, sich auf einen Jungen zu fixieren, von dem sie sich sicher gewesen war, dass sie ihn nie wiedersehen würde. Einen Jungen, der sie am Tag, bevor sich ihr Leben für immer verändert hatte, geküsst hatte.

Seit der Hochzeit waren Wochen vergangen, und dieser Tag warf immer noch seine Schatten. Sie wusste, dass sie entführt worden war, aber sie erinnerte sich an nichts, und niemand wollte ihr verraten, was passiert war. Pfeiferswehr war verwirrend und Furcht einflößend. Tarvana, die Tochter des Königs, war zum Landsitz ihres Gemahls zurückgekehrt, und Helana, seine andere Tochter, stand nach wie vor unter Hausarrest. Ihre Wachen wollten ihr nichts verraten. Sie hatte ihre neue Zofe gefragt, aber anscheinend wusste niemand außerhalb des unmittelbaren Kreises um den König mehr als sie selbst. Es ging das Gerücht, dass Orsian Andrikson Breta Prindian getötet habe, und andere schworen, Lord Andrik habe ein Dutzend gepanzerter Männer gleich vor der Stadtmauer erschlagen.

Ciera wusste nicht, was sie glauben sollte. Als sie endlich den Mut gehabt hatte, Hessian danach zu fragen, hatte ihr Gemahl warnend mit einem Finger gewackelt. »Sei einfach dankbar dafür, dass du in Sicherheit bist, und misch dich nicht in meine Angelegenheiten ein. Ich habe bereits eine neugierige Tochter. Ich werde keine neugierige Ehefrau dulden. Wegen dieser Neugierde wurdest du entführt.«

Beim Gedanken an Hessian schauderte sie. Sein Charme bei dem Festmahl war eine Maske gewesen, und diese Maske war verrutscht, sobald er Breta Prindian gesehen hatte. Fast jede Nacht besuchte der König sie, während sie schlief. Er klopfte weder an noch öffnete er die Tür zu ihren Gemächern behutsam. Seine Ankunft wurde nur vom Schlurfen von Metall auf Stein angekündigt, wenn die Flammen im Kamin aufloderten und Hessian eintrat, mit Staub bedeckt und in der Hand ein Glas mit widerwärtig riechendem Wein.

Anfangs hatte sie sich gegen ihn gewehrt, wenn er sie auf das Bett gedrückt hatte, aber so zerbrechlich er auch war, er hatte sie mit einer Kraft überwältigt, die von Wahnsinn herrührte. Männer sollten sanft zu ihren Frauen sein und sie nicht rammeln wie Hunde. Er hatte sie nie geküsst. Er wollte ihr nicht einmal ins Gesicht schauen.

Nach der jüngsten Attacke hatte sie ihre Tränen weggewischt und gewagt, das Gespräch auf den Handel in der Stadt zu lenken. Sie war sich sicher, dass eine Reform der eigentümlichen Methode, Eintritt zu verlangen, den Handel ankurbeln würde, aber zuerst wollte sie die Gründe dafür verstehen, warum eine Gebühr pro Wagenrad und Bein erhoben wurde.

Hessian wirkte hinterher immer ein wenig schuldbewusst, daher dachte sie, dass er für ihre Ideen vielleicht etwas zugänglicher sein würde, aber er hatte sie nur mit finsterer Miene angeschaut, als hätte sie etwas Verwerfliches gesagt. »Das Beste, was du für die Stadt tun kannst, ist, ein paar Erben in die Welt zu setzen«, hatte er sie angefahren. »Wenn ich deine Meinung hören will, werde ich danach fragen.«

Sie hatte sich geschworen, ihn dazu zu bringen, sie zu lieben, aber wie konnte ein Mann, der so voller Groll war, überhaupt jemanden lieben?

Es war Orsian, der sie aus der Gefangenschaft in ihren Gemächern gerettet hatte. Er war am Morgen bei ihr aufgetaucht und hatte so leise an ihre Tür geklopft, dass sie ihn zuerst nicht gehört hatte. Als sie ihn gefragt hatte, warum der König sie jetzt nach draußen vor die Mauern reiten ließ, hatte er die Achseln gezuckt. »Ich habe meinen Vater gebeten, mit ihm zu sprechen. Es schien mir nicht fair zu sein, dass Ihr hier drinnen festsitzt. Helana steht unter Hausarrest, nicht Ihr.«

Ciera wusste nicht, was an dem Gerücht um Orsian und Breta Prindian dran war, aber er schien sich seit der Hochzeit tatsächlich anders zu benehmen. Auf der Reise von Klippwehr hierher, bei ihrer ersten Begegnung mit ihm, war er wie ein kleiner Schatten hinter seinem Vater hergelaufen und hatte nur gesprochen, wenn man das Wort an ihn gerichtet hatte. Jetzt wirkte er größer, und wenn er mit den anderen Männern redete, tat er das mit der Autorität eines Lords. Er ritt hinter ihr und bildete die Nachhut ihres Gefolges. Sie waren langsamer geworden, um durch die engen Straßen zu kommen und den Menschen die Möglichkeit zu geben zurückzuspringen, um ihnen den Weg frei zu machen. So konnte sie sich umdrehen und ihn anlächeln. Er erwiderte ihr Lächeln und winkte ihr zu.

Plötzlich hörte man das Klappern von Hufen auf Pflastersteinen, und ihre Begleiter zügelten ihre Pferde, bis sie alle zum Stehen kamen. Ciera stand in ihren Steigbügeln auf und sah, dass eine Gruppe von Frauen in weißen Roben ihnen den Weg versperrte.

Die Bräute Eryis. Es hieß, der Orden bestehe aus den frommsten Gläubigen in ganz Erland, die allen materiellen Annehmlichkeiten entsagt hatten, um ein Leben in Gebet und Kontemplation zu verbringen. In Klippwehr hatte es eine kleine Gemeinschaft solcher Frauen gegeben, die einmal im Jahr in der Burg auftauchten, um ihren Vater dazu zu überreden, eine weiße Robe anzuziehen und zum Eryispek zu pilgern. Er hatte ihnen immer eine Mahlzeit angeboten und sie mit dem Versprechen ihrer Wege geschickt, dass er im nächsten Jahr gehen würde, falls sein Gesundheitszustand sich verbesserte. Ciera hatte gehört, dass sie im inneren Erlands mächtiger waren, wo noch der alte Aberglaube herrschte.

Sie bezweifelte, dass die Frau, die diese Gruppe hier anführte, sich von den vagen Versprechungen ihres Vaters so leicht hätte abwimmeln lassen. Sie war hochgewachsen und stolz, in mittleren Jahren, mit einem hübschen, ausdrucksstarken Gesicht und vornehmer Haltung. Ihr braunes Haar war zu einem großen Dutt auf dem Kopf festgesteckt und betonte die strengen Wangenknochen von jemandem, der an die Annehmlichkeiten des Lebens weder gewöhnt noch an ihnen interessiert war. Sie starrte sie verächtlich an, als wäre sie enttäuscht, dass sie nicht früher angehalten hatten.

»Das ist die Brautälteste, Schwester Velna«, flüsterte Orsian Ciera zu und lenkte sein Pferd neben ihres. »Der König hat sie nicht um Erlaubnis gebeten, Euch zu heiraten. Sie scheint ziemlich wütend zu sein.«

Ciera bekam keine Gelegenheit zu fragen, warum der König eine Erlaubnis brauchen sollte, wenn er heiraten wollte, erst recht von der Anführerin einer Sekte von Fanatikerinnen, denn die Schwester starrte Orsian mit einem Blick an, der Fleisch hätte zerschneiden können.

»Wer wagt es, so respektlos über mich zu sprechen?«, fragte sie scharf. »Eryi hört *alles*, und er hat mich mit der Gabe des Sehens gesegnet. Eryi hat mich in seiner Weisheit auch damit gesegnet, dass ich mit seiner Stimme sprechen kann, und wenn ich zornig bin, dann deshalb, weil Eryi zornig ist.«

»Hat Eryi Euch auch Augen im Kopf geschenkt, Schwester?«, konterte Lord Andrik trocken. Ciera hatte gehört, dass er nichts für fromme Eryianer übrighatte und dass die Frömmigkeit des Königs nur so weit reichte, wie es nötig war, um sich der Loyalität des Volkes zu versichern. Nachdem sie das Bett mit ihm geteilt hatte, zweifelte sie nicht daran. »Das ist mein Sohn, der Neffe des Königs, und Ihr befindet Euch gegenwärtig nicht in Eurem Heiligtum, also bedenkt bitte, mit wem Ihr sprecht.«

»Keiner von Euch ist von königlichem Geblüt«, sagte die Frau unversöhnlich. Dann fixierte sie Ciera. »Ihr seid also die neue Königin. Man hätte mich vor der Eheschließung aufsuchen müssen. Ihr müsst in mein Heiligtum kommen und mir die Füße waschen als Beweis Eurer Hingabe. Dann wird man Euch baden, und meine Schwestern werden Euch untersuchen. Erst dann werdet Ihr eine geeignete Mutter für einen Prinzen sein, und ohne das traditionelle Ritual befürchte ich, dass Euer Schoß niemals fruchtbar sein wird.«

»Wenn Eryi seine Wünsche so deutlich ausspricht«, warf Andrik ein, »könnt Ihr mir vielleicht auch den Nebel erklären, der den Eryispek einhüllt, und die Bergwinde, die Eryi schickt und die mich bis in die Knochen frieren lassen.«

»Der Nebel und die Winde sind ein Beweis für sein Missfallen. Das Wetter wird sich bessern, wenn die Sangreals sich mit Eryi aussöhnen. Ihr solltet mehr Respekt zeigen, Andrik Fassbrecher. Ihr werdet über den Wolken keinen Frieden finden, wenn Ihr Euch nicht von Eurem gottlosen Verhalten lossagt. Und jetzt bringt mich zum König.«

Ciera war noch nicht vielen religiösen Anhängern begegnet. Die Bräute Eryis in Klippwehr waren wohlmeinend, aber einfältig gewesen und hatten es an der Inbrunst dieser Schwester Velna mangeln lassen. Ihr Vater sagte, die meisten Prediger wollten die Leichtgläubigen ausnutzen. Ciera konnte erkennen, dass die Brautälteste ganz anders war. Sie war völlig aufrichtig und fanatisch bis zum Wahnsinn. *Sie braucht nie irgendetwas zu rechtfertigen, weil sie glaubt, mit der Stimme eines Gottes zu sprechen.*

Zu Cieras Überraschung neigte Andrik zustimmend den Kopf. »Ich würde Hessian nicht sagen, dass es seine Schuld ist – selbst er würde zugeben, dass er keinen Einfluss auf das Wetter hat. Doch ich werde Euch zu ihm bringen, Schwester, vorausgesetzt, dass Eure Freundinnen draußen warten.« Er sah einen seiner Männer an. »Naeem, du hast das Kommando. Begleite Königin Ciera zum Markt und lass sie nicht aus den Augen.« Er wendete sein Pferd und trottete zurück in Richtung Pfeiferswehr, während die Bräute ihm folgten.

»Da hattet Ihr Glück«, bemerkte Orsian und ritt mit seinem Pferd neben dem von Ciera, während ihre sechsköpfige Eskorte sie tiefer in Merivales Straßenlabyrinth hineinführte. »Ich war mir sicher, dass er Euch zurück in die Festung schicken würde.«

Ciera hatte nicht das Gefühl, dass sie Glück gehabt hatte, als sie den Markt erreichten. Die Märkte in Klippwehr waren prachtvolle, faszinierende Ereignisse, bei denen man mit genug Geld alle Schätze der bekannten Welt kaufen konnte:

purpurne Seidenstoffe aus dem Imperium, aus Gold und Glas gefertigte Öllampen, bunte Pfefferschoten, die einem den Mund in Brand stecken konnten. Merivales Markt schnitt im Vergleich dazu nicht besonders gut ab: Ein Dutzend trostloser Verkaufsstände um einen schlammigen Platz herum, bemannt von düster dreinschauenden Männern und ihren säuerlichen Ehefrauen, die Rüben, grob gesponnenes Garn und so primitive Schmuckstücke verkauften, dass sie ebenso gut aus der Werkstatt eines Hufschmieds hätten stammen können. Auf den Märkten Klippwehrs verbrachten die Menschen Stunden, hier dagegen schienen die wenigen Kunden, die sie erspähte, nicht länger bleiben zu wollen als unbedingt nötig.

Orsian spürte offenbar ihre Enttäuschung.»Es ist nichts Besonderes«, gab er zu, während er ihr von ihrem Pferd half. »Aber der Weinverkäufer hat vielleicht etwas Neues da, und manchmal sind Adrari hier und verkaufen Zierstücke, die aus Walknochen geschnitzt sind.«

Der Weinverkäufer hatte nichts Neues auf Lager, aber Ciera genoss trotzdem den Becher, den er ihr verkaufte.»Der Wein kommt aus Irith«, vertraute er ihr im Flüsterton an.»Könnte die letzte Kiste sein, die wir für eine ganze Weile zu sehen bekommen.«

Sowohl in Pfeiferswehr als auch außerhalb der Festung gab es Gerüchte über einen Krieg. Sie hatte ihrem Vater zuliebe geheiratet, um Klippwehr vor dem Zorn ihres neu gewonnenen Gatten zu retten, aber die Heirat schien die Zwietracht zwischen Sangreal und Prindian zu verschärfen, und Ciera befand sich mittendrin.

»Welche Steuern zahlst du, um deinen Stand hier zu errichten?«

Der Mann zögerte.»Nun …«, begann er und schien sich dann eines Besseren zu besinnen.»Diese Frage solltet Ihr dem Stadtvogt stellen, meine Königin, wenn Ihr Euch Sorgen wegen der Steuern macht. Ich schwöre, dass ich alles bezahle, was von mir verlangt wird.« Der Mann entschuldigte sich schnell, um sich im hinteren Bereich seines Standes um irgendetwas zu kümmern, und Ciera vermutete, dass er irgendeine Art von Arrangement eingegangen war, das die Taschen des Stadtvogtes füllte und es dem Weinverkäufer ermöglichte, sich vor den regulären Zahlungen zu drücken.

Wie hoch muss die Gebühr sein, wenn Männer lieber das Gesetz brechen und den Galgen riskieren, als sie zu entrichten?, überlegte Ciera. Man konnte nur eine begrenzte Anzahl von Federn rupfen, bevor die Gans zu schnattern begann. Kein Wunder, dass es auf dem Markt nur so wenige Stände gab, wenn die Gebühr so hoch war.

Sie schlenderte weiter über den Platz. »Was ist an jenem Tag am Fluss passiert?«, fragte sie Orsian, während er sie an den übrigen Ständen vorbeiführte. Ihre aus Hymerikai bestehende Eskorte war nie weit weg.

Aus der Nähe wirkte Orsian müde, vielleicht sogar ein bisschen unglücklich, und sein Mund hatte einen strengen Zug, der dem seines Vaters nicht unähnlich war. »Tut mir leid«, sagte er. »Mein Vater meinte, wenn der König wollte, dass Ihr das wisst, hätte er es Euch erzählt.«

Ciera versuchte, sich ihren Ärger nicht anmerken zu lassen. *Es ist nicht fair,* tobte sie innerlich. *Erst bringen sie mich hierher, dann werde ich wegen ihnen entführt, und jetzt erzählt mir keiner etwas.*

Ein lautes Krachen und das Knacken von splitterndem Holz auf der anderen Seite des Marktes rissen Ciera aus ihren Grübeleien, und sie und Orsian drehten sich überrascht um. Zwei Männer prügelten sich und schlugen unbeholfen aufeinander ein, während ein Händler sie beschimpfte und vergeblich versuchte, einen angeknacksten Stützpfeiler festzuhalten, gegen den einer der Raufbolde gerade geprallt war und der Gefahr lief, zu zerbrechen und seinen ganzen Stand zum Einsturz zu bringen.

Orsian fluchte leise. »Bleibt hier«, sagte er und ging auf die Schlägerei zu. Die Hymerikai saßen bereits ab, um die Männer voneinander zu trennen und wieder Ordnung herzustellen.

»Pst«, erklang eine leise Stimme. Erschrocken wirbelte Ciera herum und hielt nach der Quelle der Stimme Ausschau, und ihr Herz tat einen Satz, als sie Tam halb versteckt hinter einem Fass erkannte.

»Tam!«, entfuhr es ihr unwillkürlich. »Wie bist du …?«

»Ich habe einem von ihnen etwas aus der Tasche geklaut, es dem anderen in die Tasche hineingesteckt und dem Ersten dann gesagt, ich hätte gesehen, wie der Zweite ihn ausgeraubt hat.« Tam grinste dieses Zahnlückenlächeln, an das Ciera so oft gedacht hatte.

»Du stiehlst also immer noch?« Sie versuchte, missbilligend zu klingen, aber es fiel ihr schwer, sich das Lächeln zu verkneifen. Eine andere Stadt, aber derselbe Schurke.

»Ich musste es tun. Ich wollte Euch das hier geben.« Er beugte sich vor und drückte ihr etwas in die Hand. Als sie die Faust öffnete, lag darin der Armreif, den er ihr vor so vielen Monaten gestohlen hatte. »Ich hätte ihn niemals nehmen dürfen, nicht, nachdem Ihr mich gerettet habt. Es tut mir leid.«

Ciera schaute darauf hinab, so gerührt, dass sie es nicht in Worte fassen konnte. *Er hat es über all diese Monate hinweg behalten und von Klippwehr hierhergebracht.* »D-Danke«, stotterte sie. »Aber du solltest ihn behalten. Verkauf ihn. Ich habe mehr Schmuckstücke, als ich gebrauchen kann.« Sie hielt es ihm wieder hin und warf einen besorgten Blick zu den Kämpfern. Zwei Hymerikai hielten die Raufbolde voneinander fern, während Orsian und ein weiterer Mann dem Standbesitzer halfen.

Tam nahm ihr den Armreif ab, und für einen Herzschlag berührten sich ihre Finger, was wie ein Blitz Cieras Arm hinaufschoss. »Ich werde ihn behalten«, antwortete er, »aber nur, damit ich wieder herkommen und Euch sehen kann, um ihn erneut zurückzugeben. Haltet Ausschau nach mir.«

»Aber …« Ciera versuchte zu antworten, doch er hatte sich bereits abgewandt. Sie beobachtete, wie er in eine Gasse lief und sich dabei den Armreif in eine Tasche stopfte, bis er schließlich um eine Ecke bog und aus ihrem Blickfeld verschwand.

KAPITEL 18

»Ihr hättet sie nicht ohne Erlaubnis heiraten dürfen«, bemerkte Schwester Velna und runzelte die Stirn, als hätte sie gerade Essig getrunken. »Sie muss das traditionelle Ritual vollführen, und Ihr müsst Buße tun.« Sie stand im Turmzimmer des Königs, nachdem sie sein Angebot, Platz zu nehmen, abgelehnt hatte.

»Es ist nicht klug, mit Königen über so etwas wie eine Erlaubnis zu sprechen«, versetzte Hessian. Auch er stand, und zwar auf der anderen Seite des Tisches, und beugte sich mit seiner hohen Gestalt zu der Brautältesten vor. »Ich hatte keine Zeit, mir die Heirat von Euch genehmigen zu lassen, Schwester. Ihr hättet mich ein halbes Jahr lang auf den Knien beten lassen.«

Andrik wartete stumm neben der Tür. Hessians Wille war so starr wie kaltes Eisen, aber die Schwester konnte es in ihrer Sturheit mit ihm aufnehmen. In einem anderen Leben hätte sie vielleicht eine würdige Königin abgegeben. Normalerweise hätte Theodric den Friedensstifter gespielt, aber er war abwesend, und Andrik machte sich keine Illusionen über sein eigenes diplomatisches Geschick, vor allem nicht, wenn es um die gnadenlos fromme Schwester Velna ging.

»Ein ganzes Jahr lang«, korrigierte sie ihn. »Ein halbes für diese Heirat und ein halbes für die letzte, für die Ihr die Vorschriften ebenfalls nicht beachtet habt.«

Hessian lachte ohne jede Heiterkeit. »Zu dem Zeitpunkt wart Ihr noch nicht einmal die Brautälteste. Ich habe meine Vereinbarungen mit der damaligen Brautältesten getroffen. Schwester ... Grunya?«

»Schwester Grela«, half Andrik ihm auf die Sprünge.

Velna drehte sich stirnrunzelnd zu ihm um. »Es war Grecia, Ihr gottloser Heide, und eine korruptere Brautälteste hat unser Orden nie gekannt.« Sie drehte sich wieder zu Hessian um. »Ihr habt ihr eine Spende in Form von Gold und Land gegeben, statt Eure Hingabe zu beweisen. Es darf aber keine Abkürzungen geben.«

»Wie dem auch sei«, sagte Hessian und wedelte achtlos mit einer Hand, »die Sache mit meiner alten Ehe ist abgeschlossen, und ich kann nicht sechs Monate im Gebet verbringen. Ich schlage Folgendes vor: Ihr könnt Euch meine neue Gemahlin für einen Tag ausleihen, zupft an ihr herum und tut, was immer Ihr sonst tut, und wenn sie mir einen Sohn geboren hat, gehe ich auf Pilgerreise.«

Velna kniff argwöhnisch die Augen zusammen. »Ihr habt schon früher versprochen, auf Pilgerreise zu gehen.«

»Ehrlich, Schwester, ich meine es ernst.« Hessian legte fromm die Hände aneinander. »Falls Eryi mich mit einem Sohn segnet, schwöre ich, dass ich es tun werde.«

Velnas Stirn blieb gerunzelt, aber dann nickte sie zufrieden. »Also schön, Eure Majestät. Schickt das Mädchen zu mir. Sie wird gebadet und geläutert und auf die Geburt eines Prinzen vorbereitet. Aber Ihr werdet trotzdem Eure Buße tun, wenn nötig im nächsten Leben.«

Hessian neigte den Kopf. »Falls ich einen Sohn bekomme, werde ich barfuß zum Eryispek gehen. Soll ich Lord Andrik bitten, Euch hinauszugeleiten?«

»Nein, danke. Ich finde selbst hinaus. Und das Mädchen kommt noch in diesem Monat ins Heiligtum.«

Als sie fort war, ließ Hessian sich auf seinen Stuhl sinken, und Andrik nahm auf der anderen Seite des Tisches Platz.

»Verrücktes altes Weib«, murrte Hessian. »Sie wagt es, Forderungen an *mich* zu stellen! Ich sollte sie hängen lassen, und die Sache wäre erledigt.«

»Es hätte schlimmer kommen können, Bruder«, antwortete Andrik. »Ich hätte gedacht, dass du sie lieber mit Versprechungen bezahlen würdest als mit Gold. Sie ist vielleicht deine größte Verbündete. Gehorsam Eryi gegenüber und Gehorsam dem König gegenüber sind zwei Seiten derselben Medaille. Solange du kleine Gesten der Ergebenheit machst, wird sie das gemeine Volk auf deiner Seite halten.«

Es war schlau von Hessian gewesen. Die Brautälteste war zufrieden weggegangen, weil sie ihm ein Zugeständnis abgerungen hatte, obwohl er ihr in Wahrheit praktisch nichts gegeben hatte. Die Art und Weise, wie er sie manipuliert hatte, erinnerte an die Geschicklichkeit des jüngeren Hessian; nur wenige konnten Schwester Velna überlisten.

Die Nacht, in der Andrik nach Merivale zurückgekehrt war und Hessian in seinem Zorn Helana geschlagen hatte, lag schon einige Zeit zurück. So töricht das Mädchen gewesen war, hatte Andrik seine Nichte doch sehr gern. Aber es war nicht seine Aufgabe, dem König von Erland zu erklären, wie er seine eigenen Kinder erziehen sollte. Hessian wirkte jedoch seitdem deutlich ruhiger. Vielleicht bekam ihm die Ehe gut.

»Was wirst du tun, wenn du einen Sohn hast und sie an

deine Tür klopft und von dir verlangt, deine Schuhe auszuziehen und zu Fuß zum Eryispek zu wandern?«

Hessian schnaubte. »Irgendetwas wird sich schon ergeben. Sie kann kaum von mir erwarten, dass ich mich auf Pilgerreise begebe, wenn wir uns im Krieg befinden.«

»Die Männer werden bereit sein. Ich habe sie von Naeem und den anderen so gründlich ausbilden lassen, dass sie Blasen an den Fingern haben.« Andrik hatte das Hymerikaikorps und eine kleine Truppe regulärer Soldaten, aber nach dem Entführungsversuch durch Breta Prindian hatte sich herumgesprochen, dass jeder fähige Mann im Umkreis von einem Wochenmarsch um Merivale täglich, nicht nur wöchentlich, mit Schwert, Speer oder Bogen üben müsse. Man hatte Hessians nächsten Vasallen Anweisungen geschickt, ihre Männer dasselbe tun zu lassen. Jeden Tag kamen mehr Bauernjungen herbei, die auf die drei Mahlzeiten am Tag erpicht waren, auf die jeder Berufssoldat Anspruch hatte.

»Ich zweifle nicht an dir, Bruder«, sagte Hessian. »Du glaubst immer noch, dass wir warten sollten?«

»Ja«, bestätigte Andrik überzeugt. »Wir haben bereits mehrere Hundert Männer mit Sigac innerhalb von West-Erland und noch mehr mit Errian.« Sein Sohn war immer noch nicht zurückgekehrt, ebenso wenig wie die Männer, die Andrik hinter ihm hergeschickt hatte. So halsstarrig Errian sein konnte, sah es ihm doch nicht ähnlich, einen väterlichen Ruf zu ignorieren. Es beunruhigte Andrik, dass einer seiner Söhne so tief im Land der Prindians war und keine Nachricht geschickt hatte. Der Junge musste verrückt vor Trauer um Jarhik sein. »Ich habe weitere Boten entsandt. Wenn Rymund aufmarschiert, wird er dabei unsere Männer im Nacken haben.«

Hessian nickte. »Wie du meinst.« Er lehnte sich zufrieden auf seinem Stuhl zurück.

Einige Sekunden herrschte Schweigen, bevor Andrik sich mit fragendem Blick über den Tisch beugte. »Eure Majestät, was ist mit Marius, dem Mann, den wir gefangen genommen haben? Hat er etwas über die Prindians erzählt?« Eigentlich war er Andriks Gefangener, aber seit er in den Kerker geworfen worden war, hatte er keine Spur mehr von ihm gesehen.

Hessian streckte die Hand nach einem Weinkrug aus. »Das ist nicht deine Sorge. Jemand kümmert sich um den Gefangenen.«

Andrik schluckte. Der Mann war ein Krieger und hatte sich freiwillig ergeben, sobald ihm die Hoffnungslosigkeit seiner Lage klar geworden war. Man sollte ihn ehrenhaft behandeln. »Bei allem Respekt, Bruder, ich glaube durchaus, dass es meine Angelegenheit ist. Er hat sich mir ergeben und sich damit meiner Obhut unterstellt. Er bleibt mein Gefangener.« Er konnte Hessian nicht ansehen, während er sprach, spürte aber den Blick des Königs auf sich. Als er aufblickte, war es, als ob er in die Wolken am Rande eines Sturmes starrte – sein Blick schwankte zwischen Boshaftigkeit und Belustigung.

»Wie du willst«, antwortete Hessian. Er stand auf und bedeutete Andrik, das Gleiche zu tun. »Ich möchte nicht, dass du dir Sorgen um den Mann machst. Komm mit.«

Hessian schnappte sich eine Kerze und ging auf das Bücherregal zu, das voller Geschichtswerke und uralter Landkarten war. Er zog weiter oben einen dicken grünen Band heraus. Andrik hörte das Knarren einer Mechanik, als er daran zog, und dann drehte sich das Bücherregal einige Grad im Uhrzeigersinn und gab eine schmale Lücke in der Wand frei.

»Hier entlang, Bruder.«

Andrik riss die Augen auf, aber Hessian wartete nicht auf ihn, also folgte er ihm seitwärts durch die Lücke und musste sich sofort unter einem Balken ducken. Vor sich konnte er Hessians gebeugten Schatten erkennen, der sich gerade umdrehte, um eine schmale, in die Mauer gehauene Treppe hinunterzusteigen.

»Mein Privatgemach war auch das Privatgemach von König Pfeifer«, berichtete Hessian auf dem Weg nach unten. »Als er die Burg erbauen ließ, hat er diese Treppe machen lassen, die nur für ihn zugänglich sein sollte. Zehn aufeinanderfolgende Generationen von Sangreals sind auf diesen Stufen einhergegangen und haben das Geheimnis von Vater an Sohn weitergegeben. Betrachte es als Zeichen meiner Wertschätzung.«

Andrik verstand nicht, wie das möglich sein konnte – Pfeifers drei Enkelsöhne hatten einen verdammten Bürgerkrieg untereinander ausgefochten, der mit einem neuen König auf dem Thron geendet hatte, und er konnte sich nicht vorstellen, dass derjenige, der die Krone als Erster in Händen gehalten hatte, das Geheimnis vor seiner Hinrichtung hatte weitergeben können –, aber er folgte Hessian schweigend, zog unter Balken und niedrigen Steinen den Kopf ein und wischte Spinnweben aus dem Weg, während er in der modrigen Luft nur flache Atemzüge nahm.

Sie mussten mehr als dreißig Meter in die Tiefe gestiegen sein, als Hessian seine Kerze in einen Wandleuchter steckte und daran zog. Mit einem Ächzen drehte sich ein Teil der Mauer und gab den Blick auf einen dunklen Raum frei, von dem vier Gänge abzweigten, die von Fackeln erhellt wurden. Die Luft war warm und schwer, und Andrik hörte, wie das Kondenswasser langsam von der Decke tropfte.

»Unsere Vorfahren waren sehr begabt«, sagte Hessian, als sie durch die Öffnung in der Wand traten. »Theodric schwört, das hier sei keine Magie, nur ein Mechanismus, aber wie kann allein dieser Hebel diesen schweren Stein bewegen? Unsere Steinmetze können nichts auch nur halb so Raffiniertes anfertigen.«

»Das hier ist der unterste Kerker«, bemerkte Andrik, dessen Atem in der drückenden Feuchtigkeit kurz stockte, während sich seine Kleidung schweißnass anfühlte. Hier hatte Ranulf Prindian sein Ende gefunden.

»Es gibt noch ein weiteres Stockwerk unter diesem«, berichtete Hessian, »aber die Treppe ist eingestürzt. Die Baumeister sagen, wir können es nicht ausgraben, ohne die Fundamente zu destabilisieren. Am besten denken wir nicht an die armen Seelen, die wir da unten zurückgelassen haben.«

Ein kalter Schauer lief Andrik über den Rücken. Konnte der rachsüchtige Geist von Ranulf Prindian noch immer hier unten hausen?

Hessian führte ihn durch die Katakomben. Fauliges Wasser tropfte vom Stein herunter, und der Verwesungsgestank von Lebewesen, die in der Dunkelheit verendet waren, folgte ihnen durch verschlossene Türen mit riesigen Schlüssellöchern. Ihre Kerze flackerte in der feuchten Luft, und Andrik befürchtete, dass sie sich jeden Moment in tiefer Finsternis befinden würden.

Am Ende eines gewundenen Ganges erreichten sie eine weitere Tür, mit dem gleichen riesigen Schlüsselloch wie die, an denen sie schon vorbeigekommen waren. Hessian zog unter seinem Gewand einen großen Schlüssel hervor und beugte sich zum Schloss hinunter.

In den kommenden Tagen und Wochen würde Andrik den Moment, in dem sein Bruder die Tür öffnete, immer wieder in Gedanken durchleben. Andrik kannte seine Unerbittlichkeit, seine Gnadenlosigkeit und seine Grausamkeit, aber das hier war das erste Mal, dass er mit eigenen Augen sah, wohin Hessians dunkles Herz führte.

Die Zelle war klein und wirkte noch kleiner wegen der dunklen Ecken, die die einsame Kerze nicht erreichte. Es stank wie auf einem Schlachtfeld: All die Pisse und Scheiße, die

Männer ausschieden, wenn ihre Herzen in der Brust hämmerten und das Blut heiß von Furcht durch ihre Adern strömte.

Aber selbst auf den tödlichsten Schlachtfeldern hatte Andrik noch nie eine Kreatur gesehen, die so bedauernswert war wie der Mann mitten in diesem Raum.

Marius hing an den Handgelenken von der Decke herab. Er war nackt, und seine blutigen Zehen berührten kaum den Boden. Sein Kinn war ihm auf die Brust gesackt, und sein bleicher Torso glänzte unter einer Schicht getrockneten, dunklen Erbrochenem. Über den Eisenschellen krümmten sich wie leblos seine Finger und zeigten seine verstümmelten Fingerspitzen und fehlenden Nägel.

Andrik schnappte nach Luft. Für einen Moment dachte er, der arme Mann sei tot, bis er eine Speichelblase an seinen Lippen sah, als er einen kaum wahrnehmbaren Atemzug tat. Er würde nie bestreiten, dass Ranulf Prindian das Ende verdient hatte, das er in dieser Dunkelheit gefunden hatte, aber Marius' einziges Verbrechen bestand darin, Breta Prindian Gefolgschaft gelobt zu haben.

Theodric saß seitlich an einem Tisch, ein Kartenspiel vor sich ausgebreitet, und sah überrascht auf, als er unterbrochen wurde. »Eure Majestät? Ihr seid heute früh auf den Beinen.«

Hessian wirkte gleichermaßen überrascht, Theodric zu sehen. »Du bist ebenfalls früh auf. Schläfst du hier, in diesem Dreck? Wo ist Hop?«

Hop war der alte und verkrüppelte Kerkermeister der Festung, der schon da gewesen war, als Andrik noch ein Junge war. Einmal hatte man Andrik dabei erwischt, wie er in der Küche Brot klaute, und Hop hatte gedroht, ihn kopfüber in ein Verlies zu werfen und ihn zu ertränken. Schon damals war er ihm alt erschienen. Andrik hatte ihn seit Jahren nicht mehr gesehen. Er bezweifelte, dass er im Laufe der Zeit weniger grausam oder akribisch bei seiner Arbeit geworden war.

»Er trinkt gern nach der Arbeit und schläft bis zum Einbruch der Nacht«, erklärte Theodric. »Sein Lehrling passt normalerweise tagsüber auf Marius auf. Ich habe ihn weggeschickt, weil ich etwas Zeit mit ihm allein verbringen wollte.«

»Aber Ihr habt nichts erfahren«, schlussfolgerte Andrik. Er starrte Theodric mit steinerner Miene an. Er hatte ihn für einen besseren Menschen gehalten. »Marius ist nur ein Soldat. Was hattet Ihr gehofft, von ihm zu erfahren? Das hier ist Wahnsinn.«

»Wir mussten Genaueres erfahren, Lord Andrik«, sagte Theodric. »Was, wenn meine Beschwerden die Schuld der Prindians ist und dieser Mann etwas weiß? Aber ich gestehe, ich glaube, dass Ihr recht habt. Ich habe den Geist dieses Mannes mit aller Magie erforscht, die mir zu Gebote steht, und es ist nichts dabei herausgekommen. Wir wissen nur, dass er genug Angst hat, um ehrlich zu sein. Er lügt nicht in der Hoffnung, dass wir aufhören.«

Hessian musterte den von der Decke baumelnden Körper mit einem höhnischen Grinsen. »Dann täuscht er dich. Er hat sich mit Breta Prindian verschworen, meine Braut zu entführen. Er muss etwas wissen. Mach so lange weiter, bis er einknickt oder deine Magie etwas zutage fördert.«

»Ich fürchte, es wird nichts nützen, Eure Majestät. Ich bitte Euch um die Erlaubnis, ihn loszubinden und seine Wunden versorgen zu lassen.«

»Das war keine Bitte, Magier. Solange er mein Königreich bedroht, wird er keinen Frieden finden. Wenn deine Magie weder verhindern noch erklären kann, was in den letzten Monaten geschehen ist, machst du dich auf andere Weise nützlich. Dieser Mann wird hier unten sterben.«

»Nein, wird er nicht«, sagte Andrik, nachdem er einen Entschluss gefasst hatte. Er hatte dem König vier Jahrzehnte lang bedingungslos gehorcht, selbst in Hessians dunkelsten

Augenblicken, aber das hier würde er nicht dulden. Wenigstens schien Theodric zur Vernunft gekommen zu sein. Andrik trat zwischen Hessian und den herabbaumelnden Marius und verschränkte die Arme. »Der Mann ist mein Gefangener, und ich erhebe Anspruch auf ihn. Wir werden ihn von diesem Ort entfernen, und er wird mit Theodric gehen.«

Hinter ihm bewegte sich der Mann, murmelte etwas und versuchte, mit den Füßen Halt zu finden.

Hessian schaute mit einer hochgezogenen Braue auf Andrik herunter, und ein kleines Lächeln umspielte seine Lippen. »Ist dies der Hügel, auf dem du dich mir entgegenstellst, Bruder? Für das Leben eines Verräters, der versucht hat, mir meine Gemahlin zu stehlen? Du hast einen Eid geleistet, mir zu dienen.«

»Ich habe dir auch einen Eid geleistet, dich zu beschützen, mein König, und in diesem Fall beschütze ich dich vor dir selbst.« Andrik reckte sich zur Decke und löste die Kette, die Marius dort festhielt. Der erschlaffte Soldat sackte in seine Arme. »Ich hätte das hier von Strovac Sigac erwartet, aber niemals von dir.«

Hessian starrte ihn an und schien so schockiert über Andriks anhaltenden Ungehorsam zu sein, dass es ihm die Sprache verschlug. Doch das hielt nicht lange an. Seine Augen wurden gefährlich schmal, wie die eines Habichts, der eine Wühlmaus erspäht hatte. »Dann bist du aus meinem Dienst entlassen. Du wirst von deinem Posten als Balhymeri abgesetzt und durch Strovac Sigac ersetzt. Auf seine Loyalität kann ich mich zumindest verlassen. Ich brauche starke Männer, keine verweichlichten, alten, die vergessen haben, wie wir unsere Feinde behandeln. Was sagst du dazu?«

Andrik sagte nichts, behielt aber die Nerven, um Hessians Blick standzuhalten. Langsam schnallte er sein Schwert ab und hielt es Hessian mit dem Griff entgegen. »Ich bin immer dein Diener, Bruder.« Als Hessian das Schwert nicht ergriff, legte Andrik es auf den Boden. »Wenn du denkst, dass ich dich verraten habe, dann erschlag mich.«

Niemand rührte sich. Das Schwert blieb auf dem Boden des Kerkers liegen. Hessian schaute auf die Waffe hinunter, griff aber nicht danach.

»Dann stell nie wieder meine Loyalität infrage.« Andrik ging zur Tür und trat hindurch, und er trug Marius über der Schulter wie ein Stück Vieh. »Ich kehre zur Veilchenburg zurück. Wenn du mich brauchst, komme ich wieder.«

KAPITEL 19

Es war still auf der Lichtung, die nur von einem dünnen Streifen Mondlicht erhellt wurde, aber in den dunklen Wäldern um sie herum herrschte reges Treiben. Rymund hörte das Zirpen von Grillen und von den Bäumen herab den gelegentlichen Schrei einer Eule. Irgendwo im Norden jaulten zwei Füchse ihren Paarungsruf.

Sie waren im Gwendolinwald, wo angeblich Algareth, der erste König, der West-Erland geeint hatte, das Herz einer Waldnymphe erobert hatte. Sie hatte ihn mit der Kraft gesegnet, die Stämme zu einen. Das Fürstengeschlecht der Prindians stammte angeblich von Algareth und Gwendolin ab, aber Rymund glaubte weder an solche Legenden noch an Nymphen. Algareth hatte Jahrhunderte vor Rymunds frühesten historisch belegten Vorfahren gelebt, und alle Geschichten über ihn waren nur in Liedern überliefert. Er fragte sich, ob Strovac die Bedeutung des Waldes für seine Familie gekannt hatte, als er diesen Ort für das Treffen wählte.

Adfric und Rymund saßen auf ihren Pferden, in Begleitung von zwanzig Reitern hinter ihnen und achtzig Fußsoldaten, die größtenteils um den Rand der Lichtung verteilt waren und ihre langen Speere für einen Angriff zu Pferd bereithielten. Nachdem Rymund im Gasthaus die Grenzen von Strovac Sigacs Barmherzigkeit gesehen hatte, ging er keine Risiken ein.

Neben ihm hielt Adfric im Wald nach jeder Bewegung Ausschau und lauschte auf jeden knackenden Zweig und jedes Rascheln im Geäst. Der ergraute Veteran zeigte einen säuerlichen Gesichtsausdruck. Seit sie von dem Gasthaus fortgeritten waren, hatte er Rymund unaufhörlich gesagt, dass man Strovac nicht trauen könne. »Mylord, Ihr versucht, Euren Pflug vor ein wildes Pferd zu spannen«, hatte er gemahnt. »Es erledigt vielleicht die Arbeit, aber irgendwann wird es das Joch leid sein und Euch tottrampeln.«

»Ein Mann ist kein Pferd, Adfric«, hatte Rymund gekontert. »Solange eine Chance auf Sieg besteht, wird er für diese Lordswürde kämpfen.«

Rymund wünschte, er wäre sich jetzt immer noch genauso sicher, was Strovacs Motivation betraf. Es wäre schwierig genug gewesen, irgendeinem Fremden zu vertrauen, dass er einen Handel einhalten würde, bei dem beide Seiten Hochverrat begingen, aber dem Wort eines Mannes zu glauben, der sämtliche Gäste eines Gasthauses so spielend leicht abgeschlachtet hatte, als hätte er ein paar Fliegen zerquetscht, war eine andere Sache. Wenn Strovac gedacht hatte, diese Darbietung im Gasthaus würde Rymund eher dazu veranlassen, ihm zu vertrauen, dann irrte er sich gewaltig.

Soweit Rymund wusste, konnte Strovac just in diesem Moment mit seiner Wilden Brigade den Wald umzingeln. Adfric hatte gesagt, ihre eigenen Männer seien tapfer und willig, aber grün hinter den Ohren, und dass sie einer überlegenen und erfahreneren Truppe nicht standhalten würden. Rymund verließ sich auf Strovacs Wort und auf seine Feindschaft mit Fassbrecher.

»Ihr wirkt unruhig, Mylord«, sagte Adfric. »Es ist noch nicht zu spät, von hier zu verschwinden.«

Rymund kämpfte gegen seinen Drang an davonzulaufen. »Seine Verspätung könnte tausend Gründe haben.«

»Tausend Gründe oder tausend Soldaten?«

Rymund ignorierte ihn. Der tadelnde Ton des alten Mannes ging ihm langsam auf die Nerven. Er wünschte sich fast die hochmütige Missbilligung seiner Mutter herbei. Wenn dies ein Hinterhalt war, würde er Adfric lieber sterben lassen, als sich eine Zelle mit ihm zu teilen.

Irgendwo hinter ihnen in der Ferne knackte ein Zweig, und sie drehten sich beide um, jeder eine Hand auf dem Griff seines Schwertes, während die Männer um sie herum ihre Speere hoben und hastig eine Verteidigungshaltung einnahmen. Rymund hielt den Atem an.

Nach einigen Sekunden der Stille heulte ein Wolf, der sein Revier markierte, aber zu vorsichtig war, um sich einer Ansammlung bewaffneter Männer zu nähern.

Um Eryis willen, dachte Rymund. Wenn Strovac Sigac gesehen hätte, wie sie hier im Dunkeln saßen und sich in die Hose machten, hätte er sich totgelacht. Einen schönen König würde er abgeben. Rymund bezweifelte, dass Hessian sich vor einem in der Dunkelheit heulenden Wolf fürchten würde.

Hätte Jarhik sich nicht umbringen lassen, hätte Rymund mit ein paar Huren in seinen Gemächern sitzen oder mit Will und Dom zechen gehen können. Er hatte dem Trinken seit seiner Entführung abgeschworen, jedenfalls größtenteils, aber die jetzige Situation war gefährlicher als alles, was er in seine Becher hätte geben können. Vielleicht war Abstinenz doch nichts für ihn.

Vor zwei Tagen hatte er eine Nachricht von Dom erhalten.

Deine cylirischen Söldner und ffriseanischen Krieger erwarten dich in Irith. Komm nach Hause und führe sie in den Krieg, bevor sie einander umbringen und die Stadt niederbrennen.

Es war ein gutes Zeichen, dass Dom so viel früher Erfolg hatte, als Rymund erwartet hatte.

»Lord Rymund.« Die Stimme erklang hinter ihm, und Rymund fiel vor Schreck fast aus dem Sattel. Er ließ sein Pferd herumwirbeln, zückte sein Schwert und hörte das scharfe Zischen von Dutzenden anderen, die dasselbe taten.

Vor ihm stand der riesige Strovac Sigac mit seinem schiefen Grinsen, der sich von den auf ihn gerichteten Klingen nicht beeindrucken ließ.

»Wie seid Ihr hierhergekommen?«, verlangte Adfric zu erfahren. »Wir haben überall um die Lichtung Männer postiert.«

Strovac tippte frech auf den Griff seines Schwertes in der Scheide. »Mein Stiefvater und sein Vater waren Jäger des alten Königs. Ich habe mich schon an Rotwild angeschlichen, bevor ich gehen konnte. Ich hätte die ganze Nacht in diesem Lager herumspazieren können, und Eure Männer hätten mich nicht bemerkt.«

Sein leichtfüßiges Auftauchen auf der Lichtung passte zu der Leichtigkeit, mit der er die Klinge führte, wie Rymund im Gasthaus beobachtet hatte. Es war eine plausible Geschichte, aber Rymund vermutete, dass Strovacs Familie tatsächlich Wilderer gewesen waren und nicht Jäger.

»Ihr seid spät dran«, bemerkte Adfric. »Und hätte ich Euch in unser Lager schleichen sehen, hätte ich Euch nicht nach Eurem Namen gefragt, bevor ich Euch niedergeritten hätte.

Wenn wir nicht schon im Krieg sind, werden wir es bald sein. Das ist nicht der richtige Zeitpunkt für Eure kindischen Streiche.«

Strovac zuckte die Achseln. »Ihr hättet es ja versuchen können. Ihr seid zu alt für den Krieg, Graubart. Geht nach Hause zu Eurer Frau.«

»Ruhe, alle beide«, befahl Rymund. »Strovac, was ist mit unserer Abmachung? Ihr habt Hunderte von Männern versprochen, und ich sehe nur Euch.«

Strovac verdrehte die Augen. »Ich habe sie. Aber ich konnte sie wohl kaum alle durch den Wald mitnehmen. Folgt mir.« Er machte kehrt und schritt in südlicher Richtung davon.

Rymund sah Adfric achselzuckend an, der entrüstet wirkte, und folgte Strovac in einigem Abstand, blinzelte durch die Dunkelheit, um seine große Gestalt im Blick zu behalten, und behielt seine Wachen in enger Formation um sich herum. Adfric ritt tapfer vor ihnen her und hielt eine Hand auf seinem Schwertgriff. Hinter ihnen kam ihre Infanterie, und die Männer krachten durchs Unterholz wie ein betrunkener Bär. Wenn das ein Hinterhalt war, dann liefen sie direkt hinein.

Als sie sich dem Waldrand näherten, sahen sie viele Feuer vor ihnen, wie orangefarbene Laternen, die hinter den Bäumen tanzten. Es waren so viele, dass Rymund wusste, sie wären mit Sicherheit in der Unterzahl, aber die Feuer brannten so ungeniert, dass er an einem Hinterhalt zweifelte. Er signalisierte seiner Wache, ihr Tempo zu beschleunigen. Sie brachen aus dem Wald auf die Ebene, und die Lagerfeuer warfen lange, gespenstische Schatten auf die Bäume.

Rymund sah nur dreißig Schritte von ihnen entfernt die Umrisse von Männern, die sich um die Flammen scharten, und nach der Anzahl der Feuer zu urteilen, waren es viele Hundert mehr, als er erwartet hatte. Er blinzelte durch die Dunkelheit und hätte schwören können, dass er neben den

Reihen der erländischen Krieger auch Männer mit langen Zöpfen sehen konnte: die Thrumb.

Adfric hatte sie ebenfalls entdeckt und drehte sich auf seinem Pferd zu Strovac um. Seine Hand wanderte bereits zu seinem Schwertgriff. »Thrumb! Sind das diejenigen, an die Ihr uns verraten wollt? Ich wusste, Ihr seid ein feiger ...«

»Strovac«, rief Rymund und unterbrach Adfric damit scharf. »Ich sehe hier viel mehr Männer, als Ihr versprochen habt. Bevor ich mich bei Euch bedanke, möchte ich Euch bitten, Eure Absichten kundzutun.«

Wieder grinste Strovac, denn er erkannte ihr Unbehagen und genoss es. »Ich habe nach letzter Zählung zweihundertzweiundneunzig Erländer mitgebracht. Aber ich schätze, Ihr werdet mir verzeihen, dass es acht zu wenig sind.«

Von den Feuern hinter ihm tauchte ein berittener Mann auf. Er war in mittleren Jahren, aber kräftig gebaut, und er hatte ein breites, vom Wind gegerbtes Gesicht. Er trug sein Haar in sechs großen Zöpfen und war bis auf einen Schnurrbart, der ihm bis unter das Kinn fiel, glatt rasiert. Eine sichelförmige Narbe lief von unterhalb seines rechten Auges bis zu seinem linken Mundwinkel. Er trug einen Umhang aus silberblauem Wolfspelz und hielt sich so gerade wie ein Speer im Sattel.

»Lord Prindian«, sagte Strovac, »darf ich Euch mit dem edlen Häuptling Ba'an von Thrumbalto bekannt machen, Meister der Bäume und mit dem Wind Sprechender, der sich bereit erklärt hat, Eure Sache zu unterstützen.«

Rymund unterdrückte den Drang, den Mann anzustarren, und machte auf seinem Pferd eine tiefe Verbeugung. »Seid mir gegrüßt, Häuptling Ba'an. Es freut mich, von Eurer Unterstützung zu hören, und ich danke Euch dafür. Doch ich muss Euch fragen, womit ich sie verdient habe.«

Der Häuptling deutete auf Strovac. »Lord Strovac hat mir von Eurer Vereinbarung erzählt.« Seine Stimme war tief und rau. »Dass er Lord der Fortlande werden wird. Wir sind übereingekommen, dass er eine meiner Töchter heiraten wird. Es wird mir nützen, einen Verwandten in den Gebieten zu haben, die an die meinen angrenzen.«

Lord der Fortlande? Dem hatte Rymund nie zugestimmt. Über das Land, das Strovac bekommen würde, wenn er die Lordswürde erhielt, war nie gesprochen worden. Ein solcher Titel würde Strovac zu einem der mächtigsten Männer in West-Erland machen.

Er fing Strovacs frechen Blick auf und verstand, dass der ihn an der Nase herumgeführt hatte wie ein Kind. Wenn er ihm jetzt eine Absage erteilte, würde er das Vertrauen der Thrumb verlieren, und er und Adfric und der Rest von ihnen würden von der überwältigenden Stärke von Strovac und Ba'ans Streitmacht abgeschlachtet werden. Rymund hatte keine andere Wahl als zuzustimmen.

»Gemeinsam bringen Häuptling Ba'an und ich über fünfhundert Männer mit uns«, berichtete Strovac, »die alle darauf brennen, Euren Anspruch gegen den launischen und tyrannischen König Hessian zu vertreten.« *Und Euch zu töten, wenn Ihr Euch mir widersetzt,* lautete die unausgesprochene Drohung. Strovac hob fragend eine Augenbraue in Richtung Rymund, der daraufhin nur knapp nickte.

Die Vereinbarung war getroffen, die Würfel gefallen. Adfrics Gesichtsausdruck war tödlich.

»Wir haben Euch noch etwas anderes mitgebracht«, erklärte Strovac. »Holt ihn her!«

Von irgendwoher wurde eine mit einer Haube vermummte Gestalt mit auf dem Rücken gefesselten Händen geholt, die von vier von Strovacs Männern zu Rymund hinübergezerrt wurde. Der Mann sträubte sich den ganzen Weg über und stolperte bei seinen Versuchen, sich mit Kopf, Schultern und Füßen gegen seine Bewacher zu wehren. Er trug die Reste von feiner Kleidung, die in Fetzen hing. Mit grausamen Schlägen auf die Schultern und Tritten gegen die Rückseiten seiner Beine zwangen seine Peiniger ihn auf die Knie, wo er kurz vor Rymunds Füßen landete.

Strovac kam herbei und riss dem Mann die Haube vom Kopf. Das Gesicht darunter war jung, die Züge denen von Rymund nicht unähnlich, aber mit verfilztem blondem Haar, das ihm über die Schultern fiel. Man hatte ihm einen verdreckt aussehenden Lumpen in den Mund gestopft, und sein Gesicht zeigte ein Sammelsurium von alten und neuen blauen Flecken.

»Die Gefälligkeit, die ich Euch versprochen habe«, sagte Strovac. »Ich präsentiere Euch Errian, Lord Andrik Fassbrechers ältesten Sohn.«

KAPITEL 20

Helana erwachte auf ihrem Stuhl, ein aufgeschlagenes Buch auf dem Schoß. Sie sah sich um, denn sie hatte für einen Moment vergessen, wo sie war, bevor sie Theodrics spärlich eingerichtetes Zimmer erkannte. Es war nicht so, wie man sich das Schlafgemach eines Magiers vorstellen würde, und unterschied sich nicht allzu sehr von jedem anderen Raum in der Festung: die gleichen massiven Steinmauern, ein großes Federbett und ein Tisch mit Stühlen. Es gab weder Geistgehilfen in Tiergestalt noch seltsam gefärbte Tränke in Glasbehältern, noch Spiegel, durch die man in eine andere Welt treten konnte. Doch er hatte noch sein Arbeitszimmer, und er hatte sie gewarnt, dass jeder Versuch, es zu öffnen, dazu führen würde, dass ihr Arm mit schmerzhaften Quaddeln befallen würde. Sie war sich nicht sicher, ob er gescherzt hatte oder nicht.

In Theodrics Bett lag Marius, der immer noch nur selten bei Bewusstsein war, und wenn er es war, redete er wirr, selbst Wochen nach seiner Befreiung aus dem Kerker. Das Fleisch war aus seinem einst fülligen Gesicht geschwunden, und geblieben waren tiefe Furchen, die von einem unordentlichen, braunen Bart bedeckt waren, und seine Augen lagen in tiefen Schatten. Helana stand immer noch unter Hausarrest, und um nicht den Verstand zu verlieren, füllte sie ihre Stunden mit der Sorge um den bewusstlosen Mann, träufelte ihm Wasser in den Mund und kümmerte sich darum, dass er es warm hatte, so wie man ein Vogelbaby wieder gesund pflegen würde.

Nachdem ihr Vater sie ihr ganzes Leben lang ignoriert hatte, war Helana nicht daran gewöhnt, in ihrer Freiheit eingeschränkt zu sein. Die Gefangenschaft passte nicht zu ihr, aber sie fühlte sich für Marius' Wohlergehen verantwortlich. Theodric hatte all seine Überzeugungskraft gebraucht, um sie daran zu hindern, ihren Vater wegen der Behandlung des Gefangenen zur Rede zu stellen. Er war lediglich eine Schachfigur von Lady Prindian, so wie sie es gewesen war.

In jener Nacht nach dem Festmahl hatte ein Briefchen auf ihrem Kissen auf sie gewartet.

Es tut mir leid. Ich kann nur hoffen, dass Ihr es verstehen werdet. Besucht mich in Irith, wenn Ihr könnt.

Helana schüttelte zornig den Kopf, trat vors Fenster und zog einen Kamm durch ihr vom Schlaf verheddertes Haar. Das Schreiben hatte den Verrat nicht weniger schmerzhaft gemacht. Zum ersten Mal hatte Helana gedacht, jemanden gefunden zu haben, der sie verstand, wie eine Mutter es vielleicht getan hätte. Sie hätte Breta Prindian niemals vertrauen dürfen. Sie war auf ihre Schönheit und ihren Charme hereingefallen, auf ihr eigenes Verlangen nach Frieden und ihren gemeinsamen Gegner, Helanas Vater.

Instinktiv berührte sie ihre Wange, den blauen Fleck, den ihr Vater darauf hinterlassen hatte. Obwohl er inzwischen verblasst war, war die Stelle immer noch leicht empfindlich. Er hätte sie nicht schlagen dürfen, und sie hätte sich das nicht gefallen lassen dürfen. Sie hätte aufstehen sollen, bereit, seinen Schlag zu erwidern, statt ihn herauszufordern, es noch einmal zu tun. Aber in dem Moment hatte sie bei allem Trotz Angst vor ihm gehabt, und dafür hasste sie sich. So alt und gebrechlich er war, hatten seine Schläge ihre Ohren klingeln lassen. Und keiner war ihr zu Hilfe gekommen, außer Theodric, der ihr sein Taschentuch gegeben hatte. Nicht einmal Orsian hatte etwas unternommen.

Hinter ihr klickte ein Türgriff, und Theodric kam aus seinem Arbeitszimmer. Er war wieder die ganze Nacht auf gewesen, was sie an den bläulichen Tränensäcken unter seinen Augen erkannte und an den grauen Stoppeln auf seinem Kinn. Schon vor Marius' Ankunft war das Bett, wie sie vermutete, nur selten benutzt worden.

»Probleme mit dem Schlafen, Theodric?«

Der Magier seufzte und ließ sich auf einen Sessel auf der anderen Seite seines Bettes fallen. »Ich habe viele Probleme, Prinzessin.«

»Ich habe beschlossen, dass ich dieses Wort hasse. Nennt mich einfach Helana.« Es war ein nutzloser Titel, der keine Macht besaß, die nicht von ihrem Vater herrührte. »Was sind das für Probleme?«

Theodric schenkte ihr ein dünnes Lächeln. »Mir macht alles Probleme. Alles, seit Euer Bruder zum Kampf gegen die Thrumb aufgebrochen ist. Errian hätte ihn begleiten sollen, bis die Lutum Basseton angegriffen haben, aber wären dann beide tot gewesen oder beide noch am Leben? Und warum haben die Thrumb Erland überfallen, und wo sind die Lutum? Und ist der Nebel, der den Eryispek einhüllt, lediglich Wetter, wie Euer Vater denkt, oder etwas ganz anderes?« Er rieb sich das Gesicht. »Es hängt alles miteinander zusammen, davon bin ich überzeugt, aber was auch immer in Gang gesetzt worden ist, es liegt nicht in meiner Macht, es aufzuhalten.« Er seufzte und schaute auf Marius hinab. »Ich kann nicht schlafen, doch unser Gast schläft wie ein Mann, der seit Jahren nicht geschlafen hat. Hat es über Nacht irgendwelche Veränderungen bei ihm gegeben?«

»Ich war selbst eingenickt, bis die Vögel zu zwitschern anfingen«, berichtete Helana. »Ich glaube, er hat sich ein- oder zweimal bewegt. Seine Fingernägel fangen an nachzuwachsen.«

Theodric erwiderte nichts, obwohl Helana glaubte, er wäre leicht zusammengezuckt. Sie war fast so wütend auf ihn gewesen wie auf ihren Vater. Es hätte jedem klar sein müssen, dass Marius kein Vertrauter der Prindians war, aber anscheinend hatte Theodric nur wenig unternommen, um Hessian den Gedanken auszureden.

»Nichts zu sagen, Theodric?«

»Nichts, was das Unrecht wiedergutmacht, Euren Zorn besänftigt oder ihm die Fingernägel nachwachsen lässt. Kein Trick, den ich je gelernt hätte, fürchte ich. Wenigstens konnte ich seinen Rücken heilen.«

Helana öffnete den Mund zu einer Antwort, aber Theodric brachte sie mit einer erhobenen Hand zum Schweigen. »Ich bin zu müde, um immer wieder denselben Streit mit Euch zu führen«, stellte er fest. »Ich habe Eurem Vater gehorcht, wie ich es zu tun gelobt habe. Und wenn ich an Eurer Stelle wäre, würde ich ihn nicht weiter erzürnen. Er denkt, dass er Euch zu leicht hat davonkommen lassen.«

Helana schnaubte. »Er hat mich bereits eingesperrt. Was wird er noch tun? Mich mit der Peitsche durch die Straßen jagen lassen?« Ihr Vater war grausam, aber er war nicht dumm. Wahnsinnig vielleicht.

»Ihr solltet nur wissen, dass er nicht vergessen hat, Euch

verheiraten zu wollen. Er mag abgelenkt worden sein, als Ihr Rymund Prindians Namen erwähnt habt, aber er begutachtet immer noch mögliche Ehemänner für Euch.«

»Soll er es doch versuchen«, sagte Helana mit mehr Zuversicht, als sie empfand. Wenn sie sich weigerte, würde ein Priester dann mutig genug sein, sich Hessian zu widersetzen? Natürlich nicht. Er würde einen zahmen Priester auswählen. Wer würde für sie eintreten, falls das passierte?

Bevor Theodric antworten konnte, kam vom Bett ein plötzliches Keuchen. Marius schlug in den Laken um sich, als er erwachte, die Augen aufgerissen und voller Furcht und einen tiefen Atemzug nehmend, als wollte er den ganzen Raum in seine Lungen saugen.

Helana eilte zum Bett. »Lockert sie, bevor er sich wehtut!« Zu zweit bemühten sie sich, die Laken zu lockern, und Marius richtete sich auf und lehnte sich stöhnend an das Kopfbrett.

»Bei Eryis Eiern, wo bin ich?«, stieß er ächzend hervor. Sein bereits bleiches Gesicht wurde noch eine Schattierung weißer, als er Theodric sah. »Ihr! Ihr …«

»Ihr seid in Sicherheit, Marius, das schwöre ich. Ihr befindet Euch in Pfeiferswehr, in Merivale«, sagte Helana. Sie sprach sanft wie zu einem Kind. »Mein Vater hielt Euch für jemanden, der Ihr nicht seid, aber ich verspreche Euch, dass Euch jetzt nichts mehr geschehen kann.«

Marius blinzelte sie an. »Lord Andrik hatte mir gute Behandlung versprochen, er hat gesagt …« Zorn regte sich in seinen plötzlich scharfen Augen. Er versuchte aufzustehen, zuckte dann aber zusammen. »Bei den pissenden Norhai, mein Rücken tut weh.« Er verzog das Gesicht und ließ die Schulter kreisen. »Bitte, helft mir auf. Und gebt mir ein paar verdammte Kleider.«

»Das können wir ihm nicht erlauben«, sagte Theodric. Er klang erschrocken, vielleicht ebenso durch das grobe Ver-

halten des Soldaten wie durch die Tatsache, dass er wach war.
»Was ist, wenn er …«

»Was ist, wenn er was?«, fragte Helana und drehte sich zu ihm um. »Habt Ihr Angst vor einem unbewaffneten Mann in einem Nachthemd? Wird er uns töten und sich seinen Weg aus Pfeiferswehr freikämpfen?«

Mit Theodrics widerwilliger Unterstützung half sie Marius zu einem Stuhl, und der Magier fand eine grob gewebte Hose und eine locker sitzende Tunika, um das Nachtgewand des Mannes zu ersetzen.

»So ist es besser«, schnaufte er und ließ sich auf den Stuhl sinken. »Bei Eryis Scheiße, ich fühle mich schrecklich.« Er stieß ein verbittertes, bellendes Lachen aus. »Hessians Gastfreundschaft ist genau so, wie man es mir erzählt hat.«

»Ich werde Euch etwas zu essen holen«, sagte Theodric, der offensichtlich der Ansicht war, Marius wäre zu schwach, um eine Gefahr für Helana darzustellen, außerdem wollte er sich schnell aus dem Staub machen. Eilig verließ er den Raum.

»Es tut mir so leid«, murmelte Helana. »Mein Vater …«

»Sprecht nicht mit mir«, bat Marius, der die Augen vor Schmerz zusammenkniff. »Gebt mir einen Moment Zeit.«

Minutenlang saß Marius schweigend da und atmete tief durch, aber als ein Diener Brot und Suppe für ihn brachte, fiel er hungrig darüber her. Helana beobachtete ihn. Jetzt, da Marius wach war, wollte sie ihn über Breta Prindian ausfragen. War das Schreiben echt oder nur eine weitere Täuschung?

»So ist es besser«, sagte er und schob die Suppe beiseite, als er fertig war. »Obwohl ich das Gefühl habe, hundert Jahre älter zu sein als an dem Tag, an dem ich Irith verlassen habe.« Er schaute an sich hinunter. Als Helana ihn kennengelernt hatte, war er breit und kräftig gewesen, aber in Gefangenschaft war er bis auf Haut und Knochen abgemagert. »Ist noch mehr zu essen da? In diesem Zustand könnte ich kaum ein Schwert heben.«

Helana ließ weitere Speisen aus der Küche bringen, und während sie ihn beim Essen beobachtete, kam sie zu dem Schluss, dass ihre Neugier nicht warten konnte. »Hat Breta Prindian Euch erzählt, was sie vorhatte?«, fragte sie.

Marius hielt mit einer Scheibe Speck auf halbem Weg zu seinem Mund inne. »Natürlich.« Er sah sie entschlossen an. »Ich bin ihr Lehnsmann, war es zumindest. Was denkt Ihr, wer sich in Euer Zimmer geschlichen und die Notiz mit dem Treffen im Gasthaus auf Eurem Kissen hinterlassen hat? Aber sie hat Euch aufrichtig gemocht. Hat sie Euch nicht erzählt, dass sie sich eine Tochter wie Euch wünschte?«

Daran erinnerte Helana sich; das war am Tag des Festmahles gewesen. Hatte Breta es ernst gemeint, oder war es nur eine weitere ihrer Manipulationen gewesen? Wenn Breta gedacht hatte, dass Helana eine gute Geisel abgeben würde, dann kannte sie ihren Vater nicht. Solange sie hier gefangen war, spielte das keine große Rolle. Ihr Vater würde keine Reisen nach Irith genehmigen, schon gar nicht, solange sie unter Hausarrest war und sie kurz vor einem Krieg standen.

KAPITEL 21

Der Tag war ruhig. Der erste Frost hatte die grünen Felder mit einem silbernen Schimmer überzogen, und kein einziger Windhauch störte die Stille. Der Weg wand sich den Hügel hinauf, daher hörte der Wachposten der Veilchenburg das Herannahen von Pferden, noch bevor er sie sah. Er schickte einen Laufburschen zu der kleinen Kaserne, um zwanzig Männer mit Bögen zu rufen, die zu ihm auf die Zinnen über dem Haupttor kommen sollten. Als der Bote zurückkehrte, hatte der Wächter inzwischen das hohe Banner gesichtet, das die Reiter vor sich hertrugen, und schickte den Laufburschen erneut los, um die Fahne mit den drei Fässern über der Halle zu hissen und der Küche zu befehlen, ein Festmahl vorzubereiten. Der Mann blies einen langen Ton in sein Horn, tief genug, um den Frost von den Mauern zu rütteln, und hinter ihm brach auf dem Hof geschäftiges Treiben aus.

Lord Andrik Fassbrecher war nach Hause zurückgekehrt.

Lady Viratia war die Erste, die herauskam, um ihren Gemahl

zu begrüßen. Kaum war Lord Andrik abgestiegen, stand seine Frau schon neben ihm, und er riss sie in einer wilden Umarmung vom Boden hoch. Die Diener und Wachen grinsten und tauschten Blicke. Es freute sie, dass ihr Lord und ihre Lady immer noch so leidenschaftlich miteinander umgingen wie Frischvermählte.

»Du warst so lange fort«, sagte Viratia, als sie sich schließlich voneinander lösten, »und dann kehrst du ohne Ankündigung zurück, von Kopf bis Fuß verdreckt. Mein Kleid wird ausgeklopft und gewaschen werden müssen.«

Andrik lachte, hob sie an der Taille hoch und wirbelte sie herum. »Das schert mich nicht. Ich bin zu Hause, und du brauchst dieses Kleid gleich nicht mehr.« Er rief einen Diener herbei. »Bring Wein und Fleisch in unsere Gemächer, die ich bis morgen nicht zu verlassen gedenke. Und auch für meine Männer Speisen und Bier.« Er warf sich Viratia über die Schulter und ging vom Hof durch den Eingang der Festung und die Treppe hinauf zu ihrem Schlafgemach.

Einige Zeit später zündete Andrik Kerzen an, schenkte den Wein ein und brachte einen Teller mit Speisen ans Bett, den sie sich teilten. Er häufte einige dicke Kissen übereinander, zog Viratia an sich, roch an ihrem dunkelblonden Haar und kostete ihre Wärme aus.

»Als wir jünger waren«, sagte Viratia, »habe ich mich oft gefragt, ob das Alter und die Lordswürde dich verändern würden. Aber du benimmst dich immer noch wie ein wilder Junge, reitest monatelang fort und machst eine Szene im Innenhof, wenn du zurückkommst. Was soll ich nur mit dir machen?«

»Mich küssen.«

Also tat sie das.

»Ich hatte gehofft, du würdest zur Hochzeit kommen«, sagte Andrik. »Hat dich die Einladung nicht erreicht?«

»Doch.«

»Warum bist du nicht gekommen?«

Viratia schwieg für einen Moment, legte den Kopf auf Andriks breiten Oberkörper, starrte ins Leere und spielte mit seinem dichten Brusthaar. »Ich konnte nicht dabei zusehen, wie dieses arme Mädchen mit dem König vermählt wurde«, antwortete sie ruhig. »Was wird sie alles ertragen müssen ... Was würdest du sagen, wenn es Pherri getroffen hätte?«

Darüber lachte Andrik. »So viel Glück müssten wir erst mal haben. Es wird mein größter Kampf werden, einen Ehemann für Pherri zu finden.«

Viratia schlug ihm tadelnd auf den Bauch. »Mach darüber keine Scherze. Weißt du nicht mehr, wie es war, als mein Vater versucht hat, mich mit Lord Storaut zu vermählen? Ich hatte furchtbare Angst.«

»Ich erinnere mich.« Andrik grinste wie ein Wolf. »Ich bin in die Festung deines Vaters eingebrochen und habe dich geraubt. Am nächsten Morgen hat uns ein reisender Priester getraut, den ich unterwegs auf der Straße gefunden hatte. Was wohl aus ihm geworden ist?«

Viratia erwiderte sein Lächeln und schwelgte in kostbaren Erinnerungen. »Mein Vater wusste, was du vorhattest. Deshalb hatte er vier Wachen an meiner Tür postiert.«

»Sie haben versucht, mich in Gewahrsam zu nehmen. Es ist ihnen nicht gut bekommen.«

Es war eine alte Geschichte, die sie schon hundertmal oder öfter miteinander geteilt hatten, aber sie war nie langweilig geworden. Nach ihrer Hochzeit waren sie nach Norden in Hessians Gebiete am Meer geritten. Damals war er noch Prinz Hessian gewesen. Dort waren sie eine Woche später von Viratias wütendem Vater, Lord Britgut, und einem ebenso wütenden Lord Storaut aufgespürt worden.

»Da standen sie, zwanzig bewaffnete Männer hinter ihnen.«

Sie lächelte. »Du warst noch ein halber Junge, aber du bist ihnen allein entgegengetreten.«

»Ich erinnere mich«, sagte Andrik. »›Mylords, es tut mir leid, aber wir sind verheiratet. Ich werde das mit einem von Euch mit dem Schwert regeln, um Euch Genugtuung zu verschaffen.‹« Er konnte sich bei dieser Erinnerung ein Grinsen nicht verkneifen. »Bei den Norhai, ich war ein eitler und törichter junger Mann. Dein Vater war dunkelrot im Gesicht vor Zorn. Ich dachte, er würde meine Forderung tatsächlich annehmen. Das Gleiche mit Lord Storaut, obwohl ich es war, der ihm seinen Platz erstritten hatte, indem ich seinen Neffen tötete! Der Mann hat sich dafür nie auch nur bedankt.«

»Mein Vater war kein Narr«, antwortete Viratia. »Trotz all seiner Fehler hoffe ich, dass Eryi ihn über den Wolken gut behandelt. Er hatte gesehen, was du mit einer Klinge anrichten kannst. Es wäre töricht gewesen.«

Andrik küsste sie. »An dem Tag, als ich um deine Hand kämpfte, hätten mich nicht einmal tausend Männer mit Stahl besiegen können.«

Auch Hessian hatte sich über Andrik empört, weil er ebenfalls gegen die Verbindung gewesen war, aber er hatte den beiden Lords klargemacht, dass er keine Vergeltung gegen seinen Halbbruder dulden würde, und sie großzügig mit Ländereien entschädigt. Hessians Vater, der alte König, war weniger nachsichtig gewesen. Dafür, dass er ohne Erlaubnis geheiratet hatte, war Andrik für fünf Jahre aus Erland verbannt worden. Doch zwei Jahre später war der alte König tot gewesen, und Hessian bat Andrik zurückzukehren, um ihm dabei zu helfen, sich seine Krone zu sichern. Er gab ihm die Veilchenburg als Stammsitz.

Nachdem sie lange genug Erinnerungen ausgetauscht hatten, kamen sie erneut auf Hessians neue Braut zu sprechen, sobald Andrik das Feuer wieder entzündet und ihnen Wein nachgeschenkt hatte.

»Das Mädchen ist ein zartes Ding«, sagte Andrik, »aber gut geeignet für den Hof. Was hätte Hessian deiner Meinung nach tun sollen, Viratia? Er braucht einen Erben.«

»Ich verstehe, dass er einen Erben braucht, aber es macht mir deshalb nicht weniger Kummer. Er ist alt genug, um ihr Großvater zu sein, Andrik. Ich weiß, er ist der König, aber schon als junger Mann kam er mir … seltsam vor. Ich mochte noch nie, wie er mich ansieht.«

»Wer kann ihm daraus einen Vorwurf machen?« Andrik küsste sie auf den Hals und vergoss versehentlich einige Tropfen kalten Weines auf ihrer Brust. Viratia stieß einen spitzen Schrei aus, und Andrik lachte entzückt. Sie versuchte ihn zu schlagen, aber er fing den Hieb ab und hielt ihr Handgelenk fest.

»Ich meine es ernst, Andrik«, sagte Viratia streng. »Ich möchte am liebsten an den Hof reisen und sichergehen, dass sie nicht misshandelt wird. Das hätte ich schon vor der Hochzeit tun sollen. Zur Hölle mit uralten Gesetzen, Hessian hätte Tarvanas Sohn Tarrik zum Thronerben ernennen sollen, dann wäre das alles nicht nötig gewesen.«

Andrik schüttelte den Kopf. »Es ist nicht das Gesetz, das Hessian daran hindert, sondern vielmehr der Umstand, dass das Land dann nach seinem Tod zerrissen würde. Die Hälfte der Lords würde für Tarrik stimmen und die andere Hälfte für Rymund. Es würde Krieg geben.«

»Es wird so oder so Krieg geben«, versetzte Viratia. »Dem Hörensagen nach hat man Lord Rymund seit Wochen nicht in Irith gesehen. Es heißt, er habe das Meer überquert und sammle Söldner um sich.«

»Theodric erzählt eine andere Geschichte. Rymund hat Irith verlassen, ist aber immer noch in Erland.«

»Aber du stimmst mir zu, dass ein Krieg unaufhaltsam ist. Und doch bist du hier und nicht an Hessians Seite oder auf dem Weg in die Schlacht. Was ist passiert?«

Andrik seufzte. Er war davon ausgegangen, dass Hessian nach ihm schicken würde, sobald er sich beruhigt hatte, aber der Ruf war nicht gekommen. Vielleicht hatte er es wirklich ernst gemeint. Andrik war an jenem Abend mit schwerem Herzen vor lauter Schuldgefühlen aufgebrochen. Sein Bruder brauchte ihn. »Wir hatten eine Meinungsverschiedenheit«, sagte er schließlich. »Ich fürchte, mehr kann ich nicht erzählen.«

»Wirklich? Nun, ich behalte mir mein eheliches Recht vor, dich danach zu fragen, wenn du mehr Wein getrunken hast.« Viratia stand auf, um das lodernde Feuerholz umzuschichten, und bei ihrem Anblick, wie sie nackt in ihrem Zimmer umherging, wurde Hessian aus Andriks Gedanken verdrängt. »Du legst immer zu viel Holz auf«, urteilte sie nach einer Begutachtung des Feuers. »Der Stapel wird jeden Moment zusammenfallen und uns das Zimmer verqualmen. Was würden die Diener dazu sagen, wenn du unser eigenes Schlafgemach in Brand steckst?«

»Dass der alte Lord immer noch feurig im Bett ist?«

Sie schleuderte ein Kissen quer durch den Raum nach ihm, verfehlte dabei nur knapp seinen Kopf und stieß einen Becher vom Tisch, der den Wein über ihre Laken verschüttete. Sie sahen einander an und brachen in schallendes Gelächter aus. Andrik warf das Kissen zu ihr zurück und verfehlte nur knapp das Feuer.

Als Viratia wieder ins Bett stieg, zog Andrik sie erneut an sich und bedeckte ihren lachenden Mund mit Küssen.

Sie lächelte ihn betörend an. »So bald schon, mein Liebster? Ihr alten Lords steckt voller Überraschungen.«

»Ich bin zu lange fort gewesen«, murmelte Andrik und zog

seine Frau noch fester an sich, »und die vielen Meilen zu Pferd habe ich damit verbracht, an dich zu denken.«

Als sie später wieder in den Armen ihres Gemahls lag, ergriff Viratia erneut das Wort. »Mein Liebster?«

»Ja?«, antwortete Andrik schläfrig.

»Wenn dieser Krieg mit den Prindians vorbei ist, solltest du dich zur Ruhe setzen. Du hast drei Jahrzehnte lang Hessians Kriege für ihn ausgefochten. Niemand hat seiner Krone mehr gegeben als du. Ich will dich hier haben, an meiner Seite.«

»Hessian hat mich aus dem Dienst entlassen. Ich bin nicht mehr der Balhymeri.«

»Er wird wieder nach dir schicken.«

»Und ich werde mich vielleicht weigern.« Wenn Hessian ihn so einfach entbehren konnte, dann konnte er sich auch ihm widersetzen. Doch selbst als er das dachte, wusste Andrik, dass es falsch war. Es war zwar seine Entscheidung, aber er hatte sie schon vor Jahrzehnten getroffen. So jung er damals gewesen war, Loyalität hatte er nie auf die leichte Schulter genommen, und das tat er auch jetzt nicht.

»Du wirst gehen, weil du ihn liebst, aus Gründen, die ich nie verstanden habe. Ich flehe dich an, lass es das letzte Mal sein. Gewinne den Krieg und bitte ihn, dich aus seinem Dienst zu entlassen. Du hast zwei starke Söhne großgezogen, die beide in der Lage sind, in deine Fußstapfen zu treten. Lass sie den König beschützen, seine Männer ausbilden und seine Schlachten ausfechten.«

Andrik dachte darüber nach. Wenn er den Krieg gewann und wenn sich die Braut, die er für Hessian ausgewählt hatte, als fruchtbar erwies, gab es nichts, was Hessian ihm abschlagen würde. Er konnte darum bitten, dass er Naeem zum Balhymeri machte und dass Errian ihm nachfolgte, wenn er älter war.

Aber was dann? Er konnte noch zwanzig Jahre leben, und

Viratia verwaltete seine Ländereien auch ohne ihn gut genug. Krieg war das Einzige, worauf er sich je verstanden hatte, und er schwang noch immer besser als jeder andere ein Schwert, ritt besser als jeder andere ein Pferd.

Jedenfalls hatte er das bisher getan. Aber was, wenn es nicht länger zutraf? Es gab vielleicht zwei Dutzend Männer unter den Hymerikai, die älter waren als er, darunter Naeem, und obwohl sie nichts von ihrer Tapferkeit verloren hatten, eigneten sich die meisten von ihnen am besten für den Wachdienst. Die blitzartigen Reflexe und die grenzenlose Belastbarkeit der Jugend hielten nicht ewig an. Wenn Andrik zu weit lief, quälte ihn sein Knie, und wenn er zu lange saß, verspannte sich sein Rücken, wenn er wieder aufstand. Es würde nicht Rymund Prindian sein, aber es konnte eine Zeit kommen, da er das Schwert mit jemandem kreuzte, der schnell genug war, um ihn zu töten, und das wurde mit jedem Tag wahrscheinlicher.

Er hätte noch länger darüber nachgedacht, aber nach der berauschenden Befriedigung, die ein Bauch voller Wein und die Wärme seiner Frau neben ihm auslösten, war er erschöpft. Nie war er auch nur halb so zufrieden wie in den Stunden, die er zu Hause mit Viratia verbrachte. Vielleicht war sie alles, was er brauchte. »Wenn ich mich bereit erkläre, darüber nachzudenken, wirst du mich dann schlafen lassen?«

»Vielleicht.«

»Dann werde ich darüber nachdenken«, antwortete er, während ihm schon die Augen zufielen, »aber nur, weil ich dich liebe.«

Pherri befand sich mit Delara im hinteren Teil der Veilchenburg und hatte weder das Horn noch den Aufruhr auf dem Hof gehört. Sie waren in ihrem ehemaligen Kinderzimmer, wo noch immer die Spielsachen und alle möglichen anderen Kinkerlitzchen ihrer Kindheit in den Regalen lagen, aber Pherri betrachtete es lieber als ihr Arbeitszimmer, in dem sie an ihrem kleinen Pult saß und ihre Bücher las.

Während ihre Eltern sich nach ihrer monatelangen Trennung begrüßten, führte sie eine lebhafte Diskussion mit Delara.

»Aber wenn der Eryispek endlos ist«, fragte Pherri, »warum sind seine Hänge dann nicht senkrecht? Er mag steil sein, aber seine Wände führen schräg nach oben, soweit ich es erkennen kann.«

Delaras anfängliche Weigerung, über den Eryispek zu sprechen, schien sich nicht auf eine Diskussion über die Beschaffenheit seiner Form zu beziehen.

»Er ist bis ganz nach oben schräg, und er ist endlos«, sagte Delara unerschütterlich. Heute war das dritte Mal in einer Woche, dass sie über dieses Thema diskutierten, und Pherris Lehrerin blieb in ihren Erklärungen unbeirrt und beugte sich so geduldig über ihren Stab wie ein wettergegerbter Wasserspeier.

»Also hat er schräge Hänge und ist endlos und hat keinen Gipfel?«

»Er hat einen Gipfel, aber kein Mensch hat ihn je gesehen.«

Pherri schlug frustriert mit einer Hand auf den Tisch. »Aber das ergibt keinen Sinn! Er kann nicht diese drei Eigenschaften gleichzeitig aufweisen; ich bin mir nicht mal sicher, ob er auch nur zwei davon aufweisen kann!« Da'ri hatte sie in Geometrie unterrichtet, dies war absurd. Sie versuchte, sich vorzustellen, wie der Eryispek über den Wolken aussehen musste, aber das Bild entzog sich auf ärgerliche Weise ihrer Vorstellungskraft.

»Am besten grübelt man nicht über diese Dinge nach, Pherri«, sagte Delara und klopfte mit ihrem Stab auf den Boden, als wollte sie ihren Standpunkt bekräftigen. »Akzeptiere einfach, dass es so ist. Es ist unwahrscheinlich, dass du je auf den Berg steigen wirst, geschweige denn die höheren Lagen betrittst.«

»Aber woher weißt du das alles? Und was glaubst du, wohin die Lutum gegangen sind?«

Delaras Mund öffnete sich zu einer Antwort, als plötzlich die Tür aufgerissen wurde und der Kopf eines jungen Mannes mit einer wilden Mähne aus schwarzen Locken erschien.

»Orsian!«, rief Pherri und rannte zu ihm. Er hob sie hoch, damit sie ihm ihre dünnen Arme um den Hals schlingen konnte. »Du bist zu Hause!«

»Natürlich, kleine Schwester.« Er grinste sie an und hielt sie unter den Achseln fest. »Du bist gewachsen.«

Sie war nicht gewachsen; sie war immer noch klein für ihre elf Jahre, aber Orsian wirkte größer als zuvor und war um die Brust und die Arme herum kräftiger geworden. Er hatte Pherri mühelos hochgehoben.

Delara, die hinter Pherri stand, hüstelte, und die Geschwister drehten sich zu ihr um. »Wer seid Ihr?«, fragte sie. »Ihr habt unseren Unterricht gestört.«

Orsian stellte Pherri auf den Boden. »Ich bin Orsian, Pherris Bruder. Wo ist Da'ri?«

Pherri hatte versucht, nicht an Da'ri zu denken. Dank Delaras Medizin wurde sie nicht mehr von Träumen geplagt, aber manchmal fühlte sie immer noch einen stechenden Schmerz, wenn sie an seinen alten Räumen vorbeiging. »Das erzähle ich dir später«, sagte sie zu Orsian und bemühte sich, nicht zu weinen. »Das hier ist Delara, meine neue Lehrerin.«

Orsian nickte ihr zu und bemerkte nicht, dass irgendetwas nicht stimmte. »Freut mich, dich kennenzulernen, Delara. Würdest du deinen Unterricht heute vielleicht ein wenig früher beenden? Ich habe Pherri seit Monaten nicht mehr gesehen, und ich weiß nicht, wie lange ich werde bleiben können.«

Nach einem kurzen Zögern nickte Delara zustimmend.
»Pherri, wir machen morgen weiter.« Dann rauschte sie wortlos an ihnen vorbei und verließ Raum.

»Sie ist ziemlich … schroff«, bemerkte Orsian. »Wo hast du sie gefunden?«

»Errian hat sie aus Basseton mitgebracht«, erzählte Pherri. »Sie war eine Dienerin des dortigen Lords. Sie hilft bei Aufgaben, die Tammas nicht mehr bewältigen kann, und Mutter hielt es für eine gute Idee, mich von einer Frau unterrichten zu lassen.«

»Sie ist kaum jünger als Tammas, aber wie auch immer. Wollen wir einen Spaziergang entlang der Mauern machen?« Er öffnete die Tür, und die beiden machten sich auf den Weg nach draußen.

Während sie auf den Zinnen entlangspazierten, setzte Orsian Pherri über seine Abenteuer mit ihrem Vater ins Bild, seit sie die Veilchenburg verlassen hatten. Pherri hatte das Gefühl, dass er rastlos wirkte, als ob er auf etwas wartete und die Veilchenburg nur ein Zwischenschritt war.

Während er von dem Kampf am Bleichen Fluss erzählte, wurde Pherri klar, worauf er wartete. Krieg. Es machte sie traurig. Ihr Bruder wurde zum Mann, und er würde andere Männer töten oder selbst getötet werden. Irgendwie war ihr das nie ganz real erschienen, als er nur im Innenhof trainiert hatte.

»Hast du irgendetwas dabei empfunden?«, fragte sie, als er ihr von dem Mann berichtete, den er mit seinem Bogen getötet hatte. Sie wollte, dass er es bereute. Männer waren grausam, aber Orsian war anders. Er musste anders sein.

Orsian zögerte. »Lass uns hier eine Pause einlegen.« Sie befanden sich auf der westlichen Wehrmauer mit Blick auf den Bleichen Fluss. Orsian lehnte sich an die Zinnen.

Für eine Weile stand er nur schweigend neben ihr. Ein tiefer Nebel hing über dem Land und hüllte es in einen weißen Umhang. Pherri beobachtete die Vogelschwärme, die nach Süden in sonnigere Gefilde zogen. In den bevorstehenden Monaten würde es in Ost-Erland frieren. Wenn der Krieg in den nächsten Monaten abgewendet werden konnte, würde Orsian vielleicht den Winter über hierbleiben.

»Stolz«, antwortete Orsian schließlich, ohne sie anzusehen. »Das ist es, was ich empfunden habe. Es war ein guter Schuss, und er hatte versucht, Vater und seine Männer zu töten. Aber dann habe ich seinen Leichnam gesehen und konnte nur noch daran denken, ob er wohl eine Familie hatte und ob es irgendwo einen Jungen gibt, der vielleicht kaum jünger ist als ich und dem jemand sagen muss, dass sein Vater nicht mehr nach Hause kommt.«

Pherri umarmte ihn. Er würde immer ihr Bruder sein, ganz gleich, wie viele Männer er tötete, aber sie war erleichtert. Er war ganz anders als Errian. »Wenn es entweder dein Leben oder ihres ist, dann musst du es tun«, verkündete sie. »Sonst würde mir jemand mitteilen müssen, dass du tot bist.«

»Ich werde tun, was ich tun muss«, beteuerte er feierlich. »Ich habe mein Leben lang davon geträumt, an Vaters Seite zu kämpfen, für Erland. Aber der König ...« Er seufzte. »Es ist das Beste, wenn ich nicht von ihm spreche. Erzähl mir von Da'ri. Ist er nach Thrumb zurückgekehrt?«

Pherri biss sich auf die Lippe. Sie hatte oft darüber nachgedacht, was es bedeuten würde, wenn sie Orsian von den Ereignissen erzählte. Er würde genauso zornig auf Errian sein wie sie, aber Orsian war jetzt ein Mann, ein Mann mit einem Schwert. Was, wenn Orsian ihn tötete? Oder schlimmer noch, wenn Errian Orsian tötete?

Orsian lachte über ihr Schweigen. »Komm schon, Pherri, mir kannst du es erzählen. Ich weiß, es kann für ihn nicht leicht gewesen sein hier, aber du musst ihn vermissen.«

»Er ist tot«, wisperte sie. »Errian hat ihn getötet.«

Sie holte tief Luft und erzählte Orsian die ganze traurige Geschichte: die Hahnenkämpfe, die betrunkenen Städter und Errian, der sie davontrug, während die anderen Da'ri ermordeten. Sprachlos starrte er sie an.

»Dieser Dreckskerl«, knurrte Orsian, als sie fertig war. Kalter Zorn trübte seinen Blick. »Ich bringe ihn um.«

»Nein!«, sagte Pherri und griff nach Orsians Hand, als wollte sie ihn daran hindern, auf der Stelle sein Schwert zu zücken. Ihre Augen füllten sich mit Tränen, und diesmal konnte sie sie nicht aufhalten. Sie begrub das Gesicht an Orsians Brust und weinte so heftig, dass sie nicht mehr sprechen konnte. Wegen ihres einen Bruders war Da'ri tot, und ihr anderer Bruder würde schon bald in den Krieg ziehen. Es war zu viel, sie konnte es nicht ertragen.

Orsian hielt sie in den Armen und ließ zu, dass ihre Tränen sein Hemd durchnässten, so ruhig und geduldig wie ein Priester.

Da'ri war tot, und es quälte Pherri so tief in ihrer Seele, dass es sich anfühlte wie eine tödliche Wunde. All die Trauer, die sie irgendwie bis jetzt zurückgehalten hatte, ergoss sich aus ihr wie eine Sturzflut.

Und dann, gerade als Pherri dachte, der Tränenstrom würde vielleicht nie enden, hörte sie auf zu schluchzen. Sie schniefte und wischte sich mit dem Handrücken über die Nase. »Entschuldige«, murmelte sie mit einem schwachen Lächeln. »Ich weiß nicht, was in mich gefahren ist.«

Orsian kniete sich vor sie hin, um ihr die Tränen von den Wangen zu wischen. »Dir ist etwas Schreckliches zugestoßen, Pherri. Es tut mir leid, dass ich nicht hier war. Ich habe Errian immer gehasst, aber das … Was er getan hat, war böse. Er sollte für sein Verbrechen bezahlen.«

»Du darfst ihn nicht töten. Das würde Mutter dir nie verzeihen.«

Orsian schenkte ihr ein schwaches Lächeln. »Ich habe es mir oft ausgemalt, aber leider hast du recht. Aber er wird seine gerechte Strafe bekommen, das verspreche ich.«

Pherri schien das jedoch nicht mehr so wichtig zu sein, da Orsian nun hier war. Ihr Bruder verstand sie. Sie fühlte sich leichter, als hätten ihre Tränen irgendwie eine große Last von ihr genommen. Da'ri war tot, und kein noch so großes Blutvergießen zwischen ihren Brüdern würde daran etwas ändern. Sie hoffte, dass er bei seinen Göttern war, den mysteriösen Waldgottheiten der Thrumb. Einen Moment lang erwog sie es, Orsian von Da'ris letztem Brief zu erzählen, aber irgendein Instinkt hielt sie zurück: Es gefiel ihr, ein letztes Geheimnis mit Da'ri zu teilen, und Orsian würde vielleicht darauf bestehen, dass sie ihren Eltern davon berichtete. Seit ihrer erfolgreichen Übersetzung war sie nur wenig weitergekommen. Die uralten Brüder der Thrumb auf dem Westhang konnten die Adrari sein, aber es gab in der Bibliothek von Veilchenburg nur wenig Informationen über sie, und Delara hatte schon gar kein Interesse daran, über sie zu sprechen.

Stattdessen unterhielten Orsian und sie sich eine Zeit lang leise über Unverfängliches und sahen zu, wie der Sonnenuntergang seinen Schatten über das Land legte. Als es dunkel wurde, kehrten sie in Pherris Zimmer zurück, weil sie die gemeinschaftlichen Bereiche den Dienstboten und Soldaten überlassen wollten, die vor den Augen ihrer Lordschaften gerade sicher waren. Sie spielten ein paar langsame Schachpartien, plauderten dabei unbeschwert über ihre Erinnerungen an Da'ri und lachten miteinander. Orsian hatte etwas Wein aus dem Küchentrakt mitgenommen und gab auch Pherri einen Becher davon, gegen das Versprechen, dass sie es nicht ihren Eltern erzählen würde. Pherri gewann die ersten drei Spiele, aber zu Beginn des vierten gähnte sie unverhohlen und konnte kaum noch die Augen offen halten. Orsian gewann mit einem triumphalen Schachmatt, bevor er seine Schwester hochhob und sie ins Bett brachte.

Pherri erwachte vor einem ersterbenden Lagerfeuer, das mehr Rauch als Hitze abzugeben schien, eingehüllt in zerlumpte Felle. Ihre Glieder fühlten sich bleischwer an, und ihre Füße waren so kalt und nass, dass sie ihre Zehen nicht mehr spürte. Durch einen sich ständig verlagernden Vorhang aus Schnee hindurch sah sie andere Menschen an dem immer schwächer werdenden Feuer sitzen, genau wie sie selbst gekleidet und mit hageren, ausgezehrten Gesichtern. Sie griff sich an ihr eigenes Gesicht und ertastete kalte, ausgehöhlte Wangen wie die einer Leiche.

Sie erinnerte sich an ihre Schachspiele mit Orsian und daran, wie er sie zu Bett gebracht hatte, und ihr wurde klar, dass das hier ein Traum war. Sie hatte vergessen, Delaras Medizin zu trinken. *Wach auf,* drängte sie sich selbst. Sie musste fort, bevor die Hirschkuh mit den scharfen blauen Augen sie fand.

»Es hat keinen Zweck, verdammt«, brummte ein gebeugter alter Mann neben ihr, der sich seine Kapuze so weit nach vorn gezogen hatte, dass nur die straffe Haut seines knochigen Kiefers sichtbar war. Er warf frustriert einen toten Zweig ins Feuer, der sich jedoch weigerte, in Flammen aufzugehen. »Der Junge hat uns alle dem Untergang geweiht.«

»Hab Geduld«, sagte ein anderer Mann auf der gegenüberliegenden Seite des Feuers. Er war jünger als der erste, aber kaum weniger ausgemergelt. »Der Berg hat ihn auserwählt. Die Norhai werden ihm ihren Willen kundtun. Sie stellen uns auf die Probe.«

»Geduld haben?«, höhnte eine Frau. Im Gegensatz zu den Männern stand sie und hielt einen Jagdbogen in einer Hand. »Wir haben seit drei Tagen nichts mehr gegessen, mehr als die Hälfte von uns ist tot, und er steht nur da und starrt ins Leere!«

Sie zeigte auf eine Stelle hinter Pherri, und Pherri drehte sich um und folgte ihrem Blick.

Hinter einer Reihe von flackernden Feuern und zusammengekauerten, in Felle gehüllten Menschen stand ein Mann mit dem Rücken zu ihnen auf einem steilen Abhang. Er war eine Silhouette vor dem Hintergrund eines Berges aus Schnee, der sich endlos in den Himmel erstreckte. Um seinen Hals lag ein großes, weißes Fell, und er wirkte mit seinen kräftigen Schultern und muskulösen Armen gesünder als der Rest der Gruppe.

Dann erhob sich etwas hinter ihm über dem Berg, und Pherri zuckte zurück. Sie hatte zu große Angst, um auch nur zu schreien.

Das schattenhafte Gesicht eines Mannes tauchte wie ein riesiger Mond über ihr auf, bis es ihr Blickfeld ganz ausfüllte. Seine Züge waren undeutlich und verschoben sich wie Rauch, aber seine kalten blauen Augen glänzten wie Mondlicht auf einem eisigen Teich und pressten sie in den Schnee. Pherri hob den Kopf gen Himmel und schrie, aber ihre Stimme verlor sich in dem auffrischenden Wind.

Sie erwachte und zerrte an den verhedderten Bettlaken, während sie um Atem rang. Dann warf sie die Laken von sich und griff mit zitternden Fingern nach einem Streichholz.

Der Docht fing Feuer, und Pherri sah sich wild im Raum um und stieg ängstlich aus ihrem Bett. Der Schweiß rann ihr über die Haut, und das Blut pulsierte in ihren Ohren.

Aber es war niemand da. Um sicherzugehen, zog sie den Vorhang zurück. Draußen regte sich nichts. Sie war allein in ihrem Zimmer, und in der Veilchenburg war alles still.

Sie versuchte, noch einmal das Gesicht heraufzubeschwören, das sie gesehen hatte, bis Furcht ihr Herz erfüllte und sie eine Hand ausstrecken musste, um sich festzuhalten. Sie schüttelte den Kopf, als würde sie den Traum aus ihren Gedanken schütteln können. Und mehr war es nicht: ein Traum. Sie war seit dem Mord an Da'ri verstört, und irgendeine Verbindung zwischen dem Mann mit dem weißen Fell aus ihrem Traum und dem Rebellen der Lutum mit Namen Gelik Weißhirsch war sicher nichts, worum sie sich Sorgen zu machen brauchte. Jeder stellte in seinen Träumen seltsame Bezüge zur realen Welt her. Sie musste nur weiter Delaras Medizin trinken.

Die befand sich in einem Gefäß unter ihrem Bett. Pherri schenkte sich einen kleinen Schluck davon ein und trank ihn. Es schien sie zu beruhigen, zumindest hörten ihre Hände auf zu zittern.

Pherri wickelte sich fest in ihre Decken und presste die Augen zusammen, entschlossen, in einen traumlosen Schlaf zu sinken. Aber es dauerte lange, bis der Schlaf sich einstellte. Erst kamen nur Erinnerungen an Schnee und den schattenhaften Mann mit den hellblauen Augen.

KAPITEL 22

Rymund saß an der Stirnseite der langen Tafel und versuchte, entspannt zu wirken, wie es sich für den Thronfolger des Königreiches gehörte. In Wahrheit wollte er nur in sein Zimmer verschwinden und zumindest den Rest des Tages dortbleiben.

Wenn man bedachte, dass er noch vor wenigen Stunden froh gewesen war, wieder in Irith zu sein, wo er in einem warmen Federbett schlafen konnte und seinen Vorrat an Lieblingsrauchstäbchen hatte. Das erste Stäbchen hatte er genussvoll inhaliert, aber jetzt hatte er das Gefühl, als wäre der Rauch das Einzige, was ihn zusammenhielt.

Wie konnte das hier sein Kriegsrat sein? Von den sieben Personen, die mit ihm am Tisch saßen, waren sechs darunter, für die er noch weniger Zuneigung empfand als für die siebte Person, seine Mutter, und keiner von ihnen konnte sich mit den anderen auf irgendetwas einigen.

Seine Mutter wollte ihn zum König von West-Erland krönen und alle Brücken im Fluss versenken. Adfric schlug vor, mit einer großen Streitmacht zur Halord-Brücke zu marschieren und Hessian anzustacheln, sich ihnen entgegenzustellen. Strovac Sigac wollte Lord Andrik zum Zweikampf herausfordern, als würde das irgendetwas lösen. Häuptling Ba'an beobachtete alles, sagte aber nur wenig, einen unergründlichen Ausdruck auf seinem wettergegerbten Gesicht.

Selbst wenn das an sich keine schreckliche Idee gewesen wäre, widerstrebte es Rymund, Strovac irgendwelche Zugeständnisse zu machen. Das Benehmen des wuchtigen Kriegers auf dem Rückweg nach Irith hätte beinahe ihre gesamte fragile Koalition im Streit zersprengt und hatte Strovac den kleinen Finger seiner linken Hand gekostet.

Auf ihrem Marsch hatten Strovac und einige seiner Schläger Errian eines Nachts besucht. Der Gefangene war an die Mittelstange eines Zeltes neben dem von Rymund angekettet gewesen. Rymund entschied sich dafür, sich nicht auszumalen, was Strovac möglicherweise für Errian geplant hatte, aber es war offenkundig, dass er dessen Kraft unterschätzt hatte. Dem war es in dem darauffolgenden Gerangel irgendwie gelungen, einem Mann den Arm zu brechen und ein Schwert an sich zu bringen.

Zum Glück war Rymund von dem Lärm geweckt worden und war in das Zelt gestürmt. Dort hatte er feststellen müssen, dass einer von Strovacs Männern tot war und zwei andere verletzt. Obwohl es dem Rest mit vereinten Kräften gelungen war, Errian das Schwert wieder zu entreißen, hatte der Gefangene es doch geschafft, Strovacs Hand zwischen die Zähne zu bekommen. Rymunds Wachen hatten zwar wieder für Ordnung gesorgt, aber ein zerschundener und blutüberströmter Errian hatte voller Verachtung die Reste von Strovacs kleinem Finger ausgespuckt.

Strovacs zornige Forderung, Errian zur Vergeltung die Hand abzuhacken, war auf taube Ohren gestoßen. Rymund war nie leicht in Rage zu bringen gewesen, aber sein Zorn auf Strovac schien den Mann tatsächlich eingeschüchtert zu haben, und seine Gefolgsleute hatten Rymund um Gnade angefleht. Adfric hatte ihm geraten, sie alle hinzurichten, aber Rymund wusste, dass seine Autorität Strovac und seiner Wilden Brigade gegenüber am seidenen Faden hing. Er hatte verfügt, dass weder Strovac noch seine Männer sich Errian auf weniger als fünfzehn Schritte nähern durften, und hatte seine Wachen verdoppelt. Strovac benahm sich seither wie ein schmollendes Kind, das Befehle frech ignorierte und Rymund anfunkelte, wenn er glaubte, dass er es nicht bemerkte.

Und dann waren da noch die drei Neuankömmlinge am Tisch. Der alte Lord Storaut, bereits im Winter seines Lebens angelangt, spindeldürr und mit bleichen, wässrigen Augen und weißen Augenbrauen, die so buschig waren wie Ginster. Selbst in seiner Jugend war er kein großer Krieger gewesen, aber er war reich genug, um seine Soldaten mit passenden Kettenhemden und Helmen auszustaffieren und ihnen silberne Umhänge um den Hals zu hängen. Wie alle alten Männer mahnte er zu Geduld, forderte sie auf zu warten, bis mehr Lords dem Ruf gefolgt waren, bevor sie ins Feld zogen.

Häuptling Arka von den Ffriseanern riet nicht zur Geduld und sprach auch kein Wort Erländisch, aber er hatte den Vorteil, der größte Mann zu sein, den Rymund je gesehen hatte. Er war vielleicht eine Handspanne größer als Strovac, und seine Brust war noch breiter. Außerdem trug er ein dickes bärenartiges Fell über seinem nackten Oberkörper und hatte einen wilden schwarzen Bart. Er schien Erländisch zu verstehen, sprach aber nur in der kehligen Sprache Ffriseas mit tiefen Brummlauten, die der verängstigte Übersetzer hinter ihm für den Rest von ihnen verständlich machen musste.

Die Ffriseaner, die Arka mitgebracht hatte, waren allesamt große Männer und kämpften nicht mit Eisen oder Stahl, sondern mit großen Holzknüppeln, die so dick waren wie ihre gewaltigen Arme. Bei ihrer Vorstellung hatte der Übersetzer Rymund erzählt, dass sie hofften, viele feindliche Skalps zu sammeln, um sie ihren Frauen zu schenken. Rymund hatte beschlossen, nicht nachzufragen, wie sie ihre Feinde ohne Klingen skalpierten.

Arka wollte Hessian in Merivale einkesseln und seine ffriseanische Truppe gewaltsam eindringen lassen, um alle zu töten, die sich ihnen widersetzten. Bestenfalls hätte Rymund sagen können, dass es ein sinnvollerer Plan war als der von Strovac.

Schließlich war da noch Generalkapitän Gruenla, die Anführerin der cylirischen Söldner. Rymund hatte zu seiner Überraschung herausgefunden, dass es sich um eine Frau handelte. Sie war natürlich der interessanteste Gast in dieser Runde. Gruenla war unauffällig schlicht, aber ihre dunkelgrünen Augen hatten Rymunds Blick kokett festgehalten, als sie einander vorgestellt wurden, und dass sie ein Schwert und einen Dolch in ihrem Gürtel stecken hatte und eine Rüstung trug, steigerte ihren Reiz umso mehr. Wenn sie sich in Marsch setzten, würde er dafür sorgen müssen, dass ihre Zelte nebeneinanderstanden.

Gruenla hatte einen Angriff auf Hessians Festung in Carthrot vorgeschlagen, als Akt der Provokation, aber Lord Storaut hatte an dieser Idee Anstoß genommen.

»Ich bitte Euch«, sagte er hochmütig. »Carthrot hat keinerlei strategische Bedeutung. Lord Rymund, Ihr könnt doch nicht auf den Rat einer Fremdländerin hören, einer Frau von niederer Geburt, die nichts über unser Land weiß.«

Gruenla antwortete darauf nicht, sondern fixierte Storaut mit ihrem Blick, bis er gezwungen war wegzusehen.

Von den verfügbaren Plänen gefiel Rymund der von Gruenla tatsächlich am besten. Adfric wollte sie einfach auf der Halord-Brücke erfrieren lassen, während sie darauf warteten, dass irgendetwas passierte; Lord Storauts Plan würde Hessian lediglich die Chance geben, seine eigenen Truppen aufzustellen; Arkas und Strovacs Pläne waren keine nennenswerten Optionen; und der Plan seiner Mutter, ihn zu krönen, würde nur die Wahrnehmung der Sangreals verstärken, sich bedroht fühlen zu müssen, auch ohne dass er gegen sie ins Feld zog. Wenn sie Carthrot angriffen und dann im Winternebel verschwanden, würden sie Hessian die Nase blutig schlagen, ohne dass er eine Chance zum Gegenschlag hätte. Die Sangreals waren keine Narren, die im Winter in den Krieg zogen.

Rymund seufzte und rieb sich das Gesicht. Der nahende Winter machte ihr Gezänk weitgehend überflüssig. Wenn es keinen Plan gab, den sie in den nächsten vierzehn Tagen ausführen konnten, musste jeder Angriff bis zum Frühling warten. Das machte einen Angriff auf Carthrot zumindest durchführbar.

Aber was war, wenn es einen Weg gab, Hessian den ganzen Winter über Schaden zuzufügen und vielleicht sogar darüber hinaus? Bis zum Frühling würden ihre Armeen so groß sein, dass sie das Land kahl fressen würden, wohin sie auch marschierten. Jetzt brachten die Bauern gerade die letzte Ernte ein, um sie in die Stadt zu transportieren. Hessian und auch Rymund mussten vielleicht Vorräte für den Frühjahrsfeldzug zurückhalten. Sowohl in West- als auch in Ost-Erland würde es ein magerer Winter werden.

Ein kleines Lächeln umspielte Rymunds Lippen. Er mochte neu in der Kunst der Kriegsführung sein, aber er konnte nicht umhin zu denken, dass er eine bessere Idee hatte als alle anderen hier. Vielleicht waren sie jetzt hinreichend ermüdet vom Streiten, um ihm zuzuhören.

Sie sollten ihm als ihrem ungekrönten Monarchen trotzdem gehorchen, aber Rymund war klar, dass er der Jüngste am Tisch war und am wenigsten Erfahrung im Krieg hatte. Er musste vorsichtig zu Werke gehen und ihnen allen genug schmeicheln, damit sie glaubten, ihre Stimme habe Gehör gefunden.

Er erhob sich von seinem Stuhl, um ihre Aufmerksamkeit auf sich zu lenken, und kurz darauf beendeten sie ihre Diskussionen und sahen ihn an.

»Lord Storaut«, begann er und sprach schnell, bevor ihre Streitigkeiten wieder aufflammen konnten, »mit der Zeit werden weitere Truppen zu uns stoßen, aber ich spüre schon jetzt den Biss des Winters. Wenn wir warten, werden wir bis zum Frühling keine Gelegenheit für einen Angriff haben. Strovac, Häuptling Arka, niemand zweifelt an Eurer Tapferkeit oder an der Kampfeslust der Ffriseaner, aber Ihr solltet für etwas Besseres eingesetzt werden als für einen riskanten Einzelkampf oder einen direkten Angriff auf Merivale.

Mutter, ich werde zu gegebener Zeit gekrönt werden, aber erst wenn wir bewiesen haben, dass wir stark genug sind, um es mit Hessian aufzunehmen. Alles andere wäre eine Einladung an ihn, mit aller Macht gegen uns vorzugehen. Generalkapitän Gruenla, Carthrot ist ein prächtiges Ziel, das wir unbedingt in Erwägung ziehen müssen, wenn der Frühling kommt.

Adfric hat recht, die Halord-Brücke ist der Schlüssel zu Ost-Erland. Jenseits dieser Brücke liegen viele Hektar bestes Ackerland, das vom Bleichen Fluss bewässert wird.« Er beugte sich über den Tisch und strich mit dem Finger über drei Punkte auf der Landkarte, direkt südlich der Brücke. »Die Siedlungen Süderton, Grabenfurt und Regenbrunn. Große Dörfer oder kleine Städte, was immer Euch besser gefällt.«

Strovac schnaubte. »Ich bin auf dem Weg nach Westen durch Regenbrunn gekommen, und daran war nichts groß. Es hatte nicht einmal ein Gasthaus.«

»Was alle drei Städte aber sehr wohl haben, sind riesige

Kornspeicher, die in diesem Moment bis zum Bersten voll sind mit den Ernten all der kleineren Dörfer in einem Umkreis von zwanzig Meilen. Vor dem Winter wird man einen Großteil dieses Getreides mit Lastkähnen den Kleinen Fluss hinunter nach Merivale transportieren, um es dort zu verkaufen, und ein Teil muss auch als Tribut an Hessian abgegeben werden.

Wir haben die Chance auf einen einzigen Angriff vor dem Winter, und meiner Meinung nach würden wir den größten Schaden mit einem Angriff auf ihre Vorräte anrichten. Unsere eigene Ernte war bescheiden, und ich bezweifle, dass es in Ost-Erland besser aussieht. Es wird so oder so ein karger Winter werden. Wenn wir diese Kornspeicher niederbrennen, töten wir im Laufe der Wintermonate vielleicht mehr Ost-Erländer als mit einer Schlacht. Aber zumindest wird der Brotpreis in Merivale in die Höhe schießen, und Hessian könnte von seinen Lords verlangen, dass sie mehr Lebensmittel nach Merivale liefern, oder er muss weiter im Osten Nachschub kaufen.

Das ist mein Vorschlag: Wir reiten direkt zur Halord-Brücke und überqueren den Fluss in die Kornkammer von Ost-Erland. Wir brennen die Getreidespeicher nieder und töten alle Bauern oder Müller, die sich uns in den Weg stellen.«

Adfric schaute stirnrunzelnd zu ihm auf. »Ist das ehrenhaft? Wir würden die Bauern abschlachten, über die Ihr eines Tages zu herrschen hofft.«

»Alle Ehre hat sich an dem Tag in Wohlgefallen aufgelöst, an dem Hessian versucht hat, meinen Sohn entführen zu lassen«, schaltete Breta sich ein. »Im Frühling werden diese Bauern vielleicht in Lord Andriks Armee dienen und mit Speeren bewaffnet sein statt mit Sensen.«

»Errian Fassbrecher wird vielleicht losziehen und sich uns entgegenstellen«, fügte Strovac hinzu und rieb sich das Kinn. »Wenn er das tut, könnten wir sie dazu veranlassen zu kämpfen, wo das Gelände uns einen Vorteil bietet.«

Strovac stimmte sonst kaum je etwas zu, das Rymund oder andere sagten. So gesehen musste es also ein guter Plan sein.

Rymund wandte sich den anderen Personen am Tisch zu. »Was sagt Ihr dazu?«

Lord Storaut nickte nachdenklich. »Früher Ruhm für uns und ein harter Winter für Hessian und Fassbrecher. Mir gefällt der Plan.«

Die Übrigen murmelten anerkennend, doch Adfric schwieg für einen Moment. Er schien seine Antwort genau abzuwägen. »Wenn Ihr das tut«, begann er schließlich, »gibt es kein Zurück. Hessian wird keine Tränen um die Bauern vergießen, aber ein König, der sein Volk nicht beschützen kann, ist kein richtiger König. Es wird keine Einigung geben, kein zweites Abkommen zwischen Ost und West. Hessian und sein Bruder werden Jagd auf Euch machen, bis sie Euren Kopf auf einer Pike aufgespießt haben. Es wird entweder Euer Leben fordern oder ihres. Wenn Ihr darauf vorbereitet seid, dann ist das ein guter Plan.«

»Das bin ich«, entgegnete Rymund. Hessian hatte seine Skrupellosigkeit bewiesen. Jetzt war es an Rymund, die seine zu demonstrieren. Sollte Ost-Erland doch die Konsequenzen von Hessians Verschwörung spüren, ihn zu entführen. Sie würden den Bleichen Fluss rot färben mit dem Blut von Bauern. »Hessian zeigt keine Gnade, und wir werden es auch nicht tun.«

Am Abend, nachdem ihre Gespräche beendet waren, kehrte Rymund in seine eigenen Gemächer zurück, die er sehr vermisst hatte. Er schenkte sich ein Glas Wein bis an den Rand voll, ließ sich auf seinen Stuhl fallen und schloss die Augen gegen den Kopfschmerz in seinen Schläfen.

Alle hatten ihm zugestimmt, und das Treffen hatte damit geendet, dass Strovac sein Messer in die Karte stieß und die Halord-Brücke auslöschte, über die sie in den Osten gelangen würden. Adfric hatte ihm die Hand geschüttelt, und der wilde Ffriseaner Arka hatte ihm so fest auf den Rücken geklopft, dass Rymund dachte, er würde sein Frühstück erbrechen. Sogar seine Mutter hatte ihn anerkennend angesehen.

Er hatte ihnen gezeigt, dass er das Zeug zum Anführer hatte. Warum also fühlte er sich so leer? Wo war der Triumph, den er eigentlich empfinden sollte?

Er musste sich den Gedanken ein paarmal durch den Kopf gehen lassen, bevor er begriff, warum es so war. Es lag daran, dass er sich benutzt fühlte. Bis auf den pflichtbewussten, langweiligen Adfric hatten ihn alle benutzt. Strovac wollte seine Lordswürde. Gruenla wurde von ihm bezahlt. Selbst für seine Mutter war er nur ein Mittel zum Zweck.

Was er brauchte, war Loyalität, und zwar nicht die von Adfrics Sorte. Freunde, keine Verbündeten oder Diener. Er kippte seinen Wein hinunter und nahm seinen Kapuzenumhang von der Wand. Nachdem er ihn sich um die Schultern gelegt hatte, verließ er seine Gemächer.

Über eine Dienstbotentreppe, die er schon als ungehorsames Kind benutzt hatte, schlich er sich aus der Burg und wanderte durch die Dunkelheit hinaus nach Irith.

Er suchte zuerst in der *Qualmenden Sau* und dann überall im Neuen Viertel. In den Tavernen und auf den Straßen wurde über das Zusammentreffen der Armeen in der Stadt getuschelt. Die ganze Bevölkerung schien zu wissen, dass sie morgen in den Krieg ziehen würden. Rymund sah einige seiner eigenen Männer, die Arm in Arm über die Straße stolperten und einander stützten. Er lächelte und zog sich seine Kapuze tiefer in die Stirn.

Am Ende führte seine Suche ihn in die *Errötende Braut*,

eine verrufene Taverne in der Alten Stadt. Es war noch früh für eine Spelunke wie die *Braut*, und es war nur eine Handvoll anderer Zecher anwesend, von denen viele wie Rymund eine Kapuze trugen, sodass seine Aufmachung keine verwunderten Blicke auf sich zog wie in anderen, besseren Lokalen. Der Boden war mit Sägemehl bedeckt, und in einer Ecke hatte es sich eine Sau mit einem Wurf Ferkel gemütlich gemacht, was dem Gasthaus einen strengen Stallgeruch verlieh.

Hier fand Rymund, wen er suchte: Will und Dom saßen an einem Ecktisch und lachten bei einem Krug Bier. Will war in eine Geschichte vertieft, während Dom dazwischen laut lachte und gierig trank.

Rymund lächelte. Es wärmte sein Herz, die beiden zu sehen. Er trat näher und setzte sich wortlos auf einen dritten Hocker, und als sie überrascht aufschauten, zog er seine Kapuze gerade weit genug zurück, dass sie seine Züge erkennen konnten.

»Ry!« Will lächelte entzückt, und Rymund musste ihm schnell einen Finger auf die Lippen legen, um ihn zum Schweigen zu bringen. Doms gebräuntes Gesicht blieb dagegen ausdruckslos. Offensichtlich verübelte er ihm noch immer seine kurze Einkerkerung.

»Ich bin hergekommen, um mich zu bedanken«, sagte Rymund zu Dom. »Die Cylriener und die Ffriseaner sehen aus wie grimmige Kämpfer. Und sie haben die Stadt nicht niedergebrannt.«

»Du solltest nicht hier sein«, erwiderte Dom, ohne ihn anzusehen. »Diese Kapuze wird dir nichts nützen, wenn du hier bei uns sitzt. Jeder weiß, dass du entführt wurdest, und ich bin mir sicher, dass der Kerl da drüben uns nicht zum ersten Mal beobachtet.« Sein Blick ging an Rymund vorbei, der den Kopf drehte und aus dem Augenwinkel einen anderen Mann mit Kapuze erblickte, der allein über einen Tisch gebeugt dasaß.

Rymund rutschte unruhig auf seinem Hocker nach vorn. »Ich werde auf mich aufpassen.«

»Um dich mache ich mir keine Sorgen. Aber wenn du noch mal in unserer Gesellschaft entführt wirst, werden Will und ich am Galgen baumeln.«

»Bei Eryis Zähnen, Dom, wir waren keine zwölf Stunden im Gefängnis!«, sagte Will lachend. Er machte sich nicht die Mühe, die Stimme zu senken, und Rymund musste ihn erneut eindringlich zum Schweigen bringen. »Ry hat nicht darum gebeten, entführt zu werden, und du bist seitdem nach Cylirien und Ffrisea für ihn gesegelt, also kannst du aufhören, so entrüstet dreinzuschauen.«

»Ich habe einen Auftrag angenommen«, verkündete Dom stur, »wie Seeleute das jeden Tag tun.« Er nahm einen Schluck von seinem Bier. »Und zwar für weniger, als wenn es jemand anderes gewesen wäre. Ich hatte Angst, wieder in den Kerker zu kommen, wenn ich mich weigere.«

»Wenn du mehr willst, kann ich es dir geben«, beteuerte Rymund. »Aber ich bin in der Hoffnung hergekommen, euch ein besseres Angebot als bloß Gold unterbreiten zu können. Wir sind seit zehn Jahren Freunde, seit ich Will dafür bezahlt habe, dass er mir einen Becher Bier hier aus der Hintertür schmuggelt, und er mir stattdessen einen Becher mit deiner Pisse gebracht hat. Ich reite morgen in die Schlacht, und ich will euch beide an meiner Seite haben.«

Sofort knallte Will seinen Becher so heftig auf den Tisch, dass das Bier über den Rand schwappte. »Ich bin dabei.« Er schlug Dom auf den Rücken und legte einen Arm um ihn. »Komm schon, Dom, wir werden dafür sorgen, dass König Hessian sich in die Hose macht, und setzen unseren Kumpel, König Ry, auf den Thron. Was für ein Abenteuer!«

»Warum hast du es immer so verdammt eilig, Will?«, fragte Rymund. »Du hast mir nicht mal Zeit gelassen, euch das Beste daran zu erzählen.« Er streckte die Hand aus, nahm einen Schluck von Wills Bier und beugte sich zu ihnen vor. »Alle anderen sind bei mir, weil sie etwas wollen. Meine Mutter will auf Hessians Grab pinkeln und die rechtmäßige Linie wiederherstellen. Strovac Sigac will, dass ich ihn zum Lord ernenne. Ihr zwei seid meine besten Freunde, und ihr habt mich nie um etwas gebeten. Also, wenn ich den Thron besteige, habe ich vor, aus euch beiden ebenfalls Lords zu machen.«

Dom verschluckte sich fast an seinem Bier. »Ich glaube nicht, dass du mich zu einem Lord machen musst, nur weil ich dein unehelich geborener Cousin bin. Ich bin glücklich als Seemann.«

Darüber musste Rymund lachen. »So sieht es aus, wenn du glücklich bist, Dom? Dass du mein Cousin bist, hat nichts damit zu tun. Ich hatte nie die Chance, mir meine Familie auszusuchen. Mein Vater war ein versoffener Bastard und mein Bruder ein bösartiger Trottel. Ich werde dich zu einem Lord machen, weil du mein Freund bist.«

»Du kannst dir deinen Stolz in den Arsch schieben, Dom«, schaltete Will sich ein. »*Lord* Wilhelm Holdfell und *Lord* Dominac D'bure. Die Mädchen werden ihre Röcke heben, als hätten wir Schwänze aus Zucker. Sag einfach Ja, dann feiern wir das mit einem Getränk.«

Dom nahm einen Schluck Bier und ließ ihn im Mund kreisen, bis er schließlich grinste. »Also schön.«

»Ja!«, rief Will, sprang auf und deutete auf den Ausschank. »Wirt! Eine Flasche von deinem feinsten Wein und eine weitere von deinem zweitfeinsten! Wir saufen heute Abend wie Lords!«

Rymund grinste und versuchte gar nicht erst, seinen Freund dazu zu bewegen, leiser zu reden. Er hatte einen Plan, der Ost-Erland das Fürchten lehren würde, und er würde seine Freunde mitnehmen. Vielleicht würde es doch nicht so schlimm werden, König zu sein.

KAPITEL 23

Sie ritten die ganze Nacht hindurch, während eine Sturzflut von Eisregen sich unbarmherzig über sie ergoss und sie bis auf die Haut durchnässte. Der Himmel grollte zornig über ihnen, und ihre Fackeln flackerten und drohten sie jeden Moment in tiefe Schwärze zu stürzen.

Orsian schnappte nach Luft und fröstelte in seinem Umhang, dann beugte er sich dichter über die Mähne seines Pferdes und flüsterte ihm beruhigende Worte ins Ohr. Bis zur Morgendämmerung waren es noch Stunden, aber er vertraute darauf, dass sein Reittier seinem Vater durch die Dunkelheit folgen würde, der ihnen vorausritt und der Gruppe ein straffes Tempo vorgab.

Sie hatten geschlafen, als die Nachricht gekommen war. Ein Reiter ohne Banner hatte unten am Tor gestanden und allen, die es hören wollten, zugerufen, dass er mit Lord Andrik sprechen müsse. Naeem hatte den Mann sofort erkannt: ein Soldat in Errians Diensten, hager und schweißgebadet, der wie der übelste aller Bettler gestunken hatte.

Er war fast zusammengebrochen, als sie das Tor geöffnet hatten, und hatte ihnen dort im Innenhof seine Geschichte erzählt: Wie sie mit Strovac Sigacs Bande das Lager aufgeschlagen hatten und wie sie dann in der Nacht niedergemetzelt worden waren und man Errian gefangen genommen hatte.

Binnen einer Stunde waren sie auf dem Weg zurück nach Merivale gewesen, um Hessian die Nachricht zu überbringen und Vorbereitungen für den Kampf zu treffen. Der Streit seines Vaters mit dem König war vergessen, sobald er gehört hatte, dass Errian gefangen genommen worden war. Sein Vater war geritten wie ein Besessener, ohne auf den donnernden Regen zu achten, der sie zu ertränken drohte, noch bevor sie Pfeiferswehr erreichten.

Orsian war bereit gewesen, Errian für das, was er Da'ri und Pherri angetan hatte, zu töten, aber jetzt war keine Zeit, darüber nachzudenken. Auch er hatte losreiten wollen, um gegen die Thrumb zu kämpfen, wie sein Bruder es getan hatte. Er hätte derjenige sein können, der Strovac Sigac und den Prindians auf Gedeih und Verderb ausgeliefert war. Sie würden Errian vielleicht als Rache für Ranulfs Tod vor sechzehn Jahren ermorden oder Schlimmeres. So sehr Orsian ihn hasste, das war ein Schicksal, das niemand verdiente.

Pherri war mit dem Rest von ihnen aufgewacht und hatte Orsian heftig umarmt, während er sein Pferd sattelte. Er hatte ihr versichert, dass er bald wieder zu Hause sein würde. Ob sie Errian befreien konnten oder nicht, es war fast Winter, und niemand zog im erländischen Winter in den Krieg.

Falls er so lange lebte. Orsian umklammerte seine Zügel fester und berührte mit einer Hand den Griff seines Schwertes, um sich zu beruhigen. Er war sich sicher, dass er bereit war; er hatte inzwischen einen Mann getötet. Aber es war nicht dasselbe, einen Mann auf hundert Schritte Entfernung zu töten, wie ihn mit einem Schwert auszuweiden, während man seinen heißen Atem im Gesicht spürte und um einen herum eine Schlacht tobte. Wenn er im entscheidenden Moment zögerte, war er tot. Er streckte eine Hand aus, um zu prüfen, wie nervös er war, aber er fror trotz der Reithandschuhe so stark wegen des kalten Windes und des Regens, dass er nicht aufhören konnte zu zittern.

Als Stunden später der Tag anbrach, galoppierte Orsian hinter seinem Vater durch das Königstor, gefolgt von einem Zug von zweihundert Männern. Sie ritten in Fünferreihen die Burgstraße hinauf und scheuchten sowohl Bürger als auch Wachen auseinander. Orsian trug die Standarte seines Vaters, und über Andriks Fahne flatterte das blutrote Banner des Königs.

In Pfeiferswehr zögerten die Wachen nicht, ihnen Einlass zu gewähren, und sprangen ihnen aus dem Weg, um das Fallgitter zu heben. Orsian vermutete, dass sie Befehl hatten, nach seinem Vater Ausschau zu halten und ihn ohne Fragen einzulassen. Was immer sie für einen Zwist hatten, der König verließ sich auf ihn.

Tatsächlich wartete Theodric im Hof auf sie, das Gesicht blass vor Sorge und die Hände tief in den Gewändern vergraben.

»Wie kommt es, dass Ihr so schnell hier seid?«, fragte Theodric, als er sie begrüßte. »Unser Bote hätte erst heute Morgen in der Veilchenburg eintreffen sollen.«

»Vergesst es«, sagte Andrik und saß ab. »Hat Strovac sich mit den Prindians verbündet? Planen sie einen Angriff?«

»Wir sollten uns in der Burg unterhalten«, schlug Theodric vor. »Der König wird selbst mit Euch sprechen wollen.«

Andrik machte einige schnelle Schritte, und bevor Theodric zur Verteidigung die Hände heben konnte, hatte er ihn am Kragen gepackt und von den Füßen gerissen. »Sie haben meinen Sohn«, knurrte er mit vor Zorn verzerrter Miene. »Sagt es mir, Theodric.«

Orsian riss die Augen auf. Theodric sah so verängstigt aus, wie er ihn noch nie gesehen hatte. Seine überirdische Gelassenheit war dahin, als sein Vater ihn eine Elle über dem Boden festhielt. Nur wenige Männer wagten es, Hand an den Magier des Königs zu legen, damit ihnen die Hände nicht verbrüht oder die Eingeweide verflüssigt wurden.

»Zweitausend Männer sind aus Irith losgeritten«, stieß Theodric hervor. »Vor weniger als einer Woche. Wir glauben, dass sie auf dem Weg zur Halord-Brücke sind.«

Andrik ließ Theodric los, und der Magier stolperte zur Seite, um nicht das Gleichgewicht zu verlieren. »Habt Ihr Männer, die bereit sind loszureiten?«

»Sechshundert, mit dem Hymerikaikorps, außerdem Eure Männer hier. Lady Gough marschiert mit einer weiteren Tausendschaft von Talgstätt los.«

Orsian wusste von Lady Gough. Sie war eine junge Witwe und herrschte über die Ländereien ihres Vaters unweit von Merivale. Ihre Tausendschaft bestand wahrscheinlich aus unberittenen Bauern, die mit Hacken und Harken bewaffnet waren.

»Sie sollen sich alle draußen vor dem Königstor versammeln«, ordnete Andrik an. »Wir reiten zur Halord-Brücke.« Er wandte sich von Theodric ab und wollte seine nächsten Worte an seine Männer richten.

»Lord Andrik, wäre es nicht besser ...«

Mit lodernden Augen drehte Andrik sich wieder um. »Besser was?«

»Zu warten.« Theodric hatte sich wieder etwas gefasst. Er schob die Hände zurück in die tiefen Taschen seiner Robe und richtete sich zu seiner vollen Größe auf. »Sie haben dreimal so viele Männer wie wir. Wenn Lady Gough eintrifft, werden wir nicht mehr so in der Unterzahl sein.«

Die Miene seines Vaters war derart grimmig, dass Orsian

dachte, er würde Theodric vielleicht den Hals umdrehen. »Hört mir gut zu, Ihr Scheißkerl von einem Zauberer. Ich gewinne seit dreißig Jahren Schlachten gegen alle Widrigkeiten. Vielleicht bin ich nicht in der Lage, den Eryispek zu erklären oder die Lutum oder warum Ihr so nutzlos seid wie ein dreibeiniges Pferd, aber ich weiß, wie man einen Krieg gewinnt, und das hat wenig mit Zahlen zu tun und noch weniger mit allem, was Ihr wisst. Also, bleibt Ihr bei Eurer Magie oder was zur Hölle Ihr hier tut, und ich bleibe beim Krieg, dann jagen wir diesem Prindian-Bürschchen einen solchen Schrecken ein, dass er Irith nie wieder verlässt. Verstanden?«

Theodric schluckte und nickte, gebührend zurechtgewiesen. »Verstanden, Mylord.«

Andrik wandte sich zu seinen Männern um. »Ihr dürft gehen. Küsst eure Ehefrauen und eure Kinder, gönnt euch eine Mahlzeit in einer Taverne, vögelt eure Lieblingshure, tut, was ihr möchtet. Nur seid in zwei Stunden draußen vor dem Königstor.«

Orsian fand, es zeuge von ihrer Loyalität, dass kein einziger Mann murrte, sogar nach ihrem verrückten Ritt im Mondlicht. Die Schnelleren und Schlaueren unter ihnen machten sich bereits auf den Weg in die Stadt, um aus ihren letzten Mußestunden das Beste zu machen.

Andrik nickte Theodric zu. »*Jetzt* werde ich Hessian aufsuchen.« Er schritt in die Festung, ohne einen Blick hinter sich zu werfen.

Während Orsian ihm folgte, hörte er, wie Naeem sich bei Theodric entschuldigte. »Es tut mir leid, Mylord. Aber wenn er sich schon Euch gegenüber so benimmt, dann stellt Euch nur vor, wie er die behandelt, die nicht auf seiner Seite stehen.«

Als sie die Festung betraten, schien sein Vater überrascht zu sein, dass Orsian noch da war. »Mein Befehl gilt auch für dich.

Die nächsten zwei Stunden gehören dir. Ich schlage vor, du tust das, was du auf dem Sterbebett sonst bereuen würdest, verpasst zu haben.« Er drehte sich auf dem Absatz um und ging davon, und seine Schritte hallten auf dem steinernen Boden wider.

Orsian schaute ihm einen Moment lang nach. Sein Vater hatte recht. Sie zogen in den Krieg, und im Moment waren sie weit in der Unterzahl. Die Hymerikai seines Vaters waren die besten Soldaten des Landes, vielleicht sogar der Welt, aber es bestand die Möglichkeit, dass sie innerhalb von einer Woche alle tot sein würden. Die Prindians waren ihnen zahlenmäßig überlegen, und Strovac Sigac kannte sich in der Kriegsführung aus. Orsians Mund fühlte sich wie trockenes Leder an. Er war erleichtert, dass sein Vater ihn nicht zum König mitnahm. Sein Vater hatte immer voller Ehrfurcht von seinem Bruder gesprochen, als besäße er eine unermessliche Weisheit, aber Orsian hatte inzwischen die Wahrheit gesehen. Hessian mochte sein König sein, aber er war kein Anführer. Kein Wunder, dass sein Vater ihn so lange von Hessian ferngehalten hatte. Orsian wollte so wenig Zeit wie möglich mit ihm verbringen.

Was sollte er während der nächsten beiden Stunden stattdessen tun? Er konnte sich den Männern in einer von Merivales Tavernen anschließen, aber am meisten wünschte er sich, Helana zu sehen. Sie stand immer noch unter Hausarrest, daher war sie sicherlich in der Festung. Er bezweifelte, dass ihr die Gefangenschaft gut bekam.

Er machte sich auf den Weg zu Helanas Gemächern, und sein Magen verkrampfte sich vor Nervosität. Würde sie ihm Vorwürfe machen, dass er nicht eingegriffen hatte, als Hessian sie geschlagen hatte? Er spürte, wie seine Handflächen schwitzten. Als er versuchte, sie an seinen Kleidern trocken zu wischen, wurden sie nur schmutzig vom Straßendreck. Auch wenn er sie aneinanderrieb, schien das Schwitzen nur noch schlimmer zu werden. Am Ende fuhr er sich mit den Händen durchs Haar, um sie zu trocknen, aber dadurch wurde es fettig.

An ihrem Zimmer angekommen, klopfte er an.

Helana öffnete die Tür. Sie trug immer noch Schwarz zu Ehren von Prinz Jarhik. Heute hatte sie ein schlichtes Kleid aus schwarzem Samt gewählt, das eng anlag und ihr verführerisch bis zum Knie reichte. Orsian fand, dass es ihr gut stand, ihre schlanke Figur betonte und ihre hohen Wangenknochen hervorhob. Als er sie lange genug bewundert hatte und ihr endlich in die Augen sah, betrachtete sie ihn mit einem wissenden Lächeln, und er errötete verlegen.

»Du reitest in den Krieg«, sagte sie mit einem Anflug von Missbilligung.

Er nickte. »Bald. Ich dachte, ich würde dich gern besuchen, bevor wir aufbrechen.«

»Danke.« Sie lächelte ihn an, sodass ihm ganz flau im Magen wurde. »Ich verliere hier drin den Verstand; die Wachen erlauben mir nicht einmal, die Festung zu einem Spaziergang zu verlassen.« Sie deutete auf den Raum hinter ihr. »Trinkst du ein Glas Wein mit mir, bevor du fortgehst?«

Orsian folgte ihr hinein und war erleichtert, dass sie sich zu freuen schien, ihn zu sehen. Sie erwähnte nicht, dass er tatenlos danebengestanden hatte, als der König sie schlug, also hasste sie ihn deswegen wahrscheinlich nicht.

Sie setzten sich zusammen an Helanas Tisch, und sie schenkte ihnen beiden Wein ein. Orsian nahm einen Schluck. Der Wein war süß und scharf, gewürzt mit Honig und einem Hauch Zitrone.

»Ich habe das von Errian gehört«, begann sie. »Denkst du, ihr könnt ihn befreien?«

»Ich weiß es nicht.« Orsian wollte nicht an Errian denken. Halb fand er immer noch, dass sein Bruder eine Zeit im Kerker verdiente.»Sie haben dreimal so viele Kämpfer wie wir, und sie haben Errian wahrscheinlich in Irith zurückgelassen. Er könnte in einem Kerker verrotten oder bereits tot sein.«

Helana schüttelte den Kopf.»Ich habe viele Stunden mit Lady Prindian geredet. Sie ist keine blutrünstige Harpyie, die darauf aus ist, das Blut der Sangreals zu vergießen, ganz gleich, was mein Vater denken mag.«

Orsian sah sie verwirrt an und wusste, dass ihm seine Gefühle anzumerken sein mussten.»Aber Breta Prindian hat dich hereingelegt«, wandte er langsam ein.»Sie hat versucht, die Königin zu entführen. Sie haben eine Armee aufgestellt und Errian gefangen genommen. Sie wollen uns vernichten.«

»Sie gibt meinem Vater die Schuld. Er hätte versucht, Lord Rymund zu entführen, behauptet sie.«

»Natürlich sagt sie so etwas.« Orsian schüttelte verärgert den Kopf. Er hatte gedacht, dass Helana schreckliche Gewissensbisse haben würde wegen ihrer Rolle bei Cieras Entführung, aber das war anscheinend ein Irrtum.»Dieser Krieg hat an dem Tag begonnen, an dem du Breta Prindian in Pfeiferswehr eingelassen hast.«

Helanas Wangen erröteten.»Dafür habe ich bezahlt. Du warst dabei, als mein Vater mich gedemütigt hat. Und jetzt bin ich in der Burg eingesperrt wie eine Verbrecherin.«

»Bei Eryis Eiern, Helana! Wäre es irgendjemand anders gewesen, hätte er ihn in den Kerker gesteckt!«

»Ich habe getan, was ich für das Beste hielt!« Helana stand auf. Sie hatten inzwischen beide die Stimme erhoben. Orsian verstand nicht, was passiert war.»Ich will nur Frieden, Orsian, damit niemand anders durchmachen muss, was ich durchgemacht habe, als ich erfuhr, dass Jarhik nicht nach Hause kommen würde. Mein Vater zerrt schon jetzt Bauern von ihren Feldern und fort aus ihren Dörfern, Jungen, die noch nie ein Schwert in der Hand gehalten haben. Nicht jeder wurde so wie du für den Krieg geboren und erzogen.«

Das Gesicht des Mannes, den er erschossen hatte, blitzte vor Orsians Augen auf, aber er schob es beiseite. »Es ist der Krieg der Prindians«, verkündete er. »Sie haben damit angefangen. Wir müssen Stärke zeigen. Andernfalls ist Erland verloren. Falls das Imperium einmarschiert, werden wir zu tief gespalten sein, um uns zur Wehr zu setzen.«

»Ach, ich bitte dich, Orsian«, spottete Helana. »Die Invasion des Imperiums ist Jahrhunderte her! Du glaubst doch nicht wirklich, dass ein geeintes Erland alles ist, was zwischen uns und der Sklaverei steht? Mein Vater will über ganz Erland herrschen, weil es ihm passt, und nicht, weil er die Menschen schützen will.«

Orsian stotterte einige Silben und versuchte, sich auf eine Antwort zu besinnen. Er wollte den selbstsüchtigen, launischen Hessian, den er kannte, mit der Überzeugung verbinden, dass er Erland zusammenhalten wollte, um seine Untertanen zu schützen, aber die beiden Dinge passten zusammen wie Öl und Wasser. Dass Hessian über Erland herrschen wollte, hatte nichts damit zu tun, das Volk zu schützen; nur ein Narr würde das glauben.

Er kippte seinen Wein hinunter, stand auf und schüttelte den Kopf, als könnte er diese Erkenntnis abschütteln wie einen Floh. »Ich muss gehen«, sagte er. »Darüber kann ich nicht nachdenken. Mein Vater befiehlt mir zu kämpfen, und das muss ich tun. Ich bin gut darin. Ich kämpfe für Erland. Für uns alle.« Die Worte fühlten sich hohl an auf seinen Lippen.

Zu seiner Überraschung schienen sie Helana irgendwie den Wind aus den Segeln zu nehmen. Ihr Gesicht wurde lang. Sie sah traurig aus und verängstigt und wunderschön. »Es tut mir leid«, murmelte sie. »Du musst tun, was du für richtig hältst.«

Überraschenderweise schoss sie auf Orsian zu und umarmte ihn so fest, als wollte sie ihn den ganzen Weg bis zur Halord-Brücke festhalten. »Komm nur sicher wieder nach Hause. Mir gehen langsam die schwarzen Kleider aus.«

»Das werde ich. Versprochen.« Orsian löste sich sanft von ihr, und ihre Blicke trafen sich. Helanas Augen waren smaragdgrün, und darin glänzten schwach Tränen. Er war ihr so nah, dass er jede zarte Wimper sehen und ihr Parfüm riechen konnte, das nach Rauch und Wildblumen duftete.

Er erinnerte sich an die Worte seines Vaters: Er sollte das tun, was er sonst später bereuen würde, verpasst zu haben. Sein Herz hämmerte so heftig, dass er sich sicher war, sie würde es hören.

Er küsste sie sanft auf den Mund, und sie hielt ihn nicht davon ab. Ihre Lippen waren weich wie Daunen. Er kostete das Gefühl aus und wünschte, es würde ewig halten, bevor er sich von ihr losriss.

»Nur für den Fall, dass du es nicht tust«, flüsterte sie.

Als er die Treppe zu den Gemächern des Königs hinaufstieg, fragte Andrik sich, was er zu Hessian sagen sollte. Zugegebenermaßen hatte ihn Hessians Bemerkung, er würde verweichlichen, mehr verletzt als die Zweifel an seiner Loyalität, denn er befürchtete, dass es wahr sein mochte. Die Grausamkeiten, die Menschen einander zufügen konnten, waren ihm nicht fremd, vor allem nicht von Hessian. Andrik hatte Ranulf Prindian höchstpersönlich und mit Gewalt in den Kerker gesteckt und seine verzweifelten, bestialischen Schreie ignoriert. Aber was, wenn Hessians Rechtsprechung eine Grausamkeit um ihrer selbst willen war? Das hatte ihn belastet wie noch nie zuvor, und das galt auch für viele andere Dinge. Als junger Mann hatte er sich nie über irgendetwas Sorgen gemacht, aber mit zunehmendem Alter musste er jede Bedrohung gegen die Gefahr abwägen, die sie für seine Familie darstellte, und gegen seine eigene Kraft, sie abzuwenden.

Diese Angst hatte sich jetzt zerstreut. Errians Gefangennahme und der Vormarsch der Truppe unter Rymund Prindian hatten seine Unsicherheit ausgelöscht. Die Angst um seine Familie stählte seine Entschlossenheit nur noch, und das Feuer für die Schlacht loderte noch immer in ihm.

Aber beim Abschied im Innenhof der Veilchenburg hatte er Viratia sein Versprechen gegeben: Dies würde sein letzter Krieg sein. Man konnte nicht auf ewig gegen seine Feinde und gegen den Lauf der Zeit kämpfen. Er hatte mit eigenen Augen gesehen, was passierte, wenn ein Mann über die Blüte seiner Jahre hinaus kämpfte, als der alte Lord Storaut, der Stolz West-Erlands, die Klingen mit einem Sechzehnjährigen gekreuzt hatte, und da hatte Andrik zwei Dutzend Hiebe pariert, bevor er sein Schwert in den Hals des älteren Mannes gerammt hatte. Storaut war damals fünf Jahre jünger gewesen als Andrik jetzt. Es gab andere Möglichkeiten, wie er Hessian und Erland dienen konnte, ohne in einem Schildwall zu stehen.

Mit Marius hatte er recht gehabt. Hessian mochte glauben, dass die öffentliche Wahrnehmung seiner Ehre und Rechtschaffenheit der Autorität der Krone entsprang, die er trug, aber Andrik hatte sein ganzes Leben unter Kriegern verbracht und wusste es besser. Die Männer wussten von Hessians Hang zur Grausamkeit, aber sie glaubten, dass sie gerechtfertigt war, weil er einen eisernen Sinn für Gerechtigkeit hatte und wusste, was für Erland richtig war. Einen unbescholtenen Soldaten jedoch zu benutzen, um seinen Hass auf die Prindians auszuleben, war das Benehmen eines Tyrannen. Es hatte nie einen Volksaufstand in Erland gegeben, aber es hatten schon genug Könige die Krone verloren, weil Männer einem anderen ihr

Schwert versprochen hatten. Wenn sie diese neue Bedrohung durch die Prindians besiegen wollten, brauchten sie jedes Schwert, das sie bekommen konnten.

Seine Gedanken hatten ihn zu den obersten Treppenstufen geführt. Er nickte den Wachen zu, klopfte zweimal an und trat ein. Zu seiner Überraschung stellte er fest, dass Hessian nicht allein war. Er saß mit einem Mann am Tisch, der die kostbaren, modischen Seidengewänder eines imperialen Kaufmanns trug, und die beiden teilten sich einen Krug Wein.

Hessian und der Kaufmann schauten bei der Störung auf.

»Lord Kvarm«, sagte Hessian zu dem Mann, »mein Bruder, Lord Andrik.«

Der fremdländische Lord erhob sich und hielt Andrik die Hand hin. Er war betagt, aber er hielt sich gut für sein Alter.

»Lord Fassbrecher«, sagte er mit einem starken Akzent, »es ist mir eine Ehre. Selbst im Imperium kennen wir Euch als Legende.«

»Die Ehre ist ganz meinerseits, Lord Kvarm.«

»Kvarm genügt, Mylord. Euer König erweist mir die Ehre eines Titels, auf den ich keinen Anspruch habe. Ich bin nur ein Kaufmann.«

»Ihr dürft uns verlassen, Lord Kvarm«, sagte Hessian vom Tisch aus und deutete lässig auf die Tür. »Eure Bitte wird Euch gewährt, vorausgesetzt, Eure Männer benehmen sich. Ich hoffe, Ihr findet, wonach auch immer Ihr sucht.«

Kvarm wirkte leicht verblüfft über seine Entlassung, nahm sie aber gut auf, machte eine tiefe Verbeugung vor Hessian und verließ den Raum.

»Wer war das?«, fragte Andrik.

»Kvarm ist der Oberverwalter der imperialen Enklave in Klippwehr und einer der reichsten Männer der Welt. Es ist das erste Mal, dass ich von dieser Enklave gehört habe, aber ich werde Lord Binsendocht wohl verzeihen müssen, dass er dem Imperium eine Vertretung in seiner Stadt gewährt, jetzt, da wir eine Familie sind, und vorausgesetzt, er bezahlt die richtigen Steuern. Kvarm und ich haben ein interessantes Gespräch geführt. Er hat etwas sehr Wertvolles verloren: einen Geldbeutel, behauptet er, obwohl ich den Verdacht habe, dass mehr dahintersteckt. Er hat mich um Erlaubnis gebeten, dass seine Männer die Stadt danach absuchen dürfen. Ich werde Theodric beauftragen, sie im Auge zu behalten. Er hat mir sogar eine Belohnung angeboten für den Fall, dass der Geldbeutel gefunden wird. Kvarm ist unverheiratet – seltsam für einen Mann seines Alters –, aber ich habe ihn gefragt, ob er erwägen würde, Helana zur Frau zu nehmen. Es könnte uns zugutekommen, einen solchen Verbündeten im Imperium zu haben.«

Andrik nickte. Er interessierte sich wenig für die Angelegenheiten wohlhabender Männer aus dem Imperium.

Es entstand ein Schweigen zwischen ihnen. Andrik sah sich im Raum um und bemerkte, dass das Schwert, das er zu Hessians Füßen zurückgelassen hatte, jetzt über der Tür zu seinem Refugium hing. Sein Blick verweilte auf der Waffe. »Erinnerst du dich an das Schwert, das du mir geschenkt hast, als wir noch jung waren? Es hängt immer noch an der Wand über der Tür zu meinem und Viratias Schlafzimmer. Es ist mir zu kostbar, um es zu benutzen.«

»Du schienst dich nie sehr wohl damit zu fühlen. Ich bin überrascht, dass du es nicht abgenommen hast, nachdem ich gegangen war.« Hessian lächelte bei der Erinnerung. »Ich wusste, dass du es nur meinetwegen dort aufgehängt hast. Es war ein unerhörtes Geschenk, aber du hattest es dir verdient.«

»Meine Tochter ist fasziniert davon. Ihr früherer Lehrer hat gesagt, es sei wertvoll genug, um das Lösegeld für mich zu bezahlen, sollte ich je gefangen genommen werden.«

»Wenn du hier bist, um mich um die Erlaubnis zu bitten, es

als Lösegeld für Errian anzubieten, dann brauchst du die nicht. Ich weiß, wie es ist, einen Sohn zu verlieren.«

»Niemals«, beteuerte Andrik. Die Prindians brauchten kein Gold. »Ich werde Errian mit dem alten, abgenutzten Schwert über deiner Tür befreien, wenn du mir erlaubst, es mir zu nehmen.«

Hessian stand auf und nahm das Schwert selbst von der Wand. Dann reichte er es Andrik mit dem Griff voraus.

»Reitest du noch heute?«

»Ja. Mit deiner Erlaubnis, mein König.«

»Du hast sie selbstverständlich, mein Balhymeri.«

Die beiden Männer fassten sich an den Handgelenken. Keiner von ihnen entschuldigte sich. Ihr Streit war nicht mehr wichtig.

»Theodric meint, der Prindian-Junge würde mit über zweitausend Kämpfern reiten«, sagte Hessian. »Kannst du so viele ohne Verstärkung besiegen?«

»Wenn Strovac Sigac das Kommando führt, werden sie erbittert kämpfen, aber ich bin schon unter schlimmeren Widrigkeiten und gegen bessere Männer angetreten. Wenn wir die Halord-Brücke erreichen können, bevor sie sie überqueren, sind wir im Vorteil. Wenn nicht, müssen wir tun, was wir können.« Die Getreidevorräte Ost-Erlands waren das Angriffsziel der Prindians, davon war Andrik überzeugt. Er hatte überlegt, Männer direkt von der Veilchenburg auszuschicken, um die Brücke zu bewachen, aber es wären zu wenige gewesen, um etwas zu bewirken.

»Verflucht sei Strovac, dieser verräterische Hund«, zischte Hessian. »Ich hätte auf dich hören sollen. Ich will Strovac lebend. Prindian kannst du töten. Auch Häuptling Ba'an, wenn er wirklich mit ihnen reitet. Aber die Welt muss sehen, wie König Hessian Verräter bestraft.«

Andrik wusste, dass Sigac sich niemals gefangen nehmen

lassen würde. Der Mann hatte genug Grausamkeit in sich, um sich das Schicksal vorzustellen, das ihn erwarten würde.

»Wirst du mit uns reiten? Es würde den Männern Mut machen, wenn sie dich sehen könnten.«

»Jemand muss mich vielleicht daran erinnern, wie herum ich auf dem Pferd sitzen soll, aber ich werde dabei sein.«

Vor dem Königstor saßen Andrik und Hessian Seite an Seite auf ihren Pferden, achthundert berittenen Männern gegenüber, alle warm eingepackt gegen den herbstlichen Wind. Hessian hatte seit einem halben Jahr die Festung nicht verlassen, und die Männer reckten die Hälse, um ihn besser sehen zu können. Er war wie für eine Schlacht in die rotgoldene Rüstung seiner Jugend gekleidet, obwohl er die Truppe nur für die erste Meile ihrer Reise begleiten würde.

Der König betrachtete sein Heer und nickte zufrieden, dann beugte er sich zu Andrik und Orsian vor und sagte leise: »Andrik, ich möchte nicht, dass du zwei Söhne im Dienst an meiner Sache verlierst. Wenn du Orsian hierlassen willst, würden das alle verstehen.«

Kaum waren ihm die Worte über die Lippen gekommen, antwortete Orsian selbst. »Nein«, erklärte er mit Nachdruck. Hessian und Andrik sahen ihn an. »Ich will kämpfen.«

Hessian nickte weise. »Alle jungen Männer wollen kämpfen. Wenn das dein Wunsch und auch der deines Vaters ist, ziehe ich meinen Vorschlag zurück. Du hörst dich genauso an wie er in dem Alter.«

»Orsian«, sagte Andrik, »geh und sieh nach den Vorratswagen. Sorg dafür, dass sie genug Futter für die Pferde aufladen. Wir werden ihre Kraft brauchen, wenn wir vor Prindian an der Brücke sein wollen.«

Als er gegangen war, sah Andrik wieder Hessian an. »Orsian würde es mir nie verzeihen, wenn ich ihn hier zurückließe. Ich habe ihn und Errian in dem Wissen großgezogen, dass sie eines Tages vielleicht ihr Leben für Erland geben müssen, aber es ist ihre Mutter, um die ich mich sorge. Ich habe nie darüber nachgedacht, wie ich es Viratia beibringe, falls es so kommen sollte.« Er sprach ein stummes Gebet an Eryi, dass Errian noch lebte und dass Orsians Mut nicht umsonst war. Er würde seinen zweiten Sohn nicht mit einem Bogen bewaffnet hinter einem Hügel verstecken können, wenn es zum Kampf mit den Prindians kam.

Hessian nickte. »Möge Eryi deinen Pferden Schnelligkeit verleihen, Bruder. Ich werde dich nicht weiter aufhalten.«

Er hob den Arm, und sofort verstummte das Getuschel der Soldaten, die alle gespannt auf die Worte des Königs warteten.

Hessian sprach mit sonorer Stimme, laut genug, dass jeder ihn hören konnte. »Männer von Erland, ich werde euch nicht länger aufhalten. Ich weiß, dass ihr viele Meilen reiten müsst und nur wenig Zeit dafür habt.

Als die Meridivale vor Hunderten von Jahren durch die Kummerlande zogen, war es eine Flucht vor der Tyrannei im Süden. Und als König Pedrian, mein Vorfahr, nach West-Erland ritt, tat er das wegen der Tyrannei im Norden. Es ist dieselbe Tyrannei, die uns heute bedroht. Lord Prindian und seine Gefolgsleute wollen dieses Land spalten, und wenn sie Erfolg hätten, wären wir binnen einer Lebensspanne ein Vasallenstaat des Imperiums. Aber das wird nicht passieren. Nicht, weil ich es nicht will, sondern *euretwegen*.

Eben erst habe ich Lord Andrik ein Angebot gemacht: Er könnte Orsian, seinen zweiten Sohn, hier in Merivale zurücklassen, wo er in Sicherheit wäre. Orsian lehnte ab, ohne zu zögern. Und ich dachte bei mir: Wenn das der Hunger all der Männer hier ist, welche Armee der Welt könnte sie dann besiegen? Also frage ich euch jetzt: Gibt es irgendeinen Mann hier, der mein Angebot angenommen hätte?«

Die Männer brüllten ihren Protest heraus. »Nein! Niemals!«

»Das habe ich mir gedacht! Dann reitet jetzt, und denkt daran, wofür ihr kämpft. Freiheit für Erland!«

»ERLAND! ERLAND! ERLAND!« Ihre Stimmen hallten wie Donner von Merivales Mauern wider und dröhnten wie hundert Glocken, so laut, dass die Erde unter ihren Füßen bebte. »HESSIAN KÖNIG! HESSIAN KÖNIG! HESSIAN KÖNIG! HESSIAN KÖNIG!«

ZWISCHENSPIEL

Es gab Tage, da erwachte er ohne Erinnerung an den vorigen Tag, und manchmal erinnerte er sich auch nicht an den Tag vor dem Vortag. Selbst an Tagen, an die er sich erinnerte, gab es Stunden, die er nicht mehr rekonstruieren konnte, als würde er sein Leben lesen wie ein Buch, aus dem Seiten herausgerissen worden waren.

Wenigstens schienen die anderen nicht zu bemerken, dass seine Gedanken abdrifteten. Wahrscheinlich waren sie einfach zu hungrig, um sich darum zu scheren. Nach Basseton hatte Gelik alle Lutum, fast fünfhundert Männer, Frauen und Kinder, den Berg hinaufgeführt. Kaum ein Zehntel von ihnen war noch übrig. Der Rest war in den Nächten erfroren oder auf die Jagd gegangen und nie zurückgekehrt, oder sie waren bei einem Streit um die spärlichen Nahrungsmittel gestorben, die sie an dem betreffenden Tag gefunden hatten.

Selbst am Anfang, als der Stamm auf den Berg stieg, war Nahrung knapp gewesen. Schon nach wenigen Wochen gab es weder Kaninchen noch wilde Ziegen oder sonst irgendetwas, und mehrmals waren sie gezwungen gewesen, sich erneut auf die Suche nach ergiebigeren Jagdgefilden zu machen. Nach all dem Umherziehen konnte Gelik nicht sicher sein, auf welcher Seite des Berges sie sich befanden. Er wusste nur, dass sie immer höher zu steigen schienen. Die kalten Winde nahmen zu, und die Schneeböen, die einem die Sicht bis auf einen Schritt nehmen konnten, wurden immer häufiger. Sie existierten in einer Art Halbleben und sprachen nur, wenn es nötig war, und bei Nacht kauerten sie sich auf der Suche nach Wärme zusammen.

Heute war es so ruhig wie seit Wochen nicht mehr, sodass sie ausnahmsweise ein Feuer entfachen konnten, das groß genug war, um sie alle zu wärmen, während vor ihnen langsam ein Kaninchen garte. Der Verrückte Errek hatte sogar seine Felle abgelegt und saß im Schneidersitz und mit freiem Oberkörper da, während er grinste wie ein Irrer.

Das Wetter war so gut, dass Gelik ausnahmsweise einmal weit über das Land hinausblicken konnte, bis hinunter zum fernen Bleichen Fluss, was bewies, dass sie sich auf der westlichen Seite befanden. Das hier war das Land der Adrari, aber er fürchtete sie nicht. Es gab genug Lutum hier, um einen Kampf zu bestehen, und es wäre einfacher, sich zu ernähren, wenn ein paar von den Äxten der Adrari erschlagen würden. Das zusätzliche Fleisch könnte mit der Zeit auch nützlich sein.

»*Du hast vom Tod nichts zu befürchten.*«

Die Stimme war plötzlich wieder da und klirrte in seinem Kopf wie die Saiten einer verstimmten Harfe. Sie verfolgte ihn, seit er die Hirschkuh getötet hatte. Manchmal blieb sie tagelang stumm, aber sie kam immer zurück. »Hast du die anderen getötet?«, murmelte Gelik. Wenn jemand fragte, würde er abstreiten, etwas gesagt zu haben.

»*Sie sind im Tod nützlicher, als sie es im Leben sein könnten.*«

»Wer bist du, das zu entscheiden?« Gelegentlich flammte Geliks Zorn auf die Stimme auf. Sie hatte ihn davon überzeugt, ein Massaker anzurichten und die Gläubigen des falschen Menschengottes zu vertreiben, den Berg zu läutern, und statt zu Ruhm hatte die Stimme sie ins Weiße geführt, um dort zu sterben. Sein Stolz darauf, mit einer weißen Hirschkuh über den Schultern nach Hause zurückzukehren, fühlte sich an, als stammte er aus einem anderen Zeitalter. Er hatte gedacht, die Stimme gehöre einem der Norhai, die ihm durch den Berg ihren Willen kundtaten. Der Berg war die Säule, die den Himmel stützte, und die Verkörperung der Norhai auf Erden im Zentrum von allem, was existierte. Er dachte immer noch manchmal so, in seinen wenigen hoffnungsvolleren Momenten. »Wer bist du wirklich? Warum tust du mir das an?«

»Du wirst vor dem Ende noch mehr Schmerz erfahren, schlimmer als diese Kälte. Nichts hat einen Wert, wenn es nicht hart erkämpft wurde. Du solltest dich für die freuen, die gestorben sind. Ein eisiger Tod ist vielen anderen vorzuziehen.«

»Bist du gestorben?«

»Mehr als tausendmal.«

»Du sprichst in Rätseln«, zischte Gelik. »Was willst du von mir?«

Keine Antwort. Die Stimme war fort.

Gelik betrachtete all die Lutum, die noch übrig waren. Einige von ihnen gehörten zu den Ersten, die seinem Aufruf zur Rebellion gefolgt waren. Sie saßen und standen um das Feuer herum, in verschiedenen Stadien der Erschöpfung. Die Gebrechlichsten unter ihnen standen den Flammen am nächsten, einige davon so nahe, dass Gelik befürchtete, ihre Kleidung könnte versengt werden. Parius, ein entfernter Cousin, hielt die Füße fast ins Feuer. Seine Zehen hatten sich vor einer Woche bläulich verfärbt, und das Blau kroch jetzt seinen Fuß hinauf.

Gelik fühlte sich schuldig wegen der Strapazen, die sie für ihn auf sich genommen hatten. Er war von seiner Prüfung in der Wildnis zurückgekehrt und hatte mit feuriger Gewissheit den Weg des Berges gepredigt, angetrieben von dem Wispern in seinem Kopf. Die Stimme hatte ihm gesagt, dass sie ihn auf den Weg der Rechtschaffenheit bringen würde, um die Linie der Bergkönige wiederherzustellen und die Ungläubigen zu vertreiben. *Eine Lüge.* Der ganze Stamm hatte den Ruf aufgenommen, überzeugt vom Kadaver der weißen Hirschkuh, den er getragen hatte: ein seltenes, fast mythisches Tier und sicher ein Zeichen für die Gunst des Berges. Als sie ihn gefragt hatten, was sie tun sollten, hatte die Stimme es ihm gesagt: »*Ihr werdet nach Basseton reiten.*«

Geliks Gedächtnislücken hatten nach Basseton begonnen, aber wenn er an diesen Tag dachte, war es, als würde er durch die Augen eines anderen sehen und auf sich selbst herabblicken, während er mit dem Blut anderer Menschen eine Geschichte über den Tod schrieb. Am Ende war er kaum noch in der Lage gewesen, seine Axt hochzuheben. Erst als er wieder zur Besinnung gekommen war, hatte er das Grauen begriffen, das er angerichtet hatte. Wilde Hunde kämpften um entblößte Leiber, verkohlte Leichen, denen Pfähle ins Herz gerammt worden waren. Und dann hatte er die Ruinen in Brand gesteckt. Der Geruch von Blut und Feuer hing ihm noch in der Nase.

Der Stamm hatte sich über seinen Sieg gefreut und drei Nächte lang inmitten der Ruinen getrunken und getanzt. Das hatte so lange gedauert, bis die Vorräte aufgebraucht waren. Dann, nachdem sie Gelik tagelang gefragt hatten, was sie als Nächstes tun sollten, erfuhren sie, dass eine Streitmacht aus Merivale angeritten kam, um Basseton zurückzuerobern, zahlenmäßig größer und bewaffnet mit Stahl. Ihr Holz und ihre Bronze waren Stahl nicht gewachsen – das hatten ihre Vorfahren bereits gelernt −, aber einige wollten unbedingt bleiben und kämpfen. Die Stimme war Geliks Gedanken während der meisten Ereignisse in Basseton ferngeblieben, bis sie ihm sagte, dass sie auf den Berg fliehen müssten, um sich für den bevorstehenden Kampf zu läutern. Törichterweise hatte er darauf gehört, und die Lutum auch.

Im Stillen verfluchte Gelik die verdammte Stimme.

Sein Magen knurrte. Hunger nagte an ihm wie eine Ratte, die ihn von innen heraus auffraß. Beim Anblick des Kaninchens über dem Feuer lief Gelik das Wasser im Mund zusammen. Sie hatten seit Wochen kein gegartes Fleisch gegessen, sondern sich von rohem Fleisch ernährt, das direkt von den Knochen gerissen wurde. Das Kaninchen war ein armseliges, sehniges Ding, und wenn sie es untereinander aufteilten, würde für jeden kaum ein Bissen übrig bleiben, aber sie konnten aus den Knochen eine dünne Brühe kochen und zumindest mit ein wenig Wärme in ihren Mägen einschlafen.

»Es ist der Glaube, der euch am Leben erhält, nicht Brühe.«

»Können wir Glauben essen? Lass mich in Ruhe.«

Die Stimme antwortete mit einem grimmigen, hustenartigen Gackern. *»Schöne Worte, aber du hättest ohne mich nicht so lange überlebt. Siehst du nicht, dass dein Magen durchhält und deine Glieder stark sind, während die Muskeln deiner Gefährten vor Hunger verkümmern und ihre Hände und Füße verfaulen?«*

Es stimmte, Gelik musste es zugeben. Es ging ihm besser als allen anderen, selbst besser als dem verrückten Errek, der behauptete, die Kälte nicht zu spüren. Er krümmte die Finger und fühlte die starken Muskeln in seinem Arm. Sein Körper schien kein bisschen an Fleisch verloren zu haben.

Als das Kaninchen gar und sein Fleisch aufgeteilt war, gab Gelik seine Portion Parius, der jetzt wegen der Schmerzen in seinen Zehen weinte und verzweifelt versuchte, etwas Gefühl in sie einzumassieren. Als die Brühe kam, gab Gelik auch die an Parius weiter.

»Eine Verschwendung. Der da bleibt nicht mehr lange auf dieser Welt. Ich tue, was ich kann, um dich zu erhalten, aber der Leib braucht trotzdem Nahrung.«

Gelik hatte genug. »Jeder von ihnen ist mir bis hier oben gefolgt, und ich will verdammt sein, wenn ich noch jemanden an die Kälte verliere. Wenn ich so furchtbar wichtig bin, dann wirst du einen Weg finden, um mich am Leben zu erhalten.«

An diesem Tag sprach die Stimme nicht noch einmal. Gelik hatte das Gefühl, als hätte er eine gewisse Kontrolle über seinen Geist und über seinen Körper zurückgewonnen, obwohl der vor Hunger schmerzte.

Doch am nächsten Morgen stand Parius nicht mehr auf. Gelik zog die Kapuze seines Cousins zurück und stellte fest, dass er tot war, sein Gesicht im Schlaf erstarrt.

Das vertraute Gackern hallte in seinem Schädel wider. *»Ich habe es dir doch gesagt. Eine Verschwendung von gutem Kaninchen.«*

Der Wind wurde wieder kräftiger, und das Lager bereute es, den klaren Tag vergeudet zu haben. Statt am Feuer zu sitzen, hätten sie auf die Jagd gehen sollen. Am späten Nachmittag versammelten sie sich wieder um die Feuerstelle, während Yunesa, ein weiterer Cousin, verzweifelt versuchte, wieder Leben in die Glut der vergangenen Nacht zu pusten.

Die anderen kauerten sich als Schutzwall zusammen, aber sie konnten den Wind nicht aufhalten, der das Feuer mit Graupel und kalter Luft erstickte. Am Ende zerrten sie Parius' steifen Leichnam zur Feuerstelle und schirmten mit ihm den Wind ab. Irgendwann erwachte ihr trauriges Feuer wieder zum Leben.

Gelik zog sich an den äußeren Rand ihres Kreises zurück, um sich mit der Stimme zu beraten. »Du hast ihn getötet.«

»*Die Kälte hat ihn getötet. Lass dir das eine Lehre sein.*«

»Dann hilf uns. Ich kann nicht zusehen, wie meine Freunde einer nach dem anderen sterben. Was muss ich tun, um sie zu retten?«

Die Stimme gab ihm keine Antwort.

»Warum tust du das?«

Er konnte den Ärger der Stimme in seinem Kopf spüren.

»*Der erste Teil meines Plans wurde bereits in Gang gesetzt. Der Prinz ist tot, weil der, der ihn retten sollte, nach Basseton geritten ist. Sagt dir das etwas? Fühlst du dich besser, weil du das jetzt weißt? Das dachte ich mir. Du bist mein Diener, und du musst meine Ziele nicht verstehen. Diene mir gut, dann wirst du belohnt werden. Das ist alles, was du wissen musst.*«

KAPITEL 24

Die Luft war zum Schneiden dick vom Gestank brennenden Strohs. Schwere Rauchwolken hingen am Himmel und hüllten das Land in Schatten. Feuer knisterte, als würde jemand über trockene Zweige laufen, während irgendwo ein Kind oder ein Tier schrie.

Rymund wischte sich über seine vom Rauch tränenden Augen. Er hatte inzwischen den Überblick darüber verloren, wie viele Getreidespeicher, Wohnhäuser und Herden sie vernichtet hatten. Unzählige Pfund Getreide waren zu Asche verbrannt, und Vieh war abgeschlachtet und zurückgelassen worden, um auf den Feldern zu verwesen.

Er schaute auf die Bauern hinunter, die vor ihm knieten, der Bodensatz von Grabenfurt oder dem, was von der Siedlung übrig war. Sie waren wirklich erbärmlich. Zerlumpte, verdreckte Kleidung und kein Funken Gegenwehr in ihnen. Wie hatten solche Männer seine Vorfahren bezwungen?

»Die Gefangenen, Mylord?«, fragte Adfric zum zweiten Mal.

Rymund schüttelte den Kopf. Er würde eines Tages über diese Menschen herrschen müssen, doch er hatte ihnen alles genommen. Alles, bis auf ihr Leben. Viele von ihnen würden in diesem Winter verhungern. Vielleicht wäre es eine Gnade, sie jetzt zu töten?

»Lasst sie«, hörte er sich antworten. »Wir haben getan, wofür wir hergekommen sind. Diejenigen, die kämpfen konnten, sind bereits tot.«

Ein paar junge Männer waren mit Mistgabeln bewaffnet gewesen und hatten ihnen den Weg zum Getreidespeicher versperrt. Die aufsteigenden Rauchwolken am Horizont hätten ihnen Warnung genug sein sollen, was ihnen bevorstand. Mutig für Bauern. Strovac hatte sich schnell um sie gekümmert und auch die übrigen gefunden, die sich im Wald versteckt hatten.

Der Angriff war nicht ganz ohne Verluste vonstattengegangen. Ein kräftiger Bauernjunge hatte mit einer Spitzhacke ein Mitglied der Wilden Brigade erschlagen und zwei weitere verletzt, und Strovac hatte den Jungen bewusst nicht getötet, sondern ihn zu Rymund gebracht, seine Hände gefesselt und sein Gesicht voller Blut und blauer Flecken.

Strovac stand über ihm und hielt ihm sein Schwert in den Nacken. »Den da will ich«, erklärte er Rymund, und sein Lächeln verzog sich zu einer hungrigen Fratze. Der Bauer versuchte aufzustehen, aber Strovac stieß ihm den Stiefel in den Rücken, sodass er mit dem Gesicht zuerst in den Dreck flog. »Ich brauche ihn nicht lange.«

Rymund schätzte die Situation ab. Das hier war Krieg, aber es gab Grenzen. Er wollte nicht bekannt werden als Lord Rymund, Folterknecht von Bauern. »Zieht ihn hoch.«

Als Strovac nur mit einem harten Blick antwortete, trat Adfric vor, um dem Jungen wieder auf die Beine zu helfen. Rymund ergriff das Wort und wandte sich an den Bauern.

»Eine Hacke ist eine armselige Waffe. Wenn ich dich verschone und dir ein Schwert in die Hand gebe, wirst du dich mir anschließen?«

Der Junge spuckte Blut aus. »Schätze, ich kämpfe lieber für Euch, als wegen einem Haufen Getreide zu sterben.«

Rymund nickte. »Adfric, kümmert Euch darum.«

Strovac schäumte vor Wut. »Er hat einen meiner Männer getötet!«

»Wenn Eure Männer einen mit einer Hacke bewaffneten Bauern nicht besiegen können, dann nützen sie niemandem.«

Strovac machte sich nicht die Mühe zu antworten, sondern starrte ihn nur mürrisch an, während andere dem Bauern die Fesseln abnahmen. Dabei verströmte er schwelenden Zorn wie einen Gifthauch. Rymund glaubte nicht, dass Strovac der Tod seines Kameraden besonders viel bedeutete – man hatte den Toten mit dem Rest der Leichen für die Krähen liegen lassen –, aber er konnte nie einer Gelegenheit widerstehen, jemanden zu quälen. Darum war er ein so effektiver Krieger; er empfand für niemanden einen Hauch von Mitgefühl.

»Da ist immer noch Regenbrunn, Mylord«, warf Adfric ein und zeigte nach Norden zu der Siedlung, die der Halord-Brücke am nächsten lag und die auf einem Hügel einige Meilen entfernt in der frühen Abenddämmerung zu sehen war.

Auf dem Weg nach Süderton und Grabenfurt waren sie an Regenbrunn vorbeigekommen, weil die Stadt aufgrund der Neigung des Hügels, auf dem sie lag, von Süden her leichter zu erreichen war. Durch ein Fernrohr hatten sie mehrere unverteidigte Getreidespeicher im Schatten einer massigen hölzernen Festung erspäht, aber die Siedlung schien verlassen zu sein, vermutlich weil ihre Bewohner sich für eine Flucht entschieden hatten. Der Lord von Süderton – ein Lord im allergeringsten Sinne des Wortes – hatte wenigstens versucht, seine Bürger in der hölzernen Festung der Stadt zu schützen.

Strovac hatte das Bauwerk in Brand gesteckt, und die Menschen darin waren vor Angst direkt in die Schwerter der Wilden Brigade geflüchtet. Die Festung in Grabenfurt war aus Stein gebaut, aber der Fürst hatte sich nicht die Mühe gemacht, seine Bauern in den Schutz seiner Mauern zu bringen, und sie waren dafür gestorben.

Rymund drehte sich um und blickte durch den aufsteigenden Rauch hindurch zur Festung hinauf, wo der Lord von Grabenfurt auf einem Balkon kauerte und auf das Gemetzel an seinem Volk hinunterblickte, das er eigentlich hätte schützen sollen. Rymund fühlte sich für einen Moment versucht, seinen Bogenschützen den Befehl zu geben, auf die ferne Gestalt zu schießen.

»Mylord?«, fragte Adfric. »Sollen wir nach Regenbrunn vorrücken?«

Nach kurzem Zögern schüttelte Rymund den Kopf. Der beißende Gestank von Blut und Verbranntem drohte ihm den Magen umzudrehen. Es gab vielleicht noch Bauern in Regenbrunn; er würde barmherzig sein und ihnen die Möglichkeit zur Flucht geben. Barmherziger, als er es hier gewesen war. »Morgen. Es wird schon dunkel. Wir werden morgen Männer ausschicken, um die Getreidespeicher auf unserem Weg in Brand zu stecken. Das wird nicht mal den Vormittag beanspruchen.«

Adfrics Stirnrunzeln verriet, was er davon hielt. »Ich schlage vor, dass wir nicht zögern, Mylord. Je länger wir zögern, desto wahrscheinlicher ist es, dass wir es mit Lord Andrik zu tun kriegen.«

Strovac schnaubte. »Feigling. Andrik und Hessian ziehen wahrscheinlich immer noch ihre Stiefel an.«

»Unterschätzt Lord Andrik auf eigene Gefahr«, warnte Adfric ihn. »Falls eine Nachricht nach Merivale durchgekommen ist, wird er nicht weit entfernt sein.«

Adfrics Prophezeiung machte Rymund für einen Moment nervös. Sie wollten nicht auf der falschen Seite des Flusses festsitzen, wenn Merivale in den Kampf zog. »Schickt zusätzliche Späher aus«, ordnete Rymund an. »Zwei Paar in jede Richtung.« Falls Andrik sich ihnen näherte, hätten sie das inzwischen sicher gewusst, aber es konnte nicht schaden, vorsichtig zu sein.

Kein Späher störte ihn am Abend, sodass Rymund nach einem Schlauch Wein zufrieden und in dem Wissen zu Bett ging, dass sie höchstens einen halben Tagesritt von der Brücke entfernt waren. Er schlief ein und träumte von einem behaglichen Winter in Irith, gewärmt von einem Holzfeuer und dem Bild Hessians, der die kalten Tage damit verbrachte, verzweifelt zu versuchen, sein Volk zu ernähren.

Es fühlte sich an, als hätte er kaum die Augen geschlossen, da wurde er von dem tiefen Klang eines Horns aus dem Schlaf gerissen, das so nah war, dass es ihm durch Mark und Bein fuhr. Rymund schoss hoch. Sie wurden doch sicher nicht angegriffen; sie hatten Späher und Wachen, die sie in einem solchen Fall gewarnt hätten. Er warf sich einen Morgenrock über und rannte barfuß nach draußen.

Es war noch früh am Tag. Von der Sonne war kaum mehr als ein Streifen im Osten zu sehen. Der frühmorgendliche Tau glitzerte im Halbdunkel und prickelte kalt an Rymunds Füßen. Er fröstelte an der kühlen Luft.

Draußen vor seinem Zelt standen Männer, die nach Norden starrten, wo die Halord-Brücke lag. Rymund folgte ihrem Blick, und was er sah, ließ ihm das Blut gefrieren.

Eine braun-grüne Standarte flatterte über Regenbrunn, wo Männer mit Spaten und großen Holzpflöcken hin- und hereilten, um ihre Stellung zu befestigen.

Andrik Fassbrecher war da.

Rymund hielt hektisch nach Adfric Ausschau und spürte

ihn schnell auf. Er war bereits wach und brüllte Befehle, dass die Männer die Zelte abbauen und die Feuer löschen sollten.

»Adfric!« Rymund rannte zu ihm hinüber, so würdevoll er das tun konnte, während er kaum mehr als seinen Morgenrock am Leib trug. »Wie konnte er sich so an uns heranschleichen? Was ist mit unseren Spähern?«

»Ich vermute, er hat sie getötet, Mylord«, antwortete Adfric. Er klang fast bewundernd. »Er muss uns bemerkt und sein Lager in der Dunkelheit aufgeschlagen haben. Gestern Nacht war es stark bewölkt. Unsere Wachposten hätten nichts gesehen.«

Sie waren hergekommen, um zu plündern, nicht um gegen Andrik Fassbrecher zu kämpfen. Rymund verfluchte sich selbst dafür, dass er am Abend zuvor nicht den Rückzug über die Halord-Brücke befohlen hatte. Die Getreidespeicher von Regenbrunn machten vielleicht drei Zehntel des Getreides aus, das er hatte vernichten wollen. Welcher Wahnsinn war in ihn gefahren, dass er sie unbeachtet gelassen hatte?

»Wir können um sie herumgehen, nicht wahr?«

Adfric strich sich übers Kinn. »Das könnten wir tun, aber wenn sie uns jagen, könnten sie unsere Nachhut in Stücke reißen. Wir können es schaffen, aber unsere Verluste könnten beträchtlich sein.« Rymund sank das Herz in die Hose. »Er muss ihre Pferde fast umgebracht haben, um herzukommen«, fügte Adfric hinzu und schüttelte dabei ungläubig den Kopf.

Rymund hörte ein Schnauben hinter sich, und als er sich umdrehte, sah er Strovac näher kommen. Der Mann trug bereits seine Rüstung und band sich sein langes Haar im Nacken zusammen. »Wenn er so verdammt genial ist, warum hat er dann nicht mehr Männer mitgebracht?«, fragte der riesige Krieger. »In dem Lager da sind nicht mehr als tausend. Wir sollten angreifen, nicht von Flucht reden.«

Adfric musterte ihn verächtlich. »Das sind die Hymerikai,

falls es Euch noch nicht aufgefallen ist, und sie sitzen auf einem Hügel. Wenn sie uns aufhalten, was denkt Ihr, wie weit hinter ihnen eine größere Streitmacht nachrückt?«

Strovac zuckte die Achseln. »Wir haben auf alle Fälle mehr Männer. Wir greifen sie an und treiben sie den Hang hinunter. Es braucht nur einen Mann, der sich ergibt, dann folgt der Rest.«

Rymund strich sich über seine frischen Bartstoppeln. Er musste sich anziehen, aber zuerst musste er eine Entscheidung treffen. Die Ost-Erländer hatten eine starke Position, aber er war in der Überzahl und hatte mit Errian eine wertvolle Geisel, obwohl die meilenweit entfernt in Irith war. Strovac schien ihre Aussichten als gut einzuschätzen. Was, wenn sie tatsächlich angreifen konnten? Wenn er Lord Andrik gefangen nehmen oder sogar töten konnte, würde er Hessian um seinen größten Trumpf bringen. Sie konnten die verbliebenen Getreidespeicher niederbrennen, und wenn der Winter mild wurde – worauf aber kaum zu hoffen war –, konnte er in West-Erland eine Armee aufstellen, die groß genug war, um nach Merivale zu marschieren und bis zum Frühjahr den Krieg zu gewinnen.

»Adfric, hisst die weiße Flagge unter meiner Fahne. Ich möchte mit Lord Andrik verhandeln.«

»Mylord«, sagte Adfric sichtlich überrascht. »Ich glaube nicht, dass es irgendwelche Bedingungen gibt, die er akzeptieren würde.«

»Da habt Ihr recht«, pflichtete Rymund ihm bei, »aber ich möchte mir ein Bild von dem Mann machen.« So berühmt Andrik Fassbrecher war, hatte Rymund doch fast dreimal so viele Männer. Warum also sollte er sich einschüchtern lassen?

Bei Sonnenaufgang unterdrückte Orsian ein Gähnen und schaute von seiner Schaufel auf, über einen Graben hinweg, der jetzt mehrere Meter tief war. Sie hatten ihre Zelte aufgebaut und ihre Feuer geschürt, hatten ihre Flanken mit Gruben und mit Teer bestrichenen Spieße verstärkt und ihre Waffen poliert, bis sie sich darin spiegeln konnten. Ihre Stellung war so gut gesichert, wie das nach der Arbeit von nur einer Nacht möglich war, und wenn sein Vater recht behielt, würden die Prindians der Versuchung nicht widerstehen können, sie anzugreifen.

Jetzt warteten sie. So manch ein Mann schaute sehnsüchtig in die Richtung der Halord-Brücke, die nur einen Ritt von wenigen Stunden entfernt lag. Die Brücke war der Schlüssel zu Erland – das wusste jedes Kind. Wo vor Jahrhunderten zwanzigtausend ihrer Vorfahren dem Imperium getrotzt hatten. Aber sie hatten stattdessen diesen kargen Hügelkamm angesteuert.

Es war die Entscheidung seines Vaters gewesen. »Wir sind zu spät – der richtige Zeitpunkt, um die Halord-Brücke einzunehmen, war, bevor sie sie überquert haben«, hatte er erklärt. »Wenn sie jetzt an der Brücke ankommen und sie versperrt finden, werden sie die Getreidespeicher stürmen und unsere Gebiete entlang des Flusses plündern. Wir müssen sie zu einer Schlacht anstiften und das verbliebene Getreide schützen. Wenn sie sehen, dass wir nur so wenige sind, werden sie der Versuchung nicht widerstehen können, und wir haben die bessere Position auf dem Hügel. Wir werden ihrem Ansturm standhalten und zusehen, wie sich die Leichen auftürmen.«

Orsian hatte keinen Grund, an seinem Vater zu zweifeln, aber sie waren mit achthundert Männern hergekommen, während die Prindians ihrer Schätzung nach über zweitausend mitgebracht hatten. Bis Verstärkung eintraf, würden noch Tage vergehen. In seinem Magen rumorte es in banger Erwartung.

Sein Vater wusste mehr über den Krieg als jeder andere, aber nach der Anzahl von Männern zu schließen, die in ihren Latrinengraben eilten, war Orsian nicht der Einzige, der gewisse Vorbehalte hatte.

Vielleicht trübte Errians Gefangennahme den Geist seines Vaters. Orsian glaubte nicht, dass er die Sicherheit der Halord-Brücke aufgegeben hätte, wenn er nicht gehofft hätte, die West-Erländer zu Verhandlungen bewegen zu können. Doch Errian war wahrscheinlich Hunderte von Meilen entfernt – gefangen in einem Kerker der Prindians.

Er hatte nichts übrig für seinen Bruder. Wären ihre Rollen vertauscht gewesen, vermutete er, dass Errian ihrem Vater zu einer Strategie geraten hätte, die vielleicht zu Orsians Tod geführt hätte. Orsian dagegen würde nichts dergleichen tun. Es stand ihm nicht zu, mit seinem Vater zu streiten, dem Balhymeri und größten Krieger Erlands seit drei Jahrzehnten, ganz gleich, was Orsian für Errian empfand.

Sie waren von Merivale aus stramm geritten und hatten sich selbst und ihre Pferde fast bis zur Erschöpfung angetrieben, und doch waren sie zu spät gekommen. Rauchschwaden erhoben sich längs des Flusses, wo die Prindians zugeschlagen hatten, und sie erfüllten die Luft mit dem Gestank von abgeschlachteten Lebewesen und verbranntem Getreide. Es würde ein harter Winter für Ost-Erland werden, ganz gleich, wie die Schlacht ausging.

Zumindest würde er den Winter in Pfeiferswehr verbringen, zusammen mit Helana. Orsian lächelte. Die Erinnerung an Helanas Kuss hatte ihn während des ganzen Rittes von Merivale bis hierher getragen, als hätte sie ihm die Macht zu fliegen geschenkt. Er würde um ihretwillen am Leben bleiben, und wenn sie die Prindians besiegen konnten, würde sie sicher nicht mehr von Frieden sprechen, auch nicht von Lady Breta.

»Orsian!« Der Ruf seines Namens riss ihn aus seiner Träumerei. Sein Vater kam mit langen Schritten auf ihn zu, begleitet von Naeem. Andrik brüllte den Kriegern, an denen er vorbeikam, den Befehl zu, ihren Teil des Grabens tiefer auszuheben. »Sie haben die weiße Flagge gehisst. Mal sehen, was dieses Prindian-Balg zu sagen hat.«

Sie ritten zusammen los, und Orsian trug das Banner seines Vaters.

Andrik musterte die vier Männer, die auf sie warteten. Den alten Lord Storaut kannte er schon seit Jahrzehnten, leichenblass und sogar noch älter als Hessian. Viratia war ihm versprochen gewesen, bis sie und Andrik durchgebrannt waren. Wie erwartet funkelten Storauts Augen dunkel vor Verachtung, als ihre Blicke sich trafen. Wurden alte Männer jugendlicher Streitereien denn nie müde? Andrik nickte und lächelte mit geheuchelter Freundlichkeit. Storaut runzelte finster die Stirn.

Neben ihm befand sich Adfric, der Waffenmeister von Irith. Andrik erinnerte sich an ihn von ihrer Begegnung in der Letzten Bastion, wo der finale Akt von Ranulf Prindians kurzlebiger Rebellion stattgefunden hatte. Ein anständiger Soldat, aber kein Mann, der Armeen dazu brachte, ihn zu fürchten oder zu verehren. Sie begrüßten einander wie die alten Soldaten, die sie waren: ein flüchtiger Blick, der die Spuren des Alters registrierte, das ergraute Haar und alte Verletzungen.

Rymund Prindian war ihm als Erwachsener noch nie begegnet. Ihr einziges Treffen war ebenfalls in der Letzten Bastion gewesen, als Rymund noch ein Kind gewesen war, das sich schniefend hinter den Röcken seiner Mutter versteckt hatte. Er war ein schlanker, gut aussehender junger Mann mit dem goldenen Haar der Prindians. Sein vom Wind gepeitschtes Gesicht legte die Vermutung nahe, dass er unlängst mehr Zeit im Freien verbracht hatte, als er es gewohnt war. Die Jahre hatten keinen Soldaten aus ihm gemacht; er saß auf seinem Pferd wie ein junger Lord, der eine Dame hofieren wollte.

Und neben Rymund erkannte er die hünenhafte Gestalt Strovac Sigacs, der das Banner der Prindians hielt. Er grinste Andrik frech an, als sie einander musterten. Er hielt dem Blick des anderen stand und bemühte sich ebenso wenig wie dieser, seine Verachtung zu verbergen.

Ich hätte dich töten sollen, als ich die Gelegenheit dazu hatte.

»Wisst Ihr, was der König mit Männern macht, die ihn verraten, Strovac?« Er hätte Rymund zuerst begrüßen sollen, aber Andrik zog es vor, das Wort an Strovac zu richten. »Ranulf Prindian hat zwei Wochen lang geschrien wie ein Schwein.« Sein Blick ging kurz zu Rymund, um seine Reaktion zu sehen, aber das Gesicht des attraktiven jungen Mannes war eine Maske der Gleichgültigkeit. »Wir werden vielleicht Mühe haben, einen Kerker zu finden, der groß genug ist, aber ich bin mir sicher, dass wir auch mit anderen Lösungen aufwarten können.«

Strovac lachte ihm ins Gesicht. »Große Worte für einen Mann, dessen Sohn mein Gefangener ist. Er ist unversehrt, jedenfalls größtenteils.«

»Nun, Ihr könnt ihn längst getötet haben.« Er glaubte zwar nicht daran, aber eine Anschuldigung war der schnellste Weg, die Wahrheit zu erfahren.

Rymund unterbrach das Gespräch, bevor Strovac antworten konnte. »Lord Errian steht unter meinem Schutz. Er ist in Irith, und ich schwöre, dass man ihn gut behandeln wird.«

»Der Schwur eines Verräters.« Andrik spuckte auf den Boden zwischen ihnen. »Was ist Euer Schutz wert, Lord Rymund? Ich sehe nur einen eitlen, müßigen Knaben mit einem Schatten, wo der Bart eines Mannes sein sollte.«

Rymund ignorierte den Seitenhieb. »Ich habe die weiße

Flagge gehisst, damit wir über Errians Freilassung verhandeln können.«

»Dann macht mir ein Angebot.«

»Wir werden Euch Errian unverletzt zurückgeben und Euch und Euren Männern erlauben, in Frieden abzuziehen. Im Gegenzug werdet Ihr und das Haus Sangreal anerkennen, dass West-Erland ein freies und unabhängiges Königreich ist, das sämtliche Gebiete vom Bleichen Fluss bis zum westlichen Rand der Fortlande umfasst, ohne dass jemals eine einzige Münze an Steuern gezahlt oder ein Lehnseid gegenüber König Hessian oder seinen Nachkommen geleistet werden muss. Und er wird mich als seinen Erben benennen für den Fall, dass er ohne männliche Nachkommen sterben sollte.«

Neben Andrik lachte Naeem. Das Angebot war absurd. »Ich bewundere Euren Ehrgeiz, Mylord«, erwiderte Andrik. Er strich sich über den Bart und lauschte für einen Moment auf den pfeifenden Wind, der dem Bleichen Fluss folgte. »Ich habe einen Gegenvorschlag. Ihr werdet Errian freigeben, und Ihr und alle, die Euch folgen, werden einen feierlichen Eid schwören, nie wieder gegen Euren rechtmäßigen König zu den Waffen zu greifen. Ferner werdet Ihr zur Entschädigung zehntausend Goldstücke zahlen und geeignete Geiseln als Garanten für Euer gutes Benehmen stellen. Als Gegenleistung werden wir Euch in Frieden ziehen lassen.«

»Das kann nicht Euer Ernst sein«, höhnte Rymund. »Ihr habt nur ein Drittel der Männer und seid nicht auf der Brücke!«

Andrik lächelte. »Wie töricht von mir! Machen wir fünfzigtausend daraus. Wenn Männer tuscheln, ich hätte Angst, dem mächtigen Lord Rymund entgegenzutreten, möchte ich gern auf die Höhe der Schlichtungssumme hinweisen können.«

»Wie Ihr wünscht, Mylord.« Rymund nahm die Zügel auf, um sein Pferd zu wenden. »Mein erstes Angebot gilt. Wenn Ihr irgendwann beschließt, dass Euch das Leben Eurer Männer mehr wert ist als Euer Stolz, hisst einfach die weiße Flagge.« Er ritt zurück zu seiner Armee, gefolgt von seinen drei Begleitern. Andrik wendete sein Pferd und ritt zu ihrem Hügel zurück, während Orsian und Naeem die Nachhut bildeten.

Es war ein Risiko, das wusste Andrik. Auf der Halord-Brücke oder mit mehr Männern hätten ihre Chancen besser gestanden, aber um Ost-Erlands willen mussten die verbliebenen Getreidespeicher geschützt werden. Und wenn die Schlacht zu ihren Gunsten ausging, konnte er den Krieg in einem Tag beenden: Er würde Prindian gefangen nehmen und ihn gegen Errian eintauschen, es würden Frieden und Unterwerfung versprochen werden, und Ost-Erland würde eine großzügige Summe Goldes erhalten. Er hatte schon Schlachten mit schlechteren Bedingungen gewonnen.

Sie werden ihre Pferde zuerst gegen unsere Flanken hetzen und hoffen, dass wir fliehen und sie uns jagen können. Selbst schuld, wenn sie das taten. Seine Männer waren diszipliniert und zu robust, um sich von Pferdehufen erschrecken zu lassen. Sie hatten lange Pfähle und Speere und waren so stur, wie nur Erländer es sein konnten. Sie würden niemals weichen.

Sobald dieser Plan gescheitert war, würde Prindian seine Fußsoldaten in den Kampf gegen sie schicken. *Wir werden mit ihnen kämpfen wie in alten Zeiten, in einem Schildwall, mit dem fauligen Atem des Feindes in der Nase und unserer eigenen Pisse und Scheiße in den Hosen.* Der Erfolg war in diesem Fall weniger sicher. Der zahlenmäßige Unterschied würde zuerst wenig ausmachen, aber wenn sich der Tag hinzog und ihre Schwertarme erlahmten, konnte Prindian immer wieder frische Männer in den Kampf gegen sie schicken. Andrik würde an der Front und in der Mitte stehen, wo die Kämpfe am heftigsten waren. Solange er stand, würde ihre Formation halten.

Rymund versuchte, tief und regelmäßig durchzuatmen und sein hämmerndes Herz unter Kontrolle zu bringen. Lord Andrik Fassbrecher war leibhaftig genauso Furcht einflößend wie sein Ruf. Einen Moment lang hatte Rymund sich wieder wie ein kleiner Junge gefühlt, der sich hinter seiner Mutter versteckte, während dieser Krieger die Armee seines Bruders in Stücke schlug. Aber er hatte nicht klein beigegeben, und wer würde es jetzt wagen, an ihm zu zweifeln, nachdem er sich Andrik gestellt und sein Friedensangebot abgelehnt hatte?

Zu viert zogen sie sich in Rymunds Zelt zurück, wo ein Tisch aufgestellt worden war. Sie ließen die Stallknechte mit ihren Pferden in der Nähe zurück, für den Fall, dass Lord Andrik einen Überraschungsangriff wagen wollte. Die Nachricht machte die Runde, dass es eine Schlacht geben würde, und im Lager wurden panische Rufe laut und das Klirren von Stahl, als die Männer ihre Waffen testeten.

Rymund ergriff als Erster das Wort.»Andrik lockt uns mit dem Sieg, und ich habe gut Lust, ihn zu ergreifen. Wir können die Cyliriener als Erste in den Kampf schicken, damit sie sein Zentrum zerschlagen. Söldner sollten ihren Wert beweisen, und jeder, der fällt, ist einer weniger, den wir bezahlen müssen. Die Ffriseaner können auch mitgehen. Während sie angreifen, werden wir Storauts Kavallerie auf ihre Flanken hetzen. Wenn eine der Flanken durchbrochen wird, können wir ihre gesamte Streitmacht umdrehen und sie einschließen.« Er wandte sich an seinen Waffenmeister.»Wie gefällt Euch mein Plan, Adfric?«

Adfric strich sich über seinen Schnurrbart.»Es ist ein guter Plan. Die feindlichen Kräfte im Zentrum binden und dann die Flanken attackieren. Ihr habt tatsächlich zugehört, als ich Euch etwas über Taktiken beigebracht habe.«

Rymund lächelte zufrieden. Er hatte seine Inspiration zum Teil von Fassbrechers Taktik in der Schlacht auf dem Andrikshügel bezogen. Er konnte nicht von hinten angreifen, wie Andrik es an jenem Tag getan hatte, aber er konnte die weniger erfahrenen Soldaten an den Flanken massiv angehen. Wenn eine der Seiten nachgab, würde aus der Schlacht ein ungeordneter Rückzug werden.

Storaut nickte. Nur Strovac wirkte beunruhigt, runzelte leicht die Stirn und spähte mit seinen Knopfaugen in Richtung der Ost-Erländer, als könnte er durch die Zeltplane ihre Streitmacht sehen. »Mir gefällt das nicht. Die Cyliriener werden nicht durchbrechen, also opfert Ihr sie nur und geht davon aus, dass Ihr mit einem Angriff der Kavallerie auf die Flanken durchbrechen könnt. Aber sie werden die Flanken verstärkt haben, damit wir sie nicht von hinten erwischen können. Wenn das nicht funktioniert, werden wir über einen Haufen toter Söldner klettern müssen, um ihr Zentrum zu stürmen.«

»Was sollen wir denn Eurer Meinung nach tun?«, fragte Adfric verächtlich. »Wollt Ihr Fassbrecher immer noch zum Zweikampf herausfordern, damit Ihr Euren Privatkrieg austragen könnt?«

»Andrik wird sich in der Mitte positionieren, wo der Kampf am heftigsten sein wird. Lasst mich Männer zu Fuß dorthin führen, dann werden wir uns zu ihren eigenen Bedingungen treffen. Es wird eine blutige Arbeit werden, aber am Ende werden unsere überlegenen Zahlen den Ausschlag geben, und wenn ich Fassbrecher töte, ist die Schlacht gewonnen. Die Kavallerie sollte sich zurückhalten, um ihre Flanken zu schonen und sie daran zu hindern, um uns herumzugehen.«

Adfric hörte sich das alles lustlos an, aber als Strovac zum Ende kam, lachte er unverhohlen. »Mylord, ignoriert ihn. Strovac sucht wie immer nur den persönlichen Ruhm.«

Rymund gab Adfric recht. Strovacs Plan schien nur von seinen eigenen Wünschen getrieben zu sein, aber der Mann war so launisch und eingebildet, dass er das selbst vielleicht nicht einmal merkte. Er wollte jedoch nicht das Risiko eingehen, ihn so kurz vor der Schlacht zu kränken, und wählte seine Worte daher mit Bedacht. »Lord Strovac, niemand hier bezweifelt Euren Mut. Ihr gehört zu den wichtigsten Männern in dieser Armee. Ihr und Eure Kämpfer solltet Euch zurückhalten, um bei Bedarf als Verstärkung einzugreifen, falls etwas nicht plangemäß läuft.«

Er hatte erwartet, dass Strovac schmollen oder eine zornige Antwort geben würde, aber der Mann zuckte nur die Achseln. »Wie Ihr wollt, Mylord.« Er schritt aus dem Zelt und schnappte sich auf dem Weg unverfroren einen Krug Bier vom Tisch. »Meine Männer und ich werden bereit sein.«

KAPITEL 25

Andrik stellte seine Männer in sechs Reihen auf, die an beiden Enden von den Verteidigungsanlagen an den Flanken geschützt wurden. Die beiden vorderen Reihen würden im Nahkampf antreten, und die dritte und vierte würden sich bereithalten, um einzugreifen, wenn Männer fielen. In den hinteren beiden Reihen hatte er ihre besten Bogenschützen platziert. Von seinem Platz in der Mitte aus beobachtete er, wie Männer zu Fuß vor Prindians Heer traten, mit einer Gruppe von Reitern zu beiden Seiten. Andrik blinzelte und erkannte, dass es sich bei der Infanterie mit ihren zusammengewürfelten Rüstungen um cylirische Söldner handelte, und die Handvoll stark behaarter Männer mit freien Oberkörpern unter ihnen konnten nur Ffriseaner sein.

Wenn die Söldner ihr Zentrum angreifen sollten, würden die beiden Gruppen der Kavallerie ihre Flanken attackieren, um ihre kleine Streitmacht zum Umdrehen zu zwingen. Er hatte dort weniger erfahrene Männer platziert, denn in aller

Regel waren die Kämpfe dort nicht so heftig. Andrik schaute besorgt nach links. Die Verteidigungsanlagen dort waren nicht so stark befestigt wie die auf der rechten Seite, mit weniger Spießen und einem flacheren Graben.

»Naeem.«

»Ja, Mylord?«

»Geh zum linken Flügel. Stell dich in die dritte oder vierte Reihe und mach den Männern vor euch Mut. Nimm Orsian mit.«

»Ja, Mylord.«

Als er davonging, packte Andrik Naeem an der Schulter und flüsterte ihm zu: »Wenn der Junge vor dir stirbt, schwöre ich, dass ich dich bis in deine Träume verfolgen werde.«

Naeem grinste ihn an und umfasste sein Handgelenk. »Keiner von uns stirbt heute. Ein bisschen Blut, und der grüne Prindian-Junge macht sich in die Hose.«

Andrik war sich da weniger sicher. Der Junge war zwar unerfahren, aber er hatte sich während der Verhandlungen gut geschlagen. Er hatte einen Trotz in sich gehabt wie jemand, von dem man nichts erwartete und der anderen etwas beweisen wollte. Er war jedoch kein Kämpfer; er würde nicht dabei sein, um mit jemandem die Klinge zu kreuzen, wenn die Schildwälle aufeinandertrafen.

Irgendwie hielt Naeem vor einem Kampf immer eine heitere Fassade aufrecht, aber damit war er eine Ausnahme. Seitdem klar war, dass sie kämpfen würden, hörte und roch man immer häufiger, dass sich die Männer in die Hosen machten, je näher die Stunde rückte. Da sich die Streitkräfte der Prindians jetzt auf den Angriff vorbereiteten, war der Gestank unerträglich.

In den Geschichtsbüchern wurde dieser Teil nie erwähnt. Andrik begrüßte den Geruch. Es war zu lange her, seit er ein Schwert in der Hand gehalten und sich Männern gestellt hatte, die ihn töten wollten. Er zückte sein Kurzschwert und prüfte dessen Klinge, bis sich ein Blutstropfen auf seiner Fingerspitze zeigte.

»Männer!«, rief er. »Schildwall! Flanken – haltet die Langspeere bereit!«

Das Hymerikaikorps stand schon dicht gedrängt, aber jetzt rückten die Männer noch enger zusammen und verkeilten ihre Schilde vor sich. Die Männer in der zweiten Reihe traten vor, um die Lücken über ihnen zu schließen, und schufen ein Flechtwerk aus eisenbeschlagenem Holz.

Andrik stand in der Mitte der ersten Reihe. Er hatte seinen Helm noch nicht aufgesetzt und würde das auch erst im letzten Augenblick tun. Er wollte, dass der Feind durch seine Anwesenheit in die Mitte gelockt wurde, wo seine erfahrensten Krieger warteten.

Der Sinn des Schildwalls war der, dass die Männer in den vorderen Reihen die Linie hielten, während die hinter ihnen die Angreifer im Schutz der Schilde mit Schwertern und Messern aufschlitzten und aufspießten. Die Männer hinter ihnen trugen Speere, die durch jede Lücke stoßen konnten, und es gab auch längere Speere, die sehr effektiv im Einsatz gegen Pferde benutzt werden konnten.

Von der anderen Seite des Feldes erklangen die dunklen Schläge der Marschtrommeln, und das langsame Vorrücken der Söldner begann. Andrik spürte einen kleinen Knoten der Furcht im Magen. Gut. Eine gesunde Dosis Respekt vor dem Tod hielt einen Mann am Leben. Entlang der ganzen Linie hörte er die wütenden Ausrufe seiner Männer, die sich zu einem einzigen, hundertstimmigen Ruf verdichteten.

»ER-LAND ER-LAND ER-LAND. ER-LAND ER-LAND ER-LAND.«

Ihr Wall war jetzt so dicht, dass er nur noch den dünnsten

Lichtstreifen zwischen den Schilden sehen konnte. Er spürte das Wummern stampfender Füße durch den Boden, als Hunderte von Soldaten weniger als zweihundert Schritte entfernt losrannten. Er riskierte einen Blick auf sie und sah, dass die wilden Ffriseaner mit ihren riesigen Holzwaffen und ihrem Kriegsgeschrei an der Spitze des Trupps heranstürmten. Dann waren sie nur noch hundert Schritte entfernt und rannten direkt den Hang hinauf auf ihre Mitte zu.

»Wenn jemand aus dieser Linie ausschert, schneide ich ihm die Eier ab!«

Fünfzig Schritte. Andrik beruhigte seine Atmung und legte die Hand auf den Griff seines Langschwertes, für den Fall, dass die Linie brach. Pfeile flogen über sie hinweg, aber Andrik schaute nicht nach, ob einer von ihnen traf.

Zwanzig Schritte. Die Ffriseaner beschleunigten zu einem Sprint und stießen einen Kriegsschrei aus, bei dem einem das Blut in den Adern gefrieren konnte.

Eryi, verleihe meinem und Orsians Arm Kraft.

»Linie halten! Linie halten!«

Die Ffriseaner krachten gegen ihre Schilde, Holz zersplitterte und Stahl klirrte. Andrik hatte schon Kavallerieangriffe erlebt, die mit weniger Wucht eingeschlagen waren. Der Aufprall raubte ihm den Atem. Sein Schild wurde ihm gegen die Schulter gestoßen, und die Luft war erfüllt von Schreien des Zorns, der Furcht und des Schmerzes. Seine Füße stemmten sich auf dem weichen Boden gegen den Ansturm der Ffriseaner, und entlang der ganzen Linie sah er Soldaten, die gegen das Gewicht dieser riesigen, bestialischen Männer ankämpften und schrien, als sie sich gegen sie pressten.

Sie wurden mehrere Meter zurückgetrieben, aber die Linie hielt.

Andrik spürte das Hämmern von Fäusten und schweren Knüppeln auf seinem Schild. Er wurde ihm gegen die Nase gedrückt, und es gab keinerlei Lücken, durch die er sein Kurzschwert in das ungeschützte Fleisch des Feindes hätte stoßen können, aber am Rand seines Gesichtsfeldes sah er, wie von hinten ein Speer vorgestoßen wurde, und hörte ein schmerzhaftes Stöhnen, als er sein Ziel fand.

Neue Schreie ertönten, als die Cyliriener die Ffriseaner einholten und mit Schwertern und Äxten auf ihren Schildwall eindroschen. Andrik spürte, wie das Gewicht von seinem Schild abfiel, als der Mann, der aufgespießt worden war, zurückwich. Er drängte nach vorn und rief die anderen um ihn herum dazu auf, es ihm gleichzutun, indem er sich aus den Knien hochdrückte und seinen Schild vorstieß. Am unteren Rand seines Schildes erblickte er ein nur leicht gepanzertes Schienbein und schlug mit seinem Schwert zu. Ein Schrei ertönte, und der Mann vor ihm fiel.

Er riss den Kopf nach links und rechts. Entlang der Linie hatten die Männer sich nach dem ersten Ansturm gefasst und fanden nun Lücken, durch die sie ihren Feind attackieren konnten. Andrik erhob in der stickigen Luft die Stimme und mühte sich, über den Schreien und dem scharfen Klirren von Stahl gehört zu werden. »Eins – zwei – drei – schiebt!«

Links und rechts von ihm schrien Männer unartikuliert, während sie vorpreschten. Die in der Reihe hinter ihnen sprangen vor und halfen mit ihrer Kraft. Gemeinsam stürmten sie vorwärts und verschluckten dabei die am Boden liegenden, verletzten Feinde, die rasch von den nach unten gerichteten Stößen von Schild und Speer erledigt wurden. Andriks Männer brachen in Triumphgeheul aus, während über ihnen Pfeile durch die Luft sirrten und auf die schutzlosen Söldner herabfielen, die es nicht geschafft hatten, auch nur einen Zoll durch den erländischen Schildwall zu brechen.

Andrik verspürte jedoch keinen Triumph. Sie würden noch hundert solcher Angriffe abwehren müssen, bevor sie den

Kampf gewonnen hatten. Wieder füllte er seine Lungen mit Luft. »*Wappnet euch!*«

An der linken Flanke hatte Orsian zusammen mit Naeem in der dritten Reihe gestanden, als der Kavallerieangriff auf sie niederging. Die Langspeere zwangen die Pferde ihrer Angreifer, sich vor Entsetzen wiehernd aufzubäumen oder durchbohrten sie, sodass ihre Reiter durch die Luft flogen. Einige landeten hinter dem Schildwall, wo sie benommen liegen blieben oder über ihre gebrochenen Beine und Rippen jammerten und prompt niedergemetzelt wurden.

Orsian hatte bereits einen Mann getötet, hatte ihm mit seinem Kurzschwert die Kehle aufgeschlitzt, als er am Boden lag und schrie, weil der Schienbeinknochen unter seinem Knie herausragte. Orsian hatte nicht gezögert. In der Hitze und dem Lärm der Schlacht war keine Zeit gewesen, um darüber nachzudenken.

Er fühlte sich wie im Rausch. Sein Gesicht war bereits schweißnass und seine Rüstung mit Schlamm und dem Blut anderer Männer bedeckt, aber sein Schwert lag leicht wie eine Feder in seiner Hand und war ein Teil von ihm wie sein Arm selbst. Jeder Atemzug, den er tat, wollte ausgekostet sein, eine wortlose Auflehnung gegen den Tod, der um ihn herum herrschte. Er hatte sein halbes Leben genau dafür trainiert. All diese Stunden und Jahre im Übungshof. Das war es, wonach er sich gesehnt hatte. Das war es, wozu er geboren war.

Aber die Feinde waren zahlreich, und für jeden Angreifer, der von einem Langspeer niedergestreckt wurde, krachten vier weitere gegen ihre Reihen, und Hufeisen schmetterten gegen ihre Schilde. Zehn Meter weiter wurde ein Mann unter der Wucht des Angriffes zu Boden geworfen und unter Hufen zermalmt, und dann stürmten Reiter in der blauen Rüstung von Lord Storaut durch die Lücke, verteilten sich und stifteten Chaos, während manche Männer versuchten zu fliehen und andere vorrückten.

»*Schließt die Lücke! Schließt die Lücke!*« Orsian packte Naeem an den Schultern, zückte sein Langschwert und rannte Hals über Kopf zu dem Mann, der gefallen war.

Orsian sprang mitten ins Getümmel und fing die Speerspitze eines Reiters mit seinem Schild ab. Er stieß sein Schwert in eine Lücke in der Rüstung des Reiters und schlitzte ihm den Unterarm bis zum Knochen auf. Blut spritzte Orsian ins Gesicht, und der Mann schrie, während sein Pferd sich vor Entsetzen aufbäumte. Als Mann und Ross wieder auf dem Boden aufkamen, blitzte Angst in seinem Gesicht auf, aber Orsian beachtete sie nicht. Er riss sein Schwert hoch und traf den Hals des Mannes zwischen Helm und Rüstung.

Der Reiter war tot, noch bevor er auf dem Boden aufkam, während sein Pferd sich von dem blutigen Schauplatz abwandte und in die Sicherheit des Lagers der Prindians galoppierte.

Orsian schrie und streckte sein blutverschmiertes Schwert herausfordernd in die Luft. Diese Flanke würde nicht brechen. Nicht, solange er eine Klinge und einen Arm hatte, mit der er sie schwingen konnte. Er trat in den Schildwall und brüllte den anderen Männern in seiner Nähe zu, sich ihm anzuschließen. Dann riskierte er einen Blick hinter sich und sah, wie Naeem und weitere Soldaten die Reiter, die durchgebrochen waren, mit ihrer schieren Überzahl von den Pferden zerrten. Entlang der linken Flanke jubelten die Männer und brüllten ihren Trotz heraus, während Lord Storauts Reiter zum nächsten Angriff ausholten.

Andriks Arm war taub, nachdem ein Ffriseaner ihm seinen riesigen Stab direkt gegen die Mitte des Schildes gerammt hatte, und er spürte, wie ihm Blut von der Schläfe übers Gesicht rann, obwohl er nicht sagen konnte, ob es sein eigenes war oder nicht. Es fühlte sich an, als wären schon Stunden vergangen, seit die Schlacht begonnen hatte, aber die Sonne hatte sich am Himmel kaum bewegt. *Als junger Mann hätte ich das den ganzen Tag lang tun können.*

Mindestens hundert Cyliriener und Ffriseaner lagen tot auf dem Boden, zusammen mit so vielen Verletzten, dass er Befehle brüllte, sie nicht durch Vorrücken in das Schlachtfeld innerhalb ihres Schildwalles zu bringen, damit sie ihre Linien nicht zu sehr ausdünnten oder an den Flanken Lücken boten. Fast ein Dutzend Männer hatte er selbst verletzt oder erschlagen, indem er mit seinem Kurzschwert schnell unter dem Schildrand hindurchstach und Lücken in der Rüstung an Knie, Oberschenkel und Leiste fand. Viele weitere waren von den Speeren der hinteren Reihen getötet worden, als die Söldner sich gegen die unnachgiebigen Schilde der ersten Reihe geworfen hatten.

Die Stöße gegen ihre Schilde waren jetzt schwächer, da die Männer über die Leichen ihrer Kameraden steigen mussten, um sie zu erreichen. Zu seiner Linken sah Andrik, wie einer der überlebenden Ffriseaner einen verzweifelten Hechtsprung über den Schildwall machte, sich abrollte und seinen Kampfstock schwingend wieder aufsprang. Zwei Männer kassierten grausame Schläge auf den Kopf, die sie zu Boden schleuderten, aber der Ffriseaner wurde im Nu von Schwertern niedergemäht, fiel auf die Knie und blutete aus einem halben Dutzend Wunden.

Die ganze Zeit über hatten ihre Angreifer auch mit Pfeilbeschuss zu kämpfen. Die Frequenz der Schüsse hatte nachgelassen, weil ihnen die Pfeile ausgingen, und die Männer mussten im Schlamm nach den wenigen Pfeilen tasten, die noch übrig waren, aber aus dieser Entfernung und mit so vielen Feinden, die von den unzähligen Leichen auf dem Boden behindert wurden, konnten sie ihr Ziel kaum verfehlen.

Es wurden keine Befehle gerufen, aber die Söldner zogen dennoch einmütig den Schwanz ein, als hätten sie allesamt beschlossen, dass ihr Angriff hoffnungslos war. Einige Ffriseaner blieben übrig und schwangen ohne Verstand ihre Knüppel gegen Schilde, aber auch sie begriffen bald die Sinnlosigkeit ihres Tuns und rannten davon, schauten über ihre Schultern und lauschten auf das Surren eines Pfeiles, der auf ihren Rücken zielte.

Andrik blickte zu den Flanken. Dort wurden viel mehr Tote und Verwundete vom Schildwall weggezogen als in der Mitte, aber sie hatten die Linie gehalten. Er betete, dass Orsian nicht unter den Opfern war. Die feindlichen Reiter hatten einen Bogen gemacht und bereiteten sich auf einen weiteren Angriff vor, aber als sie sahen, dass sich ihr Hauptfeld zurückzog, galoppierten auch sie in die Sicherheit des Lagers der Prindians zurück.

Die Ost-Erländer jubelten und schwenkten triumphierend ihre Waffen, während bartlose Jungen hinter den Linien hervorgerannt kamen, um Sterbenden die Kehle aufzuschlitzen und noch intakte Pfeilschäfte einzusammeln.

Andrik lächelte grimmig. Mit Söldnern war noch nie ein Krieg gewonnen worden. Er war sich sicher, dass Strovac Sigac nicht unter den Angreifern gewesen war. Wenn doch, hätte er sich schnurstracks auf ihre Mitte gestürzt. Die eigentliche Prüfung stand ihnen mit Strovac Sigac und seiner Wilden Brigade noch bevor. Männern, die mit den gleichen Waffen trainiert und dieselben Übungen absolviert hatten wie er selbst, die nicht so töricht sein würden, sich sinnlos gegen einen Schildwall zu werfen.

Orsians Schwert war bis zum Griff mit Blut bedeckt und fühlte sich so schwer an, dass er es kaum noch heben konnte. Es war einfacher, sich auf diesen Schmerz zu konzentrieren als auf den in seiner Schulter, die von einem Dreschflegel getroffen worden war und bei jeder Bewegung wehtat.

Er erinnerte sich nicht daran, wie, aber er war in der zweiten Reihe gelandet und hatte seinen Schild gegen den Ansturm der Kavallerie hochgehalten, die mit Speeren und Hufen auf sie niederfuhr. Er hatte sein Schwert geschwungen, wann immer er konnte, aber meistens war das Gedränge aus Leibern und Pferden zu dicht gewesen, sodass er seine ganze Kraft darauf verwendet hatte, seinen Schild unter dem Ansturm gerade zu halten und in der muffigen Luft atmen zu können, die mit Blut und Schweiß gesättigt war. Naeem war mit einem Speer hinter ihm gewesen und hatte Orsian damit mehr als einmal das Leben gerettet, nicht zuletzt, als er ihn dem Mann ins Gesicht gestoßen hatte, der mit dem Dreschflegel erneut ausholte, um ihn Orsian auf den Kopf zu schmettern.

Während dieser Zeit gab es nichts anderes. Nur das Bedürfnis, seinen Schild zu halten und mit den anderen zusammen eine geschlossene Wand zu bilden.

Ihm war vage bewusst, dass das stetige Gedränge auf der anderen Seite seines Schildes nachgelassen hatte, und dann schrie Naeem ihm direkt ins Gesicht, obwohl Orsian ihn kaum hörte.

»Orsian! Orsian!«

Orsian schüttelte den Kopf wie ein Hund, der versuchte, einen Floh loszuwerden, und plötzlich nahm er seine Umgebung wieder wahr. Er vernahm Schmerzens- und Triumphschreie, die Stimmen von Männern, die Gebete sprachen und verzweifelt nach ihren Müttern riefen, während sie die Hände auf Verletzungen pressten, aus denen dickes, dunkelrotes Blut pulsierte. Da waren sogar Männer ohne sichtbare Verletzungen, die auf dem durchweichten Boden zusammenbrachen, nach Luft schnappten und mit großen Augen in den Himmel blinzelten.

»Orsian! Seid Ihr verletzt?« Naeem schüttelte ihn.

Er verneinte. »Nur meine Schulter. Das wird schon wieder.«

Die Reiter waren abgezogen, und als sich der Schildwall auflöste, sah Orsian, dass sie ebenfalls schwere Verluste hatten einstecken müssen. Dutzende von Männern lagen im Schlamm, entweder tot oder sterbend. Die Beine eines Soldaten der Prindians waren unter seinem toten Pferd eingeklemmt, und er schrie vor Schmerz, während er versuchte, seine Eingeweide zurück in die riesige klaffende Wunde in seinem Bauch zu stopfen.

Orsian trat vor und stieß ihm seine Schwertspitze in den Hals. Die Schreie des Verletzten verstummten, und Orsian fiel auf die Knie und übergab sich.

Rymund sah dem Geschehen fassungslos zu, Adfric schwieg an seiner Seite. Er war so nah an die Schlacht herangeritten, wie er es gewagt hatte, und musste voller Entsetzen mitansehen, wie die verzweifelten Söldner sich gegen den Amboss des Schildwalles der Sangreals warfen und kaum eine Delle hineinstießen. Für jeden von Hessians Männern, der fiel, starben vier oder mehr von seinen eigenen durch Schwert, Speer oder Pfeil. Eine Zeit lang hatte er geglaubt, dass Lord Storauts Kavallerie den Feind von der Flanke her aufrollen würde, aber so oft sie auch angriffen, der Schildwall hielt stand, bog sich, brach aber nicht.

Generalkapitän Gruenla kam auf ihn zu und zog dabei ihr rechtes Bein nach, wo ihr ein gefiederter Pfeil in der Wade steckte.

»Mylord.« Sie ließ sich auf ein Knie fallen, obwohl Rymund sah, dass es ihr Schmerzen bereitete. »Meine Männer sind am Ende. Fünfzig oder mehr tot, und über hundert werden heute nicht wieder kämpfen.«

Rymund nickte. »Sie haben sich tapfer geschlagen. Jetzt lasst Euch verarzten.«

»Es ist nichts, Mylord.« Sie verzog das Gesicht. »Irgendein Bastard hat mich mit einem Pfeil erwischt, als wir auf dem Rückzug waren.« Sie humpelte davon.

Rymund widerstand dem Drang, sein Schwert zu ziehen und es in seiner Frustration in den Boden zu rammen. Sie musste ihn für einen Narren halten, dass er das Leben ihrer Männer so achtlos weggeworfen hatte. In vielen Nächten hatte er sich vorgestellt, sich in ihr Zelt zu schleichen, aber man konnte kaum erwarten, dass sie die Annäherungsversuche eines Mannes zuließ, der fast die Hälfte ihrer Kompanie hatte verwunden und töten lassen. Er kam sich wie ein noch größerer Narr vor, weil er darüber nachdachte, während Männer im Sterben lagen und seine Königswürde und vielleicht sogar sein Leben an einem seidenen Faden hingen.

Zumindest waren sie den Ost-Erländern zahlenmäßig noch überlegen. Aber was, wenn sie Verstärkung erwarteten?

Rymund hatte ihn nicht kommen hören, aber Strovacs massige Gestalt tauchte plötzlich neben ihm auf. Schweigend starrte Strovac auf das Schlachtfeld, wo Jungen der gegnerischen Armee zwischen den Leichen herumliefen und nach Männern suchten, denen sie die Kehle aufschlitzen konnten, während sich die Ost-Erländer auf ihre Schilde stützten und sich gegenseitig auf den Rücken klopften, weil sie noch unter den Lebenden weilten. Rymund war sich sicher, dass Strovacs Schweigen als Vorwurf zu verstehen war, weil Rymund seinen eigenen Plan dem von Strovac vorgezogen hatte. Selbst still war der Mann unausstehlich.

Er hat es gewusst, vorhin im Zelt. Rymund hatte es seltsam gefunden, dass Strovac gegangen war, ohne eine Szene zu machen. Er hatte prophezeit, dass der Plan scheitern würde, und statt zu versuchen, irgendjemanden umzustimmen, hatte er sich dafür entschieden, es zuzulassen, um seinen eigenen Stellenwert in dieser Sache zu unterstreichen. Rymund brauchte Strovac, aber sobald der Thron sein war, würde er einen Weg finden, dem gerissenen Mistkerl seinen neuen Titel wieder wegzunehmen.

»Strovac?«

»Ja, Mylord?«

Rymund sah, wie Strovacs Lippen beim Lächeln zuckten wie ein Wurm, der in einem Schnabel gefangen war. »Euer Plan. Wird er immer noch funktionieren?«

Der Mann schürzte demonstrativ die Lippen, als hätte er nicht bereits darüber nachgedacht. »Sie haben sich dort gut verschanzt, und die Leichen werden die Sache erschweren, zudem haben sie vermutlich kaum noch Pfeile. Wir müssen ihnen in den Rücken fallen, um dem hier ein Ende zu machen.«

»Wir haben bereits Späher beauftragt, das auszukundschaften«, wandte Adfric ein. »Die andere Seite des Hügels ist steiler und genauso gut befestigt wie ihre Flanken. Man könnte dort nicht mal eine Armee aufmarschieren lassen, geschweige denn einen Angriff starten.«

»Lasst das meine Sorge sein.« Strovac lächelte dünn. »Manchmal braucht man nur ein paar mutige Männer. Wir werden sie in der Mitte angreifen. Gebt mir das Kommando über die Thrumb; wir werden Bogenschützen brauchen, die uns Rückendeckung geben. Und Storauts Männer sollen die Flanken im Auge behalten.«

Andrik war in der Mitte geblieben, um seine Truppen bei der Räumung des Geländes zu führen und den nächsten Angriff vorzubereiten. Die Schwerverletzten wurden zurück ins Lager geschleppt, um ihnen Pfeile aus dem Leib zu ziehen und Wunden zu nähen. Zum Glück gab es nur wenige gebrochene Knochen. Diejenigen, die weiterkämpfen konnten, wurden dort behandelt, wo sie standen. Ihre blutenden Köpfe wurden verbunden und ausgerenkte Finger wieder eingerenkt. Schläuche mit Wasser und Wein wurden schnell herumgereicht, um die trockenen Kehlen und müden Glieder der Männer zu erfrischen.

Es hatte sich herumgesprochen, dass Orsian lebte und sich dadurch ausgezeichnet hatte, eine Lücke in der Reihe zu schließen, als es für einen Moment so aussah, als würden sie überrannt werden. Andrik gestattete sich einen Augenblick des Stolzes und der Erleichterung, jedenfalls in dem kleinen Teil seines Verstandes, der nicht völlig auf die Schlacht konzentriert war.

Bisher hatten sie eine Streitmacht zurückgeschlagen, die um ein Vielfaches größer war als ihre eigene, aber wenn Rymund und sein Rat nicht vollends den Verstand verloren, war es unwahrscheinlich, dass sie je einen Angriff auf die Prindians starten konnten. Der erste Angriff hatte schon zu viel Energie gekostet, und es würden noch mehr kommen. Er widerstand dem Drang, sich zu fragen, ob es nicht besser gewesen wäre, die Brücke zu halten. Das Schlachtfeld war kein Ort für Zweifel.

Auf der anderen Seite des Feldes dröhnte eine Trommel. Nicht die blecherne Trommel der Söldner, sondern der starke, pulsierende Bass Erlands, bei dem die Erde wackelte und Krähen aufstoben. Seine Männer kannten diese Trommel. Es war der Klang, der sie aus dem Tiefschlaf weckte und ihnen befahl, in den Krieg zu ziehen. Ihre Trommel. Aber an diesem Tag bedeutete die Trommel Strovac Sigac, der mit seiner Kompanie von Dieben und Verrätern ins Feld zog. Er schaute in die Richtung, aus der der Lärm kam, und sah an der Spitze der Armee tatsächlich eine Gestalt, die einen Kopf größer war als alle um sie herum.

Andrik nahm seinen Helm ab und schritt in der Reihe nach vorn, dorthin, wo er glaubte, dass Strovac sich in den Kampf stürzen würde. Dann legte er die Hände trichterförmig um den Mund.

»HIERHER, DU HINTERHÄLTIGER DRECKSACK!«

Hessian wollte, dass er Sigac in Ketten zu ihm brachte, aber Andrik wusste, dass er nur mit Glück diese Wahl haben würde. Wenn der Mann mutig genug war, sich ihm zu stellen, würde Andrik nicht zögern, ihn zu töten.

Sigac begann seinen Marsch den Hügel hinauf. Nicht wie die Söldner im wilden Ansturm über das offene Feld, sondern in dichten Reihen, die Schilde vor sich gehalten. Neben ihnen ritten Lord Storauts Reiter, die sich ebenfalls an die Disziplin hielten. Andrik ahnte bereits, dass dies ein harter Kampf werden würde.

»KEINE GNADE FÜR VERRÄTER!«, rief er, und die Männer brüllten der heranrückenden Armee ihre Kampfansage entgegen und stimmten, als ihre eigenen Trommeln erklangen, in Andriks Kriegsschrei ein.

»ER-LAND ER-LAND ER-LAND! HESSIAN KÖNIG! HESSIAN KÖNIG!«

»Andrik! FASSBRECHER! Andrik! FASSBRECHER!«

Zwanzig Schritte von ihrer Stellung entfernt beschleunigte der Schildwall der Prindians zu einem gleichmäßigen Lauf, immer noch langsam genug, um geordnet zu sein. Ein verirrter Pfeil flog von hinten gegen einen Schild, und Andrik brüllte dem Narren, der ihn verschwendet hatte, einen Tadel zu.

Die Schildwälle krachten gegeneinander, mit solcher Wucht, dass Holz splitterte und Eisen verbogen wurde. Andriks Füße rutschten durch den Schlamm. Das ganze Zentrum bewegte sich unter dem Gewicht des Feindes, und ihre Linie drohte sich wie ein Bogen zu verbiegen. Er witterte eine Öffnung und stieß mit seinem Schwert zu, und einen Moment später spürte er, wie Haut und Muskeln an der Wade eines Mannes unter seiner Klinge aufplatzten. Er brüllte herausfordernd, während der Mann schrie, und als auch andere Klingen in jede Lücke stießen, die sie finden konnten, wurde der Ansturm langsamer.

»HALTEN … HALTEN … HALTEN … VORRÜCKEN!«

Die ganze Reihe bewegte sich, wie man es den Männern antrainiert hatte, und sie stemmten sich mit den Beinen ab und trieben die Prindians zurück. Die Reihen hinter ihnen folgten und stachen mit ihren Speeren wild nach ihren Feinden.

Neben dem Krachen von Holz auf Holz und den Schreien der Verletzten glaubte Andrik irgendwo an den Rändern von Strovacs Streitmacht das Klingen von Stahl zu hören, wo eigentlich Stille hätte herrschen sollen, wenn ihre Linie hielt. In einem Moment der Ruhe packte er den Mann hinter sich und stieß ihn mit seinem Schild in die Frontlinie, dann zog er sich hinter ihm zurück, um das Feld in Augenschein zu nehmen.

Was er sah, erfüllte ihn mit Grauen. Ohne einen Feind, den sie bekämpfen konnten, waren die Männer in den Flanken vorgerückt, um Strovacs Truppen anzugreifen, und hatten sich damit der Gefahr eines Kavallerieangriffes ausgesetzt, der sie zu Fall bringen würde.

»FLANKEN ZURÜCKZIEHEN! FLANKEN ZURÜCK-ZIEHEN!«

Er war sich nicht sicher, ob sie ihn hörten, aber sie hörten die Kavallerie auf sie zudonnern. Beide Flanken stürmten zurück in die Linie, gerade noch rechtzeitig, um sich gegen eine zweite Runde von Kavallerieangriffen zu wappnen.

Andrik hielt über die Linie hinweg Ausschau nach Strovac Sigac und konnte ihn aufgrund seiner Größe sogar halb versteckt hinter einem Schild erkennen. Seine Kraft und seine Reichweite machten ihn zu einem Koloss in dem Schildwall. Andrik sah zu, wie er mit seinem Schild in ihre Reihen eindrang, und als der Mann gegenüber stolperte, schnellte Strovacs Arm hervor und zog ihn in die Reihen der Prindians, wo er unter einem Klingenhagel zu Boden gerissen wurde.

Andrik schnappte sich einen heruntergefallenen Schild und stürzte sich in die Reihe, um die Lücke zu schließen. Er hielt Kopf und Helm dahinter gesenkt und versteckte sich. Einen Moment später schlug ein Schwert gegen seinen eisernen Rand, und er musste sich gegen den schweren Schlag eines anderen Schildes wappnen.

Als er den richtigen Moment witterte, trat er einen Schritt aus der Reihe und stieß sein Schwert durch eine Lücke im feindlichen Schildwall. Er spürte, wie die Spitze am schwachen Ellenbogengelenk des Panzers auf Fleisch traf, und das Gebrüll von Strovac Sigac, als die Klinge sich in seinen linken Arm bohrte, war der Beweis dafür, dass er sein Ziel getroffen hatte.

Strovac und der Mann neben ihm erwiderten die Attacke mit brutalen Hieben. Andrik tanzte um den einen herum und blockte den anderen mit seinem Schwert ab, bevor er es über die Klinge des anderen Mannes gleiten ließ, um ihm die Finger an den Knöcheln abzuschlagen. Er riss gerade noch rechtzeitig die andere Hand hoch, um eine Speerspitze mit dem Rand seines Schildes zu erwischen, dann tauchte er zurück in die Reihe und verschränkte seinen Schild mit den anderen. Das Ganze hatte kaum fünf Sekunden gedauert.

Er erlaubte sich ein Lächeln angesichts des Blutes, das von seinem Schwert tropfte. Das war es, wofür er geboren war. Ringsum schauten Männer zu ihm herüber und brüllten vor Stolz auf ihren Anführer, der sich zwischen den Linien hindurchgewagt und ihren größten Feind mit der Anmut und Schnelligkeit eines vom Himmel herabstoßenden Falken verletzt hatte.

Orsian war unter denen, die die Männer angebrüllt hatten, zurückzukommen, als diese zum Angriff auf die schmale, verletzbare Flanke des Feindes zugestürmt waren. Die Männer waren weiter vorgeprescht, taub für ihre Rufe, bis das donnernde Hufgetrappel sie zurück in die Linie rennen ließ. Diejenigen, die nicht schnell genug waren, fielen, und dabei ragten Pfeile und Speere aus ihren Rücken. Danach machte niemand mehr denselben Fehler, und die Kavallerie schien sich damit zufriedenzugeben, in der Nähe zu bleiben, um sie notfalls zu jagen, aber zu weit weg, um von einem Pfeil getroffen werden zu können. Die meisten waren dankbar für die Verschnaufpause, aber einige drängten in die Mitte, um sie zu verstärken und weitere Opfer für ihre Schwerter zu finden. Naeem hatte Orsian daran gehindert, sich ihnen anzuschließen. »Euer Vater hat gesagt, wir sollen hierbleiben und die Stellung halten, und das werden wir auch tun, bis wir etwas anderes hören.«

Im Zentrum fanden erbitterte Kämpfe statt. Orsian beobachtete, wie Männer mit lose herabbaumelnden Gliedmaßen weggeschleppt wurden, und auf beiden Seiten lagen Leichen, die mit dem Gesicht nach unten auf den nassen Boden unter ihnen gefallen waren und deren Blut sich in Lachen sammelte. Strovac Sigacs Männer mussten über die Leichen des ersten Angriffes klettern und konnten so trotz ihrer Überzahl die Stellung der Ost-Erländer nicht allzu leicht bezwingen.

Zuschauen war schlimmer, als zu kämpfen. Die Schrecken des Todes und der Verstümmelung waren ihm kaum real erschienen, als er mitten im Schlachtfeld gestanden hatte, seine

Sinne scharf wie ein Rasiermesser und sein Blut heiß wie Flammen. Jetzt, fernab der Schlacht, gab es kein Entkommen vor der Erkenntnis, dass jeder Schrei und jede Wunde zu einem Menschen gehörten, der genauso verzweifelt überleben wollte wie er.

Er ging hinter ihrer Linie in die Hocke und versuchte erfolglos, einen Pfeil mit einer verbogenen Spitze zu reparieren.

Ein Mann, den er nicht kannte, kauerte auf Augenhöhe mit ihm. »Du bist doch Fassbrechers Junge.« Es war keine Frage. »Du siehst genauso aus wie er.«

Orsian wandte kurz den Blick von dem Pfeilschaft ab. »Angeblich, ja.«

Der Krieger bekam keine Gelegenheit zu einer Antwort. Ein Pferd galoppierte plötzlich an ihnen vorbei und verdrehte seine schreckgeweiteten Augen. Es erwischte den Mann mit einem Huf am Hinterkopf, sodass er bewusstlos oder tot umfiel.

Orsian stand auf und schaute voller Panik in Richtung der hinteren Reihen, aus der das Pferd gekommen war. Inmitten des Kampfgetöses hörte er ein lautes Grollen, bei dem die trockene Erde zu beben begann. Auch andere drehten sich um, und als Orsian erkannte, was geschah, packte ihn das blanke Entsetzen.

Dutzende von Pferden galoppierten mit donnernden Hufen direkt auf die Rückseite ihres Schildwalles zu, während die Männer auswichen, um nicht zertrampelt zu werden, und ihren Platz in der Reihe verließen. Er schnappte sich seinen Schild und musste sich fast sofort damit schützen, als ein wieherndes Pferd sich wild vor ihm aufbäumte und ihn fast ebenfalls am Kopf traf.

Was war hier los? Die Pferde waren reiterlos und kamen von hinten.

Plötzlich war Naeem da und brüllte allen zu, ihre Schilde hochzuziehen und die Stellung zu halten. »Feuer!«, schrie er Orsian entgegen und zeigte nach hinten.

Orsian riss die Augen auf. In ihrem Lager züngelten orangefarbene Flammen. Die Pferde, die auf sie zukamen, waren ihre eigenen, die durch das Feuer in Panik geraten waren und nur noch die Flucht ergreifen wollten.

»Sie haben bei unseren Ersatzpferden Brände gelegt!«, brüllte Naeem so laut, dass er das Chaos tatsächlich übertönte. Ein gewaltiger Hengst stürmte auf sie zu. Das Tier wirbelte Schlamm auf, und Naeem konnte Orsian gerade noch aus dem Weg und auf den Boden stoßen.

»Wenn sie uns jetzt angreifen, sind wir erledigt«, sagte Orsian, stieß Naeem von sich und wischte sich den Dreck aus dem Gesicht. Ihr Schildwall begann bereits zu bröckeln, als ihre Krieger sich zerstreuten, um den durchgehenden Pferden zu entkommen. »Wir müssen uns zurückziehen.«

Naeem schüttelte den Kopf. »Wir müssen die Flanke halten. Wir werden die Speere auf sie richten.«

Als Naeem das letzte Wort gesprochen hatte, wurde klar, dass es für beides zu spät war. Sie hörten den Kriegsruf heranstürmender Kavalleristen und sahen sich einem Angriff von beiden Seiten ausgeliefert, während ihre linke Seite ungeordnet zurückfiel. Eins musste man den Männern lassen, viele hielten ihre Schilde zusammen, aber sie konnten sich nur noch zur eigenen Mitte hin retten, wodurch die Linie auseinandergezogen wurde und sie den Schutz der Gräben und Pfähle zu ihrer linken Seite aufgaben.

»Haltet die Linie!«, riefen Orsian und Naeem hektisch und stemmten sich gegen die Masse der Männer, um sie zur Flanke zurückzutreiben. Orsian überkam blanke Panik, als ihm klar wurde, dass er nichts tun konnte, und dann schwappte die Woge fliehender Männer wie eine Flut über sie hinweg.

Andrik stolperte nach rechts. Als die Flanke zur Mitte hindrängte, wichen alle Männer zu seiner Linken zurück, und in dem Durcheinander prallten sie aneinander wie Steine, die zu einer Lawine wurden, und kämpften darum, sich auf den Beinen zu halten.

Da sie ihn mitrissen, verlor er Strovac aus den Augen. Sein Instinkt übernahm die Kontrolle, und er brüllte alle an, die zuhörten, dass sie die Linie halten und einen geordneten Rückzug antreten sollten.

Die Wilde Brigade nutzte die Verwirrung aus, donnerte in ihren schwächelnden Schildwall und drängte sie weiter zurück. Zu allem Überfluss rückten die Männer von Sangreal am anderen Ende nach vorne, um die Linie gerade zu halten, sodass ihr gesamtes Heer sich drehte und das Gelände zu verlassen begann, das sie gewählt hatten.

Andrik bahnte sich unsanft einen Weg zu ihnen, stieß Männer beiseite und schrie die Reihe der Schildträger an, sie sollten mit dem Rest zurückweichen, und wer nicht auf ihn hörte, wurde mit Gewalt zurückgedrängt. Andere hörten ihn endlich und nahmen ihm die Aufgabe ab.

Irgendwie verwandelten sie etwas, das eine verheerende Niederlage hätte werden können, in eine bloße Katastrophe. Sie hielten beim Rückzug die Linie, verloren aber den Schutz der Pfähle und Gruben an ihrer linken Flanke, und auch an der rechten waren die Schanzen nicht mehr so ausgerichtet, dass sie ihnen Schutz boten.

Ihr Schildwall formierte und stabilisierte sich, und Andrik stieß einen Seufzer der Erleichterung aus. Dass dieser Rückzug genügt hatte, um sie zu retten, war pures Glück. Das Zentrum der Prindians musste gezögert haben, vielleicht mutlos geworden durch Strovac Sigacs Verletzung, und wenn die Streitmacht der Kavallerie nicht gerade zurückgetrieben worden wäre, hätte sie sich womöglich in die vorübergehend ungeschützte rechte Flanke gestürzt und sie von drei Seiten zerquetscht.

Aber jetzt hatte sich der Schildwall der Prindians neu formiert und rückte auf ihre Position vor. Hunderte von Schritten entfernt galoppierte Lord Rymunds Reserve auf sie zu. Sie hatten zwar schwere Verluste erlitten, waren Andriks Truppen aber immer noch zahlenmäßig überlegen und konnten ohne Hindernisse auf der linken Seite mit frischen Soldaten an einem Dutzend Stellen entlang des Schildwalles zuschlagen.

Andrik schüttelte grimmig den Kopf. »Wer flieht, stirbt durch meine Hand!«, brüllte er. Kein einziger Mann drehte sich um, alle schrien trotzige Flüche über das Feld, das die Heere trennte. Andrik schritt die Linie ab, rief den Männern etwas zu, die ihre Schilde zu niedrig hielten, und forderte sie auf, die Lücken, durch die ein Schwert oder ein Speer gestoßen werden konnte, zu schließen. Männer, die mit Verletzungen kämpften, wurden abgezogen und ausgewechselt. Er hatte behauptet, dass sie dieses Stück Land verteidigen konnten, bis der Eryispek zu Staub zerfiel. Jetzt würde er es beweisen müssen.

Er traf auf Naeem und Orsian, die aus der anderen Richtung der Linie kamen. Naeem humpelte, von Orsian und seinem Sohn Derik auf beiden Seiten gestützt.

»Erstatte Bericht«, befahl Andrik Orsian.

Orsian war schlamm- und blutverschmiert, aber seine Augen waren hellwach, und er sprach deutlich. »Sie haben unsere Ersatzpferde mit Feuer versprengt, die Tiere sind direkt in uns hineingerannt. Es muss eine kleine Gruppe gewesen sein, die uns in den Rücken gefallen ist.«

Andrik lauschte mit steinerner Miene, als sein Sohn ihm erzählte, was passiert war. Ohne den Schutz der Gruben und der Pfähle auf ihrer linken Seite konnten die Prindians ihnen mit einer größeren Streitmacht leicht in die Flanke fallen. Wenn sie in ausreichender Zahl angriffen, würde es keine Rolle spielen, dass sie bisher die Rechte und die Mitte gehalten hatten.

»Mylord«, sagte Naeem. Er zuckte zusammen, als er versuchte, seinen verletzten Knöchel zu belasten. »Wenn ich vorschlagen würde, dass Ihr und Orsian jeder zwei Pferde nehmt und nach Merivale galoppiert, würdet Ihr es in Erwägung ziehen?«

»Schlägst du es denn vor?« Andrik erkannte, dass ihre Lage kritisch war, und es war sein Plan gewesen, auf diesem Hügel Stellung zu beziehen. Er hatte nicht die Absicht, seine Männer im Stich zu lassen. Würden Strovac und Rymund Prindian seine Kapitulation akzeptieren, wenn sie dafür das Leben seiner Männer verschonten? Rymund vielleicht, aber Strovac würde sie wahrscheinlich ohnehin alle töten.

»Ich schlage vor, dass Ihr es in Erwägung zieht.«

»Dann schlage ich vor, dass du es in Erwägung ziehst, deine Vorschläge für dich zu behalten. Obwohl ich dich nicht aufhalten werde, wenn du es versuchen möchtest. Du kannst mit diesem Bein nicht kämpfen.«

Naeem lachte, stieß Orsian und Derik beiseite und benutzte sein Schwert wie einen Gehstock. »Ich war dabei, als meine Frau neun Kinder geboren hat, und alle leben noch. Ich habe ein halbes Ohr und eine Nase verloren, aber ich bin immer noch hier. Seht den Tatsachen ins Auge, Mylord, die Norhai lieben mich. Ich werde der Letzte sein, der auf diesem Schlachtfeld steht, mit oder ohne Bein.«

Andrik zog eine Braue hoch. »Wetten wir. Wer von uns beiden hier als Erster stirbt, serviert über den Wolken das Bier. Einverstanden?«

Naeem grinste. »Einverstanden.«

Orsian spürte, wie eine Blase der Furcht in seiner ausgedörrten Kehle aufstieg, als Naeem und sein Vater sich an den Handgelenken fassten. War ihre Lage so schlimm? Sie musste schlimm sein, wenn Naeem vorschlug, dass sie versuchen sollten zu fliehen.

Ihre Ausgangsformation war fast zusammengebrochen, aber vielleicht bestand noch Hoffnung. Strovac Sigacs Krieger ließen sich Zeit mit dem Vorrücken und warteten auf Verstärkung, während die Kavallerie hinter ihnen auf den Befehl zum Angriff wartete. Orsian holte tief Luft, suchte nach seinem Schwert und schnappte sich einen weggeworfenen Speer, um sich in die Reihe zu stellen. Diesmal würde es keine Flanken geben, nur die anstrengende und blutige Arbeit des Schildwalles an der Seite seines Vaters.

Er blickte zurück auf das, was von ihrer linken Flanke übrig geblieben war. Auf die jetzt nutzlosen Gruben und Holzpfähle, in die sie so viel Vertrauen gesetzt hatten. Sie hatten die Pfähle mit Teer bestrichen, um es den West-Erländern zu erschweren, ihren Graben zu überqueren und sich durchzumanövrieren.

Noch immer blieb Storauts Kavallerie zurück und wartete ab.

In Orsians Kopf zündete eine Idee. Er schaute weiter nach hinten, dorthin, wo das Feuer begonnen hatte. Ein ganzer Bereich ihres hastig aufgeschlagenen Lagers schwelte jetzt, während einige Pferde, die nicht geflohen waren, noch umherwanderten und grasten. Er konnte das Feuer gegen die Prindians einsetzen. Dazu brauchte er nur eine Fackel.

Er schlug Derik auf die Schulter, dann Burik. »Kommt mit.« Schon rannte er los und drehte sich nicht um, um festzustellen, ob sie ihm folgten, während ihm die verwirrten Rufe von Naeem und seinem Vater in den Ohren dröhnten.

Orsian schlängelte sich durch ihre Reihen zu den Überresten

ihrer linken Flanke vor. Er rannte in Richtung der Pfähle, ohne sich umzusehen, ob Storauts Reiter auf ihn zukamen. Die Pfähle klebten von Pech und waren schwer, mit dicken Holzstämmen verbunden, aber er packte einen und schaffte es, einen Teil davon wegzureißen. Er rannte auf das Feuer zu.

Orsian war nicht auf die Hitze des schwelenden Lagers und den dichten Qualm, der die Sicht erschwerte, vorbereitet. Während er von dem stechenden Rauch husten musste, von dem ihm die Lungen brannten, stieß er das Ende des mit Teer bestrichenen Pfahls in das nächstbeste Feuer, und das Holz flammte sofort auf und verströmte beißende Dämpfe.

Erst in diesem Moment begriff Orsian, dass er seine Hände mit irgendetwas hätte schützen sollen. Sie waren klebrig von schwarzem Pech, und wenn das Feuer sich am Holz herunterfraß, war seine Haut als Nächstes dran. Zu spät. Er rannte zu den Pfählen und hielt dabei seine improvisierte Fackel vor sich wie eine brennende Standarte.

Storauts Reiter kamen näher. Ihre blauen Umhänge flatterten wie ein wogendes Gewässer. Sie stürmten nicht wild los, sondern galoppierten diszipliniert und ließen sich Zeit, die Ost-Erländer zu umrunden.

Orsian erreichte die Pfähle genau in dem Moment, in dem die Fackel bis zu seiner Hand herunterbrannte. Er unterdrückte einen Aufschrei, als seine Haut versengt wurde, warf die Fackel zwischen die Pfähle und stieß seine Hand in die kühle Erde. Er biss die Zähne zusammen gegen den brennenden Schmerz.

Das Feuer züngelte am Holz, breitete sich entlang der Pfähle aus und verschlang hungrig den Teer. Die Reiter waren kaum noch zwanzig Schritte von ihm entfernt, aber anstatt sich auf ihn zu stürzen, bäumten sich ihre Pferde auf und wieherten vor Angst, als das Feuer sie erreichte und ihre Nüstern mit Rauch füllte.

Die Pferde versuchten, sich vom Rauch abzuwenden, während ihre Reiter sie weitertreiben wollten. Einigen gelang es, ihre Pferde auf Kurs zu halten, andere hatten weniger Erfolg, weil sie vielleicht genauso versessen waren wie ihre Tiere, den Flammen zu entkommen. Schon bald herrschte bei ihrem Vormarsch Chaos, da die Pferde zusammenstießen und die Reiter darum rangen, sich im Sattel zu halten.

Einigen gelang es weiterzureiten, doch es waren kaum genug, um einen Schildwall zu durchbrechen. Aber es waren genug, um Orsian dort, wo er auf dem offenen Gelände stand, niederzustrecken. Er schaute zu der dicht gedrängten Schlachtreihe und entdeckte zu seiner Erleichterung Burik und Derik, die ihn in eine Lücke in der Reihe der Schilde winkten.

Orsian rannte los und tauchte in die Linie der Ost-Erländer ein. Dort fiel er auf den kühlen Boden und hustete und schnaufte von dem dichten Rauch, dankbar für die saubere Luft, und hielt sich seine verbrannte Hand. Er konnte nur hoffen, dass es reichen würde.

Andrik schlug mit seinem Schwert zu, aber er war so eng eingeklemmt, dass er nur das Holz seines Schildes sehen konnte. Im Eifer des Gefechtes wusste er nicht, ob er überhaupt etwas traf. Strovac Sigacs Wilde Brigade, die den Sieg witterte, kämpfte wie ein Haufen Besessener, die mit Schwert und Axt Hiebe auf den Schildwall niederprasseln ließen und sie mit ihrer schieren Masse Zoll für Zoll zurückdrängten. Das Blut der anderen Männer tropfte ihm vom Gesicht und vermischte sich mit seinem Schweiß wie ein Fluss, der auf das Meer traf.

Er wusste nicht, wo Orsian war. Sein Sohn war in Richtung des Lagers gerannt, taub für Andriks Befehle. Naeem hatte ihm versichert, dass Orsian sich im Kampf hervorgetan hatte, bevor ihre Flanke kollabiert war. Es war undenkbar, dass er fliehen würde. Was hatte er vor?

Der Druck von vorn ließ nach, und Andrik riskierte es, den Kopf zu heben, um über seinen Schild zu spähen. Sein Blick fand, was er suchte. Er hatte ihn in der Verwirrung ihres Rückzugs aus den Augen verloren, aber die Gestalt von Strovac Sigac war nicht zu übersehen. Er brüllte seine Wut heraus, als er seinen Schild gegen den seines Gegners schlug und den Schildwall von Sangreal fast im Alleingang durchbrach. Wenn ihm die Wunde, die Andrik ihm zugefügt hatte, Probleme bereitete, ließ Strovac es sich nicht anmerken. Der Mann war eine Naturgewalt in einem Schildwall, wie ein Stier unter Widdern.

Andrik war keine zehn Schritte entfernt. Er musste zu ihm vordringen. Wenn er ihn noch einmal verwunden konnte, würde das Sigacs Krieger vielleicht erneut den Mut kosten und ihnen Zeit verschaffen, sich um die Reiter zu kümmern, die bald ihre linke Flanke und vielleicht auch ihren Rücken angreifen würden. Warum zögerte Storauts Kavallerie? Er glaubte, dass er aus der Richtung Kämpfe hören konnte und brennendes Pech roch, aber es gab keine Bewegung in ihren Reihen, die darauf schließen ließ, dass ihre Flanke von einem Kavallerieangriff bedrängt wurde.

Etwas krachte gegen seinen Schild und presste ihn gegen seine Schulter, zwang ihn einen halben Schritt rückwärts. Andrik fluchte. Er würde niemals zu Sigac vordringen, ohne zu riskieren, dass dieser Teil ihres Walles durchbrochen wurde. Es bestand keine Chance darauf, ihn noch einmal zu überraschen.

»Strovac!« Er streckte sich, um seinen Schild zu befreien, und rief ihm die Linie entlang zu: »Hier, du jämmerlicher Hund!«

Über den Schlachtlärm hinweg erreichten ihn Andriks Worte. Strovac spähte über seinen Schild und bekam durch eine Lücke in ihrem Wall fast einen Speer ins Gesicht. Er packte ihn blitzschnell und riss ihn seinem Angreifer aus der Hand.

»Fassbrecher!« Strovac griff hinter sich, zerrte einen anderen Krieger an seinen Platz und schritt hinter der Linie entlang auf Andrik zu.

Andrik wartete und lauschte, während Strovac einen Mann unsanft beiseitedrängte, um einen Platz ihm gegenüber einzunehmen. Er riskierte einen Blick über seinen Schild und musste sich sofort wieder ducken, als Strovac mit dem Speer nach ihm stieß. Die scharfe Spitze der Waffe kratzte über seinen Helm. Ein zweiter Speerstoß schlug gegen seinen Schild und spaltete das schwere Holz fast wie Pergament.

Es hätte nicht möglich sein sollen, dass ein Mann so stark und so schnell war. Andrik begriff, dass er zuvor Glück gehabt hatte; wenn Strovac ihn hätte kommen sehen, wäre er niemals lebendig davongekommen. Im Schildwall zählten seine Fähigkeiten wenig gegen Strovacs Kraft und Reichweite. Er musste vorsichtig sein. Der Speer wurde erneut gegen seinen Schild getrieben, mit solcher Wucht, dass seine Schulter vibrierte.

Strovac lachte spöttisch. »Ich werde deinen Kopf aufspießen, Fassbrecher!« Von irgendwoher hatte er sich eine Axt geschnappt. Er hieb damit oben auf Andriks Schild ein, um ihn nach unten und von ihm weg zu ziehen. Das war ein alter Trick, und Andrik kannte ihn gut. Er ließ seinen Schild leicht kippen und stach von oben mit seinem Schwert nach Strovac, aber der war wieder zu schnell und wich zurück.

»Halt die Schilde dicht zusammen!«, rief Andrik dem Mann hinter ihm zu, der den Schild über ihm festhielt. Mit einem schnellen Blick nach hinten bemerkte er zu seinem Schrecken Naeem, der in der dritten Reihe hockte und einen Speer in der Hand hielt. »Zurück, Naeem!« Der Mann konnte sich kaum auf den Beinen halten. Er hatte hier nichts zu suchen. »Lass dein Bein verarzten!«

»Welchen Sinn hat das, wenn wir alle sterben?« Naeem packte seinen Speer fester. »Greift Ihr oben an, ich unten.«

Andrik verstand sofort. Er drehte sich um, gerade noch rechtzeitig, um einen weiteren von Strovacs krachenden Axthieben auf seinen Schild abzufangen. Die Axt blieb im Holz stecken, und Andrik drehte seinen Schild, zog den Axtkopf mit sich und stieß sein Schwert durch die Lücke auf Strovacs ungeschützte Schulter.

Strovac ließ die Axt los und hob seinen Schild, um Andriks Hieb mit dem Rand abzufangen, sodass Eisen auf Stahl traf. Ein Speer blitzte auf, und diesmal war Andrik nicht schnell genug. Der Speer prallte gegen die Kante seines Schildes und schnitt ihm die Schulter am Schlüsselbein auf.

Naeem war bereit gewesen. Sein eigener Speer schoss vor, kaum eine Handspanne über dem zu Schlamm aufgewühlten Gras. Andrik presste das Gesicht gegen seinen Schild, aber er hörte einen Schmerzensschrei, als der Speer Strovacs Stiefel durchbohrte und in seinem Knöchel stecken blieb.

Naeem hielt den Speer fest, drehte ihn um und schob, während Strovac brüllte. Holz splitterte, und als Naeem seinen Speer zurückzog, war er zerbrochen. Die Spitze steckte in Strovacs Bein.

Andrik zögerte nicht. »Schiebt!« Warmes, nach Metall riechendes Blut tropfte über sein Gesicht auf seinen Arm. Seine Schulter fühlte sich an, als stünde sie in Flammen. »Schiebt, ihr elenden Hunde!«

Sie waren erschöpft, in der Unterzahl und erstickten fast an dem heißen, schwarzen Rauch, der wie eine Decke über dem Feld hing, aber die Krieger von Ost-Erland gehorchten. Sie bewegten sich geschlossen, schrien ihren Feinden mit blutverschmierten Lippen Flüche ins Gesicht und heulten ein

Kriegsgeschrei, während sie Schritt für Schritt den verlorenen Boden zurückeroberten. Die Prindians fielen zurück. Andrik hielt hektisch Ausschau nach Strovac Sigac und sah ihn vom Schildwall weghumpeln, gestützt von zwei Männern. Er stieß ein Triumphgeheul aus und trieb seine Männer an. »Schiebt, verdammt noch mal!«

Jetzt witterten seine Ost-Erländer den Sieg. Sie stießen noch einmal vor, und die Prindians wichen vor ihnen zurück und zogen sich mit ihrem durcheinandergeratenen Schildwall den Hang hinunter zurück.

Wieder preschten sie voran, und die ersten Prindians machten kehrt. Das war alles, was seine Männer an Ermutigung brauchten. Sie vergaßen ihre Befehle, brachen aus dem Schildwall aus und rannten ihnen grölend hinterher.

Andrik hätte sich ihnen nur zu gern angeschlossen. Irgendwie hatten sie das Blatt gewendet, aber da war immer noch das Problem mit Storauts Kavallerie an ihrer ungeschützten linken Flanke. Er drehte sich um, hustete wegen des Rauches und presste sich eine Hand auf die Schulter. Aus seiner Wunde quoll Blut, aber sie schien nicht allzu tief zu sein. Sie würde mit heißem Wein gereinigt werden müssen, wenn das hier vorbei war.

Aber dort, wo eigentlich ein heftiger Kampf hätte toben sollen, war nur Rauch zu sehen, so dicht, dass er kaum etwas erkennen konnte. Er sah Schatten von Männern auf Pferden, die sich verwirrt umdrehten, als sie versuchten, zu kämpfen oder zu fliehen, zurückgetrieben von den Speeren der Sangreals. Ihre Flanke hielt mehr als nur stand; sie siegte.

Andrik lief auf sie zu. Seine Augen tränten vom Rauch, und immer mehr von seinen Kriegern rannten an ihm vorbei hinter der fliehenden Wilden Brigade her. Die Pfähle, die sie über ihren Gräben in die Erde gesteckt hatten, waren zu Asche zerfallen. Hatten die Prindians das selbst getan? Welcher Wahnsinnige war auf die Idee gekommen, ihre Verteidigungsanlagen in Brand zu stecken?

»Lord Andrik!«

Drei Männer stolperten auf ihn zu, einer in der Mitte gestützt von den anderen, alle drei mit Blut und Dreck verschmiert. Das Haar klebte ihnen schweißnass am Kopf. Er starrte sie ausdruckslos an, bevor er begriff, dass die Gestalt in der Mitte Orsian war, der von Burik und Derik gestützt wurde.

»Orsian!«

Andrik rannte auf sie zu. Naeems Söhne ließen Orsian los, und sein Sohn fiel auf ein Knie.

»Das Verrückteste, was ich je gesehen habe!«, rief Burik.

»Verdammt, er hätte sich um ein Haar selbst in Brand gesteckt!«, ergänzte Derik.

Orsian war voller Asche, auf seiner Stirn klaffte eine blutende Schnittwunde, und die Haut seiner linken Hand war rissig und verbrannt. Aber er lebte, atmete zwar in flachen Zügen, jedoch mit leuchtenden Augen und geröteten Wangen wie ein Mann, der bis zum Äußersten gekämpft und gewonnen hatte.

KAPITEL 26

Ciera saß auf ihrer Bettkante, zu benommen, um zu zürnen oder zu weinen. Hessian war gerade bei ihr gewesen. Er war durch seinen Geheimgang aus dem Kamin gekommen und wieder darin verschwunden, kaum dass der Akt vorbei gewesen war.

Sie hatte gedacht, es würde mit der Zeit leichter zu ertragen sein, aber es war nur noch schlimmer geworden. Die Vorstellung, dass Hessian sie irgendwann lieben könnte, war der törichte Gedanke eines kleinen Mädchens gewesen. Sie glaubte nicht, dass er überhaupt fähig war, jemanden zu lieben. Für ihn war sie nur ein Nachttopf, ein Gefäß, das ihm einen Sohn gebären würde. Manchmal machte er sich nicht einmal die Mühe, mit ihr zu sprechen, sondern schlüpfte nur wortlos in ihr Bett und nahm sie mit der Gleichgültigkeit eines Mannes, der Vieh schlachtete. Sie hatte auf die harte Tour gelernt, dass es besser war, sich nicht zu wehren oder etwas zu ihm zu sagen, egal, ob es sich um sanfte Erkundigungen über seinen

Tag oder um schwerwiegendere Angelegenheiten handelte, wie zum Beispiel der, wie er Merivale diesen Winter nach der schlechten Ernte ernähren wollte. *Es gäbe keinen Mangel an Nahrungsmitteln, wenn er die Mühlensteuer abgeschafft und dafür gesorgt hätte, dass den Bauern ein gerechter Preis gezahlt würde,* dachte sie grimmig. Die von Pfeiferswehr geforderten Steuern und Tribute hatten bereits die Saat für den harten Winter gesät, der kommen würde. Merivale würde wegen Hessians Versagen hungern, und sein Krieg würde alles nur noch schlimmer machen.

Heute Abend hatte er mit ihr gesprochen, nachdem er fertig gewesen war.

»Es tut mir leid, weißt du«, hatte er ihr gesagt. Er hatte geschwächt gewirkt, als hätte ihre kalte Umarmung den Zorn aus ihm herausgesaugt. »Aber wir müssen unsere Pflicht tun.«

Seine Worte machten es nur noch schlimmer. Er hasste sie nicht; sie war ihm einfach gleichgültig. Seine Entschuldigung war nichts wert. Glaubte er, seine Brutalität ließe sich mit Worten ungeschehen machen oder durch seinen Wunsch nach einem Erben rechtfertigen? Sie erwiderte nichts und ließ seine Worte in der Luft hängen, bis er ging.

Sie würde es ertragen. Was blieb ihr anderes übrig? Sie saß bei ihm in der Falle, bis er starb.

Plötzlich klopfte es leise an ihr Fenster. Ciera blickte auf, und ihre Wut auf Hessian verflog sofort. Ihr wurde leichter ums Herz, als sie eine Kerze ans Fenster hielt und Tams Gesicht durch das Glas sah, mit dem unverwechselbaren überheblichen Grinsen und der Lücke zwischen seinen Schneidezähnen.

So war es beim ersten Mal vor Wochen schon gewesen, zwei Nächte, nachdem sie ihn auf dem Markt getroffen hatte. Sie hatte gedacht, dass ein Vogel oder ein Nagetier die Geräusche verursachte, denn es konnte doch niemand an ihrem

Fenster sein. Als das Klopfen nicht aufhörte, bekam sie es mit der Angst zu tun und fragte sich, ob es ein bösartiger Geist der Sangreals war, der sie quälen wollte. Aber es war Tam gewesen, ihre Rettung, der einzige Mensch, der Merivale erträglich machte.

»Ich hoffe, ich habe dich nicht erschreckt«, sagte er, sobald sie ihn hereingelassen hatte. Er zitterte. Auf der Scheibe war Raureif, und Ciera spürte die kalte Luft durchs Fenster. »Danke, dass du noch nicht schläfst.«

»Was hättest du denn getan, wenn ich geschlafen hätte?«, fragte Ciera tadelnd. Sie wies ihn zu einem Stuhl und suchte dann nach warmer Kleidung für ihn. »Wärst du wieder hinuntergeklettert? Ich verstehe immer noch nicht, wie du über die Mauern kommst.«

»Das ist ganz einfach. Ich klettere an der Außenmauer hinauf, und an der Nordseite befindet sich eine steinerne Rinne, die sie mit der inneren Mauer verbindet. Dann klettere ich hinunter in den Hof und wieder hinauf zu deinem Fenster. Wenn ich erst mal oben auf dem Stall bin, ist die Burgmauer kein Problem mehr.« Er grinste. »Der schwierigere Teil ist, dafür zu sorgen, dass Tansa mich nicht erwischt. Sie arbeitet inzwischen in einem Gasthaus und sollte erst in ein paar Stunden zurück sein.«

Ciera wusste, dass seine Bescheidenheit fehl am Platze war. *Er tut das alles nur, um mich zu sehen.* Sie reichte ihm eine dicke Decke, die sie in ihrer Truhe gefunden hatte. Ihre Finger berührten seine, als er sie entgegennahm, und trotz seiner eisigen Fingerspitzen schlug ihr Herz schneller. »Noch vor zehn Minuten war der König hier. Du hättest erwischt werden können. Ich habe dir gesagt, du sollst nur kommen, wenn du die Kerze in meinem Fenster siehst.«

Nach dem ersten Mal hatte sie sich geschworen, dass das nie wieder passieren würde. Dann war er ein zweites Mal gekommen, und sie hatte nachgegeben und die Kerze vorge-schlagen. Er hatte ihren Vorschlag natürlich ignoriert, genauso wie er die Gesetze, ihre Ehe und die Angst, die er eigentlich hätte haben müssen, ignoriert hatte.

Ciera ging mit hämmerndem Herzen auf ihn zu. Sie zog Tam vom Stuhl hoch und küsste ihn. Nicht so wie in Klipp-wehr, wo sich ihre Lippen nur kurz berührt hatten, sondern richtig auf den Mund, mit dem Geschmack seines warmen Atems auf ihrer Zunge und dem Rauch der Stadt in ihrer Nase. Er hatte eine Hand in ihrem Haar und drückte sie mit der an-deren an sich. Durch den dünnen Stoff ihres Nachthemdes spürte sie seine Hitze, die die Kühle der Nacht aus seinen Knochen vertrieb.

Ich weiß, dass es falsch ist. Ich will nur etwas, das mir gehört.

Sie zog ihn zum Bett, zerrte an den Knöpfen seines Hemdes und streifte sich ihr Nachtgewand über den Kopf.

Hinterher schliefen sie ein. Sie lag mit dem Rücken an sei-ner Brust, Tam drückte sie fest an sich, und erst zum dritten Mal seit ihrer Ankunft in Pfeiferswehr fühlte sie sich sicher.

Es war noch dunkel, als Ciera erwachte und die Wärme von Tams schlankem Körper spürte, während sich seine Hände um ihre Brüste schmiegten.

Ciera nahm an, dass sie Reue hätte empfinden sollen, aber sie bereute nichts. Auf Geheiß ihres Vaters hatte sie einen Mann geheiratet, der von ihr nichts anderes wollte als einen Erben. Nichts in ihrem Leben gehörte ihr, nichts außer dem hier. Sie hatte sich ihre selbstsüchtigen Momente verdient.

Aber der Erbe … Was, wenn Tam sie schwängerte? Würde man das merken? Was, wenn das Kind, das sie gebar, wie Tam aussah? Sie drängte die Sorge beiseite. Babys sahen aus wie Babys. Es würden Jahre vergehen, bis man feststellen konnte, ob ein Kind irgendjemandem ähnelte. Hessian konnte bis da-hin längst tot sein, und wer würde sie dann herausfordern?

Sie stieß Tam mit dem Ellbogen gegen die Brust, was ihn aus dem Schlaf riss. »Musst du nicht gehen?«

Tam schaute zu der fast heruntergebrannten Kerze am Bett. »Scheiße. Ja. Ich schaffe es hoffentlich, kurz vor Tansa wieder zu Hause zu sein.« Er war augenblicklich hellwach, mit der Reaktionsfähigkeit von jemandem, der gelernt hatte, auf den harten Straßen von Klippwehr zu überleben. »Ich steige wieder aus dem Fenster.«

Er wälzte sich aus dem Bett und sammelte seine Kleidung vom Boden auf. Ciera erhob sich und wickelte sich in die Decke ein. Sie war sich ihrer Nacktheit seltsam bewusst.

»Darf ich dich wieder besuchen?«, fragte er, während er seine Stiefel anzog. »Ich verspreche auch, diesmal auf die Kerze zu achten.«

Ciera hielt inne. In Klippwehr hätte sie mit ihm davonlaufen können. Sie hätte sich das Haar abschneiden und andere Kleider anziehen können. Man hätte sie nie gefunden.

»Oder könntest du mit mir kommen?«, fragte er, als hätte er ihre Gedanken gelesen.

Sie schüttelte den Kopf. »Du weißt, dass ich das nicht kann.« Man würde sie bis ans Ende der Welt jagen. Sie und Hessian waren aneinander gebunden, und ohne sie würde er keinen Erben haben. »Und du solltest nicht mehr herkommen.« Die Worte waren wie ein Messer in ihrem Herzen, wie schon beim ersten und auch beim zweiten Mal.

Tam nickte, und die Enttäuschung stand ihm ins Gesicht geschrieben. »Ich verstehe.« Er stand in seiner wiedergefundenen Kleidung vor Ciera und wirkte noch unordentlicher als bei seiner Ankunft vor einigen Stunden. »Was, wenn wir noch in Klippwehr wären und du nicht verheiratet wärst?«

Ciera ging zu Tam und küsste ihn sanft. »Es gibt keine Antwort auf diese Frage, die uns beide zufriedenstellen würde.«

»Ich wünschte, ich hätte dich aus dem Theater gestohlen

und nicht das Armband.« Aus einer Umhängetasche, die sie vorher nicht bemerkt hatte, holte er ein fein geschnitztes und mit Gold eingefasstes Kästchen hervor und drückte es ihr in die Hand. »Du hast gesagt, du hättest jede Menge Schmuck. Ich dachte, du hättest vielleicht gern ein Kästchen dafür.« Er kletterte durchs Fenster, lächelte sie an und verschwand in der Dunkelheit.

Ciera schlug sich die Hände vors Gesicht und kämpfte gegen den Drang, ihn zurückzurufen und ihm zu sagen, dass sie mit ihm gehen würde, dass sie nach Klippwehr und über das Meer reisen und niemals zurückblicken sollten.

Aber wenn man sie erwischte, würde Hessian sie beide töten. Diesmal würde sie stark sein müssen, um ihrer beider willen, ganz gleich, wie schlimm es wurde.

Einige Tage später stand Ciera vor dem Heiligtum der Bräute Eryis, eingehüllt in einen schweren Umhang zum Schutz gegen die Kälte, während sie nervös von einem Fuß auf den anderen trat. Vom Pferd aus hatten sich die Straßen von Merivale am Tag ihrer Ankunft freundlich und einladend angefühlt, aber jetzt auf dem Boden hörte sie genauso viele flehende Rufe um Brot wie Rufe, die ihrer neuen Königin Eryis Segen wünschten. Sie hatte nichts zu essen dabei, und selbst wenn, fürchtete sie, was ein Teil der Menge getan hätte, wenn sie es geteilt hätte. Sie war dankbar für die bewaffneten Wachen hinter ihr, auch wenn es nur Jungen waren, die kaum älter schienen als sie selbst, zu jung, um mit Lord Andrik in den Krieg zu ziehen.

Ihr wurde flau im Magen, und sie hielt sich die Faust vor den Mund, um zu verhindern, dass ihr das Frühstück wieder hochkam. Sie war dieser Tage immer unruhig, und dass sie bei den Bräuten Eryis erscheinen musste, um sich wie eine Kuh vorführen und betasten zu lassen, machte die Sache nicht besser.

Ihr Tempel war wenig beeindruckend im Vergleich zu den Reichtümern Klippwehrs. Er war wie viele andere Gebäude in Merivale aus grauem Stein erbaut, mit einer anspruchslosen rechteckigen Form und ohne Verzierungen außer an den hölzernen Doppeltüren, in die Szenen von Pilgern geschnitzt waren, die den Berg erklommen. Dies gab dem Gebäude zumindest einen Hauch von Größe, so detailliert waren die geschnitzten Figuren. Auch das Abbild des Eryispek war beeindruckend. Die Türen waren dem echten Eryispek im Norden zugewandt, sodass die Bräute von ihrem Heiligtum aus in Sichtweite des Berges beten konnten.

Die Doppeltüren öffneten sich und gaben den Blick auf zwei kleine, ältere Frauen frei, die in Weiß gekleidet waren und deren verhutzelte Gesichter in der Düsternis des Heiligtums umschattet waren.

»Die Brautälteste ist jetzt für Euch bereit«, krächzte die hässlichere der beiden Frauen.

Mit kleinen, bedächtigen Schritten trat Ciera ein.

»Es ist mir eine Ehre, Euch kennenzulernen, Eure Majestät«, sagte die eine Braut und schloss die Türen hinter ihr. »Ich erinnere mich noch daran, als Königin Elyana vor über zwanzig Jahren hierherkam. Da war ich noch jung, aber ich erinnere mich daran, als wäre es gestern gewesen. Bei ihrem Tod habe ich tagelang geweint.«

Die Worte der jüngeren Braut wurden von der anderen mit einem brutalen Schlag beantwortet, der ihren Kopf zurückschnellen ließ. Blut floss. »Noch ist sie keine richtige Königin, Bertha!« Die andere Frau holte zu einem weiteren Schlag aus. »Nicht, bis die Traditionen beachtet worden sind. Hüte deine unterwürfige Zunge.«

Die zweite Frau wich zurück und hielt sich die Hand vor die blutige Nase. »Ja, Schwester, es tut mir leid, Schwester.«

Die beiden Frauen machten Ciera sofort nervös. Ihr Vater war schon immer der Meinung gewesen, dass Menschen, die ihr Leben der Religion widmeten, seltsam waren, und zwischen dem überschwänglichen Lob der Ersten und der gewalttätigen Ungeduld der Zweiten war es schwer, seiner Einschätzung zu widersprechen.

Sie werden nichts von mir bekommen. Ich habe schon zu viel von mir selbst weggegeben.

Sie führten sie durch schlichte Flure, tadellos gefegt und ohne eine einzige Spinnwebe. Es war kein großes Gebäude, und schon bald standen sie vor der Brautältesten, Velna. Sie kniete auf dem Boden, das Gesicht dem Eryispek zugewandt, die Hände zum Gebet gefaltet.

»Königin Ciera«, sagte sie und erhob sich. »Es ist uns eine Ehre, Euch in unserem Heiligtum willkommen zu heißen.« Sie machte einen winzigen Knicks. »Der König hat Euch zu seiner Braut genommen, aber bevor Ihr als unsere wahre Königin und als geeignet angesehen werden könnt, königliche Kinder zu gebären, müssen wir die Formalitäten einhalten. Ich weiß, der König betrachtet das als Unannehmlichkeit, aber ich hoffe, wir können uns auf ihre Notwendigkeit einigen.«

Ciera begriff, dass man von ihr Zustimmung erwartete, und nickte leicht. Aber was gab dieser Frau das Recht, so mit ihr zu sprechen? Sie hatte den König bereits zum Gemahl genommen, warum also sollte sie eine weitere Demütigung von diesen weiß gewandeten Sektiererinnen ertragen?

Die Brautälteste beäugte Ciera abschätzend. »Ihr seid stolz. Stolz mag Euch außerhalb dieser Mauern gute Dienste leisten, aber nicht, während Ihr hier seid. Eryi hat keine Verwendung für stolze Bräute, noch für stolze Königinnen. Schwestern, lasst uns allein.«

Die alten Frauen gingen und ließen Ciera allein mit dieser frommen, schmallippigen Hexe.

»Betet Ihr zu Eryi?«, fragte Schwester Velna. Sie ging zum Bett, um sich zu setzen, und zog sich ihre Schuhe aus.

»Manchmal.«

»Und wofür betet Ihr?«

Tatsächlich betete Ciera nie. Nicht seit sie Klippwehr verlassen hatte. »Ich bete für meinen Vater«, antwortete sie. »Und für meine Mutter. Ich bete für unser Land, dass es den Krieg gewinnt und dass der Winter mild wird.«

»Nicht für den König?«

»Und für den König.« Wenn sie überhaupt für ihn gebetet hätte, dann für seinen Tod.

Velna lächelte dünn. »Gut. Nicht alle Ehen können so glücklich sein wie meine. Jetzt müsst Ihr Eure Demut vor Eryi beweisen, indem Ihr mir die Füße wascht. Dann wird man Euch baden, und meine vier Schwestern werden Euch untersuchen, um sicherzustellen, dass Ihr als unsere Königin geeignet seid. Wenn Ihr zur Tür hinausschaut, solltet Ihr Seife und Wasser finden.«

Widerwillig ging Ciera hinaus und kehrte mit einer Schüssel Wasser zurück, die mit Seife angereichert war. Das Ganze stank nach irgendwelchen Ölen und verursachte ihr einen leichten Schwindel. Plötzlich bekam sie Brechreiz und musste sich den Mund zuhalten, weil ihr Magen sich zu entleeren drohte. Sie stieß säuerlich auf und schluckte, würgte und hätte fast die Schale fallen lassen.

Velna stand schnell auf, half Ciera zum Bett und dann beim Hinlegen. »Geht es Euch gut, Kind?«, fragte sie unerwartet freundlich. »Ihr seid sehr blass.«

»Ja, alles bestens«, antwortete Ciera schwach. »Ich habe wohl heute Morgen nicht genug gegessen.«

Velna runzelte die Stirn und legte Ciera eine Hand auf den

Bauch. »Ihr erwartet ein Kind!«, rief sie. »Und so bald schon! Ihr müsst entzückt sein.«

Ciera starrte sie ausdruckslos an. Ein Kind? »Ihr meint …?«

»Habt Ihr es nicht gewusst?« Schwester Velna lachte leise und drückte die Hand fester auf Cieras Bauch. »Ich kenne die Anzeichen. Herzlichen Glückwunsch.«

Ciera schwirrte der Kopf, als sie versuchte, sich an ihren letzten Zyklus zu erinnern. Voller Entsetzen wurde ihr klar, dass der vor Tams erstem Besuch bei ihr gewesen war. Hessian kam oft zu ihr, aber was, wenn das Kind von Tam war? Was, wenn ihr Kind mit dem breiten, ehrlichen Gesicht eines Mannes aus dem gemeinen Volk geboren wurde? Ihr Kopf fühlte sich so schwer an, als könnte sie jeden Moment ohnmächtig werden.

»Mädchen? Geht es Euch wirklich gut?«

Ciera schloss die Augen und kämpfte gegen Tränen an. Sie dachte schnell nach. »Ja. Es geht mir gut. Ich wusste es nur nicht.« Sie durfte sich vor der Brautältesten ihre Zweifel nicht anmerken lassen. Velna war die Erste, die ihre Schwangerschaft bemerkt hatte; wer wusste schon, wie scharf ihre Beobachtungsgabe war? »Wenn ich die Rituale vollziehe und es ein Junge wird, wird er dann trotzdem der Erbe des Königs sein?«

»Ja.« Velna legte Ciera eine Hand auf die Schulter und sah ihr in die Augen. »Fürchtet Euch nicht, Kind. Hier preisen wir Eryi, aber unsere Rituale ändern nichts an den Tatsachen in diesem Reich. Ihr seid die Gemahlin des Königs und tragt sein Kind unterm Herzen. Das Kind ist von königlichem Blut.«

Tränen liefen Ciera übers Gesicht. »Werden die anderen es wissen, wenn sie mich waschen und mich untersuchen?«

»Ich nehme es an. Sie können die Zeichen genauso erkennen wie ich. Warum wollt Ihr nicht, dass sie es wissen? Wenn Ihr es dem König erzählt, wird er es sicher von den Zinnen von Pfeiferswehr singen.«

Ciera verdrängte das Bild von Tam, das unaufgefordert vor ihrem inneren Auge auftauchte. »Ich werde es ihm sagen müssen, nicht wahr?«

Die Brautälteste lachte. »Natürlich, Mädchen. Das Kind, das in Euch heranwächst, ist vielleicht sein Erbe, wird vielleicht eines Tages seine Krone tragen. Warum um alles in der Welt solltet Ihr es ihm nicht sagen?« Sie hielt inne und betrachtete die Tränen, die Ciera über die Wangen liefen. »Ist er ... unsanft mit Euch?«

Ciera schniefte und blinzelte gegen ihre Tränen an. Wie war es möglich, dass Schwester Velna alles zu wissen schien? Was, wenn sie es weitererzählte? Der König würde sie bestrafen, wenn er es herausfand. »Es ist nicht so, wie ich es erwartet habe«, antwortete sie schwach. »Bitte, erzählt niemandem sonst davon.«

Die Schwester seufzte. »Das ist es selten«, sagte sie und nahm Cieras Hand in ihre. »So manche Frau hier erinnert sich daran, wie es ist, das Kind eines Mannes unterm Herzen zu tragen, der sich ihr aufgezwungen hat.«

Ciera sah sie erstaunt an. »Aber sie sind Bräute Eryis.«

Velna setzte sich neben sie und sah plötzlich älter aus als an dem Tag, an dem Ciera ihr in der Stadt begegnet war. Ciera konzentrierte sich auf eine braune Haarsträhne, die sich aus ihrem Haarknoten gelöst hatte. »Wisst Ihr, wie unser Orden entstanden ist, Ciera? Als sich der Name Eryi erstmals in unserem Land verbreitete, war es üblich, dass Konvertiten zum Eryispek pilgerten. Vor allem junge Frauen taten das, um ihrem harten Leben einen Sinn zu geben, in dem sie ihren Ehemännern dienten und ihre Kinder zur Welt brachten.

Eine dieser Frauen pilgerte auf der Flucht vor ihrem Verlobten, den sie nicht heiraten wollte. Ihr Name war Arna. Als er ihr folgte und versuchte, sie mit Gewalt zurückzuholen, kämpfte sie gegen ihn, und mithilfe ihrer Mitreisenden vertrieb sie ihn vom Eryispek. Arna erklärte an jenem Tag, dass sie sich niemals dem Willen irgendeines Mannes unterwerfen würde, sondern nur dem Willen Eryis. Viele andere Frauen folgten ihrem Ruf, und so kam es zur Geburt der Bräute Eryis.

Also, ich weiß Bescheid, Ciera. Jede meiner Schwestern weiß um die Grausamkeit von Männern. Mein Rat an Euch ist jedoch, es dem König zu sagen. Wenn er weiß, dass Ihr ein Kind erwartet, wird er sich vielleicht zufriedengeben und Euch in Ruhe lassen.

Doch das ist Eure Entscheidung, daher werde ich Euer Geheimnis für mich behalten. Wir werden den Bräuten sagen, Ihr hättet meine Füße gewaschen und dass ich Eryi für zufriedengestellt halte, ohne dass jemand Euch noch weiter untersuchen muss.«

Ciera schniefte. »Ich danke Euch, Schwester«, sagte sie mit belegter Stimme. Sie fühlte sich besser. Die Schwester hatte recht; mit einem Kind, das in ihr heranwuchs, würde der König sie vielleicht in Ruhe lassen. Und sie war viel häufiger mit Hessian zusammen gewesen als mit Tam. Wie groß waren die Chancen, dass das Kind von ihm war? »Und was ist, wenn es ein Mädchen wird?«

»Ich werde beten, dass Ihr einen Sohn zur Welt bringt. Um Euretwillen und um des Friedens in Erland willen.«

Als Ciera in dieser Nacht im Bett lag, träumte sie. Sie war wieder in Klippwehr, am Fenster des Arbeitszimmers ihres Vaters, und blickte auf die Stadt und die Bucht unter ihr. Der Himmel war dunkel, aber das Meer schimmerte im Schein eines unsichtbaren Mondes, und die Lichtreflexe auf den Wellen waren wie Kupfer, das an einer Flamme vorbeiglitt. Sie kehrte in den

Raum zurück, wo ihr Vater mit dem Rücken zu ihr saß, kahl und o-beinig. Sie rief nach ihm, doch er antwortete ihr nicht.

Sie hörte das kalte Kreischen von Metall auf Stein, erwachte und fuhr mit weit aufgerissenen Augen im Bett auf, dann sah sie, wie Hessian aus der Richtung des Kamins erschien, einen Weinkelch in der Hand und Spinnweben im Haar.

»Ich erwarte ein Kind«, sagte sie, ohne nachzudenken. *Bitte, mach, dass er mich nicht mehr anrührt.*

Hessian blieb wie erstarrt neben dem Kamin stehen. »Bist du dir sicher?« Seine Stimme war so kalt wie die knarrenden Scharniere seiner Geheimtür.

»Die Brautälteste hat es gesagt. Ich habe keinen Grund, an ihr zu zweifeln.« *Bitte, mach, dass er mich in Ruhe lässt.*

Er musterte und fixierte sie mit seinen blaugrauen Augen. Es war, als würde er sie mit seinem Blick von innen nach außen stülpen und mit seinen knochigen Fingern in ihren verborgensten Gedanken und Wünschen wühlen, auf der Suche nach einer Lüge. Die Wirkung war Furcht einflößend. Breta Prindian musste die größte Närrin der Welt sein, dass sie einen Krieg mit diesem hohlen Gespenst von einem Mann angezettelt hatte.

»Denkst du, wenn ich dir glaube, wird mich das daran hindern, dich zu besuchen?«

»Glaubt Ihr mir?« Ihre Stimme klang schwach neben seiner, verschluckt von der hohen Decke ihres Schlafzimmers.

»Ja.« Sein Ton genügte, um ihr zu sagen, dass er trotzdem eine Antwort verlangte.

»Ich weiß es nicht«, sagte sie. »Vielleicht könntet Ihr sanfter mit mir umgehen?«, fragte sie und wurde kühner. »Meine Mutter hat mir erzählt, dass die ersten Monate die gefährlichsten sein können.« Ihre Mutter hatte nichts dergleichen gesagt.

Hessian schwieg für einen Moment, dann lächelte er. Der

Effekt war verblüffend, als er die Lippen dünn verzog und das Aufblitzen der vergilbten Zähne die Jahre von ihm abfallen ließ. »Du erwartest ein Kind! Meine Liebe, du wunderbares, schönes Geschöpf!« Er eilte zum Bett und nahm sie in die Arme.

Ciera zitterte erstaunt in seiner Umklammerung. Es war, als wäre ein anderer Mensch aus ihm geworden. Er war beinahe gütig.

Plötzlich wich er zurück und blickte alarmiert drein. »Es tut mir leid, ich habe mich hinreißen lassen. Ich werde dich nie wieder anrühren, es sei denn, du erlaubst es mir. Brauchst du irgendetwas?«

Ciera schüttelte den Kopf. »Nur Schlaf. Vielleicht könnten wir morgen früh weitersprechen?«

Der König nickte. »Ja, ja. Es tut mir leid, dass ich dich geweckt habe. Ich werde dich morgen aufsuchen.«

»Eine Sache gäbe es da noch.« Sie dachte schnell nach. Er würde ihren Bitten nie aufgeschlossener gegenüberstehen als jetzt. Es war zu spät, um noch etwas an der Besteuerung der Stadt zu ändern, aber sie konnte dennoch etwas tun. »Ich habe gesehen, wie es in Merivale zugeht, und es wird nur noch schlimmer werden. Wir können nicht verhindern, dass die Menschen hungern, wenn es nicht genug zu essen gibt, aber wir können sie etwas entlasten. Erlaubt dem gemeinen Volk in diesem Winter, das Wild in Eurem Wald zu jagen.« Es war eine kleine Maßnahme, aber es war alles, was ihr einfiel.

»Ich bin nicht blind, Ciera. Ich weiß um die Probleme der Stadt. Aber ich kann nicht zulassen, dass hundert einfache Bürger durch meine Wälder streifen und die Jäger stören, die das Wild für meinen Tisch erlegen.« Er hielt für einen Moment inne. »Es wird eine Proklamation ergehen, dass jeder, der sich für geeignet hält, sich dem Jäger Yarl vorstellen darf. Wenn er einverstanden ist, dürfen sie jagen. Aber keine Wildschweine oder Rotwild.«

Er hatte sie angehört, und für Ciera war das ein Fortschritt. Hessian blieb auf dem Bett sitzen und nahm einen Schluck von seinem Wein. »Weißt du, es tut mir leid. Mir ist klar, dass ich dir wehgetan habe, aber es war … es war nur, damit ich einen Erben zeugen konnte. Seit Elyana gestorben ist … war ich nicht in der Lage …« Er ließ den Kopf hängen, und die Jahre kehrten in sein Gesicht zurück. »Vielleicht war ich einfach zu lange allein.«

Endlich erhob er sich, um zu gehen. Zum ersten Mal ging er zur Tür und nicht zum Kamin, aber als er nach der Klinke griff, drehte er sich noch einmal zu Ciera um. »Ich nehme an … es ist sicher zu früh, um zu wissen, ob es ein Junge wird?«

Ciera nickte. »Ja, es ist zu früh.« Während sie sprach, wurde ihr bewusst, dass sie den Atem angehalten hatte.

Er nickte steif. »Natürlich. Zu früh. Gute Nacht.« Er fummelte an der Türklinke herum und schlüpfte aus dem Raum.

Nachdem er gegangen war, musste Ciera zu ihrer Überraschung lächeln. Er würde sie während ihrer Schwangerschaft nicht anfassen, und er hatte ihr zugehört! Wenn die Idee mit dem Wald gut lief, dann würde er im Frühling vielleicht auch in anderen Dingen auf sie hören, und wenn sie ihm einen Sohn schenkte, würde er sie vielleicht für wichtig genug halten, um sie aktiv um Rat zu fragen.

Doch als sie darüber nachdachte, erschien es ihr, als würde seine plötzliche Freundlichkeit es nur noch schlimmer machen. Dass er so grausam sein konnte … und dann seine Grausamkeit mit seinem Wunsch nach einem Erben rechtfertigte! Sie sollte seine Grausamkeit nicht ertragen müssen, damit er ihr zuhörte, und wenn das Kind ein Mädchen war, würde alles wieder von vorn anfangen. Und wenn es ein Junge war, was dann? Würde sie zusehen müssen, wie dieser Mann ihn zum

Herrscher erzog, mit all der Grausamkeit und Willkür, die damit einhergingen?

Aber sie konnte nicht fortgehen. Solange sie das Versprechen auf einen rechtmäßigen Erben in sich barg, würde Hessian sie bis in die letzten Winkel der Welt verfolgen. Sie wollte ihrem ungeborenen Kind nicht das Königreich vorenthalten, um dann ein Leben auf der Flucht zu führen.

Sie weinte sich in den Schlaf und träumte von Tam.

KAPITEL 27

Es ging auf Mitternacht zu, und das *Gasthaus zum Hexenschlund* war gerammelt voll bis zu den Dachsparren. Jeder Hocker war besetzt, und über jedem Tisch hing ein Ring aus blauem Rauch, der von den Rauchstäbchen der dort sitzenden Gäste aufstieg. Die sagenumwobenen blauen Rauchstäbchen des Ostens waren für gewöhnliche Menschen normalerweise unerschwinglich, aber der Wirt verkaufte sie billig, und niemand war so dumm zu fragen, woher sie stammten.

Tansa bewegte sich geschmeidig von Tisch zu Tisch, nahm Bestellungen auf und sammelte Becher ein, und auf ihrer Stirn glänzte Schweiß. Ihre Zeit in Merivale war eine harte Lektion gewesen. Hier war alles um ein Vielfaches teurer als in Klippwehr, was ihr Vermögen im Vergleich mickrig erscheinen ließ. Die Bürger Merivales waren nicht so arm, wie sie und ihre beiden Gefährten gedacht hatten; Merivale war einfach teuer. Sie hatten bald begriffen, dass ihre Goldbeute sie nicht wie erwartet ein halbes bis ganzes Jahr über Wasser halten würde, und da keiner von ihnen große Lust verspürte, sich in dieser Stadt, in der sie keine Verstecke oder Abkürzungen kannten, als Diebe zu betätigen, hatten sie beschlossen, nach ehrlicher Arbeit zu suchen.

Sie hatten nur Arbeit im Gasthaus gefunden. Anscheinend war Bier das Einzige, das in Merivale billig zu haben war, und Tansa wusste, dass sie diejenige sein musste, die eine solche Stellung annahm. Cag war zu eigenartig – ein Riese mit dem Verstand eines Kindes und dem Eifer eines Welpen –, und Tam würde unweigerlich irgendetwas klauen.

So war Tansa im *Hexenschlund* gelandet und bahnte sich an sechs Abenden in der Woche ihren Weg zwischen den dicht gedrängten Tischen, trug Tabletts voller Bierhumpen und wich den grapschenden Händen und den anzüglichen Bemerkungen aus. Da der Preis für Lebensmittel mit dem Einzug des Winters anstieg, verdiente sie kaum genug, um sich selbst zu ernähren, aber es würde ihnen helfen, die Winterzeit zu überstehen. Es war eine enttäuschende Entwicklung nach ihrer anfänglichen Begeisterung darüber, wie viel Geld sie gestohlen hatten, aber sie war einfach erleichtert, dass sie den Winter überleben und es hoffentlich schaffen würden, unversehrt nach Klippwehr zurückzukehren.

Wenigstens schliefen sie nicht mehr auf einem Dach. Gastwirte waren misstrauische Leute, und keiner war bereit, ein Zimmer an Jugendliche zu vermieten, die nicht erklären konnten, was sie in Merivale wollten. Die Nächte waren kalt, vor allem da sie so viel näher am Eryispek waren. Sie hatten sich in der obersten Etage eines verlassenen Herrenhauses eingerichtet, direkt neben einer der Straßen, die mit einem Tor abgeriegelt waren.

Der Wirt ließ sie hart arbeiten, aber es hatte auch Vorteile, im *Hexenschlund* zu sein. Sie konnte den Gesprächen lauschen und ein paar interessante Klatschgeschichten aufschnappen, die sie sonst nie gehört hätte. Ein Großteil der Gespräche drehte sich um die Schlacht, die sich in der Nähe des Bleichen Flusses ereignet haben sollte, und um den Winter, von dem die alten Leute schworen, dass er der kälteste seit dreißig Jahren werden würde, obwohl der Herbst gerade erst vorbei war. Auch vom Eryispek kamen seltsame Geschichten über verschwundene Stämme und Stürme, die sich so schnell auflösten, wie sie aufgezogen waren.

Es wurde sogar von Ciera Binsendocht geredet. Tam neigte jetzt weniger zu seinem untypischen melancholischen Schweigen, was Tansa als Zeichen dafür wertete, dass er sie langsam vergaß. Sie war zornig auf ihn gewesen, dass er an jenem Tag draußen vor Pfeiferswehr davongelaufen war, aber er hatte ihr geschworen, dass er die Spur ihrer Eskorte verloren hätte, bevor er mit der neuen Königin sprechen konnte.

»Ich sage dir eins«, hörte sie einen alten Säufer berichten, dessen Wangen und Nase vor lauter geplatzten Adern purpurrot waren. »Das Mädchen ist rein in die Burg und dann nie wieder rausgekommen! Ich hab gehört, der König hätte sie in einen Prangerblock eingeklemmt, damit er seinen Samen in ihr abladen kann, wann immer ihm danach ist.«

»Das ist ein Haufen Schwachsinn«, sagte Tansa im Vorbeigehen. »Ich habe sie vor knapp einem Monat auf einem prächtigen Pferd aus der Burg reiten sehen.«

Der Mann drehte sich auf seinem Stuhl um und funkelte sie finster an. »Du nennst mich einen Lügner? Verdammtes Schankmädchen, das lass ich mir nicht bieten!« Er schlug nach ihr, aber Tansa war zu schnell und duckte sich hinter die Theke.

»Du kannst mir gleich noch was zu trinken holen, wenn du schon mal da bist!«, rief der Mann ihr nach.

Tansa fluchte innerlich. Wenn sie sich mit den Gästen anlegte, war das praktisch eine Einladung, sie vor die Tür zu setzen. Das Glotzen und die unzüchtigen Bemerkungen gehörten zur Arbeit in einem Gasthaus, aber aus irgendeinem Grund machten ihr die lächerlichen Geschichten, die Männer über Frauen erzählten, mehr zu schaffen.

»Tansa!« Der Wirt drückte ihr ein Tablett mit kleinen Gläschen in die Hände, als sie näher kam. »Hier sind ein paar Whiskys für die jungen Maurer da drüben. Sie gehen aufs Haus. Ich habe morgen beim Schweineball ein Bündel auf die Pfeilmacher gesetzt und will die Maurer ordentlich besoffen machen.«

Sie schaute auf die Getränke hinunter. »Hast du da noch was anderes reingetan?«

»Kümmere dich nicht darum, was da drin ist! Verteil sie einfach und wünsch ihnen für morgen viel Glück.«

Tansa verdrehte die Augen. Der Wirt hatte sogar vergessen, die Phiole mit pulverisiertem Schlafpilz vom Tablett zu nehmen, einem milden Gift, das einen in den Schlaf versetzte und in Verbindung mit starkem Alkohol unangenehme Magenprobleme verursachte. Sie sagte nichts und steckte die Phiole ein – wer wusste schon, wann sie das Getränk eines lästigen Gastes mit einem kleinen Extra verfeinern würde?

Als sie an den Tisch herantrat, bekam sie Bruchstücke einer Geschichte mit, die einer der Maurer gerade erzählte.

»Komische Sache … Wollte wissen, wer da so kommt und geht … Hab ihm gesagt, er soll die Wachposten fragen …« Der Mann hielt in seiner Geschichte inne, als er Tansa mit den Whiskygläsern bemerkte, und kicherte. »Geht der Whisky aufs Haus? Sag deinem Wirt, dass er sich was Besseres einfallen lassen muss, wenn er verhindern will, dass wir morgen die Pfeilmacher plattmachen!«

Alle am Tisch lachten, als Tansa das Tablett abstellte.

»Hör mal, Mädel«, sagte der Geschichtenerzähler, ein Maurer mit dickem Bauch, der ein paar Jahre älter war als die anderen. »Hast du von denen welche gesehen, von denen ich den Burschen hier erzählt habe? Männer in Schwarz, mit seltsamem Akzent und komischen Schwertern, die rumlaufen und merkwürdige Fragen stellen?«

Tansas Gedanken überschlugen sich panisch. Was wollten die imperialen Wachen hier? Die suchten doch sicher nicht nach ihr, Tam und Cag?

Sie schüttelte den Kopf. »Hier war noch niemand. Was wollten sie denn?«, fragte sie und versuchte, beiläufig zu klingen.

»Informationen über das Kommen und Gehen in Merivale«, antwortete der Maurer, »ob man noch woanders als durch die drei Tore rauskommen kann. Sie haben sie den ganzen Tag beobachtet. Ich bin überrascht, dass die Stadtwachen sich noch nicht um sie gekümmert haben.«

»Diese Kerle in Schwarz?« Ein Mann am Nebentisch, dessen Uniform unter seinem Umhang hervorlugte, drehte den Kopf zu ihnen. »Mein Schwager arbeitet an den Toren. Man hat ihnen gesagt, man dürfe die nicht behindern, sie seien die Privatarmee irgendeines imperialen Lords. Mein Schwager vermutet, dass sie nach jemandem suchen.« Der Wachmann nahm einen Schluck von seinem Bier. »Mir selbst gefällt das nicht. Es ist unsere Aufgabe, Merivale zu bewachen und Unruhestifter einzufangen. Diese fremdländischen Mistkerle kommen uns nur in die Quere.«

»Ihr könntet euch doch nicht mal eine Erkältung einfangen«, spottete einer der Maurer. »Und das Imperium hat keine Lords; die haben Senatoren, also liegst du auch da falsch.«

Es war unklug, einem Wachposten Widerworte zu geben, vor allem einem, der getrunken hatte, deshalb zog Tansa sich zum Tresen zurück, bevor die Sache hässlich wurde. Sie ließ den Lärm im Gasthaus die zornige Erwiderung des Mannes verschlucken. Wie hatten die imperialen Soldaten sie bis nach Merivale verfolgen können? Sie hatten keine einzige der Münzen ausgegeben, und sie war sich sicher, dass der Geldwechsler sie nicht verpfeifen würde, weil er ja beteiligt war. Die einzigen Dinge, die sie mit dem Diebstahl in Verbindung bringen konnten, waren der Geldbeutel und die lächerliche Schatulle, die Tam immer noch aufbewahrte.

Der *magische* Geldbeutel. Tansa fluchte. Sie erinnerte sich an die Worte der Frau, die sie gerettet hatte: »*Magie bringt den Leuten nichts als Ärger.*« Der Geldbeutel war unter einer der Dielen des Hauses versteckt, in dem sie kampierten. Konnten die imperialen Soldaten ihn dort aufspüren? Sie musste Cag und Tam warnen. Kurz entschlossen riss sie ihre Schürze herunter, warf sie in Richtung Tresen und eilte in ihrem Umhang aus dem Gasthaus, ohne auf die verwirrten Rufe des Wirtes zu achten.

Irgendwie hatte sie die zwei schwarz gekleideten imperialen Soldaten nicht gesehen, als sie zur Arbeit gekommen war, aber nun standen sie draußen auf der Straße, und ihre fremdartigen Klingen hingen unverhüllt an ihren Taillen und glitzerten bedrohlich im Schein der Kohlenbeckenfeuer. Tansa hielt den Kopf gesenkt und die Kapuze hochgezogen und ging in einem Tempo, von dem sie hoffte, dass es normal wirkte. Sie spürte ihre Blicke, die ihr folgten, und stieß einen Seufzer der Erleichterung aus, als sie um die Ecke bog.

Ihre Erleichterung war nur von kurzer Dauer. In der nächsten Straße standen zwei weitere imperiale Soldaten und in der Straße danach wiederum zwei.

Eine Ecke weiter erreichte sie den breiten Durchgang zur Burgstraße, die vom Königstor nördlich bis nach Pfeiferswehr führte. Hier war mehr los, und obwohl auch hier imperiale Soldaten Wache hielten, spürte sie deren Blicke nicht mehr so sehr auf sich, da sie den gebeugten Gestalten der Einheimischen folgten.

Tansa wurde langsamer, als sie sich den durch Tore gesicherten Straßen näherte, und schaute sich immer wieder um, ob sich Verfolger hinter ihr befanden. Als sie niemanden sah, atmete sie leichter und kam sich etwas töricht vor; sie hätte im Gasthaus bleiben und versuchen können, mehr zu erfahren. Vielleicht waren die gar nicht ihretwegen hier.

Sie schaute wieder nach vorn, gerade als eine Gruppe von drei imperialen Soldaten an ihr vorbeiging. Tansas Blick begegnete dem eines der Männer, und plötzlich erkannten sie sich wieder. Tansa erinnerte sich daran, ihm das stumpfe Ende eines Messers gegen die Schläfe geschleudert zu haben.

»Das ist sie!«, rief der Wachposten und streckte seine Hand nach Tansa aus, als könnte er sie über die zwanzig Schritte Kopfsteinpflaster hinweg packen, die sie trennten.

Die imperialen Soldaten rannten direkt auf sie zu.

Einen Moment lang war Tansa erstarrt wie ein Kaninchen, das in die Höhle eines Wolfes gelaufen war. Dann rannte sie los. Der Schreck pumpte ihr das Blut in die Ohren und beschleunigte ihre Schritte.

Sie nahm Kurs auf das Tor zu ihrer Linken und wich nur knapp der ausgestreckten Hand einer Wache aus. Sie hatte Glück. Die Gitterstäbe waren schmal, aber da sie so dünn wie eine Vogelscheuche war, schlüpfte sie zwischen ihnen hindurch und streifte ihren Umhang ab, als starke Finger sie packten. Tansa rannte die verlassene Straße hinunter, und ihre Schritte hallten auf dem Kopfsteinpflaster von den hohen Steinbauten wider.

Sie riskierte einen Blick hinter sich und sah, dass es dem schlanksten ihrer Verfolger, einer Frau, gelungen war, sich zwischen den Gitterstäben hindurchzuschieben. Sie hatte ihre Gefährten hinter sich gelassen.

Tansa rannte weiter und betete zu Eryi, dass am anderen Ende der Straße ein weiteres Tor auftauchen würde, durch das sie hindurchschlüpfen konnte. Sie riskierte einen erneuten Blick hinter sich, und zu ihrem Entsetzen hatte ihre Verfolgerin aufgeholt und zog jetzt ihre Klinge. Sie bewegte sich leichtfüßig wie eine Katze, und Tansa hatte keine Chance, ihr davonzulaufen. Tansa schwenkte nach rechts ab und hielt auf eine Treppe zu, die sich an der Seite eines Hauses bis hinauf zum Dach emporschlängelte.

Tansa wagte es nicht, noch einmal zurückzuschauen. Sie rannte weiter, und ihre Füße stampften so laut auf der Treppe, dass sie sich sicher war, jeder im Haus würde sie hören. Sie kam auf einem Dachgarten an und erkannte mit Entsetzen ihren Fehler. Dieses Haus hatte ein Flachdach, während alle angrenzenden Dächer hoch und schräg und mit glatten Schieferziegeln gedeckt waren. Wenn sie abrutschte, würde ein Sturz aus dieser Höhe sie töten oder sie geradewegs den Männern des Oberverwalters ausliefern. Sie schaute zurück und sah schwarzen Stoff und harten Stahl an der Ecke auftauchen.

Tansa rannte zum Rand des Daches.

Sie sprang und krachte unsanft auf das Dach daneben. Dort krallte sie sich mit den Fingerspitzen in den Schiefer und kämpfte um die Reibung, die sie davor bewahren würde, abzurutschen und einen elenden Tod auf dem Kopfsteinpflaster zu finden. Der Dachfirst war nur wenige Meter über ihr, aber als sie instinktiv danach griff, rutschte sie langsam ab. Mit den Füßen tastete sie verzweifelt nach Halt, und ihr Stiefel fand etwas Festes, das jedoch nachgab, als ihr anderer Fuß gerade eine Regenrinne fand. Sie stemmte sich mit den Zehen dagegen und verlangsamte so das Abrutschen, und fast weinte sie vor Erleichterung.

Doch sie konnte sich jetzt nicht ausruhen. Wenn die Frau so mutig war, ihr zu folgen, würde sie eine leichte Zielscheibe abgeben.

Als sie zurückblickte, war von der Frau auf dem Dachgarten allerdings nichts zu sehen, und ihre dünne Stahlklinge lag direkt neben Tansas rechtem Bein in der Regenrinne. Sofort wurde Tansa klar, wogegen sie mit ihrem Stiefel getreten haben musste. Unbeholfen richtete sie sich auf, um auf den Boden zu schauen.

Weit unten in der Gasse zwischen den Häusern lag die Leiche der Frau, ihre leblosen Gliedmaßen verrenkt wie die einer weggeworfenen Puppe, und ihr dunkles Blut floss wie ein Netz von Flussarmen zwischen die Pflastersteine.

Ich muss sie genau in dem Moment getreten haben, als sie gelandet ist, bevor sie ihr Schwert benutzen konnte.

Mit aller Kraft zog sich Tansa auf den Dachfirst hinauf. Sie schaute auf das Schwert hinunter. Noch nie hatte sie eins in der Hand gehalten, und es schien ihr eine Verschwendung zu sein, es einfach dort liegen zu lassen. Eine Klinge konnte sich als nützlich erweisen, wenn sie auf weitere imperiale Soldaten traf; gegen ausgebildete Soldaten würde sie zwar nichts ausrichten können, aber es war besser, als unbewaffnet zu sein. Sie spielte mit dem Gedanken, mit dem Fuß danach zu angeln und die Waffe zu sich heraufzuziehen.

Auf dem Kopfsteinpflaster unter ihr ertönten Schritte, und mit einem mulmigen Gefühl wurde Tansa klar, dass die imperialen Soldaten einen Durchgang gefunden haben mussten. Die Gasse, die zwischen den beiden Häusern verlief, besaß ein eigenes Tor, zu ihrem Entsetzen hörte sie einen lauten Ruf, und dann rannten Menschen auf den Leichnam zu. Jemand hatte ihn gefunden.

Aufgeregte Schreie in einer fremden Sprache drangen bis zum Dach hinauf. Tansa verzog das Gesicht. Sie würden wissen, dass sie hier oben war, und würden die Treppe mühelos finden. Sie gab es auf, nach dem Schwert zu angeln.

Tansa sah sich um. Es bestand keine Hoffnung auf eine Flucht über die Häuser in dieser Straße. Jeder Sprung würde genauso gefährlich sein wie der vorangegangene, und die imperialen Soldaten würden ihr auf Schritt und Tritt folgen. Aber die Lücke zwischen diesem Haus und der angrenzenden Straße war nicht viel größer als die, die sie gerade überwunden hatte, und sie würde von Dachfirst zu Dachfirst springen, sodass sie sich an etwas festhalten konnte. In der Nachbarstraße konnte sie dann die Reihe entlang von Haus zu Haus springen. Gefährlich, aber in der Dunkelheit würde es vielleicht genügen, um ihre Verfolger abzuschütteln.

Tansa sprang und erreichte das Nachbardach ohne große Mühe, und von dort aus rannte sie über die neue Häuserreihe und schwang sich von Dach zu Dach. Das Klappern der Schieferplatten war ohrenbetäubend und schnitt wie ein Messer durch die Stille der Nacht. Tansa zuckte bei jeder schweren Landung zusammen, in der Hoffnung, dass die Dunkelheit ihren Aufenthaltsort verhüllen würde. Aber die Finsternis brachte ihre eigenen Gefahren mit sich. Wenn der Mond hinter einer Wolke verschwand, konnte sie sich nur auf das ferne Glühen der Kohlenbecken auf der Straße verlassen, um für ihre Sprünge Maß zu nehmen.

Schließlich erreichte sie das größere Haus, das am Ende der Straße lag und dessen Haupteingang einen Blick auf die ganze Straße bis zum Tor bot. Sie atmete erleichtert auf.

Tansa schaute über die Stadt und überlegte, wie sie zu Tam und Cag zurückkehren konnte und ob es das Risiko wert war, die beiden mit hineinzuziehen. Die imperialen Soldaten würden das ganze Gebiet und jede mit einem Tor versperrte Straße absuchen, zu der sie Zugang bekamen. Sie glaubte nicht, dass sie den Geldbeutel bis direkt zu ihrem Quartier zurückverfolgen konnten – wenn das möglich gewesen wäre, hätten sie es schon bei ihrer Ankunft in Merivale getan –, aber wenn sie ihre Spur wieder aufnahmen, würde sie sie direkt zu ihren Gefährten führen.

Schließlich, nachdem sie eine halbe Stunde schweigend dagesessen hatte und es keine Anzeichen für eine Verfolgung gab, beschloss Tansa, dass sie es riskieren konnte, nach Hause zu gehen. Sie war inzwischen vollkommen durchgefroren ohne den Umhang, den sie bei ihrer Flucht abgeworfen hatte, und ein leichter Schneefall hatte eingesetzt. Vorsichtig bahnte sie sich ihren Weg über die Dächer, immer wachsam und auf der Hut vor den Soldaten und jedem Geräusch vom Boden, das darauf hindeuten konnte, von jemandem gesehen worden zu sein.

Als sie es zurück geschafft hatte, klapperten ihre Zähne, und ihre tauben Finger hatten Mühe mit dem Fensterriegel. Cag half, sie ins Haus zu verfrachten.

»H-h-hol mir einen U-U-Umhang«, brachte sie heraus. Ein richtiges Feuer war zu auffällig in einem Gebäude, das angeblich unbewohnt war, daher hüllte Cag sie in mehrere Umhänge und Decken, die sie in dem Anwesen gefunden hatten.

Tansa brauchte etliche Minuten, um warm zu werden, und Cag beobachtete sie die ganze Zeit über mit besorgtem Gesichtsausdruck.

»Was ist passiert?«, fragte er, als er offenbar zu dem Schluss gekommen war, dass Tansa sich ausreichend aufgewärmt hatte, um zu sprechen.

»Imperiale Soldaten.« Tansa erzählte ihm schnell alles, angefangen von den Gerüchten im Gasthaus bis hin zu ihrer wahnsinnigen Flucht über die Dächer. Sie sah sich um und bemerkte plötzlich, dass Tam nicht da war. Er hätte inzwischen eine Menge Fragen gestellt. »Wo ist Tam?«, erkundigte sie sich.

Cags argloses Gesicht nahm einen schuldbewussten Ausdruck an. »Er ist ausgegangen. Ich bin mir nicht sicher. Wahrscheinlich in ein Gasthaus. Ich weiß es nicht. Möchtest du etwas essen?«

Tansas Züge verhärteten sich. »Ich schwöre, Cag, wenn du mich nach dem Abend, den ich hinter mir habe, anlügst …«

Sie zuckte zusammen, als das Fenster hinter ihr knarrte, und drehte sich um, als Tam sich gerade ins Zimmer schob. Er wirkte nicht weniger schockiert, Tansa zu sehen, als sie ihn.

»Tansa«, sagte er und verwandelte seine Überraschung in ein Lächeln. »Ich dachte …«

Die Kälte war vergessen, Tansa stand auf und ging auf ihn zu. »Wo bist du gewesen?«

»Nur im Gasthaus. Nicht gerade die freundlichsten Gäste, daher bin ich heimgekommen.«

»Wie hieß das Gasthaus?«

Tam schluckte. »*Der Schwarze Löwenzahn.*«

Tansa musterte ihn mit schmalen Augen. »Ich glaube dir nicht.« Sie fiel über Cag her. »Cag, ich schwöre, wenn du …«

»Es ist die Wahrheit!«, beteuerte Cag und wich ein wenig vor ihr zurück.

»Warum bist du nicht mit ihm gegangen?«

Er zog seine massigen Schultern hoch. »Hatte keine Lust. War etwas müde.«

Tansa seufzte und stieß einen langen, entnervten Atemzug durch die Nase aus. Sie konnte den beiden nicht über den Weg trauen. Wieder richtete sie den Blick auf Tam. »Ich habe dich noch nie anders als sturzbesoffen aus einer Taverne kommen sehen.«

»Es ist kalt draußen. Das hat mich ausgenüchtert.«

»Bei Eryis Eiern, das glaubst du doch wohl selber nicht.« Sie drehte sich zu Cag um, der bleich vor Sorge war. Ihr graute vor dem Tag, an dem er begriff, dass er eine Elle größer war als sie und wahrscheinlich stark genug, um sie von einem Gebäude zu werfen. »Ich schwöre, Cag, wenn du nicht …«

»Er war bei Ciera!«, platzte der Junge ängstlich heraus.

Tam schoss aufs Fenster zu, aber Tansa war schneller, und diesmal würde sie sich nicht von Cag wegzerren lassen. Sie stürzte sich auf Tam und schlug ihm mit aller Kraft ins Ge-

sicht. »Du.« *Ohrfeige.* »Verdammter.« *Ohrfeige.* »IDIOT!«
Ohrfeige. Er öffnete den Mund, um zu protestieren, woraufhin
sie ihn erneut ohrfeigte. »Ich bin die ganze Nacht auf den Beinen, um uns alle zu ernähren, und du machst ... was? Schleichst
dich über die Burgmauern? Wenn sie dich erwischen ...«
»Das werden sie nicht!«, protestierte er schwach. »Ich liebe
sie, Tansa. Ich ...«
»Halt die Klappe.« Widerwillig ließ sie von ihrem Bruder
ab. Seit sie denken konnte, war Tam das Einzige, was ihr auf
der Welt wichtig war, und trotz allem, was sie gemeinsam
überlebt hatten, schien er entschlossen, sein Leben für dieses
Mädchen wegzuwerfen. Es schmerzte so, als hätte man ihr in
den Magen geboxt.

»Ich werde nicht zusehen, wie man dich hängt«, sagte sie
ihm und hielt ihre Tränen zurück, »aber genau darauf steuerst
du zu, wenn du nicht damit aufhörst.« Zumindest konnte sie
jetzt glauben, dass das Mädchen seinen Kuss erwidert hatte.
Sie glaubte ihm, seit sie miterlebt hatte, wie die beiden einander an ihrem ersten Tag in Merivale angesehen hatten. Der
Wahnsinn würde vergehen, davon war sie überzeugt. Sie
musste ihn nur zurück nach Klippwehr bringen. »Ich gehe
nicht wieder in das Gasthaus«, sagte sie leise. »Das Risiko ist
zu groß mit den imperialen Soldaten da draußen. Ich werde
einmal am Tag das Haus verlassen, um etwas zu essen zu
besorgen, und ihr zwei dürft es überhaupt nicht verlassen.
Sobald der Winter vorüber ist und die Leute wieder anfangen
zu reisen, werden wir eine Passage zurück nach Klippwehr
buchen.«

»Aber ...«

»Aber gar nichts.« Sie funkelte Tam an, bis er verstummte,
dann sah sie Cag an. »Cag, wenn Tam versucht fortzugehen,
will ich, dass du ihm den Arm brichst.« Er gab sich geschlagen
und nickte stumm. »Ich weiß nicht, ob sie uns hier aufspüren

können, aber wir werden uns den Geldbeutel vom Hals schaffen. Den Geldbeutel und das Kästchen. Ich gehe heute Abend los und verstecke sie irgendwo weit weg von hier. Tam, gib mir das Kästchen.«

Er stand auf. Seine Wangen waren dort, wo sie ihn geohrfeigt hatte, knallrot, aber irgendwie hatte er immer noch ein verlegenes Lächeln im Gesicht. »Ich habe es Ciera geschenkt.«

»Natürlich.« Sie rieb sich mit beiden Händen das Gesicht. Sie war erschöpft. »Das war vielleicht deine erste vernünftige Tat seit unserer Ankunft in Merivale.«

KAPITEL 28

Orsian krümmte sich vor Schmerzen, als er einen neuen Breiumschlag auf seine Hand mit den Brandblasen legte. Er hatte
die Verbrennung kaum gespürt, während er gegen Lord Storauts Reiter um sein Leben gekämpft hatte, doch Tage später
waren die Schmerzen unerträglich. Der Breiumschlag brannte
und juckte, aber zumindest verschaffte er ihm etwas Linde-
rung.

Sie kehrten nach Merivale zurück. Ein Ritt von vielen Tagen,
vor allem, da so viele Männer ihre Pferde verloren hatten, als
Strovacs Leute sich in ihr Lager geschlichen und es in Brand
gesteckt hatten. Nach der Schlacht war ihre Stimmung eupho-
risch gewesen, aber jetzt war sie getrübt durch das Wetter und
die Erkenntnis, was der Sieg ihnen eingebracht hatte.

Rymund Prindian und Strovac Sigac waren entkommen,
und ihnen fehlten die Männer, um sie über die Halord-Brücke
nach West-Erland zu verfolgen. Weniger als sieben Zehntel
ihrer Krieger waren lebend und unverletzt davongekommen.

In der Zwischenzeit hatten sie Klarheit über das Ausmaß der Zerstörung durch die Prindians gewonnen. Eine Ernte, die vielleicht Tausende ernährt hätte, war zu Asche verbrannt, und ihr Sieg konnte weder neues Getreide säen noch den Zorn der Bauern stillen, die Merivale den Vorwurf machten, dass sie ihnen nicht früher zu Hilfe geeilt waren.

Es war ohnehin schon eine schlechte Ernte gewesen. Wenn König Hessian nicht irgendwo anders Nahrungsmittel kaufen konnte, würde die Stadt im Winter hungern. Lebensmittel waren im Winter nicht billig, und jede Münze, die ausgegeben wurde, war eine Münze weniger, die sie für den Krieg verwenden konnten. Im Frühling würden die Schatztruhen des Königs vielleicht nur noch mit Staub und Spinnweben gefüllt sein.

Es war eine seltsame Art von Sieg, überlegte Orsian verbittert. Sie hatten eine weitaus größere Streitmacht zurückgeschlagen, und er hatte sich hervorgetan und sie vielleicht vor einer Niederlage gerettet, aber trotzdem hatten die Prindians ihnen den schwereren Schlag versetzt.

Und jetzt bestand keine Aussicht mehr darauf, vor dem Frühling erneut in den Krieg ziehen, um Errian zu befreien. Es bekümmerte ihn nicht weiter, seinen Bruder nicht um sich zu haben, aber er wusste, dass sein Vater anders empfand.

Als sie für die Nacht haltmachten, immer noch einen ganzen Tagesritt von Merivale entfernt, entfachte Orsian sein eigenes Feuer, setzte sich allein davor und aß die Brühe, die ein Diener ihm brachte und die er kaum schmeckte. Kalter Schneeregen wehte in einem steilen Winkel in ihr Lager, daher setzte Orsian sich dicht ans Feuer. Trotz der Wärme der Flammen fröstelte er. Es war gegen Ende des Herbstes gewesen, als sie aufgebrochen waren, aber jetzt herrschte eindeutig Winter.

»Bei dem Ausdruck auf Eurem Gesicht könnte man meinen, wir hätten verloren.«

Orsian schaute auf und sah Naeem vor sich stehen. »Haben wir das denn nicht?«

»Kriege werden nicht an einem Tag gewonnen, Orsian«, entgegnete Naeem und nahm auf dem Boden Platz. »Wir haben dem Prindian-Jungen eine harte Lektion erteilt, ihm und Strovac Sigac. Wir haben sie schlimmer bluten lassen als sie uns, und sie haben die Flucht ergriffen.«

»Gerade mal so.«

Naeem grinste. »Nun, Ihr seid derjenige, dem wir das zu verdanken haben.« Er schlug Orsian fest zwischen die Schulterblätter. »Unsere eigenen Verteidigungsanlagen in Brand zu stecken. So etwas habe ich noch nie erlebt, aber es hat funktioniert. Ihr macht Euch zu viele Sorgen, Junge. Konzentriert Euch auf das Gute, das Ihr getan habt, nicht auf die Teile, die Ihr nicht kontrollieren könnt. Ja, es wird ein magerer Winter, aber wir haben Regenbrunn und seine Getreidevorräte gerettet, und das könnte entscheidend sein. Ich weiß, dass Euer Vater stolz auf Euch ist.« Naeem schlug ihm noch einmal auf die Schulter und erhob sich, um zu gehen. »Wir werden Errian zurückholen, und das nächste Mal wird Euer Vater diesen Verräter Strovac ausweiden wie ein Schwein, es sei denn, ich erwische ihn zuerst.«

Orsian konnte sich das stille Lächeln nicht verkneifen, das sich auf seinem Gesicht ausbreitete, als Naeem davonging. Er hatte sich mit seiner Geistesgegenwart die Dankbarkeit aller Hymerikai verdient, und wichtiger noch, den Respekt seines Vaters. Das war eine verbrannte Hand wert, auch wenn es ihnen nicht gelungen war, Rymund Prindian gefangen zu nehmen.

Und jetzt würde er als Held und lebend nach Merivale zurückkehren, um Helana wiederzusehen. Bei dem Gedanken an sie tat sein Herz einen Satz. Sie hatte ihn trotz ihrer Meinungsverschiedenheit geküsst, und jetzt würden sie den

Winter zusammen verbringen. Er malte sich aus, wie er ihr von der Schlacht erzählte. Sie musste einfach beeindruckt davon sein, wie er sich hervorgetan hatte.

Trotz der Kälte schlief er in dieser Nacht lächelnd ein.

Weder Hörner noch Herolde begrüßten sie bei ihrer Rückkehr nach Merivale, noch irgendwelche Bewohner. Der kalte Graupel war noch kälterem Schnee gewichen, der in wirbelnden Bahnen vom Eryispek heranwehte und den Menschen die Sicht nahm. Die Zeichen deuteten auf einen kräftezehrenden, bitteren Winter hin. Der Schneesturm legte sich langsam, als Orsian und sein Vater in den Innenhof einritten, wo die massige Festung eine schützende Barriere zwischen ihnen und dem Eryispek bildete. Orsian war überrascht, dass Hessian bereits draußen auf sie wartete. Er hatte seinen spindeldürren Leib in dicke rote Pelze gehüllt und war umgeben von vier Dienern, die brennende Fackeln in Händen hielten, um ihn zu wärmen.

Andrik saß ab und kniete vor ihm nieder. »Eure Majestät, es ist uns gelungen, Regenbrunn und seine Getreidevorräte zu retten, aber Süderton und Grabenfurt waren schon verbrannt, als wir ankamen. Die Prindians sind vom Schlachtfeld geflohen, und Rymund Prindian und Strovac Sigac sind entkommen. Wir glauben, dass sie für den Winter nach Irith zurückgekehrt sind. Ich bitte Euch um die Erlaubnis, eine Streitmacht aufzustellen und im Frühling in West-Erland einzufallen.«

Sie konnten nicht eher in den Krieg ziehen. Ein harter Winter würde eine Armee verlangsamen und verhungern lassen, und wenn der Boden gefror, würde das ihren Pferden zu sehr zu schaffen machen, aber Orsians Vater hatte ihm gesagt, er sei überzeugt, dass er in drei Wintermonaten eine Streitmacht zusammenstellen könne, vor der Rymund Prindian erzittern würde.

»Erhebe dich, Bruder.« Andrik richtete sich auf, und Hessian umarmte ihn. »Wenn der Winter vorbei ist, wirst du erneut gegen Prindian in den Kampf ziehen. Komm mit in meine Gemächer. Du auch, Orsian.«

Sie folgten ihm hinein und die hohe Treppe hinauf zu Hessians privaten Gemächern. Eisige Kälte drang durch die Mauern, als sie hinaufstiegen, und sie wickelten sich fest in ihre Pelze. In Hessians Privatgemach brannte bereits ein Feuer, und gegen seine sonstige Gewohnheit hatte er alle Fenster schließen lassen. Er schickte die Diener fort, die sich um das Feuer gekümmert hatten, und bediente sie selbst mit Wein.

Er wartete nicht ab, bis sie sprachen, und fragte auch nicht nach der Schlacht. »Ciera ist guter Hoffnung«, verkündete er mit einem Grinsen, das ihn um Jahre jünger aussehen ließ. »Sie trägt vielleicht einen Thronfolger unter ihrem Herzen! Noch besteht Hoffnung. Du hattest recht, Andrik.« Er umarmte seinen Bruder, lachte überglücklich und umarmte Orsian zu dessen Überraschung ebenfalls. Er spürte die scharfen Rippen des Königs durch seine Pelze hindurch.

»Herzlichen Glückwunsch, Bruder!« Andrik freute sich offen und aufrichtig. Er hob sein Glas. »Auf Königin Ciera und den kühnen König Hessian!« Sie tranken.

Orsian erhob sein Glas mit ihnen. Es gab keine Garantie, dass es ein Junge würde, aber Orsian nahm an, es war Grund genug zum Feiern, dass Hessian noch immer eine Frau schwängern konnte.

»Erzählt es noch niemandem«, bat sie der König. »Andrik, du darfst es Viratia erzählen, aber sonst niemandem und schon gar nicht Helana, sonst wird sie es noch hysterisch von den Zinnen rufen. Theodric weiß natürlich Bescheid, ebenso Schwester Velna − sie wird das Kind sicher nach der Geburt eingehend begutachten wollen −, aber davon abgesehen ist es unser Geheimnis. Und nun berichte mir von der Schlacht.«

Andrik ließ keine Einzelheit aus und sprach ehrlich darüber, wie knapp sie einer Katastrophe entkommen waren, wie sowohl Rymund Prindian als auch Strovac Sigac fliehen konnten und dass Merivale im Winter womöglich verhungern würde. Hessian nickte schweigend, als er zum Ende kam, und nippte an seinem Wein. Orsian wartete auf den Ausbruch, der folgen würde.

»Du gehst zu hart mit dir selbst ins Gericht«, sagte Hessian gleichmütig. »Du hast sie vom Schlachtfeld gejagt, obwohl du in der Unterzahl warst, und du hast Sigac verwundet. Es tut mir leid, dass wir keine Gefangenen haben, die wir gegen Errian eintauschen können. Wenn ich seine Freilassung aushandeln kann, werde ich das tun.«

Orsian war sprachlos. Wo war der zornige, launische Hessian, den er zuvor kennengelernt hatte? *Wenn es die Hoffnung auf einen Erben ist, die ihn aufmuntert, müssen wir um einen Jungen beten.*

Andrik nickte. »Danke, Bruder. Wie wollen wir die Stadt in diesem Winter ernähren? Können wir noch woanders Getreide beschaffen?«

Hessian runzelte die Stirn und rieb sich sein hageres Kinn. »Die Ernte war von Anfang an schlecht. Der Preis für Nahrungsmittel steigt bereits. Dass du Regenbrunn gerettet hast, wird einen Unterschied machen, aber ohne weitere Maßnahmen nicht genug sein. Lord Kvarm ist vielleicht in der Lage zu helfen.« Er nippte wieder an seinem Wein und hielt nachdenklich inne. »Orsian, lass uns allein. Die Küche soll zwei zusätzliche Fässer Bier für die Männer in die Kaserne schicken. Und gut gemacht, es hört sich so an, als hätten wir unseren Sieg dir zu verdanken.«

Mit federnden Schritten verließ Orsian das Privatgemach des Königs und machte sich auf den Weg zum Küchentrakt. Er hatte getan, was er sich erhofft hatte: sich in der Schlacht bewiesen und den König auf sich aufmerksam gemacht. Wenn sie den Krieg gewinnen konnten und er gut kämpfte, war seine Zukunft gesichert. Vielleicht würde Hessians ungeborener Sohn ihn eines Tages zum Balhymeri machen, um seinen Vater zu ersetzen. Doch was er wirklich wollte, war, Helana zu sehen. Er rief einem Diener zu, der gerade die Fackeln an den Wänden entzündete, dass er die Befehle des Königs an die Küche weitergeben solle. Die Krieger, die das Glück gehabt hatten, zurückzukehren, würden noch stundenlang trinken, also blieb ihm mehr als genug Zeit, um selbst in die Kaserne zu gehen und sich zu vergewissern, dass die zusätzlichen Fässer geliefert worden waren.

Er erinnerte sich noch, wie er vor ihrem Aufbruch in die Schlacht mit rasendem Herzschlag und schweißnassen Handflächen zu ihr gegangen war. Jetzt ging es ihm anders, er fühlte sich selbstbewusst und sicher. Sie hatte ihn geküsst, und nun kehrte er als gestandener Krieger zurück. Sobald sie ihm die Tür öffnete, würde er sie in die Arme nehmen und sie wieder küssen.

Voller Zuversicht klopfte er an ihre Tür. Er hörte ein lautes Poltern von innen, dann Flüche und dass etwas Schweres über den Boden gezerrt wurde. Er wollte die Tür gerade mit Gewalt aufstoßen, als Helana sie ihm öffnete.

»Orsian!«, rief sie überrascht. Untypischerweise trug sie einen schwarzen Reiseumhang mit Kapuze, der mit Fell gefüttert war. »Du bist zurück!«

Er lächelte. »In der Tat. Darf ich reinkommen?«

Sie zögerte. »Es ist kein guter Zeitpunkt. Kann es bis morgen früh warten?«

Orsian musterte sie. Ihre Kapuze war trocken, außerdem durfte sie sowieso die Festung nicht verlassen. »Wohin willst du?«

»Nirgendwohin«, gab sie wenig überzeugend zurück. »Ich habe das nur wegen der Kälte angezogen.«

Orsian runzelte die Stirn. Er konnte die Hitze ihres Feuers selbst von der Tür aus spüren. »Ich glaube dir nicht.« Er schaute an Helana vorbei. In ihrem Zimmer herrschte Chaos, überall lagen Kleider verstreut, und auf dem Boden stand ein schwer aussehender Reisesack halb versteckt hinter einer Truhe, die sie kurz vor seiner Ankunft durchwühlt haben musste.

»Wohin gehst du?«, wiederholte er.

Helana fluchte leise. »Ich verschwinde, Orsian«, sagte sie heftig. »Ich ertrage es nicht länger, hier gefangen zu sein, und jetzt droht mein Vater damit, mich an irgendeinen Lord aus dem Imperium zu verheiraten, einen Mann, der noch älter ist als er. Ich kann nicht hierbleiben.«

Orsian starrte sie an. Sie wollte fort? »Aber er kann dich nicht gegen deinen Willen verheiraten«, sagte er langsam. »So viel Macht hat nicht mal ein König.«

»Er benutzt meine eigenen Worte gegen mich. Ich hatte gesagt, ich würde Rymund Prindian um Erlands willen heiraten, und jetzt sagt er, dass ich um Erlands willen heiraten müsse, um eine Allianz zu schließen. Aber das werde ich nicht tun. Ich lasse mich nicht wie einen Sack Fleisch ins Imperium verfrachten.«

Orsian hörte nicht mehr viel nach den Worten *Rymund Prindian*. Sie hatte sich erboten, ihn zu heiraten? Er fühlte sich, als hätte ihm jemand einen Dolch zwischen die Rippen gestoßen. »Prindian heiraten?« Zorn stieg in seiner Brust auf. »Bei Eryis Eiern, Helana, weißt du, wie viele Ost-Erländer diesen Winter verhungern werden wegen dem, was er getan hat? Wie viele Männer seinetwegen gestorben sind?«

»Ich habe das nur gesagt, um meinen Vater zu ärgern, aber es könnte uns immerhin Frieden schenken.« Sie sah sich im

Korridor um. »Schnell, du kommst besser herein, bevor uns jemand hört.« Sie zog ihn in ihr Gemach und schloss die Tür hinter sich.

Als die Tür hinter ihm zufiel, machte Orsian sofort Anstalten, Helana zu küssen. Er war immer noch zornig, aber wenn er ihr zeigte, wie viel er für sie empfand, würde sie vielleicht nicht fortgehen. Helana stieß ihm beide Hände gegen die Brust und trat einen Schritt zurück. »Was machst du denn da?«

Orsian grinste. »Dich küssen.« Helana sah ihn an, als wäre er blöd. »Bei Eryis Eiern, Orsian, hast du nicht gehört, was ich gerade gesagt habe? Ich gehe fort. Ich werde nicht hier herumstehen und dich küssen.«

»Dann geh nicht fort.«

Helana wandte sich von ihm ab, öffnete ihre Truhe und stöberte darin herum, ohne sich die Mühe zu machen, ihm zu antworten. Die Sache entwickelte sich nicht so, wie Orsian es sich erhofft hatte. *Rymund Prindian.* Wieder stieg Zorn in ihm auf. Es fühlte sich seltsam an; er wurde so gut wie nie zornig. »Würdest du mich küssen, wenn ich Rymund Prindian wäre?«

Er war angewidert. »Du kennst ihn nicht einmal.«

»Du hast mir gerade erzählt, wie viele Menschen wegen dieser verrückten Racheaktion meines Vaters gestorben sind. Welchen besseren Grund zum Heiraten könnte es geben? Und wen sollte ich sonst heiraten?«

Orsians Mund wurde trocken. Er wollte sie auf der Stelle fragen. Sein Vater hatte die Hand seiner Mutter im Kampf gewonnen. Er konnte das Gleiche tun: Hessian beweisen, dass er der Hand seiner Tochter würdig war, indem er für ihn in die Schlacht zog.

Helana hörte auf, in der Truhe zu stöbern, und drehte sich zu ihm um. »Dich?«, fragte sie ungläubig, als könnte sie seine Gedanken lesen. »Hast du während deiner Schlacht einen

Schlag auf den Kopf bekommen? Wir sind Vetter und Cousine, Orsian! Und du bist ein Kind!«

Orsian begehrte auf. »Ich bin nur ein bisschen jünger als du, und ich bin jetzt ein Mann.«

»Du denkst, Menschen zu töten macht dich zum Mann?«

»Also hättest du Rymund Prindian geheiratet, der uns alle töten will, aber mich nicht?« Tränen schossen Orsian in die Augen, und er wischte sie mit seinem Ärmel weg.

Helanas Gesicht wurde weicher. Er glaubte sogar, sie schwach lächeln zu sehen. »Bei den Norhai, Orsian. Du liegst mir am Herzen, sehr sogar, aber denk darüber nach, was du da sagst. Wenn wir frei wären, dann vielleicht, aber wir sind nicht frei. Du wirst noch jahrzehntelang die Kriege meines Vaters führen, selbst wenn er schon tot ist. Ich hab deine Mutter sehr gern, aber siehst du mich dasselbe tun, was sie für deinen Vater tut, nämlich monatelang zu Hause auf deine Rückkehr zu warten? Solange wir keinen Frieden haben, ist keiner von uns frei.

Ich habe gesehen, wie die Männer über die Burgstraße zurückgekehrt sind und die Verwundeten auf Karren transportiert haben. Wie viele Dutzend Kinder werden heute erfahren, dass ihre Väter tot sind? Und wie viele weitere werden in diesem Winter ohne Nahrung sterben? Ist das ein Preis, den es sich zu zahlen lohnt? Hast du nie daran gedacht, etwas anderes zu sein als ein Schwert für meinen Vater?«

Orsian spürte, wie aller Stolz aus ihm heraussickerte wie aus einem undichten Weinschlauch. Ein Krieger zu sein war alles, was er je gewollt hatte, alles, was er war, und jetzt verachtete ihn die Frau, die er liebte, dafür. »Wohin wirst du gehen?«, fragte er und versuchte zu verhindern, dass seine Stimme brach.

»Das weiß ich noch nicht. Vielleicht nach Osten. Ich bin noch nie in Klippwehr gewesen, aber die Stadt ist groß genug, um dort unterzutauchen, bis dieser imperiale Lord, mit dem mein Vater mich verheiraten will, fort ist.« Sie stopfte weitere Kleider und einen Laib Käse in ihren Reisesack und schnürte ihn zu. »Ich muss gehen, ein Stalljunge wartet mit meinem Pferd auf mich.« Sie schlang ihren Umhang enger um sich und zog ihre Kapuze hoch. »Wenn man dich fragt, kannst du dann sagen, du hättest mich nicht gesehen?«

Orsian nickte stumm. Er konnte losrennen und es den Wachen verraten, aber dann würde Helana vielleicht nie wieder mit ihm sprechen. »Wirst du zurückkommen?«

»Eines Tages.« Sie trat vor und küsste ihn auf die Wange. »Pass auf dich auf. Leb wohl, Orsian.«

Orsian folgte ihr mit seinem Blick den Flur entlang. An der nächsten Tür winkte Helana ihm noch einmal zu und war verschwunden.

KAPITEL 29

Die Jägerin Creya wartete an der von Helana gewünschten Stelle draußen vor dem Wald mit zwei Pferden mit Satteltaschen.

»Bist du dir wirklich sicher?«, fragte sie, als Helana näher kam.

Helana nickte. »Sicherer werde ich mir wahrscheinlich nicht.«

Creya stieß ein leises Brummen aus, als hätte sie eine Wette mit sich selbst gewonnen. »Wenn du glaubst, dass du für Frieden sorgen kannst, bringe ich dich bis zur Halord-Brücke. Für Yarl und meine Jungs. Sie haben heute Morgen ihre Uniformen bekommen. Ich hätte nie gedacht, dass ich den Tag erleben muss. Ich danke dir.«

Helana quittierte Creyas Dank mit einem schwachen Nicken. Die Wachen von Merivale wurden nicht in den Krieg eingezogen, um ihrem König zu dienen, weil man sie brauchte, um in der Stadt für Ruhe und Ordnung zu sorgen. Ein saftiges Schmiergeld an ihren Kommandanten hatte sichergestellt, dass Creyas Mann und ihre Söhne in seine Kompanie aufgenommen wurden, obwohl die beiden jüngsten Söhne eigentlich noch zu jung und ihr Mann Yarl zu alt waren.

»Wie bist du überhaupt rausgekommen?«, fragte Creya.

»Ich habe dem Wachposten am Tor gesagt, dass ich ihm bei meiner Rückkehr meine Brüste zeigen würde, wenn er mich durchlässt.«

Creya kicherte. »Sobald sie begreifen, was passiert ist, werden sie ihm die Schlinge des Henkers zeigen. Männer sind Narren.«

Die Jägerin führte die beiden Pferde ins Unterholz, und Helana folgte ihr dicht. Der Weg durch den Wald war umständlich, aber er würde sicherstellen, dass sie nicht gesehen wurden.

Sobald sie aus dem Wald aufs offene Feld kamen, ritten sie nach Südwesten, um zu einem Flusslauf zu gelangen, der den Bleichen Fluss speiste. Sie hatten keine Landkarte, doch Helana vertraute darauf, dass Creya den Weg kannte.

Helana reiste nicht nach Osten, nach Klippwehr, wie sie es Orsian erzählt hatte. Ihr Ziel war der Westen, Irith, wo sie Breta Prindian aufsuchen wollte.

War sie deshalb eine Närrin oder eine Verräterin, oder beides? Nicht, dass es eine Rolle gespielt hätte. Alles war besser, als in Pfeiferswehr gefangen zu bleiben und darauf zu warten, dass ihr Vater sie verkaufte.

Ja, Breta Prindian hatte sie getäuscht, aber wenn es stimmte, dass Hessian Bretas Sohn hatte entführen lassen, dann hatte ihr Vater ein ganzes Land getäuscht und einen Krieg angezettelt. Und wohin konnte sie sonst gehen? Sie kannte niemanden außerhalb von Merivale. Wenn sie Breta diesmal sah, würde sie die Wahrheit verlangen.

Der Fluss war an manchen Stellen zugefroren und wand sich wie eine große silberblaue Schlange durchs Land. Es gab direktere Wege nach Westen, aber Creya vertraute dem Fluss, und Helana vertraute Creya. Helana fröstelte und zog ihre zahlreichen Pelze fester um sich, dann blinzelte sie in die Düsternis, um die Jägerin nicht aus den Augen zu verlieren. Die Nacht brach im Winter früh herein, und sie verließ sich darauf, dass das Schimmern des Mondlichts auf dem vereisten Fluss ihr den Weg wies.

Orsian hätte ihn gekannt. Er hätte ihn ihr vielleicht sogar gezeigt, aber sie hätte ihm niemals offenbaren können, dass sie nach Westen wollte. Er hätte versucht, sie aufzuhalten, und wenn man irgendwann herausfand, dass sie verschwunden war, würde es ihm nicht gelingen, das für sich zu behalten. Wenn jemand sich auf die Suche nach ihr machte, würde er auf diese Weise in die falsche Richtung reiten.

Sie folgte Creya bis zur Erschöpfung durch die Nacht, bis ein schwerer Wolkenschatten sich vor den Mond schob und es zu dunkel wurde, um weiterzureiten.

»Wir machen hier Halt«, entschied Creya. »Schließlich wollen wir nicht, dass die Tiere sich ein Bein brechen.« Sie tätschelte den Hals ihres Pferdes.

Sie fanden eine verlassene Schäferhütte und banden die Pferde mit Decken auf dem Rücken draußen an. Drinnen gelang es Creya, ein Feuer zu entfachen, und Helana legte sich für die Nacht in all ihre Kleider gehüllt nieder und zitterte trotz des Feuers.

Als sie am nächsten Morgen aufwachte, war es noch dunkel, und der weiße Nebel ihres Atems hing wie Rauch in der Luft. Sie frühstückten hartes Brot und Käse, von dem Helana hoffte, dass er bis nach Irith reichen würde, und dann fütterte sie ihr Pferd mit einer knappen Handvoll Hafer. Als das Tier begriff, dass es nicht mehr bekommen würde, wieherte es und knabberte an Helanas Hand.

»Tut mir leid«, sagte sie, umarmte die Stute und tätschelte

ihr beruhigend den Hals. Ihr Name war Mitra, und Helana vermutete, dass sie in den Ställen von Pfeiferswehr an großzügigere Rationen gewöhnt war. Sie gehörte Helana, oder genauer gesagt ihrem Vater. *Ich könnte gut Pferdediebstahl zu meiner Liste an Verbrechen hinzufügen, zusammen mit Flucht und Verrat.*

»Bist du dir sicher, dass du das hier immer noch tun willst?«, fragte Creya, unter deren Stiefeln das mit Frost bedeckte Gras knirschte. »Es ist keine Schande umzukehren.«

Helana hörte die unterschwellige Botschaft ihrer Worte: Helana mochte mit ihr jagen gehen, aber sie war immer noch eine Edelfrau, die an ein Federbett und Diener gewöhnt war, die ihr die Mahlzeiten brachten. »Es geht mir gut«, antwortete sie und schwang sich in den Sattel.

»Warum?«

Die Einfachheit von Creyas Frage brachte Helana für einen Moment aus dem Konzept. »Für den Frieden«, sagte sie etwas unsicher. »Wenn ich Rymund Prindian heirate, lässt sich der Krieg vielleicht abwenden.«

Ihre Antwort löste bei Creya ein lautes Lachen aus, das nicht zu der eisigen Stille des Morgens passte und viel länger anhielt, als Helana glaubte, verdient zu haben. »Frieden!«, rief sie und wischte sich eine Träne aus den Augen. »Mädchen, ich wollte nie, dass du dich an irgendeinen herrschaftlichen Trottel verkaufst. Du hast schon genug für mich und die Jungs getan.«

»Aber ich tue es nicht nur für euch«, versetzte Helana verwirrt. »Ich tue es für ganz Erland, für all die Mütter und Söhne.«

Creya, die wenig beeindruckt wirkte, zuckte die Achseln. »Ich habe nie behauptet, für ganz Erland zu sprechen, ich habe nur für mich selbst gesprochen. Den Jungen habe ich es nicht einmal erzählt; die Idioten hätten gedacht, ich würde sie als

Feiglinge bezeichnen oder so. Mach, was du willst, Prinzessin, aber bei Eryis Eiern, mach dich nicht zur Hure des Friedens. In zehn Jahren gibt es wieder einen Krieg wegen irgendetwas anderem, und wenn nicht, sterben die Leute sowieso, sei es an einer Erkältung oder an Fieber, bei einem Sturz vom Dach oder einfach nur, weil sie den falschen Mann in einer Taverne komisch angeschaut haben. Mit Krieg und ohne, das Leben ist hart und oft kurz. Die Söhne, die du zu retten gedenkst, schlafen nicht in Federbetten mit Laken aus gewebtem Gold, glaub mir. Stell dich und die Deinen an erste Stelle, Mädchen, wie wir anderen auch. Dein eigenes Glück für ein Königreich zu opfern ist ein zu hoher Preis, selbst für dich.«

Das war nicht die Antwort, die Helana erwartet hatte. »Ich werde tun, was ich tun muss«, sagte sie leise.

»Jawohl, tu das.«

Während der nächsten Tage schneite es nur wenig, aber tief über Erland hing ein grauer Winterhimmel, der das Land in einer kalten Stille erstarren ließ. Sie sahen niemanden – nur wenige Menschen waren so verzweifelt, dass sie im Winter quer durch Erland reisten –, und das Pfeifen des schwachen Windes durch die kahlen Bäume erinnerte Helana ständig daran, wie allein sie war, selbst mit Creya an ihrer Seite.

Wenn nötig, brachen sie das Eis auf dem Fluss auf, damit die Pferde trinken konnten, und schöpften mit ihren zitternden Händen Wasser für sich selbst. Wenn es in Helanas leerem Magen ankam, hatte sie das Gefühl, als würde es sie von innen nach außen gefrieren lassen. In einer Nacht schliefen sie in einer Scheune, in einer anderen unter einem Gebüsch. In Pfeiferswehr hätte Helana unter einem Stapel von Pelzen gelegen, mit einer heißen Kohlenpfanne, um die Laken zu wärmen, und einem tosenden Feuer im Kamin.

Trotzdem konnte sich Helana am Mittag des dritten Tages ein Lächeln nicht verkneifen. Niemand folgte ihr. Sie konnte reiten, wohin sie wollte, sich einen dunklen Wald suchen und von der Natur leben oder dem Bleichen Fluss nach Norden bis nach Weißwasser folgen und ein Schiff über das Meer nehmen, vielleicht ihr Haar kurz schneiden und als Schiffsjunge anheuern.

Aber sie hatte ihren Entschluss gefasst. Sie würde ihre Pflicht gegenüber dem Volk von Erland erfüllen. Helana presste die Lippen zusammen und ritt weiter.

Endlich erreichten sie die Halord-Brücke. Helana hatte sie zwar schon einmal gesehen, aber sie raubte ihr trotzdem den Atem. Sie war mehr als fünfzig Schritte breit, aus Stein erbaut und von prächtigen Bögen gestützt, die steil in das aufgewühlte Wasser des Bleichen Flusses stießen. Im Gegensatz zu dem Strom, dem sie gefolgt waren, war dieser Fluss nicht zugefroren; wenn sie hineinfiel, würde er sie bis nach Weißwasser und zum Nebelmeer tragen. Wie hatte Halord aus West-Erland so etwas nur erbauen können? Das Bauwerk war majestätisch, aber irgendwie auch ein wenig beunruhigend. Hier hatte ihr Vorfahr König Pedrian der Macht des Imperiums die Stirn geboten und es zurückgedrängt. Das Pfeifen des Windes unter den Brückenbögen klang wie die Schreie von Soldaten. Sie atmete die Luft ein, mit der ein schwacher Gestank nach Ruß und Schwefel an ihre Nase drang. Faulige Ausdünstungen, die von den Kummerlanden nach Norden geweht wurden.

»Hier verlasse ich dich«, eröffnete ihr Creya und streckte Helana den Arm hin, damit sie ihn zum Abschied ergreifen konnte. »Ich hoffe, du weißt, was du tust, denn ich weiß es sicher nicht. Ich wünsche dir noch eine erfolgreiche Jagd.«

»Danke«, antwortete Helana und ergriff ihren Arm. »Für alles. Komm sicher wieder nach Hause.«

Creya brummte etwas Unverständliches. »Du auch.« Sie sah angestrengt in den Himmel. »Es schneit gleich. Pass auf dich auf, Prinzessin.« Sie wendete ihr Pferd und ritt davon, ohne zu winken oder noch einen Blick zurückzuwerfen.

Helana wischte sich ein paar Tränen aus den Augen. Sie war nicht traurig darüber, Creya fortreiten zu sehen, sondern war sich nur der Tatsache bewusst, dass es kein Zurück geben würde, sobald sie die Halord-Brücke überquerte. Sie drängte Mitra weiter.

Auf der Brücke klapperten Mitras Hufe laut über die Pflastersteine. Durch das Geräusch fühlte sich Helana noch einsamer, und der kalte Nebel, der sie einhüllte, verstärkte das noch. Eine einzelne Schneeflocke landete auf ihrer Nase. Sie schaute auf, und eine weitere landete in ihrem Mund. Creya hatte mit ihrer Vorhersage fast auf die Sekunde genau recht gehabt.

Sie hatte gedacht, dass es sich auf der anderen Seite anders anfühlen würde, aber West-Erland sah nicht lebendiger aus als der Osten. Außerdem konnte sie sich nicht länger darauf verlassen, dass Creya ihr den Weg wies. Sie wusste, dass Irith im Nordwesten lag, aber nicht, wie weit es entfernt war.

Helana hielt an, um ihre Packtaschen zu durchsuchen. Sie hätte eine Landkarte mitnehmen sollen, aber alles, was sie hatte, waren warme Kleider, der Rest ihres Proviants und ein kleines Vermögen an Gold. Was hatte sie sich von dem Gold versprochen, wenn sie es nirgendwo ausgeben konnte? Und warum hatte sie nicht daran gedacht, eine Karte einzupacken? Sie verfluchte ihre eigene Dummheit. Es war genau die Art Fehler, die eine verwöhnte Prinzessin bei ihrer ersten Reise allein machen würde.

Als sie das Knarren von Rädern auf der Brücke hörte, fuhr sie herum. Die Silhouette eines Wagens tauchte im Nebel auf und rollte unaufhaltsam auf sie zu. Helana sah sich nach einem möglichen Versteck um, aber es gab keins. Es konnte nicht sein, dass ihr Vater bereits Verfolger geschickt hatte, die sie einholten; das war einfach unmöglich. Und warum sollten sie einen Wagen bei sich haben? Sie wartete ab, bereit, mit Mitra beim ersten Anzeichen von Feindseligkeit anzugaloppieren.

Als der Wagen näher kam, sah sie, dass er von zwei Eseln gezogen wurde, und vorn auf dem Kutschbock saß ein Mann mit einer langen Rute, der sie antrieb. Er stank stark nach verfaultem Fleisch, selbst aus der Entfernung.

Trotzdem atmete Helana erleichtert auf, als er genauer zu erkennen war. Er war kein Soldat ihres Vaters, sondern nur ein Bauer in schmutziger Kleidung, mit einer Hasenscharte und einem trüben Auge.

Mit seinem gesunden Auge blinzelte er sie an. »'n Mädel. Was macht 'n Mädel ganz allein hier draußen?«

Er sprach, als hätte er eine Kartoffel im Mund. Helana hoffte, dass er nicht ebenso einfältig wie hässlich war. »Ich reise nach Irith, aber ich bin mir nicht sicher, welchen Weg ich nehmen muss.«

Der Mann sah sie verwirrt an und legte den Kopf schief. »Hä? Hab kein Wort kapiert.«

Helana musste ihren Satz dreimal wiederholen und vage nach Nordwesten deuten, bevor sie sich verständlich machen konnte. Der Gestank des Mannes war überwältigend. Sie war versucht, ihn in den Fluss zu stoßen, nur um ihn ein wenig zu säubern.

»Irith!« Der Mann schlug sich wohlgelaunt auf den Schenkel, als er es endlich begriff. »Was willste denn in Irith? Da will ich auch hin.«

»Das geht nur mich etwas an. Darf ich mit dir reiten?«

Der Mann strahlte und verzog seine Hasenscharte, sodass eine Reihe schiefer gelber Zähne zum Vorschein kam. »Na klar! Aber halt dich im Gegenwind zu mir. Hier stinkt's 'n bisschen.«

Als sie neben dem Karren des Mannes einscherte, riskierte sie einen Blick ins Innere. Dort lagen Dutzende von Säcken, jeder etwa so groß wie ein Mann, die mit Schnüren fest verschlossen waren. Es war die Ladung des Mannes, die so stank. Sie konnte die Ausdünstungen, die von den Säcken aufstiegen, beinahe sehen.

Helana erkannte sofort, was der Mann transportierte. Sie hob eine Hand an den Mund und schaffte es gerade noch, ihren Würgereiz in ein Husten zu verwandeln. Leichen. Dutzende von Leichen, die von der Schlacht stammten. Allein der Gedanke daran reichte aus, dass sie wieder würgen musste.

Sie sah den Mann an, und er hielt ihrem Blick stand. »Ich bin Totengräber«, sagte er ernst. »Die Familien werden sie haben woll'n.« Er deutete mit dem Kopf hinter sich, auf seine Fracht. »Um sie zu verbrennen. Und wenn sie's nicht tun, woll'n die Bauern sie haben. Guter Dünger, Leichen. Auch guter Schweinefraß, wenn man den Gedanken ertragen kann.«

Wenn er über seine Arbeit sprach, war er irgendwie besser zu verstehen. Helana fand, dass sie ihn lieber gemocht hatte, als sie einander kaum verstanden hatten. Sie versuchte, sich nicht zu übergeben, und wagte es nicht noch einmal, in den Wagen des Mannes zu schauen.

Männer und Jungen wie diese waren es, für die sie das hier tat. Sie waren Hunderte von Meilen von ihrem Zuhause gestorben, wegen der Streitereien irgendwelcher Lords. Bestimmt gab es einen ganz ähnlichen Mann, der mit einem Wagen voller Leichen aus Ost-Erland nach Merivale fuhr.

»Wie können die Familien Anspruch auf sie erheben?«

Der Mann saugte an seinen Zähnen. »Ich lege sie offen aus. Die Familien können die Leichen abholen oder mich mit Silber dafür bezahlen, sie zu verbrennen. Ist keine leichte Aufgabe, 'ne Leiche ordentlich zu verbrennen.«

Es sah den Norhai ähnlich, dass ausgerechnet der erste

West-Erländer, den sie traf, vom Krieg profitierte. *Wenn Creya hier wäre, würde sie sich totlachen.* »Der Krieg ist also ein gutes Geschäft für dich.«

Er warf ihr einen seltsamen Blick zu. »Es gibt nie 'nen Mangel an Toten. Ich hab's lieber, wenn's alte Leute sind. Hab selbst keine Kinder, aber die meisten von denen da sind im Alter der Kinder meiner Schwester.« Er zuckte die Achseln. »Besser mit mir als zu verrotten, und von irgendwas muss man ja leben. Hätt ich 'n anderes Gewerbe, würd ich's machen, aber ich kenne nur das hier.«

Helana war darüber erleichtert. Nicht jeder war so hartherzig wie Creya; dieser Mann zumindest würde ihr vielleicht sogar für einen Frieden zwischen den Sangreals und den Prindians danken. Sie nickte. »Du bist ein guter Mensch. Ich wollte nichts anderes andeuten.«

Der Mann grunzte, hustete Schleim hoch und schluckte ihn dann herunter. »Keine Ahnung. Wie ich's seh, is' 'n Mensch eben 'n Mensch.«

Sie ritten und fuhren eine Weile schweigend nebeneinanderher, und Helana hielt den Blick vom Wagen des Mannes abgewandt. West-Erland sah bisher nicht anders aus als Ost-Erland, nur endlose Meilen von frostbedecktem Gras. Schließlich hielten sie an einem Teich an, den der Mann zu kennen schien, an dem er seinen Wasserschlauch füllte und Helana aus ihren hohlen Händen trank. Der Mann reichte ihr einen Ersatzschlauch, für den Helana ihm dankte und den sie gründlich durchwusch, bevor sie daraus trank.

»Ist bei dir 'n Baby unterwegs?«, fragte er.

Helana sah ihn scharf an. »Nein!«

»Ich mein's nicht bös«, erwiderte der Mann hastig. »Du siehst nicht danach aus. Dachte bloß, du hast vielleicht das Lager mit 'nem Jungen aus West-Erland geteilt und bist auf der Suche nach ihm, damit er dich heiratet.« Er musterte sie von Kopf bis Fuß. »Aber du siehst nicht aus wie so eine. Bist du 'ne Edelfrau?«

»Der Bastard eines Lords«, antwortete Helana, der die Lüge mühelos über die Lippen kam. »Seine neue Ehefrau mag mich nicht, daher hat er mich weggeschickt, damit ich nach meiner Mutter suche.«

Der Mann spuckte aus. »Verdammte Schande, das. Die Leute sollten sich um ihre Sippschaft kümmern.« Er wischte seine Hand an seinem verdreckten Umhang ab und streckte ihr den Arm entgegen. »Ich bin Carid. Und die zwei hier sind Auric und Eric.« Er deutete auf seine beiden Esel, die das Wasser im Teich schlabberten, wo Carid das Eis aufgebrochen hatte.

»Elyana«, sagte Helana hastig und wählte damit den Namen ihrer Mutter. Es musste Dutzende Mädchen in ihrem Alter in Erland geben, die nach ihrer Mutter benannt worden waren. »Wie weit noch bis nach Irith?«

»Wenn's Wetter mitspielt, 'n Ritt von 'ner Woche.« Es schneite immer noch sanft.

Zum Glück für sie beide hielt das Wetter, und kaum eine Woche später waren sie auf einem Hügel angelangt, von dem Helana zum ersten Mal Irith erblickte.

Sie hatte eine Stadt wie Merivale erwartet, erbaut an einem Hang, umgeben von hohen Mauern und mit einer großen Burg wie Pfeiferswehr auf dem Gipfel. Aber Irith war flach, und ihre Mauern waren kaum halb so hoch wie die von Merivale. Die Burg von Irith war gedrungen und hatte ein flaches Dach, das sich auf einer leichten Anhöhe von der Stadt abhob. Die Festung sah nicht besonders einschüchternd aus; kein Wunder, dass ihre Vorfahren West-Erland erobert hatten.

»Weißt du, wo du hinmusst?«, fragte Carid, als sie auf das Tor zusteuerten. Seine Ladung stank inzwischen noch schlimmer als zu Beginn ihrer gemeinsamen Reise. Jetzt schnaubten sogar seine gutmütigen Esel gereizt, wenn er sie vor den Karren spannte, und Mitra weigerte sich, in seine Nähe zu gehen.

»Ungefähr«, antwortete Helana und wünschte, sie hätte ihm eine weniger interessante Lügengeschichte aufgetischt. Carid hatte auf ihrer Reise so viele Fragen gestellt, dass Helana eine ganze Hintergrundgeschichte für sich und ihre Fantasiefamilie hatte erfinden müssen. Es bekümmerte sie, ihn zu belügen, denn mit seinem schlichten Anstand war er den meisten Männern überlegen, die sie kannte. Er war auch kein Narr; vermutlich wusste er, dass sie mehr war, als sie vorgab, aber er bedrängte sie nicht deswegen. »Vielen Dank für deine Hilfe. Ohne dich hätte ich es niemals bis hierher geschafft.«

»Keine Ursache, 's war das Mindeste, was ich tun konnte. Du solltest vor mir zum Tor gehen. Die Wachen kennen mich, aber die machen trotzdem immer 'nen großen Wirbel wegen der Leichen.«

Helana hatte sich Sorgen gemacht, dass die Wachen sie befragen könnten, aber der eine Wachposten, an dem sie vorbeikam, war jung, kaum älter als sie selbst. Er musterte sie bewundernd von Kopf bis Fuß und winkte sie dann durch. Helana fühlte sich selbstbewusst und warf ihm im Vorbeireiten eine Kusshand zu, und der Junge lief dunkelrot an, was sie sofort an Orsian erinnerte.

Sie hatte versucht, nicht an Orsian zu denken, um sich nicht selbst zu verwirren. Er war mutig und ehrlich, und das bewunderte sie, aber bei Eryi, wenn er nicht einer der größten Narren war, die ihr je über den Weg gelaufen waren. Er hatte ihren Vater aus nächster Nähe erlebt wie nur wenige, seinen Wahnsinn und seine Grausamkeit, und trotzdem glaubte er irgendwie, dass es sich lohnte, für ihn zu kämpfen. Sie hoffte, dass er eines Tages zur Vernunft kommen würde.

Die Unterschiede zwischen Irith und Merivale waren innerhalb der Mauern noch deutlicher. Jede Straße war gepflastert, und sie kam an einem Markt vorbei, der trotz der Kälte immer noch belebt war und auf dem sich, der Kleidung der Kunden nach zu urteilen, Arme und Reiche gleichermaßen tummelten. Selbst die Flechtwerkhäuser waren sauber und standen aufrecht da, und als sie Mitra beiseitelenkte, um einem Kind auszuweichen, lächelte die Mutter sie an und winkte ihr zu. In Merivale wäre sie mit einem Schwall von Flüchen bedacht worden.

Auch Gasthäuser gab es viele in Irith, die viel einladender aussahen als die in Merivale. Sie hätte Mühe gehabt, irgendwo ein so abscheuliches Lokal zu finden wie den *Hexenschlund*. Nachdem sie eine knappe Stunde lang durch die Straßen geirrt war, entschied sich Helana schließlich für ein Gasthaus namens *Zur Qualmenden Sau* und stieg ab, um Mitra nach hinten zu führen, wo ihr ein mürrischer, aber energischer Stallbursche die Zügel abnahm.

Innen war das Gasthaus klein und gemütlich, mit einem tosenden Feuer, um das mehrere Sessel herumstanden, die gegenwärtig alle besetzt waren. Die Gäste, ausschließlich Männer, blickten auf, als sie eintrat, aber als Helana sie nicht ansah, widmeten sie sich wieder ihren Getränken.

»Ein Zimmer für Euch, Fräulein?«, fragte der Wirt, als sie auf ihn zuging. »Ihr seht so aus, als hättet Ihr einen weiten Weg hinter Euch.« Er war gebaut wie ein Fass, hatte einen dichten rotbraunen Backenbart, und seine Schürze war tadellos sauber.

»Euer größtes, bitte, und ein heißes Bad.« So lange hatte sie noch nie auf ein Bad verzichtet, und nach einer Woche in der Gesellschaft von mehreren Dutzend Leichen hatte sie das Gefühl, dass sie mindestens zwei Bäder brauchen würde, bevor sie sich wieder sauber fühlte. »Und eine Flasche von Eurem besten Wein.«

Helana hatte lange darüber nachgedacht, wie sie sich verhalten würde, wenn sie in Irith ankam, und wie sie an Breta Prindian herantreten würde – sie konnte ja nicht einfach zur Burg schlendern. Also hatte sie beschlossen, dass sie sich wie jede andere Besucherin verhalten würde, die eine Audienz suchte: viel Gold ausgeben und eine Menge Aufsehen erregen.

Sie wusste, dass diese Idee Gefahren in sich barg. Es bestand immer die Möglichkeit, dass jemand sie erkannte oder dass Breta Prindian beschloss, sie als Geisel zu benutzen, aber sie hätte genauso viel Aufmerksamkeit auf sich ziehen können, wenn sie versucht hätte, im Verborgenen zu agieren.

Sie klatschte zwei schwere Goldmünzen auf die Theke. »Und schickt nach einer Schneiderin. Ich will sie in meinem Zimmer sehen, nachdem ich gebadet habe.« Das Schweigen hinter ihr verriet ihr, dass jedes Ohr im Raum zuhörte. »Dieselbe, die Lady Prindian beschäftigt.«

Der Wirt zog leicht die Brauen hoch, gab ansonsten aber nicht zu erkennen, dass sie etwas Ungewöhnliches gesagt hatte. »Folgt mir bitte, meine Dame.«

Das größte Zimmer beanspruchte das gesamte oberste Stockwerk des Gasthauses, mit einem getrennten Raum für einen Badezuber, den der Wirt persönlich aus vier riesigen Eimern befüllte, die er zusammen mit zwei sich mühenden Dienerinnen trug. Helana widerstand dem Drang, ihnen zu helfen; das hätte ungewöhnlich gewirkt nach ihrer Darbietung unten in der Schankstube.

Sie sah sich bewundernd im Raum um. Er war luxuriöser als alles, was sie in Pfeiferswehr kennengelernt hatte. In dem Himmelbett hätten sechs Personen schlafen können, und der Boden war mit üppigen Teppichen aus Schafwolle bedeckt. Sie zog ihre Schuhe aus und strich mit ihren nackten Zehen grinsend wie ein Kind darüber.

Als der Wirt sich verabschiedete, bedankte sie sich bei ihm

und steckte jedem der staunenden Dienstmädchen eine Münze zu. Dann warf sie ihre schmutzigen Kleider in eine Ecke, tauschte sie gegen einen Morgenmantel und trat in die Badestube. Dort zog sie sich erneut aus und ließ sich in die Wanne gleiten.

Das Wasser war dampfend heiß und färbte ihre Haut rosa, aber sie wartete nicht ab, bis es abkühlte. Seit über einer Woche fror sie, und die Kälte saß ihr tief in den Knochen. Sie hatte vor, diesem Bad auch noch das letzte Fitzelchen Hitze abzuringen.

Durch die Wärme des Wassers und die entspannende Wirkung ihres Weines bereute Helana schon bald, dass sie eine Schneiderin zu sich bestellt hatte. Am liebsten wäre sie mitten am Nachmittag ins Bett gegangen und hätte bis zum Morgen gedöst. Trotzdem schrubbte sie sich, stieg nach einer Weile aus dem Bad und hüllte sich erneut in ihren Morgenmantel.

Helana trat in ihr Schlafzimmer und schnappte nach Luft, als sie Breta Prindian in der Ecke sitzen sah, wo sie in Helanas Reisetaschen herumstöberte.

Sie sah genauso makellos aus, wie Helana sie in Erinnerung hatte. Irgendwie wirkte selbst der Luxus ihres Zimmers im Vergleich zu ihr bescheiden. Sie war winterlich gekleidet, trug strahlend weiße Pelze, die mit Silber gesäumt waren, und einen schimmernden Kopfschmuck, der ihr perfekt frisiertes Haar mit den kunstvollen Zöpfen zusammenhielt.

Breta erhob sich und fegte in einer Wolke aus Parfüm auf Helana zu. »Es ist wunderbar, Euch zu sehen«, sagte sie und hauchte Helana auf jede Wange einen Kuss. »Ehrlich, einfach wunderbar. Was letztes Mal passiert ist, tut mir sehr leid.«

Helana wurde sofort bewusst, wie schäbig und unzureichend sie in dem Morgenmantel des Gasthauses neben Breta Prindian aussah und dass ihr klatschnasses Haar auf den Teppich tropfte. »Wie seid Ihr hereingekommen?«

»Hier, Kind.« Breta griff in Helanas Bündel und zog ein Kleid heraus, schüttelte es aus, um die Falten zu entfernen, und reichte es Helana. »Ihr habt recht daran getan, nach einer Schneiderin zu schicken; die Gewänder in Irith sind viel besser als alles, was Ihr in Merivale finden werdet.«

Sie wandte den Blick ab und erlaubte Helana, sich das Kleid überzustreifen. Ihr Haar war noch immer tropfnass, daher wickelte sie es in ein Abtrocktuch. »Wie seid Ihr hier hereingekommen?«, fragte sie noch einmal. »Und wichtiger noch, wie habt Ihr mich gefunden?« Sie war seit kaum ein paar Stunden in Irith. Sicher, sie hatte Breta Prindian sehen wollen, aber nicht so, als hätte sie eine Dämonin in ihrem Zimmer heraufbeschworen.

»Ich habe vor ein paar Tagen erfahren, dass Ihr Merivale in Richtung Westen verlassen habt«, berichtete sie, setzte sich und bediente sich an Helanas Wein. »Ich nahm an, dass Ihr nach Irith kommt, und dann haben mir sowohl der Mann, mit dem Ihr gereist seid, als auch der Gastwirt eine Nachricht geschickt, um es zu bestätigen. In West-Erland passiert nichts, ohne dass ich davon erfahre.«

Helana konnte nur staunen, wie weit Bretas Wissen und Informanten reichten. Sie hatte selbst kaum gewusst, dass sie Merivale verlassen würde, bis sie es getan hatte. Und ausgerechnet der stinkende, Leichen verkaufende Carid hatte Bretas Ohr.

Ihre Verwirrung schien Lady Prindian zu amüsieren. »Er war ganz angetan von Euch, unser Carid. Es hat ihn bekümmert, Euch zu verkaufen, aber dem Geschmack des Goldes kann man nur schwer widerstehen. Ich schlage vor, dass Ihr beim nächsten Mal einen besseren Decknamen verwendet. Elyana, also wirklich.« Sie kicherte. »Steht nicht einfach da und starrt mich an. Ihr seid doch viel klüger als das. Wir können uns hier etwas Zeit sparen: Ich erzähle Euch, was meiner

Meinung nach passiert ist, und Ihr sagt mir dann, ob ich recht habe.«

Helana nickte stumm.

»Euer Vater hat versucht, Euch mit einem wenig begehrenswerten Mann zu verheiraten. Ihr habt richtig eingeschätzt, dass ich Euch wohlgesinnt bin und Euch wegen der offensichtlichen Abneigung Eures Vaters als Geisel für wenig nützlich erachte. Und da Ihr sonst nirgendwo hingehen könnt, seid Ihr nach Irith gekommen, wie ich es mir erhofft hatte. Bin ich nah dran?«

Helana fluchte im Geiste. »Und ich will Frieden«, fügte sie trotzig hinzu. »Zwischen unseren Familien.«

Breta lachte abschätzig. »Dafür ist es ein bisschen zu spät, fürchte ich.«

»Ihr habt mich angelogen. Wir hätten Frieden haben können, wenn Ihr nicht versucht hättet, Königin Ciera zu entführen.«

»Und vielleicht, wenn Hessian nicht versucht hätte, meinen Sohn zu entführen.«

»Ihr könnt nicht gewinnen«, versetzte Helana. »Nicht gegen meinen Onkel.«

Breta verzog die Lippen. »Rymund hat sich in der Schlacht keineswegs blamiert, nach dem, was mir zu Ohren gekommen ist. Und sein neuer Krieger, Strovac, scheint zu glauben, er sei der wiedergeborene Halord der Erste. Krieg hat seinen Preis, aber das gilt auch für Frieden. Die Frage ist, ob es ein Preis ist, den Ihr zu zahlen bereit seid.«

Helana holte tief Luft. Sie wusste, worauf Breta anspielte, aber das machte es nicht leichter. »Ihr wollt, dass ich Lord Rymund heirate.«

»Deshalb seid Ihr doch hier, nicht wahr?« Breta grinste. »Eine Heirat. Der immerwährende Preis des Friedens. Ich habe für den Frieden geheiratet. Mein Ehemann stammte aus einem anderen Zweig der Prindians, und unsere beiden Familien kämpften wie die Katzen im Sack, bis jemand so klug war, uns zu verheiraten.« Sie nippte an ihrem Wein. »Es war natürlich eine Katastrophe. Das Beste an ihm war der Name Prindian, und den trug ich bereits.

Doch die Heirat hat tatsächlich Frieden gebracht. Ob das Gleiche in diesem Fall passieren würde, bezweifle ich. Glaubt Ihr wirklich, Euer Vater würde seine Waffen niederlegen, wenn Ihr meinen Sohn heiratet? Wir wissen, dass er Euch wenig schätzt.«

»Ja.« Helana schluckte, weil sie wollte, dass es stimmte. »Wenn Rymund den notwendigen Treueeid ablegen würde, ja. Es würde ihm nicht gefallen, aber mein Onkel und Lord Theodric würden ihn zur Vernunft bringen. Und mein Onkel würde keine Armee gegen meinen Ehemann anführen, wenn er sich zum Frieden verpflichtet hätte.«

Breta stieß ein leises Lachen aus. »Euer Onkel würde tun, was immer Hessian ihm aufträgt. Hessian ist für ihn eigentlich mehr ein Vater als ein Bruder. Doch er hat sehr wohl Ehre im Leib, das räume ich ein.« Sie strich geistesabwesend über ihr Weinglas. »Na schön, Kind. Ich werde bei diesem Wahnsinn mitmachen, aber nur, weil es mich amüsiert. Wenn es wirklich Euer Wunsch ist zu heiraten, dann kommt mit mir in die Burg. Es steht Euch frei zu versuchen, meinen Sohn zu überzeugen.«

KAPITEL 30

Die Bibliothek von Pfeiferswehr war muffig und trocken, die
Luft stickig vom Staub unberührter Bücher, die in vollgestopf-
ten Regalen standen. Die Schmutzschicht darauf war so dick,
dass man darin schreiben konnte. Die Regale waren unbe-
leuchtet, dunkel wie in einer mondlosen Nacht. Es gab zwar
Kerzen, aber der Bibliothekar hütete sie wie eine besorgte Kat-
zenmutter ihre Babys und saß über eine kleine Flamme gebeugt am Eingang.

Pherri hatte er keine Kerze erlaubt. Der uralte Bibliothekar,
dem Haare aus Ohren und Nase sprossen, hatte ihr gesagt, sie
sei zu jung, um ihr zu trauen. Das hatte er mit einem wütenden Krächzen vorgebracht, aus dem hervorging, dass Kinder
nach seinem Gutdünken überhaupt nicht in die Bibliothek gelassen werden dürften. Pherri hatte das klaglos akzeptiert.
Obwohl sich die Bibliothek in einem unteren Stockwerk befand, hatte sie einen Tisch unter einem kleinen Fenster gefunden, das zwischen Schnee und Eis einen kleinen Lichtspalt bot.

Wenn sie das Gesicht dicht an die Seite hielt, konnte sie gerade eben die Worte erkennen.

Es waren mehrere Wochen vergangen, seit Orsian und ihr Vater nach Merivale zurückgekehrt waren. Ihre Mutter hatte beschlossen, dass sie den Winter gemeinsam in der Stadt verbringen würden, wenn der Krieg bedeutete, dass der König Andrik an seiner Seite brauchte. Die Wege zurück zur Veilchenburg waren jetzt ohnehin mit dickem und tückischem Schnee bedeckt. Ihre Mutter sagte, sie habe noch nie einen solchen Winter erlebt, mit so schweren Schneefällen und so grimmigen Winden vom Eryispek, dass die Schneestürme es einem unmöglich machten, mehr als einen Fuß weit vor sich zu sehen.

Pherri war noch nie in Pfeiferswehr gewesen. Ihr Zuhause, die Veilchenburg, war das größte Gebäude, in dem sie sich je aufgehalten hatte, aber neben dieser Festung war es winzig, und sie fühlte sich in seiner Weitläufigkeit auf angenehme Weise verloren. Anfangs hatten sie noch den Unterricht mit Delara im Zimmer der alten Frau fortgesetzt, aber ihre Lehrerin war in den letzten Tagen gesundheitlich angeschlagen, sodass Pherri die Burg allein erkunden konnte.

Sie hatte die Bibliothek vor einer Woche entdeckt, und bisher war die einzige andere Person, die sie hier gesehen hatte, der Bibliothekar, der sich stets über denselben kleinen Schreibtisch beugte. Sie fragte sich, ob er dort auch schlief oder aß oder die Latrine benutzte.

Bücher zu lesen war eine willkommene Abwechslung zu den vielen Stunden, in denen sie über Da'ris Brief brütete, was sie in letzter Zeit weniger häufig tat. Es machte ihr immer noch zu schaffen, aber es gab nichts, das sie hätte tun können. Jarhik und Da'ri waren beide tot, die Lutum immer noch verschwunden, und wenn irgendetwas auf dem Eryispek gefangen war, konnte es ruhig dort bleiben.

Die Bibliothek war viel größer als die in der Veilchenburg. Sie hatte die Regale gezählt und ihre Länge abgeschritten und schätzte, dass es hier mindestens zehntausend Bücher gab, weit mehr, als sie über den Winter zu lesen hoffen konnte. Sie hatte sich darauf konzentriert, mehr über ferne Länder zu erfahren, in denen die Sonne nie unterging oder drei Monde am Himmel zu sehen waren. Ihre Lieblingsbücher waren die über das Imperium, denn in der Veilchenburg waren die einzigen darüber die von Da'ri gewesen. Sie hatte gelesen, dass es in Ulvatia eine Bibliothek mit über einer Million Büchern gab.

Je mehr sie über das Imperium las, desto stärker wurde ihre Überzeugung, dass es Erland vorzuziehen sei. Sie beherrschten den Transport von Wasser, sodass dort jeder aus einem Rohr trinken konnte, das sein Haus speiste, während die Abwässer über ein anderes Rohr entsorgt wurden. Pherri fragte sich, warum das Imperium ihr Feind war; wenn es in Erland die Dinge regeln würde, wäre alles viel einfacher.

Heute war sie jedoch in der Stimmung für etwas Unbeschwerteres. In der Woche zuvor hatte sie ein Buch mit Seefahrergeschichten gelesen, das der Kapitän eines Handelsschiffs aus Klippwehr geschrieben hatte, und sie hatte Lust auf etwas Ähnliches. Als sie in der Bibliothek ankam, stöberte sie in den Regalen und versuchte, sich zu erinnern, aus welchem Fach das Buch stammte.

Pherri bog bei dem Regal, das sie für das richtige hielt, um die Ecke und prallte mit dem Gesicht voran mit irgendetwas zusammen. Sie landete rücklings auf dem steinernen Boden und blieb dort liegen, während ihr Sterne vor den Augen tanzten.

»Es tut mir so leid. Bitte, lass mich dir helfen.« Die Stimme war freundlich, und sie ergriff die ausgestreckte Hand. Sie gehörte einem alten, kahlköpfigen Mann in mitternachtsblauen Gewändern. Er lächelte sie zerstreut an. »Du solltest vorsichtig sein, Lady Pherri. Es ist dein Glück, dass ich nur ein kleiner Mann bin. Geht es dir gut? Soll ich deine Mutter holen?«

»Nein, nein«, sagte Pherri schnell. »Es geht mir bestens. Ich habe nach einem Buch gesucht.« Sie sah den Mann an, dessen braune Augen schelmisch funkelten. »Ihr seid der Zauberer des Königs!«, rief sie. Sie erkannte ihn aus Orsians Geschichten.

Der Mann gluckste. »Wir bevorzugen den Ausdruck *Magier*. Ich bin Theodric, der Magier des Königs.« Er streckte den Arm aus, und Pherri umfasste mit ihrer winzigen Hand sein Handgelenk. »Nach welchem Buch suchst du denn?«

Pherri wand sich verlegen und wünschte, er hätte sie dabei erwischt, wie sie zu einem weiteren Buch über Geschichte ging statt zu einem Kinderbuch. »Letzte Woche habe ich ein Buch mit Geschichten von einem Kapitän aus Klippwehr gelesen«, antwortete sie, »und ich dachte, ich hätte Lust auf etwas Ähnliches.«

»*Meeresgeschichten* von Kapitän Murkiem?«

»Ja, genau das!«

Theodric grinste breit, was Grübchen zum Vorschein brachte und Falten um seine tiefliegenden Augen. »Ein prächtiges Buch. Wenn du nach etwas Ähnlichem suchst, ich glaube, Murkiem hat noch ein zweites geschrieben.« Er hob eine Kerze an, die er in einem Tongefäß hielt. »Soll ich dir helfen, es zu finden?«

Am Ende folgte Pherri Theodric an mehreren Regalen vorbei und beschrieb die Art von Büchern, die sie vielleicht interessant finden würde, damit Theodric geeignete Titel aussuchte. Der Magier zog einen kleinen Wagen hinter sich her, auf den er Pherris Bücher neben seine eigene Auswahl legte. Gemeinsam suchten sie für sie das zweite Buch mit Meeresgeschichten, eine Sammlung von Volksmärchen, eine Geschichte von Merivale und drei Bücher über das Ulvatische

Imperium. Theodric schien entzückt darüber zu sein, eine junge Gefährtin zu haben, die sich für Bücher interessierte, was Pherri ebenso freute, wie es sie verwirrte.

»Lord Theodric, mein Bruder hat erzählt, die Menschen hätten Angst vor Euch, aber Ihr kommt mir nicht sehr Furcht einflößend vor.«

Wieder gluckste Theodric. Er lachte gern und viel öfter als ihre Brüder oder ihr Vater. »Die Menschen fürchten, was sie nicht verstehen, und von den Magiern versteht man nur wenig. Aber ein wenig Angst kann nützlich sein, also tue ich mein Bestes, um ihre Illusion nicht mit banalen Wahrheiten zu zerstören. Ich bin nur ein Mann mit ein paar kleinen magischen Fähigkeiten, vor dem niemand Angst haben muss, am allerwenigsten du.«

Pherri nickte ernst und war mit dieser Erklärung zufrieden. »Gibt es hier Bücher über Magie? Ist es das, was Ihr lest?«

»Hier nicht«, antwortete Theodric und schüttelte den Kopf. »Nirgends.« Er legte die Hände auf die Knie und beugte sich zu ihr herunter. »Möchtest du in mein Arbeitszimmer mitkommen und mit mir lesen? Ich habe einige eigene Bücher, darunter auch welche über das Imperium.«

»Ja, aber ich bin mir nicht sicher, ob es uns erlaubt ist, die Bücher aus der Bibliothek mitzunehmen. Der Bibliothekar hat mir gesagt, ich müsse sie an einem der Pulte lesen.«

Theodric richtete sich stirnrunzelnd auf. »Aber du hast ja nicht einmal eine Laterne.« Er wartete ihre Antwort nicht ab, sondern rief stattdessen dem Bibliothekar etwas zu. »Luthius, habt Ihr Lady Pherri gesagt, sie dürfe keine Bücher aus der Bibliothek mitnehmen?« Er ging entschlossen auf das Pult zu, seine Hände tief in seinen Roben versteckt.

»Dieses Privileg haben nur Angehörige der königlichen Familie und die Ratsmitglieder des Königs«, antwortete der Bibliothekar in einem hochnäsigen Ton und schaute Theodric über den Rand seiner Halbmondbrille hinweg an. »Außerdem, erzählt mir nicht, dass Ihr denkt, dieses Kind würde die Bücher tatsächlich lesen?«

Theodric richtete sich entrüstet auf. »Sie *ist* eine Angehörige der königlichen Familie, Dummkopf. Und Ihr habt ihr auch keine Laterne gegeben! Erwartet Ihr, dass sie im Dunkeln liest?«

Luthius lächelte mit der Geduld eines Mannes, der mit einem Kleinkind sprach. »Ja, aber sie *liest* die Bücher doch nicht wirklich, nicht wahr? Sie ist ein Kind.« Er lehnte sich mit überlegener Miene zurück, erbleichte aber vor Schreck, als Theodric im Handumdrehen über ihm stand. Er beugte sich hinunter, um Luthius etwas ins Ohr zu flüstern, und da wich auch das letzte Blut aus dem Gesicht des Bibliothekars.

Sekunden später stand Luthius auf zittrigen Beinen auf, flehte Pherri um Vergebung an und überschlug sich förmlich, um zu sagen, dass es alles ein Missverständnis gewesen sei. Er verbeugte sich sogar, als sie und Theodric mit ihrem Wägelchen voller Bücher davongingen. »Viel Spaß beim Lesen, Lady Pherri!«, rief er ihnen nach. »Kommt wieder, wenn Ihr mehr braucht.« Sie winkte spontan zum Zeichen ihrer Dankbarkeit zurück, aber Theodric ignorierte ihn.

»Also wirklich!«, murmelte er, als sie um eine Ecke bogen. Er blieb stehen, um einen vorbeikommenden Diener aufzuhalten, und gab ihm den Befehl, die Bücher in sein Zimmer zu bringen. »Der Mann besitzt weniger Verstand als den, mit dem er geboren wurde.«

»Was habt Ihr zu ihm gesagt?«, fragte Pherri. Sie stiegen die Treppe hinauf, und Pherri versuchte, immer zwei Stufen gleichzeitig zu nehmen, während sie sich am Geländer festhielt.

»Etwas, das ihm nur einen Hauch von Furcht einjagen sollte«, antwortete Theodric mit einem wissenden Lächeln.

»Aber denk nur, anzudeuten, die Nichte des Königs könne nicht lesen! Der König hat schon für geringere Vergehen Männer auf die Straße werfen lassen, und Luthius würde außerhalb der Bibliothek nicht überleben. Er brauchte eine deutliche Erinnerung daran, dass sie nicht sein persönlicher Herrschaftsbereich ist.«

»Mir macht es nichts aus.« Pherri hielt nichts davon, einem anderen Menschen etwas übel zu nehmen. Menschen suchten sich nicht aus, wer sie waren, und wenn es Luthius Freude bereitete, die Kontrolle über die Bibliothek auszuüben, dann schadete das nicht. »Ich vermute, die meisten Leute können tatsächlich nicht lesen. Ihr seid die erste Person, die ich die Bibliothek habe benutzen sehen.«

»Die meisten Mitglieder des Hofes haben Diener, die ihnen Bücher bringen. Normalerweise schicke ich nachts einen Jungen, um sie zu holen, weil ich da am meisten lese, aber was er mir in letzter Zeit gebracht hat, entsprach nicht meinen Anforderungen. Wenn deine Mutter ein neues Buch benötigt, lässt sie es sich mit ihrem Frühstück bringen, damit sie im Bett lesen kann.«

Pherri gab nicht preis, dass sie von dieser Möglichkeit und auch davon, dass ihre Mutter die Bibliothek nutzte, nichts gewusst hatte. Sie beschloss, sich ihre Bücher weiterhin selbst zu holen, zumindest für den Moment.

Sie hatten Theodrics Gemächer erreicht, und als er die Tür öffnete, stellte sie zu ihrer Enttäuschung fest, dass sie sich gar nicht so sehr von allen anderen Räumen in der Festung unterschieden. Es gab keine Tiere, keine seltsam gefärbten Tränke in Glasgefäßen und keine Spiegel, durch die man in eine andere Welt treten konnte. Nichts, was darauf schließen ließ, dass Theodric etwas Ungewöhnliches an sich hatte, was er ihr allerdings auch so erzählt hatte.

Ein zweiter Mann, älter als Theodric, der eine Frisur aus

Rattenschwänzen trug und ein zerknautschtes Gesicht hatte, beugte sich lesend über den Tisch und schaute überrascht auf, als sie eintraten.

»Georald, mein Assistent«, sagte Theodric. »Er hat ein gewisses Talent für Magie, jedenfalls ein bisschen. Gemeinsam entschlüsseln wir die alten Geschichten und suchen nach der Wahrheit in ihnen.«

»Euer Quartier sieht nicht gerade wie das eines Zau… – eines Magiers aus«, sagte Pherri.

Theodric lachte leise. »Nein, das tut es wohl nicht. Ich möchte die Bediensteten nicht erschrecken. Obwohl, nach dem Zustand dieser Räume zu urteilen bin ich mir sicher, dass sie sowieso zu viel Angst haben, um sie zu putzen. Möchtest du mein Arbeitszimmer sehen? Dort bewahre ich meinen Zauberstab auf und meinen spitzen Hut.«

Pherri nickte und folgte ihm, auch wenn sie sich nicht sicher war, ob er das ernst meinte. Er führte sie zu einer schmalen Tür, von der sie gedacht hatte, sie müsse zu einem Schrank gehören. »Du darfst diese Tür niemals anrühren«, sagte er mahnend, als er sie aufschloss. »Ich bin mir sicher, dass du das nicht tun würdest, aber deine Eltern würden es mir nie verzeihen, wenn ich dich nicht gewarnt hätte.«

Durch die Tür gelangte man in einen quadratischen Raum mit hohen Regalen, die sich unter dem Gewicht der Bücher darin durchbogen. Außerdem standen drei Schreibtische nebeneinander, was Pherri seltsam vorkam, aber dann fiel ihr Blick auf zwei kleine schwarz-weiße Hunde, die zusammengerollt auf einem Bett in einer Ecke lagen.

»Welpen!«, rief sie und rannte auf sie zu. Sie kniete sich hin, um den einen zu streicheln, aber als sie sein Fell berühren wollte, stieß ihre Hand auf nichts Festes, sondern ging hindurch, als wäre da nichts. Es fühlte sich an, als würde sie ihre Hand in kaltes Wasser tauchen, und sie zog sie stirnrunzelnd zurück. »Was sind das für Wesen?«, fragte sie und drehte sich zu Theodric um, der sie seltsam ansah und verwirrt die Stirn runzelte.

»Schattenhunde«, erklärte er. »Sie nehmen keine sichtbare Gestalt an, es sei denn, jemand tritt ohne meine Erlaubnis ein. Du solltest sie gar nicht sehen können; mir muss ein Fehler unterlaufen sein.« Er ging hinüber, ließ sich auf die Knie nieder und strich mit den Fingern über das Bett der Hunde, die Augen konzentriert geschlossen. Als er fertig war, sah er sie an, als wollte er etwas sagen, aber stattdessen stand er wortlos und mit einem besorgten Gesichtsausdruck auf.

Pherri war bekümmert. Hatte sie irgendetwas kaputt gemacht? Sie konnte sich nicht vorstellen, wie, aber sie konnte ungeschickt sein, und vielleicht waren magische Dinge leicht zu zerbrechen? Sie hätte nichts anfassen sollen, ohne zu fragen.

Theodric nahm ein Buch von seinem Regal und blätterte es an seinem Schreibtisch durch. Seine Finger bewegten sich so schnell, dass sie verschwammen. Als er die richtige Seite fand, las er sie schnell durch. Pherri blieb, wo sie war. Neben ihr winselte einer der Schattenhunde im Schlaf und umklammerte mit den Hinterpfoten seine Schwester. Pherri war zu dem Schluss gekommen, dass sie definitiv Geschwister waren, ein Rüde und eine Hündin.

Theodric beendete seine Lektüre und stand auf, die Hände in den Falten seines Gewandes vergraben. »Pherri, weißt du irgendetwas über die Mutter deines Vaters?«

Pherri schüttelte den Kopf. »Mein Vater hat nie von ihr gesprochen. Ich habe nur die Mutter und vor seinem Tod den Vater meiner Mutter kennengelernt.«

»An beiden war nichts Ungewöhnliches?«

Wieder schüttelte Pherri den Kopf. Der Vater ihrer Mutter hatte sie nicht beachtet, aber die Mutter ihrer Mutter hatte sie gut behandelt und versucht, mit Geschenken, Puppen und Süßigkeiten ihre Gunst zu gewinnen. Pherri hatte kein Interesse gehabt, wusste aber die Absicht zu schätzen. »Meine Großmutter ist gütig. Sie sieht aus wie Mutter.«

Theodric schürzte die Lippen. »Pherri … Ich bin mir nicht ganz sicher, wie ich das ausdrücken soll … Gibt es an irgendjemand anderem in deiner Familie etwas Ungewöhnliches oder *Magisches?* Dein Vater ist trotz seiner unbestrittenen Talente weit davon entfernt, ein Magier zu sein, aber ich frage mich, ob ich bei deinen Brüdern oder deiner Mutter vielleicht etwas übersehen habe.«

Pherri kaute auf der Innenseite ihrer Wange und dachte nach. »Orsian kann jonglieren und mit den Ohren wackeln«, berichtete sie schließlich. »Errian kann gar nichts.«

Theodric schwieg für einige Sekunden. Die Luft im Raum fühlte sich sehr still an, und kein einziges Geräusch drang hier von draußen durch die Mauern. Pherri begriff, dass sie geistesabwesend die Stelle streichelte, wo das Fell eines der Hunde hätte sein sollen.

»Pherri«, begann er schließlich von Neuem, »ich glaube, du hast ein gewisses Talent für Magie.«

Pherri sah ihn verdutzt an und versuchte zu erkennen, ob er es ernst meinte. Sie kam zu dem Schluss, dass es so war. Theodric sprach, als wäre dies ein sehr bedeutsamer Moment für ihn. Pherri verstand nicht ganz, warum. Alles, was sie bisher an Magie gesehen hatte, waren die beiden Schattenhunde, und die schliefen und waren nicht einmal echt. Es schien ihr nicht so viel anders zu sein als Orsians Jonglierkünste oder die Kartentricks eines Mannes, den sie mal gesehen hatte.

»Es ist die einzige Erklärung«, fuhr Theodric fort. »Nur ein Magier wäre in der Lage, sie zu sehen.« Er holte eine Münze aus seinem Gewand. »Komm, lass mich dich prüfen.« Er warf die Münze zu ihr hinüber, und Pherri fing sie auf. Auf der einen Seite der Münze war das Bild des jungen Königs Hessian im Profil, auf der anderen eine grobe Gravur des Eryispek.

»Ich möchte, dass du die Münze hochwirfst«, sagte er, »und ›Kopf‹ oder ›Zahl‹ rufst, bevor sie landet.«

Das kam Pherri etwas albern vor, aber trotzdem tat sie, was er verlangte, und warf die Münze in die Luft. »Kopf«, sagte sie, als sie fiel, und streckte die Hand aus. Sie landete mit der Kopfseite nach oben auf ihrer Handfläche.

»Kopf«, sagte sie zu Theodric.

»Mach es noch mal«, antwortete er, ohne sie aus den Augen zu lassen.

Sie rief wieder »Kopf«, und die Münze landete mit dem Kopf nach oben. Die Sache wiederholte sich noch zweimal. Nach diesen vier Versuchen beschloss sie, dass es eine Trickmünze sein müsse, und rief daher »Zahl«, damit es schiefging. Die Münze landete mit der Zahlseite nach oben. Danach versuchte sie es abwechselnd, aber jedes Mal fiel die Münze mit der Seite nach oben, die sie gerufen hatte.

»Zehnmal hintereinander …«, murmelte Theodric, als er ihr endlich erlaubte, damit aufzuhören. »Weißt du, wie die Chancen stehen, dass eine Münze zehnmal hintereinander richtig landet?«

Pherri kaute auf ihrer Unterlippe. »Eins zu tausend?«, überlegte sie laut. Sie spürte ein seltsames Kribbeln in der Hand, als hätte sie zu lange darauf geschlafen.

»Nah dran.«

Pherri zuckte mit den Achseln und fühlte sich unwohl unter seinen prüfenden Blicken. »Ich hatte einfach Glück. Ich wette, ich würde es nicht noch mal schaffen.«

»Versuch es.«

Pherri schnippte die Münze noch einmal hoch in die Luft. Als sie ihren höchsten Punkt erreichte, sagte sie: »Kopf«, dachte aber bei sich *Zahl.*

Die Münze landete auf ihrer Handfläche, aber auf dem Rand, sodass weder Kopf noch Zahl zu sehen waren. Ungläubig starrte Pherri sie an, und Theodric brach an seinem Schreibtisch in begeisterten Applaus aus.

»Gut gemacht! Gut gemacht! Du hast ›Kopf‹ gesagt, aber ›Zahl‹ gedacht, ja?«

Pherri biss sich auf die Lippe und nickte, und plötzlich machte sie sich Sorgen, dass sie vielleicht in Tränen ausbrechen würde. Was passierte hier?

»Es ist nichts, wovor man Angst haben muss! Die Münze wartet auf deine Entscheidung. Sage oder denke, wie sie landen soll, dann wird sie es tun.«

Kopf, dachte Pherri. Ohne auch nur zu zittern, fiel die Münze, und der junge König Hessian schaute ihr entgegen.

»Gut gemacht, Pherri. Jetzt komm und setz dich«, sagte Theodric und deutete auf einen zweiten Stuhl, den er ihr gegenüber an den Schreibtisch gestellt hatte. »Fühlst du dich müde? Soll ich etwas zu essen kommen lassen?«

Pherri war tatsächlich müde. Das Kribbeln, das sie in der Hand verspürt hatte, machte sich nun als Taubheit in ihrem ganzen Arm bemerkbar, als wäre er nicht mehr Teil ihres Körpers. Die Übung, immer wieder eine Münze zu werfen, hatte ihr mehr abverlangt, als es der Fall hätte sein sollen.

Sie nickte. »Ja, bitte.«

Theodric zog an einer Schnur, die hinter seinem Schreibtisch hing, und irgendwo weit unter ihnen glaubte Pherri eine Glocke läuten zu hören.

»So hat man früher im alten Imperium Magier geprüft, vor den Säuberungsaktionen«, berichtete Theodric. »Es heißt außerdem, dass so der erste Magier, der nach Erland kam, entdeckt wurde. Er reiste umher und wettete mit den Leuten, dass er aus fünf Würfen öfter als sie richtig raten könne, wie die Münze landen würde. Er war so schlau, dass er nie öfter als nötig gewann, aber schließlich wurde er entdeckt, und zwar hier in dieser Stadt. Man erzählt sich, dass die Bürger ihm mit bloßen Händen den Kopf abrissen und dann verbrannten, während die Leiche den Hunden zum Fraß vorgeworfen wurde. Zum Glück leben wir in zivilisierteren Zeiten, und die wenigen Magier, die es noch gibt, verschwenden ihre Zeit nicht damit, Menschen zu betrügen.« Er nahm einen Schluck aus einem Becher Wasser, das mit Zitrone versetzt war. Pherri bemerkte, dass auch sie einen hatte, und nippte daran. Sie war sich sicher, dass die Becher einen Moment zuvor noch nicht da gewesen waren.

»Du hast kaum etwas gesagt, seit ich dich gebeten habe, die Münze hochzuwerfen«, bemerkte Theodric.

»Es ist alles ein bisschen viel«, antwortete Pherri. »Vor einer Stunde war ich noch nie einem Magier begegnet oder hatte auch nur viel über sie gelesen, und dann wart Ihr in der Bibliothek und seid gar nicht Furcht einflößend. Und dann sagt Ihr, ich müsse eine Magierin sein, und dann war die Münze so seltsam. Und ich glaube nicht, dass ich verstehe, was ein Magier eigentlich ist. Ich hatte gedacht, es seien Leute, die unerklärliche Dinge tun können, aber dann habt Ihr es so dargestellt, als würdet Ihr nur Zauberkunststückchen machen und als wären die Leute albern, Euch zu fürchten, aber es ist offensichtlich wichtig, ein Magier zu sein. Was habe ich getan? Wie funktioniert das?«

Theodric nickte und hörte ihr geduldig zu. »Verzeih mir«, sagte er. »Ich habe mich hinreißen lassen. Was du gerade demonstriert hast, nannten die alten Magier im Imperium *Phisika:* den Vorgang, die physische Welt zu beeinflussen, indem man ein bestimmtes Ergebnis oder einen bestimmten Verlauf bewirkt. Es ist die erste von fünf Disziplinen. Wie du festgestellt hast, kostet sie Energie, die von der körperlichen Anstrengung und der Wahrscheinlichkeit des gewünschten Ereignisses abhängt. Einen zwanzigseitigen Würfel auf eine bestimmte Zahl fallen zu lassen ist wesentlich schwieriger, als die Seite einer Münze auszuwählen.

Außerdem braucht man einen starken Willen, was bei deiner Familie nicht verwunderlich ist, denn deine Eltern und dein Onkel gehören zu den willensstärksten Menschen, denen man begegnen könnte.«

»Was kann man damit denn noch tun?«, fragte Pherri. Es musste mehr geben, als nur Münzen hochzuwerfen oder zu würfeln.

Theodric strich sich übers Kinn. »Ich kann Dinge von einem Ort zum anderen bewegen. So ungefähr.« Er hob eine Augenbraue leicht an.

Zu ihrer Verblüffung spürte Pherri, wie ein Stück warmes, knuspriges Brot in ihrem Mund auftauchte, und fing unwillkürlich an zu kauen. »Es schmeckt genau wie richtiges Brot!«, rief sie.

Theodric strahlte. »Das liegt daran, dass es richtiges Brot ist. Ich glaube, unsere Mahlzeit ist hier.«

Er verließ kurz den Raum und kam mit einem großen Tablett zurück, das mit Brot, Brathähnchen, Kartoffeln und allen möglichen anderen Köstlichkeiten beladen war. Die beiden aßen schweigend und ließen sich ihr Festmahl schmecken. Pherri stellte fest, dass ihr Appetit größer war, als sie sich je erinnern konnte, und schaufelte sich den Teller voll.

»Du wirst lernen, dass Magie eine Menge Energie benötigt«, erklärte Theodric, als er seinen Teller leer gegessen hatte. »Um dieses Brot in deinen Mund zu bewegen, habe ich ein Vielfaches der Energie verbraucht, die nötig gewesen wäre, um es einfach aufzuheben und dir zu geben, denn es gibt nur wenige andere Realitäten, in denen das Brot bereits in deinem Mund war.«

»Es gibt noch andere Realitäten?«, fragte Pherri und hielt mitten im Kauen inne, um Theodric anzustarren.

»Unendlich viele, jedenfalls in der Theorie. Du und ich führen genau dieses Gespräch in endlosen anderen Realitäten, und jede Entscheidung, die du triffst, erschafft weitere, mit abweichendem Ausgang. Indem du eine Münze geworfen und das Ergebnis gewählt hast, hast du einen festgelegten Weg geschaffen und unsere Realität für die Alternative verschlossen.«

Pherri runzelte die Stirn. »Aber das Hochwerfen einer Münze ist nicht so, wie Brot durch die Luft zu bewegen. Jeder kann eine Münze hochwerfen.«

»Dabei geht es lediglich um eine Frage der Wahrscheinlichkeit. Eine Münze ist am einfachsten, weil es nur zwei mögliche Ergebnisse gibt: In der Hälfte der Realitäten zeigt sie Kopf, in der anderen Hälfte Zahl. Es gab Realitäten, in denen du bereits das Brot hattest, und das ist der Weg, den ich gewählt habe.«

Pherri schloss die Augen und versuchte das alles zu begreifen. Wenn es stimmte, was Theodric sagte, dann schuf sie sich schon einen neuen Weg dadurch, dass sie sich entschied, darüber nachzudenken. »Also, wenn ich eine Münze werfe und das Ergebnis wähle, verbrauche ich dann doppelt so viel Energie wie beim normalen Werfen der Münze? Warum hat mich das so müde gemacht?«

»Du hast die Münze zehnmal hintereinander geworfen, wobei es über tausend mögliche Ergebnisse gab. Du hast das Äquivalent an Energie verausgabt, wie wenn du sie zehnmal *über tausendmal* hochgeworfen hättest oder wenn du eine Münze vom tausendfachen Gewicht zehnmal hochgeworfen hättest. Was du getan hast, damit die Münze auf dem Rand landet, ist komplizierter … Du hast etwas bewirkt, dessen Wahrscheinlichkeit praktisch bei null lag, während du die beiden üblichen Ergebnisse offengelassen hast, die eintreten können. Hättest du die Münze auf diesem Rand stehen lassen, hättest du nach einer Weile um Atem ringen müssen.

Ich bin mir nicht sicher, ob dir bewusst ist, wie außergewöhnlich das ist, Pherri. Du hast anscheinend keine bekannten Magier unter deinen Vorfahren, kein nennenswertes Vorwissen, und doch hast du diese Münze auf ihrem Rand festgehalten, als hättest du es geübt. Hast du je Dinge getan und festgestellt, dass du dabei unerklärlichen Erfolg oder besonderes Glück hattest?«

Pherri dachte an ihre frühe Kindheit. Sie konnte sich nicht daran erinnern, lesen gelernt zu haben. Die Bücher waren einfach da gewesen, und sie hatte sie gelesen. Es war ihr immer leichtgefallen, Pflanzen zu pflegen und dafür zu sorgen, dass sie so wuchsen, wie sie es wünschte. Und Da'ri hatte ihr gesagt, ihm sei noch nie ein Kind mit einem solchen Talent für Zahlen begegnet. War das alles Magie gewesen?

Theodric wartete ihre Antwort nicht ab. »Bist du daran interessiert, mehr zu lernen?«

»Ja.« Das Wort war schon aus ihrem Mund, bevor Pherri überhaupt darüber nachgedacht hatte. Natürlich wollte sie mehr lernen. Ihr Leben musste nicht wie das ihrer Mutter werden, mit einem Hausstand und Kindern, die sie organisieren musste, und einem Ehemann, auf den sie wartete. Sie würde Magierin werden. Theodric hatte gesagt, es gebe fünf Disziplinen; was waren die anderen? Selbst *Phisika* ging schon über alles hinaus, was sie jemals bei Da'ri oder Delara gelernt hatte. »Mehr als alles andere.«

Als Pherri abends im Bett lag und sich von einer Seite auf die andere wälzte, wirbelte sie im Geiste noch einmal die Münze herum und widerstand dem Drang, es in echt zu wiederholen. Zu ihrer Enttäuschung hatte Theodric ihre improvisierte erste Lektion auf der Stelle beendet und ihr das Versprechen abgenommen, nicht ohne seine Aufsicht zu üben. Er hatte ihr aufgetragen, dass sie sich gut ausruhen und früh am nächsten Tag in sein Quartier zurückkehren solle.

Aber sie war zu aufgeregt, um zu schlafen. Sie hätte Delaras Trank zu sich nehmen können, aber danach fühlte sie sich morgens immer ein wenig benommen, und sie wollte bei ihrer ersten richtigen Lektion so frisch wie möglich sein.

Es war noch nicht so spät, dass sich in der Burg nichts mehr geregt hätte. Wenn Pherri ihr vereistes Fenster öffnete, würde sie das Lärmen der Wachleute im Innenhof unten hören, die sich nach ihrem Abendmahl mit einem Fass Bier gegen den kalten Schnee wappneten, und wenn sie ein Ohr auf den Steinboden drückte, konnte sie Bruchstücke eines Gespräches zwischen einem Mann und einer Frau im unteren Stockwerk hören.

Da sie nicht schlafen konnte und auch sonst nichts zu tun hatte, beschloss sie, Orsian aufzusuchen. Sie war sich sicher, dass er sich darüber freuen würde, dass sie ein Magier war. Vielleicht war Orsian ja auch einer!

Im Korridor waren Wachen postiert, aber mit einem für sie als würdevoll empfundenen Winken sagte sie ihnen, dass sie etwas mit ihrem Bruder besprechen müsse, und schritt selbstbewusst an ihnen vorbei, bevor sie widersprechen konnten.

Orsians Zimmer war gleich um die Ecke. Sie klopfte zweimal an.

»Wer ist da?« Orsians Stimme wurde durch die Tür gedämpft, aber er klang wach, wenn auch ein wenig erschrocken.

»Pherri«, antwortete sie. Sie hörte das Tapsen von Orsians nackten Füßen auf dem kalten Stein. Er öffnete die Tür einen Spaltbreit und streckte den Kopf heraus.

»Du solltest so spät nicht mehr auf sein.«

Pherri spürte, dass sie ihn bei irgendetwas gestört hatte. »Warum? Was machst du da?«

»Das spielt keine Rolle. Komm einfach herein, bevor du mich in Schwierigkeiten bringst.«

»Warum sollte ich dich in Schwierigkeiten bringen?«, fragte sie, sobald sie die Tür zu Orsians Zimmer hinter sich geschlossen hatte. Es war aus dem gleichen tristen grauen Stein und dem dunklen Mörtel wie ihr eigenes, aber er hatte seins mit einer Landkarte Erlands an einer Wand geschmückt und dem Wappen ihres Vaters an einer anderen, und über dem Wappen hing ein Schwert. »Ich bin diejenige, die durch die Festung wandert, obwohl ich eigentlich schon im Bett liegen sollte.«

»Vater hat mich die letzten Tage noch vor dem Morgengrauen aufstehen lassen, um mit den Rekruten aus den Dörfern zu trainieren«, erzählte Orsian. »Deshalb hast du mich nicht gesehen. Einige der neuen Rekruten haben schon Steine abgebaut, bevor ich überhaupt geboren war, und wenn sie einen schlagen, bleibt man liegen. Ganz zu schweigen davon, wie sauer sie sind, dass sie hier sein müssen, weil es die einzige Möglichkeit ist, sich zu ernähren. Und sie lieben es, das an dem Sohn des Fassbrechers auszulassen. Außerdem ist es da draußen kälter als auf dem Eryispek. Ich dachte, mir würden die Füße abfrieren.« Orsian sprach mit heftiger Verbitterung, die sich offensichtlich tagelang aufgestaut hatte. »Und in der Zwischenzeit verrottet Errian in einer Zelle unter Irith. Winter hin oder her, wir sollten uns darauf konzentrieren, ihn zu befreien.« Er ließ sich auf einen gepolsterten Stuhl hinter einem Tisch fallen, auf dem eine zweite Karte von Erland von zwei Kerzen und zwei Bierhumpen beschwert wurde. Auf der Karte hatte er behelfsmäßigen Fähnchen aus Nähnadeln und kleinen Stofffetzen angebracht.

»Entschuldige«, sagte er. »Ich trage das seit Stunden mit mir herum. Hier ist es besser als dort, wo Errian ist, und immerhin habe ich ein Feuer.« Er zeigte auf den Kamin, in dem es ordentlich loderte.

Pherri runzelte die Stirn. Orsian scherte sich wahrscheinlich genauso wenig wie sie darum, dass man Errian gefangen genommen hatte. Besser ihn als irgendein anderes Mitglied ihrer Familie, und er hatte nichts Geringeres verdient. Ihrem Bruder machte noch etwas anderes zu schaffen.

»Ich habe heute Lord Theodric kennengelernt«, berichtete sie, um das Thema zu wechseln, und setzte sich Orsian gegenüber. »Er war nett. Er hat mir seine Gemächer gezeigt.«

»Wirklich?«, fragte Orsian überrascht und stellte seinen Bierhumpen so unsanft auf den Tisch, dass sich darin Schaum bildete. Er musste schnell einen Schluck trinken, um seine Karte zu retten. »Das war mutig von dir. Ich wette, die meisten Leute, die dort hineingehen, kommen nicht wieder heraus.«

Pherri zuckte die Achseln. »Es ist nicht so seltsam dort, wie du anscheinend denkst. Aber er hat mir etwas gezeigt.« Sie zog eine Münze aus ihrer Tasche und legte sie auf den Tisch. »Wirf sie hoch und sag an, ob sie auf Kopf oder Zahl landen wird.«

»Warum?« Orsian sah sie fragend an.

»Das erzähl ich dir hinterher.«

Orsian zuckte die Achseln. Er nahm die Münze und warf sie hoch. »Kopf.« Er ließ die Münze auf den Tisch fallen, und sie landete mit der Kopfseite nach oben. Er sah Pherri an. »Was jetzt?«

»Mach es noch mal.«

Pherri ließ Orsian das noch viermal wiederholen, wobei er zweimal Kopf und zweimal Zahl sagte, zweimal richtig und zweimal falsch. Pherri nickte und stellte zufrieden fest, dass Orsian das, was Theodric an ihr bemerkenswert fand, nicht besaß.

»Schau her«, forderte sie ihn auf. Pherri hatte Theodric gegenüber leichte Gewissensbisse, aber er hatte ihr nur aufgetragen, nicht zu *üben*. Und *sie* übte ja nicht, sie wusste bereits, dass sie es konnte. Sie warf die Münze zehnmal in schneller Folge hoch. *Kopf, Kopf, Zahl, Kopf, Zahl, Zahl, Zahl, Kopf, Zahl, Kopf.* Wie sie es vorausgesehen hatte, landete die Münze jedes Mal zu ihren Gunsten.

Orsian starrte sie mit offenem Mund an, als versuchte er, ein Rätsel zu lösen. »Ist das eine Trickmünze?«, fragte er, als Pherri fertig war. »Warum funktioniert sie bei mir nicht?«

»Theodric sagt, das liege daran, dass ich eine Magierin bin.« Pherri warf die Münze erneut und dachte dabei sowohl an Kopf als auch an Zahl. Die Münze landete hochkant auf dem Tisch. Pherri wartete einige Sekunden lang, bevor sie das Ergebnis ausrief. »Kopf.« Die Münze fiel.

Orsian erbleichte und starrte benommen auf König Hessians goldenes Antlitz, mit einem Anflug von Furcht in seinen Zügen, fand Pherri. »Bei Eryis Blut. Du bist eine Magierin.« Sein Ton war fast anklagend, als hätte sie ihn irgendwie betrogen. »Hast du das heute erst gelernt?«

»Da gab es nicht viel zu lernen. Ich sage einfach, wie die Münze landet, und dann tut sie es. Tatsächlich ist es ziemlich anstrengend.« Sie spürte ein müdes Kribbeln in ihren Fingern und nahm einen Schluck aus einem von Orsians Bierhumpen. Sie hatte noch nie Bier gekostet und musste sich eine Hand auf die Lippen pressen, um es nicht wieder hochzuwürgen.

Orsian runzelte die Stirn. »Das ist eine mächtige Sache, mit der du da herumspielst.«

Pherri nickte.

Orsian hielt inne, um einen tiefen Schluck von seinem Bier zu nehmen, und Pherri ahmte ihn nach und versuchte, nicht zu husten. »Es waren die Magier, die seinerzeit das Imperium gegründet haben. Sie haben den Menschen jahrhundertelang ihren Willen aufgezwungen, um Ulvatia zu errichten. Es geht nicht nur darum, Münzen hochzuwerfen, Pherri; das hier ist gefährlich.«

Pherri runzelte die Stirn. »Die Magier des Imperiums sind schon lange tot.«

»Ein Grund mehr, das nicht auf die leichte Schulter zu nehmen! Denkst du, die Menschen fürchten Theodric, weil er beeinflussen kann, auf welcher Seite eine Münze landet? Es ist nicht sicher, Pherri. Du solltest dich von ihm fernhalten.«

Pherri verstand nicht, warum ihr Bruder sich so benahm. Was ging es ihn an, mit wem sie ihre Zeit verbrachte? Er durfte mit Schwertern herumhantieren und in einem Krieg kämpfen; das war viel gefährlicher als das, was sie mit Theodric tat. »Das werde ich nicht. Es ist interessant. Ich will Magierin werden.«

»Wozu? Die Menschen werden sich vor dir fürchten. Mutter würde das auch nicht gefallen.«

Pherri lachte. »Warum sollte Mutter etwas dagegen haben? Ich hatte schon immer Lehrer.«

»Das hier ist etwas anderes. Was Theodric kann, ist unnatürlich.«

»Du verstehst doch nicht mal, was Theodric kann!« Pherri warf verärgert die Hände hoch. Das sah Orsian überhaupt nicht ähnlich. Sie stritten sich sonst nie. »Theodric gibt mir eine Chance, etwas Besonderes zu sein. Willst du nicht, dass ich glücklich bin?«

»Ich will, dass du in Sicherheit bist. Wie würde dein Leben aussehen? Niemand wird eine Magierin heiraten wollen, und Errian wird dich nicht in der Veilchenburg bleiben lassen, wenn er sie erbt.«

Pherri schüttelte den Kopf. Es war ihr noch nie aufgefallen, aber Orsian war wirklich furchtbar fantasielos. »Für dich ist es einfach. Du wolltest doch immer nur ein Krieger sein. Was ist, wenn ich nicht nur die Frau eines Lords sein will, wenn ich groß bin?«

Orsian blinzelte sie an. »Du weißt, dass ich dich niemals

zwingen würde, irgendjemanden zu heiraten. Ich sage nur, wie es ist.«

»Wie es *ist,* ist nicht zwangsläufig die einzige Art und Weise, wie es sein kann.«

»Wie meinst du das?«

Pherri versuchte, sich ihre Frustration nicht anmerken zu lassen. »Ich meine, dass niemand von dir verlangt, eine perfekte Kopie von Vater zu sein, und ich werde niemals eine perfekte Kopie von Mutter sein. Willst du nicht frei sein? Hast du je darüber nachgedacht, *kein* Krieger zu sein?«

Orsians Gesicht wurde lang, und es vergingen mehrere Sekunden, bevor er antwortete. »Keiner von uns ist frei, Pherri«, sagte er traurig. Er nahm einen langen Zug von seinem Bier, stellte seinen Becher energisch auf den Tisch und stand abrupt auf. »Du solltest gehen. Ich muss morgen in aller Frühe aufstehen. Und du solltest mit Mutter sprechen, bevor du dich noch einmal mit Theodric triffst.«

Pherri nickte, obwohl sie nicht die Absicht hatte, dergleichen zu tun. »Gute Nacht, Orsian.«

Sie kehrte in ihr Zimmer zurück. Was in Eryis Namen war nur in ihren Bruder gefahren?

KAPITEL 31

Rymunds Rückkehr nach Irith war ein trunkener Rausch. Er hatte Hunderte von Männern in Ost-Erland verloren, aber im Falle eines Sieges wäre jedes Leben gut genutzt gewesen. Der Sieg war zum Greifen nah gewesen, bis irgendein Verrückter die feindliche Flanke in Brand gesteckt hatte.

Während ihres Rückzuges hatte er beschlossen, diesen Tag aus seinem Gedächtnis zu löschen, indem er trank, bis er sich nicht einmal mehr an seinen eigenen Namen erinnern konnte. Er zog Dom und Will mit sich, und gemeinsam hatten sie es sich in Rymunds Gemächern gemütlich gemacht, während ein ständiger Strom von Dienern Wein aus dem Keller holte und Frauen aus der Stadt zu ihnen brachte. Es war wie in alten Zeiten, bevor er sich die törichte Idee in den Kopf gesetzt hatte, König werden zu wollen.

Viele Tage später wachte er in seinem Sessel auf, mit Erbrochenem in seinem Bart und einem ohnmächtigen Mädchen auf dem Schoß. Er stolperte schwankend auf den Balkon und übergab sich erneut, bis sein Mageninhalt den morgendlichen Frost zum Schmelzen brachte.

Die eisige Luft ernüchterte ihn. Der Wind blies ihm um die Ohren, und er konnte den sauren Gestank von altem Schnaps in seinem Atem riechen. Er blickte zurück in seine Gemächer, wo Will sich im Schlaf eine Weinflasche an die Brust drückte und Dom mit einem anderen Mädchen verknäult war, und er ekelte sich ein wenig vor sich selbst. Dies war nicht das Verhalten eines Mannes, der hoffte, König zu werden. Eine Niederlage war eine Schande, aber sich bis zur Besinnungslosigkeit zu betrinken war noch schlimmer. Er hatte doch getan, was er sich vorgenommen hatte, oder nicht? Ein paar Hundert Tote, meist Söldner, änderten daran nichts. Die Ost-Erländer würden diesen Winter hungern, und Andrik Fassbrecher hatte ihn nicht geschlagen. Das nächste Mal würde er es besser machen. Das nächste Mal würde er siegen.

Er verließ den Raum so, wie er war, und nahm sich trotz seines pochenden Kopfes die Zeit, eines seiner besten Wämser anzuziehen und sich von einem Diener das Haar kämmen zu lassen, bis es glänzte. Danach ging er in seine unteren Gemächer hinunter, die an die Halle angrenzten, wo der Lord von Irith Streitigkeiten schlichten und Recht sprechen sollte. Er hatte in letzter Zeit herzlich wenig von beidem getan.

Zu seiner Überraschung fand er dort seine Mutter vor, die wie immer prachtvoll anzusehen war in einem grünen Seidenkleid mit tiefem Ausschnitt und mit Schmuck behangen. Sie saß bereits mit Adfric und Strovac am Tisch. Auch Adfric hatte die verquollenen Augen von jemandem, der im Alkohol Trost gesucht hatte. Strovac sah aus wie immer: hart und gemein und kleinlich.

»Nun, das ist eine erfreuliche Überraschung«, begrüßte seine Mutter ihn. »Dass du nur drei Tage lang in eine Flasche gestarrt hast. Vielleicht bist du doch nicht so sehr deines

Vaters Sohn, wie ich dachte. Er hätte sich mindestens eine Woche lang in einer Taverne verschanzt.«

»Freut mich auch, dich zu sehen, Mutter.« Ihm war nicht danach zumute, sich mit ihr zu streiten. »Was macht Ihr hier?«, fragte er Adfric.

Adfric sah ihn verlegen an. »Ich bin dabei, unseren Feldzug für den Frühling zu planen, Mylord.«

»Ihr seid beide jämmerlich«, schalt ihn seine Mutter. »Denkst du, Lord Andrik hat die letzten drei Tage damit verbracht, sich zu betrinken, weil er nicht verhindern konnte, dass mehr als die Hälfte der Getreidespeicher verbrannt wurde, oder denkst du, er versammelt seine Männer und plant einen Feldzug? Es wird noch viele Tote und vielleicht auch Niederlagen geben, bevor die Sache erledigt ist. Reißt euch zusammen.«

Rymund rieb sich die Schläfe. Er hasste es, dass sie recht hatte. »Na schön. Was schlägst du vor, wo wir anfangen sollen?«

»Wir sollten damit anfangen, dass wir über unseren Erfolg nachdenken.« Ihre Worte waren eine solche Überraschung, dass sie ihn gründlicher ernüchterten als ein kaltes Bad. Rymund konnte sich nicht erinnern, wann sie das letzte Mal irgendetwas von dem gelobt hatte, was er getan hatte. »Die Ernte war ohnehin schon schlecht ausgefallen. Der Preis für gemahlenes Getreide ist in Merivale um drei Fünftel höher als im letzten Jahr, und du hast das Angebot vielleicht um ein Zehntel reduziert. Hessian könnte die Probleme der Stadt noch verschärfen, indem er seine Garnison aufstockt, und alles deutet auf einen ungewöhnlich kalten Winter hin, der die Bevölkerung der Stadt und ihren Bedarf an Brot weiter ansteigen lassen würde. Kurz gesagt, dein Angriff hat die ohnehin schon schwierige Situation für Hessian noch verschlimmert, genau wie du es geplant hast.«

Rymund fehlten wahrhaftig die Worte. Er versuchte, ihr zu danken, aber es kam nur ein Krächzen heraus.

»Was die Situation hier betrifft«, fuhr sie fort, »hat Lord Strovac vieles von dem getan, was getan werden musste.« Sie nickte dem Riesen ihr gegenüber anerkennend zu. »Man hat die Familien über ihre Verluste informiert, und deine Söldner haben eine angemessene Unterkunft gefunden. Die Männer von Lord Storaut werden bei ihm überwintern, aber er hat geschworen, am ersten Tag des neuen Frühlings zurückzukehren.«

Rymund war erstaunt und verärgert darüber, dass Strovac bei all diesen Dingen geholfen hatte, aber er versuchte, es sich nicht anmerken zu lassen. Er hatte erwartet, dass der Mann zornig sein würde, nachdem er in der Schlacht verwundet und in die Flucht geschlagen worden war, und dass er das an irgendeinem armen und ahnungslosen Menschen auslassen würde. Er musste aufhören, den Mann zu unterschätzen. Es war beeindruckend genug, dass seine Verletzung ihm keine Probleme zu bereiten schien, aber er war auch gerissener, als Rymund ihm zugetraut hätte. Und nützlich, wenn man ihn wachsam beobachtete und ihm ab und zu seinen Kopf ließ, wie bei einem übellaunigen, aber unverwüstlichen Pferd. Er schien die Gunst seiner Mutter und die Zuerkennung seines noch gebietslosen Titels erlangt zu haben.

»Lord Sigac hat auch auf dem Schlachtfeld seinen Wert bewiesen«, sagte Rymund. »Seine Klugheit und sein Mut haben das Blatt gewendet. Er hätte einen ruhmreichen Sieg errungen, wenn das Feuer nicht gewesen wäre.« *Das sollte ihn glücklich machen.*

»Hat er aber nicht«, sagte Breta unumwunden. »Und als sich die Gelegenheit bot, Andrik zu töten, hat er irgendwie einen Speer ins Bein bekommen.« Strovacs Gesicht wurde lang. »Es hat keinen Zweck, sich zu fragen, *was wäre, wenn.*

Ihr hattet dreimal so viele Männer wie sie, und doch habt ihr gute Kämpfer bei dem Versuch verschwendet, ihren Schildwall abschnittweise mit Söldnern und Wilden zu durchbrechen, die man anders besser hätte einsetzen können. Wäre ich dabei gewesen, hätte ich das nicht erlaubt.«

Rymund spürte, wie seine Kopfschmerzen stärker wurden. Er widerstand dem Drang, nach Wein zu schicken, und schnappte sich stattdessen einen Apfel vom Tisch, von dem er einen großen Bissen nahm, um zu verhindern, dass er ihr eine schnippische Antwort entgegenschleuderte.

»Wenigstens hattest du den Fassbrecher-Jungen hiergelassen«, fuhr sie fort.

Rymund verschluckte sich fast an seinem Apfel. Er hatte Errian völlig vergessen. »Wo ist er?«, fragte er mit einem Husten, während er zu schlucken versuchte und sein Blick zu Strovac flog. Wenn Errian etwas zugestoßen war, würde Rymund Strovacs Kopf verlangen.

»Im höchsten Stockwerk des Gästeflügels«, erwiderte Breta. »Wir haben ihm das ganze Geschoss überlassen.«

»Ist das notwendig?«, fragte Adfric. »Er ist ein Gefangener, kein Gast.«

»Er entstammt dem Adel«, gab Breta zu bedenken, als wäre die Sache damit erledigt. »Er mag der Sohn des Bastards einer fremdländischen Hure sein, aber wir werden ihn so behandeln, wie es seinem Rang entspricht. Ich garantiere dir, dass er vollkommen sicher verwahrt wird. Sechs Männer bewachen ihn, und er bekommt nichts in die Hand, das als Waffe benutzt werden könnte, nicht einmal Besteck für seine Mahlzeiten.« Sie sah Rymund vielsagend an. »Du solltest zu ihm gehen und mit ihm sprechen.«

»Habt Ihr den Verstand verloren?«, stieß Strovac hervor. »Er ist ein Gefangener! Legt ihn in Eisen, schafft ihn in den Kerker und fangt an, seinem Vater Körperteile zu schicken.« Er leckte sich die Lippen. »Ich werde das selbst übernehmen.« Seine Augen waren die eines Raubtieres, wie bei einem Fuchs, der sich an einen Hühnerstall heranpirschte, als er die Hand, an der nur der Stumpf seines kleinen Fingers verblieben war, zur Faust ballte.

Breta machte sich nicht die Mühe, ihn anzusehen. »Wir sind nicht Hessian und werfen unsere Feinde nicht in einen Kerker, um sie von Ratten auffressen zu lassen. Wir werden ihn mit der gebotenen Höflichkeit behandeln. Ihr herrscht nicht über Irith, *Mylord,* und Ihr wäret gut beraten, in Erinnerung zu behalten, dass man Euch das, was man Euch gegeben hat, auch wieder nehmen kann.« Sie betonte die beiden Silben seines Titels wie zwei einzelne Wörter, um ihn daran zu erinnern, dass er, auch wenn sie ihn aus Höflichkeit so anredete, Herr über nichts und niemanden war, außer über das, was die Prindians ihm zur Verfügung stellen konnten. Solange Hessian in Merivale herrschte, waren Strovacs bescheidene Ländereien in Ost-Erland für ihn verloren.

Strovac erwiderte nichts und hielt den Blick respektvoll neutral, aber er verzog den Mund, als kaute er auf einer Brennnessel.

Als es keine weiteren Einwände gab, nickte Breta Prindian entschlossen und betrachtete die Sache als erledigt. »Ich freue mich, dass wir uns alle einig sind.« Sie nahm einige Bögen Pergament von dem Stuhl neben ihr und reichte sie Rymund. »Das sind die Briefe, in denen du deine Vasallen zu den Waffen rufst, und einige weitere, in denen du die anderen Lords des Westens aufforderst, deinen Anspruch auf den Thron zu unterstützen. Sobald der Frühling kommt, werden wir bereit sein, in großer Zahl zu marschieren. Ich habe Boten bereitstehen, also füge deine Unterschrift und dein Siegel hinzu und lass Adfric die Vorbereitungen treffen. Und nun, wenn Ihr mich entschuldigen würdet, werde ich heute Hof halten.« Sie erhob sich abrupt vom Tisch, was die drei Männer nötigte, sich mit ihr zu erheben, und schwebte mit ihrem wogenden grünen Seidengewand aus dem Raum in Richtung der Haupthalle.

Rymund seufzte und verfluchte sich dafür, dass er drei Tage vergeudet und seiner Mutter die Kontrolle überlassen hatte. Es war, als wäre er immer noch ein kleiner Junge, der ohne Abendessen ins Bett geschickt wurde. Würde er sich immer noch ihren Launen unterwerfen, wenn er König wurde? Wenn er wirklich herrschen wollte, musste er sie irgendwann in ihre Schranken weisen, aber nicht heute, solange er diese Kopfschmerzen hatte.

Als die Briefe unterschrieben und versiegelt waren, stieg er die Treppe zum Gästeflügel hinauf. Das oberste Stockwerk war eines der prunkvollsten: Die Wände waren mit kunstvollen Wandteppichen geschmückt, die die Ahnenreihe der Prindians zeigten, und der Boden war mit dicken grünen Teppichen ausgelegt, die selbst im tiefsten Winter die Füße wärmten. Normalerweise wurde diese Etage von einer ganzen Familie oder einer Gruppe von Würdenträgern bewohnt, die zu Besuch waren. Sie einem einzigen Mann zu überlassen war ungewöhnlich, vor allem, wenn es sich um einen Gefangenen handelte. Die Kerker von Burg Irith lagen nicht so tief und waren nicht so dunkel wie die in Pfeiferswehr, aber kein Gefangener war je entkommen. Wenn Errian nicht kooperierte, beschloss Rymund, dass einige Tage dort unten ihn vielleicht gefügiger machen würden. Er nahm sechs Wachen als Eskorte mit. Errian wurde bereits von sechs Männern bewacht, aber Rymund ging kein Risiko ein.

Er klopfte an die Tür des großen Schlafgemaches und trat ein, ohne abzuwarten.

Drinnen stand Errian mit dem Rücken zur Tür am Fenster. Auf der Reise war er verdreckt gewesen, aber jetzt trug er einen sauberen einfachen Ledergoller über einem roten Wams, dazu dunkle Hosen und hohe schwarze Stiefel, als wäre er für einen Tag auf der Jagd gekleidet. Auch sein Bart war gestutzt worden. Er hatte die Hände hinter dem Rücken verschränkt, aber Rymund spürte den aufgestauten Zorn, der in ihm lauerte.

Rymund ergriff als Erster das Wort. »Das Fenster lässt sich nicht öffnen, falls Ihr darüber nachgedacht habt.« Zu Rymunds Überraschung antwortete Errian: »Ich weiß, ich habe es versucht.« Er drehte sich langsam zu Rymund um, sein Gesicht trotzig verschlossen. Die Niederlage und seine Gefangenschaft hatten ihm nicht seinen Stolz geraubt. »Nicht, dass es mir so viele Stockwerke über dem Boden etwas genützt hätte.« Er betrachtete die sechs Wachen hinter Rymund, die alle eine Hand auf ihrem Schwertgriff liegen hatten. »Seid Ihr hier, um mich zu töten? Lasst mich zumindest mit einem Schwert in meiner Hand sterben. Fünfzig Goldmünzen, dass ich drei von ihnen umbringe, bevor sie in der Lage sind, mich abzustechen.«

Rymund hatte es auf dem Marsch nicht bemerkt, aber jetzt, da Errians Prellungen verblassten und er wieder wie ein Lord gekleidet war, schockierte es ihn, wie sehr der Mann ihn an Prinz Jarhik erinnerte. Er war kleiner, breiter und hatte sein Haar modisch lang wachsen lassen, aber er zeigte die gleichen scharfen, gut aussehenden Gesichtszüge und stählernen Augen. »Ihr seht aus wie Jarhik«, sagte er, ohne nachzudenken.

Errians Gesicht lief rot an vor Zorn, und er trat einen Schritt auf Rymund zu. Er hätte vielleicht noch einen gemacht, aber die Wachen ließen Stahl aus ihren Scheiden aufblitzen, um ihn zu warnen. »Sprecht seinen Namen nicht aus. Jarhik war wie ein Bruder für mich. Ihr habt ihn nicht gekannt.«

Rymund hob beschwichtigend eine Hand. »Vergebt mir.« Froh, so viele Wachen bei sich zu haben, deutete er hinter sich, wo ein Diener mit schneeweißem Gesicht nervös ein Tablett in Händen hielt. Darauf waren ein Krug Wein und ein Teller voller Brot und Fleisch zu sehen. »Würdet Ihr etwas mit mir trinken?«

Errian zuckte die Achseln. »Eure Burg. Wenn Ihr hier trinken wollt, kann ich Euch kaum daran hindern. Vielleicht trinke ich mit, vielleicht auch nicht.«

Rymund setzte sich an den Tisch im Raum, füllte zwei Becher mit Wein und stellte den Teller mit Brot zwischen sie. Errian beäugte alles mit hungrigem Blick, und sobald er sah, dass Rymund einen Schluck nahm, setzte er sich zu ihm, immer noch mit feindseliger Haltung.

Die Wachen standen ein kleines Stück von ihnen entfernt, doch Rymund konnte sehen, dass Errian ihre Schwerter bewunderte, während er an seinem Wein nippte. Rymund berührte das Messer an seinem Gürtel, davon überzeugt, dass er es rechtzeitig ziehen konnte, falls Errian irgendetwas versuchte.

»Habt Ihr Jarhik getötet?«, fragte Errian. »Ich werde es merken, wenn Ihr lügt.«

Rymund schüttelte den Kopf: »Nein. Ich dachte, es wäre meine Mutter gewesen, aber sie streitet es ebenfalls ab. Habt Ihr gewusst, dass Hessian versucht hat, mich entführen zu lassen?«

»Daraus kann man ihm keinen Vorwurf machen«, entgegnete Errian, »schließlich habt Ihr einen Vertrauensbruch begangen und versucht, die Krone zu stehlen. Wie die Dinge lagen, hätte sie Euch ohnehin gehört, wenn er gestorben wäre, aber darauf besteht jetzt keine Chance mehr.«

»Bevor er versucht hat, mich zu entführen, wollte ich nichts mit der ganzen Sache zu tun haben. Aber er hat mir keine andere Wahl gelassen. Ich werde niemals sicher sein, solange er regiert.«

Errian zuckte die Achseln. »Ihr werdet wohl kaum sagen:

›Ich habe gehört, dass Jarhik tot ist, und wollte nicht riskieren, dass Hessian vor seinem Tod noch einen Sohn zeugt.‹ Ich werde mir Eure Gründe anhören, aber Ihr seid deswegen nicht weniger ein Verräter.« Er nahm ein Stück Brot und kaute ungeniert darauf herum. »Nicht, dass das irgendetwas nützen wird. Sobald der Frühling kommt, wird mein Vater wieder ins Feld ziehen, und dann wird Euer Kopf auf einem Pfahl stecken.«

»Ich hätte ihn besiegt, wenn er nicht seine Flanke in Brand gesteckt hätte.« Es klang lahm, als er es sagte, wie wenn ein Kind Ausreden erfand, weil es ein Spiel verloren hatte.

Errian stieß ein Schnauben aus. »Und wenn ich nicht so töricht gewesen wäre, Strovac Sigac zu vertrauen, säße ich jetzt nicht hier. Jedes Arschloch auf Erden hat irgendeine Ausrede.«

Rymund räumte ein, dass er damit recht hatte. »Wir werden das im Frühling klären.«

Errian nickte. »Und ich habe die Absicht, dabei zu sein, wenn wir das tun. Welches Lösegeld werdet Ihr für meine Freilassung verlangen? Ich besitze selbst ein gewisses Vermögen, und wenn ich mir den Preis nicht leisten kann, stimmt mein Vater vielleicht zu, ihn zu begleichen. Oder sogar der König.«

»Es wird keine Lösegeldforderung geben«, sagte Rymund. »Ihr dürft an Eure Familie schreiben und ihre Briefe empfangen, aber Ihr werdet diese Burg nicht verlassen, bis ich den Krieg gewonnen habe.« Er bemühte sich um einen festen Tonfall und hielt den Blick starr auf Errians Augen gerichtet, auf der Hut vor plötzlichen Bewegungen, die auf einen Angriff hindeuten konnten. Errian hielt seinem Blick stand und blieb ruhig sitzen, also sprach Rymund weiter. »Wenn Ihr während Eurer Gefangenschaft irgendetwas braucht, dann fragt einfach, und ich werde tun, was ich kann, um es Euch zu verschaffen.«

Errian lehnte sich zurück, kratzte sich nachdenklich am Hals und ließ den Wein in seinem Kelch kreisen. »Papier und Feder. Mehr Wein. Jeden Tag ein paar Stunden im Innenhof, um mich in der Schwertkunst zu üben. Und dass ich mich in der Burg frei bewegen kann.«

Er wurde mit jeder Bitte kühner. Rymund lächelte schwach. »Mit den ersten beiden Forderungen kann ich dienen. Mit der dritten vielleicht, obwohl Ihr Euch mit einem hölzernen Trainingsschwert begnügen müsstet. Aber was die vierte betrifft … niemals.«

Errian neigte den Kopf. »Besser, als ich erwartet hatte. Und schwört Ihr mir, dieses Tier Strovac Sigac von mir fernzuhalten? Wenn ich ihn sehe, wird einer von uns beiden sterben. Er hat mich einmal überrumpelt, aber das nächste Mal werde ich ihn töten. Wie geht es seinem Finger? Das süßeste Mahl, das ich je gekostet habe.«

»Euer Vater hat Ihn ebenfalls verwundet, aber der Mann ist nicht aufzuhalten.« Rymund gab seinen eigenen Zwiespalt in Bezug auf Strovac nicht preis. Im Großen und Ganzen vertraute er seinen Wachen, aber wenn er schlecht über seinen besten Krieger sprach, würde das in der Garnison für viel Klatsch sorgen.

»Wie schade, dass er ihn nicht getötet hat.«

Am nächsten Tag befahl Rymund Strovac, sich ein Quartier in der Stadt zu suchen. Es war ein zu großes Risiko, Strovac und Errian während der Wintermonate am gleichen Ort zu beherbergen. Rymund wollte keinen der beiden verlieren, obwohl er sich sicher war, dass Errian im Falle eines Kampfes, ob mit oder ohne Schwert, trotz seines Prahlens den Kürzeren gezogen hätte.

Häuptling Ba'an und seine Thrumb hatten sich entschieden, in Irith zu überwintern, statt dem Schnee zu trotzen und nach Hause zurückzukehren. Ba'an hatte geschworen, dass er nicht abreisen würde, bevor Strovac ihre Vereinbarung einlöste, seine Tochter zu heiraten, und Strovac schien es damit nicht eilig zu haben.

Rymund war sich nicht ganz sicher, was er von Ba'an und seinen Thrumb halten sollte. Sie kleideten sich ähnlich wie die Erländer, trugen aber alle einen hängenden Schnurrbart und ihr Haar in sechs langen Zöpfen. Sie sprachen fast genauso gut Erländisch mit Akzent wie die Einheimischen, behaupteten aber, ihre Häuser in den hohen Bäumen von Thrumb zu bauen und nicht auf dem Boden. Sie hatten sich in der Schlacht nicht blamiert, aber auch nicht hervorgetan; ihre Reihen schienen kaum dezimiert, was entweder auf Kompetenz oder Feigheit hindeuten konnte. Ba'an sprach nur wenig, auch als Rymund ihm eines Tages eine direkte Frage stellte, als er ihn zum Abendessen eingeladen hatte.

»Ich gehe davon aus, dass Ihr mit Strovac als Schwiegersohn zufrieden seid?«, fragte Rymund, um das Gespräch in Gang zu bringen.

Er glaubte, die Lippen des Häuptlings mit seiner hässlichen Sichelnarbe leicht zucken zu sehen, aber ansonsten regte sich nichts in Ba'ans Gesicht. »Ich habe acht Töchter. Sie müssen alle irgendjemanden heiraten.«

»Und hofft Ihr darauf, während Eurer Zeit in Erland weitere potenzielle Ehepartner für sie zu finden?« Rymund konnte nicht glauben, dass die bloße Aussicht auf Strovac als Schwiegersohn genügt hatte, um Ba'an in den Krieg zu locken.

»Ich hoffe darauf, mein Volk beschützen zu können, indem ich Euch zwischen uns und Hessian behalte.« Mehr sagte Ba'an zu diesem Thema nicht.

Ein Gespräch mit ihm war ungefähr so unterhaltsam wie

das Ziehen der eigenen Fingernägel, aber auch nicht aufschlussreicher. Rymund lud ihn nicht noch einmal ein.

Die Anwesenheit der Thrumb blieb nicht unbemerkt. Viele sahen sie als größeren Feind an als die Ost-Erländer, und in den ersten Wochen floss zwischen den Thrumb und den Männern von Irith mehr als einmal Blut in den Schnee. Rymund und seine Mutter bestraften die Schuldigen, und diejenigen, die zeigten, dass man ihnen nicht trauen konnte, wurden aus der Burg geworfen und in die Kaserne der Stadt geschickt. Nachdem sie die ersten Exempel statuiert hatten, lernten die Männer, sich zu beherrschen.

Später in diesem Monat rief Rymunds Mutter ihn in ihre Gemächer, was ihn mit bösen Vorahnungen erfüllte. Er hatte ihr ein wenig Kontrolle abgetrotzt, indem er Strovac aus der Burg vertrieben hatte, aber sie behielt ihren Einfluss über den Haushalt und die Dienerschaft, und vor allem hielt sie weiterhin Hof und entschied über Streitigkeiten, was eigentlich Rymunds Pflicht als Herr von Irith war.

Sie hatte auch die Gemächer des Lords für sich behalten, die viel größer waren als Rymunds eigene, aber sie hatte alle Spuren ihres verstorbenen Gemahls beseitigt, bis nicht mehr erkennbar war, dass überhaupt je ein Mann dort gelebt hatte. An jeder Wand des Vorzimmers hingen Spiegel, auf jeder freien Fläche standen süßlich duftende Kerzen, und die Decke war wie der Nachthimmel mit Hunderten von filigranen Sternen bemalt. Ein loderndes Feuer wurde ständig durch einen Diener mit einem Stapel Brennholz in Gang gehalten, der jeden Morgen neu aufgefüllt wurde. Es gab sogar eine versteckte Tür, wenn man wusste, wo man suchen musste, hinter der eine Treppe lag, über die man Speisen direkt von den Küchen heraufbringen konnte.

Sie hatte ihm gesagt, er solle sich so kleiden, als wäre es seine Krönung, was Rymund verwirrt hatte, aber er befolgte ihre Anweisungen. Er trug seine blank geputzten Stiefel, ein Wams in Prindian-Grün, eine goldene Smaragdkette und einen schwarzen Wollumhang um die Schultern. Erst nach der von seiner Mutter festgesetzten Zeit kam er an, da er sich entschieden hatte, mit einem Glas Wein in seinem Zimmer zu bleiben, nur um sie warten zu lassen. Er klopfte an und trat ein, ohne ihr die Chance zu geben, zu antworten; schließlich war das hier seine Burg. Zu seiner Überraschung war seine Mutter nicht allein, und als er eine Schönheit von Frau neben ihr wahrnahm, blieb er wie angewurzelt stehen.

Sie war jung, aber hochgewachsen, genauso groß wie Rymund, mit langen schwarzen Haaren, Wangenknochen, so markant und gerade wie Stilette, und großen, dunkelgrünen Augen wie Jadesplitter. Schwere Pelze hingen über ihren Schultern, und darunter trug sie ein seidig glänzendes rotes Kleid, das sich um ihre Taille schmiegte und ihre anmutige Figur betonte. Sie sah ohne ein Lächeln auf ihren dunklen Lippen zu Rymund auf und hob ihr stolzes Kinn leicht an. »Rymund«, sagte seine Mutter. Ihm wurde bewusst, dass er die junge Frau angestarrt hatte, und klappte den Mund zu. Dann drehte er sich um und schloss die Tür hinter sich, was ihm die Gelegenheit gab, seine Fassung wiederzugewinnen. Wer war dieses Mädchen?

Seine Mutter beantwortete seine stumme Frage. »Ich habe das Vergnügen, dir Prinzessin Helana Sangreal vorzustellen.«

Wäre Rymund nicht schon sprachlos gewesen, wäre er es nach dieser Nachricht gewesen. »Es freut mich, Euch kennenzulernen, Mylady«, brachte er nach einer Pause stockend heraus, und sein Mund schien gleichzeitig zu feucht und zu trocken zu sein. Da er sich wie ein Idiot vorkam, trat er vor und machte eine Verbeugung, um ihr einen Kuss auf den Handrücken zu hauchen. »Willkommen auf Burg Irith«, fügte er hinzu, als wäre es das Natürlichste auf der Welt, die

Tochter seines Feindes in seinem Heim willkommen zu heißen.

»Und mir ist es ebenfalls eine Freude, Euch kennenzulernen, Mylord.« Ihr Lächeln war pure distanzierte Höflichkeit.

Auch Breta lächelte, offenbar zufrieden. »Ich habe für euch ein gemeinsames Abendessen in der unteren Halle arrangiert. Die Dienerschaft weiß nicht, wer Helana ist, sodass ihr euch diskret verhalten solltet.«

Rymund nickte, aber als sie sich von seiner Mutter verabschiedeten, fühlte er sich unbehaglich. Was führte seine Mutter im Schilde? Helana blieb ihm gegenüber kühl und machte keine Anstalten, sich mit ihm zu unterhalten.

Der Tisch in der unteren Halle war für sie mit dem ersten von acht Gängen gedeckt worden, wie Rymund von einem Diener erfuhr – eingelegter Hering mit Zwiebeln. Rymund rückte Helana den Stuhl zurecht und erntete dafür den Anflug eines Lächelns, wie er glaubte.

»Ein ziemliches Festmahl, jetzt im Winter«, sagte sie schließlich, während sie sich an Wein und Hering bediente.

»Unsere Vorratslager sind gut bestückt«, entgegnete Rymund.

Sie zog die Nase kraus. »In Merivale ist das nicht so, was wir Euch zu verdanken haben.«

»Ich habe getan, was ich tun musste. Unsere Familien befinden sich im Krieg.«

»Mein Vater wird nicht verhungern. Andere schon.«

»Wenn ich König bin, werden alle ihren rechtmäßigen Anteil an Nahrung bekommen.« Er fühlte sich nicht mehr schuldig für das, was er auf der anderen Seite des Flusses getan hatte. Es war nichts anderes als das, was Hessian getan hätte.

Das entlockte ihr endlich ein echtes Lächeln. »Wenn Ihr König seid?« Sie lachte. Sie war so schön, dass Rymund fast vergaß, gekränkt zu sein. »Ich habe gehört, dass mein Cousin

Euch die Hosen heruntergezogen und Euren Arsch in Brand gesteckt hat.«

Es hatte etwas Reizvolles, eine junge Frau von hoher Geburt so vulgär reden zu hören. Rymund schenkte sich Wein ein und konnte das Lächeln, das seine Lippen umspielte, nicht unterdrücken. »Beim nächsten Mal werde ich vorsichtiger sein. Und ich habe zwei Geiseln: Ich habe Errian, und jetzt habe ich auch Euch.«

»Ihr könnt Eure Mutter fragen, wie mein Vater zu mir steht. Als Gefangene bin ich für Euch wertlos.«

»Euch gefangen zu nehmen würde ich nicht wagen. Ihr scheint mir gefährlicher zu sein als Lord Errian.«

»Und besser im Umgang mit einer Klinge.« Sie spießte wie zum Beweis mit ihrem Messer das letzte Stück Hering auf.

»Einer meiner Söldnerhauptleute ist eine Frau; auch sie ist gefährlich. Aber wenn Ihr keine Gefangene seid, warum seid Ihr dann hier?«

Helana zog eine Braue hoch. »Ich bin hier, um Euch das Leben zu retten.«

»Mir war gar nicht bewusst, dass es gerettet werden müsste.«

»Das wird es aber, wenn der Winter vorbei ist. Mein Onkel hat Euch besiegt, obwohl Ihr dreimal so viele Männer hattet wie er. Sobald er seine Armee versammelt hat, habt Ihr keine Chance mehr.«

»Wie beabsichtigt Ihr denn, mich zu retten? Als eine meiner Kämpferinnen?«

»Als Eure Braut.«

Rymund trank gerade einen Schluck Wein, spuckte ihn aber in sein Glas. Er tupfte sich mit einem Tuch sein tropfnasses Kinn ab und kam sich unendlich töricht vor, als zwei Diener mit dem nächsten Gang, in Butter geschwenktem Brokkoli, erschienen.

»Wie meint Ihr das?«, fragte er, als er sich einigermaßen gefangen hatte. Er trank noch einen Schluck Wein, diesmal vorsichtiger.

»Ich habe gesehen, wie die Männer aus der Schlacht zurückkamen, oder besser gesagt, wie sie nicht zurückkamen«, antwortete sie ernst und legte ihr Besteck beiseite. »Am Ende des Tages werdet Ihr verlieren, aber nicht bevor das Leben der Menschen in Erland zerstört wurde. Ich will Frieden, Rymund. Selbst wenn es bedeutet, dass ich heiraten muss.«

Er grinste, als er seine Fassung wiedererlangte. »Wie romantisch.«

Sie erwiderte sein Grinsen. »Wenn es nach meinem Vater ginge, würde ich mit einem Imperialen vermählt werden, dem die Hälfte seiner Zähne fehlt. Romantik steht mir offenkundig nicht zu.«

Rymund spielte auf Zeit, nippte an seinem Wein und beschäftigte sich damit, die Brokkolistängel zu schneiden, während Helana ihn mit ihren vom Wein benetzten Lippen anlächelte, ihre Augen so groß und tief, dass man darin ertrinken konnte. Bei Eryi, sie war wunderschön. Was wäre verrückter, Ja oder Nein zu sagen?

»Ihr braucht Euch nicht sofort zu entscheiden«, fügte sie hinzu, als könnte sie seine Gedanken lesen. »Ich verbringe den Winter hier, auf Einladung Eurer Mutter.«

Rymund war verblüfft, wie seltsam diese Unterhaltung war. Er konnte sich nicht erinnern, jemals so unverblümt mit einer Frau gesprochen zu haben. Innerhalb einer Stunde, nachdem sie ihn kennengelernt hatte, hatte Helana eine Heirat vorgeschlagen und war in Bezug auf ihre Motive vollkommen ehrlich gewesen.

»Ich werde darüber nachdenken«, sagte er vorsichtig. »Und wenn ich mich entscheide, dass ich gewinnen kann?«

Helana zuckte die Achseln. »Dann wünsche ich Euch viel

Glück. Ich biete Euch Frieden und Sicherheit an und die Chance, es zu vermeiden, noch einmal meinem Onkel gegenüberzutreten.«

Danach sprachen sie nicht mehr von Heirat. Rymund lenkte das Gespräch auf sicherere Themen wie die Jagd und Helanas beeindruckende winterliche Reise durch Erland. Nach fünf weiteren Gängen und einer zweiten Flasche Wein begleitete er sie zu ihren Gemächern. Zu seiner Enttäuschung bat sie ihn nicht herein, und er musste sich mit einem keuschen Kuss auf die Wange begnügen.

In seinen eigenen Gemächern ließ er sich mit einem Seufzen in sein Bett fallen. Er konnte nicht leugnen, dass das Mädchen ihn verzaubert hatte, und sie bot ihm einen Ausweg aus dem Krieg an, bei dem er nicht Gefahr lief, durch Andrik Fassbrechers Schwert zu sterben. Er würde nach wie vor der Thronerbe sein, und wenn Hessian wie durch ein Wunder einen Sohn bekam, würde er damit leben.

Aber sie zu heiraten … Etwas an Helanas Unverblümtheit erinnerte ihn an seine Mutter. Und das ließ ihn bis in seine Seele erschauern.

KAPITEL 32

Pherri konzentrierte sich auf den Vogelkäfig, der auf Theodrics Schreibpult stand, und ihr stand der Schweiß auf der Stirn. Es war der dritte Tag in Folge, an dem sie versuchte, einen Vogel erscheinen zu lassen, immer noch ohne Erfolg.

Sie hatte schnell gelernt, dass es bei der Magie um mehr ging als nur *Phisika*. Das war leicht gewesen. Am Ende ihres ersten vollen Tages mit Theodric hatte sie es geschafft, kleine Gegenstände von einer Seite des Raumes in die andere zu bewegen. Sie hatte außerdem die Grenzen dieser Magie kennengelernt: *Phisika* konnte weder Materie aus dem Nichts erschaffen noch etwas physikalisch Unmögliches bewirken, und es konnte nur Gegenstände in der unmittelbaren Umgebung des Magiers beeinflussen.

Jetzt versuchte sie sich an *Shadika*, einer weiteren Disziplin, mit der man etwas – oder zumindest dessen Gestalt – aus einer anderen Realität in die eigene holen konnte. Theodric versicherte ihr, dass irgendwo in einer anderen Welt ein Vogel im Käfig sitze und dass sie mit genügend Konzentration einen geisterhaften Schatten von ihm herbeirufen könne. Bis jetzt hatte sie noch nicht einmal eine Feder beschworen. Jeden Tag hatte sie das Gefühl, ihrem Ziel näherzukommen, aber jeden Morgen war es, als würde sie wieder von vorn anfangen, als hätten sich ihre Fortschritte über Nacht in Luft aufgelöst. Es war zum Verrücktwerden, als würde sie erneut versuchen, Delaras Erklärung über die Unendlichkeit des Eryispek zu verstehen.

Als Theodric ihr das erste Mal erläutert hatte, was *Shadika* war, hatte sie aufgeregt gedacht, dass sie mit einem der Gegenstände aus Da'ris Besitz vielleicht einen Schatten ihres alten Lehrers herbeirufen und mit ihm sprechen könne, aber Theodric sagte, es sei absolut verboten, die Schatten der Toten zu rufen.

»Das ist zu viel für einen menschlichen Geist«, hatte er zu ihr gesagt. »Die alten Magier des Imperiums konnten das – es gibt sogar Geschichten, dass sie den Toten eine körperliche Gestalt geben konnten –, aber es übersteigt unsere Fähigkeiten, einen menschlichen Geist und eine menschliche Gestalt zu beschwören, fürchte ich. Der Schatten deines Lehrers wäre ein sabbernder Idiot und der Sprache kaum mächtig. Vögel und Hunde sind simplere Kreaturen.«

Sie hatte sich erneut ablenken lassen. Wieder konzentrierte sie sich und strengte sich so sehr an, dass vor ihren Augen zwei Bilder des Käfigs vibrierten, als gäbe es einen zweiten direkt hinter dem ersten. Sie glaubte, den Schatten eines Vogels aufflackern zu sehen, und dann war er wieder fort. Mit einem Keuchen brach Pherri auf den Knien zusammen und atmete schwer.

»Hier«, sagte Theodric, beugte sich vor und reichte ihr einen Teller mit einer Mahlzeit darauf. »Das hast du gut gemacht. Für einen Moment dachte ich, du hättest es geschafft.«

»Das dachte ich auch«, stieß Pherri hervor. Sein verständnisvoller Ton machte ihr Scheitern nur umso ärgerlicher. Ihre Finger zitterten, als sie versuchte, etwas von den Speisen zu ergreifen. »Was hat das überhaupt alles für einen Sinn? Neben *Phisika* kommt es mir nutzlos vor.«

»Vielleicht weniger eindrucksvoll«, entgegnete Theodric gelassen. »Viele der Geheimnisse der *Shadika* sind uns verloren gegangen, aber sie hat ihren Nutzen: Meine Schattenhunde sind *Shadika*, und sie beschützen mein Arbeitszimmer, ohne dass ich mich um ihr Futter kümmern muss. Es ist nicht verwunderlich, dass es dir schwerfällt: *Shadika* verlangt Konzentration, nicht Willenskraft, was in deinem Alter oft schwierig ist. Wie immer es sich auch für dich anfühlen mag, du machst Fortschritte.«

»Ich scheine gar nicht besser zu werden.« Pherri wollte seine freundlichen Worte nicht hören. Sie wollte einen Vogel in diesem verdammten Käfig haben. »Was ist die dritte Disziplin? Ist die einfacher?«

Theodric lächelte. »In gewissem Sinn vielleicht. *Inflika* erfordert nur ein vernachlässigbares Maß an Energie, aber du brauchst sowohl Konzentration als auch Willenskraft, und sie ist viel schwieriger zu üben. Es geht darum, die Wahrnehmung eines Menschen zu verändern, ihn dazu zu bringen, etwas Bestimmtes zu sehen, oder das zu modifizieren, was er zu sehen glaubt.«

»Könntet Ihr mich glauben lassen, ich hätte einen Schattenvogel herbeigerufen? Es würde mir möglicherweise leichter fallen, wenn ich dächte, ich hätte es bereits geschafft.«

Theodrics Gelächter wurde von einem zaghaften Klopfen an der Tür unterbrochen. Er runzelte die Stirn. »Was gibt es, Georald?«

»Pherri wird gerufen«, kam die gedämpfte Antwort. »Von ihrer Mutter.«

Theodric sah sie an. »Ich vermute, du hast deiner Mutter nichts von unseren Lektionen erzählt?«

Pherri biss sich auf die Unterlippe. »Sie hat nie danach gefragt.« Woher hatte sie gewusst, dass sie sich hier aufhielt?

»Nun, sie hat es wohl herausgefunden. Dann lauf. Ich komme bald nach.«

Pherri ging nach unten. Die Gemächer ihrer Mutter befanden sich im Stockwerk unter Pherris Zimmer. Eigentlich sollte Pherri von Delara beaufsichtigt werden und ein halbes Dutzend Diener zur Verfügung haben, aber Delara hatte ihr Zimmer wegen ihrer mysteriösen Krankheit während ihrer gesamten Zeit in Merivale kaum verlassen. Pherri bezweifelte, dass es ihrer Mutter etwas ausmachen würde – es war immer Pherris eigener Wunsch gewesen, einen Lehrer zu haben, nicht der ihrer Mutter –, aber sie wäre vielleicht nicht begeistert, dass sie stattdessen von Theodric die Künste der Magier lernte.

Pherri klopfte an, und ihre Mutter rief sie herein. Als Pherri die Tür öffnete, stieg ihr der grasartige Duft von frischem Tee in die Nase. Ihre Mutter saß mit zwei anderen am Tisch, die hinter dem Dampf, der aus der Kanne aufstieg, schwer zu erkennen waren. Sobald ihre Augen sich an die Lichtverhältnisse gewöhnt hatten, begriff Pherri, dass es Orsian und Delara waren. Ihr wurde das Herz schwer. Sie hatte nicht erwartet, dass Orsian sie tatsächlich verpetzen würde.

»Komm, setz dich bitte zu uns, Pherri«, forderte ihre Mutter sie auf.

So langsam wie möglich ging Pherri zum Tisch und nahm auf einem Stuhl den drei anderen gegenüber Platz. Orsian wirkte bekümmert, Delara zornig.

»Habe ich dir die Erlaubnis gegeben, Delara zu entlassen?«, fragte ihre Mutter.

»Ich habe sie nicht entlassen, sie war krank!«

»Schwindelei!«, blaffte Delara. »Du hast mir gesagt, du würdest in der Bibliothek lesen, bis ich mich erholt habe.«

»Was macht das für einen Unterschied?«, fragte Pherri, getroffen von der Anschuldigung. Delara wirkte im Moment nicht besonders krank. »Ich habe gegen keine Regeln verstoßen.«

»Trotzdem«, sagte ihr Mutter. »Orsian hat mir von deinem neuen Lehrer erzählt, und das geziemt sich nicht.«

Pherri warf Orsian, der zumindest den Anstand hatte, beschämt dreinzuschauen, einen wütenden Blick zu. »Aber ich will lernen!«, flehte sie. »Theodric sagt, ich kann eine Magierin sein. Das ist es, was ich will.«

Delara hüstelte abfällig. Sie sah doch ein wenig kränklich aus, dachte Pherri, denn ihre Haut war so bleich und faltig wie zerknittertes Pergament. »Du kannst noch nicht darüber entscheiden, was du willst. Dafür bist du zu jung. Hätte ich gewusst, dass du dorthin gegangen bist, hätte ich deine Lektionen unverzüglich wieder aufgenommen und diesem Zauberer erklärt, dass er dich in Ruhe lassen soll.«

»Aber du hast es nicht gewusst«, schaltete Viratia sich mit eisiger Stimme ein. »Und das ist ein Teil des Problems. Ich werde meine Tochter selbst maßregeln, Delara.«

»Ihr versteht das Ausmaß der Gefahr nicht, Mylady«, protestierte Delara, die sich nicht beirren ließ. »Magie verdirbt alles, was sie berührt. Ihr solltet sie von hier wegschicken; diesem Magier des Königs kann man nicht über den Weg trauen.«

Pherri stand vor einem Rätsel. Was konnte Delara gegen Theodric haben?

Viratia seufzte. »Delara hat angeboten, mit dir zur Veilchenburg zurückzukehren, und ich halte das auch für das Beste. Ihr werdet aufbrechen, sobald es nicht mehr schneit, doch bis dahin wirst du dich von Lord Theodric fernhalten.«

»Das ist gemein!«, rief Orsian. »Ich wollte Pherri nur beschützen; du brauchst sie nicht wegzuschicken.«

Pherri hatte es vor Schreck die Sprache verschlagen. Theodric hatte ihr die Aussicht auf ein ganz neues Leben eröffnet, eine neue Art, über die Welt zu denken, und das sollte ihr nun genommen werden. Es hatte keinen Sinn, auch nur zu widersprechen; wenn ihre Mutter sich etwas in den Kopf gesetzt hatte, änderte sie ihre Meinung nicht mehr. Sie wollte weinen.

Plötzlich klopfte es an der Tür, und sie zuckten alle zusammen. Es war nicht das zurückhaltende Pochen eines Dieners, der Erfrischungen brachte, sondern ein kräftiges Klopfen, bei dem die Türklinke klapperte und Einlass verlangt wurde. Viratia setzte ihren Tee verärgert ab und verschüttete eine kleine Pfütze davon auf ihre Untertasse. »Wer kann das sein?« Sie erhob sich, ging zur Tür und öffnete sie. Vor ihr stand Theodric, ruhig und mit einem kleinen Lächeln im Gesicht.

»Ihr seid nicht erwünscht, Zauberer«, sagte Delara mit finsterer Miene. »Pherri geht fort.«

Theodric sah sie verwundert an. »Und was weißt du über Magier, wer immer du bist?«

»Genug.«

»Genug, um das hier zu brauen, meinst du.« Theodric hielt ein Gefäß hoch: den Trank, den Delara Pherri gegeben hatte und den sie unter ihrem Bett aufbewahrte.

Delara stieß ein verächtliches Brummen aus. »Das ist ein Schlaftrunk. Lady Viratia hat mir die Erlaubnis gegeben, ihn für Pherri zu brauen, nachdem sie Albträume gehabt hatte.«

»Und es geht Euch nichts an, Lord Theodric«, schaltete Viratia sich ein, deren Missfallen auf ihrem Gesicht abzulesen war. »Pherri wird morgen zur Veilchenburg zurückkehren. Womit auch immer Ihr ihren Kopf gefüllt habt, Ihr könnt damit aufhören.«

Theodric lächelte, als hätte er sie nicht gehört, und hob das Gefäß an die Nase. »Und enthalten deine Schlaftränke normalerweise immer Moorwurz?« Er hüstelte. »Es hat einen grässlichen Gestank, wenn man weiß, dass es da ist.«

»Was ist Moorwurz?«, fragte Pherri. Sie hatte gedacht, Theodric würde sie vielleicht mit irgendeinem klugen Argument retten. Warum redete er über Moorwurz, was immer das war?

»Ein gewöhnliches Kraut«, sagte Delara. »Es bringt einen erholsamen Schlaf.«

»In kleinen Dosen.« Theodric ging zum Tisch und knallte das Gefäß vor ihr hin. »Da ist genug Moorwurz drin, um ein Pferd umzuhauen. Oder um die Magie aus jemandem herauszupusten.«

»Wovon redet Ihr?«, fragte Viratia und betrachtete das Gefäß. Sie hob es an die Lippen und würgte. »Das riecht wirklich widerlich.«

»Diese Frau hat Eurer Tochter ein Kraut verabreicht, um sie taub und blind für andere Welten zu machen«, erklärte Theodric nachdrücklich, ohne Delara aus den Augen zu lassen. »Es ergab keinen Sinn für mich. Die wenigen Schüler, die ich in der Vergangenheit hatte, waren morgens am stärksten, wenn sie gut ausgeruht waren. Aber Pherris Konzentration verbessert sich immer im Laufe des Tages, und jeden Morgen ist es dann so, als hätte sie sich wieder zurückentwickelt. Jetzt weiß ich, warum.«

»Unfug«, zischte Delara. »Das ist eine vollkommen normale Dosis Moorwurz.«

»Du hast versucht, meine Schwester zu vergiften?«, rief Orsian mit Zornesröte auf den Wangen, erhob sich von seinem Stuhl und stützte eine Hand auf den Griff seines Schwertes. »Was für eine Art Lehrerin bist du?«

»Das reicht, Orsian«, sagte Viratia scharf. »Wenn du dieses Schwert ziehst, werde ich dich ebenfalls zur Veilchenburg zurückschicken. Delara, ich verlange, dass du mir erklärst, was hier los ist. Und das ist nicht nur ein Schlaftrunk, belüg mich also nicht.«

Pherri starrte Delara verwirrt an. Nach dem Ausdruck auf ihrem Gesicht zu urteilen mussten Theodrics Worte die Wahrheit sein. Was hatte sie da in all diesen Monaten getrunken? Und warum?

»Es war nur zu ihrem Besten«, sagte Delara mit trotzigem Ausdruck auf ihrem wettergegerbten Gesicht. Sie stemmte sich langsam mit ihrem Gehstock hoch, schlurfte zum Fenster und starrte zu dem endlosen Schatten des Eryispek, der in eine Decke aus Schnee und Nebel eingehüllt war. »Seid Ihr je auf dem Berg gewesen, Lord Theodric?«

»Das bin ich nicht, muss ich gestehen.«

»Der Berg ist das Zentrum eines jeden lebenden Wesens auf dieser Erde. Von der niedersten Larve bis zum höchsten König. Wenn Ihr auf seinem Hang stehen würdet, könntet Ihr den Aufstieg und Fall von Imperien miterleben, ganze Jahrhunderte innerhalb eines Augenblickes, so leicht wie ein Wimpernschlag. Mein Volk erinnert sich, aber ihr Tiefländer vergesst es immer wieder. Meine Urgroßmutter ...«

»Dein Volk?«, unterbrach Viratia sie scharf. »Du hast mir erzählt, du wärst eine Dienerin von Lord Basseton gewesen!«

»Das habe ich nie behauptet.« Delaras Augen funkelten boshaft. »Obwohl ich Eurem Sohn gegenüber vielleicht nicht ganz ehrlich war.«

»Du bist eine der Lutum«, sagte Pherri, der der Mund halb offen stand. Sie kam sich wie eine Närrin vor, dass sie es nicht eher begriffen hatte: Delaras ärmliche Kleidung; ihre eigenartige Interpretation von Erlands Geschichte; ihr Hass auf die Adrari und Eryi. Nichts davon hatte einen Sinn ergeben.

»Meine Urgroßmutter konnte Dürren und Hungersnöte schon Jahre im Voraus kommen sehen«, fuhr Delara fort. »Sie wurde in die Familie des Lords verheiratet, in der Hoffnung, dass sie ihrem Gemahl Kinder mit derselben Gabe schenken würde. Nach ihrem Tod haben die Menschen ihre Nachfahren beobachtet und nach Anzeichen der Gabe in ihnen gesucht.

Als ich zwölf war, zeigte ich erste Anzeichen. Ich wurde noch in derselben Woche vermählt, mit einem Mann, dessen Mutter eine berühmte Seherin gewesen war. Es spielte keine Rolle, dass ich von königlicher Geburt war, eine Tochter aus dem Geschlecht der alten Könige auf dem Berg. Mein Vater wollte nur Enkelkinder, die ihm mit Vorhersagen und Prophezeiungen dienen konnten. Vorzugsweise Knaben, damit er einen als seinen Erben benennen konnte. Mein Gemahl war viermal so alt wie ich, hatte ein Gesicht wie ein Sack Rüben und war ungefähr genauso klug.

Sobald wir vermählt waren, bestieg er mich bei jeder sich bietenden Gelegenheit. Aber jedes Kind starb entweder noch in meinem Leib oder während der Geburt. Nachdem meine achte Schwangerschaft missglückte, starb er schließlich, und ich wurde endlich in Ruhe gelassen. Ich war noch keine zwanzig Sommer alt und bereits eine alte Frau, verbraucht und vom Pech verfolgt. Eifrige junge Ehefrauen kamen zu mir, damit ich ihnen sagte, ob sie ein Kind bekommen würden, und künftige Krieger wollten einen Ausblick auf ihren ersten Streifzug ins Weiß haben. So verlief mein Leben ein halbes Jahrhundert lang, eine Kuriosität für die gelangweilten, eitlen und törichten Menschen, bis Gelik Weißhirsch mit seinen törichten Prophezeiungen kam.

Magie ist ein Fluch, und als Pherri mir von ihren Träumen erzählt hat, habe ich die Zeichen erkannt. Ich habe es getan, um sie vor einem Leben voller Einsamkeit und Reue zu bewahren. Das ist alles, was Ihr ihr bieten könnt, Zauberer.«

Theodric hatte Delara die ganze Zeit im Auge behalten, obwohl ihr Blick nicht von Eryispek abgewichen war. Im Raum war es totenstill.

»Und seit du nach Pfeiferswehr gekommen bist, hast du dich in deinen Räumen versteckt, aus Angst, von mir entdeckt zu werden«, sagte Theodric. »Wir sollen also glauben, du wärst den Lutum entkommen und hättest dich verkleidet, um zu verhindern, dass Pherri eine Magierin wird? Wie hättest du das wissen können?«

»Gar nicht. Ich habe es getan, um Gelik Weißhirsch zu entkommen. Ich ging mit den anderen nach Basseton, und während sie plünderten und mordeten, versteckte ich mich. Ich wusste, dass Merivale reagieren würde, also habe ich mich mit Dienstbotengewändern getarnt. Es war reiner Zufall, der mich zu Euch und zu Pherri geführt hat, aber als ich von ihren Träumen erfuhr, wusste ich, dass ich handeln musste.« Sie sah Pherri an. »Ich habe es um deinetwillen getan, Kind.«

Viratia wandte sich an Delara, ihre Augen kalt und zornig. »Du wirst nicht mehr mit meinen Kindern sprechen. Nie wieder. Ich habe dich in meinem Heim willkommen geheißen, und du hast es mir damit vergolten, zu lügen und mein Kind zu vergiften. Ich sollte dich ausweiden, Hexe.« Sie sah Theodric an. »Wird Pherri es überleben?«

Pherris Herz tat einen Satz. Sicher hätte Delara sie nicht in Lebensgefahr gebracht?

Theodrics Lächeln beruhigte sie. »Ihr Leben war nie in Gefahr, und wenn sie sofort aufhört, den Trank zu sich zu nehmen, wird sie keine langfristigen Nachwirkungen davontragen. Er hat Pherris Verbindung zu anderen Welten vorübergehend abgeschwächt, aber sie wird wiederkommen. Selbst bei dieser Dosis hätte es noch Monate gedauert, bis das Gift sich so weit ausgebreitet hätte, dass es sie vollständig ausgelöscht hätte.«

Viratia nickte. Sie war anscheinend zufrieden mit dieser Auskunft. »Delara, du bist aus meinem Dienst entlassen. Du hast bis Sonnenuntergang Zeit, Merivale zu verlassen. Sei

493

dankbar, dass du Pherri keinen bleibenden Schaden zugefügt hast. Wenn Lord Theodric sich irrt, werde ich dich jagen und eigenhändig töten.«

Der Tonfall ihrer Mutter ließ bei Pherri keinen Zweifel daran, dass sie es ernst meinte, aber Delara zeigte keine Furcht. »Wie Ihr wünscht, Mylady«, antwortete sie und hob stolz ihr Kinn. »Überlasst sie dem Magier.« Sie humpelte zur Tür.

»Delara«, rief Theodric, als sie nach der Klinke griff. »Wohin sind die Lutum gegangen? Warum bist du fort?«

Die Bergfrau drehte sich um. »Ich habe es Euch gesagt: Um Gelik Weißhirsch zu entkommen. Er mag sich für einen Propheten halten, aber er versteht die Kräfte nicht, mit denen er herumpfuscht. Sie sind den Berg hinaufgegangen. Wohin hätten sie sonst gehen können?« Sie sah Pherri an, und Pherri konnte nicht erkennen, ob der Ausdruck in ihren Augen traurig oder triumphierend war. »Ich habe versucht, es aufzuhalten, Pherri. Vergiss das nicht.« Sie verließ den Raum, ohne sich noch einmal umzudrehen.

Viratia betrachtete das stinkende Gefäß. »Orsian, schaff mir diesen abscheulichen Trank aus den Augen. Gieß ihn in den Schnee. Ich habe Euch falsch eingeschätzt, Lord Theodric«, sagte sie und bedeutete ihm, Platz zu nehmen. »Verzeiht mir. Wie kann ich es wiedergutmachen?«

»Ihr könnt mir erlauben, Pherri auszubilden.«

Viratia sah ihn fragend an, und Pherri wartete mit angehaltenem Atem. Wenn sie jetzt nicht zustimmte, nachdem Theodric Delaras Verrat aufgedeckt hatte, würde sie niemals zustimmen. Halb erwartete sie immer noch, zur Veilchenburg zurückgeschickt zu werden.

Nach einer gefühlten Ewigkeit kniete Viratia neben Pherris Stuhl und streckte eine Hand aus, um Pherri ihr strohblondes Haar aus den Augen zu streichen. »Pherri, wie alle Mütter habe ich mir für dich immer gewünscht, dass du heiraten und mir Enkelkinder schenken würdest. Als du dann geboren wurdest, hattest du etwas ganz Besonderes an dir. Du warst so still und hast kaum geweint. Du hast später zu sprechen begonnen als Errian oder Orsian, aber du hast Bücher verschlungen, obwohl niemand dir je das Lesen beigebracht hatte, und dann sind eines Tages die Worte einfach aus dir herausgesprudelt, als hättest du eine Liste von Fragen vorbereitet und beschlossen, dies sei der Tag, an dem du Antworten haben musstest. Es war zu viel für mich, deshalb habe ich Lehrer eingestellt, die deine Neugierde stillen konnten.

Ich habe mich gefragt, ob ich dich zu einem Leben voller Enttäuschungen verdammt habe. Dein Vater … Es ist ihm nie in den Sinn gekommen, mir meine Freiheit zu verwehren, aber wie wir gerade gehört haben, hat nicht jede Frau so viel Glück. Für dich mag ein kleines Leben die größte Grausamkeit gewesen sein, aber für die meisten Frauen gibt es nichts anderes.

Trotz Delaras Verbrechen ist aber etwas Wahres an dem, was sie gesagt hat. Die Magier des Imperiums haben ein trauriges Ende genommen, und die Geschichten über Magie in Erland sind kaum besser. Männer und Frauen werden dich fürchten, Lords und Könige dich umwerben.

Ich überlasse dir die Wahl, Pherri. Du musst dich nicht sofort entscheiden, und du kannst deine Meinung jederzeit ändern. Keine der beiden Antworten wird mich enttäuschen.« Zärtlich wischte sie eine Träne weg, die Pherri über die Wange lief.

Pherri schniefte. Sie hatte bereits gewusst, was sie wollte, und Delaras Warnung hatte sie nicht umgestimmt. Vielleicht hatte die alte Frau trotz ihrer Lügen wirklich helfen wollen, aber Pherri hatte zu viel gesehen, um jetzt aufzuhören. Sie dachte an Da'ri. Sie hatte keinen Zweifel daran, wie er entschieden hätte, wenn er an ihrer Stelle gewesen wäre. Da'ri hatte für Wissen gelebt, Wissen um seiner selbst willen.

Sie schlang ihrer Mutter die Arme um den Hals, begrub das Gesicht an ihrer Brust und atmete den Duft ihres Parfüms ein. »Ich will lernen«, sagte sie. »Danke.«

KAPITEL 33

»Guten Morgen, Cousine.« Errian winkte ihr zu, als er näher kam. Dafür, dass er in Gefangenschaft war, sah er nicht allzu schlecht aus, fand Helana. Obwohl er nicht mit ihnen mitkommen würde, war er doch für die Jagd gekleidet, eine Illusion, die nur von den sechs Wachen zunichtegemacht wurde, die ihm auf Schritt und Tritt folgten und ihn wachsam im Auge behielten, ihre Hände immer dicht über ihren Schwertern.

»Es tut mir leid, dass du dich uns nicht anschließen kannst«, entgegnete Helana. »Vielleicht beim nächsten Mal?«

Errian lachte spöttisch. »Das bezweifle ich. Diese Leute aus dem Westen haben zu große Angst vor mir, um mich in die Nähe eines Pferdes oder eines Jagdbogens zu lassen. Sieh nur, wie diese sechs mir folgen wie Gänseküken einer Gänsemutter.« Die Wachen hinter ihm traten unbehaglich von einem Fuß auf den anderen.

Helana lachte. Die Gefangenschaft hatte Errian nicht den Mut geraubt. »Ich werde dir etwas Wildbret mitbringen.«

Seit ein paar Tagen taute der Schnee um Irith herum langsam, und für die gelangweilten Edelleute dort bedeutete das, dass es Zeit für die Jagd war. Ihre Wälder waren nicht so wild oder dicht wie die um Merivale, aber Rymund hatte ihr versichert, dass es hier gute Jagdmöglichkeiten gab. Helana hoffte auf ein Wildschwein; es ärgerte sie noch immer, dass Creya das letzte getötet hatte.

Rymund würde ihre Gruppe anführen, und mit ihm kamen der Waffenmeister Adfric, seine Freunde Will und Dom, irgendwelche kleineren örtlichen Lords und zu Helanas Überraschung auch der wortkarge Häuptling Ba'an, der in einen Wolfspelz gehüllt war und ein Horn von der Größe eines halben Männerarms um seinen Hals trug. Helana hielt sich von ihm fern. Er war derjenige, der Jarhik getötet hatte. Sie funkelte seinen Hinterkopf an und fragte sich, wie er wohl aussehen würde, wenn ein Jagdspeer darin steckte.

Ärger auf Rymund blitzte in ihr auf. Er hatte dafür gesorgt, dass Strovac Sigac nicht zugegen war. Ihr zuliebe hätte er dasselbe mit Graf Ba'an tun können.

Es gab vieles, was man an ihrem potenziellen Ehemann mögen konnte – er war klug und höflich; er las Bücher, anders als die meisten Lords in Erland. In der Regel waren es Berichte über die früheren Könige der Alten Linie. Es gab Momente, in denen er sich um das Volk zu sorgen schien, das er regierte, zumindest im Vergleich zu Hessian. Sie genoss seine Gesellschaft in kleinen Dosen – aber er war einfach so fade und *eitel*. Trotz all seiner Fehler war Orsian mehr Manns als er; er wusste, wie es war, hart zu arbeiten und Opfer zu bringen. Rymund bewegte sich nur sorglos durch die Welt, als ob sie ihm etwas schuldig wäre. Selbst den Krieg schien er nicht ganz ernst zu nehmen, als ob ihn die Gewalt nicht berühren würde. Was hätte er getan, wenn Jarhik nicht gestorben wäre? Wahrscheinlich hätte er einfach den Rest seines Lebens trinkend und herumhurend in Irith verbracht. Und dann war da noch die Art, wie er über das Verbrennen der Ernte in Ost-Erland gesprochen hatte, als wäre es unvermeidlich gewesen und nicht ein schreckliches Verbrechen, das womöglich Hunderte zum Verhungern verdammt hatte.

Sie zerbrach sich den Kopf über eine andere Möglichkeit, Frieden zu schaffen. Wenn Rymund doch nur eine Schwester gehabt hätte, mit der man Errian hätte verheiraten können. Immerhin schien Rymund sie zu mögen, aber wenn er tatsächlich um ihre Hand anhielt, würde sie den Mut finden, Ja zu sagen?

Ein leises Husten machte sie darauf aufmerksam, dass jemand neben ihr auftauchte. Helana drehte sich um und zuckte zurück, als ihr das wettergegerbte Gesicht von Häuptling Ba'an entgegenstarrte. Er war doch eben noch vor ihr geritten.

»Prinzessin.« Er neigte respektvoll den Kopf. »Das mit Eurem Bruder tut mir leid.«

Für einen Moment war Helana zu entsetzt, um zu antworten. Ihr Mund öffnete sich, doch kein Laut kam heraus, während der Zorn weißglühend in ihren Ohren rauschte. Es juckte ihr in den Fingern, nach dem Messer an ihrem Gürtel zu greifen.

»Ich schwöre, dass sein Tod nicht mein Werk war.«

»Ihr meint, Ihr habt nicht selbst die Klinge geführt?«, versetzte sie verächtlich. »Verschont mich. Wenn mein Cousin Errian hier wäre, würde er Euch ausweiden wie das Schwein, das Ihr seid.«

Ba'an reagierte kaum, und sein breites, vom Wind gezeichnetes Gesicht war so unerschütterlich wie eine alte Eiche. »Ihr missversteht mich. Aber wir werden wieder miteinander sprechen.« Er wendete sein Pferd und ritt davon.

Helana sah ihm nach, eher verwirrt als zornig. Der Mann hatte durchaus aufrichtig gewirkt, aber es war absurd, dass er seine Beteiligung an Jarhiks Tod leugnete. Die Thrumb hatten den Krieg mit ihren Raubzügen begonnen, und Jarhik war durch ihre Hand gestorben.

»Wollen wir?«, fragte Rymund und manövrierte sein Pferd neben ihres, sodass Helana erschrak.

Der Herr von Irith machte auf einem Pferd eine gute Figur, das musste sie zugeben. Das Ross war so schlank und golden wie sein Reiter, die Kälte hatte etwas Farbe auf seine blassen Wangen gezaubert, und seine blauen Augen schimmerten vor dem Schnee wie gefrorene Teiche. »Darauf warte ich schon seit einer halben Stunde«, antwortete sie. »Euer Gefolge hält uns nur auf. Nehmt Ihr immer die halbe Burg mit, wenn Ihr auf die Jagd geht?« Sie deutete mit dem Kopf hinter sich, wo sich außer den Jägern noch eine umfangreiche Kolonne junger Männer mit Ersatzpferden, Proviant und Jagdspeeren befand. Rymunds Freunde reichten bereits einen Weinschlauch herum.

Rymund lachte leise. »Tut mir leid, dass wir Euch haben warten lassen, Mylady. Niemand will das hier verpassen.«

Sie ritten aus der Stadt hinaus, ließen die Mauern hinter sich und stießen auf Bauernhöfe und weite Felder. Helana berührte den Bogen und den Speer, die auf ihrem Rücken hingen. Es war ein beruhigendes Gefühl; sie hatte seit jenem Tag mit Creya keine Waffe mehr in der Hand gehalten. Mitra wieherte rastlos, sodass Helana ihr freien Lauf ließ und von der Gruppe weg in Richtung des Waldes am Horizont galoppierte. Die Rufe ihrer Gefährten ignorierte sie und genoss den Wind in ihrem Haar.

Sie war überrascht, als sie Hufschläge hörte, die sie einholten, und als sie sich umdrehte, sah sie Rymund den Abstand zwischen ihnen verringern. Schwer atmend lenkte er sein Pferd neben sie.

»Ich hätte Euch nicht für einen passionierten Reiter gehalten«, rief sie über das Hufgetrappel hinweg.

»Es ist ein gutes Pferd«, antwortete er grinsend. »Aber wollen wir das Tempo trotzdem etwas drosseln?«

Helana ließ ein boshaftes Lächeln aufblitzen. »Wenn Ihr mich einholen könnt.« Sie grub ihre Fersen in Mitras Flanken und trieb sie an, womit sie Rymund herausforderte, ihr zu folgen.

Sie hatten den Wald fast erreicht, aber Helana hielt nicht an. Sie lenkte Mitra zwischen die Bäume und legte sich flach auf den Hals der Stute, um tief hängenden Ästen auszuweichen.

Als die Bäume dichter wurden, zügelte sie die Stute abrupt, sodass Mitra schlitternd stehen blieb. Sie wandte sich zurück in die Richtung, aus der sie gekommen war, genoss den warmen Schweiß auf ihrem Rücken und hielt Ausschau nach Rymund.

Mit einem zufriedenen Lächeln stellte sie fest, dass er ihr gefolgt war, aber nicht mithalten konnte. Er steuerte sein Reittier in einem gemächlicheren Tempo zu ihr.

»Ihr reitet wie ein Dämon, Mylady.«

»Es liegt mir im Blut«, antwortete sie. »Die alten Meridivale haben fast ihr ganzes Leben im Sattel verbracht.«

»Das würde ich in dieser Gegend nicht unbedingt erwähnen. Es gibt alte Männer in den Tavernen, die darüber immer noch so sprechen, als hätten sie selbst gegen die Meridivale gekämpft.«

»Wenn sie damit angeben wollen, auf der Seite der Verlierer gestanden zu haben, dann lasst sie. Die alten Männer aus Ost-Erland haben echte Schlachten ausgefochten.«

»Vielleicht sollte ich versuchen, sie in meine Armee zu locken. Ich könnte die Erfahrung dieser Männer gebrauchen.« Er schaute hinter sich, wo der Rest ihrer Gruppe immer noch weit entfernt war. »Wir sollten auf sie warten, bevor wir weiterreiten.«

»Und sie mit ihrem Lärm alles verscheuchen lassen? Ihr

könnt warten, wenn Ihr wollt; ich gehe jagen.« Helana drängte Mitra weiter. Rymund runzelte die Stirn, folgte ihr aber trotzdem, was sie leicht irritierte. Sie wäre durchaus glücklich gewesen, allein zu jagen.

Im Wald war es kalt und still, die Bäume waren kahl, und ihre Äste reichten wie greifende Finger in den Himmel. Ein einsamer Vogel sang, und von irgendwoher kam das Getrappel kleiner Füße, als ein Tier vor ihnen auf einen Baum flüchtete.

»Wir sollten die Pferde zurücklassen«, schlug Helana vor, als Mitra schnaubte. »Wir werden sonst nichts fangen können.«

Rymund sah sie verblüfft an. »Was ist, wenn wir einen Hirsch jagen müssen?«

»Seht Ihr irgendwelche Hirsche? Wir haben Glück, wenn wir einen Hasen finden. Einen schönen Wald habt Ihr hier.«

»Ich verspreche Euch, wenn Ihr geduldig seid …«

»Geduld habe ich nie gelernt.« Helana warf ihren Speer zu Boden und stieg aus dem Sattel, dann führte sie Mitra ein Stück weiter und band sie an einer Eiche fest.

Rymund folgte ihrem Beispiel, auch wenn er den Kopf schüttelte. »Die anderen werden direkt an uns vorbeireiten.« Sie konnten den Rest ihrer Jagdgruppe irgendwo hinter sich rufen und stampfen hören.

Helana ignorierte die Geräusche und hielt Ausschau nach der Stelle, wo das Unterholz am dichtesten war. »Hier entlang«, sagte sie, hob ihren Speer auf und ging voran.

Sie schlich weiter, wie Creya es ihr beigebracht hatte, und suchte den Boden nach Totholz oder sonstigem Geröll ab, bevor sie ihre Schritte setzte, außerdem achtete sie darauf, dass ihre Kleider und ihr Speer nicht an irgendetwas hängen blieben. Rymund ging leise hinter ihr her und atmete in flachen Zügen.

Je tiefer sie vordrangen, desto lebendiger schien der Wald um sie herum zu werden. Das Vogelgezwitscher verebbte, aber in den Büschen und Sträuchern, die noch ihre Blätter trugen, schien das Leben nur so zu summen. Mehr als einmal hörte Helana ein Rascheln um ihre Füße herum. Der schiefergraue Himmel schrumpfte zu kleinen Fenstern zwischen den Ästen zusammen. Helana wusste, dass sie keine Fährtenleserin war, aber sie hatte von Creya einiges über diese Kunst gelernt. Sie schnupperte und hielt Ausschau nach Tierkot und Fellbüscheln.

Als sie ein gutes Stück gegangen waren, fiel ihr ein Stück drahtiges, schlammbraunes Fell ins Auge, das etwa auf Hüfthöhe am Ast eines Strauches hing. Sie untersuchte das Haar und senkte den Kopf, um zu schnuppern. Es war klamm. Ein penetranter Geruch nach feuchtem und fauligem Kot stieg ihr in die Nase.

Helanas Herzschlag beschleunigte sich. Sie berührte ihr Messer in der Scheide und packte den Speer fester. »Hier ist ein Wildschwein vorbeigekommen«, flüsterte sie Rymund hinter ihr zu.

Er wirkte erschrocken. »Ein Wildschwein. Wir sollten nach den anderen suchen.«

Helana schüttelte den Kopf. »Wozu? Sie werden es nur verschrecken. Wir sollten leise weitergehen.«

»Wir können nicht zu zweit ein Wildschwein jagen. Was, wenn es mehr als eins ist?«

»Vielleicht könnt Ihr das nicht. Ich kann es. Bleibt hier, wenn Ihr wollt.« Helana wandte sich ab, und kurz drauf hörte sie Rymund seufzen und ihr folgen. Sie verdrehte die Augen. Nichts war so berechenbar wie der Stolz eines Mannes.

Je tiefer sie kamen, desto abschüssiger und schlammiger wurde der Weg. Helana bewegte sich etwas vorsichtiger und achtete darauf, dass ihr die Füße nicht wegrutschten. Die Luft roch wie das Fell zuvor. Ihr Weg führte sie hinunter zu einer düsteren Senke.

Helana sah es genau im selben Moment wie Rymund. »Dort«, sagte er unnötigerweise und zeigte zwischen die Bäume auf einen Bereich mit aufgewühltem Schlamm. Eine große dunkle Gestalt bewegte sich dort, und Helana erhaschte einen Blick auf die unverkennbaren Merkmale eines Keilers. Wenn sie es richtig einschätzte, war er sogar noch größer als der, den sie mit Creya erlegt hatte. Das Tier rieb sich an einem Baum, schüttelte das ganze Ding mit seinem enormen Gewicht und schnaubte.

Helana griff vorsichtig nach ihrem Bogen, versuchte dabei, kein Geräusch zu machen, und spannte einen Pfeil. Nur Rymunds Hand auf ihrem Arm bremste sie.

»Wir sollten näher herangehen«, flüsterte er. »Aus dieser Entfernung werdet Ihr es nicht töten.«

»Das könnt Ihr nicht wissen«, zischte Helana, verärgert über ihn, weil er ihren Schuss unterbrochen hatte. »Na schön, wir gehen näher heran, aber wenn es uns sieht, ist es Eure Schuld.«

Sie schlichen sich langsam an, während der Keiler sich ahnungslos weiter an dem Baum rieb. Wo der Boden steil zu der Senke abfiel, blieben sie stehen, keine zwanzig Schritte von ihrer Beute entfernt. Es roch wie ein Abort, den jemand eine Woche lang nicht geleert hatte.

»Nah genug für Euch?«, wisperte Helana. Von hier aus hatte sie eine freie Schusslinie. Sie würde dem Keiler einen Pfeil mitten ins Auge schießen.

Rymund zückte bereits seinen Bogen.

»Was tut Ihr da?«, zischte sie. »Meine Spurarbeit, mein Schuss.«

»Ich will nur bereit sein, falls Ihr danebenschießt.«

»Ich werde nicht danebenschießen.« So etwas hätte er nicht

einmal angedeutet, wenn sie ein Mann gewesen wäre. »Haltet Euer Horn bereit; wir werden die anderen brauchen, um dieses Ding hier wegzutragen.« Sie stellte sich mit den Füßen seitlich, was auf dem schlammigen, steil abschüssigen Boden nicht einfach war, spannte den Pfeil in ihren Bogen und zog die Sehne zurück. Sie atmete aus, wie Creya es ihr beigebracht hatte, bereit, zu schießen.

Dann schien der ganze Wald unter ihr nachzugeben.

Ihr vorderer Fuß rutschte im Schlamm weg, und plötzlich fiel sie. Ihr Bogen schoss nach oben, und der Pfeil zischte ziellos in die Bäume. Panisch versuchte sie, Halt zu finden, aber der Boden bewegte sich einfach weiter. Sie streckte die Hand nach Rymund aus, nach irgendetwas, woran sie sich festhalten konnte, und griff nur ins Leere.

Helana rutschte auf dem Rücken den Hang hinunter, besudelte sich komplett mit Schlamm, fiel über eine scharfe Kante und landete mit einem dumpfen Aufprall in der sumpfigen Suhle des Keilers.

Keine zehn Schritte entfernt hörte das Wildschwein auf, sich an dem Baum zu reiben. Es fixierte sie neugierig mit seinen gelben Knopfaugen.

Helana starrte das Tier mit offenem Mund an. Sie hatte bei dem Sturz ihren Bogen verloren, und auch ihren Speer hatte sie irgendwie fallen lassen. Zu ihrer Erleichterung hing das Messer noch immer an ihrem Gürtel, daher griff sie langsam danach.

Zu ihrer Rechten bewegte sich etwas.

Eine zweite Gestalt, kleiner als die erste, und Helana stockte der Atem. Da war noch ein Wildschwein. Ein Weibchen, aber trotzdem doppelt so schwer wie Helana. Die Kreatur erhob sich schläfrig und stieß ein kehliges Grunzen aus, und ihr Gefährte stimmte mit ein.

Helana gefror das Blut in den Adern. Sie wollte sich umdrehen und wegrennen, konnte die beiden Tiere aber nicht aus den Augen lassen. Die Bache grunzte zornig, starrte sie an und stampfte mit einem Huf auf den Boden. Als Helana ihr Messer aus der Scheide zog, griff das Tier an.

Helana dachte plötzlich an den Wald draußen vor Merivale zurück und erwartete halb, dass Creya aus den Bäumen geschossen kam und sie rettete, aber diesmal eilte ihr niemand zu Hilfe. Sie erstarrte, und Entsetzen pulsierte durch ihre Adern.

Dann sirrte ein Pfeil durch die Luft und traf die Bache im Rücken.

Das Tier quiekte vor Schmerz, verlangsamte seinen Angriff und schwenkte in seiner Qual von Helana weg. Ein zweiter Pfeil flog, verfehlte sein Ziel und bohrte sich einige Schritte entfernt in den Boden.

Instinktiv warf sich Helana zur Seite, als aus dem Nichts der Keiler die Stelle attackierte, wo noch einen Moment zuvor Helanas Unterleib gewesen war. Das Tier drehte sich unbeholfen um und stieß aus den Nüstern seinen heißen Atem aus, bereit für einen zweiten Angriff.

Rymund sprang zwischen sie und das Wildschwein und wedelte wild mit seinem Speer. »Zurück, zurück!«

Das Wildschwein schenkte ihm keine Beachtung. Es senkte den Kopf und griff an, schneller, als Helana es für möglich gehalten hätte.

Die Spitze von Rymunds Speer traf es am Hals, und schwarzes Blut spritzte aus der Wunde. Das Wildschwein quiekte, aber durch den Schwung seines Angriffes wurde es nach vorne getrieben und traf mit seinem Kopf Rymunds Oberschenkel, mit einem Übelkeit erregenden Laut, der durch den Wald hallte. Rymund fiel schreiend und mit den Armen rudernd zu Boden und riss Helana mit sich. Er landete auf ihr, was ihr den Atem raubte.

Auf dem Boden hielt Helana hektisch Ausschau nach den Wildschweinen. Das Tier, das Rymund mit seinem Speer verletzt hatte, war zusammengebrochen und atmete in flachen Stößen. Sein Lebensblut strömte aus der Wunde in seinem Hals. Das Weibchen war nirgends zu sehen. Erleichterung durchflutete sie.

Sie sah auf und wollte Rymund befehlen, verdammt noch mal von ihr runterzugehen, stellte aber fest, dass er sie mit seinen durchdringenden blauen Augen anstarrte.

»Ich dachte, Ihr wärt tot«, stieß er hervor, seine Augen wild, sein Atem heiß auf ihrer Nase. Sie sah zu ihm auf. Er roch nach Schweiß und Rauchstäbchen. »Seid Ihr in Ordnung?«

»Ja, alles bestens.« Sie spürte etwas Feuchtes an der Hüfte und schaute hinunter. Blut sickerte durch ihre Hose. Aber sie war doch nicht verletzt worden, oder? Sie sah noch einmal hin. Es war Rymunds Blut, das aus der Stelle strömte, wo das Wildschwein sein Bein attackiert hatte. »Ihr blutet«, sagte sie dümmlich.

Sie erkannte Furcht auf seinem Gesicht, und er wälzte sich von ihr herunter. Das Blut tränkte seine Kleidung und seine Felle mit beängstigender Geschwindigkeit.

»Verdammt, setzt Euch hin.« Helana half ihm zu einem Baum, und er sackte am Stamm zusammen. Mit ihrem Messer zerschnitt sie seine Kleidung und fand die Wunde. Der Stoßzahn des Keilers hatte eine lange, tiefe Wunde in seinen Oberschenkel gerissen.

»Ich habe Euch doch gesagt, es könnten zwei Tiere sein«, bemerkte er mit einem schwachen Lächeln.

»Ihr müsst stillhalten und nicht reden.« Ihr Kopf und ihr Herz hämmerten. Sie musste etwas tun, und zwar schnell. Rymund stöhnte vor Schmerz, als sie seine Hand auf die Wunde presste. »Ihr müsst weiter Druck ausüben.« Die Kleider, die sie weggerissen hatte, waren von Blut durchtränkt, also schnitt sie einen Streifen Stoff von ihrem Ärmel ab, um eine Aderpresse daraus zu machen. Sie band den Stoff fest um seinen Schenkel und versuchte, nicht hinzuschauen.

Rymund krümmte sich. »Wenn Ihr mich nackt haben wolltet ...«

»Seid still, Ihr Narr.« Sie gab ihm einen Klaps auf den Arm. »Bei den Norhai, Ihr hättet getötet werden können. Warum habt Ihr Euch nicht einfach an den Bogen gehalten?«

»Ein schöner Dank dafür, dass ich Euch das Leben gerettet habe. Ich dachte, ich hätte meine Sache ziemlich gut gemacht, bis es mich erwischt hat.«

»Einen schönen Dank werde ich kriegen, wenn Ihr sterbt. Denkt Ihr, Ihr könnt in dieses Horn blasen? Ich kann Euch nicht allein zurücktragen.«

»Wahrscheinlich nicht. Mir dreht sich alles.«

Selbst als sein Leben auf dem Spiel stand, konnte er nicht anders, als faul zu sein. Mit einem Seufzen hob Helana die Hand, um ihm das Horn vom Hals zu nehmen, und bevor sie wusste, wie ihr geschah, nahm Rymund ihr Gesicht und küsste sie.

Sie war kurz empört und wollte ihm schon auf die Wange schlagen, ob er nun verletzt war oder nicht, aber seine Lippen waren wie Samt, und ihr Körper reagierte gegen ihren Willen und erwiderte den Kuss leidenschaftlich. Die Zeit schien stehen zu bleiben. Die Erde und die Bäume drehten sich, als wäre sie betrunken.

Als Helana wieder zur Besinnung kam, stieß sie ihn weg, richtete sich auf und wischte sich über den Mund. »Was zur Hölle macht Ihr da?«

Er grinste oder schnitt eine Grimasse. Seine Haut war wachsbleich und von einem Schweißfilm bedeckt. »Ich wollte nicht sterben, ohne Euch geküsst zu haben.«

KAPITEL 34

»Kämpfe mit mir, du Kackstiefel!«

Orsian hob seinen Schild gerade rechtzeitig, um den wilden Scheitelhau abzuwehren, der auf seinen Kopf zielte. Die Wucht des Schlages ließ seinen Arm bis zur Schulter erzittern und zwang ihn einen Schritt zurück. Ein zweiter Gegner stach von der Seite auf ihn ein, aber Orsian parierte und führte einen Rückhandschlag gegen den Helm des Mannes, sodass er dröhnte wie eine Glocke. Er wirbelte herum und wich nur knapp einem Stich aus, der ihm mit geschärftem Stahl den Unterleib aufgerissen hätte.

Schnell wich er zurück und brachte etwas Abstand zwischen sich und seine Gegner. Es waren junge Männer aus dem Steinbruch, stark wie Ochsen und gebaut wie Felsbrocken, die sich mit dem Versprechen auf drei Mahlzeiten am Tag hatten verpflichten lassen. Zuerst waren sie zu zweit gewesen, aber da er inzwischen zwei Gegner durchgängig schlagen konnte, waren es nun drei. Naeem bestand darauf, dass ein Mann aus den

Reihen des Hymerikaikorps es mit fünf gewöhnlichen Männern aufnehmen konnte.

Orsian wischte sich den Schweiß von der Stirn und nahm wieder die Ausgangsstellung ein. Dieses Trio hatte vor dem Winter wahrscheinlich kaum je ein Schwert in der Hand gehabt, aber sie waren die drei besten unter all den Jungen, die dem Ruf des Königs nach neuen Kriegern gefolgt waren, und ihren Gesichtern nach zu urteilen wollten sie sich unbedingt beweisen.

Der, dessen Helm er getroffen hatte, war der kleinste, so groß wie Orsian und genauso breit. Blut tropfte ihm seitlich über das Gesicht. Ohne auf seine Kameraden zu warten, stürmte er brüllend auf Orsian zu.

Orsian machte sich nicht die Mühe, sein Schwert richtig einzusetzen. Er täuschte damit nur an, änderte im letzten Moment seine Haltung und drosch seinem Gegner den Schild auf den Kopf, wobei er all seine Wut in den Schlag hineinsteckte. Helana war fortgegangen, Pherri sprach kaum noch mit ihm, der König war ein Wahnsinniger, und nichts bezwang besser den Ekel, den er vor sich selbst empfand, als jemandem ins Gesicht zu schlagen.

Der Junge schrie, als seine Nase mit einem Knacken brach, und dann stürzten sich die beiden anderen auf Orsian und schwangen ihre Schwerter. Er wirbelte zwischen ihren Klingen hindurch und fegte dem einen die Füße weg, sodass er der Länge nach in den Schnee fiel. Er ließ einen Tritt gegen die Hand des Gegners folgen, bei dem dessen Schwert über den Hof flog.

Als der Dritte sich mit einem hastigen Stich zu ihm drehte, wich Orsian aus und brachte ihn aus dem Gleichgewicht, dann stürzte er sich auf ihn. Er ließ Schwert und Schild fallen, sprang seinen Gegner an und riss ihn unter einem Hagel von Hieben auf Brust und Kopf zu Boden.

Es brauchte Burik und Derik, um ihn wegzuziehen, und mittlerweile hatte sich der ältere Junge wimmernd zusammengerollt. Sein Schwert lag nutzlos neben ihm im Schnee.

»Bei Eryi, Orsian!« Sein Vater war fast sofort zur Stelle, Zorn und Verwirrung standen ihm ins Gesicht geschrieben. »Er ist nur ein Junge. Wir sollen sie ausbilden, nicht umbringen.«

»Errian hat mich früher dreimal so schlimm verprügelt«, zischte er, »und du hast nie etwas dagegen unternommen.« Die Worte waren aus seinem Mund, bevor er sich bremsen konnte. Er hatte seinem Vater noch nie Widerworte gegeben. Die Hälfte der Männer im Innenhof starrte ihn an.

Falls sein Vater schockiert war, ließ er es sich nicht anmerken. Er schaute auf ihn herunter und urteilte schweigend. »Du bist für heute fertig«, sagte er schließlich. »Geh mir aus den Augen. Komm wieder, wenn du gelernt hast, dich verdammt noch mal zu beherrschen.«

Orsian stapfte davon. Der Schnee knirschte unter seinen Stiefeln, und auf seinem Gesicht schmolzen frische Flocken und vermischten sich mit seinem Schweiß. Er warf seinen Helm hin und stapfte zurück zur Festung.

Dort ging er auf sein Zimmer, riss sich seine Rüstung herunter und schleuderte sie achtlos Stück für Stück auf den Boden. So sollte das nicht laufen. Er war als Held zurückgekehrt, aber Helana war weggerannt. Er hatte versucht, seine Schwester zu beschützen, aber sie wollte nichts mehr von ihm wissen. Seit der Schlacht fühlte es sich so an, als würde alles schiefgehen.

Er stand da, während der Zorn sich langsam legte und nur das Gefühl blieb, wie dumm er war. Der Junge da draußen hatte das nicht verdient. Und Orsians Vater auch nicht.

Er musste mit jemandem reden, und die einzige Person, die ihm vielleicht helfen konnte, war Pherri, wenn er sie dazu bewegen konnte, mit ihm zu sprechen. Bei Eryi, er würde sie einfach dazu zwingen müssen. Schnell zog er sich um und machte sich auf den Weg zu ihrem Zimmer.

Er klopfte energisch an und hörte Pherri zur Tür eilen, um sie zu öffnen.

»Oh, du bist es«, sagte sie, als sie ihn sah. Sie war offensichtlich enttäuscht. »Ich dachte, es wäre Theodric.«

»Nein, ich bin es nur. Ich bin hier, um mich noch einmal zu entschuldigen, falls du bereit bist, meine Entschuldigung anzunehmen.«

Widerstrebend hielt sie ihm die Tür auf. »Theodric meint, ich soll dir verzeihen. Er hat gesagt, du hättest nur getan, was du für mich für das Beste gehalten hast.«

»Das stimmt auch! Und so haben wir immerhin herausgefunden, dass Delara dich vergiftet hat … Wie auch immer, es tut mir leid, wirklich.«

»Entschuldigung angenommen.« Sie lächelte ihn an und umarmte ihn. Orsian erwiderte die Geste.

»Warum bist du nicht draußen im Hof und trainierst?«, fragte sie und setzte sich ans Fenster, während Orsian sich auf ihre Bettkante sacken ließ.

»Ich habe vielleicht jemanden angegriffen.«

Pherri rümpfte die Nase. »Ich dachte, das wäre der Sinn der Sache.«

»Vater hat das in diesem Fall nicht so gesehen. Ich bin zornig geworden. Es war dumm von mir.«

»Wegen Helana?«

Orsian fuhr hoch. »Was ist mit Helana?«

Pherri grinste ihn an. »Eine Dienerin hat mir erzählt, man hätte euch beide streiten hören, bevor sie geflohen ist. Sie dachten, ihr hättet vielleicht eine kleine Schwäche füreinander.«

Er spürte, wie ihm die Röte in die Wangen schoss. »Du bist

zu jung, um über solche Dinge nachzudenken. Und du darfst nicht alles glauben, was die Diener dir erzählen.«

»Theodric hat gesagt, dass man eine Menge lernen kann, wenn man mit den Dienern spricht. Sie sehen viel mehr von Pfeiferswehr als wir anderen.«

Das war schwer zu leugnen. Wie weit hatten sich die Gerüchte in der Burg verbreitet? »Nun, ja, es geht vielleicht ein wenig um sie. Ich dachte …« Er seufzte. »Egal, was ich dachte. Sie ist fort, und ich weiß nicht, wo sie ist. Ich verstehe immer noch nicht, warum sie gegangen ist.«

»Theodric sagt, sie war unglücklich.«

»Gibt es irgendein Thema, zu dem Theodric keine Meinung hat?«

»Wahrscheinlich nicht«, antwortete Pherri fröhlich. »Er ist unglaublich klug. Er hasst es, dass er Helana nicht finden kann. Früher hätte er das gekonnt. Der König ist verärgert über ihn.«

»Es braucht nicht viel, um den König zu verärgern.«

»Oder dich, wie es scheint.«

Orsian seufzte niedergeschlagen. »Ich hätte sie nicht gehen lassen dürfen«, jammerte er. »Ich dachte … Ich weiß nicht, was ich dachte. Ich dachte wohl, dass die Dinge anders sein würden, nachdem ich in einer Schlacht war, aber ich frage mich immer wieder, wozu das alles gut war. Der König ist …« Er zögerte. »Hessian ist Hessian, und die halbe Stadt ist am Verhungern. Aber ich kann nichts anderes tun als weiterzukämpfen. Was gäbe es sonst?«

»Eine ganze Welt.« Sie warf ein Buch neben ihn aufs Bett. Er las den Titel: *Meeresgeschichten* von Kapitän Murkiem. »Versuch es mal damit. Er war vor einem halben Jahrhundert der Kapitän eines Handelsschiffes aus Klippwehr. Er hat die ganze Welt bereist, vom Imperium bis zum Rand des Stummen Meeres. Es könnte deinen Horizont erweitern.«

Orsian griff nach dem Buch und betrachtete es. »Ich werde in absehbarer Zeit sicher nicht zur See fahren«, bemerkte er, während er in den Seiten blätterte. »Vater sagt, die Wochen auf See seien die elendsten seines Lebens gewesen. Nichts zu essen, und wenn man in seiner Rüstung ins Wasser fällt, zieht sie einen hinunter, sodass man in der Schlacht die Wahl hat, zu ertrinken oder erstochen zu werden. Schlachten auf dem Festland sind schon tückisch genug.« Er erhob sich, um ihnen beiden einen Becher mit stark verwässertem Wein einzuschenken, und warf einen Blick aus dem Fenster. Der Schnee fiel jetzt immer dichter, und er spürte den eisigen Atem des Windes durch die dünnen Ritzen an den Rändern der Scheibe. »Wie läuft der Unterricht mit Theodric?«

»Besser, seit er Delara davon abhält, mich zu vergiften, aber um die Wahrheit zu sagen, trotzdem nicht sehr gut.« Pherri seufzte. »Ich habe *Phisika* gemeistert, aber *Shadika* oder *Inflika* würde ich nicht mal zustande bringen, wenn es um mein Leben ginge. Theodric meint, ich sei noch zu jung, um mich richtig zu konzentrieren.«

»Ich weiß nicht mal, was irgendeins dieser Worte bedeutet«, entgegnete Orsian mit einem Achselzucken. »Ich hoffe, es ist nichts Gefährliches.«

Auf dem höchsten Turm von Pfeiferswehr begannen die Mittagsglocken zu läuten. Zwölf Klänge vom höchsten bis zum tiefsten. »Papperlapapp«, sagte Pherri, erhob sich hastig und schnappte sich ihren Umhang. »Ich habe jetzt Unterricht bei Theodric. Wir sehen uns später. Und ich bin froh, dass wir wieder Freunde sind.« Sie gab Orsian einen schnellen Kuss auf die Wange und rannte hinaus, während er verwirrt hinter ihr her trottete und sich überlegen musste, was er mit dem Nachmittag anfangen sollte.

Er war kaum auf halbem Weg zurück zu seinem Zimmer, als ein gehetzt aussehender Diener auf ihn zurannte. »Ich habe überall nach Euch gesucht, Mylord«, sagte er atemlos. »König Hessian wünscht Eure Anwesenheit in seinen Privatgemächern. Unverzüglich.« Er gab Orsian keine Gelegenheit zu einer Antwort, bevor er wieder davoneilte.

Orsian starrte ihm leicht entsetzt nach. Schickte ihn sein Vater zur Bestrafung zum König? Oder was, wenn Hessian ihm Fragen wegen Helana stellte? Er fluchte leise. Vor einigen Monaten hätte er alles darum gegeben, dass Hessian ihn bemerkte, und jetzt wollte er sich nur so weit wie möglich von ihm fernhalten. Hoffentlich war er wegen der Aussicht auf einen Erben immer noch guter Laune.

Mit einem mulmigen Gefühl im Bauch bestieg er den Turm des Königs und nickte den beiden Wachen zu, bevor er eintrat. Sein Vater saß mit Hessian zusammen, und die beiden Männer beugten sich über den Tisch, der die Form Erlands hatte. Sie steckten die Köpfe zusammen und diskutierten über irgendetwas.

»… der Mann schachert wie ein altes Weib um einen Hering«, brummte Hessian. »Eine imperiale Enklave in Merivale! Er verlangt zu viel. Ich werde Merivale nicht ernähren, indem ich das Königreich an das Imperium verkaufe.« Als Orsian eintrat, schaute er auf. »Orsian!« Der König winkte ihn begeistert heran. »Wir wollten gerade über den Plan für das Frühjahr sprechen.«

Orsian blinzelte überrascht. Das war das Letzte, womit er gerechnet hatte.

»Ich will, dass du stärker einbezogen wirst«, ergänzte sein Vater schroff. »Du hast dich letztes Mal bewährt. Glaub nicht, ich hätte das nicht bemerkt. Aber wenn du noch einmal so etwas machst wie heute, wirst du in Merivale bleiben. Ich kann keinen Hymerika gebrauchen, der seine eigene Seite angreift.«

»Was?«, rief Orsian. Sein Vater hatte »Hymerika« gesagt.

Ein breites Grinsen breitete sich auf seinem Gesicht aus.

»Meinst du das ernst?«

Hessian lachte. »Du hast dem Jungen den Tag versüßt, Andrik.«

»Das ist längst überfällig. Er hat uns gerettet.«

Orsian krümmte die Hand und spürte, wie sich die neue Haut dehnte, wo er sich die Handfläche verbrannt hatte. Das war es wert gewesen. *Hymerika.* Endlich. »Bin ich der jüngste überhaupt?« Er war jünger, als Errian es gewesen war.

Wieder lachte Hessian. »Das bezweifle ich. Vielleicht der jüngste im vergangenen Jahrhundert. Ich werde den Bibliothekar das überprüfen lassen. Dann gehe ich also davon aus, dass du das Angebot annimmst?«

Orsian nickte stumm und vergaß alle seine Bedenken gegenüber Hessian. *Hymerika.*

»Gut. Dann zu den Formalitäten. Es gibt keinen Grund zu warten. Andrik, dein Schwert.«

Mit einem Zischen von Metall auf Leder zog Andrik sein Schwert aus der Scheide und reichte es Hessian. Orsian fiel vor ihm auf ein Knie, und Hessian legte die flache Seite der Klinge auf seinen Kopf. »Orsian, Sohn von Andrik. Ich betraue dich mit der Aufgabe, deinen König zu verteidigen, allen zu gehorchen, die von königlichem Geblüt sind, und dein Leben für ihres zu geben, wenn nötig.«

Es ging alles so schnell. Die Zweifel, die er Pherri gegenüber geäußert hatte, waren eine ferne Erinnerung. »Ich nehme diese Bürde an, mein König«, wiederholte Orsian die Worte, die er seit Kindertagen kannte.

»Dann erhebe dich als einer der Hymerikai.«

Orsian stand auf und fühlte sich zehnmal größer als zuvor. Sein Vater nahm sein Schwert wieder an sich und schlug Orsian auf die Schulter, während Hessian ihm aus einer Flasche rubinroten Wein einschenkte.

»Auf Orsian«, sagte der König. »Hymerika.«

Orsian trank, und es schmeckte, als würden die Trauben feurig auf seiner Zunge zerplatzen.

»Das hast du dir verdient, Orsian«, sagte sein Vater. »Und du weißt, was du als einer der Hymerikai nicht tun darfst?«

Orsian nickte. »Im Hof mit gemeinen Soldaten kämpfen.«

»Du kannst mit ihnen kämpfen, wenn ich es dir befehle. Vergiss nur nicht, auf wessen Seite sie stehen und wer der wahre Feind ist. Und jetzt komm und sieh dir diese Karte an.«

Orsian gesellte sich zu ihnen an den Tisch. Ihm war schwindelig. Pherri konnte ihre *Meeresgeschichten* behalten, und Helana konnte sich so lange in Klippwehr verstecken, wie es ihr gefiel. Er war jetzt ein Hymerika, ein wahrer Krieger.

»Warst du je in Weißwasser?«, fragte sein Vater und zeigte nach Norden, wo der Bleiche Fluss ins Meer mündete.

Orsian schüttelte den Kopf.

»Es wurde auf beiden Seiten des Flusses erbaut und durch eine Brücke verbunden.« Er zeigte auf die Westseite, wo eine Festung markiert war. »Die Turmhügelburg von Weißwasser ist im alten Stil erbaut, nur eine hölzerne Festungsmauer mit einer schlichten, steinernen Kernburg darin. Lord Liepsitz hat sich für Rymund Prindian ausgesprochen, was keine Überraschung ist, weil sie Cousins sind.«

»Er ist auch mein Cousin, dieses verräterische Wiesel«, warf Hessian ein.

»Wir werden am ersten Tag des Frühlings zuschlagen«, fuhr Andrik fort. »Wir werden die Burg erobern und die Familie gefangen nehmen. Zur gleichen Zeit werden wir eine kleine Streitmacht aussenden, um die Halord-Brücke zu halten. Wenn Prindian sich uns in Weißwasser entgegenstellt, werden wir gegen ihn kämpfen, auf einem Gelände unserer Wahl. Wenn nicht, reiten wir nach Westen und fallen in Irith ein.«

»Du willst die Familie Liepsitz gegen Errian tauschen«, bemerkte Orsian.

Andrik nickte. »Sobald wir deinen Bruder zurückhaben, können wir diesen Krieg gewinnen. Die Liepsitz sind mit halb West-Erland verwandt; wenn Prindian sich weigert, werden all diese Lords aufbegehren.«

»Wie viele Männer haben wir?«

»Bis zum Frühling werden es achtzehntausend sein. Dreitausend Soldaten sollten die Halord-Brücke halten können.«

Orsian nickte. Er war nicht begeistert von der Aussicht auf Errians Rückkehr, aber vielleicht würde sein Bruder jetzt, da Orsian ein Hymerika war und Errian sich hatte gefangen nehmen lassen, mehr Demut zeigen. »Und die Prindians haben weniger als wir?«

»Ungefähr genauso viele. Vielleicht eine Spur weniger.«

»Verräter, allesamt«, zischte Hessian, und Wein spritzte von seinen Lippen über den Tisch. »Ich will, dass Prindian und Sigac in Ketten zu mir geschleppt werden, Andrik. Ich will Prindian in derselben Zelle einsperren, in der sein Bruder gestorben ist. Den Rest kannst du töten.«

Orsian hielt den Blick auf die Karte gerichtet. Hessians Blutgier beunruhigte ihn. Die West-Erländer waren ihre Brüder, sie würden Frieden mit ihnen schließen müssen, sobald dieser Krieg vorüber war. Das sollte doch das Ziel sein: das Land zusammenzuhalten, um sich dem Imperium zu widersetzen. Er erinnerte sich an Helanas Worte: »*Mein Vater will über ganz Erland herrschen, weil es ihm passt.*« Er war sich dessen niemals sicherer gewesen als in diesem Moment. Sein Kopf juckte ihn, wo Hessian das Schwert aufgelegt hatte. Hätte er sich weigern sollen? Er hätte sich niemals weigern können.

Andrik nickte knapp. »Die Niederlage der Prindians wird absolut sein, mein König. Ich gebe dir mein Wort darauf.«

KAPITEL 35

Tansa zog sich die dünne Decke wieder um die Schultern, um nicht mit den Zähnen zu klappern. Dann schob sie sich so dicht an ihr kleines Feuer heran, wie sie es wagte. Am Ende hatte sie nachgegeben, was das Feuer betraf. Das Risiko, in diesem Winter zu erfrieren, war eine weitaus größere Sorge als die, entdeckt zu werden.

Sie teilten sich noch immer dasselbe Zimmer im obersten Stockwerk des leer stehenden Hauses. Es war zwar gemütlich, aber es stank langsam, und alle drei verloren die Geduld mit ihrer Gefangenschaft dort. Tansa ging ab und zu hinaus, um Lebensmittel einzukaufen, zog sich ihre Kapuze immer tief übers Gesicht und hielt Ausschau nach imperialen Wachen. In einer Stadt, die langsam erfror, sah sie auch nicht anders aus als jeder andere Bewohner Merivales, der durch die verschneiten Straßen schlurfte und nach Brot oder jeder anderen Nahrung suchte, die er in die Finger bekommen konnte.

Fast drei Monate waren seit ihrer Flucht aus dem *Hexen-*

schlund und vor den imperialen Soldaten verstrichen. Cag hatte ihre notwendige Gefangenschaft zähneknirschend akzeptiert, aber von Tam konnte man das nicht behaupten. Unzählige Male hatte er versucht, sich nachts aus dem Haus zu schleichen, und auf Tansas Befehl hin hatte Cag ihn sogar mit Gewalt daran gehindert, das zu tun. Tam war beim letzten Mal so wütend geworden, dass er Cag mit der Faust an der Nase erwischt hatte, und Tansa hatte den gebrochenen Knochen erst wieder richten müssen. Dafür hatte Tam sich zumindest so sehr geschämt, dass er sich mit seinem Schicksal abgefunden hatte.

Ihr Vermögen war inzwischen auf einige wenige Münzen geschrumpft. Die Stadt erfror nicht nur, sie verhungerte auch; der Preis für Brot hatte sich verfünffacht, und überall, wo es etwas zu essen gab, standen bewaffnete Wachen vor der Tür. An manchen Tagen bekamen sie überhaupt nichts und verbrachten den Abend frierend und hungrig damit, einander anzuschnauzen. Soweit sie gesehen hatte, ging es den meisten Menschen in der Stadt auch nicht besser. Auf den Straßen verkauften manche Männer Ratten, die sie über schmutzigen Kohlenbecken geröstet hatten und deren Schwänze so hart und steif waren wie Schüreisen, und in den Gassen verkauften andere einen braunen Eintopf, nach dessen Inhalt nur ein Narr gefragt hätte. Zum Glück war Tansa noch nicht so tief gesunken.

Sie hatte das wenige an Geld, das ihnen verblieben war, für die Rückreise nach Klippwehr ausgegeben, die sie morgen antreten würden. Das Land versank nicht mehr knöcheltief im Schnee, und sie und Cag waren fest davon überzeugt, dass es Zeit war, nach Hause zu gehen. Sie hatten genug von dem Winter im Schatten des Eryispek, und selbst wenn die imperialen Soldaten noch immer hinter ihnen her waren, würden sie in Klippwehr sicherer sein, wo sie jede Gasse und jede Abkürzung kannten, als wären sie ihnen in die Handfläche geschrieben. Auch Tam hatte zu guter Letzt akzeptiert, dass sie keine andere Wahl hatten.

Als Mahlzeit für diesen Abend hatte Tansa eine Brühe aus Hühnerabfällen und Knochen gekocht, die sie bei dem erstbesten Händler erstanden hatte, über den sie gestolpert war, und das zum Achtfachen des gewohnten Preises. Sie wollte nicht riskieren, dass die imperialen Soldaten sie an ihrem letzten Abend in der Stadt erwischten, wenn sie ihre Suche weiter ausdehnte. Wenigstens war die Brühe heiß, wenn auch dünn und geschmacklos, obwohl Tansa zu ausgehungert war, um sich darüber den Kopf zu zerbrechen.

Tam schob seine Schale von sich. »Das ist widerlich. Cag, du kannst meine Portion haben.« Der größere Junge nahm das Angebot dankbar an, nachdem er seine Portion bereits direkt heruntergeschlungen hatte.

»Das wirst du auf der Reise zurück nach Klippwehr bereuen«, warnte Tansa ihn. »Wenn wir hier schon nichts zu essen finden, stell dir nur vor, wie es auf dem Weg zwischen Merivale und Klippwehr sein wird.«

Ihr Bruder zuckte die Achseln. »Ich bin einfach froh, dass wir wieder nach Hause fahren. Ein paar Tage Hunger kann ich ertragen, wenn ich dafür die Chance bekomme, Klippwehr wiederzusehen.«

Tansa beäugte ihn misstrauisch. »Wenn du auch nur darüber nachdenkst …«

»Ich schwöre, das tue ich nicht!«, protestierte er und hob abwehrend die Hände. »Ich bin es nur leid, Hunger zu haben und zu frieren, das ist alles. Selbst wenn wir in Klippwehr draußen geschlafen haben, war es nie so kalt.«

Tansa nickte halbwegs zufrieden. Selbst wenn Tam vorhatte, wieder zu fliehen, schliefen sie alle drei so dicht beieinander, dass er sich nicht bewegen konnte, ohne sie oder Cag zu wecken. Sie wandte sich wieder ihrer Suppe zu.

Als sie fertig waren, stapelte sie die Schalen in einer Ecke übereinander, um sie nie wieder zu benutzen. Sie würden Merivale nur mit den Kleidern am Leib verlassen und mit kaum genug Münzen, dass sie klimpern konnten.

»Die Karawane bricht eine Stunde nach Tagesanbruch auf«, erklärte sie ihnen. Sie fühlte sich seltsam lethargisch, was sie nur auf die Kälte zurückführen konnte. Wahrhaftig, je eher sie wieder in Klippwehr waren, desto besser. »Wir sollten zusehen, dass wir etwas Schlaf bekommen.«

Ciera schlief schlecht und wälzte sich in ihren Laken hin und her. Irgendwie war ihr zu heiß und zu kalt gleichzeitig. Früher hatte sie nie Probleme mit dem Schlafen gehabt, aber ihre Schwangerschaft schien sie aus dem Gleichgewicht zu bringen. Sie war nun seit einigen Monaten schwanger und zeigte nur den Hauch eines Bäuchleins, aber im Bett fand sie keine bequeme Lage. Wenn sie schlafen wollte, schien das Baby immer größer zu werden und gegen ihre inneren Organe zu schlagen und zu treten. Die Hebamme hatte ihr erklärt, dass so etwas so früh nicht möglich sei, aber die Sangreals waren für ihre ungewöhnliche Größe bekannt, und wenn sie im Bett lag, hätte Ciera schwören können, dass in ihr ein Monster heranwuchs.

Wenigstens ließ Hessian sie jetzt in Ruhe. Seit er von ihrer Schwangerschaft erfahren hatte, war er ihr gegenüber fast ehrerbietig und ordnete die Angelegenheiten in der Festung so, wie es ihr gefiel. Den ganzen Tag wehte aus den Küchen der Duft von Cieras Lieblingsbrot herauf, und jeden Morgen fand sie frische Winterblumen auf ihrer Kommode. Als sie nebenbei erwähnt hatte, dass ihr der Geigenspieler bei ihrer Hochzeitsfeier gefallen habe, hatte der König sogar nach dem besten

Geiger in der Stadt gesucht, der für sie spielte und der ihr Unterricht geben würde, wenn sie es sich wünschte. So hatte sie ihn auch dazu gebracht, ihr zuzuhören, was die Zutrittsgebühren zur Stadt betraf. »Eine fünfköpfige Musikantentruppe reist vielleicht mit einem vierrädrigen Wagen und einem Pferd«, hatte sie ihm gesagt. »Das ist eine enorme Ausgabe für sie, wenn sie in die Stadt kommen und nicht einmal wissen, ob ihr Auftritt Anklang findet. Noch schlimmer ist es für eine Truppe von Schauspielern, die aus einem Dutzend Mitglieder bestehen könnte. Ich würde schrecklich gern mal wieder ein Theaterstück sehen, und es würde die Bürger vielleicht von dem harten Winter ablenken, den sie erdulden mussten.« Hessian hatte vor sich hin gemurrt, aber nachgegeben. Ab dem Frühling würden die Zugangsgebühren für Merivale nur pro Pferd und pro Wagen erhoben werden. Es war nicht viel, aber es war ein Anfang, und wenn sich die Veränderung als erfolgreich erwies, würde sie weitere Vorschläge machen.

Ciera freute sich über den Geiger und die Blumen und Hessians Bereitschaft, ihr zuzuhören, aber keine Geste konnte auslöschen, wie er sie vor ihrer Schwangerschaft behandelt hatte. Wenn sie ein Mädchen gebar, würden die Geschenke und seine Zugewandtheit verschwinden, und der Kummer würde erneut beginnen. Und nicht alle Veränderungen waren gut. Cieras Wachen waren von zwei auf sechs aufgestockt worden, und mindestens vier von ihnen begleiteten sie auf Schritt und Tritt und standen auch vor ihren Gemächern, während sie schlief.

Gelegentlich dachte sie immer noch an Tam. Anfangs hatte sie sich dagegen gewehrt oder es zumindest versucht, aber inzwischen hatte sie dreimal eine Kerze am Fenster angezündet, doch Tam war nicht gekommen. Gelegentlich schaute sie von ihrem Fenster aus über Merivale und grübelte. Vielleicht war er tot; es hieß, die Stadt sei in diesem Winter ein gefährlicher Ort gewesen.

Wenn Tam der Vater ihres Kindes war, würde Hessian dann glauben, dass das Baby von ihm war? Oder würde ein einziger Blick auf sein Gesicht die Wahrheit offenbaren? Lords und Könige unterschieden sich angeblich von gewöhnlichen Menschen.

Zu unruhig, um zu schlafen, stand Ciera mit einem Stöhnen auf und ging zu ihrem Nachttopf in der Ecke. Bis zur Morgendämmerung waren es noch etliche Stunden. Wenn sie endlich eine bequeme Position fand, würde sie noch ein paar Stunden Schlaf ergattern können. Sie konnte sogar ihre Tür abschließen, um sicherzustellen, dass die Dienerin, die jeden Morgen die Blumen brachte, sie nicht störte.

Sie lag gerade wieder im Bett, als sie ein sanftes Klopfen an ihrem Fenster hörte.

Ciera zuckte zusammen und musste sich den Mund zuhalten, um einen erschrockenen Schrei zu unterdrücken. Sie drehte sich zum Fenster, und obwohl sie kaum Zweifel daran hatte, wer es sein würde, war sie entzückt darüber, Tam zu sehen, der breit lächelte, sich in die Fensternische duckte und mit dem Zeigefinger an die Scheibe klopfte. Sie rannte durch den Raum, um den Riegel zu öffnen.

»Du musst leise sein«, flüsterte sie, als Tam durchs Fenster kletterte.

Er zitterte vor Kälte, und seine Zähne klapperten so laut, dass sie sich sicher war, die Wachen würden es hören. Auf Zehenspitzen schlich Ciera zu ihrer Truhe und holte eine Ansammlung von Decken heraus. »Zieh dich aus«, flüsterte sie.

Tam grinste. »D-das b-b-brauchst du mir nicht z-zweimal zu sagen«, brachte er heraus und bückte sich bereits, um seine Hose auszuziehen.

Ciera versetzte ihm lächelnd einen spielerischen Klaps.

»Deine Kleider müssen eiskalt sein; du wirst schneller warm werden, wenn du dich einfach in die Decke hüllst.«

Tam gehorchte, setzte sich auf die Bettkante und zog die Decken fest um sich. Ciera saß geduldig neben ihm und rieb ihm über die Arme, um ihn zu wärmen.

Er war zurückgekommen. Endlich. Ein Schauer der Erregung durchlief sie.

Schon bald hörte Tam auf zu zittern und brachte es fertig zu sprechen. »Danke. Wenn ich noch länger da draußen gesessen hätte, wäre mir vielleicht nie wieder warm geworden.«

»Es sind nur noch wenige Stunden bis zur Morgendämmerung. Wie lange warst du da draußen?«

»Ich habe die halbe Nacht auf der Mauer ausgeharrt und darauf gewartet, dass die Männer auf dem Hof verschwinden. Reiten sie in den Krieg?«

Ciera nickte. »Jetzt, wo der Frühling da ist, reitet Lord Andrik wieder ins Feld.«

»Ich habe den ganzen Winter im Haus gehockt und schier den Verstand verloren«, erzählte Tam. »Nachdem Tansa mich beim letzten Mal erwischt hatte, als ich von dir zurückgekommen war, hat sie mir verboten fortzugehen. Cag hat gedroht, mir den Arm zu brechen, um mich daran zu hindern.« Er griff in sein abgelegtes Wams neben ihm und holte etwas heraus. »Ich habe hier etwas für dich«, sagte er und hielt einen mit kleinen Juwelen besetzten seidenen Geldbeutel hoch.

»Als du nicht wiedergekommen bist, dachte ich, du wärst tot.«

»Ich musste wiederkommen. Wir reisen morgen nach Klippwehr zurück. Tansa meint, wir sind nach Merivale gegangen, um in Sicherheit zu sein, und stattdessen haben wir den ganzen Winter im Haus festgesessen, voller Angst, dass die imperialen Soldaten uns finden könnten, und all unser Geld ist aufgebraucht. Ich kann nicht hierbleiben und die beiden im

Stich lassen, aber ich wusste, dass ich auch nicht fortgehen konnte, ohne dich noch einmal zu sehen, daher habe ich ihnen Schlafpilz in ihr Abendessen gegeben und mich aus dem Fenster geschlichen.«

Ciera antwortete nicht. *Ich dachte, er wäre tot, und jetzt geht er wieder fort.* Sofort kam sie sich dumm vor. Was hatte sie denn gedacht, was passieren würde? Dass er sich bis in alle Ewigkeit durch ihr Fenster schleichen würde, selbst wenn ihr Bauch immer dicker wurde und sie einen Prinzen gebar?

»Komm mit mir«, sagte er plötzlich. »Komm mit mir nach Klippwehr. Es ist eine große Stadt; man würde dich dort niemals finden.«

»Tam, ich bin schwanger.«

Tam sah aus, als hätte ihn der Blitz getroffen. Er blinzelte sie an. »Ist es …?«

»Von dir? Ich weiß es nicht. Ich habe solche Angst, Tam. Was ist, wenn das Baby kommt und ganz anders aussieht als der König? Ich bin mir sicher, dass er mich töten würde.«

»Alle Babys sehen gleich aus«, antwortete Tam unsicher. »Aber du kannst trotzdem mit mir kommen. Es wird keine Rolle spielen, ob das Kind aussieht wie der König. Ich werde sein Vater sein.«

»Ich kann nicht.« Ciera bohrte ihre Fingernägel in ihre Handflächen. »Sie würden mich bis in alle Ewigkeit jagen. Er will einen Erben, und wenn ich weglaufe, bekommt er keinen. Wir wären niemals sicher.«

»Bitte«, sagte er und nahm ihre Hand. Seine Finger waren eiskalt, aber seine Berührung jagte ihr einen heißen Schauer über den Rücken. »Ich kann nicht ohne dich fortgehen. Was, wenn das Kind von mir ist?«

Tränen schossen Ciera in die Augen. Er war der einzige Mensch, zu dem sie ehrlich sein konnte. »Bleib einfach«, flüsterte sie. »Bleib einfach bis zum Morgen. Bitte. Morgen früh gebe ich dir eine Antwort.« Vielleicht konnte Hessian der Welt erzählen, sie sei tot, und wieder heiraten. Sie konnte mit Tam nach Klippwehr zurückkehren, und nach Jahren, wenn Hessian tot war, konnte sie ihrem Vater offenbaren, dass sie noch lebte.

Sie küsste ihn lange und leidenschaftlich, und er schlang die Arme um sie, als hätte er auf diesen Augenblick gewartet, mit einer Hand in ihrem Kreuz und einer in ihrem Haar. Wärme breitete sich in ihrem Körper aus wie ein Inferno. Sie drückte ihn aufs Bett und zog sich ihr Nachthemd über den Kopf.

Danach schliefen sie in enger Umarmung ein, ihre Gliedmaßen ineinander verschlungen wie Baumwurzeln.

Am nächsten Morgen lagen sie immer noch zusammengekuschelt da, als Ciera das Knarren ihrer Tür hörte und die Augen aufriss.

Eine junge Dienerin war in ihrem Zimmer und hielt die Blumen in der Hand, die sie jeden Morgen brachte. Cieras Herz raste. Solange sie sich still verhielt, sollte das Mädchen nicht zum Bett schauen. Sie sandte ihr im Geiste den stummen Befehl, schnell die Blumen abzustellen und wieder zu gehen.

Tam bewegte sich leicht und gähnte, dann hob er einen Arm über die Bettdecke. Das Mädchen schaute instinktiv in ihre Richtung und sah einen schlanken, jugendlichen Mann mit braunem Haar, einen Mann, der offensichtlich nicht der König war.

Sie schrie, und Tam fuhr mit einem Ruck auf. Als er das Mädchen sah, sprang er aus dem Bett und rannte zum Fenster, wie jemand, der es gewohnt war, einer Situation mit knapper Not zu entfliehen.

Einen Moment lang dachte Ciera, er würde es schaffen. Sie machte sich keine Sorgen, dass er immer noch nackt war und dass er sich den Weg über die Mauer und aus der Burg bei

Tageslicht bahnen musste, aber das Mädchen schrie immer noch, und die vier Wachen, die draußen vor Cieras Tür postiert waren, stürmten herein und rannten direkt auf Tam zu.

Tam wich dem Schlag des ersten Wachpostens aus und hüpfte über den Hechtsprung des zweiten hinweg, aber der dritte war schneller, und sein ungestümer Schlag traf Tam so am Kiefer, dass Blut auf den Boden spritzte. Der Wachmann ließ einen brutalen Schlag in die Eingeweide folgen, bei dem Tam in die Knie ging. Er krümmte sich auf dem Boden zusammen, während die Wachen seinen Rücken und seine Leistengegend mit brutalen Schlägen und Tritten traktierten.

Ciera schrie ihnen entsetzt zu, dass sie aufhören sollten, aber es machte keinen Unterschied. Sie schienen sie nicht einmal zu hören. Sie konnte nicht wegsehen, selbst als Tam wimmerte und sich vergeblich wand, um ihren Angriffen zu entgehen. Sie spürte jeden Schlag, als fügten die Männer ihn ihr zu.

Als sie fertig waren, war Tam ein Häufchen Blut und blaue Flecken, und einige seiner Zähne lagen auf dem Boden verstreut. Während die anderen Tams zerschlagenen Leib aus dem Raum trugen, richtete einer der Wachposten das Wort an sie, den Blick starr an die Wand geheftet, um ihre Blöße nicht sehen zu müssen. »Bleibt hier. Der König wird mit Euch sprechen müssen.« Er wandte sich an die verängstigte Dienerin, die bei den Blumen kauerte. Sie hatte endlich aufgehört zu schreien. »Du da, hilf ihr beim Anziehen. Dann geh und verschließ die Tür von außen.« Er drehte sich auf dem Absatz um und folgte den anderen aus dem Raum.

KAPITEL 36

Rymund legte seine Karten nieder und konnte sich das Grinsen nicht verkneifen. »Der Pott gehört mir, Mylady.« Er streckte sich, um die Münzen einzusammeln, die für ihr Spiel das Zwanzigfache ihres Gewichts wert waren.

Helana zog eine Braue hoch. »Das ist ein gutes Blatt, Mylord.« Sie zeigte ihre Karten vor. »Aber nicht gut genug.«

Rymund starrte für einen Moment darauf, blies die Wangen auf und lehnte sich auf seinem Stuhl zurück. »Wie konntet Ihr nur so gut darin werden?«

»Die Wachen in Pfeiferswehr spielen ständig Trumpf«, antwortete sie und streckte die Hand aus, um die Münzen einzusammeln. »Ich habe angefangen, mit ihnen um Pfennige zu spielen, als ich acht war.«

»Das ist beruhigend. Wenn ich jemals gefangen genommen werde, wird es mir zumindest nicht an Unterhaltung mangeln.«

Sie befanden sich in Rymunds Gemächern, die jetzt beträchtlich sauberer waren als nach seinem Saufgelage mit Will und Dom. Die Verletzung an seinem Bein verheilte recht gut, aber Rymund hatte sich trotzdem Whisky zur Selbstmedikation verordnet. Er nahm einen weiteren Schluck und versuchte immer noch, dahinterzukommen, wie Helana ihn wieder einmal hatte schlagen können.

»Ihr werdet Euer Spiel nie verbessern, wenn Ihr dabei Whisky trinkt«, sagte Helana und nahm einen Schluck von ihrem eigenen mit Wasser verdünnten Wein. Sie sammelte die Karten ein und begann zu mischen. »Und Ihr solltet beten, dass man Euch niemals gefangen nimmt. Mein Vater ist weniger barmherzig als ein Wildschwein.«

»Das weiß ich«, entgegnete Rymund und fuhr sich mit einer Hand nervös durchs Haar. Er glaubte inzwischen zu wissen, was er wollte, aber warum war es so schwer, es zuzugeben? Die Vorstellung, in den Krieg zurückzukehren, erfüllte ihn mit Grauen. Jeden Tag versammelten sich weitere Männer, und im Hof ließ Adfric Jungen exerzieren, die er nicht kannte, aber Rymunds Gedanken kreisten seit Wochen um alles andere als den Krieg.

Er schaute zu Helana, die gewissenhaft die Karten mischte. Sie schien mit jedem Tag schöner zu werden. Er lächelte in sich hinein. Was waren ein Krieg oder eine Krone neben ihr? Er verlagerte sein Gewicht, um nach einem Rauchstäbchen zu greifen, und zuckte bei dem Schmerz in seinem Oberschenkel zusammen. Die Heiler sagten, nur ihre Aderpresse habe ihn vor dem Verbluten bewahrt. Und er hatte auch ihr das Leben gerettet, auch wenn sie es nur ungern zugab. Sie war mutig und klug und sprach mit ihm mit einer Ehrlichkeit, die an Verachtung grenzte. Selbst als er für sie vor ein Wildschwein gesprungen war, hatte sie ihm gesagt, dass er ein Narr sei.

Und sie hatte den Kuss an dem Tag erwidert. Selbst als ihm schwindelig war und das Blut aus seinem Oberschenkel floss, hatte er das gespürt. Er hatte jedoch noch immer nicht den Mut aufgebracht, es noch einmal zu versuchen. Wenn er sie im falschen Moment erwischte, musste er mit einem sofortigen Schlag auf den Mund rechnen.

Und doch, *Ehe*. War es das, was er wollte? Was, wenn Hessian trotzdem keinen Frieden akzeptierte? Und Helana war die Art Frau, die von ihm Treue verlangen würde. Es würde keine nächtlichen Ausflüge in die *Qualmende Sau* mit Dom und Will mehr geben. Und er wollte nicht nur eine Heirat um des Friedens willen. Er wollte Helana beeindrucken, wollte ihr beweisen, dass er ihrer würdig war, selbst wenn er nicht so recht dahinterkam, warum er das wollte.

»Werden wir heute Abend wieder zusammen speisen?«, fragte Helana und teilte jedem von ihnen fünf Karten aus. Seit der Jagd hatten sie fast jeden Abend in seinen Gemächern zu Abend gegessen – Tranchen des Wildschweins, das Rymund getötet hatte.

Rymund schüttelte den Kopf. »Heute Abend nicht. Will und Dom kommen zum Essen zu mir. Ihr könnt endlich mal etwas anderes essen als Wildschwein.«

Er bemerkte das Grinsen, das Helanas Lippen umspielte. »Heute also ein flüssiges Abendessen für Euch?«

Es klopfte an der Tür, und ohne zu warten, stürmte Breta in einer Wolke aus süßem Parfüm in den Raum.

Rymund legte mit einem Seufzen seine Karten ab. »Was gibt es, Mutter?« Sie hatte wirklich ein Händchen dafür, den richtigen Moment zu erwischen.

»Wollt Ihr eine Partie mitspielen, Lady Prindian?«, fragte Helana. »Ihr könntet vielleicht etwas von Rymunds Geld zurückzugewinnen.«

Sie lächelte dünn. »Vielleicht ein andermal. Ich muss mit meinem Sohn sprechen. Allein.«

Rymund versuchte, sich seine Frustration nicht anmerken

zu lassen. Noch ein Whisky, und er wäre vielleicht bereit gewesen zu versuchen, Helana noch einmal zu küssen. Das hier war anders, als den Mädchen in den Tavernen den Hof zu machen, obwohl sie ihm bereits einen Heiratsantrag gemacht hatte. »Selbstverständlich.« Er sah Helana an. »Würdet Ihr uns für ein paar Minuten entschuldigen?«

»Ich fürchte, es wird länger dauern«, sagte Breta und nahm auf dem dritten Stuhl Platz. »Es ist besser, wenn Ihr uns für eine Weile verlasst, Kind.«

»Natürlich.« Rymund wusste, dass Helana nicht der Typ war, wegen so etwas beleidigt zu sein. Sie küsste seine Mutter auf die Wange, zog sich zurück und ließ ihn bedauerlicherweise mit ihr allein.

Sobald Helana gegangen war, platzte sie mit der Neuigkeit heraus. »Das Mädchen ist schwanger.«

Rymund seufzte. Dies würde offensichtlich wirklich kein kurzes Gespräch werden. »Welches Mädchen?«

»Was denkst du denn, welches Mädchen, du Narr? Ciera Binsendocht, die du meiner Ansicht nach hättest heiraten sollen!« Ihr Blick flackerte zu dem Rauchstäbchen und dem Whisky. »Es sei denn, der Krieg interessiert dich nicht mehr?«, fügte sie höhnisch hinzu.

Rymunds Herz tat einen Satz. Wenn Hessians Kind ein Junge wurde, würde das alles ändern. Er wäre dann nicht mehr der Thronfolger. Der Krieg würde sinnlos sein. Er würde kein neugeborenes Kind töten, um sich die Krone zu sichern. Noch würde Hessian gegen ihn kämpfen müssen. Und es würde ihm freistehen, Helana zu heiraten, begriff er plötzlich und mit einem Hochgefühl. Es konnte Frieden bringen, wie sie es gehofft hatte.

Er nickte. »In dem Fall werde ich Helana heiraten und den Frieden aushandeln.«

Seine Mutter reagierte so, wie er es erwartet hatte, mit

einem eisigen Blick, der ihn an seinem Stuhl festnageln sollte. »Nein. Das ist keine Option mehr. Ich wollte, dass du sie heiratest, um deinen Anspruch zu untermauern, nicht um Frieden zu schließen. Wenn Hessians Kind ein Junge ist, wirst du nicht länger der Thronerbe sein.«

»Ich weiß. Das hier war immer dein Krieg, Mutter. Ich war bereit mitzumachen, weil Hessian versucht hat, mich zu entführen, aber wenn ich Helana heirate, sollte ich sicher sein.« Er holte tief Luft. »Ich liebe sie, Mutter.« Er war sich in seinem Leben einer Sache noch nie so sicher gewesen.

Seine Mutter sah ihn stumm an, und Rymund überlegte, dass er endlich einen Weg gefunden hatte, um sie zum Schweigen zu bringen. Dann warf sie den Kopf in den Nacken und lachte, so lange und irre, als wollte sie daran sterben. Rymund schaute auf die Bücher, die sich auf seinem Tisch stapelten. Sie hatten ihn in jüngeren Jahren nie gereizt – zu viele ewige Halords, um den Überblick zu behalten –, aber in diesem Winter hatte er eine unerwartete Vorliebe für die Geschichten der alten Prindian-Könige entwickelt. Natürlich hatte er von Halord dem Ersten gehört, der Erland als Erster erobert hatte, aber weniger von Halord dem Dritten, der eine Invasion aus den Kummerlanden zurückgeschlagen und den Anführer der Kummerländler, Zwölf-Finger-Tarl, im Zweikampf besiegt hatte. Und noch weniger von Hamund Honigzunge, der die Knechtschaft in Erland abgeschafft hatte. Seine eigene Leistung, seine Mutter zum Schweigen zu bringen, schnitt dagegen nicht gut ab.

Als sie endlich fertig war, wischte sie sich eine Träne aus dem Auge. »Nach all den Jahren, die du damit verbracht hast, Frauen hierherzubringen, von denen ich die meisten nie wiedergesehen habe, sagst du jetzt, du hättest dich in Helana Sangreal verliebt.« Wieder lachte sie. »Schön. Heirate sie. Schlaf mit ihr. Schwängere sie. Bei Eryi, ich habe lange genug versucht, dich dazu zu bringen, Ciera Binsendocht zu heiraten, und jetzt hast du dich in das erste hübsche aristokratische Mädchen verguckt, das dich überhaupt eines Blickes würdigt. Aber dieser Krieg ist noch nicht vorbei. Reiß die Brücken über den Fluss ein und erkläre dich zum König über West-Erland.«

Rymund schüttelte den Kopf. »Wenn ich keinen Frieden schaffe, wird sie mich nicht heiraten.«

»Und du glaubst, Hessian wird dir Frieden gewähren, nachdem du seine Ernte verbrannt hast?«

»Helana hält es für möglich, und ich vertraue ihr.«

»Dann bist du ein Narr, und zwar ein noch größerer, als ich dachte.« Sie brach abrupt ab und rauschte ohne ein weiteres Wort aus dem Raum.

Rymund starrte ihr nach, verwirrt darüber, dass seine Mutter so schnell aufgegeben hatte. Er hatte erwartet, stundenlang mit ihr zu streiten. Aber wenigstens hatte er eine Entscheidung getroffen. Heute Abend würde er mit Dom und Will trinken. Morgen würde er Helana mitteilen, dass er bereit sei, sie zu heiraten.

Helana wurde von den lauten Rufen eines Dieners geweckt, die aus dem Korridor vor ihrer Kammer kamen. »In die Halle! Lord Prindian ruft Euch alle in die Halle!«

Helana wischte sich den Schlaf aus den Augen und widerstand dem Drang, den Mann zu beschimpfen. Sie zog sich schnell die Kleidung vom Vortag an und wickelte sich in einen langen Mantel. Die Kälte und das schwache Licht verrieten ihr, dass es noch Stunden bis zum Morgengrauen waren. Sie hatte nicht erwartet, dass Rymund nach einem Abend mit seinen Freunden vor dem Mittag auftauchen würde. Welchen Grund konnte er haben, die ganze Burg zu wecken?

Helana schloss sich einer Schar von Dienstleuten an, die sich in Richtung der Halle bewegten und alle nicht weniger verwirrt aussahen als sie selbst. Sie folgte ihnen durch die Doppeltüren in die Halle. Der lange Raum war bereits von hellem Kerzenlicht erleuchtet, und an zwei Wänden standen Wachen. Am gegenüberliegenden Ende saß Rymund unruhig auf dem Thron von West-Erland. Es war ein hässlicher Stuhl, aus Esche und Eiche geschnitzt, deren Stränge ineinander verschränkt waren wie Finger. Er hatte Helana erzählt, das Ding sei eine Peinlichkeit, ein Mahnmal für West-Erlands Niederlage gegen das Imperium und seine Kapitulation vor den Sangreals Jahrhunderte zuvor.

Helana blieb im hinteren Teil der Halle, aber Rymunds Blick fand sie trotzdem. Selbst so früh am Morgen sah er attraktiv aus, wenn auch erschöpft und vielleicht ein wenig nervös. Warum hatte er sie alle hierhergerufen? Sie schenkte ihm ein schwaches Lächeln und berührte mit einem Finger unwillkürlich ihre Lippen.

Es war der Schock gewesen, hatte sie sich eingeredet, dass sie ihn geküsst hatte. Sie wären beide fast getötet worden; natürlich hatte sie seinen Kuss erwidert.

Aber sie musste zugeben, dass sie Rymund mittlerweile gernhatte. Er war kein Krieger, aber mutig genug, sie vor einem Wildschwein zu retten. Er war faul, aber klug und auf eine Weise selbstsicher, wie Orsian es nie sein würde.

Hinter ihr tauchte Adfric auf. »Was ist passiert?«, fragte sie ihn. Er hatte tiefe Ringe unter den Augen und eine frische Prellung auf der Wange. Auf seinem Wappenrock war Blut zu sehen.

»Er hat fünf Männer getötet, um aus der Festung zu fliehen«, berichtete er mit heiserer, müder Stimme und schien kaum zu wissen, wer sie war. »Wir haben ihn am Tor erwischt, aber er hatte bereits die beiden Wachen getötet und irgendwie das Fallgitter hochgezogen. Jemand hat es geschafft, ihm die Zügel zu entreißen, aber er hat noch vier weitere Männer getötet, bevor wir ihm das Schwert abnehmen konnten. Das Pferd ist ebenfalls tot.«

»Was?«, fragte sie. Von wem redete er?

Adfric war bereits weitergegangen und schritt durch die Halle auf Rymund zu. Er flüsterte ihm etwas ins Ohr. Rymund hob eine Hand, und Schweigen senkte sich über die Halle.

»Bringt ihn herein«, krächzte er, seine Stimme belegt vor Müdigkeit.

Mit Verspätung begriff Helana, von wem Adfric gesprochen hatte. Errians Hände und Füße waren an einen eisernen Gürtel um seine Taille gekettet, beschwert mit Gewichten, die kreischend über den Schieferboden kratzten. Sechs Wachen eskortierten ihn, und jede zielte mit einem Speer auf seine Kehle. Trotz seiner Fesseln und des Blutes, das von seiner Schläfe tropfte, betrat er die Halle so stolz wie ein König und hielt Rymunds Blick herausfordernd stand, bevor er vor dem Thron stehen blieb. Er trug eine übergroße Uniform der Wachen, die einem der Toten gehört haben musste, und Helana spürte den geballten Zorn im Raum. Sie dankte Eryi dafür, dass man ihn lebend aufgegriffen hatte.

Rymund strich sich nervös mit einer Hand über sein goldenes Haar. »Lord Errian«, begann er mit angespannter Stimme, »nur wenige Gefangene sind je so gut behandelt worden wie Ihr. Ich habe Euch alles gegeben, worum Ihr gebeten habt. Und Ihr habt es mir gedankt, indem Ihr elf meiner Wachen getötet habt, außerdem einen unbewaffneten Mann.«

Errian spuckte Blut auf den Boden vor ihm. »Ihr habt keinerlei Autorität, Mylord. Ihr führt eine Rebellion gegen den einzigen rechtmäßigen König von Erland, und ganz gleich, was Ihr mir an Kinkerlitzchen anbietet, habe ich jedes Recht zu fliehen. Das nächste Mal werde ich erfolgreich sein.«

Ein Wachposten trat vor und rammte Errian das stumpfe Ende seines Speeres in den Magen, und Helana musste sich den Mund zuhalten, um nicht ihren Protest herauszurufen. Errian ächzte und krümmte sich, richtete sich aber schnell wieder auf. Das gleiche unauslöschliche Feuer brannte in seinen Augen.

Elf Wachen. Kein Wunder, dass sie die Blutgier im Raum spüren konnte.

»Bringt ihn in den Kerker und kettet ihn dort an.« Rymund erhob sich und schritt in Richtung seines privaten Vorzimmers, wobei er wegen seiner Jagdverletzung leicht humpelte.

Ein wütendes Gemurmel ging durch die Halle. Die Wachen eskortierten Errian hinaus, und ihren Gesichtern nach zu urteilen hätte jeder von ihnen ihn eigenhändig umgebracht, wenn er die Gelegenheit gehabt hätte.

Ohne zu zögern, folgte Helana Rymund und ignorierte die bösen Blicke der Anwesenden in der Halle. Als sie die Tür öffnete, fand sie ihn am Tisch, den Kopf in den Händen. Bei ihrem Eintritt schaute er auf, seine Augen müde und distanziert. »Ich habe Eurem Cousin alles zugestanden, was er sich gewünscht hat«, sagte er missmutig, »und zum Dank hat er ein Dutzend Männer getötet.«

»Alles, außer seiner Freiheit«, konterte Helana. »Ihr könnt einen Menschen nicht gefangen halten und erwarten, dass er nicht alles daransetzt zu fliehen.« Es war unausweichlich gewesen, dass Errian es versuchen würde; man brauchte nur wenige Minuten mit ihm zu verbringen, um das zu erkennen.

»Es sind nicht nur die Wachen.« Wieder begrub Rymund den Kopf in den Händen. »Man hat Will draußen im Schnee gefunden, wo er verblutet ist. Er war hinausgegangen, um etwas von seinem Pferd zu holen, und auf dem Weg ist er Errian begegnet. Mein Freund seit Kindertagen.« Er ballte die Faust. »Errian muss bestraft werden. Hundertzwanzig

Peitschenhiebe, zehn für jeden Mann, den er getötet hat, und ausführen wird sie Strovac Sigac.«

Helana starrte ihn an. »Das könnt Ihr nicht tun! Strovac wird ihn umbringen!«

»Ich kann es und ich werde es tun!« Tränen liefen Rymund über die Wangen, als er sich zornig von seinem Stuhl erhob und auf sie zukam. Eine bange Sekunde lang dachte Helana, er würde sie schlagen.

Stattdessen küsste er sie so heftig und verzweifelt, wie er es im Wald getan hatte, und trotz ihrer Überraschung spürte Helana, wie sie ihm nachgab und sich von der Hitze seiner Lippen auf ihren mitreißen ließ. Seine Hände lagen auf ihrem Rücken, hielten sie fest und zogen sie an sich. Ihr Gesicht wurde heiß.

Mit einem Keuchen fand sie die Willenskraft, ihn wegzustoßen. »Was macht Ihr da?« Sie hasste es, wie verwirrt sie klang. »Habt Ihr Euch wieder verletzt? Erwartet diesmal nicht von mir, dass ich Euch das Leben rette.«

»Heiratet mich«, sagte er wild. »Ich will Frieden, und ich will Euch.«

Es war so ziemlich das Letzte, was Helana von ihm zu hören erwartet hatte. Plötzlich war ihr sehr bewusst, wie nah er war, und sie trat einen Schritt zurück. »Ich werde Euch nicht heiraten, wenn Ihr meinen Cousin diesem Tier überlasst.«

»Helana, er hat ein Dutzend Männer getötet, darunter meinen Freund, der unbewaffnet war!«, brüllte Rymund mit zornrotem Gesicht. »Es wird ihn nicht umbringen – die Peitschenhiebe werden ihm jeweils zwanzig pro Tag verpasst werden, sechs Tage hintereinander. Eine geringere Strafe würde mir eine Revolte einbringen. Niemand würde mich je wieder respektieren. Heiratet mich einfach, bitte. Dann kann ich Errian seinem Vater aushändigen.«

Plötzlich öffnete sich die Tür. Helana atmete erleichtert auf.

Es war Adfric, der beunruhigt aussah, mit einem jungen Boten in schmutziger Reitkleidung an seiner Seite.

»Was gibt es?«, fuhr Rymund die beiden an. Dann ließ er sich auf einen Stuhl sinken. »Errian wird bestraft werden, Adfric, an dieser Front habt Ihr nichts zu befürchten.«

»Das ist es nicht, Mylord.« Adfric sah den Boten an und bedeutete ihm zu sprechen. »Berichte Lord Rymund, was du mir erzählt hast.«

»Der Fassbrecher, Mylord.« Der junge Mann schluckte. »Fünfzehntausend Ost-Erländer marschieren westwärts.«

Die Wälle der Turmhügelburg von Weißwasser waren aus Holz, mit angespitzten Pfählen als Palisade und einer schlichten, steinernen Burg dahinter. Die einzige natürliche Verteidigungsstellung war die schwache Anhöhe, auf der die Festung stand.

Andrik beobachtete das Gebiet von Osten her, schüttelte den Kopf und streckte seine schmerzende Schulter. *Eine weitere Freude des Alters.* Die Wunde an seinem Schildarm, die er sich bei Regenbrunn zugezogen hatte, plagte ihn schon den ganzen Winter über. Wenn er sich zu schnell bewegte, zwickte es schmerzhaft, und wenn er zu lange stillstand, versteifte die Schulter sich leicht.

Es war jedoch unwahrscheinlich, dass dies heute ein Problem darstellen würde. Die Turmhügelburg war kaum bewacht. Es wunderte ihn, dass die Liepsitzens ihrer Verteidigung so wenig Aufmerksamkeit schenkten, aber Lord Prindians Cousins dritten Grades waren nicht für ihre Schläue bekannt. Sie hatten sich nicht einmal die Mühe gemacht, die Brücke zu bewachen, mit der die beiden Hälften von Weißwasser miteinander verbunden waren.

Die Turmhügelburg war mit dem Gedanken an eine Invasion vom Meer aus konzipiert worden, nah bei den Klippen und mit den stärkeren Verteidigungsanlagen nach Norden ausgerichtet. Sie reichten kaum aus, um einen Landangriff abzuwehren, und selbst angesichts der Tatsache, dass die beiden Seiten Erlands im Krieg miteinander lagen, hatte der gegenwärtige Lord Liepsitz die Bedrohung aus dem Osten offensichtlich nicht erkannt.

Es war einfach genug gewesen, die einflussreichsten Einwohner von Weißwasser auf ihre Seite zu ziehen. Die meisten waren Hessian treu ergeben, und als Andrik Fassbrecher bei Einbruch der Nacht mit fünfzehntausend Männern hinter sich aufgetaucht war, hatte das alle überzeugt, die sich vielleicht noch unsicher gewesen waren. Die Brücke war abgeriegelt und eine Ausgangssperre verhängt worden, um zu verhindern, dass Getreue von Liepsitz sie zu überqueren versuchten. In der Nacht hatten nur drei Personen versucht überzulaufen, die jetzt alle sicher im Gefängnis angekettet waren.

Als der Morgen dämmerte, führte Andrik ein Drittel seiner Männer über die Brücke, während die tief stehende Sonne sie in Schatten hüllte und Nebel vom vereisten Boden aufsteigen ließ. Entweder blendete sie den Wachposten auf der östlichen Mauer oder er hatte halb geschlafen, denn nichts ließ darauf schließen, dass man ihr Herannahen bemerkt hatte, bis sie sich ihrem Ziel auf sechzig Schritte genähert hatten. Erst da ertönte eine einzelne verzweifelte Glocke und weckte die Festung aus ihrem Schlummer.

»Soll ich Männer zum westlichen Tor schicken, um es zu bewachen, Mylord?«, fragte Naeem.

»Ja, aber lass die ersten beiden Männer laufen. Und alle anderen danach sollten möglichst am Leben bleiben.«

Naeem verzog das Gesicht, wodurch sich das Loch an der Stelle, wo seine Nase gewesen war, ebenfalls verzog. »Ich soll sie laufen lassen, Mylord?« Andrik nickte, und ein wissendes Lächeln glitt über Naeems Gesicht. »Weil Ihr wollt, dass Prindian herbeigerannt kommt. Denkt Ihr, er wird das tun?«

Es war wahrscheinlich, dachte Andrik. Prindian war beim letzten Mal knapp am Sieg vorbeigeschrammt, und die Enttäuschung darüber würde jede Vorsicht zunichtemachen, die er sonst vielleicht gehabt hätte. Und nach einem Winter des Wartens würde Strovac Sigac so ungeduldig sein wie eine läufige Hündin. »Das denke ich, ja. Sobald wir Lord Liepsitz' Familie haben, werden wir unseren eigenen Boten ausschicken und anbieten, sie gegen Errian einzutauschen.«

Naeem runzelte die Stirn. »Ich bitte um Verzeihung, Mylord, aber wenn ich Rymund Prindian wäre, würde ich diesen Tausch nicht machen. Euren Sohn gegen ein paar entfernte Cousins?«

Andrik hatte ebenfalls Zweifel, äußerte sie aber nicht laut. »Das ist der Plan, den ich habe. Wenigstens haben wir dann unsere eigenen Geiseln.«

Auf der östlichen Palisade des Forts reihten sich jetzt die Bogenschützen. Es ließ sich aus dieser Entfernung schwer erkennen, aber es handelte sich wahrscheinlich um ältere Soldaten, und ihre unterschiedlichen Gewandungen legten die Vermutung nahe, dass man einige von ihnen aus dem Bett gerissen hatte. »Das ist nah genug, Mylord!«, rief einer von ihnen.

Andrik trieb Valour einen Schritt weiter, und der Sprecher schoss mit zitternden Fingern einen Pfeil ab. Er landete kraftlos einige Meter von Andrik. Gelächter erhob sich von den Männern hinter ihm, und Andrik ließ sich seine Verachtung ansehen. »Orsian, schieß zwei Pfeile links und rechts neben seinen Kopf.«

Blitzschnell schoss Orsian nacheinander zwei Pfeile ab. Der erste pfiff nur wenige Zentimeter am Kopf des Mannes vorbei.

Der zweite flog zu seiner anderen Seite, und dann ertönte ein Schrei, als er sein Ohr streifte und ein wenig Blut verspritzte.

»Jeder, der noch einmal auf mich schießt, kriegt einen Pfeil ins Auge!«, rief Andrik und trieb Valour in Reichweite ihrer Bögen. »Und jetzt sollte einer von euch besser zu Lord Liepsitz gehen und ihm mitteilen, dass Andrik Fassbrecher im Namen von König Hessian hier ist und fünfzehntausend Mann bei sich hat.«

Binnen einer Stunde befand Andrik sich in der Festung. Wie erwartet wurde sie von Graubärten bemannt, und es waren insgesamt nicht mehr als fünfzig. Alle anderen waren nach Westen gegangen, um sich Rymund Prindian anzuschließen, darunter auch der Sohn des Lords.

Lord Liepsitz kam zu Fuß zu ihm heraus. Er war sogar älter als seine Wachen, aber er hatte die kräftigen Schultern eines Mannes, der sein Schwert nicht an der Wand verrosten ließ, auch wenn er nicht mehr den Verstand gehabt hatte, eine richtige Wache um sein Fort zu postieren und die Brücke bewachen zu lassen.

Wenn ich mich im Alter so gut halte wie Lord Liepsitz, kann ich vielleicht noch weiterkämpfen, überlegte Andrik. Er hatte Hessian noch nichts von seiner Absicht erzählt – das war ein Gespräch für später, wenn der Krieg gewonnen war. Er würde als Balhymeri nicht zurücktreten – zumindest nicht, bis Errian oder Orsian bereit waren, das Amt zu übernehmen –, aber er hatte nicht die Absicht, noch einmal Männer in eine Schlacht zu führen. So jung Orsian war, wenn er weiter so viel Geistesgegenwart an den Tag legte, wie er das in der Schlacht von Regenbrunn getan hatte, konnte er schon bald beweisen, dass er zum Führen bereit war.

»Der sagenumwobene Andrik Fassbrecher«, begann Lord Liepsitz. »Ich muss zugeben, ich bin enttäuscht. Jener Mann, von dem man sich Geschichten erzählt, war keiner, der sich im

Dunkeln und wie ein Dieb in der Nacht an seine Feinde anschleicht.«

Andrik ließ die Beleidigung über sich ergehen. »Es ist Morgen, Mylord. Jener Mann hätte eine ordentliche Wache aufgestellt. Jener Mann wäre außerdem dem Ruf seines Königs gefolgt und nicht dem irgendeines dahergelaufenen Jünglings, der das eine Ende eines Schwertes nicht vom anderen unterscheiden kann. Ich hatte gehofft, meinen Männern einen ordentlichen Kampf bieten zu können – es war ein langer Winter –, also seid Ihr nicht der Einzige, der enttäuscht ist.«

Lord Liepsitz spuckte auf den Boden. »Mein Sohn hat alle jungen Männer nach Irith mitgenommen, um Lord Rymunds Geburtsrecht als Thronerbe zu verteidigen, bevor Hessian ihn zum Verrotten in eine Zelle werfen kann.« Sein Gesicht verzerrte sich zu einem verkrampften Lächeln. »Außerdem, so wie man mir die Geschichte erzählt hat, hätte dieser dahergelaufene Jüngling Euch vor einigen Monaten fast den Hosenboden strammgezogen.«

Andrik schickte Liepsitz mit seinen Enkeln, seiner Gemahlin und seiner Schwiegertochter unter Bewachung in seine Gemächer. Sie würden drei Tage lang hierbleiben, dann würden sie wieder losmarschieren. Eine Armee, die zu lange an einem Ort blieb, würde die Stadt und das Land kahl fressen. Unabhängig davon, ob die Prindians den Geiselaustausch akzeptierten oder nicht, würden sie weiter nach West-Erland vordringen. Dann würde es bis zur Schlacht nicht mehr lange dauern.

KAPITEL 37

Pherri schaute in die leuchtend gelben Augen der Katze und behielt das Bild einer Scheibe Schinken vor ihrem inneren Auge. Zumindest schien die Katze Pherri jetzt zu vertrauen und saß ohne große Ermunterung ihr gegenüber auf dem Stuhl. Das hatte mehrere Stunden Geduld erfordert und einiges an Unterstützung durch Theodric. Er hatte erzählt, ihr Name sei Tinks und dass die reizbare alte Schildpattkatze die Mutter der Hälfte aller Katzen in Pfeiferswehr sei.

»Komm schon«, flüsterte Pherri und schob die Schale mit Möhren näher zu ihr hin.

Tinks zuckte mit dem Schwanz und schlug mit einer Pfote nach einer der Möhren, sodass sie aus dem Schälchen auf den Boden fiel. Dann warf sie Pherri einen verächtlichen Blick zu, sprang vom Stuhl und stolzierte davon.

»Eryi verfluche sie«, murrte Pherri, stellte die Schale auf den Boden und wischte sich den Schweiß von der Stirn. »Ich schwöre, ich hatte es fast.«

Auf der anderen Seite des Raumes kicherte Theodric. »Das glaube ich dir. Sie ist ein störrisches altes Mädchen.«

Der Unterricht fand jetzt täglich statt. Pherri hatte die *Phisika* gemeistert. Theodric sagte, er habe noch nie jemanden gesehen, der so gut damit umgehen konnte: Sie konnte Bücher, Kerzen und Pergamentblätter von einem Raum zum anderen bewegen, so leicht wie das Atmen. Aber *Shadika* – das Beschwören von Schatten aus einer anderen Welt – und *Inflika* – die Beeinflussung der Wahrnehmung einer anderen Person, damit sie sich an etwas anderes erinnerte oder etwas anderes sah als das, was tatsächlich da war – gelangen ihr immer noch nicht. Und jedes Mal, wenn sie scheiterte, schien das Theodric zu ermutigen, als wäre die bloße Tatsache, dass sie es versucht hatte, Grund genug für ein Lob. Statt zu versuchen, ihre Fähigkeiten zu verbessern, drehten sich viele seiner Lektionen um theoretische Fragen, zum Beispiel hinsichtlich der Energie, die nötig war, um eine Erbse von einer Seite Erlands auf die andere zu schaffen, falls so etwas überhaupt möglich war, und wie man unmenschliche Mengen an Nahrung verzehren konnte, was seiner Meinung nach für jeden angehenden Magier unerlässlich war.

Pherri stieß einen schweren Atemzug aus. Warum war er so gelassen, was ihre Misserfolge anging? »Wäre es nicht einfacher mit einem Hund?«, fragte sie. Pherri mochte Hunde lieber. Sie hatte mit jedem Welpen aus den Würfen der Wolfshündin ihres Vaters gespielt.

»Ja, aber es wäre sinnlos. Hunde fressen alles, vor allem, wenn sie denken, dass es dich freuen wird.« Er nahm eine Scheibe Schinken von seinem Teller.

»Ich habe keinen Hunger«, beteuerte Pherri hastig. Das Gute an *Inflika* war, dass es sie körperlich nicht so anstrengte wie *Phisika* oder ihre Versuche mit *Shadika*.

»Der Schinken ist nicht für dich, er ist für sie.« Theodric

winkte Tinks zu sich und hielt ihr den Schinken hin. Sie stellte sich auf die Hinterbeine, schnappte mit den Pfoten danach und fraß ihn dann mit einem zufriedenen Schnurren vom Boden. »Es braucht Zeit, weißt du«, fuhr er fort. »Die Konzentration kommt mit dem Älterwerden, und du bist noch jung genug, um zu lernen. Willenskraft hast du zum Glück in Hülle und Fülle.«

»Was ist noch mal die vierte Disziplin?«

»*Spectika:* Alle Möglichkeiten auf eine einzige sichere und bekannte Position zu beschränken. Energie, Willenskraft und Konzentration sind im gleichen Maße erforderlich. Es ist die schwierigste der vier Disziplinen und die mächtigste, und ich glaube, ich habe sie vielleicht für immer verloren. Früher hätte ich dir sagen können, ob es gerade in Thrumbalto regnet, und jetzt muss ich mich schon auf Spione und Informanten verlassen, damit sie mir erzählen, was nur innerhalb von Pfeiferswehr vor sich geht.« Er setzte sich mit einem Seufzen auf einen Stuhl. »Helana ist verschwunden, die Lutum sind immer noch nicht zurückgekehrt, und die Adrari berichten von weiteren Merkwürdigkeiten auf dem Eryispek ... und das alles erreicht mich zu langsam und aus dritter oder vierter Hand, sodass ich nicht in der Lage bin, Wahres von Falschem zu unterscheiden.«

Pherri kaute auf ihrer Lippe. Theodric war ein unendlich ermutigender Lehrer, aber wenn er über etwas nachdenken musste, das nicht in seinen Räumen stattfand, schien er immer übellaunig zu werden. »Ich könnte helfen?«, erbot sie sich. »Ihr habt gesagt, meine Träume seien magisch. Vielleicht wäre ich in *Spectika* besser als in *Inflika?*«

»So funktioniert das leider nicht. Deine Träume waren *Prophika*, die fünfte und am schwersten fassbare aller Disziplinen. *Spectika* verlangt Training; deine *Prophika* ist eine angeborene Fähigkeit, mit der vielleicht nur einer von zwanzig Magiern zur Welt kommt.«

»Wie Delara. Sie haben übrigens jetzt aufgehört, meine Träume.« Pherri hatte erwartet, dass ihre seltsamen Visionen zurückkehren würden, seit sie Delaras Gebräu nicht mehr einnahm, aber sie hatte keinen einzigen Traum dieser Art mehr gehabt. Theodric hatte nach der Lutum-Frau gesucht, nachdem sie weggeschickt worden war, weil er überzeugt gewesen war, dass sie ihm noch mehr hätte erzählen können, doch irgendwie war die Frau aus Pfeiferswehr und Merivale entkommen, ohne dass auch nur ein einziger Torwächter sie gesehen hatte.

Theodrics sonst so strahlende Augen waren müde. »Man sagt, dass die Magier alter Zeiten, die mit *Prophika* gesegnet waren, nur von Dingen von großer Bedeutung träumten und nur von solchen, die sie vielleicht ändern konnten. Dass deine Träume aufgehört haben, weist darauf hin, dass das, wovor sie dich gewarnt haben, nun eingetreten ist. Ich wünschte nur, ich würde verstehen, was sie bedeutet haben.« Er seufzte. »Du hast mir erzählt, du hättest verhungernde Menschen im Schnee gesehen, eine Hirschkuh und ein schattenhaftes Gesicht mit kalten, bleichen Augen?«

Ein Frösteln überlief Pherri. Sie nickte. »Die Hirschkuh hat mit mir gesprochen. Glaubt Ihr, meine Träume haben etwas mit den Lutum zu tun?«

»Das scheint mir sehr wahrscheinlich. Der Brief, den du mir gezeigt hast und den dein Lehrer abschicken wollte, beunruhigt mich ebenfalls – die Thrumb und die Adrari sind alte Stämme mit einem langen Gedächtnis, und es könnte sein, dass sie etwas wissen, das wir nicht wissen. Aber Hessian kann die Männer nicht entbehren, die wir bräuchten, um am Eryispek nach einem abtrünnigen Stamm von Verrätern zu suchen.« Er stand plötzlich auf und wirkte weniger verzweifelt als vielmehr in Aufbruchstimmung. »Und das ist ein Grund mehr, warum wir deinen Unterricht fortsetzen müssen. Versuch es für mich noch einmal mit Tinks.«

»Das hat keinen Zweck, sie mag mich nicht.«

Theodric grinste. »Manche Katzen mögen niemanden. Wenn sie dich mögen würde, wäre es einfach. Menschen wollen nicht, dass du ihre Gedanken veränderst. Deshalb üben wir es mit Katzen, nicht mit Hunden.«

»Na schön.« Pherri stand auf und wollte Tinks herbeilocken. Sie war aufs Fenstersims gesprungen und starrte jetzt nach Norden, zum Eryispek, und ihr Schwanz peitschte hin und her. Mit dem Einzug des Frühlings hatte es aufgehört zu schneien, und der wenige Schnee, der noch auf dem Boden lag, schmolz dahin, aber der Berg war immer noch wie von einem riesigen Mantel vom Nebel umhüllt. Pherri versuchte nach wie vor manchmal, ihn durch die Wolken nach oben zu verfolgen, aber in dem dichten Dunst, der ihn seit Monaten umgab, war das aussichtslos. Vorsichtig näherte sich Pherri Tinks und schaute einen Moment lang aus dem Fenster. Um den Eryispek herum wirbelte der Wind die dichten Nebelschwaden durcheinander, und seine Silhouette schien wie eine verschwommene Luftspiegelung vor ihren Augen zu flimmern. Eine plötzliche Böe rüttelte am Fensterrahmen, und Pherri spürte, wie sich ein eisiger Schauer in ihrem Körper ausbreitete, sodass sie keuchte und zitterte. Aber genauso schnell, wie es gekommen war, verschwand das Gefühl wieder.

Sie schüttelte sich. Delara hatte in einem Punkt recht gehabt: Am Eryispek war mehr dran als nur Stein und Schnee. Aber er war so weit entfernt, dass sie das in Pfeiferswehr nicht hätte spüren dürfen. Sie musste es sich eingebildet haben; vielleicht hatte *Inflika* ihr mehr abverlangt, als sie dachte.

Als Pherri versuchte, Tinks das Bild zu vermitteln, wie sie in ihre Arme sprang, tat die Katze zu ihrer Überraschung genau das. Pherri hielt sie fest, und die Katze schnurrte und krallte sich zufrieden an ihre Schultern. Bei den ersten paar Versuchen war sie immer weggelaufen.

Es würde nicht von Dauer sein, da war sie sich sicher. Pherri setzte Tinks wieder auf den Stuhl, nahm ihren Platz gegenüber ein, hob die Möhren auf und sah der Katze in die Augen. Pherri reckte die Nase in die Höhe und versuchte, den salzigsüßen Geruch des Schinkens auf Theodrics Tisch zu erschnuppern. Sie sog ihn ein und verstärkte mit dem Duft die Illusion, die sie im Kopf der Katze erzeugen wollte. Dann konzentrierte sie sich auf Tinks' Augen und ließ das Bild des Schinkens sich ausdehnen, bis es in ihrem Blickfeld verschwamm.

Es ist Schinken. Friss ihn. Die Worte schossen ihr mit der Kraft eines Hammers durch den Kopf, und sie projizierte die Wucht dieses Gefühls auf die Katze.

Tinks blinzelte langsam und leckte eine der Karotten ab. Dann legte sie die Ohren an und senkte den Kopf, um unsicher an der Möhre zu knabbern.

Pherri war zu schockiert, um sich zu beherrschen. »Ich hab's geschafft, ich hab's geschafft!« Sie sprang jubelnd auf, und Tinks flitzte in einer Wolke aus schwarzem und orangefarbenem Fell durch den Raum. »Ich hab's geschafft!«

Theodric strahlte sie an und klatschte begeistert in die Hände. »Fortschritt! Das war viel besser, gut gemacht. Du hast etwas anders gemacht. Was war es?«

Pherri blinzelte ihn an. »Nichts. Ihr habt es gesehen. Sie ist in meine Arme gesprungen, und als ich mir den Schinken vorgestellt habe, hat sie das angenommen.« Sie schaute noch einmal flüchtig zum Fenster, wo der Schatten des Eryispek im Nebel schimmerte. Seltsamerweise hatte sie das Gefühl, sich besser konzentrieren zu können. »Bin ich jetzt bereit, es mit *Spectika* zu versuchen?« Orsian ritt in den Krieg; mit *Spectika* konnte sie ihn vielleicht im Auge behalten.

»Zu gegebener Zeit. Hol die Katze und versuch es noch einmal. Es gibt noch ein ganzes Schälchen mit Karotten, die sie fressen kann.«

Mit einem Seufzen machte Pherri sich auf die Suche nach Tinks.

Zum ersten Mal, seit Delara gegangen war, träumte Pherri in dieser Nacht. Sie saß auf einer Schneeverwehung und schaute hinauf zu den frostbedeckten Zweigen der hohen Tannen. Nicht einmal der kleinste grüne Schössling lugte aus den schweren Schneemassen hervor. Nebel hüllte die Bäume wie ein Leichentuch ein. Die ganze Welt war weiß.

Der Schnee erinnerte sie an die Träume, die sie früher beunruhigt hatten, obwohl weder die schlurfenden Gestalten noch die Hirschkuh oder der bleichäugige Schatten zu sehen waren. Sie stand auf und drehte sich um sich selbst. Niemand war da. Es gab nur sie und die Tannen.

Es war eine seltsame Art von Traum, dachte sie. Träume waren eigentlich chaotisch, so wie ihre früheren, voller unerklärlicher Bilder und keinen Moment lang ruhig. Dieser war friedlich.

Ein wispernder Wind kitzelte die immergrünen Tannen und rüttelte an ihren Ästen. Pherri drehte sich um und folgte dem Geräusch, und diesmal bewegte sich etwas.

Der Schnee verlagerte sich, und auf der anderen Seite der Lichtung erhob sich eine dunkle Gestalt. Pherri sackte der Magen in die Kniekehlen, als der Schnee von den Schultern der Gestalt fiel. Es war derselbe Mann, den sie in ihrem letzten Traum gesehen hatte, als er mit dem Rücken zu ihr gestanden hatte, obwohl ihr zu der Zeit nicht klar gewesen war, wie jung er war, vielleicht nur eine Spur älter als Orsian. Das schwere weiße Fell hing ihm noch immer über den Oberkörper, aber wo er einst breit und muskulös gewesen war, sah er jetzt ausgemergelt aus. Seine Rippen traten hervor wie Baumwurzeln;

seine Wangen waren eingefallen und verschorft, seine Beine nackt und bleich.

Gelik Weißhirsch. Er zitterte, begriff sie. Der weiße Pelz war alles, was er am Leib trug.

Dann sah er sie.

»Hilf mir«, keuchte er. Sein Mund flehte, aber seine Augen waren unerbittlich und schwarz.

Pherri trat einen Schritt zurück, aber dann packte etwas sie an den Knöcheln. Sie schrie und sprang weg, stolperte und konnte kaum das Gleichgewicht halten.

Der Schnee bewegte sich. Der Boden bebte, und aus der kalten Erde brachen Hände hervor, Dutzende Hände, leichengrau, und doch wanden sie sich kraftvoll. Mit hämmerndem Herzen starrte Pherri sie an. Es waren mehr, als der Boden fassen konnte, tote Finger, die sich nach ihr ausstreckten wie Blumen nach der Sonne. Sie waren überall um sie herum, und mit jedem Moment erhoben sich weitere. Pherri drehte sich noch einmal auf der Stelle und suchte nach einem Fluchtweg.

Panisch rannte sie los und trat direkt in eine der Hände hinein. Sie packte mit knochigen Fingern zu, so kalt wie der Tod. Pherri wehrte sich, aber der Griff der Hand war fest, und bevor sie wusste, wie ihr geschah, streckten sich noch andere Hände nach ihr aus, zerrten an ihren Kleidern, zogen an ihrem Haar und rissen sie auf den eisigen Boden.

Es ist nur ein Traum, redete sie sich ein. Aber was, wenn *Prophika*-Träume anders waren? Verzweifelt versuchte sie, die Willenskraft aufzubringen, die für *Phisika* nötig war.

Die Welle der Macht, die sich entlud, erschütterte den Berghang wie ein Erdbeben. Auf der anderen Seite der Schneefläche erstarrte das tote Gesicht von Gelik Weißhirsch, sein Mund zu einem stummen Schmerzensschrei geöffnet. Die Hände, die Pherri gepackt hatten, zerfielen nacheinander wie Sand vor der Flut, und Pherri riss sich zappelnd von ihnen los.

Um sie herum löste sich der Traum auf, die schwarze Nacht verfärbte sich violett und blau, der Schnee schmolz und zeigte die Laken von Pherris Bett.

»*Nein!*«, hörte sie eine Stimme im Wind, eine Stimme, in der sie instinktiv die des Mannes mit den bleichen Augen erkannte, der einen unsichtbaren Feind anschrie. »*Du sitzt in der Falle, du sitzt in der Falle!*«

Pherri wachte im Bett auf, der Morgen strömte durch das Fenster, und sie war so durchgeschwitzt, dass die Laken an ihr klebten wie eine zweite Haut. Sie schüttelte sie ab und sprang aus dem Bett, um so viel Abstand wie möglich zwischen sich und den Albtraum zu bringen.

»Kein Traum«, flüsterte sie schwer atmend. Sie konnte die bösartige Präsenz des Mannes mit den bleichen Augen fast in ihrem Schlafzimmer spüren. Es war seine Stimme gewesen, die sie gehört hatte, und es war seine Stimme gewesen, mit der die Hirschkuh in ihrem ersten Traum gesprochen hatte. Der andere Mann, der Tote, das war Gelik Weißhirsch gewesen, davon war sie überzeugt.

Aber da war noch etwas anderes in dem Traum gewesen. Etwas, das älter war. Es war nicht Pherri gewesen, die die auferstehenden Toten abgewehrt hatte. Und was auch immer es gewesen war, es hatte den blassäugigen Mann fast so sehr erschreckt wie Pherri selbst.

KAPITEL 38

Der Klang von Hörnern riss Rymund aus dem Schlaf. Er brauchte mehrere Sekunden, um zu begreifen, dass es die Hörner seiner eigenen Männer waren und nicht etwa ein Zeichen dafür, dass sie in der Nacht von Lord Andrik abgeschlachtet werden sollten. Er atmete erleichtert auf. Sein Körper schmerzte, weil er auf dem kalten Boden geschlafen hatte, und auf seiner nackten Haut bildeten sich Kondensationstropfen. In ihrer Eile, Irith zu verlassen, hatte er keine Zeit gehabt, sein übliches großes Zelt mit seiner prunkvollen Einrichtung einpacken zu lassen, sodass er in Adfrics wesentlich kleinerem Zelt leiden musste. Das war nicht nach seinem Geschmack.

»Gerant«, rief er auf der Suche nach seinem Adjutanten, einem Enkelsohn von Lord Storaut, der darauf bestanden hatte, dass Rymund den Jungen in seine Dienste nahm. »Gerant!« Rymund hatte das gern getan, um sich die Loyalität des Lords zu sichern, aber er glaubte langsam, dass der Junge ein Einfaltspinsel war.

»Ja, Mylord?« Gerant war sofort zur Stelle und steckte sein Mondgesicht durch die Zeltklappe wie ein Diener, der beim Koch nach dem Rechten sah.

»Was ist das für ein Lärm?«, fragte Rymund. »Reich mir meine Kleider.«

Der Junge blinzelte. »Lärm, Mylord?«

»Die Hörner, Gerant! Die verdammten Hörner!«

»Oh, der Lärm. Ich sehe mal nach, Mylord.« Gerant zog seinen Kopf wieder aus dem Zelt, bevor Rymund antworten konnte.

»Nein, meine Kleider! Gerant!« Aber der Junge war bereits davongelaufen. Ärgerlich vor sich hin murmelnd schlug Rymund seine Decke zurück und schlurfte fröstelnd zu seiner Truhe. Draußen wurde es langsam hell. Es dämmerte schon. Er hörte bereits das Stimmgewirr der Soldaten und das Anschlagen der Zündsteine für die Feuer, mit denen sie ihr Frühstück zubereiten würden.

Die Zeltlasche wurde erneut aufgerissen, während Rymund auf einem Fuß balancierte und sein zweites Bein in die Hose schob. Mit einem überraschten Jaulen kippte er nach hinten um. Es war Adfric, der gehetzt und übernächtigt aussah, aber seine Rüstung trug.

Adfric ignorierte Rymunds Sturz und den entrüsteten Ausdruck auf seinem Gesicht. »Lord Andrik, Mylord! Er hat kaum eine Meile entfernt das Lager aufgeschlagen. Sie müssen über Nacht hergekommen sein.«

»Was?« Rymund stieß sein Bein in die Hose und stand schnell auf. »Ihr solltet doch vor unserem Vorstoß Späher ausschicken. Wie konnten sie sich schon wieder an uns heranschleichen?«

»Wir *haben* Späher vorausgeschickt. Einige ihrer Leichen wurden heute Morgen vor unserem Lager abgelegt. Die Wachen haben sie gerade entdeckt.«

Rymund spürte eine leichte Übelkeit. Sie hätten sich hier einschleichen und ihn töten können, wenn sie es gewollt hätten. »Verdoppelt die Wachen«, befahl er, »und wenn sie es schaffen konnten, ohne dass wir sie gesehen haben, werden sie beim nächsten Mal vielleicht mutiger sein.«

»Ich bitte um Vergebung, Mylord, aber das wird nicht nötig sein. Ich habe den Männern bereits Anweisungen gegeben, sich auf eine Schlacht vorzubereiten. Die Armee der Sangreals formiert sich zum Angriff.«

Rymund sah Adfric entgeistert an. »Nein, nein, nein, nein.« Furcht stieg in seinem Magen auf. »Hisst eine Parlamentärflagge.«

Adfric zog fragend eine Augenbraue hoch. »Ihr wollt immer noch einen Frieden aushandeln, Mylord?«

»Ja. Aber in jedem Fall brauchen wir Zeit.« Er wollte tatsächlich Frieden, aber Helana war noch immer in Irith und zu zornig auf ihn wegen Errian, um ihm eine Antwort zu geben. »Wenn es sein muss, werde ich ihnen sagen, dass Helana in Irith ist und dass ich vorhabe, sie zu heiraten.«

»Das könnte sich so anhören, als wäre sie Eure Geisel, Mylord.«

»Egal, schickt einfach diesen dummen Jungen von Storaut wieder herein. Ich werde meine Rüstung brauchen.«

Mit Gerants Hilfe legte er seine Rüstung an, auch wenn er miserabler Laune war. Errian hatte alles vermasselt mit seinem Fluchtversuch. Warum hatte er das ausgerechnet in der Nacht tun müssen, bevor Rymund Helana hatte bitten wollen, ihn zu heiraten? Wenn er nur einen Tag gewartet hätte, dann hätten sie ihn freilassen können.

Er traf Adfric im hinteren Bereich ihres Lagers wieder, auf einer Anhöhe, von der aus sie einen Ausblick auf das hatten, was am Nachmittag schon ein Schlachtfeld sein könnte, obwohl durch den dichten Morgennebel wenig davon zu sehen war. Strovac erschien kurz darauf in Begleitung einiger Männer seiner Wilden Brigade, die ebenso hässlich wie furchterregend waren. Rymund durchzuckte ein Stich des Kummers, als er Dom sah, der einsam und allein mit einem Schlauch Wein herumstand. Es war der unbekümmerte Will gewesen, der ihr Trio zusammengehalten hatte. Zorn brandete in ihm auf; ohne Wills Tod wäre er vielleicht bereit gewesen, Errian nur im Kerker verrotten zu lassen.

Er winkte Strovac heran. »Wie geht es unserem Gefangenen?«

Strovac zeigte ein schiefes Grinsen, so kalt und leer wie das eines Totenschädels. »Nicht besonders gut, Mylord. Sein Rücken tut etwas weh.«

Erneut wurde Rymund übel, als er sich an das zerrissene, blutige Fleisch auf Errians Rücken erinnerte. Er hatte nicht bedacht, wie viel Schaden ein Mann mit Strovacs Kraft und Rohheit mit einer Peitsche anrichten konnte. Seine Bestrafung war nun vollzogen, aber Errian Andrikson war dadurch vielleicht ein ganz anderer Mensch geworden. »Wenn es zur Schlacht kommt, werdet Ihr das Zentrum anführen. Wenn wir heute gewinnen, wird das Königreich erbeben.«

»Mylord, seht«, sagte Adfric. Er zeigte quer über das Feld. Ein einzelner Reiter trabte durch den Nebel heran und trug die weiße Parlamentärflagge.

»Sie haben Euer Angebot zu verhandeln angenommen, Mylord«, sagte Adfric, dem die Überraschung deutlich anzusehen war.

»Warum?«, murmelte Strovac, der misstrauisch seine kleinen Augen zusammenkniff. »Sie sind in der Überzahl und haben uns überrumpelt. Worauf warten sie?«

»Auf einen Austausch der Geiseln«, antwortete Rymund voller Überzeugung. »Sie hoffen, dass ein paar meiner entfernten Cousins und Cousinen gleichwertig mit Lord Errian sind.«

»Mylord«, sagte Adfric und deutete hinter Rymund, wo einige der geringeren Lords sich versammelt hatten. Rudgar Liepsitz, sein Cousin und Lord Liepsitz' Erbe, stapfte auf sie zu. Der Ausdruck auf seinem Gesicht ließ darauf schließen, dass er Rymund gehört hatte, denn seine Hängebacken und sein absurder Schnurrbart wackelten entrüstet. Er war angeblich einst ein guter Krieger gewesen, aber ein Leben der Völlerei hatte ihm die Statur und das Gehabe eines stämmigen Gastwirts verliehen.

»Cousin!«, begrüßte ihn der Mann. »Achtet das Leben meiner Familie nicht zu gering. Sie sind nur gefangen genommen worden, weil mein Herr Vater so viele Männer zu Euch nach Irith geschickt hat.«

»Was schert Euch Euer Vater, Liepsitz?«, rief Strovac. »Wenn er stirbt, seid Ihr Lord von Weißwasser. Klingt für mich nach einem fairen Tausch, ein Vater für eine Lordswürde.«

Rudgar Liepsitz richtete sich empört zu seiner vollen Größe auf, als würde er Strovac gleich herausfordern. Die Idee war komisch, als würde eine verschlafene Hauskatze einen Bären provozieren. »Ich bin nicht so niederträchtig wie Ihr, dass ich meine Ehre gegen eine Lordswürde eintauschen will. Nicht, dass Ihr überhaupt jemals Ehre besessen hättet.«

»Spart Euch Eure Sticheleien für nach der Schlacht auf, alle beide«, knurrte Adfric. »Lord Rymund, wir sollten diesen Gesandten anhören.«

Sie trafen sich am Rande des Lagers, wo Adfrics Männer sich bereits auf die Schlacht vorbereiteten, indem sie Schwerter schärften und Gräben entlang ihrer Flanken aushoben. Der Gesandte war kein Lord, wie Rymund es gedacht hatte, sondern ein älterer Mann aus dem gemeinen Volk, der wenig bemerkenswert gewesen wäre, wenn er nicht ein gewaltiges Loch an der Stelle gehabt hätte, wo seine Nase hätte sein sollen. Naeem, erinnerte Rymund sich.

Rymund starrte sein Gesicht an, als er näher kam, aber Naeem schien sein Unbehagen zu genießen und kratzte sich unverhohlen an seiner Narbe. »Ich habe eine Nachricht von Lord Andrik. Er hat mich geschickt, um sicherzustellen, dass sie ernst genommen wird.« Das Gesicht des Mannes verriet nichts außer Verachtung, als sein Blick auf Strovac fiel. »Lord Andrik bietet Euch Euren Cousin Lord Liepsitz und seine Familie im Gegenzug für Lord Errian an.« Er schaute Strovac wieder an, Mordlust in den Augen. »Ich habe vorgeschlagen, dass Ihr sie vielleicht auch gegen den Kopf des Verräters Strovac Sigac eintauschen könntet, aber er sagt, dass er sich den sowieso holen wird.«

»*Lord* Sigac für dich, Naeem«, höhnte Strovac.

Naeem ignorierte ihn und sah wieder Rymund an. »Wenn Ihr einverstanden seid, dann bringt Errian in einer Stunde in die Mitte des Feldes. Wir machen den Tausch und treffen uns mittags auf dem Schlachtfeld.«

Naeem warf Strovac einen letzten verächtlichen Blick zu, dann drehte er sich um und ritt davon.

»Ich werde Euch begleiten, Mylord«, sagte Strovac und legte Rymund eine kräftige Hand auf die Schulter. »Ich bitte um die Ehre, Euer Banner tragen zu dürfen.«

Rymund blinzelte ihn an. Es sah Strovac nicht ähnlich, aus freien Stücken etwas anzubieten. *Er muss diese Lordswürde wirklich unbedingt wollen.* Er würde sie niemals bekommen, falls Frieden geschlossen wurde; das war nicht die Abmachung, die sie getroffen hatten. »Danke, Strovac. Sorgt dafür, dass Lord Errian bereit ist.«

Rymund ließ den Blick über das Feld wandern. Nach den Feuern zu schließen, die er im Lager von Ost-Erland jenseits des Nebels sah, waren sie zahlenmäßig gleich stark, aber West-Erland hatte selbst mit mehr als dreimal so vielen Männern verloren. Wenn er keinen Frieden stiften konnte, würden sie sowohl Eryi als auch die Norhai auf ihrer Seite brauchen.

KAPITEL 39

Tansa erwachte benommen, und ihre Augenlider klebten zusammen wie zwei Scheiben rohes Fleisch. Ihr Kopf war schwer, und als sie versuchte, sich zu bewegen, verschwamm der Raum vor ihren Augen. Neben ihr schnarchte Cag wie ein Stier und strahlte Wärme ab, wobei er gefühlt mit seinem halben Gewicht auf ihr lag. Sie versuchte, ihn wegzuschieben, aber ihre Muskeln wollten ihr nicht gehorchen, und trotz der Kälte war ihre Haut feucht und klebrig von Schweiß.

»Cahh«, sagte sie und versuchte, seinen Namen zu artikulieren. »Cahh!« Er rührte sich nicht. Der Atem seines Schnarchens an ihrem Ohr war heiß und säuerlich, eine Woge schwüler Luft, die sie fast zum Würgen brachte. Sie kämpfte gegen die Übelkeit und ihre bleischweren Glieder an und wand sich unter Cag hervor, um stöhnend auf dem Rücken liegen zu bleiben.

Mühsam stand sie auf und stolperte zum Fenster. Die Schatten waren kurz, und es war hell. Es war eher Mittag als

Morgengrauen, die Zeit, zu der sie normalerweise wach wurden. Entsetzt stellte sie fest, dass die Handelskarawane, die sie nach Klippwehr bringen sollte, schon eine Stunde nach Tagesanbruch aufgebrochen sein musste. Sie versuchte, sich einen Reim darauf zu machen. Ihr Mund verlangte schmerzhaft nach Wasser, und ihre Glieder waren schwach, aber sie hatten seit Wochen keinen Schnaps getrunken. War etwas in der Brühe verdorben gewesen?

Als sie sich wieder im Zimmer umsah, fiel ihr Blick auf den chaotischen Haufen von Decken, die sie zu ihrem Lager gemacht hatten. Zu ihrem Entsetzen stellte sie fest, dass Tam nicht da war, sondern nur Cag, der immer noch schnarchte wie ein Bär.

Tams Abwesenheit war wie kaltes Wasser, das über ihr ausgegossen wurde, und vertrieb ihre Müdigkeit auf eine Weise, wie der Aufbruch der Handelskarawane das nicht vermocht hatte. »Cag!«, rief sie und versetzte ihm mit ihrem nackten Fuß einen Tritt gegen die Schulter. Er hörte auf zu schnarchen, murmelte etwas, rollte sich in die andere Richtung und schnarchte weiter. Sie versetzte ihm einen zweiten harten Tritt in den Rücken. »Cag?«

»Wa'?« Er bewegte sich wie ein Bär, der aus dem Winterschlaf erwacht war, und richtete sich mit schlaffem Unterkiefer auf. »Hör auf, mich zu treten, ich habe das Gefühl, als wäre mein Kopf sauer eingelegt worden.«

»Tam ist verschwunden, und wir haben unsere Karawane verpasst.« Plötzlich erinnerte sie sich daran, dass Tam am Abend keinen einzigen Löffel von der Brühe gegessen hatte. Er hatte Cag seine Portion gegeben. *Die Schlafpilze.* Es schien eine Ewigkeit her zu sein, dass sie die Phiole aus dem Gasthaus gestohlen hatte, bevor sie geflohen war. Sie hatte es fast vergessen. »Er hat eine Droge in die Brühe gemischt, deshalb können wir kaum sprechen.«

Sie war schrecklich wütend auf ihren Bruder, aber noch wütender auf sich selbst, dass sie das nicht hatte kommen sehen. Ein halbes Dutzend Male hatte sie Cag bitten müssen, Tam daran zu hindern, das Haus zu verlassen. Sie hätte wissen müssen, dass er so etwas tun würde, obwohl sie nie gedacht hätte, dass er so weit gehen würde, sie zu betäuben.

»Ich werde ihn erwürgen«, stieß sie hervor, nachdem sie sich aufgerappelt hatten. Dann zog sie sich die Stiefel an und hüllte sich zum Schutz gegen die kalte Frühlingsluft in mehrere Lagen Kleidung. »Diesmal ist er zu weit gegangen.«

»Bete lieber, dass wir ihn als Erste finden.« Cag hatte sich bereits angezogen und brannte darauf aufzubrechen. »Er hat bestimmt nicht geplant, dass wir aufwachen, bevor er zurückkommt. Wenn die imperialen Soldaten ihn erwischt haben ...«

Tansa versuchte, nicht daran zu denken. »Lass uns damit anfangen, dass wir der Festung einen Besuch abstatten. Dort wird er hingegangen sein.«

Aber Tam war nicht in der Nähe der Festung. Auch sonst war er nirgends zu finden.

Drei Tage lang streiften sie durch die Stadt und fragten in jedem Gasthaus, bei jedem Pfandleiher und im Gefängnis nach, ob man jemanden mit Tams Beschreibung gesehen hatte. Tansa war sich sicher, dass man sich an ihn erinnert hätte, da er mit seinen braunen Haaren unter den Strohköpfen von Merivale auffiel, aber niemand gab zu, ihn gesehen zu haben.

Am vierten Tag saßen Tansa und Cag zusammen im *Hexenschlund*, immer noch das billigste und schäbigste Gasthaus, das sie finden konnten, und ertränkten ihren Kummer in Bechern mit dickflüssigem Bier, in dem deutlich sichtbare

Bröckchen schwammen. Zum Glück schien der Wirt in Tansa nicht das Mädchen zu erkennen, das für kurze Zeit dort gearbeitet hatte. Es war früh, kaum nach dem Mittag, und das Gasthaus war fast leer, abgesehen von einem Jungen, der den Boden kehrte, und ein paar Stammgästen, die an der Theke lehnten und nach schalem Bier und fauligem Schweiß stanken. Tansa und Cag waren so hungrig, dass sie es sogar riskiert hatten, in der Küche etwas zu essen zu bestellen.

Tansa saß schweigend da und fühlte sich elend. Die einzige Erklärung, die ihr blieb, war, dass Tam in Pfeiferswehr war, was nur bedeuten konnte, dass er gefangen genommen worden war und im Kerker saß. Sie hatte nicht die Absicht, ihn im Stich zu lassen, aber sie hatten keine Möglichkeit, in die Festung zu gelangen. Es war aussichtslos.

»Ich könnte Wachmann werden?«, schlug Cag vor. »Oder einen Wachmann bewusstlos schlagen und ihm seine Uniform stehlen.«

Tansa schüttelte den Kopf. »Das könnte Monate dauern, und es würde nicht helfen, wenn man dich ins Gefängnis wirft, weil du dich als Wachposten ausgegeben hast.« Sie dachte für einen Moment nach. »Wir könnten versuchen, uns an die Königin zu wenden, aber ich habe gehört, dass sie die Festung nie verlässt, also sind wir wieder bei demselben Problem.« Sie knallte frustriert ihren Becher auf den Tisch.

»Ihr wollt rauf zur Festung?« Beim Klang der Stimme schauten sowohl Tansa als auch Cag auf. Es war der Junge, der gefegt hatte, barfuß und mager in zu großen Kleidungsstücken.

Tansa blinzelte ihn an. »Was geht dich das an?«

Der Junge zuckte die Achseln. »Ich dachte, du hättest gesagt, dass du in die Festung gehen wolltest. Heute ist der sechste Wochentag, an dem sie die Leute in den Burghof lassen, um sich die Hinrichtungen anzusehen. Ich habe gehört, es soll heute besonders viel los sein.«

Minuten später eilten Tansa und Cag die Burgstraße hinauf, nachdem sie ihr Geld auf den Tisch geworfen und das Gasthaus verlassen hatten, ohne ihre Becher zu leeren oder die Mahlzeit anzurühren, die gerade aus der Küche gebracht worden war. Tansa wollte sich beeilen, aber es würde unerwünschte Aufmerksamkeit auf sie lenken, wenn sie rannten. So waren sie Teil eines steten Stromes von Menschen, der sich bergauf in Richtung Pfeiferswehr bewegte, und aus jeder Nebenstraße schlossen sich ihnen weitere an.

Tansa sprach die Angst nicht aus, die an ihrem leeren Magen nagte. Sie versuchte, nicht einmal daran zu denken. Die angespannte Konzentration auf Cags Gesicht, als er ihnen einen Weg zwischen den Trauben von Menschen bahnte, legte die Vermutung nahe, dass er ihre Angst teilte.

Was mache ich, wenn es Tam am Galgen ist? Hinter den Mauern würde es nur so wimmeln von Wächtern. Sie hatten keine Chance, ihn zu befreien. Würde man Familie und Freunden die Möglichkeit geben, um das Leben der Verurteilten zu betteln, wie es bei den Hinrichtungen in Klippwehr gemacht wurde? Wenn sie sich zu erkennen gaben, würden auch sie und Cag womöglich in die Schlinge des Henkers geraten. Tansa stellte sich Tams Gesicht vor, wie er purpurn anlief, während das Seil ihm den Hals zuschnürte. Sie keuchte und wäre fast auf die Knie gefallen, aber Cag streckte eine kräftige Hand aus, um sie zu stützen. Sie gingen weiter und versuchten, der immer größer werdenden Menschenmenge am Tor zuvorzukommen.

Sie gingen unter dem Tor hindurch, während die Wachen die Menge weitertrieben. Im Hof sahen sie die gleichen massiven, grau-schwarzen Steine wie die in den äußeren Wällen, und von den hohen Mauern links und rechts starrten Grimassen schneidende Wasserspeier auf sie herab, glitschig vom nächtlichen Regen, der ihre verzerrten Züge noch zu beleben schien. Von ihren hervorquellenden Augen und offen hängenden Mäulern wurde Tansa übel, deshalb konzentrierte sie sich auf die Rücken der Leute, die vor ihnen gingen, und drückte Cags Hand mit aller Kraft.

Der Burghof war riesig, so groß wie der Hauptplatz in Klippwehr. Obwohl die Festung als hoher, schwerer Schatten über ihnen aufragte, war es der hölzerne Galgen, der Tansas Blicke auf sich zog. Er stand in der Mitte, aus dunkel lackiertem Holz, jeder Balken dick und makellos. Die Schlinge schaukelte im anhaltenden Wind Unheil verkündend hin und her.

Der Platz war nicht einmal zu einem Viertel gefüllt, aber die Menge verteilte sich schnell. »Komm«, sagte Cag. Er führte sie zum Galgen, wo ein Pferdewagen stand, der eine Gruppe von Gefangenen enthielt. Ihre Hände waren hinterm Rücken gefesselt, und sie waren alle geknebelt. Tansa wurde schwindelig, als könnten ihre Beine unter ihr einknicken, aber ihr Blick huschte auf der Suche nach Tam von einem Gefangenen zum nächsten. Ihr wurde leichter ums Herz, sobald sie begriff, dass keiner der Verurteilten ihr Bruder war.

»Er ist nicht dabei«, flüsterte sie Cag zu.

Cag hatte sich die Gefangenen ebenfalls angesehen. »Ich glaube, die stammen aus dem Gefängnis in der Stadt. In der Festung könnten noch weitere sein. Wir sollten versuchen, näher heranzukommen.«

Sie fanden einen Platz nur wenige Reihen vor dem Galgen. Die Menschen standen dicht gedrängt in der wachsenden Menge, und die Atmosphäre war von nervöser Aufregung geprägt. Inmitten des Lärms fing sie einige Rufe auf, die den Gefangenen auf dem Wagen galten, von Familienmitgliedern der Verurteilten, die auf einige letzte Worte mit ihren Lieben hofften. Ein Mann hatte es irgendwie geschafft, seinen Knebel loszuwerden, und rief jemandem zu: »Trischa! Trischa!« Drei

Wachen reagierten auf der Stelle, stiegen in den Wagen und schlugen den wehrlosen Mann, bis er verstummte.

Tansas Blick fiel auf den Balkon des Bergfrieds über dem Platz. Sie blinzelte und musterte die ankommenden Adligen mit ihrer aufrechten Haltung und den feinen Gewändern. In ihrer Mitte stand ein großer Mann mit teigiger Haut und blutroten Gewändern, der einen goldenen Stirnreif trug. Tansa hatte König Hessian noch nie gesehen, aber sie hatte genug gehört, um ihn zu erkennen. Die Menge sah ihn offensichtlich ebenfalls: Ein aufgeregtes Raunen machte sich im Volk breit, und einer drehte sich zum anderen und zeigte auf den König. Tansa suchte die Reihe nach der Königin ab, die ihren Bruder so sehr betört hatte, aber auf dem Balkon waren nur Männer. Eine kleinere Gestalt neben dem König trug die bunte Kaufmannskleidung, die in Klippwehr so oft von Fremden getragen wurde. Er kam ihr irgendwie bekannt vor, aber bevor Tansa ihn zuordnen konnte, ertönte ein Jubelruf aus der Menge, und dann sah sie, wie ein kräftiger Mann in einer schwarzen Ledertunika die Stufen zum Galgen hinaufstieg. Der Mann zog mehrmals kräftig am Seil, was der Menge weiteren Jubel entlockte, als der Balken keinen Zentimeter nachgab.

Sie schaute noch einmal zu dem Balkon hinauf. *Wenn diese Menschen nicht solche Narren wären, würden sie stattdessen die Lords aufhängen, weil sie ihnen ihr Land gestohlen und ihre Nahrung gehortet hatten.* Sie umklammerte Cags Hand noch fester.

Ein kleinerer Mann in den Roben eines ranghöheren Dieners, der neben dem Galgen stand, holte eine Schriftrolle hervor. »Uren Schmitti«, rief er, »angeklagt, aus der Küche Schinken des Königs gestohlen zu haben. Du wirst am Hals aufgehängt, bis du tot bist.«

Die Menge johlte, als der Mann aus dem Wagen zum Galgen

gezerrt wurde, und einige Leute warfen verfaultes Gemüse. Tansa spürte ihren Herzschlag in den Ohren, so laut und heiß, dass sie dachte, ihr würde der Kopf platzen.

»Wir hätten Klippwehr nie verlassen dürfen«, flüsterte sie Cag zu.

Cag schluckte. »Ich schätze, da hast du recht.« Seine Stimme war so trocken wie Staub.

Der Mann wehrte sich nicht, als er zum Seil gezerrt und mit der Schlinge um den Hals auf die Falltür gestellt wurde. »Gibt es hier irgendjemanden, der für das Leben dieses Mannes zu zahlen bereit ist?«, fragte der Ausrufer.

»Dieser Mann ist mein Ehemann«, rief eine Frau in einer der vorderen Reihen, »und der Vater meiner vier Kinder. Er ist ein guter Mann, er hat gestohlen, weil wir gehungert haben! Bitte verschont ihn!« Ihre Stimme wurde immer verzweifelter, und als sie versuchte weiterzusprechen, brach sie in wildes Schluchzen aus.

Der Ausrufer sprach langsam, als würde er mit einem Kind reden. »Hast du die Gebühr?«

»N-nein, Herr. Ich schwöre, dass wir arbeiten werden, um die Schulden abzuzahlen. Wir alle.«

Der Ausrufer schnaubte. »Und wirst du auch für seine Kleidung und Nahrung aufkommen, während er im Gefängnis sitzt und auf deine Zahlung wartet? Es muss heute gezahlt werden.« Ein paar Rufe nach Gnade kamen aus der Menge, aber die meisten Leute schwiegen und starrten auf die Szene am Galgen. Der Ausrufer wandte sich dem Mann mit der Schlinge um den Hals zu. »Hast du noch irgendwelche letzten Worte?«

Der Mann sprach so leise, dass man ihn im Lärm der Menge kaum hören konnte. »Ich liebe dich, Eisther. Sag den Kindern, dass ich sie lieb hab und so.«

»Vollstrecken!« Der Ausrufer gab ein Zeichen, indem er

den Arm nach unten riss, und der Henker zog am Hebel. Die Falltür flog auf. Das Seil straffte sich. Tansa schrie zusammen mit der Frau des Mannes, als sein Genick brach und das Knacken auf dem Platz widerhallte.

Cags Gesicht war schneeweiß. »Wenn sie Tam haben«, murmelte er, »werden wir alles hergeben, was noch übrig ist.« Er sah Tansa mit verschwommenem Blick an. »Nicht wahr?«

Die Witwe des Mannes schrie immer noch, und zwei Wachen zerrten sie weg, während die Falltür wieder geschlossen und die Leiche des Mannes aus der Schlinge gezogen wurde. »Fünf Silberlinge für den Leichnam!«, schrie der Ausrufer, als man den Toten auf die Ladefläche eines Wagens gehoben hatte.

Acht weitere Hinrichtungen folgten. Jedes Mal fragte der Ausrufer, ob jemand die Gebühr bezahlen wolle, um den Verurteilten zu verschonen, aber nur ein einziger Mann wurde vor der Schlinge bewahrt: ein örtlicher Kaufmann, der beschuldigt worden war, Wechselgeld in Form von beschnittenen Münzen herausgegeben zu haben. Eine schluchzende Tochter bezahlte den Tribut mit Schmuck, der ihr direkt vom Handgelenk genommen wurde. Tansa beobachtete jeden einzelnen Tod, und ihre Verzweiflung wich mit jedem Leichnam, der vom Galgen weggetragen wurde, immer mehr der Entrüstung.

Ich weiß nicht, wer schlimmer ist, der Mann, der sie tötet, oder die Narren, die ihren Tod bejubeln.

Jedes Mal, wenn ein Verurteilter durch die Falltür fiel, fragte Cag sie, ob sie gehen wolle, aber sie klammerte sich an seine Hand und bestand darauf, dass sie blieben. Der König wirkte die ganze Zeit über teilnahmslos. Als das Genick des letzten Mannes brach, beugte er sich hinunter und flüsterte dem bunten Händler neben ihm etwas ins Ohr, was beide zum Lachen brachte.

Als sie die letzte Leiche wegschleppten, begann sich die Menge zu zerstreuen, und der Knoten in Tansas Magen löste sich auf und wurde von dem unbändigen Hunger ersetzt, den sie Stunden zuvor verspürt hatte. Es fühlte sich an, als hätte sie während der ganzen Tortur den Atem angehalten. Irgendwo lebte ihr Bruder noch.

»Haltet ein, Herrschaften!« Die Stimme des Ausrufers tönte über die sich auflösende Menge. »Heute müssen wir uns noch um einen weiteren Verbrecher kümmern. Einen so niederträchtigen Schurken, dass der König befohlen hat, ihm … den kurzen Fall zuteilwerden zu lassen!«

Die Menge johlte und strömte zurück zum Galgen, während einige jedoch versuchten, den Platz zu verlassen. Ein Mahlstrom von Leibern riss Tansa und Cag mit. Tansas Füße wurden in dem dichten Gedränge für einen Moment vom Boden gehoben, aber sie hielt sich an Cag fest, und als der Pulk zum Stillstand kam, fanden die beiden sich nebeneinander wieder. Der Gestank nach Schweiß aus der Menge drang Tansa wie ein giftiger Hauch an Mund und Nase. Das Gedränge vor ihnen war so dicht, dass Tansa den Galgen gar nicht sehen konnte, aber das Gebrüll der Menge verriet ihr, dass man einen weiteren Gefangenen hergebracht hatte. Sie stellte sich auf die Zehenspitzen, um etwas zu sehen.

In den folgenden Tagen redete sie sich ein, dass sie schon immer gewusst hatte, dass es so enden würde. Sie redete sich sogar ein, dass sie mehr hätte tun können. Dass sie sofort den Galgen hätte stürmen oder einen Aufstand hätte anzetteln sollen, als sie die Chance dazu hatte.

Aber Tansa hatte es nicht gewusst. Nicht, bis sie ihn sah. Ihr Bruder Tam war an Knöcheln, Handgelenken und Hals gefesselt und wurde mit schmerzverzerrtem Gesicht von vier Wachen zum Galgen geschleift.

Tansa schlug und stieß gegen die Wand aus Leibern vor ihr

und schrie sie an, sich zu bewegen, aber sie ignorierten sie oder bemerkten sie vielleicht gar nicht. Die Menge hatte ihr verrottetes Gemüse bereits aufgebraucht und machte das wett, indem sie die Lautstärke ihres Johlens verdoppelte. Tansa versuchte, Tam über das Gebrüll hinweg etwas zuzurufen, hörte sich aber kaum selbst.

»Steig auf meine Schultern«, sagte Cag energisch. »Verschwende deine Stimme nicht mit Schreien. Wenn der Ausrufer nach Geld fragt, sag ihm, dass wir es haben.« Er hob sie hoch. Die Leute hinter Cag hatten bereits Mühe, an ihm vorbeizuschauen, und einer klopfte ihm entrüstet auf die Schulter. Cag ignorierte ihn, aber als der Mann noch aufdringlicher wurde, drehte er sich knurrend um, worauf der Mann einen Schritt zurückprallte.

Tam war jetzt am Galgen und machte mit seinen angeketteten Füßen kleine, schlurfende Schritte auf die Schlinge zu, weitergetrieben von den Wachen. Einer trat ihm mit voller Wucht in den Rücken, sodass er hinflog, weil er nicht rechtzeitig die Hände heben konnte. Die Menge lachte und grölte, als Tam mit dem Gesicht auf dem Holz aufschlug.

Der Henker scheuchte die Wachen weg und legte Tam die Schlinge um den Hals. Er ging nicht zu dem Hebel hinüber, sondern zu dem vertikalen Balken, an dem das Ende des Seiles befestigt war, das er löste und sich um die gewaltigen Arme schlang. Er zog es gerade so stramm, dass Tam auf den Zehenspitzen stehen musste, während die Schlinge ihm in den Hals schnitt.

Tansa rief seinen Namen, aber der Lärm der Menge war ohrenbetäubend. »Wir können bezahlen!«, schrie sie verzweifelt, während der Ausrufer auf das Podest stieg. »Wir können bezahlen!«

Entweder hörte der Mann sie nicht oder er ignorierte Tansa bewusst. »Herrschaften!«, begann er, »die Verbrechen des

Mannes, der hier steht, übersteigen alles Vorstellbare. Vor vier Tagen hat er sich nachts im Schutz der Dunkelheit in die Festung geschlichen, wo er nicht nur euren König bestohlen, sondern auch einem Gast aus Erland, einem edlen Freund und Gesandten, einen Gegenstand von großem Wert gestohlen hat. Seine unrechtmäßige Beute wurde bei ihm gefunden, als er bei der Vergewaltigung einer erst neun Jahre alten Dienstmagd erwischt wurde!«

Die Stimme des Ausrufers brach am Ende dramatisch, und die Menge schnappte zornig nach Luft. Kleine Steine und Metallstückchen flogen in Tams Richtung, und da er die Arme gefesselt hatte, konnte er sich nicht schützen. Etwas traf ihn an der Stirn, dann lief ihm Blut übers Gesicht.

»Wir werden zahlen!«, schrie Tansa, obwohl sie wusste, dass sie es nicht konnten, »wir werden zahlen!« Sie konnte sich bei dem Lärm der Menge und dem Pochen des Blutes in ihren Ohren kaum hören.

Der Ausrufer ließ durch nichts erkennen, dass er sie gehört hatte. »Der Preis für seine Verbrechen ist der Tod.« Er nickte dem Henker zu, der hart am Seil zog und Tam vom Boden hob.

Tansa schrie, aber es war, als käme der Laut von jemand anderem, als würde sie das Geschehen von oben beobachten. »Lass mich runter!«, rief sie Cag zu. »Wir müssen ihm helfen.«

Cag versuchte sich durch die Menge zu kämpfen, und Tansa folgte in seinem Kielwasser, aber das Gedränge der Leiber bildete eine dicke Mauer vor ihnen, und sie kamen nur ein paar Schritte vorwärts, bis die Menge undurchdringlich wurde. Cag brüllte seine Frustration heraus und warf die Männer wie wild beiseite, um eine Schneise zu bahnen, durch die Tansa Tam am Ende des Seiles zappeln sah. Seine Füße suchten nach dem nicht vorhandenen Boden, und sein Gesicht färbte sich langsam purpurn. Sie fühlte sich schwach, und ihre Beine wurden taub.

Cag sah den Schlag nicht kommen. Tansas Warnruf blieb ihr in der Kehle stecken, als einer der Männer, die er weggestoßen hatte, Cag mit schwingender Faust am Kopf traf. Der Mann war riesig, sein massiger Bauch wölbte sich unter seiner Metzgerschürze, und der Schlag reichte aus, um den unvorbereiteten Cag herumzuschleudern und ein halbes Dutzend anderer Männer mitzureißen. Sie stürzten auf ihre Nebenleute, was allen empörte Schreie entlockte, und die ohnehin schon blutrünstige Menge wurde zu einem wirbelnden Haufen aus Fäusten und Leibern. Tansa wurde weggeschleudert und landete schmerzhaft mit den Unterarmen auf dem harten Boden, als diejenigen, die aus dem Gleichgewicht geraten waren, brüllend in die Richtung des Tumultes zurückstürmten.

Ich muss ihn retten. Tansa versuchte aufzustehen, aber dann verschlug es ihr den Atem, als jemand Schweres auf sie fiel. Cags Bemühungen, sich einen Weg durch die Menge zu bahnen, hatte sie beide in die ersten Tumulte eines ausgewachsenen Aufruhrs hineingezogen. Über ihr flogen Schläge und Tritte, ohne dass sich jemand darum kümmerte, ob sein Gegner Freund oder Feind war. Als sie wieder aufstehen wollte, wurde sie von zwei riesigen Händen auf die Füße gezogen. Es war Cag, von dessen Schläfe Blut tröpfelte. Seine Knöchel waren aufgeschürft.

»Noch lebt er!«, rief er ihr ins Gesicht. »Ich muss dich werfen.« Bevor sie protestieren konnte, hob Cag sie über seinen Kopf und schleuderte sie nach vorn.

Tansa landete direkt auf dem Kopf einer Frau in der ersten Reihe und riss sie zu Boden, wodurch Tansas Landung abgefedert wurde. Sie rappelte sich auf, wich dem wütenden Ehemann der Frau aus und rannte auf den Galgen zu.

Nur ein einziger Wachposten stand vor ihr, aber sie kam direkt vor ihm schlitternd zum Stehen, noch etliche Meter vom Galgen entfernt. Tams Beine bewegten sich nicht mehr, und sein Gesicht war purpurgrau. Sein Mund stand offen, und entseelte, schwarze Murmeln starrten ihr aus den Augenhöhlen entgegen. Tot.

Zu spät. Tansa fiel auf die Knie und erbrach einen Schwall gelber Galle aus ihrem leeren Magen.

Cag tauchte aus der Menge auf und eilte zum Galgen, als könnte er Tam immer noch retten. Dann sah er ihn, und alle Hoffnung wich aus seinem Gesicht.

»Wir sind zu spät«, sagte er mit zitternder Stimme.

»Wir nehmen seinen Leichnam mit.« Tansa schaute sich in der Menge um und sah zu den Wachen, die vom Galgen weggelaufen waren, um das Gerangel zu unterdrücken, und zu dem schwarzen Schatten des Henkers, der auf Tam zukam. »Ich sorge für Ablenkung, du schnappst dir Tam und rennst zum Tor.«

Cag schluckte, wischte sich die Tränen aus den Augen und nickte.

Tansa sah sich auf dem Platz um und suchte nach einem Ziel. Die Menge war immer noch in Aufruhr. Einige versuchten, sich zum Ausgang zu schieben, aber im hinteren Teil des Gewühles drängten die Leute offensichtlich immer noch nach vorn. Andere waren stehen geblieben, um die Wachen zu beschimpfen, weil sie ihre Mitmenschen verletzt hatten. Tansa hatte Mühe, ihre Augen auf einzelne Personen zu richten, denn die ganzen Menschen verschwammen zu einer einzigen Masse. Solange sie sich konzentrierte, würde sie nicht an Tam denken müssen.

Sie wählte ihr Ziel aus, einen mageren Mann und seine breitschultrige Frau, die versuchten, zurück zum Tor zu gehen, um dem Gedränge zu entfliehen. Tansa quetschte sich in eine Lücke neben dem Mann und drehte sich wieder zu Cag um, bevor sie einen hohen, entrüsteten Schrei ausstieß. Sie verpasste dem Mann eine heftige Ohrfeige, wobei sie so viel Kraft aufbrachte, wie sie konnte. »Nimm deine Hände aus meinem Rock!«, brüllte sie und stieß ihn gegen seine Frau.

Beide schafften es, sich auf den Beinen zu halten, aber durch ihr Stolpern geriet die Ansammlung erneut in Bewegung. Leute stießen zusammen, was eine weitere Runde wütender Meinungsverschiedenheiten auslöste. Der Mann drehte sich zu Tansa um, aber bevor er etwas sagen konnte, versetzte seine Frau ihm einen Stoß. Tansa konnte sich nur mit knapper Not aus dem Weg retten, als er erneut stolperte, und innerhalb von Sekunden ging die Gewalt wieder los, als die falschen Anschuldigungen in Rempeleien und dann in Schlägen ausarteten.

Die Wachen rückten auf die Menge zu, und Tansa schaffte es, zurück zum Galgen zu gelangen, wo Cag auf die Plattform sprang und mit seinem Messer die Schlinge durchtrennte. Der Henker wollte eingreifen, aber als er Cags kräftige Gestalt sah, schien er sich eines Besseren zu besinnen. Cag wiegte Tam wie ein Kind in den Armen und stürzte sich wieder in die Menge und auf das Tor zu, Tansa dicht hinter ihm.

Sie rannten aus Pfeiferswehr fort, so schnell sie konnten.

Erst als sie aus der Stadt geflohen waren und Tams Leiche im Wald niedergelegt hatten, überkamen Tansa die Tränen. Sie vergrub ihr Gesicht an Cags Brust und durchnässte sein Hemd, während ihr seine Tränen wie Regentropfen auf den Kopf fielen. Direkt nach ihrer Flucht aus der Burg hatten sie eine ruhige Ecke gefunden, wo Cag auf Tams Brust gehämmert hatte, bis seine Fäuste blau waren und das Brustbein geknackt hatte, aber Tam hatte sich nicht mehr gerührt. Als das nicht funktionierte, hatte Tansa seinen Mund geöffnet, in der Hoffnung, dass sie ihrem Bruder Leben einhauchen konnte. Da entdeckten sie die Schwellung und das Blut, wo Tam die Zunge herausgeschnitten worden war. Sie hatten sein dünnes

Hemd aufgeschlagen und die blauen Flecken und nässenden Brandwunden auf seiner Brust entdeckt.

Als ihnen die Tränen ausgingen, kümmerte sich Tansa wieder um Tams Leiche, während Cag damit beschäftigt war, einen Scheiterhaufen zu bauen. Stirnrunzelnd bemerkte Tansa getrocknetes Blut an den Lumpen in Tams Schritt. Mit einem Gefühl des Grauens zog sie die Lumpen herunter. Tams Leiste war ein Schlachtfeld aus freiliegenden Blutgefäßen und Unrat.

Sie haben ihn kastriert. Ihn gefoltert. Sie stolperte unbeholfen zu einem Baum, um sich zu übergeben, und wieder würgte sie nichts als gelbe Galle hervor.

Cag verließ seinen Haufen nassen Holzes und kam herüber, um nach ihr zu sehen. Er erbleichte sichtlich, als er die blutige Verwüstung an Tams Genitalien sah, und seine Knie knickten fast ein. »Warum, Tansa? Wie konnten sie ihm das antun?«

»Weil er das Lager mit Hessians Königin geteilt hat«, sagte sie und war sich dessen zum ersten Mal sicher. »Sie haben ihm die Zunge genommen, um ihn daran zu hindern, ihren Lügen zu widersprechen, aber der Rest war die Rache des Königs.« Sie ballte die Fäuste und schaute zum Himmel. *Und eines Tages werde ich meine Rache bekommen. Das schwöre ich bei der Seele meines Bruders.*

KAPITEL 40

»Es gefällt mir nicht, Mylord«, erklärte Naeem. »Die Art, wie Strovac mich angesehen hat ... Wer weiß, was hinter seinen kalten, berechnenden Augen so vor sich geht.«

Orsian stand im Kommandozelt seines Vaters und verfolgte ihr Gespräch. Naeems Worte entlockten seinem Vater ein seltenes Lachen. Es war klar, dass er sich bei dieser Schlacht viel sicherer fühlte als bei der letzten. Und warum auch nicht? Sie verfügten über viel mehr erfahrene Soldaten als die Prindians. Orsian musste zwischendurch immer mal wieder nach seinem Gürtel tasten, um das beruhigende Gewicht seines Schwertes zu spüren. Er brannte auf eine Schlacht, aber sein Magen krampfte sich zum wiederholten Male vor nervöser Aufregung zusammen.

»Wir werden alle Vorsichtsmaßnahmen ergreifen«, versicherte Andrik und schob Truppenmodelle über den Tisch. »Ich hatte immer die Absicht, die Gefangenen selbst auszutauschen – warum jetzt etwas an dem Plan ändern? Weil du den Verdacht hast, dass Strovac Sigac ein verräterischer Hund ist? Wir *wissen*, dass er ein verräterischer Hund ist. Ein Grund mehr, Errian zu befreien. Du und Orsian, ihr werdet mit mir reiten, zusammen mit zehn weiteren Männern, die du aussuchst. Sobald Errian in Sicherheit ist, greifen wir an. Ich werde das Zentrum übernehmen, Lady Gough die rechte Seite und du die linke.«

Naeem wirkte überrascht. »Aber ich bin kein Lord, Mylord. Ihr solltet die linke Flanke jemandem aus der neuen Generation übergeben; es gibt viele jüngere Männer, die es kaum erwarten können, sich zu beweisen.«

Orsian vermutete, dass es eher Bedenken gegen Lady Gough als Anführerin der rechten Seite geben würde. Es war fast unerhört, dass eine Frau Soldaten anführte. Sie trug eine Rüstung mit dem Wappen von Talgstätt auf der Brust und hatte ihr blondes Haar zu einem Knoten hochgesteckt. Sie war noch keine dreißig Jahre alt, bereits zweimal verwitwet. Nach dem Tod ihres Vaters hatte sie sämtliche Pflichten eines Lords übernommen, da es keinen männlichen Erben gab. Orsian fragte sich, ob Helana sie je kennengelernt hatte.

Andrik brummte. »Das fähigste Mitglied der neuen Generation ist Lady Gough.« Er legte Naeem feierlich eine Hand auf die Schulter. »Ich vertraue niemandem mehr als dir. Du hast dir die Lordswürde mehr als verdient. Sobald wir nach Merivale zurückkehren, werde ich den König darum bitten.«

Naeem ließ sich auf ein Knie fallen. »Ich bin nicht würdig, Mylord.« Orsian glaubte, den Schimmer einer Träne auf seiner Wange zu sehen.

»Du bist es, wenn ich sage, dass du es bist. Jetzt geh und such diese Männer aus, und bring Lady Gough mit. Orsian, hilf mir mit meiner Rüstung.«

»Du hast gut daran getan, dich mit Burik und Derik anzufreunden«, bemerkte Andrik, während Orsian die Rüstung seines Vaters vorbereitete. »Du wirst treue Männer wie sie brauchen, wenn du älter bist.«

»Errian kennt die beiden besser«, entgegnete Orsian leise. »Sie sind eher in seinem Alter.«

»Während Errian in Gefangenschaft war, hast du dir einen Namen gemacht. Beweise dich ihnen, dann werden dir die Männer folgen.«

»Sie werden wieder Errian folgen, wenn er zurückkehrt.« Wenn Errian von Orsians Leistungen erfuhr, würde er ihm vielleicht mit mehr Respekt begegnen. Orsian lächelte schief bei diesem unwahrscheinlichen Gedanken. Die Gefangenschaft hatte ihn wahrscheinlich noch unerträglicher gemacht.

»Die Aussicht darauf freut dich sicher«, versetzte Andrik trocken. »Ich bin froh, dass ich nie wirklich einen Bruder hatte. Mein Bruder war für mich in Wahrheit mehr wie ein Vater.« Er sah Orsian an. »Trotz aller Fehler Errians ist er dein Bruder, und wenn er zurückkehrt, wirst du Frieden mit ihm schließen.«

»Ja, Vater.«

Sie ritten zusammen los. Lord Andrik auf Valour an der Spitze einer rautenförmigen Formation, Naeem und Orsian links und rechts hinter ihm mit ihren Bannern, und ganz hinten sprangen die Wolfshunde Numa und Gyrwulf ihnen nach. Danach folgte der Rest der Truppe, unter ihnen Naeems Zwillinge und Lady Gough. Ihre Geiseln aus der Familie Liepsitz ritten in der Mitte, da ihnen die Schmach erspart geblieben war, in einem Wagen angekettet zu sein.

Der morgendliche Nebel teilte sich vor ihnen, als sie das Feld überquerten, und schloss sich hinter ihnen wieder. Nach einer Viertelmeile konnten sie ihre Armee hinter sich nicht mehr sehen. Orsian fragte sich, ob sie die Prindians bei dem Nebel jemals finden würden, aber dann lichtete sich der Dunst, als sie weitertrabten, und schon bald erspähten sie eine Reihe mit einem Dutzend Fackeln, die ihnen entgegenritt. Mit Besorgnis stellte er fest, dass die Prindians in großer Zahl gekommen waren, zwei Männer für jeden von ihnen.

Rymund Prindian ritt höchstpersönlich in der Mitte, ganz wie ein junger König prachtvoll anzusehen in einer mit Grün und Gold verzierten Rüstung und einem Umhang über den Schultern, der am Saum mit Smaragden besetzt war. Flankiert wurde er von seinem grauhaarigen Waffenmeister und dem hünenhaften Strovac Sigac auf einem monströsen schwarzen Hengst, der genauso übellaunig wirkte wie sein Herr. Neben ihm ritten mehrere Mitglieder der Wilden Brigade, mürrisch und bärtig, und einer sah gefährlicher aus als der andere.

Sie schleiften etwas hinter sich her. Als Orsian durch den Nebel blinzelte, erhaschte er einen Blick auf einen Käfig, der auf die Seite gekippt war. Darin lag eine zerlumpte Gestalt, blutverschmiert, voller blauer Flecken und in ehemals feinen Kleidern, die nun in Fetzen hingen. Orsian bemerkte einen Schopf goldenen Haars, der völlig verdreckt war, und begriff zu seinem Schrecken, dass es sich um Errian handelte.

Sein Vater sah ihn ebenfalls. »Ist das Eure Vorstellung von einer fairen Behandlung?«, rief er Rymund empört zu. »Euren Verwandten haben wir erlaubt, hierher zu reiten, nur mit einem Versprechen als Gegenleistung.«

Rymund zuckte unglücklich die Achseln. »Er ist so gut behandelt worden wie jeder andere Gast unter meinem Dach, bis er versucht hat zu fliehen. Meine Verpflichtung zu einer fairen Behandlung endete damit. Er kann sich glücklich schätzen, dass ich barmherzig war.«

»Was für ein großes *Glück* für ihn«, höhnte Andrik. »Das scheint Euch nicht daran gehindert zu haben, ihn bewusstlos zu schlagen und ihn wie einen Straßenköter in einem Käfig hierherzuschleppen.«

»Ihr seid nicht in der Position, mich zu belehren«, blaffte

Rymund und überraschte sie alle mit seinem Zorn. »Hessian hat meinen Bruder in einem Verlies sterben lassen und versucht, mich zu entführen und zu töten, nur weil ich der Nächste in der Thronfolge bin und Prindian heiße. Kehrt vor Eurer eigenen Haustür, bevor Ihr mich maßregelt.«

Andrik schmunzelte freudlos. »Der Junge zeigt endlich seine Krallen. Ich habe mich schon langsam gefragt, ob ein so blutleerer Tropf wirklich der Sohn der furchterregenden Breta Prindian sein kann.« Er winkte Burik herbei, der ein zweites Pferd am Zügel führte. »Ich werde zuerst die ältesten und die jüngsten Geiseln herschicken. Setzt meinen Sohn auf dieses Pferd, dann lassen wir die anderen frei.«

Lord Liepsitz ritt nach vorn, seinen jüngsten Enkelsohn mit im Sattel, und Andrik trieb das reiterlose Pferd mit ihnen zu Rymund Prindian. Ein Diener nahm das Pferd entgegen und öffnete den Käfig für Errian.

»Ihr seid schrecklich still, Strovac«, rief Andrik, als Errian auf sein Pferd geholfen wurde. Er hatte Mühe, sich hochzuziehen und die Füße in die Steigbügel zu stellen. »Denkt Ihr darüber nach, was Euch nach der Schlacht erwartet? Ich habe nie viel von Göttern gehalten, aber wenn es ein Leben nach diesem gibt, dann gehören die dunkelsten Abgründe dort denen, die ihren König verraten.«

»Wohingegen Euch zweifellos Eryis großes Festmahl über den Wolken erwartet«, konterte Strovac mit spöttisch verzogenen Lippen. »Ich fand immer, das klingt ein wenig langweilig. All diese rechtschaffenen Leute, die in Erinnerungen an ihren vergangenen Ruhm schwelgen. Obwohl Ihr das vielleicht gar nicht so sehr genießen werdet. Euch werden nämlich Augen und Zunge fehlen, sobald ich sie Euch aus dem Kopf geschnitten habe.«

»Wenn Ihr sie wollt, kommt her und holt sie Euch.«

Ihre Blicke trafen sich, und beide waren gewillt, nach ihrer

Klinge zu greifen, sollte der andere es wagen. Die Zeit stand still, beide Männer kurz davor, Stahl mit Stahl zu begegnen.

Dann saß Errian im Sattel, und der Bann war gebrochen. Er sackte nach vorn, schaffte es aber, das Pferd zu seinem Vater zu lenken. Andrik klopfte ihm beim Vorbeireiten auf die Schulter, und dann trug das Pferd ihn in den Nebel, links und rechts neben ihm Reiter, die ihn auffangen würden, sollte er fallen. Sobald er in Sicherheit war, schickte Andrik die verbliebenen Geiseln der Familie Liepsitz über das Feld, die dankbar den kurzen Weg in die Freiheit zurücklegten.

Als der Austausch vollzogen war, nickte Andrik Lord Rymund zum Abschied zu. »Bis wir uns in der Schlacht wiedersehen, Lord Prindian.« Er wendete sein Pferd, und Orsian und die Übrigen folgten ihm.

»Lord Andrik, wartet«, sagte Rymund mit einem Anflug von Verzweiflung in der Stimme. »Ich habe einen Vorschlag.«

Andrik drehte den Kopf wieder in seine Richtung. »Und welcher Vorschlag wäre das?«

»Frieden.«

Dass Andrik den Kopf drehte, rettete ihm das Leben. Noch während Rymund sprach, flog eine Wurfaxt an Andriks Nase vorbei, geworfen von einem von Strovacs Grobianen, während zwei weitere mit erhobenen Klingen auf ihn zustürmten.

»Zu mir!«, schrie Andrik und zog sofort sein Schwert, um den wilden Hieb eines seiner Angreifer zu parieren.

Auch Orsian zog sein Schwert, sein Puls raste, und er trieb sein Pferd zu seinem Vater, der bereits gewandt mit zwei Angreifern kämpfte. Die Wachen, die Errian eskortiert hatten, tauchten aus dem Nebel auf und nahmen ihre kleinere Gruppe in die Mitte. Schon bald war die Luft erfüllt vom Gesang von Stahl, als seine Gefährten sich verteidigen mussten.

Die Prindians hatten sie hinters Licht geführt.

Orsian hatte seinen Vater fast erreicht, als er instinktiv nach rechts herumwirbelte, um einen mächtigen Schlag von oben abzublocken. Er bekam einen Krampf in der Schulter, aber seine Abwehr hielt. Es war Adfric, der Waffenmeister. Er hatte sich zuerst zurückgehalten, anscheinend genauso überrascht wie die Ost-Erländer, stürzte sich aber nun mit Mordlust im Blick in das Chaos. Meisterhaft schwang er sein Schwert und führte eine Reihe von Schlägen gegen Orsians ungeschütztes Gesicht, die Orsian gerade noch mit seiner eigenen Klinge abfangen konnte. Er wich zurück und sorgte dafür, dass Adfric mehr Abstand zwischen sich und seinen Vater legte, der die ersten beiden Angreifer abgewehrt hatte und nun von zwei weiteren bedrängt wurde.

Zu seiner Rechten erhaschte er einen Blick auf Derik, der mit Strovac Sigac kämpfte, was damit endete, dass der ihm ein Messer in den Hals rammte und ihn von seinem Pferd stieß. Der Leichnam war kaum auf dem Boden aufgeschlagen, als Naeem mit einem wütenden Schrei auf ihn losging. Strovac schaffte es nur knapp, sein Schwert zu heben und zu parieren. Direkt hinter ihnen war Lady Gough von ihrem Pferd gerissen worden, aber sie sprang geschmeidig hinter einem ihrer Feinde auf und schlitzte ihm die Luftröhre auf. Ein Mann stürzte sich zu Fuß mit einem Speer auf sie, aber Andriks riesiger Hund Gyrwulf sprang ihm auf den Rücken und zerriss ihm die Kehle. Abseits von all dem saß Rymund Prindian immer noch mit offenem Mund auf seinem Pferd, als wüsste er nicht, was er mit sich anfangen sollte.

Und Adfric ließ nicht locker. Orsian hatte mit dem Schwert trainiert, seit er alt genug war, um zu laufen, aber nichts hatte ihn auf die Kraft und das Können des alten Waffenmeisters vorbereitet. Er war zwar durchtrainiert und schnell genug, um einen Hieb nach dem anderen zu blockieren und zu parieren, aber irgendwann würde er danebenhauen und mit diesem massiven Schwert im Schädel sterben. Jeder andere, der ihm hätte helfen können, war mit seinen eigenen Kämpfen beschäftigt.

Er würde sich selbst retten müssen. Nachdem er den nächsten Hieb blockiert hatte, stieß Orsian einen gespielten Schmerzensschrei aus und ließ seine Deckung leicht fallen. Trotz all seiner Erfahrung schluckte Adfric den Köder und schwang sein Schwert mit einer Wucht, die Orsian den Kopf von den Schultern gerissen hätte, wäre er nicht darauf vorbereitet gewesen, sich darunter wegzuducken. Adfrics Schwert zischte harmlos über ihn hinweg, und Orsian warf sich mit einem wilden Schrei aus dem Sattel und direkt auf den älteren Mann, und die Spitze seiner Klinge fand ein Gelenk in dessen Schulterpanzer. Ihre Reittiere wankten, und dann fielen alle zusammen in einem Wirrwarr von Gliedmaßen um. Adfrics Pferd fing ihren Sturz ab und landete unsanft unter ihnen.

Orsian schlug auf dem Boden auf, kam aber unverletzt wieder hoch. Er hatte sein Schwert verloren, doch Adfric hatte Mühe aufzustehen, als ihm dickes rotes Blut aus der Schulter rann. Hinter ihm lag sein Pferd und schrie. Das Bein des Tieres war gebrochen. Orsian suchte nach seinem Schwert und begegnete dem Blick eines Reiters der Prindians, der direkt auf ihn zupreschte, seine Klinge auf Orsians Kopf gerichtet. Er hatte keine Zeit zum Nachdenken und wollte dem Mann aus dem Weg springen.

In dem Moment sah ihn sein Vater.

Andrik Fassbrecher war umringt von gefallenen Feinden, alle bereits tot oder im Sterben liegend, und drückte seine Klinge in einem Wettkampf der Kräfte gegen die eines Mitgliedes der Wilden Brigade, wodurch sie beide feststeckten. Irgendeinem sechsten Sinn folgend wandte er sich in Orsians Richtung.

»Orsian!« Andrik ließ sich von der Kraft seines Gegners nicht überwältigen, drehte sein Schwert um und rammte es dem anderen ins Gesicht, sodass Knochen und Blut spritzten. Er wirbelte mit Valour herum und grub ihm die Fersen in die Flanken, um ihn zu dem Mann zu jagen, der es wagte, eine Klinge gegen seinen Sohn zu erheben.

Es war von Anfang an klar, wer den Sieg davontragen würde. Der Mann versuchte auszuweichen, und Andriks Schwert erwischte ihn am Ellbogen. Der Angreifer schrie, als das Blut hervorspritzte und sein Unterarm auf den Boden fiel.

Als der Schwertarm des Mannes auf der Erde landete, entdeckte Orsian seine eigene Klinge, gerade mal anderthalb Schritte von ihm entfernt. Er eilte darauf zu, aber sein Blick wurde von einer blitzartigen Bewegung zur Linken seines Vaters abgelenkt. Strovac Sigac schwang eine Axt über dem Kopf und galoppierte auf Andriks ungedeckte Seite zu.

Später, als Orsian das Geschehen noch einmal in Gedanken durchspielte, war er sich nicht sicher, ob er eine Warnung geschrien hatte, oder ob ihm die Worte im Hals stecken geblieben waren. Im letzten Moment schien sein Vater die Gefahr zu spüren. Er schaute nach links und hob seinen Schild, zu langsam und zu spät. Die Axt traf ihn mit einem grässlichen Knacken von Eisen auf Knochen am Hinterkopf.

Unglaublicherweise sah es für einen Moment so aus, als hätte sein Vater überlebt. Er drehte sein Pferd zu Strovac um, sein Schwert bereit, seine dunklen Züge ungläubig. Sein Arm zuckte, um das Schwert zu schwingen, doch es gelang ihm nicht und kostete ihn offenbar die letzte Kraft, die ihm noch geblieben war. Die Klinge glitt ihm aus den Fingern, und er fiel vom Pferd. Blut quoll aus seinem gespaltenen Schädel. Er war tot, bevor er auf dem Boden aufschlug.

Und dann schrie Orsian. Es war ein wilder, bestialischer Schrei, der vom Himmel widerzuhallen schien und das ganze Schlachtfeld mit seinem Leid überzog. Er lenkte die Blicke aller noch lebenden Männer auf den Leichnam von Andrik

Fassbrecher. Sein Vater war tot. Orsian schrie erneut, während ihm die Tränen über die Wangen strömten.

Stunden schienen zu vergehen, aber als Orsian zur Besinnung kam, tobte die Schlacht noch immer, und Strovac Sigac starrte ihn von seinem Pferd aus an. Der riesige Krieger warf seine Axt beiseite und tastete an seiner Taille nach dem Griff seines Schwertes, dann schien er sich daran zu erinnern, dass er es nicht mehr hatte. Er stieß ein verärgertes Knurren aus und stieg vom Pferd, um Andrik die Waffe aus seinen toten Fingern zu stehlen.

Orsian rannte zu seinem eigenen Schwert und sandte seiner Hand den stummen Befehl, nicht zu zittern, als Strovac auf ihn zukam. Er sah sich Hilfe suchend um, aber seine Verbündeten waren tot oder wurden selbst hart bedrängt. Eine der Wachen von Lady Gough war bei ihr angekommen, und zusammen erkämpften sie sich einen Rückzug. Naeem war mit einem Mitglied der Wilden Brigade in einen Kampf verwickelt, während ein anderer Mann heulend am Boden lag und versuchte, die Gedärme festzuhalten, die sich aus der klaffenden Wunde in seinem Bauch ergossen. Rymund Prindian stand immer noch abseits von alledem und starrte fassungslos auf die Gewalt, die er entfesselt hatte. Es sah aus, als hätte er sich keinen Schritt bewegt, seit der Kampf begonnen hatte.

»Ich werde dich umbringen, Junge.« Strovac kam langsam näher und wischte das Blut von der gestohlenen Klinge an seinem Wappenrock ab. »Aber langsam. Am Ende wirst du mich um den Tod anbetteln.«

Irgendwo jenseits des Nebels hörte Orsian Pferde in ihre Richtung galoppieren. Er packte sein Schwert fester und wappnete sich, als aus dem Nichts zwei dunkle Gestalten gegen Strovac krachten. Einer der Wolfshunde sprang Strovac an die Kehle, während der andere seinen Knöchel zwischen den Kiefern einklemmte. Strovac schrie panisch auf, als Gyrwulf nach seiner empfindlichen Kehle schnappte. Der Mann wirbelte unbeholfen herum, versuchte, die Hunde abzuschütteln, und schrie dann vor Schmerz auf, als Numas scharfe Zähne das Leder durchbohrten, das seinen Knöchel schützte.

Es endete fast so plötzlich, wie es begonnen hatte. Mit einem wütenden Brüllen holte Strovac aus, schwang sein Schwert nach unten und hieb Numa fast in zwei Hälften. Mit der anderen Hand packte er Gyrwulf im Nacken, und obwohl der Hund so schwer war wie ein kleiner Mann, hob er ihn hoch und hielt das rasende Tier auf Armeslänge. Er schlitzte Gyrwulf vom Hals bis zu den Lenden auf, dann warf er ihn wie ein Stück Fleisch auf den Boden. Der Hund winselte vor Schmerz, als das Leben in seinen Augen erlosch.

Orsian wurde von hinten von mächtigen Händen gepackt. Erleichtert stellte er fest, dass es Naeem war. Der alte Krieger humpelte, lebte aber noch, und bevor Orsian protestieren konnte, wurde er zu einem Pferd gestoßen. Es war Valour, das Pferd seines Vaters.

»Reite, Junge.« Naeem schob Orsian auf Valours Rücken und ließ ihm kaum Zeit, die Füße in die Steigbügel zu schieben. »Warne sie. Bereite die Männer vor.« Die Hufschläge wurden lauter, und irgendwo wurde ein Horn geblasen. Orsian öffnete den Mund, um zu protestieren, aber Naeem wendete das Pferd, und bevor Orsian ihn daran hindern konnte, schlug er dem Tier mit der Breitseite seines Schwertes auf den Hintern. Valour sprang im Galopp davon und trug Orsian in den sich auflösenden Nebel.

Orsian schaute hinter sich und erwartete, Naeem im Kampf mit Strovac zu sehen, aber der monströse Krieger hatte stattdessen das grüne Banner der Prindians gepackt, schwenkte es in der Luft hin und her und winkte seine Truppen heran. Orsian sah, wie Naeem sich wieder ins Getümmel stürzte, aber Valour hatte das Chaos bald hinter sich gelassen. Der

Nebel nahm Orsian die Sicht auf die Szene, bis nur noch Gespenster zu sehen waren, die sich in einem mörderischen Drama tummelten.

Er wandte sich ab, beugte sich tief über Valours Hals und grub dem Tier die Fersen in die Flanken, um es zu beschleunigen. Valour warf zum Zeichen seines Protestes den Kopf hoch, da er niemand anderen in seinem Sattel gewohnt war als Orsians Vater, aber Orsian hielt sich fest.

Denk nicht daran, ermahnte er sich selbst. Er hatte gesehen, was er gesehen hatte, aber trotzdem musste er es sich eingebildet haben, oder es war ein Trick seines Vaters. Er konnte nicht tot sein. Naeem rettete ihn immer, oder sein Vater rettete Naeem. Er schaute zurück und erwartete halb, ihn aus dem Nebel reiten zu sehen und Orsian aufzufordern, ihm sein Pferd zurückzugeben.

Bald kamen die Truppen von Ost-Erland in Sicht, und er war erleichtert, als er sah, dass sie einigermaßen geordnet waren. Die Männer waren zu Hunderten in Quadraten von zehn mal zehn auf dem Feld verteilt, und die Hymerikai und andere reguläre Soldaten waren zur Verstärkung unter den neuen Rekruten verteilt.

»Orsian!« Ein berittener Hauptmann des Hymerikaikorps, an dessen Namen er sich nicht erinnern konnte, begrüßte ihn. »Wo ist Euer Vater? Wo ist Naeem?«

Orsian versuchte zu sprechen, aber seine Zunge fühlte sich an, als wäre sie aus Sägespänen gemacht. Er griff nach seinem Wasserschlauch und nahm einen langen Schluck. »Sie kommen!«, keuchte er. »Schildwall!« Ein gut formierter Schildwall konnte einem Angriff von Pferden standhalten, und das Gefälle des Bodens war günstig für sie. Trotz des Hinterhaltes der Prindians konnten sie immer noch den Sieg davontragen.

Der Mann betrachtete ihn stirnrunzelnd. »Kommt dieser

Befehl von Eurem Vater? Er hat gesagt, er würde uns nach seiner Rückkehr Befehle erteilen.«

»Nein, er ist …« Was war sein Vater? »Er ist … immer noch dort. Wir müssen einen Schildwall bilden!«

»Seht!«, rief ein Soldat aus dem nächstgelegenen Karree und zeigte in den Nebel.

Orsian drehte sich um, und fünfzig Schritte entfernt starrte das Gesicht seines Vaters von einer langen Stange auf ihn herab. Sie hatten seinen Kopf auf dem Prindian-Banner aufgespießt, das jetzt mit dem herabtropfenden Blut seines Vaters besudelt war. Darunter saß Strovac Sigac mit einem finsteren Grinsen im Sattel, das so breit war wie der Bleiche Fluss.

»Der Fassbrecher ist tot!«, rief er und wedelte mit dem Kopf hin und her. Er wendete sein Pferd und ritt lachend ein paarmal über das Feld, damit die gesamte ost-erländische Linie einen Blick auf seine grausige Trophäe werfen konnte.

Orsian spürte den Schock und die Bestürzung, die sich wie eine Welle in ihrem Heer ausbreiteten. Hinter Strovac war der Nebel nur noch ein dünner Vorhang, aus dem eine riesige Streitmacht west-erländischer Reiter hervorbrach, die mit Schwertern und Speeren fuchtelten und Strovacs Lachen mit ihrem Kriegsgeschrei übertönten.

»Schildwall!«, rief der Hymerika, mit dem Orsian gesprochen hatte. Andere schlossen sich dem Ruf an, und am Boden drängten und zogen andere Hymerikai ihre Männer in die richtige Position und riefen ihnen zu, sie sollten ihre Speere heben. Orsian schaute wieder zu Strovac hinüber und wünschte, er hätte seinen Bogen zur Hand, dann ritt er zu seinen Männern hinüber und steuerte Valour durch eine Lücke in der Reihe und rief den Männern zu, enger zusammenzurücken, vorwärtszumarschieren und ihre Speere zu heben. Die Prindians hielten sich hinter Strovac zurück – noch war Zeit.

Aber er sah die Furcht und den Widerwillen auf den Gesichtern der weniger erfahrenen Soldaten, derjenigen, die noch nie eine Schlacht erlebt hatten und die entweder von ihrem Lord, auf den sie eingeschworen waren, hierher gezwungen worden waren oder die über den Winter dem Ruf des Königs gefolgt waren.

»Wenn der Fassbrecher tot ist, was hat es dann noch für einen Sinn?«, rief ein Mann, der sich gegen das Gedränge seiner Gefährten wehrte, die ihn nach vorn schoben. Einige andere warfen ihre Waffen weg und rannten davon, und Orsian sah, wie ein anderer Mann nach den Zügeln eines Hymerika griff und für seine Respektlosigkeit eine Schwertspitze in die Kehle kassierte.

»Haltet die Linie!«, schrie Orsian und drehte sich zum Feind um.

Mit einem Brüllen rammte Strovac Sigac das Banner in den Boden und streckte sein Schwert hoch in die Luft, dann griffen die West-Erländer an.

Wie ein Sturm brachen sie über den kaum gebildeten Schildwall der Sangreals herein, und die Linie zersplitterte wie Treibholz. Viele Männer flohen und stolperten in ihrer Hast zu entkommen über ihre Gefährten, während die Schwerter der Prindians sich hoben und senkten und die Luft sich mit den Schreien der Verstümmelten füllte. Irgendjemand versuchte, Orsian aus dem Sattel zu zerren, und als sein Schwert zur Verteidigung nach unten stieß, erkannte er, dass es einer ihrer eigenen Männer war. Ein anderer griff nach den Zügeln und ging schreiend zu Boden, als Valour ihm einen Teil des Gesichtes abbiss. Aus dem Nichts schwang ein Mann zu Pferd sein Schwert nach Orsian. Er wehrte es instinktiv ab und schlug mit seiner Klinge verzweifelt quer über den Hals des Pferdes, das mit einer tiefen Wunde panisch losgaloppierte.

»Rückzug! Rückzug!«, brüllte jemand weiter entfernt mit

einer Stimme so laut wie ein Horn. »Zurück nach Weißwasser! Hymerikai zu mir!« Orsian schaute in die Richtung,
aus der die Stimme kam, und sah zu seinem Schrecken, dass es
Naeem war. Er saß unbewaffnet auf seinem Pferd, hielt sich
die Schulter, und aus einer Schnittwunde an seiner Schläfe
sickerte Blut. Die Hymerikai scharten sich um ihn, schlossen ihre Schilde zusammen und trieben die West-Erländer
ringsum zurück.

Wieder sah Orsian sich um. Der Schildwall hatte sich aufgelöst. Selbst die Hymerikai fielen zurück. Er versetzte einem
weiteren ihrer eigenen Männer einen Tritt, der versuchte, ihn
aus dem Sattel zu zerren, und gab Valour die Sporen, um zu
Naeem zu reiten.

Er war noch dreißig Schritte entfernt, als ihn etwas Schweres am Hinterkopf traf. Seine Sicht verschwamm, sein Geist
trübte sich, und schwarze Bewusstlosigkeit breitete sich in
ihm aus.

KAPITEL 41

Ciera wachte von lauten Stimmen vor ihrem Schlafzimmer auf. Ihr Haar war verfilzt und klebte nass von Speichel am Kissen, und ihre Augen waren trüb und blutunterlaufen nach einer Woche, in der sie zwischen Schlaf und Tränen hin- und hergewechselt war. Nach dem hellen Licht draußen vor dem Fenster zu schließen, war es schon Nachmittag. Im Zimmer war es heiß, und es roch nach Schweiß und ungewaschenen Laken. Sie stöhnte und schnappte sich ihr Kissen, um sich auf die andere Seite des Bettes zu wälzen. Schlaf war die einzige Zuflucht, die ihr noch geblieben war.

Sie war seit über einer Woche in ihrem Zimmer eingesperrt, seit die Wachen Tam mitgenommen hatten. Zweimal am Tag brachte ihr ein Dienstmädchen etwas zu essen, und wenn Ciera versuchte, sie über die Geschehnisse auszufragen, ignorierte die Frau sie frech. Nicht einmal auf die Frage, wer sie sei und was mit ihrer alten Magd passiert sei, bekam sie eine Antwort. Am ersten Tag hatte Ciera versucht, an ihr vorbei zur Tür zu rennen, aber die Frau hatte sie so fest an der Schulter gepackt, dass Ciera vor Schmerz geschrien hatte. Sie hatte sich nicht dagegen wehren können, zurück zum Bett gezerrt zu werden, während sie vergeblich um sich schlug und schrie, die Frau solle sie loslassen. Seitdem hatte sie noch zweimal versucht zu entkommen, mit dem gleichen Ergebnis. Manchmal legte die Dienerin eine Hand auf Cieras wachsenden Bauch, brummte und schüttelte leicht den Kopf. Konnte sie allein durch das Auflegen der Hand erkennen, ob das Kind vom König stammte? Was, wenn er sie lieber töten würde, als sie einen Bastard zur Welt bringen zu lassen? Ciera biss sich auf den Daumen, und ihre Augen füllten sich mit Tränen. Nur um des Babys willen zwang sie das Essen herunter, das man ihr täglich brachte.

Wenn sie nicht gerade mit endlosem, erschöpftem Schlaf beschäftigt war, dachte Ciera an Tam und drehte den gestohlenen Armreif, den sie aus seiner Kleidung geborgen hatte, zwischen den Fingern hin und her. Jemand war gekommen und hatte ihr seine Geschenke weggenommen: die elegante Schatulle und die seidene Geldbörse. Sie hatte die stumme Dienerin angefleht, ihr zu sagen, was mit ihm geschehen war, und ein halbes Dutzend Briefe an den König geschrieben, in denen sie ihn um Gnade bat. Das Dienstmädchen hatte sich mit einem Kopfschütteln geweigert, sie zu überbringen, und jeden dieser Briefe über einer Kerze verbrannt. Die Ungewissheit war mehr, als Ciera ertragen konnte.

Sie versuchte, wieder einzuschlafen, aber die Stimmen vor der Tür wurden immer lauter. Schließlich drückte sie sich ein zweites Kissen auf den Kopf, um sie zu ersticken. Hatte man es ihrem Vater erzählt? Vielleicht war er ja jetzt an der Tür und verlangte Einlass, um sie zu sehen. Aber dafür war ihr Vater zu mild und sanftmütig. Vielleicht war es ihre Mutter, die einzige Person, die Cieras Situation womöglich noch verschlimmern konnte.

Der Streit, der offensichtlich entbrannt war, erreichte jetzt seinen Höhepunkt. Ciera setzte sich im Bett auf, gerade als ihre Tür aufgerissen wurde und laut gegen die Wand krachte. Eine zornige Frauenstimme folgte. »Bei Eryis Blut, geh mir einfach aus dem Weg!«

»Der König wird davon erfahren!«, rief ein Wachposten.

»Dann erzähl es ihm! Wenn er befiehlt, mir etwas anzutun, wen werde ich dann wohl beschuldigen, wenn Lord Andrik zurückkehrt? Bei Eryi, hab Erbarmen mit dem armen Mädchen.« Die Frau sprach mit großer Bestimmtheit und betrat selbstbewusst den Raum. »Schließ die Tür, Drayen.«

Die Wache zog sich mit einem finsteren Gemurmel zurück, und Cieras Herz tat einen Satz, als sie Lady Viratia, die Frau von Lord Andrik, erkannte. Sie hatten ein paarmal Höflichkeiten ausgetauscht, aber Ciera kannte sie vor allem wegen ihres grimmigen Rufes. Sie war vielleicht mutig genug, um sich bei Hessian für sie zu verwenden oder herauszufinden, was mit Tam passiert war. Ciera saß im Bett und fühlte sich unwohl angesichts ihres ungepflegten Aussehens neben Viratias souveräner Schönheit.

Viratia setzte sich aufs Bett und legte Ciera eine kühle Hand auf die Wange. »Was haben sie Euch angetan?« Sanft strich sie mit den Fingern durch Cieras Haar und zuckte zusammen, als sie die Knoten darin fand. Sie ging zur Tür zurück und öffnete sie, um irgendjemandem hastige Befehle zuzuflüstern.

»Ich habe meine Zofe Yuliea mitgebracht«, erklärte sie, als sie zurückkam. »Sie wird alles herbringen, was wir brauchen.« Viratia nahm Cieras Hand. »Erzählt mir alles. Was ist passiert?«

Ciera starrte sie an, aber dann begann sie die Geschichte wiederzugeben, die sie sonst niemandem erzählt hatte und die bisher nur sie und Tam kannten. Sie berichtete Viratia von den Vorfällen in Klippwehr, von dem Theater und dem gestohlenen Armreif, von der Ankunft Lord Andriks und der plötzlichen

Heirat und ihrer Reise nach Merivale, und sie erwähnte auch die gescheiterte Entführung, an die sie sich kaum erinnern konnte. Als sie ihr von den nächtlichen Besuchen des Königs in ihrer Kammer erzählte, brach Ciera in Tränen aus und konnte minutenlang nicht weitersprechen. Viratia hielt sie in den Armen und ließ Cieras Tränen ihren Hals und ihr Kleid benetzen. Ciera fühlte sich so geborgen wie seit Monaten nicht mehr. Dann erzählte sie ihr von Tams neuerlichem Auftauchen und ihrer Schwangerschaft und schließlich von dem Morgen, an dem man Tam erwischt und zusammengeschlagen hatte.

»Und seitdem halten sie mich hier gefangen.« Sie beendete ihren Bericht unter Tränen. »Ihr seid die erste Person seit einer Woche, die mit mir gesprochen hat.«

»Bei den Norhai …« Während Ciera ihre Geschichte erzählt hatte, war die Zofe mit einer Bürste und warmem Wasser hereingekommen, um Ciera das Gesicht zu waschen, und Viratia löste jetzt die Knoten in Cieras verstrubbeltem Haar. Sie hielt inne, um sie zu umarmen, und Ciera fühlte sich so erbärmlich dankbar, dass sie fast wieder in Tränen ausbrach. »Meine Liebe … Es tut mir so leid. Man hat Euch schrecklich behandelt, und niemand hat einen Finger gerührt. Ich hätte schon vor Monaten nach Euch sehen sollen.«

»Ist schon gut.« Ciera schniefte und wischte sich die Nase am Ärmel ab. »Helft mir nur bitte, Tam zu retten. Ich tue alles dafür.«

»Oh, mein liebes Mädchen …« Viratia griff nach ihrer Hand und sah sie zärtlich an, und in ihren Augen glänzten Tränen. »Da war ein Junge … Man hat ihn vor vier Tagen im Hof hingerichtet. Es tut mir so leid. Er ist tapfer gestorben.«

Tam ist tot. Tief im Innern hatte Ciera es gewusst, aber es war dadurch nicht leichter zu ertragen. Ihr Unterleib krampfte sich zusammen, und ihr ganzer Körper versteifte sich, als sie versuchte, ihr Schluchzen zu unterdrücken. »Tot?«, flüsterte sie. »Aber er hat niemandem etwas getan. Sie hätten mich bestrafen sollen; ich bin diejenige, die ...« Sie schluckte und rang nach Luft. Wie sollte sie damit leben?

»Pst, Kind.« Viratia legte die Arme um sie und streichelte ihr Haar, als ihr zarter Körper vor Schluchzen zuckte.

»Es ist meine Schuld«, wimmerte Ciera. Nach einer Woche hatte sie gedacht, dass sie keine Tränen mehr hätte, aber sie flossen so ungehindert über ihre Wangen, wie der Bleiche Fluss dahinfloss. »Ich hätte nie ...«

»Nein.« Viratia ließ Ciera los und musterte sie streng. »Seht mich an. Das hier ist nicht Eure Schuld. Man hat Euch in eine unmögliche Position gebracht, und ein bösartiger alter Mann hat Euch wie eine Zuchtstute behandelt und erwartet, dass Ihr die Last tragt, eine Dynastie fortzuführen. Ein Junge ist tot, aber das ist nicht Eure Schuld. Es ist die Schuld des Königs, vielleicht die Schuld meines Mannes und des Jungen ... und auch ich muss meinen Anteil daran tragen. Ich wusste, was Ihr wahrscheinlich durchmachen musstet, und habe nichts unternommen. Ich will Euch nie, *nie* wieder sagen hören, es sei Eure Schuld. Verstanden?«

Ciera nickte unter Tränen.

»Gut. Und jetzt sagt mir ganz ehrlich: Wisst Ihr, von wem das Kind ist?«

Ciera schüttelte den Kopf und zwang sich, nicht wieder zu weinen. »Ich weiß es nicht«, flüsterte sie. »Es könnte von beiden sein.«

Viratia drückte Cieras Hand. »Ihr werdet lügen müssen. Ihr müsst Hessian sagen, der Junge sei erst zu Euch gekommen, nachdem Ihr bereits schwanger wart.«

»Den König belügen?« Der Gedanke erfüllte Ciera mit Grauen. »Er wird mir niemals glauben.«

»Das hängt davon ab, wie gut Ihr lügt. Er wird Euch glauben wollen, denn mehr als alles andere wünscht er sich einen Erben.

Schwört ihm, das Kind wäre seins, dann wird er Euch vielleicht vergeben. Sagt ihm, dass der Junge Euch gezwungen hat und Ihr froh seid, dass Eure Ehre gerächt wurde.«

Ciera starrte sie an. Wie konnte sie das, was sie und Tam geteilt hatten, mit so einer Lüge beschmutzen? Das konnte sie nicht. Sie schuldete Tam mehr als das.

»Ich weiß, Ciera. Es ist schrecklich, aber notwendig.« Sie ergriff Cieras Hand und drückte sie fest. »Ich war einmal beinahe in Eurer Lage. Mein Vater hatte vor, mich mit einem Mann zu verheiraten, der noch älter war als Hessian. Er hatte wulstige Lippen, von denen immer Wein tropfte, und ein Muttermal auf seiner Wange, aus dem ein Haar spross, das so lang war wie mein Finger. Er folgte mir immer mit seinen Blicken durch das ganze Zimmer und zog mich dabei in Gedanken aus. Als ich mich bei meiner Mutter beschwerte, sagte sie mir: ›Du magst ihn nicht lieben, aber du wirst deine Kinder lieben.‹ Andrik hat mich davor gerettet, aber ich habe nie vergessen, was meine Mutter mir damals gesagt hat. Ich kann nur ahnen, wie Hessian Euch behandelt hat, aber Ihr solltet tun, was das Richtige für Euer Kind ist und für Euch selbst. Tam würde nicht wollen, dass Ihr wegen ihm sterbt.«

»Ich habe ihn geliebt«, flüsterte Ciera. »Und er hat mich geliebt.« Sie sah, wie Viratias Anteilnahme durch einen Anflug von Zweifel getrübt wurde. »Doch, das hat er! Er hat den ganzen weiten Weg von Klippwehr auf sich genommen. Er ist an den Burgmauern hinaufgeklettert, nur für mich. Wir wollten zusammen fliehen. Er war so mutig, und sie haben ihn dafür umgebracht.« Sie unterdrückte ein Schluchzen. »Wie viel Zeit bleibt mir, um mich zu entscheiden?«

»Bis der König Euch aufsucht«, antwortete Viratia und strich Ciera einige lose Haarsträhnen aus der Stirn. »Er ist zu stolz, um jetzt schon zu Euch zu kommen, zu stolz und zu grausam für sehr viele Dinge. Aber irgendwann wird er neugierig auf das Kind sein, und dann wird er kommen. Wenn Ihr lügt und das Kind ein Junge ist, der aussieht wie Hessian, wird er es als seins anerkennen wollen, aber er wird auf keinen Fall dem Wort einer Ehefrau trauen, die einen anderen Mann aus freien Stücken in ihr Bett gelassen hat. Ihr müsst ihn davon überzeugen, dass das Kind von ihm ist und dass Ihr ihm treu wart.«

Ciera wischte sich die Tränen von den Wangen. Sie konnte es schaffen. Ihr Leben und das Leben des Babys in ihr hingen davon ab. Entschlossen stand sie auf und ging zu dem Spiegel auf ihrem Schminktisch. Ihr Gesicht war so blass wie gebleichte Knochen, und ihre Augen waren gerötet vom Weinen. So benahm sich weder eine Königin noch eine Tochter von Klippwehr. *Ich werde stärker sein als jetzt,* schwor sie sich.

Sie würde nie wieder so hilflos sein. Alles, was sie erreicht hatte – die Senkung der Steuern, die Erlaubnis, im Wald des Königs zu jagen –, hatte sie durch Hessian erreicht, aber es reichte noch nicht. Sie würde ihn dazu bringen, ihr zu glauben, und danach würde sie mehr als nur dem Namen nach eine Königin sein. Sie hatte sich nur auf ihre Ehe mit Hessian gestützt, obwohl sie eigentlich selbst Macht ausüben sollte. Ihre Mutter hätte sich niemals so einschränken lassen wie Ciera, weggesperrt und auf das Wohlwollen ihres Mannes angewiesen. Was einem gegeben wurde, konnte auch wieder weggenommen werden.

Hessian würde sie niemals lieben, und sie war dumm gewesen, sich seiner Gnade auszuliefern. Sie musste sich ihre eigene Macht zurückerobern. Hessian würde nicht ewig leben, und wenn er tot war, würde sie diejenige sein, die seinen Platz einnahm, im Namen ihres Sohnes. Und wenn das Kind, das in ihr heranwuchs, ein Mädchen war, würden sie und Hessian es noch einmal versuchen. Es gab keinen Sieg ohne Opfer.

Ciera legte sich eine Hand auf den Bauch. »Ich werde es für dich tun«, flüsterte sie. Und sie würde es auch für Tam tun. Aber vor allem würde sie es für sich selbst tun.

KAPITEL 42

Die Burg lag im Dunkeln, die Laternen und Feuer waren schon vor Stunden erloschen. Irgendwo schnarchte leise eine Wache. Aus der Küche, in der die Arbeit nie aufhörte, drang eine leise, geschäftige Geräuschkulisse nach oben.

Helana tastete sich an der Wand entlang und schlich mit dem Dolch in der Hand blind durch die Gänge. Die Nachricht vom Sieg der West-Erländer hatte Irith früher am Tag erreicht. Sie konnte nur vermuten, dass niemand gekommen war, um sie einzusperren oder zu den Feierlichkeiten zu schleppen, weil man vergessen hatte, dass sie da war.

An jeder Ecke stellte sie sich vor, sie würde gleich einer Wache gegenüberstehen, und duckte sich an die Wand, während ihr Atem ruhig und gleichmäßig ging. So hätte Errian fliehen sollen, wenn er nur vernünftig genug gewesen wäre. Wenn jemand sie entdeckte, würde sie sagen, dass sie einen Spaziergang machte, um ihre Nerven zu beruhigen.

Schließlich erreichte sie die Hintertür, von der sie gewusst hatte. Sie öffnete sie und zuckte zusammen, als das Scharnier laut quietschte. Mit angehaltenem Atem wartete sie darauf, dass jemand herkam, um der Sache auf den Grund zu gehen. Als sie überzeugt war, dass keine Gefahr drohte, trat sie hinaus und schloss die Tür vorsichtig hinter sich.

Der nächste Teil würde der schwierigste sein. Helana hatte Breta Prindian aufmerksam beobachtet. Die Frau war gefährlich schlau, aber sie war nicht davor gefeit, ausspioniert zu werden. Helana folgte dem Weg, den sie Breta hatte gehen sehen, hielt sich dicht an den Mauern und versteckte sich in deren Schatten.

Davor hatte sie sich nicht gefürchtet, sondern vor dem, was als Nächstes kam.

In der Dunkelheit brannte das Kohlenbecken der Wache wie ein Leuchtfeuer und wies ihr den Weg durch ein Tor. Mit klopfendem Herzen ging sie auf den Mann zu, eine Münze in der einen und ihre Klinge in der anderen Hand.

Er musste sich im Halbschlaf befunden haben, denn er sah sie erst, als sie direkt neben ihm stand. Sie ließ die Münze in seine Handfläche fallen, und er starrte träge zu ihr auf.

»Wer ...?«

Bevor sie wusste, was sie tat, rammte Helana ihm den Dolch in die Luftröhre, presste ihm eine Hand auf den Mund und ließ ihn von seinem Stuhl zu Boden sinken. Er wehrte sich schwach, aber sie ließ ihn kämpfen, bis sie spürte, wie sein Körper ein letztes Mal erbebte.

Sie atmete aus, stützte die Hände auf die Knie und kämpfte gegen eine Woge der Übelkeit an. Es war nicht ihre Absicht gewesen, ihn zu töten, aber es wäre ein zu großes Risiko gewesen, abzuwarten, ob er sie hinauslassen würde. Er hätte sie überwältigen können, wenn sie nicht schnell gehandelt hätte. Sie fummelte an seinem Gürtel nach einem Schlüsselbund aus Messing und probierte mit zitternden Händen mehrere

Schlüssel aus, bevor das Schloss aufsprang. »Tut mir leid«, flüsterte sie dem Leichnam des Mannes zu.

Sie musste bis zum Tagesanbruch so viel Abstand wie möglich zwischen sich und Irith legen, und bis zum Sonnenaufgang waren es nur noch wenige Stunden. Das war nun der Preis für ihre Tollkühnheit. Sie war auf der Suche nach Frieden und Sicherheit hierhergekommen, und nun endete es damit, dass sie einem Mann einen Dolch in die Kehle gestoßen hatte. Sie konnte es nicht verstehen; Rymund hatte Frieden gewollt. Hatte die Tatsache, dass Errian seinen Freund getötet hatte, ihn so sehr erzürnt, dass er bereit war, alles zu opfern? Und wie hatte er Andrik besiegen können?

Sie fand Mitra draußen vor den Mauern, wo sie sie früher am Tag zurückgelassen hatte. Das geduldige Pferd wieherte, als sie näher kam, und Helana beruhigte es mit einem Apfel und nahm sich einen Moment Zeit, um ihm Kopf und Hals zu streicheln. Mitra stupste sie liebevoll mit der Nase an.

»Ich hoffe, du hast noch genug Kraft für die Heimreise«, murmelte Helana. Das Pferd war möglicherweise der einzige Freund, den sie auf der Welt noch hatte.

Sie setzte sich in Richtung Osten in Bewegung, während sich der Horizont bereits mit der Aussicht auf die Morgendämmerung von Schwarz zu Indigo färbte. Helanas Gedanken überschlugen sich, während sie ritt und überlegte, wie viele Tage und Stunden sie brauchen würde, bis sie die Halord-Brücke erreichte, und wie kurz ihre Ruhepausen sein mussten, um den Verfolgern einen Schritt voraus zu sein. Sie war eine bessere Reiterin als alle, die sich an ihre Fersen heften würden, aber wenn sie kamen, würden sie das in großer Zahl tun.

Am Vormittag hielt sie an einem Bach an und ließ Mitra trinken, während sie sich kaltes Wasser ins Gesicht spritzte und ihren Wasserschlauch auffüllte. Es war ein kühler Tag mit einem stürmischen Wind, der wie das Läuten der Stadtglocken immer wieder anschwoll und abebbte. Helana beobachtete den Horizont, und zum ersten Mal seit Monaten fühlte sie sich lebendig.

Sie hatte einen Fehler gemacht. Eine Heirat mit Rymund – mit welchem Mann auch immer – wäre eine Katastrophe gewesen. Ihr Zuhause waren die Wälder und das freie Feld, nicht die Gemächer des Lords und das Wochenbett. Sie hatte vergessen, wie gut es sich anfühlte, unter freiem Himmel zu reiten, mit ungezählten Möglichkeiten am Horizont.

In dieser Hinsicht hatte sie wohl Glück gehabt, dass die beiden Parteien in Weißwasser gegeneinander gekämpft hatten. Sie hoffte nur, dass Orsian noch am Leben war.

Beim Klang von Hufgetrappel wirbelte Helana herum und sah drei Reiter direkt auf sie zukommen. Schnell lief sie zu Mitra hinüber und schwang sich in den Sattel. Sie war bereit, beim ersten Hinweis auf einen gespannten Bogen um ihr Leben zu reiten. Sie war überzeugt, dass sie ihnen entkommen konnte, aber wie hatten sie sie so schnell eingeholt?

Ein Aufblitzen von rotgoldenem Haar gab ihr die Antwort. Breta Prindian musste es sofort erfahren haben, als sie Irith verlassen hatte. Helana fluchte leise vor sich hin.

Die Verfolger hielten zwanzig Schritte entfernt an. Keiner von Bretas Begleitern zog eine Waffe.

»Was wollt Ihr?«, rief Helana ihr zu.

Breta lächelte. »Habt Ihr gedacht, ich würde es nicht bemerken, dass Ihr Euer Pferd nicht in den Stall gebracht habt?«

»Seid Ihr gekommen, um mich zurückzubringen?«

»Nein. Ihr wart mein Gast und konntet gehen, wann ihr wolltet. Schade, dass eine Wache dafür sterben musste.«

Helana glaubte ihr nicht. »Warum seid Ihr dann hier?«

»Ich erwarte Rymunds Rückkehr, um von der Schlacht zu hören. Die Informationen, die ich erhalten habe, waren … widersprüchlich. Und ich bin hergekommen, um Euch einzuladen, mit ihm zu sprechen, bevor Ihr fortgeht. Es könnte das letzte Mal sein, dass Ihr einander begegnet.«

»Und warum sollte ich den Mann sehen wollen, der gegen meine Familie Krieg führt?«

»Weil er Euch am Herzen liegt, so unglaublich das auch scheint. Es war ein seltener Moment der Vernunft, dass er sich in Euch verliebt hat. Das hatte ich nicht vorhergesehen. Kommt und reitet mit mir zurück. Ich verspreche Euch sicheres Geleit.«

Helana sah sie an. Wenn Breta die Wahrheit sagte, konnte sie auf der Stelle davonreiten. Welchen Nutzen würde ein Treffen mit Rymund haben, jetzt, da es zu spät war?

Aber eine Erklärung. Die war er ihr schuldig.

Helana nickte. »Einverstanden.«

Sie ritten schweigend nebeneinanderher, und Helana warf immer wieder misstrauische Blicke auf Breta Prindian und ihre Eskorte. Sie wirkte nicht im Mindesten überrascht, dass die beiden Seiten gegeneinander gekämpft hatten. Hatte sie keinen Frieden gewollt? Warum sonst hatte sie Helana in ihrem Zuhause willkommen geheißen?

»Warum habt Ihr mir erlaubt, mich mit Rymund zu treffen?«, fragte sie, als das Schweigen unerträglich wurde.

»Wegen Eures Erbes«, antwortete Breta, ohne zu zögern. »Eine Heirat hätte Rymunds Anspruch auf den Thron gestärkt, wenn Euer Vater gestorben wäre. Jetzt ist er wertlos, wenn die Königin einen Jungen zur Welt bringt. Er wird sich die Krone mit Waffengewalt holen müssen oder überhaupt nicht.«

Ihre Worte sandten einen Schock des Verstehens durch Helana. Natürlich. Breta hatte dafür gesorgt, dass die beiden Seiten aufeinander losgingen. Sie war eine Närrin gewesen, dass sie ihr ein zweites Mal vertraut hatte. Sie verfluchte sich und versuchte, sich ihre Überraschung nicht anmerken zu lassen. »Und jetzt bin ich frei und kann gehen?«

Breta gluckste. »Wir haben keine Verwendung mehr für Euch. Rymund braucht Euch nicht zu heiraten, und Ihr würdet eine jämmerliche Geisel abgeben. Ich habe unsere gemeinsame Zeit genossen. Es tut mir leid, dass ich Euch mit Eurem törichten Wunsch nach Frieden manipuliert habe. Ihr seid eine selten fähige Frau, und das respektiere ich. Aber es kann keinen Frieden geben.«

Helana antwortete nur mit Schweigen. Sie musste mit Rymund sprechen.

Es war bereits Nachmittag, als sie die Banner am Horizont sahen: das Smaragdgrün der Prindians, das sich schwarz vor dem Hintergrund des Himmels abzeichnete, und dahinter das helle Blau und Weiß von Lord Storaut, und außerdem ein halbes Dutzend andere, die Helana nicht erkannte. Der Wind trug Gelächter und Frohsinn zu ihnen herüber, der unverkennbare Klang des Sieges. Rymund ritt an der Spitze der Kolonne, und hinter ihm schlängelten sich Tausende von Soldaten wie ein hässliches schwarzes Reptil in einer langen Reihe.

Neben Rymunds Banner trug jemand eine zweite, fahnenlose Stange. Erst als sie näher kamen, sah Helana, dass darauf der Kopf eines Mannes mit dunklem Bart steckte, unverkennbar unter dem Teer, der den Kopf konservierte. Getrocknetes schwarzes Blut klebte wie ein abscheuliches Muttermal an Gesicht und Hals, sodass die Züge des Opfers schwer zu erkennen waren. Helanas Mund wurde trocken, und sie trieb Mitra voran.

Als sie nah genug waren, dass Rymund sie begrüßen konnte, begriff Helana voller Entsetzen, wem der Kopf gehörte. Das grimmige Antlitz ihres Onkels starrte mit vor Entsetzen verzerrten Zügen auf sie herab, das dunkle Haar blutverklebt. Sie hatten ihm einen Pfahl durch den Hals und den ganzen Schädel getrieben. Seine Zunge hing ihm wie ein geschwollener

Wurm aus dem Mund, und seine gelbliche Haut klebte ihm wie Wachs am Schädel.

Helana drehte sich um und übergab sich, dann griff sie nach ihrem Wasserschlauch, um sich den beißenden Geschmack aus dem Mund zu spülen. Sie blickte wieder zum Kopf ihres Onkels auf und übergab sich erneut, ohne es verhindern zu können.

Die Männer neben Rymund lachten, und der Krieger, der die Stange trug, wedelte damit hin und her und dann nach vorn, in Helanas Richtung. Er wankte im Sattel und war offensichtlich betrunken. Es waren Strovac Sigacs Männer, und Helanas Gesicht wurde rot vor Zorn, als sie den großen Krieger inmitten der Männer sah. Er feixte.

Breta Prindian betrachtete anerkennend den Kopf. »Ich sehe die Zeichen des Sieges. Aber warum seid ihr nur so wenige?«

Strovac grinste düster. »Keine Bange, Lady Prindian. Wir haben einige Männer zurückgelassen, um Jagd auf die Sangreal-Hunde zu machen. Wir bringen Gefangene mit und wollen feiern.« Die Männer um ihn herum johlten, warfen einander Weinschläuche zu und tranken ausgiebig, bis die dunkelroten Tropfen ihnen übers Kinn rannen.

Rymund war ganz vorn und sah bleich und verlegen aus, außerstande, Helana in die Augen zu sehen. Er drehte sich um und sagte etwas. Die Männer hinter ihm hörten auf zu grölen und ritten um Helana und Breta herum, immer noch mit dem Kopf in ihrer Mitte.

Helana wandte den Blick ab, sie konnte nicht mehr hinsehen, und ihr Herz war krank vor Kummer. Was, wenn irgendwo in der Kolonne ein weiterer Pfahl mit Orsians Kopf war? Hinter Rymund teilte sich die ganze Kolonne und ritt um Helana herum. Er kam auf seinem Pferd näher, begleitet nur von Adfric, dessen linker Arm mit einer Schiene fixiert war.

»Es tut mir leid«, sagte Rymund, als der letzte der Männer

vorbeiritt und er ihr endlich in die Augen sah. Er wirkte benommen, als ob er erwartete, aus einem Traum zu erwachen.

Helana war nicht in der Stimmung, sich seine Entschuldigungen anzuhören. Sie wollte ihn am liebsten schlagen. Es juckte ihr in den Fingern, nach dem Dolch zu greifen, den sie an ihrem Oberschenkel trug, und man musste ihr ihren Zorn angemerkt haben, denn Adfric lenkte sein Reittier näher an Rymund heran, eine Hand auf seinem Schwert.

»Können wir uns unter vier Augen unterhalten?«, fragte Rymund mit flehendem Blick. »Es ist nicht so, wie du ...«

»Nicht so, wie ich denke?« Helana starrte ihn ungläubig an. »Du meinst, das war nicht der Kopf meines Onkels, den ich da gerade gesehen habe?«

»Ich meinte nicht ...«

»Was hast du nicht gemeint?« Helana durchbohrte ihn mit Blicken. »Als du mir einen Heiratsantrag gemacht hast, hast du da bereits geplant, meinen Onkel zu ermorden?«

»Ich habe ihn nicht ermordet! Ich habe ihm Frieden angeboten, aber dann hat Strovac eine Axt nach ihm geworfen! Danach ...«

»Es war Mord!«, erklärte Adfric. Er war fast so betrunken wie die anderen, aber eher verdrossen als ausgelassen. »Eine Schande für uns alle.«

Rymund hielt den Blick gesenkt. »Ich konnte es nicht verhindern. Es tut mir leid.«

Helana sah Breta an und wünschte, sie wäre nah genug gewesen, dass sie mit ihrer Klinge den Hals der älteren Frau hätte erreichen können. Ihr verhaltenes Lächeln verriet Helana, für wen Strovac Sigac ihren Onkel getötet hatte. Er hatte es nicht nur aus Rache und Blutgier getan, da war sie sich sicher. Das halbe Land schien nach Breta Prindians verfluchter Pfeife zu tanzen.

»Was ist mit Orsian, meinem Vetter? Habt Ihr den auch getötet?«

Rymund schüttelte den Kopf.»Er ist entkommen.«

»Und dann habt Ihr sie in die Flucht geschlagen.«»Ohne Andrik wären die West-Erländer durch sie hindurchgeschossen wie Flammen durch Pergament.

»Ich hatte keine Wahl! Wenn ...«

»Ihr habt mir gesagt, Ihr wolltet Frieden.« Helana packte ihre Zügel fester, sodass Mitra unruhig zusammenzuckte. »Mein Onkel war ein guter Mann. Ohne Verrat hättet Ihr ihn niemals besiegen können.«

»Ich habe das nicht gewollt. Wenn ...«

Helana hob eine Hand, um ihn zum Schweigen zu bringen. »Verschont mich.« Neben sich spürte sie Breta Prindians selbstgefälligen Triumph. Sie hatte einen Winter in Irith damit verschwendet, zu hoffen, dass dieser Mann – dieser Junge – etwas anderes sein würde als das, was ihr Vater von den Prindians behauptet hatte. Sie hatten sie alle zum Narren gehalten.

Bei Eryi, Orsian. Was hatte sie getan? Er hatte seinen Vater angebetet. Sie musste zu ihm zurückkehren, falls er noch lebte.

Sie wischte sich über die Augen und versuchte, mit fester Stimme zu sprechen. Unter ihr wieherte Mitra, die den Kummer ihrer Reiterin spürte.»Vergesst alles, was ich je zu Euch gesagt habe, über Heirat oder sonst etwas, vergesst es. Und wenn es den Rest meines Lebens dauert, ich werde dafür sorgen, dass Gerechtigkeit geübt wird für das, was Ihr getan habt.«

Rymund öffnete den Mund, um zu widersprechen, schien sich dann aber eines Besseren zu besinnen. Er schüttelte traurig den Kopf.»Wie Ihr wollt. Aber glaubt mir, wenn ich sage, dass es mir leidtut.«

»Lebt Errian noch?«

»Ja. Wir haben ihn freigelassen, bevor … bevor es passiert ist.«

Helana berührte den Dolch an ihrem Oberschenkel. Sie würde sich wehren; sie würde dafür sorgen, dass man sie tötete, bevor sie sich von ihnen fangen ließ. »Ich kehre nach Hause zurück, Rymund. Wenn Ihr auch nur einen Funken Ehre in Euch habt, werdet Ihr mir sicheres Geleit gewähren.«

Er nickte zustimmend. Helana versuchte, kein Mitleid zu empfinden bei seinem jämmerlichen Anblick. Selbst mit seiner Armee und seinem Sieg war er immer noch ein kleiner Junge. »Dann geht. Niemand wird Euch aufhalten.«

»Ach nein?« Bretas Stimme hinter ihr war scharf wie eine Klinge. »Lord Strovac, nehmt Lady Helana in Gewahrsam.«

Helana war bereit gewesen. Sie hatte viel zu lange gebraucht, aber endlich wusste sie über Breta Prindians Verrat Bescheid. Sie grub die Fersen in Mitras Flanken, peitschte mit dem Zügel und galoppierte an einem Rymund vorbei, der noch mit offenem Mund im Sattel saß, als die Schreie der Verfolger ertönten.

Gras und Bäume rasten an ihr vorbei, und der Wind in ihren Ohren übertönte alles andere. Sie würde ihre Verfolger abschütteln müssen, bevor sie in Richtung der Halord-Brücke ritt. Als sie einen fernen Wald erspähte, ritt sie darauf zu und trieb Mitra zu einem Galopp an, bei dem der Schlamm unter ihren Hufen in alle Richtungen spritzte. Aus dem Nichts erschien ein Bach, und das Pferd sprang mühelos darüber hinweg.

Helana schaute sich um. Es waren acht Männer, Strovac und einige seiner Leute, außerdem Häuptling Ba'an mit einigen Thrumb. Sie waren etwa achtzig Schritte hinter ihr und ritten schnell. Zähneknirschend trieb sie Mitra weiter. Die Stute war flink, aber es waren so viele, und wenn sie plötzlich lahmte oder sich ein Bein brach, war Helana erledigt. Ihre einzige Hoffnung war, sie im Wald abzuhängen.

Sie schaute sich wieder um, als der Wald sich vor ihr erhob. Die meisten von Strovacs Männern waren inzwischen zurückgefallen, aber Häuptling Ba'an und seine Thrumb blieben ihr auf den Fersen, während Strovac auf seinem monströsen Hengst nicht weit hinter ihnen war. Helana beugte sich tief über Mitras Hals und raste in den Wald, flog an dicken Baumstämmen vorbei und wich tief hängenden Ästen aus, die nach ihr peitschten. Doch sie wurde nicht langsamer. Mehr als einmal retteten nur Mitras schnelle Reaktionen sie beide davor, kopfüber gegen einen Baum zu krachen. Sie wagte es nicht, sich umzudrehen, aber sie hörte keine Geräusche der Verfolger mehr hinter sich und gab sich dem Gedanken hin, sie abgehängt zu haben.

Am Waldrand drosselte sie ihr Tempo. Mitra atmete schwer, die Flanken der Stute waren schweißnass, und an ihrem Maul hing weißer Schaum. Helana schaute hinter sich und sah niemanden. Wenn sie in den Wald zurückritt und vorsichtig war, konnte sie auf einer der anderen Seiten wieder auftauchen, ohne dass jemand wissen konnte, in welche Richtung sie geritten war.

Doch als sie in das schwache Sonnenlicht hinausritt, kreuzte ein Reiter ihren Weg. Vor ihr saß Häuptling Ba'an im Sattel, mit seinen kräftigen Kiefern und seinem mächtigen Körperbau, und als Helana versuchte, ihr Pferd zu wenden, versperrte ihr ein weiterer Thrumb den Weg. Ein dritter Mann griff ihr von der anderen Seite in die Zügel. Sie tastete nach ihrem Dolch, aber der zweite Mann hielt ihr Handgelenk fest und bog es zurück.

»Tu ihr nicht weh«, knurrte Ba'an. »Prinzessin Helana soll unser Ehrengast sein.«

KAPITEL 43

Die Klippen über dem steinernen Strand bei Weißwasser waren mit Höhlen gespickt, breiten Öffnungen, die von der Zeit und den rauen Wellen des Nebelmeeres in den Stein gefressen worden waren. Einst waren sie ein Zufluchtsort für Schmuggler gewesen, die mitten in der Nacht mit schwarzen Segeln und mit Lappen umwickelten Rudern am Strand landeten, um die Steuern der Lords zu umgehen, aber diese Männer waren längst verschwunden, weil sie entweder in den Walfischfang der Stadt eingebunden oder von ihm vertrieben worden waren.

Die Höhlen boten nun Deserteuren Zuflucht, die von der Schlacht geflohen waren, in der Andrik Fassbrecher von dem Feigling Strovac Sigac niedergestreckt und seine Armee von Rymund Prindian in die Flucht geschlagen worden war. In den Tagen darauf hatten die West-Erländer das Land durchkämmt und jeden Mann niedergemetzelt, der für die Sangreals gekämpft hatte.

Es war der vierte Tag, an dem sich Orsian in der Höhle versteckte. Er hatte seine Rüstung abgelegt, aber sein Schwert behalten. Valour, das Pferd seines Vaters, hatte versucht, ihm zum Strand zu folgen. Es hatte eines kräftigen Schlages mit seiner Klinge auf das Hinterteil des Tieres bedurft, um es nach Südosten in Richtung Merivale zu jagen. Hoffentlich würde der mutige Hengst seinen Weg nach Hause finden. Orsian konnte es nicht riskieren, mit ihm zu gehen. Jeden Tag strömten mehr gebrochene Männer in die Höhlen und erzählten, dass sie nur knapp den Soldaten der Prindians entkommen waren, die jeden Ost-Erländer diesseits der Brücke umbringen wollten.

Er wusste nicht, was ihn im Tumult der Schlacht am Kopf getroffen hatte, aber die schmerzhafte Beule an Orsians Schädel war so groß wie eine Kinderfaust. Dieser zufällige Hieb hatte ihm möglicherweise das Leben gerettet. Irgendwie war er trotz seiner Bewusstlosigkeit im Sattel geblieben, und Valour hatte ihn vom Schlachtfeld getragen. Erwacht war er mit dem Duft des Meeres in der Nase, in einem grauen Nieselregen, der ihn bis auf sein Untergewand durchnässt hatte, während das Pferd friedlich graste und Orsians Kopf vor Schmerz dröhnte.

Es waren noch fünf andere in der Höhle, die verschiedenen Lords Gefolgschaft geschworen hatten, aber sie waren alle seinem Vater treu ergeben und schworen täglich Rache an dem Hurenbock Strovac Sigac, der den trefflichsten Sohn Erlands getötet hatte, der je ein Schwert geführt hatte. Diese Männer mochten vor dem Ansturm der Prindians eingeknickt und geflohen sein, aber es waren stolze Männer, stolz und gefährlich.

Orsian schloss die Augen und ging die Geschehnisse noch einmal durch, als wären sie ein Wundschorf, an dem er immer wieder kratzen musste. Es war seine Schuld. Er hatte sein Schwert verloren, hatte Strovac auf seinen Vater zureiten sehen und nicht laut genug geschrien, um ihn zu warnen. Das Krachen der Axt, als sie den Schädel seines Vaters gespalten hatte, hallte in Orsians Ohren wider.

Daran bin ich nicht allein schuld, redete er sich wütend ein. Man hatte ihm eine Lüge verkauft, in der die Rechtschaffenheit und die Stärke der Hymerikai unumstößliche Wahrheiten waren, so sicher wie ein Sonnenaufgang. Er hatte alles getan, was er sollte – hart trainieren, auf seinen Vater hören, ein Hymerika werden –, aber es war umsonst gewesen, ausgeliefert und betrogen in ein paar Momenten blanken Verrates. Wie hatten sie nur so dumm sein können? Wie hatte sich sein Vater nur so sehr irren können?

Er hütete sich vor den anderen und achtete sorgfältig auf seine Worte, um nicht zu verraten, wer er war. Wer wusste schon, was sie dem törichten Jungen antun würden, der zugelassen hatte, dass Strovac Sigac seinem Vater mit einer Axt den Kopf einschlug?

Er war um etliche Jahre jünger als alle anderen in der Gruppe, und die schienen das als Grund für sein stoisches Schweigen zu akzeptieren. Vielleicht dachten sie, er wäre der schüchterne junge Knappe eines geringeren Lords. Und falls sie merkten, dass Orsian sich jede Nacht in den Schlaf weinte, so erwähnten sie es nicht.

Nahrung war rar, aber der Älteste von ihnen, ein Mann namens Sedrik, hatte am Morgen einen Fisch mit ihm geteilt, den er mit seinem Schwert aufgespießt hatte, sodass Orsians Magen vorerst nicht knurrte. Es war ein kaltes und mageres Mahl gewesen, aber nach zwei Tagen des Hungerns hatte der Fisch so gut geschmeckt wie alles, was in den Küchen der Veilchenburg zubereitet wurde.

Andere hatten nicht so viel Glück. Sie kauerten mürrisch an der Höhlenwand und wurden von Stunde zu Stunde hungriger und frustrierter. Slahtweil, ein schwarzbärtiger Bär von einem Mann, war gerade vom Strand zurückgekehrt und warf in einem Anfall von Verdruss seinen Speer hin.

»Es hat keinen verfluchten Zweck«, verkündete er. »Ich fange mit diesem Scheißding überhaupt nichts.« Er funkelte Sedrik an. »Fang ein paar Fische für uns, alter Mann. Es ist nicht gerecht, dass du isst, während wir hungern.«

»Nicht mein Problem«, antwortete Sedrik. »Ich riskiere nicht mehr Ausflüge an diesen Strand als nötig. Man kann auf der Klippe diese verdammten Prindians sehen, wie sie mich mit ihren Bögen anvisieren.«

Slahtweil schnaubte. »Feigling. Ich schätze, dein Schwert hat in der Schlacht weniger Verwendung gefunden als beim Aufspießen dieser Fische.«

Wie der Blitz war Sedrik auf den Beinen. »Ich habe mit diesem Schwert drei Prindians getötet, bevor sie durchgebrochen sind. Dich habe ich nie in meiner Nähe stehen sehen. Beweise mir das Gegenteil.«

Orsian spürte, wie die Stimmung kippte und die Verzweiflung der Androhung von Gewalt wich. Die drei anderen starrten Sedrik und Slahtweil mit kalten, interessierten Blicken an. Jeder von ihnen war vor Hunger verbittert und sehnte sich nach einem Kampf.

Slahtweil richtete den Blick auf Orsian. »Junge, gib mir dein Schwert. So scharfer Stahl ist an ein wimmerndes Baby wie dich verschwendet.« Orsian sagte nichts, sondern umklammerte den Griff seines Schwertes so fest, als würde Slahtweil es ihm aus der Scheide reißen können. »Gib's her«, sagte Slahtweil noch einmal und kam drohend auf ihn zu. »Sonst bekommst du was, worüber du dich richtig ausheulen kannst, du wehleidiger kleiner Feigling.«

»Du lässt ihn in Ruhe«, sagte Sedrik und stellte sich zwischen Slahtweil und Orsian.

»Ich lasse ihn in Ruhe, wenn du uns ein paar Fische fängst.«

»Ich will verdammt sein ...«

Sedrik kam nicht dazu, seinen Satz zu beenden. Slahtweil verpasste dem älteren Mann einen kräftigen Kinnhaken, sodass sein Kopf zurückflog und Blut und Zähne über die Höhlenwand spritzten. Zwei andere Männer sprangen blitzschnell auf und versuchten, Sedrik vor Slahtweils Angriff zu schützen, bis ein dritter Mann einen von ihnen packte und sie in einem Gewirr von Schlägen zu Boden gingen.

Slahtweil hatte Sedrik in die Defensive gedrängt, und der ältere Mann deckte seinen Kiefer vor einem Hagel von Schlägen. Ein anderer Mann packte Slahtweils Arm von hinten, aber Slahtweil fasste ihn an den Haaren und warf ihn über seine Schulter auf den kalten Höhlenboden, wo er mit einem grässlichen Knacken aufschlug. Der Mann stand nicht wieder auf.

Orsian wich ihnen aus und rannte aus der Höhle zum Strand. Slahtweils schwere Schritte folgten ihm. Orsian lief weiter. Auf dem steinigen Strand rutschten seine Füße weg, was ihn verlangsamte. Slahtweil kam mit seinen kräftigen Beinen und längeren Schritten schneller voran, und Orsian hörte, wie er aufholte. Er stolperte, und sein Bein knickte ein. Die Steine rissen den abgenutzten Stoff an seinen Beinen in Fetzen, er schlug sich die Knie blutig und schürfte sich die Hand auf, die er ausstreckte, um seinen Sturz abzufangen.

Er riss sein Schwert aus der Scheide, wirbelte herum und schwang es in einem weiten Bogen hinter sich. Falls Slahtweil die Klinge überhaupt kommen sah, war er zu langsam, um sie aufzuhalten. Sie traf ihn in den Unterleib, direkt oberhalb des Beckens. Schockiert schaute er auf das Schwert, das in seinem Bauch steckte, und griff kraftlos mit beiden Händen danach. Orsian stand auf und versetzte Slahtweil einen Stoß gegen die Brust, bevor er die Klinge herauszog. Der Mann fiel auf den Boden, hielt sich die Wunde und lag im Sterben.

Orsian wischte angewidert das Blut von seinem Schwert ab. *Ich hatte nie vor, ihn zu töten. Ich wollte nie einen Ost-Erländer töten.* Das passierte wohl, wenn Männer eine Schlacht verloren und sich wegen eines Fisches, der kaum groß genug war, um einen von ihnen zu ernähren, gegenseitig angriffen. Sie hätten einfach mehr Fische fangen sollen.

Er konnte jetzt nicht mehr in die Höhle zurückkehren. Mindestens zwei der Männer, mit denen er sie geteilt hatte, waren tot, vielleicht auch mehr. Er warf einen letzten Blick zurück, um sich zu vergewissern, dass er nicht verfolgt wurde, und machte sich auf den Weg in Richtung Osten.

Er ging langsam und achtete darauf, wo er hintrat. Sein Knie und seine Hand brannten, wo sie die Wucht seines Sturzes abgefangen hatten, daher ging er zum Meer hinunter, um sie in Salzwasser zu baden. Es war Ebbe, aber das würde nicht lange so bleiben. Wenn die Flut kam, würde es schnell gehen, und er würde Schutz suchen müssen.

Ich kann nicht nach Hause gehen. Wenn er nach Hause ging, würde er seiner Mutter und dem König vom Tod seines Vaters berichten müssen. Und Errian. *Errian.* Die Schande, seinen Vater sterben zu lassen, war viel größer als Errians Schande, gefangen genommen worden zu sein.

Er dachte an den Reiter, der auf ihn zugerast war. Der verzweifelte Angriff seines Vaters, der den Arm des Mannes am Ellenbogen abgeschlagen hatte. Strovac Sigac mit seiner Axt. Der Warnschrei, der vielleicht nie seine Kehle verlassen hatte. Der Hinterkopf seines Vaters, der mit einem grässlichen Krachen von Eisen auf Knochen zerschmettert worden war. Lieber sterben als seiner Mutter zu erzählen, wie er durch sein Versagen seinen Vater umgebracht hatte. Lieber vergessen werden.

Sein Leben lang hatte er davon geträumt, ein Hymerika zu werden und für Erland zu kämpfen. Was hatte er sich nur dabei gedacht? Helana hatte recht: Der König war ein Wahnsinniger, der sich für das Leben der Erländer genauso wenig interessierte wie für das Leben irgendwelcher Insekten. Orsian war sich ihrer gerechten Sache so sicher gewesen, und am Ende hatte er nur erreicht, dass sein Vater getötet wurde.

Er wusste nicht, wie weit er gelaufen war. Es wurde Abend, und das Wasser stieg. Der Himmel war grau und violett, und am Horizont zuckten die Blitze eines fernen Gewitters silbern, golden und blau.

Und dann fanden ihn plötzlich die Prindians. Sie waren zu zweit und trugen die tiefgrünen Farben der Prindians auf ihren Umhängen und Schilden.

»Halt, Junge!«, rief einer von ihnen und riss Orsian damit aus seinen düsteren Gedanken. Sie kamen mit gezückten Schwertern von den Klippen herunter und auf ihn zu. »Wir wissen bereits, dass du ein weiterer Ausreißer der Ost-Erländer bist, also gib dir keine Mühe, es zu leugnen.«

»Du machst sicher nur einen Spaziergang«, sagte sein Gefährte kichernd.

»Wir sind hier, um dich festzunehmen«, fuhr der Erste fort und klopfte mit seinem Schwert auf die Felsen. »Zeig uns, wo deine Freunde sind, dann gehen wir gnädig mit dir um.«

»Hab keine Freunde«, antwortete Orsian und versuchte, seine adelige Herkunft mit undeutlichen Vokalen zu kaschieren. »Lasst mich in Ruhe.« Er zog sein Schwert.

Die beiden Männer lachten. »Das wird uns sicher Spaß machen«, sagte einer, während sie sich mit erhobenen Schwertern auf Orsian zubewegten.

Die Männer waren gute Schwertkämpfer, aber Orsian hatte bei seinem Vater gelernt und konnte sich jetzt, da er seine Rüstung abgelegt hatte, noch schneller bewegen als sonst. Sie stürzten sich auf ihn, der eine von rechts oben und der andere von links unten. Orsian duckte sich in einer fließenden Bewegung unter der einen Klinge weg und sprang über die andere, sodass ihre Schwerter unbeholfen aufeinanderprallten und die Stille am Strand wie von einer läutenden Glocke zerrissen wurde. Bevor die Männer reagieren konnten, ging Orsian auf sie los und ließ seine ganze Wut in sein Schwert fließen, als er ihnen mit wilden Hieben die Kehlen aufschlitzte. Die beiden Männer fielen und pressten die Hände auf ihre aufgerissenen Luftröhren.

Orsian steckte sein Schwert in die Scheide, während ihm warme Tränen über die Wangen liefen. Es war so einfach gewesen, sich selbst zu retten. Warum hatte er seinen Vater nicht retten können? Er starrte auf die Wellen, die an den Strand schwappten. Wenn er noch eine Stunde hier stehen blieb, würden sie ihn verschlucken, würden sie ihn hinaus aufs Meer ziehen oder gegen die Felsen schmettern. Seine Seele würde vielleicht nie Eryi über den Wolken finden, aber sein Vater war dort und verfluchte ihn wahrscheinlich. Wenn er hierblieb, konnte Orsian Andrikson von den Wellen weggespült werden.

»He, Junge!«

Orsian blickte alarmiert auf und griff nach seinem Schwert. Aber es war nur ein einzelner Mann, der ihm zuwinkte und schnell den Strand hinauf- statt hinunterlief. Er war dick und weißbärtig, trug dunkle, durchnässte Lederkleidung, und sein Gesicht war wettergegerbt. Weiter hinten am Ufer erkannte Orsian zwei weitere Männer, die ein hölzernes Ruderboot den Strand hinauftrugen, wo es für die Wellen unerreichbar sein würde. »Meinst du, du könntest diesen starken Schwertarm zum Rudern benutzen? Der Wind hat uns von unserem Kurs von Weißwasser aus abgetrieben. Wir brauchen vier Männer, wenn wir zum Schiff zurückkehren wollen, ohne dass das Wasser uns in die Tiefe zieht oder uns gegen die Felsen schmettert.«

Orsian betrachtete den Mann zweifelnd. »Du hast gerade gesehen, wie ich zwei Männern mit diesem Schwert den Hals aufgeschlitzt habe. Warum glaubst du, dass ich mit dir nicht dasselbe tun werde?«

Der Mann zuckte die Achseln. »Die sahen so aus, als hätten sie getötet werden müssen, und wie die Dinge liegen, habe ich keine andere Wahl.« Er deutete auf die Klippen. »Du anscheinend auch nicht.«

Orsian drehte sich um und folgte mit seinem Blick dem Finger des Mannes. Erst sah er sie nicht, aber dann erkannte er an der Felswand ein halbes Dutzend West-Erländer, die sich einen steilen, gewundenen Pfad zum Strand hinunterschlängelten. Er fluchte. Es war ein langsamer und tückischer Weg, aber sie waren schon halb unten.

»Sieht so aus, als müsstest du noch dringender von diesem Strand weg als ich.« Der Mann trat vor und streckte die Hand aus. »Abner, Erster Offizier auf der *Dohle*.«

Orsian schaute kurz auf die Hand des Mannes, dann ergriff er sie dankbar. Er musste wirklich vom Strand weg, je schneller, desto besser. Außerdem hatte dieser Mann etwas an sich mit seinem strahlenden Blick, den wilden, weißen Brauen, die sich auf seiner Stirn auszubreiten drohten, und seiner Gleichgültigkeit gegenüber den beiden toten Soldaten zu Orsians Füßen. Spontan beschloss er, dass er Abner mochte, den Ersten Offizier auf der *Dohle*.

Abner grinste ihn mit einer Reihe von Zähnen an, die von Rauchstäbchen gelb verfärbt waren. »Mir nach, Junge.«

Orsian ging hinter ihm her zu dem Ruderboot, das bereits von den auflaufenden Wellen umspült wurde. »Du brauchst die Namen dieser beiden nicht zu kennen«, sagte Abner und zeigte auf die anderen. »Aber der Idiot im Kahn ist Phinn.«

Orsian spähte ins Boot, wo ein junger Mann lang ausgestreckt unter einer Decke aus Säcken und Lederkleidern lag und tief und fest schlief. »Der verdammte Narr hat sich in der Stadt betrunken, während wir noch ein paar letzte Vorräte besorgt haben.« Abner bückte sich und gab dem Mann einen Klaps auf den Hinterkopf. »Das gibt ein Dutzend Peitschenhiebe, wenn wir zurückkommen, Phinn, du wirst schon sehen!«

Abner richtete das Wort an sie alle. »Wir legen ab und rudern uns den Arsch ab, damit wir von diesem Strand wegkommen. Sobald wir weit genug von den Klippen entfernt sind, können wir darüber nachdenken, die *Dohle* anzusteuern, falls wir so lange überleben.«

Es war eine mörderische Knochenarbeit, bei der die Muskeln brannten. Orsian hatte trainiert, von morgens bis abends in seiner Rüstung zu kämpfen, aber innerhalb von fünf Minuten, nachdem er das Ruder in die Hand genommen hatte, war sein Rücken schweißgebadet, selbst in der Kälte auf dem offenen Wasser, und hinter ihm schrie Abner, er solle ziehen. Obwohl die Flut gegen sie war, schafften sie es schließlich aufs offene Meer hinaus und steuerten das Boot auf die Silhouette eines langen Schiffes mit hohen Segeln zu, das sich kaum vom dunkler werdenden Himmel abhob.

Als sie längsseits der *Dohle* zogen, warf Abner ein Seil an Deck, und die Männer auf dem Schiff ließen eine Strickleiter für sie herunter. Orsian lehnte sich erschöpft auf seiner Bank zurück.

Abner schlug ihm zweimal fest auf den Rücken. »Nun, du ruderst wie ein Mädchen, aber in deinen Armen steckt Kraft.« Der alte Mann war außer Atem, sah aber so aus, als wäre er bereit, noch in derselben Minute wieder ans Ufer und zurück zu rudern. »Hab deinen Namen nicht mitbekommen, Junge.«

Orsian starrte ihn an. »Ranulf«, antwortete er nach einem Moment der Panik. Aus irgendeinem Grund hatte er den Namen von Rymund Prindians totem Bruder angenommen.

»Schicker Name«, sagte Abner mit einem Grinsen. »Der wird dem Kapitän gefallen.«

»Werdet ihr mich morgen in Weißwasser absetzen?«, fragte Orsian.

Abner grinste entschuldigend und zeigte seine dreckigen Zähne. »Ich fürchte, das wird nicht passieren, Junge. Wir stechen morgen in See und segeln hoch in den Norden, wo es Wale gibt, die so groß sind, dass sie uns mit einem Schwanzschlag versenken könnten, und noch eine Menge mehr. Gutes, ehrliches Geld für Männer mit Muskeln und dem Verstand, sie richtig einzusetzen, und ich fürchte, indem du mir geholfen hast, bist du für ein halbes Jahr als Besatzung angeheuert worden.«

Orsian öffnete den Mund, um zu protestieren, und bekam kaum ein Wort heraus, als er plötzlich von zwei Männern von hinten gepackt wurde, die ihm die Arme an den Seiten festhielten. Er wehrte sich gegen sie, aber er war vom Rudern geschwächt, und sie hielten ihn so fest, als wollten sie ihm den Atem aus der Lunge pressen.

Abners Züge verhärteten sich, und das Leuchten in seinen Augen war kalter Habgier gewichen. »Du kannst mit uns an Bord kommen oder allein zum Ufer zurückschwimmen. Das Wasser würde dich wohl zuerst umbringen, aber ansonsten werden die am Strand das auch übernehmen. Also, was sagst du?«

KAPITEL 44

Der Himmel über Pfeiferswehr war wolkenlos und von einem strahlenden Blau, das einen warmen Sommer versprach.

Viratia ging schweigend über die Zinnen, eine Kapuze über dem Kopf und mit rotgeränderten Augen. Andrik hatte ihr versprochen, dass es sein letzter Krieg sein würde, und so war es auch gekommen. Ihr wilder, schöner Mann. Tot.

Naeem hatte ihr die Nachricht überbracht. Er war an der Spitze einer Armee nach Merivale zurückgekehrt, die kaum die Hälfte der Männer enthielt, mit denen er aufgebrochen war. Viratia war auf ihren Balkon gegangen, um sie zu beobachten, und als sie weder ihren Mann auf seinem großen schwarzen Schlachtross noch seine braun-grüne Standarte erblickte, hatte sie Bescheid gewusst. Sie hatte ihre Fassung lange genug bewahrt, damit Naeem den Ruf seines Königs ignorieren und erst zu ihr kommen konnte. Lord Andrik Fassbrecher war tot.

Naeem hatte ihr vom Verrat der Prindians erzählt, wie man sie unter dem Vorwand des Waffenstillstandes in einen Hinterhalt gelockt hatten und wie Strovac Sigac seine Axt in Andriks Schädel gegraben hatte. Er hatte ihr eine genaue Beschreibung von der Schändung seines Leichnams erspart, aber diese Geschichte hatte sie früh genug erreicht. Andriks Leichnam war entmannt und sein Kopf auf einen Pfahl der Prindian-Standarte gespießt worden, damit niemand an seinem Tod zweifeln würde.

Ich werde seinen Leichnam zurückbringen lassen. Und Orsian, ob er nun lebt oder nicht. Naeem hatte ihr erzählt, wie er Orsian auf Andriks Pferd gesetzt und vom Feld geschickt hatte. Sie hatten hoffnungsvoll auf Orsians Rückkehr gewartet, aber am Tag zuvor war Valour ohne Reiter aufgetaucht. Viratia war zu Theodric gegangen, um ihn um Hilfe zu bitten, und fragte ihn dreimal am Tag, ob er Nachricht von ihrem Sohn habe. Bisher hatte der Magier nichts gehört.

Aber Errian. Errian hatte sie wieder. Er war nur noch ein Schatten des großspurigen jungen Mannes, der er gewesen war, als sie ihn zuletzt gesehen hatte, aber er war in Sicherheit. Andriks Tod schien ihm jedoch den letzten Rest seines Kampfgeistes geraubt zu haben. Er schlief viel, und wenn er wach war, war er meist betrunken. Es brach Viratia das Herz, ihn so tief sinken zu sehen.

Wenigstens war ihr Pherri geblieben, lebendig und unversehrt. Aber Pherri war nie wirklich ein Kind gewesen, schon gar nicht eines, das eine Mutter brauchte. In gewisser Weise war sie jetzt auch für sie verloren. Viratia wusste so gut wie nichts über das, was Pherri vielleicht lernte, aber sie fragte sich, ob sie mit der Zeit in der Lage sein würde, Dinge zu wissen, die sie eigentlich gar nicht wissen konnte, so wie Theodric es früher getan hatte. Im Grunde war sie nur froh, ihre Tochter glücklich zu sehen.

Hessian hatte sich nicht blicken lassen. Als Naeem ihm die Nachricht überbrachte, zog er sich in seine Privatgemächer zurück und war seitdem dort geblieben, wie er es während seiner finsteren Stimmungen zu tun pflegte. Er war gerade erst aus einer solchen Stimmung aufgetaucht, die auf den Verrat seiner Königin gefolgt war. Viratia konnte ihm keinen Vorwurf machen. Einen Bruder zu verlieren und zu erfahren, dass es sich bei dem Kind, das seine Frau in sich trug, möglicherweise nicht um sein eigenes handelte, war mehr, als die meisten Männer verkraften konnten.

Aber das Reich schrie nach Führung. Noch immer strömten so viele Männer mit Wunden und Verletzungen in die Stadt, dass die Bräute Eryis mit ihrer Behandlung überfordert waren. Man erzählte sich, dass einige Männer zu Räubern geworden waren und sich auf dem Lande versteckten, um die zu drangsalieren und zu bestehlen, mit denen sie zuvor Seite an Seite gekämpft hatten. Der König unternahm nichts, um sein Volk zu schützen, sondern suhlte sich nur in seiner Trauer und in bitteren Schuldzuweisungen.

Noch waren die West-Erländer trunken von ihrem Sieg, aber schon bald würde sich ihr Blick auf die Gebiete jenseits des Flusses richten. Wer würde Erland in den kommenden Schlachten anführen? Andrik war tot. Errian gebrochen. Orsian verschollen. Die Männer würden Naeem folgen, aber er war immer Andriks starke Hand gewesen, nicht sein klarer Verstand. Theodric arbeitete in den Schatten, und die meisten Menschen hatten Angst vor ihm. Helana war seit Monaten verschwunden, und Hessian schien es nicht wichtig genug zu sein, um nach ihr suchen zu lassen. Lady Gough war blitzgescheit und zäh wie altes Leder. Sie führte Männer in die Schlacht, aber würden andere Männer einer Frau folgen, die eine Rüstung trug und angeblich das Lager mit weiblichen Geliebten teilte? Keiner der Lords, die Hessian die Treue gehalten hatten, erfüllte Viratia mit Zuversicht. Alle waren entweder über ihre besten Jahre hinaus oder jung und unerfahren.

Sie musste mit Hessian sprechen. Viratia drehte sich um und marschierte zum Königsturm.

Sie wusste, wo seine Gemächer lagen, war aber noch nie selbst die Treppe dorthin hinaufgestiegen. Nur Andrik und Theodric hatten es gewagt, Hessian in seinen Privatgemächern zu stören, ohne gerufen worden zu sein.

Die Wachen ganz oben waren ihr vertraut, Männer, die Andrik selbst ausgebildet hatte. Er hätte ihre Namen gekannt und die Namen ihrer Frauen und Kinder, aber Viratia hatte sich nie die Mühe gemacht, all das zu lernen. Es war ihr bis jetzt nie wichtig erschienen.

»Verzeiht mir«, begann sie, »Ihr seid beide Hymerikai, aber ich fürchte, ich kenne Eure Namen nicht.«

»Gaven«, sagte der eine mit einer flüchtigen Verbeugung.

»Jarad«, fügte der andere ebenfalls hinzu.

»Ich bin hier, um mit dem König zu sprechen. Gestattet Ihr mir den Zutritt?«

Die beiden Wachen sahen einander verlegen an. »Verzeiht mir, Mylady«, antwortete Gaven, »aber wir dürfen Euch ohne die Erlaubnis des Königs nicht einlassen.«

Viratia hatte damit gerechnet, aber nicht darüber nachgedacht, was sie als Nächstes tun würde. Doch zu ihrem Glück öffnete sich die Tür. Hessians hohe Gestalt erschien vor ihr. Er hielt einen Becher Wein in der Hand. Seine Augen waren glasig, und sein Blick wirkte verschwommen. »Wer ist da?«, fragte er scharf. Er sah schlimmer aus als je zuvor, jede Falte in seinem Gesicht war wie eine Schlucht, sein langes graues Haar schlaff und verfilzt.

Viratia machte einen tiefen Knicks. Sie hatte Hessian schon immer als abstoßend empfunden, seit sie jung gewesen war und seine Blicke beiläufig über sie hinweggewandert waren, als wäre ihr Körper sein Eigentum, aber sie konnte die jämmerliche Gestalt nicht fürchten, die jetzt vor ihr stand, vor dem Mittag schon halb betrunken.«»Verzeiht mir, dass ich Euch behellige, Eure Majestät. Ich hatte gehofft, mit Euch sprechen zu können.«

Der König blinzelte und schien sich erst jetzt daran zu erinnern, wer sie war. »Viratia … Verzeiht mir. Es geht mir nicht gut. Gesellt Euch zu mir.« Er trat beiseite, um sie vorangehen zu lassen.

Dann schloss er die Tür, ließ sich in einen großen Sessel fallen und begrub den Kopf in den Händen. Viratia begriff überrascht, dass er weinte. Dicke Tränen platschten auf den Boden. »Andrik … Es tut mir so leid, Viratia. Wenn der Krieg vorbei ist, werden wir eine Statue von ihm errichten. Sieben Meter hoch und ganz aus Bronze.« Er hob seinen Weinkelch zu einem einsamen Trinkspruch. »Auf Andrik, den prächtigsten Sohn Erlands und den Bruder, den ich mehr geliebt habe als jeden anderen. Möge Eryi ihn von der Erde zum Eryispek über den Wolken geleiten.«

Er nahm einen langen Schluck und leerte seinen Kelch, bevor er ihn quer durch den Raum gegen die Tür schleuderte, sodass Viratia zusammenzuckte. »Vergebt mir«, wimmerte er und begrub den Kopf erneut in den Händen. »Vergebt mir alles. Ich habe zu viel getrunken. Auf dem Tisch steht ein Krug mit Wasser, würdet Ihr mir welches einschenken?«

Zur Hölle mit deiner Statue. Du kannst zuerst seinen Leichnam zurückholen. Viratias Abneigung und Ärger rangen mit dem Mitleid und der Verbundenheit, die sie mit dem Mann verspürte, der vor ihr saß und der trotz all seiner Fehler Andrik genauso sehr geliebt hatte wie sie. »Ich bezweifle, dass er sich eine größere Ehre hätte vorstellen können. Gibt es irgendwelche Neuigkeiten über seinen Leichnam?«

»Nichts«, antwortete der König mit belegter Stimme, während sie einen frischen Becher mit Wasser für ihn füllte. »Theodric hat danach gesucht, aber er kann im Moment nicht einmal die Lebenden finden, wie Ihr wisst. Seine Kräfte schwinden von Tag zu Tag mehr.«

»Und wer wird die Hymerikai jetzt anführen?«

»Ich weiß es nicht. Vielleicht Errian, wenn er sich erholt hat.«

»Errian?«, erwiderte Viratia schärfer als beabsichtigt. »Er war seit seiner Rückkehr keine Stunde mehr nüchtern.« Hatte Hessian mit ihm gesprochen oder ihn auch nur gesehen? »Ihr solltet besser Naeem benennen. Lasst meinen Sohn sich ausruhen. Um seines Vaters willen.« Sie würde nicht noch einen Sohn im Dienst für Hessian verlieren, während der König in seinem hohen Turm saß und mit Menschenleben spielte.

»Errian wird sich erholen.« Hessian richtete sich in seinem Sessel auf und gewann etwas von seiner alten Härte zurück. »Und ich lasse mich nicht von einer Frau belehren, wie ich *mein Königreich* regiere. Naeem ist ein guter Soldat, aber ein Gemeiner. Ich werde Errian zum Anführer machen, und Ihr werdet damit leben. Wenn Ihr Euren Mann geliebt habt, dann erweist mir den gleichen Respekt, den er mir erwiesen hat. Und stellt meine Entscheidungen nicht noch einmal infrage, sonst lasse ich Euch zurück zur Veilchenburg schleifen.« Seine Gewissheit tropfte von seinen Lippen wie Wein.

So alt, gebrechlich und betrunken er auch war, Viratia hatte keinen Zweifel, dass er es ernst meinte. Sie erinnerte sich noch an das beklemmende Grauen, das sie in seiner Nähe empfunden hatte, als sie jünger gewesen war, an die zusammengekniffenen Augen, die ihren Schritten gefolgt waren, und an die honigsüße Stimme, die von der Grausamkeit hinter ihnen geflüstert hatte. Die Jahre hatten ihn nicht verändert, außer vielleicht, dass er noch unberechenbarer geworden war.

Aber die Jahre hatten Viratia verändert. Andrik und Orsian mochten für sie verloren sein, aber Errian würde sie retten.

Hessian schien ihr Schweigen als Zustimmung zu werten.

»Gut.« Er wedelte achtlos mit seinem Becher in Richtung der Tür, sodass Wasser über den Rand schwappte. »Jetzt lasst mich allein. Ihr findet ohne meine Hilfe hinaus.«

Viratia machte einen Knicks und hielt den Blick gesenkt. »Vielen Dank, Eure Majestät.«

Sie machte auf dem Absatz kehrt und ging zur Tür.

Die Wachen nickten ihr zu, als sie die königlichen Gemächer verließ, und auf halbem Weg die Treppe hinunter hielt Viratia für einen Moment inne, um sich zu sammeln. Nicht einmal Andriks Tod hatte den Mann milder gestimmt. Er war so grausam und launisch wie eh und je.

Sie hatte ihr halbes Leben damit vergeudet, in der Veilchenburg zu warten, während Andrik für Hessian kämpfte, und es hatte ihn umgebracht und sie zwei Söhne gekostet. Damit war jetzt Schluss. Wenn er Errian nicht beschützte, würde sie es tun.

Die Kaserne grenzte an den Küchenflügel, der sich auf der anderen Seite des Hofes im unteren Teil des Bergfrieds befand. Viratia hatte noch nie Grund gehabt, sie zu betreten, aber sie kannte den Weg gut genug. Andrik hatte die Kaserne ebenso sehr geliebt wie die Männer, die darin lebten. Dort wurde getrunken und von Kriegserlebnissen erzählt, Anekdoten wurden zu Geschichten, und manche davon gingen in Legenden über. Andrik hatte für die Pflicht gelebt, für sein Reich und seine Familie, aber danach hatte er für seine Männer gelebt und für das Band, das nur zwischen denjenigen geschmiedet werden konnte, die Seite an Seite kämpften.

Der Raum war karg, grauer Mauerstein und schwarzer Mörtel, nur mit brennenden Wandfackeln, dunklen Tischen und Bänken aus Holz und ein paar angezapften Fässern in der Ecke ausgestattet. Die Luft war schwer vom Bierdunst, und auf den Bänken wurde so viel gelacht, dass niemand Viratia bemerkte, als sie eintrat.

Sie blieb in der Tür stehen und zögerte, sie zu stören. Am Ende der Tischreihe sah sie einen Mann mit einem Arm in einer Schlinge und einem schäumenden Becher Bier in der anderen Hand, der unter lautem Gelächter zwischen den Bänken herumlief. Viratia lächelte in sich hinein, als sie Naeem erkannte, den Mann, von dem Andrik gesagt hatte, dass er ihm mehr vertraue als jedem anderen Menschen auf der Welt, und der den Männern gerade die Geschichte erzählte, wie er und Andrik sich vor etwa dreißig Jahren zum ersten Mal getroffen hatten.

»... da stehe ich also, zweiundzwanzig Jahre alt, voller Schneid und mit den Blicken aller Frauen aus meinem Dorf auf mir.«

Das entlockte den Männern auf den Bänken weiteres Gelächter, aber Naeem grinste nur und erzählte weiter. »Damals hatte ich noch meine Nase – die ansehnlichste Nase, die man je gesehen hatte. Wie auch immer, wir rechneten alle damit, dass wir am Morgen wahrscheinlich sterben würden, waren mies gelaunt und versuchten, unsere Feuer in Gang zu bringen. Es gab kaum was zu essen, und dann kam die Nachricht, dass der alte Lord Ingenseit seinen letzten Atemzug getan hat und dass es im Kommandozelt einen Aufruhr gibt und jemand erstochen wurde.

Nun, wenn die Lords anfangen, einander umzubringen, dann weiß man, dass es schlimm steht. An diesem Punkt – da will ich euch nicht belügen – haben einige von uns darüber nachgedacht, vielleicht zu desertieren.«

Gejohle kam von der Menge.

»Ich weiß, desertieren! Wie gesagt, zweiundzwanzig Jahre alt und kaum einen Gedanken in meinem Kopf, der sich nicht um meinen Schwanz drehte, deshalb wollte ich im Grunde nur lebend da rauskommen.

Wie dem auch sei, wir machen es uns also gemütlich, um

uns schön zu besaufen in dieser vielleicht letzten Nacht auf Erden. Und dann kommt die Nachricht, dass der neue Kommandant, irgendein Bastard des Königs, einen Spaziergang macht und allen Männern befiehlt, sie sollen ihr Bier wegkippen!« Naeem spuckte einen Schluck Bier auf den Boden, bevor er den Rest seines Humpens leerte und sich, unter großem Jubel der Menge, einen weiteren vom Tisch schnappte.

»Also, an diesem Punkt hatten wir schon einiges intus, also sind wir im Nu auf den Beinen und stürmen an der Linie entlang, wo es schon ein bisschen Krawall gibt. Unser neuer Kommandant ist ein bartloser Pisser, grün wie Gras hinter den Ohren, und seine Wachen sehen furchtbar nervös aus, denn er steht kurz vor einer ausgewachsenen Meuterei.

Wir schreien also alle herum, und er steht nur da, stützt sich auf sein Schwert und sieht uns an, als wäre er ein Hundeführer, der darauf wartet, dass sich seine Köter beruhigen. Das ist auch ganz passend, denn zu seinen Füßen liegen zwei riesige Wolfshunde.«

Weiterer Jubel brandete im Raum auf, als hätten die Männer gerade erst begriffen, wer dieser junge Kommandant gewesen war. Viratia lächelte.

»Wir sind alle ein wenig verwirrt. Lords brüllen uns normalerweise an, dass wir dies und jenes tun sollen, und da steht dieser fremdländisch aussehende Junge einfach rum, der ganz zufrieden abzuwarten scheint, bis wir uns ausgetobt haben. Und irgendwann haben wir das, und da hebt er sein Schwert hoch und redet endlich.

Also, ich erinnere mich nicht, was er genau gesagt hat, aber der Kern der Sache war, dass er unser Bier einer besseren Verwendung zuführen konnte als wir und dass wir, wenn wir überleben wollten, ihn machen lassen sollten. Und wenn irgendjemand ein Problem damit hätte, könnten wir unsere fünf besten Schwertkämpfer aussuchen und mit ihm um das Bier kämpfen.

Wie ihr wisst, führe ich sehr gekonnt das Schwert.«

Gelächter und Gejohle von der Menge.

»Die Kinder, die ich habe, sind der Beweis, nicht wahr? Ich setze noch jeden von euch auf seinen knochigen jungen Arsch, der gegen mich antritt. Ich springe also gleich los, und die Jungs schieben mich nach vorn, weil sie mich schon haben kämpfen sehen, also lande ich da mit noch vier anderen, alle so gemein wie die Ziegenreiter aus den Kummerlanden und so hässlich wie die Frauen der Walfänger in Weißwasser.

Er befiehlt seinen Wachen, sich nicht einzumischen, ganz gleich, was passiert. Dasselbe macht er mit seinen Hunden, und ich schwöre bis auf den heutigen Tag, dass sie jedes Wort verstanden haben. Und dann haben wir gekämpft. Wir fünf gegen ihn allein.

Also, ich war so schnell wie Pisse an euren Beinen, aber ich werde nie wieder etwas sehen, das so flink war wie er damals. Zwei Männer sind direkt auf ihn zugerannt, und er wich einfach in beide Richtungen aus, bevor er ihnen die Kehle durchschnitt, während ihre Augen immer noch versuchten zu verfolgen, wo er abgeblieben war.

Wir anderen drei gehen es langsam an und versuchen, hinter ihn zu gelangen. Keiner von uns kam auch nur in seine Nähe. Bei jeder Bewegung, die wir machten, waren uns sein Schwert oder sein Schild im Weg. Es war, als kämpften wir gegen einen Mann mit sechs Armen. Und er war stark, stärker als so ein magerer Bursche es hätte sein dürfen. Als unsere Klingen aufeinandertrafen, war es, als würde mein ganzer Arm bis zur Schulter taub werden; ich hätte fast mein Schwert fallen lassen, so heftig hat er mich erwischt.

Nach ein paar Minuten keuchten und schwitzten wir alle drei, und er stand immer noch mittendrin und sah aus, als würde er einen Spaziergang machen. Und dann griff er an, schnell und tödlich wie Feuer. In der einen Sekunde war er noch vor dir, in der nächsten hatte er sein Schwert schon fast in deinem Arsch, und du warst auf der Flucht und hast gebetet, dass einer deiner Kameraden ihn zuerst erwischt. Das klappte eine Zeit lang, aber dann gingen die beiden anderen Jungs zu Boden, und ich war auf mich allein gestellt.

Er kommt ganz langsam auf mich zu, und jetzt bete ich um ein Wunder. Er macht eine Finte nach rechts, nach links, nach rechts, und ich weiche nur vor seinem Schwert zurück, weil ich weiß, sobald ich mich bewege, ist er wieder hinter mir, und ich bin erledigt. Es fühlte sich an wie eine Ewigkeit, aber schließlich schlägt er zu, und ich kann kaum mein Schwert heben, bevor er gegen meinen Schild kracht und ich auf dem Rücken lande.

Dann steht er über mir und hält mir seine Klinge an den Hals.« Naeem tippte sich mitten auf die Kehle.»Ich denke, das war's für mich, also versuche ich nur, mir nicht in die Hose zu machen, und hoffe, dass er einen sauberen Schnitt macht. Und dann streckt er die Hand aus, und als ich sie ergreife, zieht er mich auf die Beine.

Ich bin so jämmerlich dankbar, dass ich fast auf die Knie falle, aber er hält mich fest. ›Du bist gut‹, sagt er zu mir, ›aber du bist besser, als du denkst, und trotzdem nicht mal halb so gut wie ich.‹ Ich war kaum in der Position, ihm zu widersprechen. ›Schwörst du, mir zu dienen und jedem die Wahrheit zu sagen, was hier passiert ist?‹

›Jawohl‹, verspreche ich ihm. ›Bis zum Tag meines Todes. Aber zuerst müsst Ihr mir Euren Namen nennen.‹«

Im Raum war es seltsam still geworden, und trotz der Dunkelheit sah Viratia, dass die Wangen einiger Männer feucht von Tränen waren.

»›Andrik‹, sagte er. ›Lord Andrik. Der Mann, der jeden dieser Bastarde hier am Leben erhalten wird, wenn ihr mir zuhört.‹ Ich bin auf die Knie gefallen und hab ihm meinen Eid geschworen.

Danach taten wir, was er uns sagte. Jedes Fass Bier, das wir hatten, wurde den Hügel hinuntergerollt und mit Äxten aufgebrochen, um den Boden aufzuweichen. Als sie am nächsten Morgen angriffen, versanken sie im Schlamm, und unsere Reiter fielen ihnen in den Rücken. Lord Andrik tötete Lord Storaut im Zweikampf.

Und so ist er zu seinem Namen gekommen«, fügte er heiser hinzu. »Andrik Fassbrecher, der beste Mann, den ich je gekannt habe.« Er hob seinen Bierhumpen. »Möge Eryi ihn zu sich nehmen.«

»Möge Eryi ihn nehmen«, kam die Antwort der Männer, und Viratia stimmte mit ein.

Als er seinen Becher hob und trank, trafen Naeems Blicke die von Viratia, die immer noch in der Tür stand, und er verschluckte sich fast an seinem Bier.

»Lady Viratia«, sagte er prustend und lenkte den Blick der Männer dorthin, wo sie stand. »Vergebt mir, ich wusste nicht, dass Ihr hier seid.«

Die Männer drehten sich alle um und starrten sie an. Viratia vermutete, dass sie die erste Adelige war, die jemals in diesem Raum gestanden hatte. »Das war kaum ein Jahr, nachdem ich ihn zum ersten Mal getroffen hatte«, erzählte sie. »Ich besitze noch immer den Brief, den er mir von der Schlacht am Hügel geschrieben hat. Zwei Jahre später raubte er mich aus der Burg meines Vaters und zwang einen fahrenden Priester, uns zu vermählen. Noch eine gute Geschichte, aber jetzt ist nicht der richtige Zeitpunkt, sie zu erzählen.«

Auf der anderen Seite des Raumes befand sich ein niedriges Podest, auf dem, so stellte Viratia sich vor, Andrik wohl Hunderte Male gestanden hatte, um das Wort an seine Männer zu richten. Sie ging darauf zu, während aller Augen ihr gebannt folgten, und blieb nur stehen, um sich einen Krug Bier von einem der Tische zu nehmen. Sie wusste nicht, was sie sagen würde, nur dass sie diese Männer dazu bringen musste, ihr zu folgen. Es war an der Zeit zu erfahren, was es bedeutete, die Witwe von Lord Andrik Fassbrecher zu sein in dieser neuen Welt, die durch seinen Tod entstanden war.

Sie benetzte ihre Lippen mit dem Bier und hoffte, dass die dicke, säuerliche Flüssigkeit ihre Nerven beruhigen würde.

»Ich habe meinen Mann geliebt, seit ich ihn das erste Mal gesehen habe. Es war in diesem Bergfried, bei einem Bankett zur Feier des dreißigjährigen Jubiläums der Thronbesteigung des alten Königs. Mein Vater hatte mich in der Hoffnung auf eine gute Partie mitgebracht und mich wie ein kostbares Pferd vor einem Dutzend Herren zur Schau gestellt. Ich war unglücklich, und obwohl viele von ihnen mich zum Tanzen aufforderten, lehnte ich sie alle unter dem Vorwand ab, ich hätte Kopfschmerzen. Mein Vater war fuchsteufelswild.

Dann traf mich der Blick eines Jungen auf der anderen Seite des Raumes. Er saß an der königlichen Tafel, am Ende des Tisches. Er hatte dunkle Haut wie Eiche und trug ein Wams, das in Sangreal-Rot und Mitternachtsblau geviertelt war. Er hatte wilde Augen, als wäre das Bankett ein Käfig und als sehnte er sich danach, diesem Käfig zu entfliehen. Fast genauso fühlte ich mich.

Nachdem er mich erblickte, ließ er mich keine Sekunde mehr aus den Augen, und als er an meinen Tisch kam, sagte er kein Wort, sondern hielt mir nur die Hand hin und deutete auf den Teil des Raumes, wo die Leute tanzten. Natürlich nahm ich seine Hand, und er ließ sie nie wieder los.

Ich nehme an, ihr fragt euch, warum ich euch das erzähle. Zweifellos waren der Andrik, den ich kannte, und der, den jeder von euch kannte, unterschiedliche Menschen. Aber wir alle haben ihn geliebt.

Ich habe, seit ich von seinem Tod erfahren habe, kein Auge mehr zugetan. Das liegt nicht daran, dass ich das schwache

Herz einer Frau habe und vor Verzweiflung in meine Laken schluchze und auf mein Kissen einschlage. Es liegt daran, dass ich von etwas verzehrt werde. Verzehrt werde von dem Gedanken an *Rache*.«

Ein zustimmendes Raunen kam von den versammelten Männern.

»Strovac Sigac und Rymund Prindian haben meinen Gemahl *ermordet* und seinen Leichnam *verstümmelt*. Ich will, dass mein Mann in der Veilchenburg verbrannt wird und nicht in eine Grube geworfen oder geviertelt wird, oder was auch immer die Prindians an abscheulichen Demütigungen geplant haben. Ich will seinen Leichnam haben. Ich will meinen Sohn Orsian wiederhaben, ob er nun lebt oder tot ist. Und mehr als das, ich will Strovac Sigac in Ketten vor mir haben, damit ich mich an seiner Angst weiden kann, wenn ich ihm das Herz aus der Brust reiße.« Sie hielt einen Moment inne, beobachtete die Männer und ließ ihre Wut hochkochen. »Gibt es hier irgendeinen Mann, der anders denkt?«

Fäuste krachten auf Tische, und Bierhumpen flogen durch die Luft, als alle Männer in einer wilden Kakofonie von Schwüren und Flüchen aufsprangen und nach dem Blut von Rymund Prindian und Strovac Sigac brüllten.

»Was werdet ihr also tun?«, rief Viratia über den Lärm hinweg. »Werdet ihr hier sitzen und trinken, oder werdet ihr mir folgen, für Erland und für Rache?«

»Rache!«, brüllte Naeem zurück. »Rache für Andrik!« Inmitten des Durcheinanders kletterte er auf einen Tisch und brüllte einen Kriegsruf. Binnen Sekunden brüllten alle Männer mit ihm.

»RACHE! RACHE! RACHE! RACHE! RACHE! RACHE!«, riefen sie, bis langsam ein anderes Wort daraus wurde: »VIRATIA! VIRATIA! VIRATIA!«

Sie schaute lächelnd zu ihnen hinunter, genoss den Moment

und fragte sich, ob Andrik sie von über den Wolken aus beobachtete und ob er stolz oder entsetzt sein würde. *Ich werde die Männer führen, nicht Errian. Ich werde sie führen, und ich werde meine Rache bekommen.*

KAPITEL 45

Kvarm lehnte sich müßig in seinem Stuhl zurück, sein graues Brusthaar wucherte wie ein Dornbusch aus dem roten Zobelumhang hervor, den ihm König Hessian geschenkt hatte. Durch das hohe Fenster hinter ihm war Merivale zu sehen. Vor ihm stand die goldverzierte Schatulle, deren Holz mit seiner feinen Maserung noch genauso glänzte wie an dem Tag, an dem sie gestohlen worden war. »Du hast deine Sache gut gemacht, Hrogo. Ohne dich hätten wir dieses Kästchen nicht zurückbekommen. Und den Geldbeutel. Selbst wenn es länger gedauert hat, sie beide in Merivale aufzuspüren, als mir lieb gewesen wäre.« Er hielt in der rechten Hand ein Glas mit öligem, dunklem Whisky und nahm sich einen Moment Zeit, um daran zu nippen. »Hessian belügt mich allerdings, was den Fundort angeht. Wenn der Junge nur ein Dieb war, der aus Pfeiferswehr fliehen wollte, warum hat Hessian ihm dann die Zunge herausgeschnitten, bevor er ihn mir überlassen hat? Er verbirgt etwas, aber es ist eigentlich unwichtig.«

Hrogo hielt den Blick gesenkt. Die fehlende Zunge des Jungen hatte Kvarm nicht daran gehindert, ihn zu foltern, und Hrogo war bei jedem der Schreie des namenlosen Jungen anwesend gewesen. Der erländische König stand im Ruf, ein grausamer Mensch zu sein, aber selbst ihn schien Kvarms Vorliebe für Schmerz beunruhigt zu haben. Hessian hatte Kvarm den Jungen nur für wenige Stunden überlassen und dann verlangt, dass man ihn wieder in seinen Gewahrsam gab. »Wie willst du das feiern?«, fragte Kvarm. »Vielleicht mit einem Haufen reizender junger Mädchen, die deinen Schwanz reiten, bis er wund ist?« Er lachte, ein hoher, grausamer Laut voller Spott.

Hrogo ignorierte Kvarms Stichelei, blieb still und unterdrückte das Verlangen, das Gesicht zu verziehen. Er würde die Nacht tatsächlich in Gesellschaft von Frauen verbringen, allesamt Sklavinnen. Seine Unfruchtbarkeit hatte Kvarm nie davon abgehalten, ihn immer wieder zur Paarung zu zwingen, in der Hoffnung, dass durch irgendein Wunder ein Kind entstehen würde. Einst hatte Hrogo sich widersetzt, als man ihm stärkende Pillen und Tränke in den Rachen gekippt hatte, von denen er nur würgen musste und die Kontrolle über seine Eingeweide verlor, aber diese Zeiten waren längst vorbei. Er hatte auf die harte Tour gelernt, wie zwecklos das war. Rebellion schmeckte süßer, wenn man eine Chance hatte zu siegen.

Die Frauen erfuhren nie, warum man sie zwang, das Lager mit ihm zu teilen. Für sie war es einfach ein grausames Spiel ihres Herrn, der von ihnen verlangte, das Bett eines fetten Krüppels aufzusuchen. Hrogo vermutete, dass dies für manche Männer die Vorstellung vom Paradies sein mochte, aber für ihn hatte es schon lange jeden Reiz verloren. Er vergaß nie den Ausdruck verwirrten Ekels, wenn ihm eine neue Bettgespielin vorgestellt wurde.

»Angenommen, ich gebe dir die Nacht frei«, fuhr Kvarm

fort, »sodass du tun kannst, was du willst. Was würdest du tun?«

Mich in dein Schlafgemach schleichen und dich umbringen.

Er hätte es tun können, wenn er mutiger gewesen wäre. »Ich weiß es nicht, Herr. Ich nehme an, ich würde schlafen.«

»Schlafen, sagt er! Wahre Freiheit wäre an Sklaven vergeudet.« Kvarm deutete vage auf das Fenster. Sie befanden sich in einem riesigen Herrenhaus im innersten Ring von Merivale, von dem aus sie einen weiten Blick über die Stadt bis hin zu den Stadtmauern hatten. Die Häuser, die am weitesten von ihnen entfernt waren, glichen eher Hütten als Häusern und drängten sich wie Vogelnester an die Mauern.

Kvarm stand auf und ging auf wackligen Beinen zum Fenster. »Sieh dir das Elend an, in dem sie leben. Meine Sklaven essen besser als sie. Die Tiere, deren Fleisch meine Sklaven essen, ernähren sich besser als sie. Man sollte meinen, dass Hessian es begrüßen würde, wenn ich eine imperiale Enklave einrichte, um sein Volk zu ernähren, aber stattdessen spuckt er mir ins Gesicht. Diese Stadt ist eine Kloake. Wenn man diesen Ort sieht und an Ulvatia denkt, wer kann dann noch an der Überlegenheit des Imperiums zweifeln? Wir hätten diesem Land schon längst mit den Stiefeln in den Nacken treten sollen.« Er stampfte mit dem Fuß fest auf den Boden.

»Und das würden wir auch, wenn ich Kzar wäre«, murmelte er in sein Glas und kippte den Rest des Whiskys hinunter. Er blieb noch einen Moment stehen und betrachtete die Stadt, aber seine Gedanken waren ganz offensichtlich bei Ulvatia.

Hrogos Blick fiel auf Kvarms Messer, das auf einem Stapel unversiegelter Briefe lag und dessen gebogener Griff auf ihn gerichtet war. *Ich könnte es schaffen,* dachte er. Es juckte ihn in den Fingern, nach dem Messer zu greifen, sich von hinten an seinen Herrn heranzuschleichen und ihm die Klinge in den Rücken zu rammen. Er trat einen Schritt vor, aber seine Ketten schrappten über den Boden, sodass er stehen bleiben musste. Er konnte sich ebenso wenig an irgendjemanden anschleichen, wie er ein Kind zeugen konnte. Geschlagen ließ er die Hand fallen. Vor zwanzig Jahren hätte er es vielleicht versucht, als er mutiger gewesen war und bevor Kvarm ihn in diesem verkrüppelten Körper eingesperrt hatte.

»Wir werden nach Ulvatia zurückkehren, sobald wir bereit sind«, sagte Kvarm mit Nachdruck. »Ich hatte gehofft, früher aufbrechen zu können, aber das Chaos der letzten Tage erfordert, dass ich bleibe und dem König mein Beileid ausspreche.« Er hob sein Glas, um einen Schluck zu nehmen, nur um festzustellen, dass es leer war. »Bis zum Sommer wird dieses Land sich selbst zerrissen haben. Ich habe nicht die Absicht, hier mitten in einem Bürgerkrieg festzusitzen.« Er sah Hrogo an, dessen Blick aus meergrünen Augen ihn durchbohrte. »Ich werde in den nächsten Monaten deine Hilfe brauchen. Auch wenn du ein fetter, unfruchtbarer Sack Scheiße bist, brauche ich dich doch.«

Obwohl sein Rücken bereits gebeugt war, verneigte Hrogo sich so tief, wie es seine schmerzenden Gelenke und die schweren Ketten erlaubten. »Ich lebe, um zu dienen, Herr.« Zumindest gab es in Ulvatia Sklaven, die noch unter ihm standen und sogar schlimmer verkrüppelt waren als er. Blinde Weber, Eunuchen als Wachen für die Mätressen der Senatoren, Kloakenreiniger, deren Geruchssinn weggeätzt worden war … In Merivale war kein Trost zu finden. Es war so brutal, wie er gehört hatte, und selbst im Winter war der Gestank unerträglich. Aber seine vage Hoffnung, dass Kvarm hier irgendwie sein Ende finden würde, hatte sich nicht erfüllt.

Kvarm lächelte. »Weißt du, wozu diese Schatulle dient, Hrogo?«

»N-nein, Herr.«

»Erlaube mir, es dir zu zeigen.«

Kvarm holte ein Stück Pergament hervor, strich es auf seinem Schreibtisch glatt und begann, einige Worte zu kritzeln. Hrogo beobachtete, wie sich die Feder über das Blatt bewegte und Kvarm mit winzigen Tintenstrichen sein Anliegen niederschrieb.

An meinen herausragenden Diener.

Ich bitte um Entschuldigung für die Verzögerung meiner Antwort. Die Angelegenheit hier hat länger gedauert, als ich es mir gewünscht hätte.

In Erland herrscht Bürgerkrieg. Andrik Fassbrecher ist tot. Das Land ist dabei, sich selbst zu zerreißen. Es ist reif für eine Invasion.

Der Kzar wird dies jedoch nicht zulassen. Er muss beseitigt werden. Ich überlasse dir diese Aufgabe. Ich werde innerhalb des nächsten Monats nach Ulvatia zurückkehren.

Kvarm lächelte vor sich hin und öffnete die Schatulle. Das Innere war mit violettem Samt ausgekleidet, aber Kvarm drehte mit einem scharfen Fingernagel an einer kleinen Schraube unter dem Deckel. Die Unterseite des Deckels sprang auf und enthüllte ein verstecktes Fach.

»Ein Überbleibsel aus der Zeit, als die Magier über das Imperium geherrscht haben, Hrogo. Wie du einer bist, schätze ich.« Kvarm legte das Pergament hinein, befestigte den falschen Boden wieder und drehte die Schraube in die andere Richtung. »Jetzt verstehst du, warum ich das unbedingt wiederfinden wollte. Diese Notiz wird sofort bei meinem Beauftragten in Ulvatia ankommen.« Wieder lächelte Kvarm und presste seine dünnen Lippen aufeinander, bis sie verschwanden. Ausnahmsweise erreichte sein Lächeln sogar seine Augen.

»Unter der Herrschaft meines Bruders ist das Imperium zu seinem Ebenbild geworden: aufgebläht, faul, selbstgefällig … Es begnügt sich damit, auf den Schultern der besseren Männer zu ruhen, die es geschaffen haben. Es wird Zeit, dass wir zu unseren Wurzeln zurückkehren. Die Glanzzeiten des Imperiums waren die Jahre, in denen wir in die Welt hinauszogen und uns nahmen, was uns gehörte. Hier ist ein Land, das reif ist, geplündert zu werden, und man verschwendet es an diese Barbaren, die in der Erde scharren und sich um den losen Dreck streiten, den sie aufwühlen. Ich habe vor, Kzar zu werden, Hrogo, und wenn ich es bin, werde ich tun, was unsere Vorfahren nicht geschafft haben. Ich werde Erland erobern.«

KAPITEL 46

»Pherri«, sagte Theodric, der offenbar bemerkte, dass er nicht ihre volle Aufmerksamkeit hatte. »Wenn du heute keine Lust auf Unterricht hast, müssen wir ihn auch nicht machen.«

»Nein, ist schon gut«, beteuerte sie schnell und riss den Blick vom Fenster los. »Ich will lernen.« Sie brauchte die Unterrichtsstunden. Trotz ihres Erfolges mit Tinks fielen ihr *Inflika* und *Shadika* immer noch schwer. Alle weiteren Bemühungen, die übellaunige Katze dazu zu bringen, Karotten zu fressen, waren gescheitert.

Es waren einige Tage vergangen, seit die ersten Männer aus dem zerschlagenen Heer ihres Vaters zurückgekehrt waren, und es schienen stündlich weitere zu kommen. Die Ebenen draußen vor den Stadtmauern glichen immer mehr einer neuen Stadt mit einem chaotischen Durcheinander von Zelten und eilig errichteten Unterkünften, zwischen denen Wege aus Gras und Schlamm verliefen. Es herrschte ein ständiges Treiben, denn die Heiler zogen von Lagerstelle zu Lagerstelle, und es wurden immer mehr Leichen abtransportiert. Die Männer aus der Garnison hatten nach Pfeiferswehr zurückkehren dürfen, und diejenigen, die das nötige Kleingeld für eine Unterkunft besaßen, nutzten es auch, aber die Lebensmittel waren bereits knapp, und Merivale konnte nicht jeden zurückkehrenden Soldaten versorgen.

Mit diesen ersten Männern war die Nachricht vom Tod ihres Vaters gekommen. Pherris Mutter hatte sie rufen lassen und ihr die Neuigkeiten mitgeteilt, auch die, dass Orsian verschwunden war. Viratia hatte geweint und Pherri so fest umarmt, dass sie dachte, eine ihrer Rippen würde brechen.

Pherri hatte nicht geweint und fühlte sich deswegen schuldig. Sie liebte ihren Vater – hatte ihn geliebt –, aber er war die meiste Zeit ihres Lebens ein Fremder gewesen, immer weit weg von der Veilchenburg oder mit Errian oder Orsian beschäftigt. Sie wusste, dass er auch sie auf seine Art geliebt hatte, wenn er ihr unbeholfene Gesprächsbrocken hingeworfen und mit ihr geredet hatte, als wäre sie ein viel jüngeres Kind oder ein besonders geliebter Hund.

Die Hunde. Das war die einzige Sache, die sie und ihr Vater gemeinsam gehabt hatten. Sie hatte zwölf Würfe von Andriks kostbaren Wolfshunden miterlebt und mit jedem der Welpen gespielt. Gyrwulf war einer ihrer Lieblinge gewesen. Mit einem Jahr war er so groß gewesen, dass er Pherri auf dem Rücken tragen konnte, die ihre kleinen Finger in sein dichtes, drahtiges Fell gekrallt hatte, während ihre Füße über den Boden schleiften. Ihre Mutter war zusammengezuckt, als sie sah, dass ihre Tochter einem Tier vertraute, das stark genug war, sie in Stücke zu reißen, aber Pherri wusste, dass Gyr ihr nie etwas antun würde. Jetzt war auch er tot. Er und Numa, die geduldige alte Hündin, in die ihr Vater so vernarrt gewesen war. Pherri traten die Tränen in die Augen. War sie eine schlechte Tochter, dass sie Tränen für die Hunde ihres Vaters weinte, aber nicht für ihren Vater selbst?

»Wenn du meinst«, sagte Theodric mit einem tiefen Seufzer. »Obwohl ich mir nicht sicher bin, ob ich dich heute unterrichten will. Möchtest du nicht lieber deinen Bruder besuchen?«

Pherri wollte ihm gerade ins Gedächtnis rufen, dass Orsian immer noch verschollen war, doch dann fiel ihr ein, dass Errian zurück war. Pherri hatte ihn kurz und auf Bitten ihrer Mutter hin begrüßt, aber er hatte einfach an ihr vorbeigeschaut. Es war das erste Mal seit dem Mord an Da'ri, dass sie ihn gesehen hatte, aber ein Blick auf ihn hatte ihr verraten, dass es nichts bringen würde, ihn jetzt dafür zu beschimpfen. Er war nur noch ein Schatten des Mannes, der er gewesen war. Gut möglich, dass er sich nicht einmal an den Vorfall erinnerte.

Pherri machte sich keine Sorgen um Orsian. Wie sie ihrer Mutter versichert hatte, war Orsian zu mutig und zu einfallsreich, um tot zu sein. Er würde zurückkehren, bald oder wenn die Zeit für ihn reif war. Er konnte nicht tot sein. Theodric mochte behaupten, dass *Spectika* immer noch ihre Fähigkeiten überstieg, aber wenn Orsian tot gewesen wäre, hätte sie das gespürt, nicht wahr?

Er konnte nicht tot sein.

»Könnt Ihr Orsian spüren?«, fragte sie Theodric. »Ich habe keine Angst um ihn, aber wenn Ihr das tun könntet, würde das meiner Mutter ein wenig Trost schenken. Ich habe versucht, es ihr zu sagen, aber ich glaube, sie hielt mich für albern. Ich weiß, Ihr habt gesagt, Ihr könntet *Spectika* nicht mehr anwenden, aber wenn Ihr es wenigstens versuchen könntet …«

Ein entrückter Ausdruck trat in Theodrics Augen. Für einen kurzen Moment glaubte Pherri zu spüren, wie er nach etwas griff. Dann war es weg, und er schüttelte mit einem schweren

Seufzer den Kopf. »Deine Mutter fragt mich jeden Tag danach. Wenn ich es noch könnte, glaubst du, ich hätte deinen Vater sterben lassen? Jarhik sterben lassen? Zugelassen, dass einer deiner Brüder gefangen genommen wird und der andere verschwindet? Vor einem Jahr hätte ich dir sagen können, wo Orsian ist, und vor einem halben Jahr hätte ich dir sagen können, ob er noch lebt, aber jetzt … Es tut mir leid.«

»Aber warum?« In einem Augenblick des Grauens fragte Pherri sich, ob sie sich nur einbildete zu wissen, dass Orsian lebte. »Warum könnt Ihr *Shadika* nicht mehr verwenden? Seid Ihr krank?«

»Ich weiß es nicht.« Theodric ließ sich auf einen Stuhl fallen. »Es tut mir leid, Pherri.«

Pherris Blick flog noch einmal zum Fenster. Das Wetter war schön, und sie konnte den Eryispek klar und deutlich sehen, bis dort hinauf, wo Wolken ihn verdeckten. Es war nach einem Blick auf den Eryispek gewesen, dass sie *Inflika* hatte einsetzen können, nicht wahr? Es hatte einen plötzlichen Windstoß gegeben, bei dem ihre Haut gekribbelt und sie einen Moment lang gefröstelt hatte. Es sei denn, sie hatte sich das nur eingebildet? Sie war so sehr auf die Katze konzentriert gewesen, dass sie es kaum wahrgenommen hatte.

Sie hatte Theodric nichts davon erzählt. Was, wenn er sie für verrückt hielt und sich weigerte, sie weiter zu unterrichten? Er hatte nichts über den Eryispek als Quelle von Magie erwähnt.

Pherri stand auf und ging zögernd zum Fenster. Sie hielt sich mit den Händen an der Fensterbank fest und wartete. Mit zusammengekniffenen Augen versuchte sie, den fernen Berg schärfer zu sehen, und wünschte sich, dass irgendetwas passieren würde.

Nichts geschah. Der Eryispek war so schweigsam und verstockt wie ein Wachposten. Pherri seufzte und senkte enttäuscht den Kopf. Sie hatte bisher einfach Glück gehabt. Der Eryispek hatte nichts damit zu tun. Vielleicht würde sie Orsian nie finden und auch nie wieder in der Lage sein, erfolgreich *Inflika* auszuführen. Ihr Blick verschwamm vor lauter Tränen.

Noch einmal blickte sie zum Eryispek auf, und da schlug ihr ein eisiger Windstoß ins Gesicht. Sie schnappte vor Schreck nach Luft, als sich die Kälte in ihr ausbreitete, bis zu ihren Fingern und bis tief in ihre Knochen hinein.

Die Kälte blieb, erfasste ihren ganzen Körper und schoss wie eine Sturzflut durch sie hindurch. Tränen stiegen ihr in die Augen, und ihr Atem blieb ihr im Hals stecken. Sie fühlte sich wie ein übervoller Kessel, nur dass sie statt mit kochendem Wasser mit reinstem Eis gefüllt war, so hart und unnachgiebig wie ein Gletscher. Sie war dabei, zu erfrieren.

Magie würde sie retten. *Energie, Wille, Konzentration.* Hinter ihr rief Theodric ihr eine Warnung zu, aber Pherri ignorierte ihn. Sie streckte die Hand aus, ließ die Kälte in einer Welle aus sich heraus und weitete ihre Wahrnehmung aus. Mit einem tiefen, erleichterten Atemzug sog sie die warme Luft aus Theodrics Zimmer wieder in ihre Lungen ein und spürte das Leben in ihren Gliedern.

Und dann fühlte es sich an, als wäre sie überall gleichzeitig.

Ganz Ost-Erland tat sich vor ihr auf. Auf dem höchsten Turm krächzten Raben, und auf den Zinnen würfelten gelangweilte Wachen, und …

»Pherri, nein!« Theodric packte sie von hinten, schüttelte sie und wirbelte sie herum, und Pherri purzelte zurück in ihre eigene Haut.

Er hörte nicht auf, sie zu schütteln. »Es geht mir gut!« Pherri stieß ihn weg, und Theodric stolperte zurück. Pherri war überrascht über ihre eigene Kraft. Verärgert begehrte sie gegen ihn auf. »Warum habt Ihr das getan? Ich habe *Spectika* geübt!«

»Das weiß ich!« Theodrics Augen leuchteten vor Staunen. »Wie?«

Pherri blinzelte ihn an, und ihr war etwas schwindlig von der Rückkehr in ihren Körper. »Ich weiß es nicht ... Der Eryispek. Da war ... eine Kälte, eine Macht ... sie hat mir erlaubt ...« Sie brach ab, außerstande, es zu erklären. »Warum habt Ihr mich unterbrochen?«, fragte sie.

»Verzeih mir, ich habe es nicht verstanden und mir Sorgen gemacht. Hier.« Theodric reichte ihr ein Stück Brot, und Pherri schlang es mit zwei Bissen hinunter. Sie war plötzlich vollkommen ausgehungert. »Der Eryispek hat dir geholfen, Magie zu wirken?«

Pherri nickte. »Mir war so kalt, es war, als wäre ich dort. Danach musste ich nicht mal mehr darüber nachdenken. Die Konzentration und der Wille waren einfach da, und ich konnte alles sehen.« Sie schloss die Augen und versuchte, das Gefühl wieder heraufzubeschwören.

»Hör auf damit.« Theodric schüttelte sie erneut, und Pherri riss die Augen auf. »Lass mich etwas versuchen.«

Theodric schob sie aus dem Weg und schaute zum Eryispek. Er stützte seine Hände auf die Fensterbank, atmete tief ein und schloss halb die Augen.

Nichts passierte. Pherri war nah genug, um die Anspannung in Theodrics Haltung und seine gleichmäßigen, flachen Atemzüge zu spüren, aber sie konnte keine Magie wahrnehmen, die von ihm ausging, weder *Spectika* noch irgendetwas anderes.

Er schlug die Augen auf. »Nichts«, sagte er.

Pherri sah mitfühlend zu ihm auf. »Vielleicht funktioniert es nur bei mir. Vielleicht, weil ich so neu darin bin ...«

Theodric schüttelte den Kopf, und Pherri war überrascht, als sich ein sanftes, fast zufriedenes Lächeln auf sein Gesicht stahl. »Komm mit. Nimm deine Pelze mit.«

Ohne sich die Mühe einer Erklärung zu machen, ging Theodric zu einem Bücherregal, hielt ein Ohr an die Wand und griff nach einem nicht entzündeten Wandleuchter, den er drehte, bis er ein Klicken hörte. Er nickte zufrieden und streckte dann seine Arme aus, um zwei Bücher aus dem Regal zu ziehen.

Zu Pherris Erstaunen öffnete sich ein Teil der Wand und gab den Blick auf einen dunklen Anbau und eine mit Spinnweben überzogene Holztreppe frei, die nach oben führte.

»Folge mir.« Theodric wartete nicht, bis sie ihre Pelze angezogen hatte, sondern stieg durch die Öffnung in der Wand und die Treppe hinauf, während Pherri hinterherlief und immer noch versuchte, sich in ihre Pelze zu hüllen.

»Was ist das hier? Wohin gehen wir?«, fragte sie atemlos, während sie die Stufen hinaufstiegen. Theodric nahm jeweils zwei auf einmal und gab ein mörderisches Tempo vor. Pherri kreischte und fiel fast rückwärts, als sie in ein dickes Spinnennetz lief, in dem eine Spinne saß.

»Der Aufgang hier führt zur Brüstung«, sagte Theodric, ohne stehen zu bleiben. »Es kann nicht schaden, ab und zu diese alten Gänge zu benutzen, aber wenn dir mein Leben lieb ist, erzählst du niemandem, dass ich dir das gezeigt habe, vor allem nicht dem König. Ich hoffe, dass in keiner der Stufen Holzwürmer sind. Pass bitte gut auf, wohin du trittst.«

Die Treppe endete unter einem angelaufenen Metallgitter, durch das Pherri den Himmel sehen konnte. Theodric drückte dagegen und rüttelte, wodurch sich Rostbröckchen lösten, bis das Gitter sich quietschend öffnete. Theodric hob Pherri hoch, kletterte hinter ihr her und eilte weiter, während Pherri wiederum Mühe hatte, mit ihm Schritt zu halten.

Sie blieben in der nordöstlichen Ecke der Zinnen stehen, und der Eryispek ragte am Horizont auf und teilte den Himmel in zwei Hälften. Unter den Wolken, die ihn einhüllten, war er reinweiß und in eine dicke Schneedecke gehüllt, und selbst aus dieser Entfernung waren vom Wind verwehte Schneeflocken in der Luft zu sehen. Pherri spürte, wie sie auf ihrer Kapuze schmolzen und in ihr Haar tropften. Ihr war nicht bewusst gewesen, wie kalt es auf den Zinnen war, und sie zog ihre Pelze fester um sich.

Ihr ganzes Leben lang war der Eryispek dort gewesen, so verlässlich wie die Tatsache, dass die Nacht auf den Tag folgte. Gab es irgendeinen Ort in Erland, von dem aus er nicht zu sehen war? Irgendeinen Ort auf der Welt? Sie hatte längst den Versuch aufgegeben, herauszufinden, wie der Berg wahrlich unendlich sein konnte. Es würde einen Menschen in den Wahnsinn treiben, genau wie der Versuch, die Sterne am Himmel zu zählen oder sich zu fragen, warum sie überhaupt am Firmament standen. Wer konnte schon wissen, was über den Wolken lauerte, außer den wenigen, die der eisigen Wildnis getrotzt hatten?

Theodric begutachtete ihn, die Hände hinter dem Rücken verschränkt. »Manchmal relativiert der Berg alles. Man geht seinem Tagwerk nach, und dann sieht man das und erinnert sich daran, dass man im Schatten von etwas lebt, das man nicht begreifen kann. Kein Wunder, dass der Berg zwei Religionen hervorgebracht hat.« Er griff in seine Robe und holte ein Rauchstäbchen heraus. Pherri hatte ihn noch nie eins rauchen sehen. »Könntest du das, was du vorhin gemacht hast, noch einmal probieren? Aber versuche diesmal, dich auf den Eryispek zu konzentrieren.«

»Warum?«

»Irgendetwas auf dem Eryispek behindert meine Magie, während es deiner hilft. Es beginnt und endet alles mit dem Eryispek … Die Lutum, Jarhiks Tod, der Krieg …« Er hielt inne und schaute zum Berg auf. »Und dein Mann mit den bleichen Augen hängt ebenfalls damit zusammen, da bin ich mir sicher. Deine Träume müssen etwas bedeuten.«

Pherri hatte Theodric von ihrem letzten Traum erzählt, mit den toten Händen und der furchterregenden verborgenen Präsenz des blassäugigen Mannes, aber seitdem hatte sie keinen Traum mehr gehabt. Sie war erleichtert gewesen; der Mann mit den bleichen Augen machte ihr Angst. Und was auch immer ihn so erschreckt hatte, machte ihr noch mehr Angst.

Trotzdem holte sie tief Luft. Sie starrte in Richtung des Berges und ließ ihren Blick weich und unscharf werden. Sie versuchte, den Abstand zwischen sich und dem Eryispek nicht mehr wahrzunehmen, bis sie ihn direkt vor sich sehen konnte. Ihr Schädel pochte, als sie ihn näher heranzog. Sie handelte rein intuitiv, denn sie wusste, dass die Verbindung abreißen würde, wenn sie zu stark zog, also sammelte sie sich und streckte die Hand aus, damit die Macht des Berges ihren Schatten auf das ganze Königreich werfen konnte. Kälte erfasste sie, aber dieses Mal hieß sie sie willkommen, nahm sie auf und ließ sie wieder frei, in einem kontinuierlichen Wechsel. Sie atmete aus, schloss die Augen und sprang in den Äther.

Es begann in der Festung. Unter ihnen trank Errian lange aus seiner Whiskyflasche, und Georald versteifte sich, als er Pherris seltsamen Blick auf sich spürte, sanft wie eine Feder in der Brise. Pherri glitt über sie beide hinweg und hinaus in die Weiten Erlands. Auf den Ebenen hüteten Hirten ihre Herden, und wilde Pferde tranken aus einem Bach, der in die unerbittlichen Gewässer des Bleichen Flusses rauschte.

Finde den Mann mit den bleichen Augen, flüsterte ihr Verstand, während das Land an ihr vorbeischoss, aber Pherris Bauchgefühl zerrte an ihr. *Finde Orsian.* Sie folgte ihm und ließ sich entlang des Bleichen Flusses bis zu der Stelle ziehen, an der er in das Nebelmeer mündete.

Sie spürte etwas. *Orsian.* Er war hier gewesen, vor Kurzem.

Er war am Leben, aber nicht mehr hier. Sie griff wieder nach dem Eryispek, zog ihn näher an sich heran und hieß ihn willkommen, ließ die Kälte herein, um ihre Sinne für Erland zu schärfen. Sie schob ihren Blick weiter hinaus und suchte nach Orsian, wie ein Fischer nach Fischen suchte.

Mit einem Rauschen, das wie Wind durch eine offene Tür wehte, zerrte der Eryispek sie zu ihm hin. Pherri versuchte, sich dagegen zu wehren, aber sie fand sich trotzdem auf dem Weg nach oben wieder, während Frost und Nebel in einem weißen Wirbel an ihr vorbeischossen und der sanfte blaue Himmel sich über ihr ausbreitete wie ein Tintenfleck auf einem Blatt Pergament.

Wie aus dem Nichts verjüngte sich der Berg zu einem Gipfel aus vorspringenden Eissplittern und Schnee, der so frisch und hell war, dass es wehtat, ihn anzusehen. Pherri konnte nicht umhin, ihn staunend zu betrachten. *Es gibt doch einen Gipfel.*

Und dann sah sie ihn, den Mann mit den bleichen Augen, in der Mitte auf einem See aus Eis gefangen, in der Mitte von allem, und um ihn herum schwammen in einem verwirrenden Mahlstrom von Farben Visionen. Ein Junge, der sein Messer über den Hals einer Hirschkuh zog, und dann fielen die Ereignisse eines nach dem anderen wie Dominosteine. Errian, der nach Basseton ritt; Prinz Jarhik, der in einer Blutlache starb; Armeen, die auf den grünen Ebenen Erlands aufeinanderprallten; Pherri in der Bibliothek mit Theodric …

Die Pupillen des Mannes mit den bleichen Augen weiteten sich blitzartig und entdeckten sie. Sie erhoben sich vor Pherri wie zwei uralte Monde, kalt und tief und mit dem gesamten Wissen der Welt in sich geborgen. Sie hätte Angst haben sollen. Aber in diesem Moment verstand Pherri alles. Er öffnete den Mund, um zu sprechen.

Irgendetwas versetzte Pherri einen heftigen Stoß, dann fiel

sie, und das gewaltige Ungetüm Eryispek drehte sich vor ihren Augen wie eine wirbelnde Klinge.

Und doch landete sie sanft auf einem grünen Kissen erländischen Grases, und etwas Neues regte sich in ihrer Wahrnehmung. Delara, die sich mithilfe ihres Stabes zum Eryispek hochstemmte, mit ihm verbunden durch einen kaum wahrnehmbaren Faden, der dünner war als Seide. Instinktiv griff Pherri nach dem Faden, bekam ihn irgendwie zu fassen und zog daran.

Der Berg erhob sich wieder vor ihr und nahm den Himmel und die ganze Welt ein. Doch dieses Mal wurde Pherri in den Berg *hineingezogen*, nicht hinauf, durch Schnee und Stein, tief in das Herz des Eryispek, in dem eine Quelle der Macht so stark loderte, dass Pherri spürte, wie sich die Haut von ihren Fingern löste und ihre Augen wie ausgebrannte Sterne in sich zusammenfielen. Sie versuchte zu schreien, aber ihr Mund war durch den Druck der Macht verschlossen, der auf sie einwirkte. Sie spürte, wie ihr Kopf sich ausdehnte und wie eine einzelne Stimme ihn mit einem Namen und einer Botschaft erfüllte.

VULGATYPHA.

HALTE DICH FERN.

Es war, als hätte jemand Pherri eine schwere Tür vor der Nase zugeschlagen. Sie kippte nach hinten und wäre schmerzhaft auf dem Po gelandet, wenn Theodric nicht schnell reagiert und ihr eine stützende Hand auf den Rücken gelegt hätte. Sie ließ ihn ihr Halt geben und schnappte nach Luft. Ihre Haut war schweißnass unter den Pelzen.

»Was hast du gesehen?«, fragte er, bevor sie wieder zu Atem kommen konnte. »Und geht es dir gut? Ich hätte niemals zulassen dürfen, dass du … Wenn ich gewusst hätte, dass du …«

»Mir geht es gut«, keuchte sie. »Orsian lebt, und ich kann ihn finden.« Was immer das alles sonst noch bedeutete, sie musste ihn finden. Bevor Theodric sie daran hindern konnte, streckte Pherri ihre Sinne erneut nach dem Eryispek aus, ungeachtet der Erschöpfung durch ihre letzten Anstrengungen. Wieder spürte sie die kalten Schwingungen in ihrem Körper, die langsam an Intensität zunahmen, während sich der Berg vor ihr aufbaute ...

Und dann schlug die Tür wieder vor ihr zu, so heftig, dass Theodric sie mit beiden Händen an den Schultern festhalten musste.

»Um Eryis willen, Pherri! Warne mich, bevor du so etwas tust!« Theodric war sichtlich erschüttert. »Hör auf. Es tut mir leid, ich hätte niemals ... Erzähl mir, was passiert ist. Alles.«

Pherri erzählte es ihm und begann damit, wie Erland sich ihrer *Spectika* geöffnet hatte, wie sie Orsian am Nebelmeer wahrgenommen hatte, dann von dem Mann mit den bleichen Augen auf dem Gipfel des Eryispek und von Delara und der Macht, die sie zu überwältigen gedroht hatte, und von ihrer plötzlichen Trennung von dem Berg.

»Ihr hattet recht«, stieß sie hervor. »Es war der Mann mit den bleichen Augen, oben auf dem Gipfel. Ich glaube, er ist ...« *Eryi?* Aber das ergab nicht den geringsten Sinn. »Er hat es getan. Er hat Jarhik getötet! Er hat das alles arrangiert. Aber da ist noch jemand anderes. Wisst Ihr, wer Vulgatypha ist?« Sie streckte ihre Sinne erneut danach aus, aber was immer ihr ermöglicht hatte, eine Verbindung zum Eryispek herzustellen, war versiegt.

»Sie sind beide gefangen, zumindest waren sie es.« Die Worte sprudelten wie ein Sturzbach aus ihr heraus, schneller, als sie selbst sie verstehen konnte. »Sie ist stärker« – irgendwie wusste sie, dass Vulgatypha eine *Sie* war –, »und Delara ist irgendwie mit ihr verbunden, aber sie kann die Dinge nicht so beeinflussen, wie er es kann, noch nicht.« Sie erinnerte sich an ihren Traum, in dem der bleichäugige Mann einen unsichtbaren Feind angeschrien hatte. »Ich glaube, er hat Angst vor ihr.«

»Langsam, Pherri.« Theodric hielt sie mit festem Griff, als wollte er verhindern, dass sie erneut ihre Sinne nach dem Eryispek ausstreckte. Er sah ernst aus, als hätten sich seine schlimmsten Befürchtungen bewahrheitet. »Wenn du recht hast, ist die Sache damit klar. Einer von ihnen oder vielleicht alle beide verhindern, dass ich meine Kräfte vom Eryispek beziehe. Mir war nie bewusst, dass ich es tat. Vielleicht haben alle Magier das getan, ohne es zu wissen. Glaubst du, sie arbeiten gegen Erland?«

Pherri nickte heftig. »Ich habe es Euch gesagt, er hat Jarhik getötet.« Plötzlich erinnerte sie sich an die Worte in Da'ris Brief. *Sie erwachen.* Was hätte er sonst meinen können, außer die beiden Kräfte auf dem Eryispek? Aber wenn der Mann mit den bleichen Augen Eryi war, wer oder was war dann Vulgatypha?

Theodrics Augen blickten so hart wie zwei Steinsplitter. »Dann müssen wir sie aufhalten. Auf dem Eryispek geschieht etwas Seltsames, und du und ich werden herausfinden, was.«

EPILOG

Der Wind heulte wie ein verlorenes Kind, und kalter Graupel riss wie ein Wolf an seiner Haut. Ihr winziges Feuer flackerte und erlosch, weil ihre armselige Feuerstelle aus Steinen den Flammen kaum Schutz vor der Kälte bot.

Hinter ihnen zog sich eine Spur ihrer Leichen den Berg hinauf. Jeden Morgen wurden es mehr, die nicht mehr erwachten. Sie begruben sie, so gut es ging, unter Eis und Schnee, aber immer wieder lugten die blauen Gliedmaßen wie Baumwurzeln aus dem Boden hervor. Einige waren losgezogen, um ihren eigenen Weg zu gehen, und wurden am nächsten Tag erfroren auf dem Boden gefunden. Andere hatten sich gegeneinander gewandt und waren durch die Axt gestorben.

Ganz gleich, in welche Richtung sie gingen, sie stolperten immer wieder über ihre Toten. So viele Male hatten sie versucht, wieder hinunterzuklettern, ohne sich darum zu scheren, auf welcher Seite des Berges sie sich befanden, aber binnen einer Stunde stießen sie jedes Mal wieder auf die Hinterlassenschaften ihres Marsches: Leichen, erloschene Feuerstellen und Fußspuren, die schnell durch den nicht enden wollenden Schnee verwischt wurden. Sie bewegten sich im Kreis. Es gab keinen Weg hinunter von diesem Berg. Der Tod wartete auf sie, seine eisige Berührung so nah, dass Gelik beinahe seine Hand auf den Schultern seiner Gefährten sehen konnte.

Doch irgendwie hielt er durch. Er hungerte wie die anderen, wanderte von einem Lager zum nächsten und suchte vergeblich nach einem Weg nach unten, doch sein Körper hielt durch. Sein Bauch war straff, seine Arme schlank und muskulös. Er hätte zurück nach Rotfort laufen können, wenn er nur den Weg gewusst hätte.

Gelik schaute voller Verzweiflung über das Feuer hinweg zu seinem letzten verbliebenen Gefährten. Errek war damals in Rotfort ein Priester gewesen, berühmt für seine feurigen Predigten. Er war einer der Ersten gewesen, die sich Geliks Sache annahmen, als er zurückgekehrt war und von den Lutum verlangte, dass sie dafür kämpften, die Ehre des Berges und des Stammes wiederherzustellen. Seit Tagen hatte Errek nur vier Worte gesprochen: »Die Norhai prüfen uns.«

»Sollen wir noch mal versuchen hinunterzugehen?«, fragte Gelik, obwohl er wusste, dass es hoffnungslos war.

Er hatte gehofft, Errek würde ihm irgendein Zeichen geben, dass er ihn gehört hatte, aber ihm war der Kopf auf die Brust gesunken. Gelik wusste, was er vorfinden würde, erhob sich und trat über die Feuerstelle, um Errek mit dem Zeh gegen die Schulter zu stupsen. Der Mann rührte sich nicht. Errek, der letzte der Lutum, hatte sein Leben ausgehaucht.

Gelik sank im Schnee auf die Knie und ließ den Tränen, die seine halb erfrorenen Wangen wärmten, freien Lauf. Er hatte sie befreien wollen, nicht umbringen. Und jetzt war er allein. Würde er sterben wie sie? Oder hatte die Stimme ihn dazu verdammt, auf ewig über den Berg zu stolpern, ohne jemals schwach zu werden oder zu sterben?

Die Stimme gackerte in seinem Kopf. »*Dann ist es also vollbracht. Gut. Sie haben einen Zweck erfüllt, mehr nicht. Der Tod war ihr Schicksal, so wie er es für alle ist.*«

»Ich wollte nie, dass einer von ihnen stirbt«, schniefte Gelik. Der Schnee fiel so dicht, dass die frischen Leichen bereits zugedeckt wurden.

Gelik keuchte, als eine unsichtbare Hand plötzlich mit eisigen Fingern seinen Hals umklammerte und ihm die Luft abdrückte. »*Der Tod ist vernünftig*«, erklang das kalte Wispern der Stimme. Sie wurde jetzt lauter, als wäre sie nicht mehr in seinem Kopf, sondern würde in seinem Ohr dröhnen. »*Du solltest mir dafür danken, dass ich dich verschont habe.*« Der Griff um seine Kehle wurde fester, und Gelik fasste sich hilflos an seinen Hals. Wie von einem Schraubstock umklammert wurde sein Oberkörper zerquetscht und die Luft aus seinen Lungen gepresst. Er öffnete den Mund, um zu schreien, aber es kam kein Laut heraus.

Unter seinen Füßen bebte der Berg. Gelik spürte, wie Kraft aus ihm abgezogen wurde, wie sie durch seine Knochen in den Schnee hineinfloss. Fleisch und Muskeln schienen aus seinem Körper zu schmelzen wie Kerzenwachs.

Entsetzt bemerkte er, dass Erreks Leichnam sich bewegte. Er hangelte sich mit ruckartigen, marionettenartigen Bewegungen auf die Beine. Der Leichnam hob den Kopf und blickte ihn mit Geliks eigenen Augen an, eisblau und entsetzlich. Gelik starrte in das Gesicht seines eigenen Leichnams.

Das Grauen packte ihn, aber seine Schreie blieben aus. Er konnte sich nicht bewegen. Das Gelächter der Stimme hallte in seinem Kopf wider, so laut, dass er dachte, sein Schädel würde platzen.

»*Sie kommen.*«

So plötzlich, wie es begonnen hatte, hörte der Berg auf zu rumpeln. Die Stimme ließ ihn los, und Gelik fiel auf die Knie und schnappte verzweifelt nach der kalten Luft. Er war erschöpft, und mit einem Stich des Entsetzens wurde ihm klar, dass sein Körper nicht länger sein eigener war. Wo vorher straffe Muskeln gewesen waren, sah er jetzt schrumpelige, blaue Gliedmaßen, und seine Rippen traten hervor wie die seiner toten Freunde.

Überall um ihn herum erhoben sich Leichen aus dem Schnee, und alle trugen sein Gesicht, mit eingefallenen grauen Wangen und toten, blicklosen Augen. Einige zeigten die Spuren von Erfrierungen, mit fehlenden Fingern und geschwärzten Wangen, und anderen fehlten die Augen oder sie hatten offene Wunden, die ihre Sehnen und Knochen darunter offenbarten. Sie stolperten auf ihn zu, mit schlaffen, arglosen Gesichtern.

»Was ist das?«, brachte er heraus.

»*Dafür sind deine Freunde gestorben. Ich schätze Loyalität über alles, und wer wäre mir gegenüber loyaler als du? Diese Toten sind du, wie du in anderen Leben hättest sein können, in denen ich nicht da war, um dich zu retten.*«

Gelik schluckte. »Das ist unnatürlich. Ich wäre lieber gestorben.«

»*Das ist nicht mehr deine Entscheidung.*«

Ein scharfer, spaltender Schmerz durchzuckte Geliks Kopf, als hätte ihm jemand von hinten einen Dolch in den Schädel gerammt. Er fiel zu Boden, krümmte sich im Schnee und schrie wortlos, während zwei Dutzend Abbilder seines eigenen toten Körpers auf ihn herabstarrten. Sie trugen die Kleidung seiner Freunde und hielten ihre Waffen in der Hand, aber ihre Gesichter waren unverkennbar die seinen.

Der Schmerz verdoppelte sich, und Gelik krümmte sich. Er betete, dass die Stimme ihn töten möge.

»Ich kann dich in den Wahnsinn treiben, Gelik.« Als die Stimme seinen Namen sprach, pulsierte sein Kopf, und Gelik heulte vor Qual, während hinter seinen Augen Feuer aufblitzte.

»Aufhören!«, bettelte er. »Bitte!«

Die Stimme lachte, und so plötzlich, wie der Schmerz ihn gepackt hatte, wich er einem dumpfen Ziehen im ganzen Körper. Gelik stemmte sich keuchend auf die Beine und war dankbar, dass er noch am Leben war. Kein Mensch hätte diese elenden Torturen aushalten können.

»Tu, was ich verlange, sonst schwöre ich, dass du nie von mir frei sein wirst.«

Gelik nickte geschlagen. Sein Körper fühlte sich so formlos an wie Wasser, kurz davor, in sich zusammenzufallen. »Was immer du verlangst. Ich tue alles.«

Seine toten Doppelgänger hatten ihn jetzt umringt. Sie standen in einem Kreis und starrten ihn blind an, als warteten sie auf etwas. Gelik presste die Augen zusammen und bedeckte das Gesicht mit den Händen. *Das ist ein Albtraum. Ich werde aufwachen und dann immer noch mit Errek am Feuer sitzen.*

»Wenn es ein Traum ist, dann wach auf«, sagte die Stimme, die vor Spott triefte. *»Ich habe jede Faser von dir gesehen, Gelik Weißhirsch. Es gibt jetzt keine Geheimnisse mehr.«*

»Was willst du?«, flehte er.

Die Stimme lachte, und in Geliks Kopf blitzte plötzlich ein Paar bleicher Augen auf. *»Rache. Sieg. Alles. Es gibt da ein Mädchen, ein mageres kleines Ding mit strohblondem Haar. Sie wird kommen, weil ich es so arrangiert habe. Du musst sie zu mir bringen. Ihr Name ist Pherri.«*

DANKSAGUNG

Dieses Buch zu schreiben wäre nicht möglich gewesen, wenn es nicht ein ganzes Team von Menschen gegeben hätte. Mein Dank gilt den folgenden Personen:

Meinem Lektor Jack Renninson dafür, dass er die Version von *Fury*, die er anfangs sah, seines Talentes und seiner Zeit für würdig befand, und für seine unermüdliche und akribische Arbeit, sie zu verbessern. Dank Jacks Engagement ist das Buch unendlich viel besser geworden.

Aaron Munday für sein unglaubliches Cover. Ich starre es mindestens zwölfmal am Tag an.

Philip Womack, dessen Kommentare zu den ersten paar Kapiteln eines frühen Entwurfes mich ermutigt haben weiterzumachen; Clem Flanagan, der *Fury* gelesen hat, bevor es *Fury* war, und der mir dringend benötigte Vorschläge für verbesserungswürdige Szenen gegeben hat; und Anne C. Perry für ihre großzügigen Vorschläge hinsichtlich des Weges zu einer Veröffentlichung ohne Agentur.

Meinen Freunden, die verschiedene Entwürfe gelesen und kommentiert haben. Alex Chatburn, Susan Chatburn, Alex Henderson, Tim Heasman, Eamon Brennan, Stuart O'Hara, David Walton, Harriet Leighton-Porter, Charlie Greig, Bryan und Jean Kirk und allen anderen Freunden und Familienmitgliedern, die sich nach meinen Fortschritten erkundigt haben und zu höflich waren, mir zu sagen, ich solle aufhören, über mein Buch zu reden.

Meiner Mutter und meinem Vater, die mir von klein auf die Liebe zum Lesen vermittelt und mich bei allem, was ich jemals erreichen wollte, unterstützt haben.

Meiner Schwester Georgie, die mir immer Bücher kauft und meine Liebe zum Fantasy-Genre bestärkt hat.

Auch wenn sie dies wahrscheinlich nie lesen werden, Emmylou Harris, Explosions in the Sky und der verstorbene Ennio Morricone, deren Musik einige der schwierigsten Kapitel untermalt und inspiriert hat.

Tinks. Die einzige Kreatur aus dem echten Leben, die ich so sehr liebe, dass ich sie in einem Buch verewigen möchte.

Vor allem aber gilt meine ewige, unendliche Dankbarkeit, Bewunderung und Liebe meiner Frau Eloise Konieczko. So wenig ich mit einer anderen leben, so sehr bezweifle ich, dass jemand anderes mit mir leben könnte. Niemand anderes hat mehr Input zu *Fury* geäußert als du, und es gibt niemanden, dessen Meinung ich mehr schätze (selbst die, der ich nicht zustimme). Es tut mir leid, dass deine Lieblingscharaktere sterben mussten.

Leseprobe aus

THE HUNGER
OF EMPIRES

DIE ERLAND-SAGA BAND 2

Erscheint im Herbst 2025

PROLOG

Der Wind peitschte um den Berg und wirbelte feinen Schnee durch die kalte Morgenluft. Der westliche Horizont war wolkenlos, doch der Himmel über dem Eryispek war es nie. Bedrohliche graue Gewitterwolken zogen darüber auf, hüllten die oberen Lagen des Berges in Dunkelheit und drohten mit weiterem Schnee. Was dort in der Höhe lauerte, war ein Geheimnis. Kein Mensch überlebte den Aufstieg auf den endlosen Gipfel des Berges, um später davon berichten zu können.

Die hohe Klippe aus glattem Eis ragte vor Maghira auf. Mit einer Hand schützte sie ihre Augen gegen den Wind, mit der anderen hielt sie ihre Kapuze auf dem Kopf fest, während sie zu dem Höhleneingang ganz oben hinaufspähte. Von hier aus sah die Öffnung wie eine dunkle Wunde aus, als hätte man dem Berg ein Schwert ins Fleisch gestoßen.

Dies war der fünfte Tag in Folge, an dem Maghira in der Hoffnung hergekommen war, der Wind hätte sich so weit gelegt, dass sie es mit der Klippe versuchen konnte. Während der kalten Monate war sie unpassierbar, aber im späten Frühjahr besserte sich das Wetter normalerweise, sodass diejenigen, die in der Höhle überwintert hatten, hinunterklettern konnten. Ihre Lebensmittelvorräte würden inzwischen fast erschöpft sein.

Maghira war noch nie oben in der Höhle gewesen. Frauen war es verboten, die Klippe hochzuklettern, und ihr Vater, der Dorfälteste, hatte ihr die schwerwiegenden Folgen eines solchen Handelns aufgezeigt. Wäre es nach ihm gegangen, wäre Maghira das ganze Jahr über in ihrer Hütte geblieben und hätte sich nur gezeigt, um irgendeinem Besucher aus einem anderen Dorf vorgeführt zu werden, der eine Ehefrau brauchte. Ihr Vater bestand darauf, dass Maghira für frisches Blut in ihrer Stammeslinie sorgte. Der Westhang war ein harscher Ort, an dem viele Kinder schon krank auf die Welt kamen. Nur eines von Maghiras neun Geschwistern hatte überlebt und das Erwachsenenalter erreicht – ihr älterer Bruder Garimo, der oben in der Höhle festsaß und hungerte.

Neben ihr blickte ihre jüngere Cousine Santara unter ihrer weißen Pelzkapuze zu ihr auf. »Glaubst du, du kommst da hoch?«

»Ich denke schon, ja.« Maghira war die beste Kletterin im Dorf – hatte einmal die höchste Kiefer im Wald erklommen und sich dafür eine strenge Zurechtweisung von ihren Eltern eingehandelt. Sie zeigte auf das Bündel mit Lebensmitteln, das sie auf dem Rücken trug. »Ich werde ein Seil hinunterwerfen, das du hieran festbinden kannst, und dann ziehe ich es hoch.«

»Mein Großvater ist auch da oben. Papa Antares.«

Antares war auch Maghiras Großonkel, der zäheste alte Ziegenbock auf dem Westhang. Es hieß, er hätte einmal mit bloßen Händen fünf Lutum getötet. Um diesen alten Mistkerl umzubringen, würde es mehr als einen Sturm und einen leeren Magen brauchen.

»Glaubst du, sie sind tot?«, fragte Santara. Selbst bei diesem Wind flüsterte sie es so leise, dass Maghira es von ihren Lippen ablesen musste, als könnte es wahr werden, wenn sie es laut aussprach.

»Sie hätten versucht hinunterzuklettern, bevor sie verhungert wären, oder? Dann lägen hier jetzt sechs Leichen.« Santaras Gesicht war von Sorge gezeichnet. »Aber dein Vater …«

»Würde mich wahrscheinlich umbringen.« Frauen durften über die Höhle nicht einmal sprechen. »Aber das hier muss doch besser sein als abzuwarten, bis sie sterben. Was, wenn sie einfach nie herunterkommen?« Dann würde sie nie erfahren, was aus Garimo geworden war.

Sie stapften zum Fuß der Klippe. Die Felswand schien sich endlos zu erheben, bis hinauf zu den Wolken und darüber hinaus.

»Bist du dir wirklich sicher?«, fragte Santara.

Maghira ergriff Santaras Hand und drückte sie. »Willst du denn nicht wissen, was dort oben ist? Warum jeden Winter sechs Männer dort hochgehen? Ich schon.« Als kleines Mädchen hatte Maghira ihrem Vater jedes Jahr in den Ohren gelegen, ihr von der Höhle zu erzählen, bis er ihr schließlich eine Ohrfeige gegeben und erklärt hatte, sie sei jetzt alt genug, um es besser zu wissen. Es war das einzige Mal, dass er sie je geschlagen hatte. »Und dieses Jahr passiert irgendetwas Seltsames. Die Stürme haben noch nie so lange angedauert. Und ich habe gehört, dass weiter oben auf dem Hang ganze Dörfer verschwunden sind.«

Santara biss sich auf die Unterlippe. »Was soll ich tun, falls du abstürzt?«

»Begrabe mich bei meinen Brüdern und Schwestern.«

Maghira würde nicht stürzen. Es lag ihr im Blut, den Eryispek zu erklimmen. Sie drückte Santara ihre kalten Lippen auf die Wange, sicherte ihre kleinere Tasche an ihrem Gürtel und machte sich an den Aufstieg.

Zuerst fand sie mühelos die Stellen, an denen frühere Kletterer sich festgehalten hatten, und folgte einem sicheren Pfad hinauf. Mit den Fingern klammerte sie sich fest und trieb bei Bedarf Pflöcke in die Felswand, um sich das Vorankommen zu erleichtern. Nach einer Stunde gelangte sie zu einem schmalen Überhang mit einer kleinen Mulde, die etwas Schutz vor dem Wind bot. Sie zwängte sich hinein, zog ihre Handschuhe aus, um ihre tauben Hände zu reiben, legte sich dann auf den Bauch und spähte über die Kante. Der Boden war nicht mehr zu erkennen, da er von dem dichter werdenden Nebel verdeckt wurde.

Sie aß ein paar Bissen von dem Proviant aus ihrer Tasche, und als sie sich ausreichend erholt fühlte, tastete sie nach weiteren Haltegriffen im Felsen über ihrem Kopf. Es gab keine. Sie runzelte die Stirn und tastete nach irgendeiner Art von Halt. Nichts. Sie fluchte. Wenn sie den Pfad nicht fand, würde sie den ganzen Weg nach oben Pflöcke einschlagen müssen. Sie rammte einen davon in den Felsen und begann dann zu klettern.

Es war inzwischen kälter geworden, und durch den Nebel gefroren Wassertröpfchen auf ihrem Gesicht. Als Maghira mit einer Hand losließ, um sich ihren Schal über den Mund zu ziehen, fegte ein starker Windstoß mit scharfen Eissplittern über die Klippe. Als sie ihr in die Augen geweht wurden, kreischte sie und hätte fast losgelassen. Blind tastete sie nach ihrem Pflock und klammerte sich verzweifelt mit beiden Händen daran fest, während ihr Gesicht von winzigen kalten Splittern getroffen wurde. Sie schloss die Augen und betete, dass der Wind nachlassen würde.

Irgendwann tat er es. Maghira atmete auf. Ihre Haut war schweißnass und so kalt, dass sie zitterte. Sie blickte nach oben, um die Höhle zu entdecken, sah aber nur den endlosen, weiß vereisten Berghang und die schiefergrauen Wolken darüber.

Sie preschte weiter. Jedes Mal, wenn sie den Arm ausstreckte, protestierten ihre Muskeln, und bei jedem Pflock, den sie in den Felsen trieb, zitterte ihre Schulter. Maghira dachte an ihren Großvater – wie er mit ihrer Familie am Feuer gesessen hatte. Er hatte ihnen von einem Winter erzählt, der so kalt gewesen war, dass beim Einsetzen des Tauwetters in vielen Häusern nur noch Leichen gelegen hatten. Die Menschen waren erfroren, sobald ihre Feuer ausgegangen waren. Er hatte ihr außerdem von seinem eigenen Großvater erzählt, der, als das Dorf gehungert hatte, mit seiner großen Angelrute nach Eryispol gegangen und mit einem Fisch von der Größe eines Hirsches zurückgekehrt war. Maghira gehörte zu den Adrari, die sich seit Urzeiten auf die karge Westseite des Eryispek gewagt hatten, wo die Menschen vom Flachland sich nicht hintrauten. Sie würde nicht sterben. Nicht, bevor sie das Schicksal der Männer in der Höhle kannte und hinter das Geheimnis gekommen war, das ihr Vater so verzweifelt vor ihr verbergen wollte.

Gerade als sie glaubte, nicht mehr weiterklettern zu können, streckte Maghira ihren Arm nach oben aus, um Halt zu finden, und landete mit der Handfläche flach auf ebenem Boden. Mit einem letzten Kraftakt hievte sie sich über die Kante und rollte sich auf den Rücken, schnappte nach Luft und starrte in den Himmel. Es hatte angefangen zu schneien. Sie öffnete den Mund und ließ die Flocken auf ihre Zunge herabschweben.

Es dauerte einige Minuten, bis sie die Kraft aufbrachte, aufzustehen. Die Höhle lag direkt hinter ihr, ein großer Riss im Gestein, der mindestens drei Meter hoch war. In der tiefen Dunkelheit der Öffnung rührte sich nichts.

Maghira zog ein Seil aus ihrer Tasche, band es um einen Felsbrocken und warf das andere Ende über den Rand, in der Hoffnung, dass Santara immer noch unten wartete. Das Seil wurde dreimal stramm gezogen, eine Minute später dann drei weitere Male: das Signal, dass das Bündel befestigt war. Maghira hievte es hoch, gurtete es sich auf den Rücken und wandte sich zur Höhle um.

Immer noch regte sich nichts. Nur Maghiras Fußspuren waren in der Schneedecke auf dem Abhang zu sehen. Aus der Nähe wirkte die Höhle noch unheimlicher. Während Maghira hineinstarrte, schien sich ihr Blick abwechselnd zu weiten und zu verengen, der Höhlenschlund dehnte sich aus und zog sich zusammen, pulsierte im Takt ihrer schneller werdenden Herzschläge.

Maghira trat vor und schlüpfte unter der Schwelle des abendlichen Mondlichtes hindurch, die den Eingang markierte. Der Wind verstummte, und von irgendwoher hallte das langsame, gleichmäßige Plätschern von tropfendem Wasser in der Höhle wider.

Maghira inspizierte den Weg, der vor ihr lag, und entdeckte in der Dunkelheit einen Durchgang an der hinteren Wand, der kaum mannshoch war und von einem hüfthohen Steinhaufen halb blockiert wurde. Es musste einen Einsturz gegeben haben. Was, wenn die anderen eingeschlossen waren? Maghira holte einen Lederschlauch mit starkem Schnaps aus ihrem Bündel und nahm einen tiefen Schluck, der ihr in der Kehle brannte. Sie zog ihre Handschuhe wieder an, ging auf den Pfad zu und kroch auf Händen und Knien über die kalten Steine in die Dunkelheit.

Das Geröll blockierte nur den Eingang, aber sobald sie es hinter sich gelassen hatte und wieder aufstehen konnte, verengte sich der Gang zu einem dunklen Spalt, der kaum eine Elle breit war und zu dem das ferne Mondlicht nicht vordrang, um ihr den Weg zu erhellen. Kaum in der Lage, die Hand vor Augen zu sehen, biss Maghira die Zähne zusammen und schlüpfte seitwärts in die Dunkelheit.

Der Pfad führte abwärts, immer tiefer in den Fels hinein, und war so schmal, dass Maghira ihren eigenen Atem auf dem Gesicht spürte. Konnte das wirklich der Weg sein, den die Männer genommen hatten? Einen Moment lang stellte sie sich vor, dass Garimos Leichnam ihr den Weg versperren würde, und kämpfte gegen den Drang an, umzudrehen und vor Entsetzen zu fliehen.

Schließlich tauchte vor ihr ein sanftes, silbriges Leuchten auf. Der Weg wurde breiter und mündete in einer riesigen Höhle, deren Wände mit blauem Eis überzogen waren. Unheimliche Stalagmiten ragten wie geschiente Finger aus dem Felsboden. Die Luft flimmerte vor Wärme. Die Kälte der Klippe war nur noch eine ferne Erinnerung, als wäre Maghira nicht bloß tiefer in den Berg eingedrungen, sondern an einem ganz anderen Ort angekommen. Sie blickte zur Decke, wo sich der Nachthimmel vor ihr ausbreitete wie ein purpurfarbener Wandteppich. Der Mond und eine Million Sterne starrten auf sie herab und warfen ihr Licht in die Höhle.

Sie konnte nur gebannt staunen. Durch welche Magie konnte der Himmel in dieses tiefe Gewölbe des Eryispek eindringen?

»Durch meinen Willen.«

Die Stimme einer Frau dröhnte so laut durch die Höhle, dass Maghiras Schädel bebte. Der Äther um sie herum schien zu zischen, als könnte das Gewicht des Eryispek über ihr die Macht hinter diesen Worten kaum bändigen. Maghira wirbelte herum und suchte nach der Quelle der Stimme, aber die Höhle war so leer wie ein frisch ausgehobenes Grab. Sie schluckte den Kloß hinunter, der sich in ihrer Kehle bildete.

»Wer bist du?«, fragte sie. »Ich suche nach meinem Bruder. Es sind sechs ...«

»Sie warten unten auf dich und beten um meine Vergebung. Über Generationen hinweg hat dein Stamm mich verleugnet und stattdessen seine Gebete an den Verräter gerichtet. Sie haben sich gegen mich verschworen und mich verrotten lassen. Jeder Mann deines Stammes, der die Wahrheit erfuhr und trotzdem versuchte, mich zu hintergehen, sollte meine Rache fürchten. Du allein kannst dir meine Gnade verdienen.«

Es donnerte, und der Himmel spie gewaltige silberweiße Blitze aus, die ihn in zwei Teile spalteten. Maghira sah die Silhouette eines Mannes auf einem gewaltigen Berggipfel, der die Arme wie zum Gebet weit ausgebreitet hatte, während der Himmel über ihm zu lodern begann. Kometen mit feurigen Schweifen erhellten die Welt, und die Sterne wirbelten herum, als wären sie an den Speichen eines riesigen Rades befestigt. Maghira blinzelte gegen das blendende Licht an, und dann war der Mann verschwunden. So schnell wie die Szene aufgetaucht war, verblasste sie zu Grau und löste sich wieder auf, bis nur noch das purpurfarbene Zwielicht übrig blieb.

»Der Verräter ist durch die Gebete der Menschen mächtig geworden und macht sich bereit, gegen mich vorzugehen. Er hat seine seelenlosen Diener um sich geschart und wird bald eine physische Gestalt annehmen, falls er es nicht schon getan hat. Es gibt da ein Mädchen. Du musst verhindern, dass sie zu ihm geht, und sie stattdessen zu mir bringen.«

KAPITEL 1

Der Nebel lichtete sich, und am Horizont tauchte die Nordküste Erlands auf. Orsian beugte sich über die Reling am Bug und beobachtete, wie die Granitklippen immer größer wurden, während die *Dohle* über die Wellen hüpfte wie ein geflitschter Stein. Vom Ufer aus mochte das Schiff majestätisch aussehen, aber für die an Bord war es ein stinkendes Loch voller ungewaschener Männer und Walblubber. Wenn sie Klippwehr erreichten, wollte Orsian sich in den heißesten, tiefsten Badezuber sinken lassen, den er finden konnte.

Und doch war es seltsam, wie wenig er das Festland vermisst hatte.

»Das ist eine Augenweide, was?«, bemerkte Abner, der Erste Offizier, als er neben Orsian auftauchte und eine kräftige, tätowierte Hand auf die Reling legte. »Erfreue dich an der Stadt, solange du kannst. Der Kapitän hat vor, in ein paar Wochen nach Ulvatia zu segeln. Er sagt, man kann da oben gute Geschäfte machen.«

Orsian lächelte. Das war typisch für den Kapitän. Wenn er nicht segelte, plante er bereits ihre nächste Reise. Erstaunlicherweise hatte Orsian seine Entführer zu schätzen gelernt.

»Er will mit dir sprechen«, fuhr Abner fort, als Orsian nicht antwortete, und wies auf die Kapitänskajüte im hinteren Teil des Decks. »Wir wollen dir ein Angebot machen.«

Die Kapitänskajüte war genauso groß wie der Raum unter Deck, den sich die Mannschaft teilte. Kapitän Desmund D'grawe mochte einer der gerissensten, habgierigsten Schurken sein, die je ein Segel gehisst hatten, aber er war auch ein Mann, der die Annehmlichkeiten seines Heimes zu schätzen wusste. Allein ein Viertel des Raumes wurde von einem riesigen Kleiderschrank beansprucht. Die meisten Männer begnügten sich damit, mit nur zwei Garnituren an Kleidung in See zu stechen. Der Kapitän hingegen schmückte sich täglich mit einem anderen Kleidungsstück und hüllte sich in die feinsten imperialen Seidenstoffe und zarten Spitzen.

»Ranulf, mein Junge!«, rief er, erhob sich von seinem Schreibtisch und breitete zur Begrüßung die Arme aus. Heute trug er ein schwarzes Wams und einen roten Seidenschal um den Hals, und sein dunkles Haar schimmerte wie der Flügel eines Raben.

Von allen Decknamen, die Orsian hätte wählen können, wünschte er rückblickend, es wäre nicht der Name des längst verstorbenen Bruders des Thronanwärters Rymund Prindian gewesen. Immerhin hatte ihn kein Mitglied der Mannschaft je darauf angesprochen. Seeleute wussten Diskretion zu schätzen. Wenn man die Geheimnisse eines Mannes nicht kannte, hatte er einen Grund weniger, einen zu töten.

D'grawe drückte Orsian kurz kräftig an sich, bedeutete ihm, sich zu setzen, und nahm eine staubige Flasche aus seinem Regal. Abner ließ sich auf einem Stuhl links neben Orsian nieder.

»Am Ende einer Reise trinke ich immer ein Glas hiervon. Cashan. Er wird von einem Mönchsorden gebrannt, der die ulvatische Göttin des Krieges anbetet.« D'grawe schenkte ihnen jeweils einen winzigen Schluck ein. »Zu viel davon macht einen vorübergehend blind, obwohl das immer noch sicherer ist, als die Pflanze zu rauchen, aus der das Getränk gebraut wird. Die Mönche verwenden es, um einen Blick aufs Jenseits zu werfen.« Orsian schnupperte misstrauisch daran. Der Schnaps roch nach Rost und vergammelten Kräutern.

D'grawe hob sein Glas. »Auf Freunde und Schiffskameraden. Alte wie neue.«

Abner und der Kapitän kippten ihre Gläser in einem Zug hinunter, und Orsian folgte ihrem Beispiel. Er keuchte, als der bittere Nektar seine Kehle hinunterrann, und unterdrückte ein Husten.

Der Kapitän schenkte bereits eine weitere Runde ein. »Wie hat dir deine erste Reise gefallen, Junge?«

Orsian vermutete, dass die Antwort auf der Hand lag. Er hatte sich schnell an das Leben auf See gewöhnt, und am Ende seiner ersten Woche hatte Abner gesagt, er wickele Taue auf und klettere in der Takelage herum wie ein altgedienter Seebär. Auf einem Schiff musste man für seinen Lohn schuften; Kapitän D'grawe duldete weder Passagiere noch Faulpelze. »Ich schätze, es passt zu mir. Das hätte ich nie gedacht, als du mich in Weißwasser aufgegabelt hast.«

Abners Bart zuckte, als er grinste. »Ich erkenne einen Seefahrer, wenn ich einen vor mir habe. Du bist ein geborener Matrose.«

»Ein geborener Kämpfer«, fügte D'grawe hinzu und verteilte die neuen Getränke. »Wo hast du das Kämpfen gelernt? Wie ich höre, nennt dich die Mannschaft Ranulf Bluthemd.«

Ein Schauer lief Orsian über den Rücken, weil er Gefahr spürte. Sei vorsichtig, ermahnte er sich. Nur wenige Männer lernten die Schwertkunst bei Andrik Fassbrecher. D'grawe stocherte nach einem Druckmittel.

Nur ein kleiner Teil der Einkünfte der *Dohle* stammte tatsächlich von Handel und Walfang. D'grawe war in erster Linie ein Pirat, und kein Seemann konnte es im Schwertkampf mit Orsian aufnehmen. Von Anfang an war er immer als Erster über die Reling gesprungen. Ursprünglich hatte er in einem wutgetriebenen Dämmerzustand gekämpft und sich bei jedem Gegner das Gesicht Strovac Sigacs vorgestellt, sodass er immer mit dem Blut anderer Männer besudelt auf die *Dohle* zurückgekehrt war. Mit der Zeit hatte das jedoch nachgelassen; er konnte sich inzwischen kaum noch an Strovacs Gesicht erinnern. Wenn er jetzt kämpfte, dann für seine Schiffskameraden, für Freunde wie Abner, den einäugigen Jahn und Tunni Schwarzspeck, der ihm bei den Mahlzeiten immer eine Kelle mehr gab, seit Orsian ihn davor bewahrt hatte, von einem cjarthischen Freibeuter aufgespießt zu werden.

Es fühlte sich ehrlicher an, für seine Freunde und seinen Kapitän zu kämpfen als für einen König, der sich nie sicher zu sein schien, ob er einen umarmen oder hängen wollte. Die Männer auf der *Dohle* kämpften für ihren Lebensunterhalt; sie erwarteten nicht, dass er ihnen auf einem goldenen Tablett serviert und mit dem Blut anderer Männer erkauft wurde.

Orsian begriff, dass D'grawe immer noch auf eine Antwort wartete, und kippte zur Ablenkung den zweiten Schuss Cashan hinunter. Es brannte wie Feuer. Er hustete, und seine Augen tränten. »Ich hatte einen älteren Bruder. Hat mich immer verprügelt, deshalb schwor ich mir, eines Tages so gut mit dem Schwert umzugehen, dass er mich nie wieder anrührt.«

Es war eine Halbwahrheit. Errian hatte ihn wirklich verprügelt, aber Orsian sah in D'grawes schmalen Augen, dass der Kapitän nicht ganz überzeugt war.

»Ich werde dich nicht in Verlegenheit stürzen, indem ich

dich einen Lügner nenne.« D'grawes Lächeln war wie das einer Schlange. »Ein Mann darf seine Geheimnisse haben. Außerdem bin ich an deiner Zukunft interessiert, nicht an deiner Vergangenheit. Wenn wir wieder auslaufen, will ich dich dabeihaben.«

Orsian hatte das kommen sehen, und doch zögerte er aus irgendeinem Grund. Erland hatte für ihn nichts mehr zu bieten. Sein Vater war tot, und er selbst hatte als Hymerika versagt. Errian war der Erbe ihres Vaters und würde Orsian keinen roten Heller abgeben. Es war an der Zeit, seinen eigenen Weg zu gehen.

Also, warum sagte er nichts?

»Komm schon, Ranulf!« Abner schlug ihm so kräftig auf die Schulter, dass Orsians Zähne klapperten. »Ich kann dich leiden; der Kapitän kann dich leiden. Wo liegt das Problem?«

Der Cashan trübte seinen Verstand. Orsian spürte, wie er durch seine Adern floss und ihn benebelte. Das Bild seiner Cousine Helana tauchte vor seinem inneren Auge auf. »Im Herzen bin ich doch eine Landratte«, hörte er sich sagen. »Bin in Merivale aufgewachsen. Mein Vater betreibt dort ein Gasthaus, und meine Brüder sind alle tot oder immerzu besoffen, also ist es an mir, das Gasthaus zu übernehmen, wenn er stirbt. Außerdem habe ich da mein Mädchen zurückgelassen. Ich will sie heiraten, falls sie nicht schon jemand anderen hat.«

»Ach, komm schon, Ranulf«, sagte der Kapitän lachend und schob ihm ein weiteres Glas zu. »Du bist noch ein junger Mann! So alt kann dein Vater noch gar nicht sein, und was das Mädchen betrifft … Die Damen lieben Matrosen. Bleib bei uns, dann wirst du eine in jedem Hafen haben.«

Orsian schüttelte den Kopf. »Meinem Vater geht's nicht gut.« Wäre das nur die Wahrheit gewesen. Sein Vater war tot. Getötet aufgrund von Orsians Versagen. »Und das Mädchen ist mir besonders wichtig. Eine wie sie finde ich nie wieder.«

»Wie heißt sie denn?«, fragte Abner.

»Helana.« Orsian plapperte das Erste aus, was ihm einfiel. Er versuchte, keine Miene zu verziehen. Wenn D'grawe die Familie Sangreal einigermaßen kannte, musste er kein Genie sein, um eine Verbindung zwischen dem Namen Helana und Orsians gestohlener Identität herzustellen.

»Ranulf und Helana, die Wirtsleute«, bemerkte D'grawe trocken. »Das vornehmste Wirtspaar, von dem ich je gehört habe.« Der Blick seiner schwarzen Augen bohrte sich in Orsian hinein. »Du musst mich für einen verdammen Narren halten, wenn du mir diese Geschichte auftischst. Sehe ich für dich wie ein verdammter Narr aus, Ranulf?« Er hielt inne, um ein weiteres Glas Cashan hinunterzukippen. »Ein Glück, dass ich dich mag und du ein anständiger Seemann bist, sonst würde ich dich am liebsten mit Gewichten um die Knöchel über Bord werfen. Unterschreib für die nächste Reise, dann werde ich kein Wort mehr darüber verlieren. Du wirst mein Zweiter Offizier sein, einen Rang unter Abner.«

Orsian sah sich im Raum hektisch nach irgendetwas um, das er vielleicht als Waffe benutzen konnte. Nichts. Selbst wenn es nicht zwei gegen einen gewesen wären, hatte er Abner in Aktion erlebt. Der ältere Mann war stark wie ein Ochse, mit kräftigen Muskeln, die sich unter seinem bunten Sammelsurium von Tätowierungen spannten. Orsian machte sich keine Illusionen darüber, wer in einem Faustkampf der Sieger sein würde.

Aber Zweiter Offizier. Er bezweifelte, dass es auf dem ganzen Nebelmeer einen fünfzehnjährigen Zweiten Offizier gab.

Abner ersparte ihm die Antwort. »Gib ihm die vierzehn Tage in Klippwehr Zeit, darüber nachzudenken, Kapitän. Ich habe dir gesagt, dass ich einen Seemann erkenne, wenn ich einen sehe; der Junge wird schon noch zur Vernunft kommen.«

»Es ist einfach etwas überwältigend, Kapitän«, sagte Orsian abwehrend.

D'grawe nickte langsam. »Na schön, na schön, Junge. Es ist das Vorrecht eines jungen Mannes, ein wenig unentschlossen zu sein. Ich werde es dir nicht übel nehmen.« Er suchte nach etwas in seiner Schreibtischschublade. »Als Zweiter Offizier bekommst du aber auch mehr Lohn.« Er ließ einen schweren Geldbeutel vor Orsian fallen. »Das ist dein Anteil für diese Reise. Es ist auch ein kleines Extra drin; nimm dir eins der Mädchen im *Sirenensturm*. Geht auf mich. Sorg nur dafür, dass du nüchtern bist, wenn du wieder an Bord kommst. Ich weiß, dass du die richtige Entscheidung treffen wirst.«

Zurück an der Reling, wo er die Silhouette von Klippwehr in der Ferne immer größer werden sah, versuchte Orsian zu ergründen, was ihn davon abgehalten hatte, das Angebot des Kapitäns sofort anzunehmen.

Ich war nur nervös, sagte er sich. Nach zwei Wochen in Klippwehr wirst du dir sehnlichst wünschen, wieder aufs Wasser zu kommen.

Aber Pherri und seine Mutter würden sich fragen, wo er war. Orsian fühlte sich einen Moment lang schuldig. Er könnte ihnen einen Brief schicken. Sobald er seiner Familie mitgeteilt hatte, dass er am Leben war, konnte er tun, was er wollte. Und er wollte auf der *Dohle* bleiben.

Sie könnten tot sein, meldete eine klägliche Stimme in seinem Kopf. Wer wusste schon, was nach der Schlacht in Weißwasser passiert war? Rymund Prindian konnte längst in Merivale herrschen. Orsian sprach ein stummes Gebet sowohl an Eryi als auch an die Norhai, dass seine Mutter und seine Schwester noch lebten. Aber er konnte ihnen nicht gegenübertreten. Nicht als Orsian der Feigling, der Junge, der weggerannt war. Es war besser, Ranulf zu sein, Zweiter Offizier auf der *Dohle*.

So würde er es machen: herausfinden, was nach Weißwasser passiert war, und eine Nachricht an Pherri und seine Mutter schicken, dass er noch lebte. Dann stand es ihm frei, auf der *Dohle* zu bleiben.

Als das Schiff in Sichtweite der Stadt vor Anker ging, war Orsian der Erste, der in ein Ruderboot stieg, in seinen Taschen das befriedigende Gewicht der Münzen.

»Wir gehen zuerst zum *Alten Kapitän Kunibert*«, sagte Tunni Schwarzspeck, sobald sie im Boot saßen, und sein gewaltiger Bauch schwabbelte bei jedem Wellenschlag. »Kommst du mit, Ranulf? Ich schulde dir ein Bier.«

»Ich komme gleich nach. Welches ist die beste Taverne, um Neuigkeiten aus dem Landesinneren zu erfahren?«

»Das wäre das *Reiterruh*«, antwortete der Heilige Gillis, ein erfahrener Steuermann, benannt nach seinem früheren Leben als Wanderpriester. »Am anderen Ende der Stadt. Ich kann dir den Weg beschreiben.«

Die Hafenbeamten warfen nur einen kurzen Blick auf sie, und dann ging Orsian mit Gillis' Wegbeschreibung bewaffnet die Marktstraße entlang. Es war sein erster richtiger Besuch in Klippwehr. Beim letzten Mal im Jahr zuvor hatte er den Turm von Klippwehr nicht verlassen können, weil er seinem Vater gedient hatte, während der Hessians Vermählung aushandelte. Die Stadt war nicht so groß wie Merivale, aber sie war sicherlich reicher. Die Pflastersteine glänzten, und alle Gebäude waren aus Stein errichtet und hatten Glasscheiben in den Fenstern. Und erst die Bewohner der Stadt! Obwohl er davon ausging, dass es auch hier arme Leute geben musste, kam es ihm so vor, als würde jeder, den er sah, kunstvoll arrangierte Samtgewänder tragen. Daneben kam ihm seine salzbefleckte Seemannskleidung noch schäbiger vor.

Zum Glück war das *Reiterruh* kein Ort, an dem er sich schlecht gekleidet fühlen musste. Es war ein Gasthaus für Reisende, mit ein paar freien Tischen davor und einer Außentreppe, die zu den Schlafkammern führte. Orsian klopfte sich seine Kleidung ab und trat ein.

Es war später Nachmittag, und im Gasthaus war es weder überfüllt noch leer. Ein Dutzend Gäste saßen an der Theke oder vor der kalten Feuerstelle. Niemand sah Orsian an, als er zum Tresen ging.

»Hier gibt es nicht viele von deiner Sorte«, bemerkte die Schankfrau und musterte Orsian von Kopf bis Fuß. »Hast du dich verirrt, Matrose? Das hier ist ein anständiges Lokal, kein Bordell.«

»Ich stamme aus Merivale«, erklärte Orsian. »Und ich bin in der Hoffnung auf Nachricht aus dem Landesinneren hergekommen.«

»Ich komme gerade von dort«, meldete sich ein Mann am anderen Ende des Tresens zu Wort. Ihm hing ein Rauchstäbchen aus dem Mundwinkel. Er sah aus wie jemand, der sich seinen Lebensunterhalt auf der Straße verdiente, mit schmutziger, schlecht sitzender Kleidung und einem breitkrempigen Hut. »Für ein Gläschen gehören meine Nachrichten dir.« Er hob einen leeren Humpen.

Orsian gab der Schankfrau genug Silber für zwei Becher Bier und zog sich mit dem Mann an einen Ecktisch zurück.

»Was willst du denn für Neuigkeiten hören?«, fragte der andere.

»Etwas über den Krieg. Herrscht Hessian noch in Merivale?«

Der Mann nahm einen langen Zug von seinem Getränk und stieß einen tiefen Seufzer aus. »Jawohl, er herrscht. Ist aber seit Monaten nicht mehr gesehen worden. Es heißt, der Tod seines Bruders hätte ihn schwer getroffen.«

Orsian fiel eine gewaltige Last von den Schultern. Hessian lebte, und somit taten es wahrscheinlich auch seine Mutter und seine Schwester. »Und der Krieg?«

»Vor nicht allzu langer Zeit hat eine Schlacht in West-Erland stattgefunden. Ich habe gehört, dass die Königin der Schwerter nur knapp mit dem Leben davongekommen sei.«

Orsian zog die Brauen hoch. »Die Königin der Schwerter?« Was hatte Ciera auf dem Schlachtfeld zu suchen, und wie war sie zu diesem Spitznamen gekommen?

Der Mann lachte. »Bei Eryis Eiern, wie lange warst du fort? Die Königin der Schwerter! Die Witwe des Fassbrechers.«

Orsian war sprachlos. Seine Mutter war im Krieg?

»Dann weißt du also nichts über Permund«, fügte der Mann mit einem Grinsen hinzu. »Die West-Erländer sind da draußen mit runtergelassenen Hosen erwischt worden!« Er beugte sich verschwörerisch vor. Sein Rauchstäbchen war erloschen, aber er schien es nicht bemerkt zu haben. »Als der Fassbrecher starb – darüber weißt du doch Bescheid, vermute ich –, hat seine Frau das Kommando über die Hymerikai übernommen. Einen Monat später hat sie Permund überfallen. Sie haben alles gestohlen, was sie tragen konnten, und die Stadt niedergebrannt.«

Permund war eine Stadt der Schmiede, erinnerte sich Orsian, mit der größten Eisenerzmine in West-Erland. Wenn sie gefallen war, bedeutete das einen schweren Schlag für die militärischen Ambitionen der Prindians. »In Permund werden Schwerter hergestellt.«

Der Mann grinste. »Daher der Spitzname ›Königin der Schwerter‹. Sie haben Tausende erbeutet, alles, was Permund auf Lager hatte. Der Markt wurde mit ihnen überschwemmt. Tatsächlich habe ich welche zu verkaufen.«

»Aber Permund liegt weit südlich der Halord-Brücke. Wie

konnten sie dort hinuntergelangen und die Stadt abfackeln, ohne auf Widerstand zu stoßen?«

Der Mann sah sich verstohlen um, als hätte er Angst, belauscht zu werden. Er beugte sich so weit vor, dass Orsian sich langsam Sorgen machte, das Rauchstäbchen des Mannes würde in sein Bier fallen. »Sie haben im Schutz der Dunkelheit die Verfluchte Brücke überquert. Die Stadt hat sie nicht kommen sehen.«

Die Verfluchte Brücke war vor einem Jahrhundert von dem damaligen Lord von Permund über den Bleichen Fluss geschlagen worden. Er hatte sie aus dem seltsamen schwarzen Stein der Kummerlande errichten lassen und dafür einen hohen Preis bezahlt. Der Lord selbst und seine beiden Söhne waren beim Überqueren der Brücke umgekommen, als ein unheimlicher Wind aus den Kummerlanden ihre Pferde erschreckt hatte und sie in die Fluten des Bleichen Flusses stürzten. Danach wollte niemand mehr einen Fuß auf die Brücke setzen. Nur wenige schenkten den Erzählungen derer Glauben, die behaupteten, die Überquerung überlebt zu haben, aber wie sonst hätten die Hymerikai Permund erreichen können? Und dann auch noch unter der Führung seiner Mutter. Seit dem Tod seines Vaters hatten sich die Dinge in Erland wirklich verändert.

»Und was ist seitdem passiert? Du hast gesagt, die Königin der Schwerter sei nur knapp mit dem Leben davongekommen.«

Der Mann zündete sich sein Rauchstäbchen wieder an. »Es hat eine Schlacht gegeben. Das ist alles, was ich weiß. Die ersten Nachrichten kamen gerade an, als ich Merivale verlassen habe. Vielleicht gibt es in den nächsten Tagen noch mehr Neuigkeiten.«

Orsian schob einige Münzen über den Tisch. »Danke. Hol uns noch etwas zu trinken. Hast du gesagt, du hättest

Schwerter zu verkaufen?« Die Klingen auf der *Dohle* waren minderwertiges Diebesgut; er war sich sicher, dass D'grawe bessere Waffen begrüßen würde.

Die Augen des Mannes leuchteten beim Anblick des Silbers auf. »Wenn du zahlst, trinke ich. Ich kann dir meine Waren zeigen. Barre heiße ich.«

Der Wagen des Mannes stand gleich hinter dem Gasthaus, also gingen Orsian und Barre mit ihren Getränken durch die Hintertür hinaus. Die Dämmerung brach herein, und Orsian ließ Barre den Vortritt. Seit er auf See war, hatte er kein Vertrauen mehr in die Menschen und fühlte sich ohne Schwert nackt.

»Ich habe ein halbes Dutzend davon«, erklärte Barre, als sie um den Wagen herumgingen. »Frag mich nur nicht, woher ich sie habe, und sollte sich die Stadtwache erkundigen …«

Bevor Barre ausreden konnte, tauchte ein massiger Schatten hinter dem Wagen auf und ließ eine kräftige Faust auf seinen Kopf niedersausen. Barre hatte kaum Zeit, ein überraschtes Ächzen auszustoßen, bevor er wie ein Sack Ziegelsteine zu Boden ging.

Orsian griff reflexartig nach seinem Schwert, doch dann fiel ihm ein, dass er unbewaffnet war. Fluchend wich er schnell in den Bereich zurück, der von dem Licht aus dem Gasthaus erhellt wurde. Der Schatten kam näher, groß und schrecklich, eine lange Klinge in der Hand.

Die Bücher zur NETFLIX-Serie –

Die Hexer-Saga

in der opulenten Fan-Edition

Eine Hommage

an den Hexer